Jack Dann

Die Kathedrale der Erinnerung

Die Kathedrale der Erinnerung

Roman

Aus dem Amerikanischen
von Rainer Schmidt

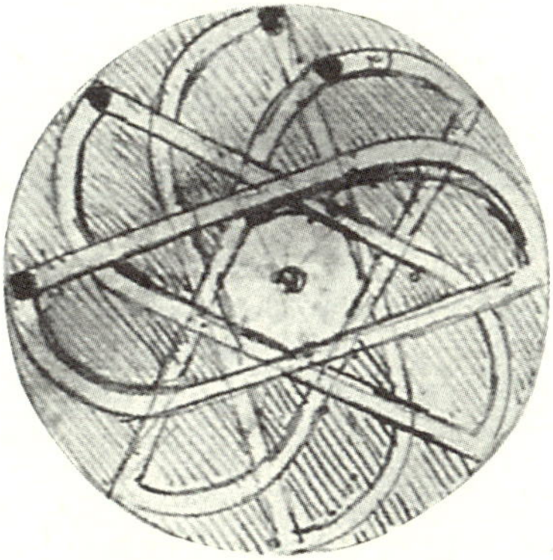

Gustav Lübbe Verlag

Titel der Originalausgabe:
The Memory Cathedral.
A Secret History of Leonardo da Vinci
Originalverlag: Bantam Books, Bantam
Doubleday Dell Publishing Group,
Inc., 1540 Broadway, New York,
New York 10036

Aus dem Amerikanischen
von Rainer Schmidt
Schutzumschlag und Einbandentwurf:
Achim Kiel, Pencil Corporate Art,
Braunschweig
Satz: Bosbach & Siebel, Lindlar
Gesetzt aus der Goudy Old Style
von Linotype-Hell, Eschborn
Druck und Einband:
Friedrich Pustet, Regensburg

ISBN 3-7857-0850-5
Printed in Germany

5 4 3 2 1

Zum Gedenken an
Joey LoBrutto, Judy
Roberts Vescovi, Becky Levy,
Jean Lindsley und meinen
geliebten Vater Murray I. Dann

Inhalt

Der Große Vogel unternimmt
seinen ersten Flug auf dem Rücken
seines großen Schwans
und erfüllt das Universum mit
Wundern.

LEONARDO DA VINCI

Langsam, langsam
schwebt er durch den Raum,
Kreist, steigt herab, doch
fühl ich's nur
Am Wind, der aufwärts mein
Gesicht bestreicht.

DANTE ALIGHIERI

Dramatis Personae

Florenz und Umgebung:

A'isheh, Hure und Dienerin des Dervadar Dimurdash al-Kaiti
Abbaco, Benedetto d', Ingenieur und Freund Toscanellis
Acattabriga, Leonardos Stiefvater
Agostin, Geschützoffizier
Antonio, Gardesoldat der Medici

Baccino, ein Schneider
Baroncelli, Bernardo di Bandini, Abenteurer und Pazzi-Anhänger
Becchi, Gentile, Bischof und Freund der Medici
Benci, Ginevra de', Leonardos Geliebte
Benci, Amerigo de', reicher Bankier und Ginevras Vater
Botticelli, Sandro, Maler und Freund Leonardos, ein Schüler Verrocchios
Bracciolini, Giordano, Autor und führendes Mitglied der Platonischen Akademie

Caterina, Leonardos Mutter
Colombo, Cristoforo, Forscher, Abenteurer, Protegé Toscanellis
Credi, Lorenzo di, Maler und Schüler Verrocchios

Dei, Benedetto, Reisender und Abenteurer, ein Freund Leonardos
Dervadar (Dimurdash al-Kaiti), Statthalter des Kalifen Ka'it Bay

Francesco von Neapel, Lautenspieler

Ginevra, siehe Benci
Grosso, Nanni, Altschüler bei Verrocchio

Il Moro, siehe Sforza, Ludovico
Il Neri, Spitzname für Guglielmo Onorevoli

Kuan Yin-hsi, Sklave und Gedächtniskünstler

Leonardo, siehe Vinci, Leonardo da
Luca, Diener bei Simonetta

Machiavelli, Niccolò, Leonardos junger Schüler
Medici, Lorenzo de', Herrscher und Erster Bürger von Florenz, bekannt als Il Magnifico
Medici, Giuliano de', Lorenzos Bruder
Medici, Clarisa de', Lorenzos Gemahlin
Melzi, Francesco, Schüler und Begleiter Leonardos
Miglioretti, Atalante, Lautenspieler und Sänger, ein Freund Leonardos
Mirandola, Pico della, Philosoph und Theurg, ein Freund der Medici

Nicolini, Luigi di Bernardo, ein reicher Kaufmann und Freund der Familie Pazzi
Nori, Francesco, ein Freund der Medici

Onorevoli, Guglielmo, ein junger Patrizier, genannt Il Neri

Pasquino, Bartolomeo di, Goldschmied und Freund des Il Neri
Pazzi, Jacopo de', Patriarch der alten Florentiner Bankiersfamilie und Feind der Medici

Pazzi, Giovanni de', Jacopos Sohn
Pazzi, Francesco de', Jacopos Sohn
Pazzi, Guglielmo de', Jacopos Sohn
Peretola, Zoroastro da, Possenreißer und Zauberer, ein Freund Leonardos
Perugino, Pietro, Maler und Altschüler bei Verrocchio
Poliziano, Angelo Ambrogini, Dichter und vertrauter Lorenzo de' Medicis
Polo, Agnolo di, Altschüler bei Verrocchio
Pulci, Luigi, Dichter und Satiriker, Freund der Medici

Raffaello, Kardinal und Neffe Papst Sixtus' IV.
Ridolfi, Antonio, ein Freund der Medici

Saltarelli, Giovanni, Jacopo Saltarellis Bruder
Saltarelli, Jacopo, Malermodell
Salviati, Francesco, Erzbischof von Florenz
Sansoni-Riario, Raffaello, siehe Raffaello
Scala, Bartolomeo, Humanist und Freund der Familie Medici
Sforza, Ludovico, Bruder des Herzogs von Mailand, Galeazzo; übernahm später Titel und Position. Auch bekannt als Il Moro
Simone, Francesco di, Verrocchios Vorarbeiter
Smeralda, Hausmagd bei Verrocchio
Stufa, Sigismondo della, ein Freund der Medici

Tista, Schüler bei Verrocchio und Leonardo
Tornabuoni, Marco, ein junger Florentiner Patrizier
Toscanelli, Paolo del Pozzo, Arzt, Astronom, Geograph

Ugo, Schüler bei Toscanelli

Verrocchio, Andrea del, Maler, Goldschmied, Bildhauer, Leonardos Meister
Vespucci, Amerigo, Forscher und Toscanellis Protégé
Vespucci, Simonetta, Lorenzo de' Medicis Geliebte
Vinci, Leonardo da, Maler, Erfinder, Altschüler bei Andrea del Verrocchio, Meister der Maschinen und Hauptmann der Ingenieure
Vinci, Piero da, Leonardos Vater, ein Notar
Vinci, Francesco da, Leonardos Onkel
Vinci, Allessandra da, Leonardos Tante

Zoroastro, siehe Peretola, Zoroastro da

Im Land des Kalifen und der Türken

al-Latif, Abd, Geschützmeister und Mamelucken-Eunuch
Angiolello, Giovan Maria, venezianischer Botschafter im Reich des Großtürken

Calul, Ussun Cassanos Sohn
Cassano, Ussun, Herrscher von Persien

Faris, Eunuch, Emir der Mamelucken

Gutne, Zoroastros Sklavin

Hilāl, Eunuch, hochrangiger Emir der Mamelucken

Ka'it Bay, Kalif von Ägypten und Syrien

Mehmed, Herrscher der Türkei
Mithqāl, junger Mamelucken-Eunuch

Mustafà, Mehmeds Sohn

Unghermaumet, Ussun Cassanos Sohn
Ussun Cassano, siehe Cassano, Ussun

Zeinel, Ussun Cassanos Sohn

Prolog: Die Kathedrale der Erinnerung

In Amboise in Frankreich, im durchsichtigen Dämmerlicht des April, saß der Maestro Leonardo von Vinci vor einem kleinen Kaminfeuer und warf die Seiten eines seiner kostbarsten Folianten in die gelb züngelnden Flammen. Das Feuer zischte, denn das grüne, ungelagerte Holz schwitzte Tropfen aus, die in der Hitze schnalzend verdunsteten. Die Buchseiten kräuselten sich wie Blüten, die sich schlossen, wurden dann schwarz und gingen in Flammen auf.

Obwohl er noch Reste von Kraft in sich hatte, spürte er doch die Nähe des Todes. War sein rechter Arm nicht schon gestorben? Schlaff hing er herab, ruhte auf seinem Knie wie ein fremdes Anhängsel, ohne jedes Gefühl. Wenigstens hatte der letzte Schlaganfall den linken Arm nicht beeinträchtigt; er hatte noch ein bißchen malen können, obgleich sein letztes Bild, der sinnliche, nackte *Johannes der Täufer*, nach seinen Anweisungen von seinem jungen Schüler und Gefährten Francesco Melzi vollendet wurde.

Mattes Licht sickerte zu den hohen, schmalen Fenstern herein und brach sich in den runden Mittelscheiben, als wären es schlecht konstruierte Prismen; in der Ferne sah man baumbestandene Wiesen, die sich zum grünen Schimmer des Flusses Amase hin absenkten. Die Rußstreifen auf den weißgekalkten Wänden der großen Schlafkammer stammten von irgendeinem seiner Experimente – es gab davon in letzter Zeit zu wenige, denn auch wenn Leonardos Verstand immer noch flink und voller Ideen war, so ließ sein Körper ihn doch im Stich wie die Seile eines Flaschenzuges unter einer zu großen Last. Bücher, Papiere und zusammengerollte Bögen stapelten sich an den Wänden und auf langgestreckten Pulten; auf Tischen und Fußboden verstreut lagen Landkarten und Dokumente und Instrumente und gläserne Linsen und diverse Apparate, die er erfunden hatte: ein Kalorimeter, mit dem man die Ausdehnung von Dampf messen konnte, sonderbar geformte zylindrische Flaschen für seine hydromechanischen Experimente, ein Hygrometer zum Messen der Feuchtigkeit in der Atmosphäre, Hebekranmodelle, gekrümmte Spiegel und ein Gerät zur Demonstration einer Gestirnenfinsternis nach Ideen, wie sie von Joannis de Sacro Bosco in seinen *Sphaera Mundi* vorgelegt worden waren.

All das konzentrierte sich hier in seinem Schlafzimmer, obwohl die Villa Cloux mit ihren Bibliotheken, Morgenzimmern, Schlafzimmern, Balkonen, Atrien, Wohn- und Gesellschaftssälen mehr als geräumig war – ein kleines Schloß, das Lenoardo von Franz I., dem französischen König, zugewiesen worden war.

Leonardo lächelte, während er sorgfältig Seite um Seite aus dem Buch riß und ins Feuer warf, aber es war ein ironisches Lächeln, aus der Verzweiflung geboren. Er betrachtete eine Seite seiner Aufzeichnungen, bevor er sie den Flammen überantwortete. Es war eine Skizze, die er während seines geheimen Aufenthaltes in Syrien gemacht hatte, aber so detailliert und sorgfältig, daß sie als Konstruktionszeichnung gelten konnte. Sie zeigte eine fliegende Maschine mit langen, starren Flügeln wie denen einer Fledermaus; unter dem Skelett des Rumpfes sah man die Gestalt eines Mannes in einem Gurtgeschirr, der mit ausgestreckten Armen gewisse Vorrichtungen unter den Flügeln festhielt wie ein schwebender Christus am Kreuz.

Er riß die Seite heraus und warf sie ins Feuer. Was auf dem nächsten Blatt zu sehen war, glich eher einem Gemäldeentwurf als einer Planskizze; es waren Flugmaschinen in der Luft, zum Leben erwacht und wie durch ein Glas betrachtet, und über den geflügelten Apparaten schwebten Heißluftballons aus holzkohleschwarzem Tuch: mächtige Säcke, die emporstiegen zu den unbekannten Regionen des Feuers und den abgegrenzten, aufeinander folgenden Sphären der Planeten.

Ins Feuer auch damit.

Er war gescheitert, auch wenn er seinen schrecklichen und glorreichen Augenblick in der Luft erlebt hatte, da der Himmel von diesen nach seinem Entwurf gebauten Flugmaschinen erfüllt gewesen war. Er erinnerte sich an die Kälte in der höchsten, dünnsten Atmosphäre. Einen vollkommenen Augenblick lang hatte er geglaubt, daß der antike Pythagoras recht habe und daß es eine Musik der Sphären gebe: die undenkbare Reibung zwischen den Himmeln. Über den Wolken war er dahingezogen, die Landschaften waren aus kaltem Hauch und Eis und Phantasie, aber anders als Ikarus war er der vernichtenden Feuerkugel nicht zu hoch entgegengestiegen, und er hatte auch nicht bei Dämonen Hilfe gesucht und sich zum Lohn dafür den Hals gebrochen wie Simon Magus.

Leonardo erinnerte sich genau, wie das Land aus der Luft ausgesehen hatte; noch jetzt konnte er sich die Berge vorstellen, die Flüsse und Täler, die Felder, Festungen und Dörfer, die allesamt aussahen wie Modelle auf einem Tisch. Die furchterregenden Armeen Mehmeds des Eroberers unter ihm – des Großtürken, der Syrien und Kleinasien bedroht hatte – waren Ameisenkolonnen gewesen, und Burgen und Bastionen nicht größer als kleine Zeichnungen.

Die Erinnerungen waren kraftvoll und klar – und schmerzhaft.

Und er erinnerte sich … Er erinnerte sich …

Er hatte sich zur Hure und zum Mörder machen lassen im Sold des heiligen Sultans von Babylon. Er hatte getötet, so bedenkenlos wie jeder Brigant und Dieb, aber auf seinem Gewissen lasteten

Tausende gequälter Seelen, und jetzt konnte er nur noch eines tun, nämlich seine kostbaren Diagramme und Zeichnungen und Pläne verbrennen, damit niemand sein hart errungenes Wissen würde mißbrauchen können, wie er es getan hatte.

Aber reines und vollkommenes Wissen zu vernichten, das war ebenfalls eine Art Mord.

Leonardo schloß die Augen, als könne er damit die Vergangenheit aussperren, aber er hatte – zu spät im Leben – gelernt, daß die Erinnerung und nicht das Auge das wichtigste Sinnesorgan war. Es war die Erinnerung, kalt und dunkel und unvergänglich, die an ihm hing wie eine eiserne Rüstung. Die Erinnerung war alles, was von seinem Leben und seinen Unternehmungen noch übrig war, und die Schuld war das Auge der Erinnerung, ein Auge, das sich niemals schließen ließ. Leonardos Fluch war, daß er sich an alles erinnerte, denn vor langer Zeit hatte sein Freund und Lehrer Paolo Toscanelli, der große Arzt und Geograph, ihm gezeigt, wie man sich seine eigene Kathedrale der Erinnerung baute, und zwar in der großen Tradition des Simonides von Keos, des Quintilian und des Thomas von Aquin. Ein heiliges Haus der Erinnerung, aus dem nichts verlorengehen konnte.

Leonardo versuchte, seine Gedanken gewaltsam aus der imaginären Kathedrale hinauszutreiben, aus einem Raum, der ihm vertrauter war als das Zimmer, in dem er jetzt saß. Groß und komplex wie eine ganze Stadt war diese Gedächtnisstütze geworden, denn vielfältige Anbauten hatten spätere Erfahrungen in sich aufgenommen. Aber er konnte sich nicht davon losreißen. Er konnte nur in die Flammen starren und die sich kräuselnden Blätter sehen. Sein Werk. Sein Leben. Sein Scheitern.

Voll Zorn und Scham und Hilflosigkeit warf er alles, was von dem Folianten noch übrig war, auf einmal in die Flammen. Das war die Strafe, die er sich selbst auferlegte für das, was er getan hatte. Vielleicht würde die heilige katholische Kirche ihm vergeben – dieselbe Kirche, die er sein Leben lang verachtet hatte. Jetzt, in

Krankheit und Alter, empfing er das Heilige Sakrament von den Pfaffen, die er einmal als Pharisäer geschmäht hatte.

»Maestro, was tut Ihr da?« rief Francesco Melzi, als er hereinkam. Er ließ ein Tablett mit Suppe und Brot fallen, stürzte zum Feuer und wollte die letzten Seiten retten, doch es war umsonst.

»Laß es sein«, sagte Leonardo mit ruhiger Stimme. »Du verbrennst dich nur.«

»Wieso habt Ihr das getan?« Francesco kniete neben Leonardo nieder. »Wir haben so lange daran gearbeitet, Eure Aufzeichnungen zusammenzutragen und zu ordnen.«

Leonardo seufzte. »Was ich da vernichtet habe, gehörte nicht zu den Aufzeichnungen.«

»Jetzt bestimmt nicht mehr«, sagte Francesco sarkastisch und richtete sich auf. Für einen scheinbar so friedfertigen Mann war er ziemlich launisch, und so loyal er war, so hatte es doch Zeiten gegeben, da Leonardo erwogen hatte, ihn nach Mailand zurückzuschicken. Er war ein wandelndes Rätsel: gerade noch demütiger, beinahe unterwürfiger Diener, und im nächsten Augenblick plötzlich unverschämt, als habe er sich soeben auf seine privilegierte gesellschaftliche Stellung besonnen. »Ich mußte schwören, Eure Folianten sicher aufzubewahren und nicht zuzulassen, daß sie verkauft oder vernichtet werden. Und das habe ich geschworen, weil ich dachte, sie seien unbezahlbar und könnten dazu beitragen, die Welt besser zu machen.«

Leonardo ließ den Kopf an die hohe Lehne seines Stuhls sinken und schloß die Augen. »Du hast es geschworen, weil du dachtest, ich sterbe.«

»Und weil ich Euch liebe.«

Leonardo nickte; er glaubte ihm. Er spürte Wärme in seinem rechten Arm, ein Jucken, als sei er eingeschlafen. Langsam verwandelte die Wärme sich in Schmerz.

»Diese Seiten zu vernichten, das ist wie ein Mord«, sagte Francesco.

»So würdest du nicht reden, wenn du etwas von Mord verständest.« Nach einer Pause fuhr Leonardo fort. »Aber ich gebe dir mein Wort, daß diese Seiten nicht zu meinem Werk gehören. Es waren *divertissements*, weiter nichts. Ohne Bedeutung.« Während er sprach, drang der Schmerz durch seinen Arm herauf in seine Schulter wie kaltes Wasser, das – unmöglich – bergauf floß, ihn durchströmte und Taubheit zurückließ. Leonardo ließ sich nichts anmerken; daß der Tod die Klauen nach ihm ausstreckte, war keine Überraschung. Aber er war noch nicht bereit dafür, und er würde es auch niemals sein, denn er hatte noch nicht einmal annähernd begriffen, aus welchem Stoff die Erde und der Himmel gemacht waren.

»Das ist eine Lüge«, sagte Francesco so hitzig, wie man es nur in seinem Alter sein konnte. »Es waren Eure Aufzeichnungen über das Fliegen. Ich habe sie gelesen. Ich weiß, daß Ihr durch die Luft geflogen seid; ich habe sämtliche Aufzeichnungen gelesen. Und die Briefe.«

Leonardo öffnete die Augen. Hatte Francesco denn alle seine Schubladen und Schränke nach Papierfetzen mit Notizen durchsucht? »Fabuliertes Zeug«, sagte er. »Eine Geschichte zur Unterhaltung eines Königs.«

»Für Franz? Aber ich war dabei, wenn Ihr mit dem König spracht, und Ihr habt nie …«

»Ludovico Sforza war es, den ich damit unterhielt, mein junger, ungläubiger Freund, und es ist ungefähr dreißig Jahre her. Ich war nicht viel älter als du. Als ich feststellte, daß Seine Allerstrahlendste Hoheit an meinen Vorschlägen zu allerlei Kriegsmaschinen kein Interesse hatte, sah ich mich in der peinlichen Lage, meine Stellung bei Hofe kraft meiner Fertigkeiten mit der Laute und meines Talentes als Geschichtenerzähler aufrechtzuerhalten. Von meiner Begabung als Erfinder, Architekt und Maler war er nicht so begeistert. Ludovico Il Moro war ein Mann ohne Geduld und von begrenztem Verstand, aber er liebte Musik und großartige Geschichten. Weißt du noch, wie ich dir von der Bratsche aus Silber erzählt habe, die ich in Form eines Pferdekopfes entworfen habe?«

Francesco nickte, und es war, als tue er es wider besseres Wissen. Er wußte offensichtlich nicht aus noch ein mit seinem Herrn, der vor sich hin zu sinnen schien; Leonardos sonst volltönende Stimme war leise, ein Flüstern fast.

»Dieses Instrument war der Grund, weshalb er mich an den Hof holte; so sehr hat er es geliebt. Und so war ich kaum mehr als einer, der Spielzeug für seine großartigen Maskenbälle und Feste und Hochzeiten entwarf und erfand. Du hast meine Notizen für *Das Fest des Paradieses* gelesen, das ich für die Hochzeit des Herzogs Galeazzo entworfen habe? Dafür habe ich einen Flaschenzug erfunden, um damit den Heiligen Nagel hochzuziehen.« Leonardo redete sich warm, und der Schmerz in Arm und Schulter ließ nach, als wären Rede und Täuschung ein Heilmittel. Aber plötzlich war ihm kalt.

Dennoch fühlte er sich nicht wie ein Sterbender. Vielleicht war er der Sense doch noch einmal entronnen.

»Ich habe Eure Briefe an den Dervadar von Syrien gelesen. Ich weiß von dem Erdbeben und der großen Mamelucken-Invasion und von Euren Hanfbomben und ...«

Leonardo lachte leise und ein bißchen gezwungen. »Lauter Blödsinn. Ich war nie im Orient. Geschichten für Il Moro, Unterhaltung, Ideen, die mir reisende Mönche und Forscher eingaben, Sklaven aus Nubien und Rußland und Tscherkessien.«

»Aber all diese Zeichnungen und Erfindungen und Notizen ...?«

»Ich habe mich jede Woche verkleidet und Il Moro und seinen Freunden bei Tisch vorgelesen. Und dann zeigte ich ihnen Skizzen und Entwürfe und Diagramme. Sie waren entzückt davon.«

»Meister, das kann ich nicht glauben. Wenn es wahr wäre – warum habt Ihr dann die Fabeln nicht verbrannt, die wir gesammelt haben?«

»Woher weißt du, daß ich es nicht noch vorhabe?« In Leonardos Stimme lag sanfter Spott. Er trug ein Gewand aus weißem Damast; dessen glatte Schlichtheit schien das blasse, zerfurchte Gesicht noch hervorzuheben, die kraftvollen, beinahe schroffen Züge, die von der Schwerkraft der Jahre nach unten gezogen wurden.

In seiner Jugend war Leonardos Engelsgesicht Modell für einige der vortrefflichsten Skulpturen Andrea del Verrocchios gewesen. Jetzt aber war sein Gesicht von den Falten des Alters zerteilt und zerschrammt wie eine *tabula rasa*, die in langer Nacht von einem Dämon, der mit silberner Spitze experimentierte, attackiert worden war. Leonardos einst weicher, beinahe weiblicher Mund hatte sich verhärtet; die schmale Oberlippe war an den Mundwinkeln abwärtsgekrümmt, und der lang und fließend gewachsene weiße Bart verlängerte ihre Konturen noch weiter. Im Alter waren die Augen das Faszinierendste an ihm geworden; sie überraschten Freunde, Höflinge und Könige gleichermaßen. Sie waren hellblau und saßen tief in seinem stolzen, verschlissenen Gesicht und vermittelten den beunruhigenden Eindruck, er sei ein robuster junger Mann hinter einer griechischen Maske.

Jetzt aber war dieses Gesicht still, und die Augen blickten irgendwie trüb auf einen perspektivischen Punkt, der im Kamin vor ihm brannte. Nach einer Weile sagte er: »Nein. Ich werde keine Blätter mehr verbrennen.« Wieder gluckste er ironisch, während der Schmerz schlimmer als zuvor wiederkehrte. Aber er hielt an seiner Verstellung fest, als wäre es eine weitere Aufführung für Franz, Ludovico Sforza oder den undankbaren Lorenzo de' Medici. »Das Werk ist zu wichtig. Darum habe ich dir mein Vermächtnis anvertraut.«

»Warum dann also?«

»Ich habe verbrannt, was frivol und gefährlich war, denn die Substanz meines Lebenswerks muß ernstgenommen werden. Die Fabeln sind legitime Kunst, keine Gaukelei. Aber *du* hast geglaubt, ich sei heimlich im Orient gewesen, nicht wahr? Und andere dürften es auch glauben. Und wenn man nun entdeckte, daß all das nur zusammenfabuliert war – und entdecken würde man es –, dann würde mein gesamtes Werk nicht mehr ernstgenommen werden. Hätte ein Prinz eine von meinen phantastischen Maschinen bauen lassen, und wäre der Flieger wie Ikarus in den Tod gestürzt, wie es zweifellos geschehen wäre, dann würde man mich auch als einen Taschenspieler und Scharlatan in Erinnerung behalten, ganz so, wie es meinem alten Gefährten Zoroastro da Peretola ergangen ist, möge er seinen Weg zum Himmel finden.«

»Aber Ihr hättet dem Folianten einfach eine Notiz anheften und darauf erklären können, was Ihr mir jetzt erzählt«, wandte Francesco ein.

»Würdest du so etwas glauben?« Schmerz durchströmte Arm, Schulter und Brust, als sei das kribbelnde, taube Gefühl zuvor nur ein Vakuum gewesen, das darauf gewartet hatte, mit diesem Schmerz ausgefüllt zu werden.

Francesco senkte den Blick. »Nein. Ich glaube Euch auch jetzt nicht.«

»Da hast du's, Francesco: Zweifelst an deinem Meister in seinen letzten Stunden. *Quod erat demonstrandum.* Und jetzt hilf mir ins Bett, junger Freund.« Leonardo ächzte, als sei er atemlos. »Und dann rufst du den Arzt unseres allervorzüglichsten Königs ... und einen Priester, damit ich das Heilige Sakrament empfangen kann.« Der tiefe, vertraute Schmerz wurde eindringlicher, und er hatte den kuriosen Gedanken, daß ihm die Brust auseinanderbersten werde wie die des Löwen, den er vor zwei Jahren aus Filz und Metall gebaut hatte.

In diesem Augenblick sah er, wie Francesco scheinbar in der Luft hängenblieb, als sei alle Bewegung irgendwie angehalten; der junge Mann beugte sich in einer Haltung über ihn, die man unmöglich mehr als einen Lidschlag lang bewahren konnte. Aber er bewahrte sie, und dann sah Leonardo, wie sein aristokratischer junger Freund und Diener verschwand, wie es einem oft im Traum geschieht, wenn Szenen und Personen wechseln, ohne eine kausale Abfolge zu wahren, und unversehens stand er vor der selbsterbauten Kathedrale seiner Erinnerung.

Die Kathedrale war größer und ausgedehnter als der große Duomo von Florenz oder Brunelleschis Santo Spirito. Sie war eine Kirche mit vielen Kuppeln auf einem achteckigen Grundriß, und allenthalben über den Kuppeln reckten sich Laternen ins reine Azur des Florentiner Himmels. Sie war so vollkommen gestaltet wie ein geometrisches Theorem, denn es war in der Tat ein lebendiges Gebäude aus reiner Mathematik. Es war rein weiß und glatt wie behauener Stein, die Form für alle seine Ideen zur Architektur, die Perfektion, die er nur vor seinem geistigen Auge jemals vollständig hatte zum Ausdruck bringen können.

Und wie so oft zuvor betrat Leonardo die Kathedrale, aber diesmal sinnierte er nicht und suchte auch nicht nach irgendeinem obskuren Faktum; er ging in das Gebäude, das all die Schätze enthielt, aus denen sein Leben bestand. Maestro Toscanelli war ein guter Lehrer gewesen, denn jetzt, am Ende, besaß Leonardo den sicheren Hafen der perfekten Erinnerung, in den Schmerz und Todesangst nicht eindringen konnten. Vor langer Zeit hatte Toscanelli ihn geheißen, sich in seiner Phantasie eine Kirche zu bauen, einen Speicher für Bilder – Hunderttausende Bilder –, die alles darstellen würden, woran Leonardo sich erinnern wolle.

Eine Kirche für all seine Erfahrung und sein Wissen, ob heilig oder profan.

Und so hatte Leonardo gelernt, nichts zu vergessen. Er fing den flüchtigen, unbeständigen Stoff der Zeit und sperrte ihn hier ein: alle Ereignisse seines Lebens, alles, was er gesehen und gehört hatte. Schmerz und Enttäuschung, Liebe und Freude, alles lag säuberlich auf Regalen geordnet in kolonnadengesäumten Höfen, Kapellen, Sakristeien, Veranden, Türmen und Kreuzgängen.

Er ging unter großen Reliefs und Terrakotta-Medaillons vorbei

– jede Figur, jede Linie ein Bild, ein Hinweis für die Erinnerung – und zum Hauptportal im Nordturm. Die Bronzestatue eines dreiköpfigen Demiurgen stand vor ihm, als solle sie ihm den Durchgang versperren. Einer der Köpfe war der seines Vaters: das starke Kinn, die funkelnde Miene, die vorspringende Hakennase. Wange an Wange mit dem Kopf seines Vaters war Toscanelli, ein ruhiges, sanftes Antlitz, das Leonardo mit tiefen, müden Augen mitfühlend anschaute. Der dritte Kopf gehörte Ginevra de' Benci. Es war das schönste Gesicht, das Leonardo je gesehen hatte. Als junger Mann war er in Leidenschaft für sie entbrannt; ja, er war mit ihr verlobt gewesen. Aber das war gewesen, bevor man ihn angezeigt und öffentlich gedemütigt hatte.

Ginevra hatte die gleichen starren Augen und schweren Lider wie die Frau des Florentiners Francesco del Giocondo, die Leonardo als *Mona Lisa* gemalt hatte –, aber ihr Gesicht war jugendlich gerundet und von einem Lichtkranz aus lockigem Haar umgeben. Aber es war ihr Mund, leicht schmollend und doch fest, der ihr erdhafte Sinnlichkeit und zugleich Erhabenheit verlieh. Und im Leben hatte sich ihr rötliches Haar in den Augen widergespiegelt – eine wilde Göttin, die in den Garten Eden herabgestiegen war.

Leonardo schaute in die Gesichter des offenbarten Wissens, die Gegenstände, die jeder Universitätsstudent aus *Margarita Philosophica* von Gregor Reisch hersagen können mußte. Leonardo war zwar nie auf der Universität gewesen, aber er hatte das Buch gelesen und erinnerte sich an das Frontispiz, auf dem die drei Zweige der Philosophie abgebildet gewesen waren: Materia, das Natürliche oder Stoffliche, Mens, das Geistige, und Caritas, die für die Liebe stand. Alle Zweige entsprossen diesen drei Köpfen, die ihm hier ausdruckslos entgegenstarrten, wie sie es immer taten, wenn er ihren Bezirk betrat, um diese oder jene Information hervorzuholen.

Doch dann erwachte Ginevras feingemeißelter Kopf langsam zum Leben, das ausdrucksvolle Gesicht mit den hohen Wangenknochen wurde beweglich, die Wangen röteten sich, und ihre Augen wurden hell und färbten sich so unnatürlich, wie er sie einst gemalt hatte. Sie drehte den Kopf, schaute ihn an und lächelte. Und in ihrem Gesicht und ihren Augen sah Leonardo ein Spiegelbild seiner selbst, wie er einmal gewesen war: eigensüchtig, sinnlich, selbstbesessen, unfähig zur Liebe. Sie waren ein grausamer Spiegel für einen alten Büßer.

Als Leonardo sich ihr näherte, erwachte auch der Kopf seines Vaters zum Leben, und Toscanellis ebenso.

»Was willst du hier?« fragte sein Vater streng, als wäre er noch im Tode ein Notar, der seine Klienten zu ermahnen hatte.

Leonardo war von dieser Frage überrascht und wußte keine Antwort. Die Statue bewegte sich auf ihn zu und versperrte ihm vollends den Weg. »Hier gibt es keine Zuflucht für dich.«

»Nicht für einen Päderasten und Mörder«, sagte Ginevra, und ihre Augen wirkten glasig, als schwämmen sie in Tränen.

»Ich war kein Päderast.« Leonardos knirschende Stimme erhob sich zu einem Schrei.

»Das ist nicht mehr wichtig«, sagte Toscanelli ruhig. »Erinnerung ist etwas für die Lebenden.«

»Du kannst hier nicht bleiben«, sagte sein Vater. »Dir bleibt nur die Hölle.«

»Wir werden dich hinführen«, sagte Ginevra. »Komm ...«

Und das Wesen streckte die Arme nach ihm aus und trat dabei aus dem Eingangsportal aus dunklem Mahagoniholz hervor.

Leonardo wich zurück und entging mit knapper Not dem steinernen Zugriff und stürzte dann vorbei an diesem Ungeheuer, das die Gesichter derer angenommen hatte, die er am meisten haßte und liebte.

Er lief durch den Narthex, die Vorhalle, in das Kirchenschiff, durch Seitenschiffe, die zu überwölbten Vierecken zerteilt waren. Vergoldete Bronzetüren führten in Baptisterien mit seinen Erfahrungen und Büchern und allen Menschen, denen er je begegnet war. Er lief vorbei an dunklen Fenstern mit Giebelfeldern, in denen alle seine Ideen für Gemälde und Skulpturen und Erfindungen vorgezeichnet waren. Er eilte durch Räume und Korridore und Kapellen und Chöre, die sehr viel mehr waren als die vielfältigen Erkenntnisse, die er der Erinnerung anvertraut hatte; sie waren die geistige Substanz seines Lebens an sich: kalte Mauern und Friese der Angst, Wandbehänge der familiären wie der sinnlichen Liebe, kleine Kapellen der Geborgenheit und der reinen, klaren Meditation und dunkle Kammern voller Haß, Ehrgeiz und Schuld.

Er kam durch Dutzende von Kapellen und Apsiden und gelangte schließlich in eine Kuppelhalle mit hohen Säulen, die vom Licht dicker Wachskerzen erfüllt war. Auf dem Antependium schien ein Hochaltar aufzuragen. Ein Hochamt wurde gelesen, aber die einzigen Worte, die Leonardo in der Leere des Raumes hören konnte, waren: »Gott, unserem Herrn und Meister und Beherrscher, der glorreichen Jungfrau Maria, dem Heiligen Erzengel Michael und allen seligen Engeln und Heiligen im Paradies ...«

Eine Tür zur Rechten führte in eine Galerie, und Leonardo überlief ein Frösteln, denn er wußte, was hier war. Er hatte ein Mausoleum entworfen, prachtvoller als alles, was bisher erdacht worden war, und wie die meisten seiner Projekte war es nie verwirklicht worden. Er kannte alle seine Terrassen und Türen und Gruftsäle, deren jeder fünfhundert Graburnen enthielt. Jedes Grabgewölbe war konstruiert wie die *tumuli* der Etrusker, und die Gänge waren labyrinthisch wie die in der Cheops-Pyramide oder im Schatzhaus der Atreus in Mykene.

Leonardo fühlte den Granitboden kalt unter seinen Sohlen, als er durch einen Korridor hastete; hier war ein finsterer Raum, in den er nicht hineinspähen konnte, denn er wußte, in einem der von ihm entworfenen Sarkophage würde er sich selbst finden. Die Erkenntnis machte ihn frösteln, aber sie überraschte ihn nicht, denn er wußte, welcher Gang aus der Gruft hinausführte, die Terrassenstufen hinunter und in die Straßen von Florenz, in die Stadt seiner Jugend mit ihrem besonders durchsichtigen Licht. Obgleich er sich schnell und unbeirrt durch die Kathedrale bewegte, deren Bau sein ganzes Leben gedauert hatte, durch ihre Hallen und die Labyrinthe ihrer Mausoleen, mußte er doch unwillkürlich innehalten, als er an diesen letzten Räumen vorüberkam. Wie konnte er ihnen entkommen, noch jetzt, im Augenblick des Todes? Er schaute hinein und sah Engel, die aus der Höhe Feuer auf Armeen regnen ließen. Er sah sich selbst beim Liebesakt hinter einem Gemälde seiner Geliebten, und er sah die Engel, die ihn von der Decke einer Folterkammer herab beobachteten, wie er seinen Freund opferte, weil ein Wort fehlte. Er besah sein großes Gemälde vom Jüngsten Gericht, in Öl und Firnis nach holländischer Art, und er sah sich selbst, wie er mit einem Sklaven des Königs durch die Wolken des ewigen Himmels schwamm, sah sich schweben und fliegen und sinken in Geräten, die er selbst entworfen hatte; und unter sich, auf endloser See, sah er seine Landsleute, an Ruder gefesselt, ertrinken. Er sah sich unter Wasser atmen; und auf Schlachtfeldern jenseits der Meere sah er seine Maschinen, wie sie schossen und explodierten und Soldaten niedermähten. Und genau in der Mitte des Gemäldes, als wäre das alles ein *trompe l'oeil*, sah er sich selbst, wie er die Augen der Toten mit seinen Fäusten zermalmte, und er sah die Phantasmen des Himmels, wie sie brannten in den Augen einer sterbenden Frau.

Dann erreichte Leonardo die Bronzetür, die hinausführte, und öffnete sie, und als er in dem weichen, beinahe blauen Licht, das der Abenddämmerung vorausgeht, auf den Terrassenstufen stand, spürte er den kühlen, duftenden Wind, und er sah Florenz ringsumher zu seinen Füßen.

»Ich kann nicht tot sein«, dachte er und roch Hyazinthen, Lilien, Hühner, Feigen, Brechbohnen, Fisch und Rauch, und dann den beißenden Dunst von Pferden, Kot und Urin, all die vertrauten Gerüche der Stadt, die er liebte. Von hier aus konnte er die mächtige Kuppel des Duomo sehen, und daneben das Baptisterium und den Campanile. Er war zu Hause. Dort floß der grünlichgelbe Arno, als wäre er die Zeit selbst; die alten Mauern umgrenzten die Stadt, und unter ihm drängten sich die Gebäude dicht an dicht, die Speicher und Kirchen und Villen und Mietshäuser, die Gärten und Olivenbäume und Teiche und die Schlösser und säulenumstandenen Häuser der Reichen. Müllübersäte Straßen, auf denen sich die Kaufleute drängten, pergamentbespannte Fenster …

Dann spazierte er durch die Straßen und war wieder jung; er verweilte auf Märkten, Messen und Basaren, drängte sich durch Scharen von Straßenverkäufern, Zunftleuten, Bettlern und Taft- und Seidenhändlern. Er beobachtete die hochgewachsenen Männer mit ihren blonden Haaren und langen Nasen und die üppigen, zivilisierten Frauen, die sich das Haar hochbanden und Gewänder aus feinem Goldbrokat und in den Farben der Pfauenfedern, Alexandrino, Verde und Berettino, trugen. Die Höker priesen ihre Waren und schwatzten mit den Kunden, Bettler schüttelten sich und tanzten für einen Denari, in Lumpen gehüllte Kinder rannten umher und kreischten und erschreckten die verschleierten Bürgerfrauen, die es eilig hatten, vor der Sperrstunde zum Sonnenuntergang nach Hause zu kommen.

Klatschgeschichten umfluteten ihn wie schwülwarmes Badewasser: An San Giovanni hatte man einen jungen Mann aus Bologna verhaftet, weil er den Männern die Troddeln von den Gürteln abgeschnitten hatte. Ein Mann war an den Galgen gehängt worden und nicht gestorben, und nun mußte er noch einmal gehängt werden. Ein Bär, der jemandem in der Stadt gehörte, hatte der Tochter des Giovacchino Berardi den Leib aufgerissen, aber sie lebte noch, Gott sei Dank! In den Palagio de' Signori hatte der Blitz eingeschlagen, und in Venedig war ein Ungeheuer mit einem Horn auf der Stirn und einem bis zur Nase gespaltenen Maul geboren worden.

Er überquerte den Ponte Vecchio; die stinkenden Stände blutbespritzter Metzger mit quiekenden Schweinen säumten die Brücke.

Die Straßen wurden dunkler ... und leerer. Leonardo hörte das Heulen und Jammern von Bauern, die dafür bezahlt wurden, daß sie in einer fackelüberstrahlten Totenprozession hinter dem Sarg hergingen. Eine Karawane von sechzig Bauern marschierte so durch die Straßen, und einige von ihnen blieben vor den kleinen Gitterfenstern an der Straßenseite der großen Häuser und Paläste stehen und kauften dort eine Flasche sauren Wein. So war es Brauch in Florenz.

Leonardo wußte, daß er es war, dem sie da folgten, aber er entkam ihnen durch das Labyrinth der bedrückend engen Straßen, die allenthalben von Bögen und überhängenden Mauern beschattet wurden. Die Gebäude rochen nach Moos und Feuchtigkeit, lebende Wesen, gefangen zwischen zwei endlosen Atemzügen. Die Kacheln und der geplatzte Stuck an ihren Fassaden waren bedeckt von den Graffiti der Jahrhunderte, wie die Haut der Sklaven, die man aus dem Orient brachte, mit phantastischen Tätowierungen überzogen war; aber die gemeißelten Runen von Florenz, seine rohen Porträts und Kreuze und Wahrzeichen halbwüchsiger Liebe würden überleben wie die Steine seiner Mauern.

Er ging unter den jetzt verlassenen Arkaden dahin, durch die gefliesten Passagen des Handwerkerviertels, vorbei an den Verkaufsständen der Kürschner und Schmiede und Obst- und Gemüsehändler. Auf den meisten Ständen lagen keine Waren mehr, und die Läden der Geschäfte waren aus Sicherheitsgründen geschlossen, denn es war inzwischen ungefähr sieben Uhr.

Er ging durch das Viertel der Goldschmiede, vorbei an Botticellis Werkstatt, bis er schließlich zu Andrea Verrocchios grauer *bottega* kam, einem dreistöckigen Haus mit Werkstatt in der Via dell' Agnolo. Der große Dom von Santa Maria del Fiore ragte in der Ferne auf, das größte Werk der größten Stadt der Welt.

Zehn Jahre lang hatte Leonardo hier gelebt und gelernt, und in dieser Zeit hatte Verrocchio oft die Rolle des Vaters und des Lehrers, des Freundes, Mitarbeiters und Beichtvaters gespielt. Leonardo hörte die Fistelstimme seines Herrn unter anderen aus den offenen Fenstern im ersten Stock. Sie diskutierten über Donatellos Paradox, demzufolge etwas schön sein könne, selbst wenn es häßlich sei.

Leonardo mußte unwillkürlich lächeln, aber die Ausrufer, die durch die leeren Straßen zu brüllen begannen, rissen ihn aus seinen Gedanken.

In ein paar Stunden würde die Ausgangssperre wieder aufgehoben werden, aber die Stadttore würden für alle außer einigen wenigen verschlossen bleiben. Soldaten und Polizisten würden in großer Zahl unterwegs sein, um die braven Bürger von Florenz zu schützen. Heute war der Vorabend des Osterfestes, und um Mitternacht würde man aus dem uralten Feuerstein vom Heiligen Grabe, der während der Kreuzzüge aus dem Heiligen Land hergebracht worden war, Funken schlagen, und eine Feuertaube würde aus dem Duomo, der großen Kuppelkathedrale, geflogen kommen. Die gepflasterten Straßen würden überflutet von Bauern und Bürgern, die gekommen waren, um im Fackelschein die große Prozession der Pazzi zu begaffen. Händler und Beutelschneider würden ihrem Gewerbe nachgehen.

Heute nacht würde die schreckliche Tretmühle des Alltagslebens für ein paar Stunden angehalten werden, und Phantasie und Fröhlichkeit würden regieren und, natürlich, die Gefahr. Das war die Magie des Feiertags, selbst am Osterfest, das doch von Ehrfurcht geprägt war.

Aber jetzt war es dunkel bis auf den gelben Glanz der Kerzen, die hinter den Fenstern der Stadt flackerten und blakten und einen leuchtenden Dunst entstehen ließen, der zum sterntrüben Himmel emporzuschweben schien.

Als er die dicke Eichentür aufstieß – sie war noch nicht verriegelt –, hörte er überall in Haus und Atelier die Glocken läuten. Verrocchio ließ die Tür seinetwegen immer unverschlossen, denn Leonardo kam immer zu spät. Im Hausflur war es dunkel und heiß, und es roch feucht, aber Leonardo fühlte sich wieder sicher und wohlbehalten. Er verriegelte die Tür hinter sich und tastete sich durch die Dunkelheit zur Treppe; schon roch er den köstlichen, wenn auch etwas schalen Duft von Feigen, gesüßtem Obst und gebratenem Fasan. Aber jäh erfaßte ihn der machtvolle Duft von Parfüm …

Nach einer ganzen Weile erst hörte Verrocchio die Glocken und rief seinen Namen.

Leonardo war endlich zu Hause.

Wo alles angefangen hatte …

Teil 1: Caritas

Betrachte nun die Hoffnung und das Verlangen, heimzukehren ins Vaterland oder zurückzukehren zum urweltlichen Chaos wie eine Motte zum Licht, bei jenem Manne, der mit fortgesetztem Verlangen stets freudvoll jedem neuen Frühling und dem neuen Sommer entgegenblickt und den neuen Monaten und den neuen Jahren und dabei meint, die Dinge, die er da ersehnt, kämen zu langsam, und der dabei nicht erkennt, daß er sich doch sehnt nach seinem eigenen Untergang …

Leonardo da Vinci

Fantasia dei Vinci

Wie du mir, so ich dir.
Motto des Ludovico Sforza

»Leonardo, warte«, flüsterte eine Stimme in der Dunkelheit. Seide raschelte, und Ginevra de' Benci schlang die Arme um Leonardos Hals. Sie war ein großes, fleischiges Mädchen, gerade siebzehn. Ihr mondförmiges Gesicht berührte das seine; es war glatt vom Schweiß, und ein köstlicher Moschusduft umgab sie.

»Was *machst* du hier?« fragte Leonardo. »Es ist heiß wie in einem Backofen.« Er küßte sie hart, als würden sie sich durch bloßen Druck in Geister verwandeln und ineinander übergehen; dann zog er sie hinter die Treppe, wo schon immer sein spezielles Versteck gewesen war, seit er mit zwölf Jahren als Lehrling hierher gekommen war.

Der Wandschrank aus Zedernholz, den er jetzt hinter sich hatte, war ihm einst so groß erschienen wie die kleine Kate in dem Städtchen Vinci, wo er geboren war. Er fragte sich, ob die Kerzen, die er einmal bei der Malergilde gestohlen hatte, immer noch in diesem Schrank versteckt waren, zusammen mit seinen alten Notizbüchern.

Geschickt, aber in gieriger Hast, zog er erregt ihr Hemd und das seidene Obergewand hoch und drückte sie fest an sich. Sie hatten diesen Tanz schon früher geübt – einmal in ihrem eignen Schlafzimmer im Palazzo ihres Vaters – und bekamen nie genug davon.

»Hör auf, Leonardo, du zerquetschst mich ja«, sagte sie, ließ sich aber von ihm liebkosen. »Ich habe hier nicht auf dich gewartet, damit du ... das tust. Und gerade hat dein Meister Andrea dich gerufen. Was gedenkst du daraufhin zu tun?«

»Meister Andrea«, rief Leonardo; er hob den Kopf und schaute nach oben, auch wenn dort nur schwarze Finsternis zu sehen war. »Ich bin gleich oben.«

»Was machst du da unten, Leonardo?« rief Andrea aus dem oberen Stockwerk. »Treibst du es etwa mit den Katzen?« Gelächter kam aus dem Atelier, das zugleich als behelfsmäßige Wohnstube diente. Andrea hielt stets sechs oder sieben Katzen in seiner *bottega*; er behauptete, sie seien intelligenter und gäben eine weit bessere Gesellschaft ab als seine verwitwete Schwester oder sonst jemand aus seinem Gefolge von armen Verwandten und Lehrjungen.

Ginevra stieß Leonardo von sich und schlug in gespieltem Zorn nach ihm.

»Ich will für Euch und Eure Gäste etwas Interessantes vorbereiten, und da brauche ich noch ein paar Augenblicke zum Nachdenken. Habt Geduld, Alter.« Leonardo stand im Ruf eines Possenreißers, Gauklers und Zauberkünstlers, und obwohl er allenfalls passabel Latein sprach, war er doch ein gesuchter Gast auf Abendgesellschaften.

»Alter?« schrie Andrea. »Geh und such dir einen Medici, der dir heute dein Abendbrot gibt. Vielleicht läßt er dich auch in seinem Garten wohnen, bei den Statuen, die du mir nicht geholfen hast zu reparieren.« Leonardo hörte die Dielen knarren, als Verrocchio davonging und zu seinen Freunden hineinrief: »Habt ihr gehört, wie dieser junge Bock mich genannt hat?«

Leonardo wollte Ginevra umarmen, aber sie wich zurück. »Papa ist oben, mit Messer Nicolini. Ich habe allen gesagt, ich wolle ein bißchen schlafen, und dann habe ich hier auf dich gewartet, weil ich dir etwas erzählen muß … Etwas Wichtiges.«

Leonardo ließ von ihr ab, als sie Luigi di Bernardo Nicolini erwähnte, einen Geschäftspartner ihres Vaters, der ein Seidenhändler war. Nicolini war ein alter Mann, versauert, runzlig und glatzköpfig. Und sehr, sehr reich. »Ja …?«

Er hörte, wie Ginevra mit nervösem Nachdruck ausatmete.

Nach kurzer Pause sagte sie: »Es geht um die ... Schwierigkeiten meiner Familie.«

»Du meinst Geld.«

»Ja, aber es ist viel schlimmer, als ich dir erzählt habe. Papa kann seine Schulden unmöglich bezahlen, ohne sein Anwesen zu verkaufen.«

»Nun, vielleicht wäre das ein kluger Schachzug; er könnte dann ...«

»Ich werde nicht zulassen, daß er Unehre über unsere Familie bringt«, fauchte sie.

»Und was hat das alles mit Messer Nicolini zu tun?« Leonardo spürte, wie bange Unruhe ihn heiß durchströmte. Seine Drüsen schienen sich zu öffnen und einen Schwall von Gefühlen zu entfesseln, der brannte wie Säure auf Zink. Sein Herz pochte, als wolle es durch seinen Hals ins Freie dringen.

»Messer Nicolini hat angeboten, ihm tausend Gulden zu leihen, damit Papa eine angemessene Mitgift bieten kann.«

»Ah, das ist es also«, sagte Leonardo kalt. »Ein ›Darlehen‹, das niemals ausgezahlt werden müßte.«

Ginevra gab keine Antwort.

»Du würdest mit seinem Sohn vermählt werden?« fragte er vorsichtig.

»Mit ihm«, flüsterte sie.

»Das habe ich mir gedacht. Dieses alte Dreckschwein. Und was ist mit uns – oder ist das ohne Bedeutung für dich?«

»Ich habe einen Plan, Leonardo«, sagte Ginevra leise.

Es war, als habe Leonardo es nicht gehört. »Aber dein Vater weiß doch sicher, was wir füreinander empfinden.«

»Nein. Er glaubt, wir seien gute Freunde, mehr nicht.«

»Aber du wolltest es ihm sagen. Wir hatten es so besprochen, Ginevra ...«

»Ich konnte nicht.«

»Weil ich ein Bankert bin.«

»Weil du arm bist – noch. Und er ist bis über beide Ohren verschuldet.«

»Er kann sich doch sicher etwas leihen. Er ist ein angesehener Mann.«

»Es ist zu weit gegangen. Deshalb habe ich ihm gesagt, daß wir nur Freunde sind und daß ich Messer Nicolini in Betracht ziehen würde. Papa liebt mich, und es macht ihn auch nervös, daß ich schon siebzehn und noch nicht verheiratet bin.«

»Dann ist die Sache ja erledigt.« Leonardo spürte, wie er kalt und taub wurde.

»Gar nichts ist erledigt, Leonardo. Begreifst du denn nicht – es ist ein Trick, ganz wie deine Zauberkunststücke. Sobald Papa das Geld bekommen hat und die Heiratsvermittler bestellt sind, werde ich ihm sagen, daß ich dich liebe. Ich werde behaupten, es sei mir bis dahin nicht klar gewesen, aber nun könne ich eine solche Ehe einfach nicht eingehen.«

»Aber dann ist es zu spät.« Leonardo fühlte sich erleichtert und gedemütigt zugleich. In dem Vakuum, das die nachlassende Spannung hinterließ, wuchs sein Zorn, aber er konnte sich nicht abwenden und ihm Luft machen, noch nicht, denn dann würde er sie ganz bestimmt endgültig verlieren. »Dein Vater müßte Messer Nicolini das Geld für die Mitgift auf jeden Fall zurückgeben – das zuallermindest. Einen Skandal würde es geben.«

»Bis dahin könnte Papa seine Angelegenheiten in Ordnung bringen. Dann könnte er das Geld zurückzahlen. Er braucht nur Zeit.« Sie lachte leise, aber es klang gezwungen. »Und einen Skandal wird es nicht geben, mein lieber Leonardo, denn welcher Mann würde zugeben, daß er ein ›Darlehen‹ zur Mitgift beigesteuert hat, um sich eine Braut zu sichern?«

»Das gefällt mir ganz und gar nicht«, sagte Leonardo und schluckte seine Galle herunter.

»Ich weiß, wie dir zumute sein muß, aber es geht nicht anders«, sagte Ginevra. »Deine Freunde kannst du mit Ausreden abspeisen; sag ihnen, du hast mich satt. Mit deinem alten Ruf wird es dir nicht schwerfallen, sie zu überzeugen. Aber ich habe keine Wahl in dieser Angelegenheit.« Sie war völlig beherrscht; Leonardo wußte, daß er sie nicht würde überreden können. »Ich liebe dich, aber meine Familie geht vor ... bis wir verheiratet sind; dann wirst du mein ganzes Leben sein. Das verspreche ich dir.«

Leonardo hörte Seide rascheln, als sie ihr Hemd hochzog und ihm entgegenkam. Sie liebte Erregung und Gefahr, und so sehr er sie liebte – und er wußte, daß sie ihn ungeachtet alles anderen ebenfalls liebte –, war ihm doch auch klar, daß sie gefährlich war. Aber sie überwältigte ihn. Sie war seine erste Liebe und er die ihre. »Ich liebe dich wirklich«, sagte sie. »Es zerreißt mich in jedem Augenblick, das Verlangen nach dir. Ich werde ihn nicht heiraten, das verspreche ich dir.« Leonardo wollte ihr gern glauben; schließlich hatte sie sich schon immer etwas auf ihre Aufrichtigkeit zugutegehalten. In dieser Hinsicht sah sie sich als Mann, denn in ihren Augen war die Aufrichtigkeit das Zaumzeug der Ehre. Dieses Täuschungsmanöver mußte ihr sehr schwerfallen. Trotzdem fühlte er sich wie einer, der im Treibsand versank.

Sie drückte sich an ihn, liebkoste ihn und ging zum Angriff über; er seinerseits berührte sie an jenen geheimen Orten, wo sie es, wie sie ihm einmal gestanden hatte, am liebsten hatte, und er massierte sie, bis sie sich schließlich für ihn öffnete, während sie auf dem staubigen, von Spinnweben bedeckten Boden knieten, und er fühlte sich wie Wasser, das spülte und flutete und strömte und prasselte über eine Haut, so glatt und hart und rein wie Stein.

Leonardo ließ Ginevra über die Hintertreppe zu Meister Andreas Schlafkammer hinaufsteigen, wo sie sich vorgeblich zur Ruhe gelegt hatte, während er mit großartigem Auftritt in der inneren Werkstatt erschien. Dieser Raum war beinahe frei von jenem Staub, der die äußeren Zimmer durchdrang, wo Gußformen gefeilt und Leinwände grundiert wurden. Er war gekleidet wie eine Feuersbrunst: Über dem Hemd, einer blutroten *camicia*, trug er ein Wams in Heliotrop und Karmesin aus schweren Samt- und Leinenstoffen. Leonardo war groß und von schöner Gestalt; er konnte eng anliegende Kleidung tragen, die dazu geschnitten war, das griechische Ideal von Muskel- und Körpergestalt zu umreißen. Aber er hatte nicht vor, seine Gefühle zur Schau zu tragen wie ein trauernder Bauer. Er fuhr sich mit den Fingern durch das zerzauste, dunkelbraune Haar und trat theatralisch ins Zimmer.

Andrea hatte eine stattliche, erlauchte Gesellschaft von Männern in sein Haus eingeladen, das zu einem der wichtigsten Salons von Florenz geworden war. Die zahlreichen Gespräche waren laut, und der Fußboden war fleckig vom Wein aus den Flaschen, die mangels erreichbarer Tische auf den Boden gestellt worden waren und mit jedem unbedachten Tritt umgestoßen wurden.

Der alte Paolo del Pozzo Toscanelli, der Leonardo in Mathematik und Geographie unterrichtet hatte, saß neben einem großen irdenen Krug und einem Modell des Lavabo, das in der alten Saktistei von San Lorenzo aufgestellt werden sollte. Ein Knabe mit dunklen, eindringlichen Augen und einem harten, vorwurfsvollen Mund stand hinter ihm wie ein Schatten. Leonardo hatte den Knaben noch nie gesehen; vielleicht hatte Toscanelli den Bengel erst kürzlich in sein Haus geholt.

Neben Toscanelli saßen seine Schüler und Schützlinge Amerigo Vespucci und Benedetto Dei. Vespucci, ein großer, schlaksiger, unbeholfen aussehender junger Mann, grinste Leonardo an; sie hatten zusammen studiert. Leonardos Kollegen, die anderen Schüler, standen an den Wänden, hörten diskret zu und warfen hier und da ein Wort ins Gespräch. Sonst pflegte Meister Andrea die Schüler immer zur Arbeit zu bewegen – bei Leonardo, dem besten von allen, hatte er es längst aufgegeben, der arbeitete, wann er wollte –, aber heute abend hatte er die Werkstatt geschlossen, denn bald war Feiertag. Lorenzo di Credi, der immer so aussah, als sei er gerade aufgewacht, nickte grüßend, und Pietro Perugino ebenfalls. Perugino, der aus der Provinz Perugia stammte, war der älteste Schüler; er würde bald ausziehen und Meister in seiner eigenen *bottega* werden.

»Komm, Leonardo, du mußt uns helfen«, rief Verrocchio. »Wir haben schon auf dich gewartet, damit du uns mit einem deiner ›Wunder‹ in Erstaunen versetzt, aber vorher mußt du uns helfen, eine philosophische Meinungsverschiedenheit zu klären.« Verrocchio war dreiunddreißig Jahre alt und untersetzt; mit seinem vollen, glattrasierten Gesicht und seinem dunklen Gewand hätte man ihn für einen Priester halten können. Er stand mit Amerigo de' Benci, Ginevras Vater, und dessen Geschäftspartner Nicolini zusammen.

Gleich neben diesem inneren Zirkel stand Sandro Botticelli, ein beliebter Gast in Verrocchios Atelier. Leonardo sah die anderen Schüler zwar öfter als ihn, aber er betrachtete Botticelli trotzdem als seinen besten Freund – als seinen einzigen Freund. In gewisser Hinsicht erschien Sandro wie Meister Andrea als junger Mann, denn er hatte das gleiche breite, fleischige Gesicht. Aber Botticellis Kinn war kraftvoller, und während Verrocchios Lippen schmal und zusammengepreßt waren, wirkten Sandros schwer und sinnlich. Gleichwohl war es Botticelli, der dem Asketentum entgegenstrebte, auch wenn seine Arbeiten blutvoll und lebendig waren.

Sandro drückte Leonardos Arm, und Leonardo antwortete mit einem Lächeln. Doch auch wenn er sich bemühte, zuversichtlich und gesellig zu erscheinen, es fiel ihm schwer, sich zu konzentrieren. Und sein Atem war rauh, wie immer, wenn er aufgebracht war. Er begrüßte Meister Andrea und Amerigo de' Benci und heuchelte die Freundlichkeit, die sonst von Herzen gekommen wäre; Nicolini nickte er zu. Der Ältere hatte ein kräftiges, zerfurchtes Gesicht und Ohren, auf die ein Elefant stolz gewesen wäre, dachte Leonardo. Obwohl manche ihn für einen gutaussehenden Mann halten dürften, fand Leonardo ihn abstoßend.

»Ich bin kein Philosoph«, sagte Leonardo zu Verrocchio. »Ich bin nur ein Beobachter. Ihr hättet Messer Ficino einladen sollen oder sonst einen der gescheiten Herren von seiner Akademie, die äußerst profunde Kenntnisse über die Worte toter Männer besitzen.«

Diese Spitze gegen die Humanisten entging Toscanelli nicht; er hatte zwar die Gewohnheit, sich taub zu stellen, damit er bei seinen Studien nicht gestört wurde, aber jetzt hörte er sehr gut. Im Gegensatz zu Leonardo, auf den man herabsah, weil er sich nicht fließend in Latein unterhalten konnte, hatte Toscanelli gute Verbindungen zur Platonischen Akademie. Für ihn stand Marsilio Ficinos kürzlich erschienene, populäre *Theologia platonica* auf einer Ebene mit Platos eigenen Werken. Leonardo hatte dagegen die Ansicht vertreten, sie sei leichtfertig und eine Verschwendung von Tinte und Papier.

»Das wird dir gefallen, Leonardo«, sagte Toscanelli sarkastisch. »Es ist ziemlich ›leichtfertig‹.« Benedetto Dei lachte über diese Bemerkung seines Meisters; Amerigo Vespucci lächelte matt, aber der Knabe, der hinter Toscanelli stand, starrte Leonardo eindringlich forschend an. Und Sandro schaute zu, scheinbar unberührt von allem, was um ihn herum vorging, und doch abwartend, als stehe sein eigener Auftritt kurz bevor.

Nicolini aber wandte sich an Toscanelli und sagte: »Ich würde eine Debatte über die Frage, aus welchem Stoff die Geister sind, nicht als leichtfertig betrachten.«

Toscanelli nickte dem Mann lediglich zu.

Ginevras Vater sah Leonardo lächelnd an. »Wir führen hier nur eine freundschaftliche theologische Diskussion über die Geister, die nach Ansicht meines Freundes Luigi di Bernardo Nicolini nichts anderes sein können als abgetrennte Seelen. Aber Plato sagt überhaupt nichts über die Lage der Seelen im Zustand der Loslösung vom Körper.«

»Er sagt aber wohl, daß die Seele an sich der Hauptgrund der Bewegung sei«, erklärte Nicolini. »Die Seele hat schon immer existiert und ist unabhängig von der stofflichen Welt. Und solche isolierten Seelen oder Geister – seien sie nun göttlich oder dämonisch – können sich ohne Zweifel in unserem sterblichen Reich manifestieren. Sie sind einfach nicht angewiesen auf die Materie, wie wir es sind. Muß ein Engel etwa trinken oder essen? Ebenso nötig braucht ein Lichtstrahl einen Topf Grütze, damit er leuchten kann. Wir sind nur Werkzeuge in ihrem Widerstreit zwischen Gut und Böse. Würdet Ihr denn glauben, Satan könnte sich uns nicht hier in diesem Raum zu erkennen geben, weil er nicht sterblich ist? Akzeptiert Ihr den gekreuzigten Christus nicht, weil ...«

»Aber mein Freund«, unterbrach Amerigo de' Benci, »Christus hatte teil an der Sterblichkeit wie an der Unsterblichkeit.«

»Ganz recht! Wie aber wollt Ihr dann den Heiligen Geist einschränken?«

»Nun, Leonardo«, sagte Verrocchio, »kannst du diese Frage klären?«

»Ich bitte alle um Vergebung«, sagte Leonardo, »aber ich muß Messer de' Benci zustimmen. Der Geist muß seiner Definition nach in seiner Substanz unsichtbar sein, denn innerhalb der Elemente gibt es keine körperlosen Dinge. Wo kein Körper ist, muß ein Vakuum sein, und ein Vakuum kann in den Elementen nicht existieren, denn es würde auf der Stelle ausgefüllt werden. Ein Geist würde somit unaufhörlich ein Vakuum hervorbringen und deshalb unweigerlich ständig himmelwärts fliegen, bis er die materielle Welt verlassen hätte; deshalb finden wir hier in dieser Gegend so wenig Geister.« Diese Worte riefen Gelächter und vereinzelten Applaus hervor; alle hörten jetzt zu.

»Und wieso muß der Geist in seiner Substanz unsichtbar sein?« fragte Nicolini, der hier offensichtlich überfordert war. Er stand hoch aufgerichtet da, als könne er die Debatte durch seine Haltung gewinnen. »Der Geist ist wahre Substanz. Er kann jeglicher Form innewohnen.«

»Dann wäre er in sterbliches Fleisch gehüllt wie wir«, sagte Leonardo. »Das würde Euch niemand bestreiten. Aber wo das nicht der Fall ist, wird der Geist dem leisesten Windhauch auf Gedeih und Verderb ausgeliefert sein; und wenn er Euch auch einen winzigen Augenblick lang erscheinen könnte, wie sollte er da reden? Die Antwort ist, er könnte es nicht. Ein Geist kann ohne Luftbewegung keine Stimme hervorbringen. Luft aber gibt es in ihm nicht, und er kann auch nicht hervorbringen, was er nicht hat.« Leonardo verbeugte sich. Wieder erhob sich Applaus.

Nicolini schüttelte leicht den Kopf und starrte Leonardo herrisch an. »Ich glaube, ich vernehme hier den beißenden Unterton der Ketzerei, mein junger Herr.«

»Ich glaube, das Wort, das Ihr eigentlich sucht, ist Logik, Messer. Ich glaube, weder Gott noch Plato würde mir widersprechen.«

»Wo ist unsere Ginevra?« fragte Amerigo de' Benci, um das Gespräch auf ein angenehmeres Thema zu bringen.

»Höchstwahrscheinlich schläft sie noch«, meinte Andrea. »Es ist ganz ungewöhnlich heiß für einen Osterabend. Ich schicke einen der Lehrlinge zu ihr, um sie zu wecken. Tista!« rief er einem blonden Jungen zu, der an der Wand lehnte. »Geh in mein Schlafzimmer, wo Madonna Ginevra ruht, und klopfe dort leise – wohlgemerkt, leise – an die Tür. Sag der schönen Penelope, die Freier warten ungeduldig auf ihr Erscheinen.«

Der Junge errötete verlegen und lief hastig hinaus.

Nicolinis Miene milderte sich. »Und wie Odysseus muß ich ihnen von Mann zu Mann mit Bogen und Schwert entgegentreten?«

»Vielleicht später, aber zuerst steckt Ihr ihr am besten einen Ring an den Finger«, antwortete Amerigo de' Benci gutgelaunt.

Leonardo spürte, wie seine Ohren brannten, aber so erbost und gekränkt er auch war, er betete doch, daß ihm nicht das Blut ins Gesicht schießen und ihn verraten möge. Wieder umfaßte Sandro zärtlich seinen Arm. »Er weiß es«, dachte Leonardo.

Aber schon einen Augenblick später trat Ginevra de' Benci

ins Zimmer. Sie trug eine *gamurra* aus karmesinroter Seide mit einem Brokatbesatz aus goldenen Blumen und Perlenstickereien an den Ärmeln und einen sehr schmalen, türkisfarbenen Umhang, eigentlich nicht mehr als ein Halstuch. Das lange rote Haar über dem blassen, sanften Gesicht war zurückgebunden. Gekräuseltes Haar umrahmte schlaftrunkene Augen und hohe Backenknochen, die ihr ein hochmütiges Aussehen verliehen. Ihre Lippen waren ungeschminkt; nichts lenkte von den Augen ab, die den Glanz ihres Haares widerspiegelten. Sie lächelte allen zu und freute sich offenbar, im Mittelpunkt der Aufmerksamkeit zu stehen. Sie posierte und schob dabei die Unterlippe affektiert schmollend vor – so empfand Leonardo es. Alle andern waren bezaubert.

Sie schaute Leonardo an, und für die Dauer eines Augenblicks war da das gemeinsame Wissen zwischen ihnen, und Leonardo sah ihr Inneres. Sie verstellte sich nur, und wenn er je hoffen wollte, sie zu meistern und zu besitzen, dann mußte er es ebenso tun.

»Darf ich es bekanntgeben?« fragte Ginevras Vater Andrea.

»Natürlich«, sagte Andrea und forderte die Anwesenden laut auf, zuzuhören.

»Mit großem Vergnügen, liebe Freunde«, sagte Amerigo de' Benci, »gebe ich die Verlobung meiner schönen Tochter Ginevra mit meinem Freund und Geschäftspartner Luigi die Bernardo Nicolini bekannt. Ihr alle seid herzlich eingeladen, wenn wir die Braut in ihrem neuen Heim willkommen heißen, und dies wird natürlich der prachtvolle Familienpalast dieses vortrefflichen Herrn sein. Und wir versprechen Euch, es wird ein großartiges Fest werden! Überdies möchte ich bekanntgeben«, fuhr er fort, als der Applaus verebbt war, »daß wir zum Andenken an ihre bevorstehende Heirat ein Porträt meiner schönen Tochter in Auftrag geben werden.« Er wandte sich an Leonardo. »Ich habe alle nötigen Vereinbarungen mit Meister Andrea getroffen, damit Ihr dieses Gemälde anfertigen könnt. Nehmt Ihr an?«

Leonardo fühlte, wie Sandro ihm sanft zwei Finger in den Rücken drückte. »Ja, natürlich, Messer de' Benci. Es wäre eine Ehre für mich.«

Wieder gab es Beifall. Leonardo galt schon jetzt als einer der vielversprechendsten Maler von Florenz. Man munkelte, er werde Verrocchios *bottega* bald verlassen und als Meister in seiner eigenen wirken.

»Kein anderer kann malen wie Leonardo«, sagte Ginevra. »Außer vielleicht Sandro, ein kleines bißchen«, fügte sie eilig hinzu und lächelte Botticelli zu.

»Ich male keineswegs wie Leonardo«, erwiderte Sandro mit gespielter Weinerlichkeit. »Er und Paolo Ucello – alles, was sie interessiert, ist die Perspektive. Was mich angeht, so kann ich solche Landschaften malen, indem ich einen pigmentgetränkten Schwamm gegen die Leinwand werfe und mich dann gleich den wichtigen Dingen des Bildes zuwende.«

Leonardo schluckte diesen Köder nicht. Er sah Ginevra an, aber sie wandte den Blick ab, und in diesem Moment war er sicher, daß sie ihn nicht liebte. Aber er *wußte*, daß er sich irrte; es waren nur seine Gefühle, die sich da gegen ihn wandten. Wie konnte er erwarten, daß sie ihn jetzt anschaute?

»Leonardo, Ihr müßt mich jetzt Amerigo nennen, wie es auch Euer Vater tut«, sagte Amerigo de' Benci und zog seine Tochter an sich. »Schließlich seid Ihr jetzt unser Familienmaler.« Jetzt lächelte Ginevra Leonardo zögernd an, aber sie war plötzlich bleich, als wolle sie in Ohnmacht fallen.

»Fehlt dir etwas, Ginevra?« Leonardo hätte sie am liebsten umarmt und diesem Theater ein Ende gemacht.

»Nein«, sagte sie mit warnendem Blick. »Mir geht es gut.« Sie sah ihren Vater und ihren ältlichen Verlobten an. »Wirklich, mir geht es *gut*!«

Nicolini zog sie besitzergreifend an sich und flüsterte ihr etwas ins Ohr. Es war eine Frage, die sie mit einem Kopfschütteln beantwortete, aber er hielt sie trotzdem weiter in seinen Armen. Dabei starrte er Leonardo ein paar Augenblicke lang streng an, als wolle er klarstellen, daß sie ihm und nur ihm gehöre. Leonardo war wütend; er fühlte sich gedemütigt, aber er wandte sich ab. Die Gäste drängten sich um Ginevra, ihren Vater und Nicolini, um ihre Glückwünsche anzubringen. Ginevra war plötzlich wieder lebhaft und munter. Amerigo de' Benci schüttelte seinen Freunden die Hände, nahm ihre Gratulationen entgegen und sagte dann zu Leonardo: »Euer Vater bedauert, daß er bei diesem Fest nicht beisein kann, aber er mußte in Geschäften der Signoria verreisen.«

»Ah«, sagte Leonardo und nickte, während die Gratulanten sich um ihn herum drängten und sich gegenseitig mit den Ellbogen beiseite schoben. Er hatte in letzter Zeit keine Ahnung mehr, wo sein Vater sich aufhielt, seit Ser Piero da Vinci zum dritten Mal geheiratet hatte, die junge Margherita di Guglielmo diesmal, von der er sich einen ehelich geborenen Erben erhoffte. Bei Familientreffen behandelte ihn sein Vater zwar immer freundlich und anständig, aber Leonardo wußte, daß er in seinem Hause nicht mehr willkommen war ... zumal jetzt, da Margherita schwanger war.

Leonardo ließ sich von Sandro in eine weniger bevölkerte Ecke des Raumes manövrieren. Er nahm einen Schluck von dem schweren, tanninsauren Wein, den Sandro ihm anbot.

»Wie es aussieht, hast du Ginevra also gehenlassen«, sagte Sandro.

Leonardo nickte unverbindlich.

»Ist auch besser, frei zu sein.« Sandro lächelte. »Du hast schließlich einen Ruf zu verlieren.«

»Allerdings.« Leonardo schenkte sich Wein nach.

Sandro neigte sich ihm entgegen. »Du mußt nicht fürchten, in Verlegenheit zu kommen, mein Freund. Wer dich liebt, wird Bescheid wissen, und die anderen werden annehmen, daß du sie wegen einer anderen verlassen hast, oder aber, daß du beschlossen hast, sie zugunsten einer anständigen Mitgift abzustoßen.«

»Ich weiß deine Unterstützung zu schätzen, alter Freund«, sagte Leonardo. »Aber man darf nicht vergessen, daß Ginevra einen der reichsten Männer von Florenz heiraten wird. Ich fürchte, nicht einmal du könntest unseren Freunden und Bekannten einreden, daß ich sie verlassen habe. Ebensogut könntest du ihnen weismachen, daß ein Hahn Eier legt.«

»Nun, Gerüchte hat es gegeben«, sagte Sandro. »Wie auch anders? Jedermann liebt und achtet Amerigo de' Benci, aber selbst seine Freunde sind nicht taub gegenüber dem Raunen des Handels.«

Leonardo lächelte bitter. Also waren die Gerüchte bereits auf die Straße gedrungen.

»Ich weiß, wieviel dir an ihr liegt«, fuhr Sandro fort. »Aber wir werden alle mitspielen, das verspreche ich dir. Du hast dich aus unglücklichen Situationen schon öfter mit blanker Tollkühnheit herausgewunden – an der hat es dir ja nie gemangelt. Und so mußt du es auch jetzt wieder tun.«

»Sandro«, sagte Leonardo, »was glaubst du denn?«

»Ich glaube, daß sie dich liebt, aber sie sitzt in der Falle. Das ist heutzutage nichts Ungewöhnliches.«

»Und sie wird mich doch heiraten«, sagte Leonardo beharrlich, aber sofort bedauerte er seine Worte.

Sandro wirkte verblüfft. Als er sich wieder gefaßt hatte, sagte er: »Einstweilen dürfte es eine willkommene Abwechslung sein, dich wieder mal bei uns zu haben. Du bist ein bißchen langweilig geworden, seit Cupido dich in seinen Fängen hat. Es könnte dir guttun, wieder mit deinen Freunden zu zechen ... natürlich nur, um in den Augen der Öffentlichkeit das Gesicht zu wahren.« Sandros Grinsen war ansteckend.

»Natürlich, du hast recht«, sagte Leonardo, »und ich danke dir.« Später, wenn er sie erst zurückgewonnen hätte, würde er dies alles genügend erhärten können.

»Schon gut«, entgegnete Sandro. »Aber ich würde dir davon

abraten, noch mehr von Meister Andreas heimischem Wein zu trinken, denn sonst scheißt du dir noch in die Hose.«

Er meinte die Unterhose, denn Leonardos Wams war ziemlich kurz und entlarvend. »Keine Sorge«, sagte Leonardo. »Ich habe keine an.«

»Ah, deshalb ist dein Bug so platt«, sagte Sandro und löste damit die Spannung. Gleichwohl hatte Leonardo das Gefühl, alle lachten und tuschelten über ihn, als wäre er hier der Hahnrei. Ein Teil seines Zorns über das, was Ginevra getan hatte, war zu einem Eisklumpen in seiner Brust geworden.

Er nahm sich vor, sich gleich nach dem Osterfest in der Arbeit zu vergraben. Er hatte noch einen wichtigen Auftrag für einen Altarflügel in San Bernardo fertigzustellen; zwei Gemälde Unserer Lieben Frau befanden sich in verschiedenen Stadien der Vollendung, und er hatte seinen Großen Vogel entworfen, der für den ersten Flug bereitgemacht werden mußte.

Er hatte mehr als genug zu tun, um sich zu beschäftigen.

Glocken klingelten überall im Atelier, und man hörte das gedämpfte Hämmern des großen, eisernen Türklopfers. Das System der Glocken war eine Erfindung Leonardos, denn Meister Andrea hörte nie, wenn jemand an der Tür war, und befürchtete stets, er könne einen wichtigen Auftraggeber kränken.

»Wer könnte das um diese Zeit sein?« fragte Verrocchio und schickte einen Lehrling hinunter, um nachzusehen. Einen Augenblick später gab der Junge atemlos bekannt, eine Gesellschaft der vornehmsten Damen und Herren warte unten, vorneweg die Brüder Lorenzo und Giuliani de' Medici, die in Florenz regierten. Aber noch bevor Verrocchio die Treppe hinunterhasten konnte, um seine hochbedeutenden Gäste zu begrüßen, hörte man Lorenzo auf der Treppe, wie er laut und falsch ein selbst komponiertes Lied sang:

Kommt, laßt uns lustig sein,
Solang es hält,
Die Schönheit ist eine Blume, die welk nicht gefällt.
Die Jugend ist die Zeit der Freuden,
Und Liebe wird zur Pflicht …

Er und sein Bruder Giuliano traten als erste ins Zimmer, prustend und lachend, und gleich begannen sie mit der nächsten Strophe. Lorenzo, der nach dem Tode seines Vaters Piero des Gichtigen Erster Bürger war, liebte *divertissements*, und ein Kreis von gescheiten Geistern, Dichtern und Philosophen begleitete ihn auf allen Wegen. Als Dichter war Lorenzo ein Genie; er schrieb *ballate*, *canzoni di ballo* und *canzoni carnascialesche*. Sein Einfluß erstreckte sich auf das gesamte künstlerische Leben von Florenz. Aber er liebte auch freizügige Lieder und Theaterstücke, Maskenbälle und Bankette, und die Florentiner liebten ihn, denn er hatte die Stadt für sie schon so oft in einen Karneval verwandelt.

»Aha«, rief Lorenzo, als er hereinkam. »Mein Maler Andrea gibt eine Gesellschaft, aber er lädt uns nicht ein. Und wer, möchte ich wissen, könnte Euch mehr lieben als die Medici?« Er gestikulierte zu Andrea hinüber und umarmte ihn dann, als wäre er tatsächlich ein Verwandter.

Lorenzo war eine unwiderstehliche Erscheinung – fesselnd, charismatisch und häßlich. Er war formlos, aber kostbar gekleidet, *in zuppone*, in Hemdsärmeln. Die Bauern und Bürger, die heute abend zur Parade auf der Straße wären, würden ihn als einen der ihren betrachten. Sein grobes Gesicht wurde machtvoll beherrscht von einer großen, platten Nase. Zudem litt er an einem stets wiederkehrenden Ekzem, und Kinn und Wangen waren mit einer fleischfarbenen Paste beschmiert. Er hatte einen Hals wie ein Stier und langes, glattes braunes Haar, aber seine Haltung war derart anmutig, daß er größer aussah als die Männer in seiner Umgebung. Das Faszinierendste an ihm waren vielleicht seine Augen;

sie blickten stets mit so freundlicher Eindringlichkeit, daß man denken konnte, er schaue durch Dinge wie durch Menschen hindurch. Sein Bruder Giuliano sah im Gegensatz zu ihm über die Maßen gut aus mit seinem etwas mädchenhaften Gesicht und den dunklen Locken.

Neben Lorenzo und Giuliano stand Angelo Ambrogini Poliziano, Dichter, Philosoph und eng befreundet mit den Medici, und Luigi Pulci, Dichter und Autor von Fantasien. Ludovico Sforza, der Bruder des Herzogs von Mailand und ein Gast der Medici, stand neben der schönen Simonetta Vespucci. Man munkelte, sie sei Lorenzos Mätresse, aber sicher konnte man nicht sein; auf alle Fälle war Giuliano in sie vernarrt.

»Bete zu Gott, daß Simonetta nicht mit diesem Schwein Sforza verbandelt ist«, flüsterte Sandro. »Sein Bruder liebt nichts so sehr wie Leichen. Es heißt, er habe seinen jüngsten Fehltritt lebendig in eine Kiste gesteckt, und die habe er zugenagelt und dann selbst darauf Wache gesessen, bis er ihr Todesröcheln hörte. Würdest du vermuten, daß sein Bruder von anderem Blute ist?«

Sandro ließ Leonardo mit diesen Worten stehen und eilte auf Simonetta zu. Es war kein Geheimnis, daß auch er in sie verliebt war. Er war von ihr besessen, und Leonardo fragte sich, ob Sandro überhaupt noch ein anderes Gesicht als das ihre malen konnte; in letzter Zeit schien sie in allen seinen Arbeiten zu erscheinen, wie eine Signatur. Sie war eine Florentiner Venus, die meistbewunderte Frau der Stadt. Dabei bewunderten Frauen sie ebensosehr wie Männer, denn sie wirkte sanft und ätherisch, ein Inbild weltlicher Tugend und klassischer Schönheit. Sie färbte sich die Brauen nicht, so daß sie fast unsichtbar waren, was ihrem Gesicht den Ausdruck beständiger Überraschung verlieh. Das freizügige Seidenkleid mit geschlitzten Ärmeln im venezianischen Stil betonte ihre blasse Haut und den üppigen Busen, und mit der Halskette aus Gold und Saphiren und einem dazu passenden Stirnband im prachtvollen, gelbblonden Haar war sie die Mode in Person.

Sie schaute Leonardo in die Augen und lächelte.

Sandro Botticelli, der ein Vertrauter der Medici war, umarmte Giuliano und vollführte ein Tänzchen mit Lorenzo, um vor Simonetta anzugeben, die sich daraufhin von ihm umarmen ließ.

»So, Andrea«, sagte Lorenzo zu Verrocchio, »wie ich sehe, habt Ihr Euren Musiker im Hause.«

»Ah, Ihr meint meinen Schüler Leonardo?« Andrea drehte sich um und suchte Leonardo, um ihn dann ungeduldig herbeizuwinken. »Er arbeitet mit mir in Euren Gärten und repariert dort die Statuen.«

»Das habe ich gehört«, sagte Lorenzo und lächelte Leonardo an. »Er besitzt Gottes Gaben im Überfluß, und doch hört man, daß seine Neugier ihn manchmal von seinen Aufgaben ablenkt. Dem Vernehmen nach werden die guten Mönche von San Bernardo allmählich ungeduldig, weil es mit Eurer vorzüglichen Arbeit an ihrem Altaraufsatz nicht vorangeht. Aber Ihr seht, lieber Lodovico« – Lorenzo klopfte seinem Gast auf die Schulter – »so kommt es, wenn Gott seine Gaben allzu verschwenderisch verteilt.« Dann wandte er sich unmittelbar an Leonardo. »Man sagt mir, Ihr hättet eine Bratsche gebaut, die anders sei als alle anderen. Deshalb sind wir gekommen … und natürlich auch, um unsere lieben Freunde zu besuchen. Aber die reizende Simonetta wollte das Wunderwerk sehen und Euch spielen hören. Was können wir anderes tun, als ihrem Befehl zu gehorchen?«

Leonardo verneigte sich vor seinen Gönnern und wurde Lodovico vorgestellt, der von klobiger, schwerer Gestalt war; er hatte olivfarbene Haut, und sein schwarzes Haar war abgesengt, damit es wie ein polierter Helm auf seinem Kopf saß. Simonetta nahm Leonardo bei der Hand und sagte unter den eifersüchtigen Blicken der Umstehenden: »Kommt, Leonardo, zeigt uns Euer Instrument.«

In diesem Moment erschienen zwei junge Burschen hinter Leonardo. Beide waren etwa in seinem Alter. Der größere hatte schütteres schwarzes Haar, fahlgelbe Haut und tiefliegende blaue Augen, die hart wie Kieselsteine aussahen, und hielt ein in purpurnen Samt gewickeltes Paket in den Händen. Sein Name war Tomaso Masini, aber er nannte sich gern Zoroastro da Peretola und behauptete wahrheitswidrig, er sei ein unehelicher Sohn des Bernardo Rucellai, der wiederum ein entfernter Verwandter der Medici war. Er war gekleidet wie ein Stutzer, wenn auch ein wenig grell in schwarz und orangegelb langettiertem Wams und enger Hose mit vorgewölbtem Hosenlatz. Der andere Jüngling, der ein bißchen älter war als Leonardo, war Atalante Miglioretti. Er war unehelich geboren wie Leonardo, schüchtern, aber auch einer der besten Lautenspieler und Sänger von Florenz.

Mit übertriebener, ausladender Gebärde überreichte Zoroastro da Peretola Leonardo das Paket.

»Wann bist du gekommen?« fragte Leonardo überrascht. »Und wieso bringst du mir meine …?«

»Einer, der allwissend und allmächtig ist, braucht solche Fragen nicht zu beantworten«, sagte Zoroastro, aber er wollte Leonardo nicht in die Augen schauen und wirkte nervös und verlegen.

»Ich bitte Euch, entschuldigt meinen schwachsinnigen Freund«, sagte Leonardo. Aber auch wenn Peretola häufig als Zielscheibe für Leonardos Witze diente, war er doch gerissen wie ein Wiesel. Er besaß große mechanische Talente und war ein vorzüglicher Goldschmied, aber er sah sich lieber als Abenteurer und Zauberkünstler und Possenreißer. Er hatte gelernt, zu gaukeln und zu schwindeln, und obgleich Leonardo sein Meister war, hatte Peretola ihm den oft benutzten Taschenspielertrick gezeigt, mit dem man irisierende Flammen hervorbringen konnte, indem man Rotwein in eine Schale mit präpariertem kochenden Öl goß. Bettler und Bauern standen Leonardo stundenlang Modell, um ein solches Wunder einmal sehen zu dürfen.

»Zoroastro *mußte* sich irgendwo im Atelier versteckt haben«, dachte Leonardo. Vielleicht hatte er auch irgendeine Abhörvorrichtung konstruiert...

»Ihr braucht für Euren jungen Freund nicht um Entschuldigung zu bitten«, sagte Lorenzo sarkastisch, aber gutmütig. »Schließlich ist er ja ein Medici, nicht wahr?«

Zoroastro errötete an Hals und Wangen, aber er verbeugte sich doch mit gewohnt übertriebenem Schwung.

Leonardo warf einen Blick hinüber zu der Stelle, wo Ginevra gestanden hatte, und ertappte sie dabei, daß sie ihn eifersüchtig beobachtete, während Nicolini sie im Auge behielt. Rasch wandte sie sich wieder ihren Bewunderern zu, aber Nicolini starrte Leonardo an. Sein starres Falkengesicht konnte seinen Zorn nicht verbergen. Leonardo empfand beinahe so etwas wie Genugtuung, als er die Bratsche aus dem Samtbeutel holte. Sie war aus Silber und hatte die Form eines Pferdeschädels, und sie war perfekt modelliert, denn Leonardo hatte von seinem Meister Verrocchio eine Menge gelernt. Die Zähne des Pferdes dienten als Bünde, was vor allem bei Lorenzo und Simonetta Entzücken hervorrief. Der strenge Ludovico Sforza nickte beifällig und meinte: »Sie ist wunderschön. In unserem Herzogtum können wir solche vorzüglichen Handwerker immer gebrauchen.«

Die Bedeutung dieser Bemerkung entging Leonardo nicht und vermutlich auch nicht Lorenzo, für den sie wohl gedacht war.

»Ich bin sicher, Leonardos erhabene Handwerkskunst würde Eure reizende Stadt noch verschönern«, sagte Lorenzo. »Aber ich fürchte, einstweilen hat er noch Aufgaben und Verpflichtungen hier in Florenz zu erfüllen.«

»Und Florenz ist meine Heimat«, sagte Leonardo. »Es ist der Quell meiner Inspiration.« Diese Worte waren für Lorenzo gedacht, wenngleich Sforzas Einladung seinem Ruf hier in Florenz nicht schaden konnte. Eines Tages würde er die Gunst dieses Mannes vielleicht gebrauchen können, und so lächelte er Ludovico jetzt an, als wäre er Simonetta persönlich.

»Ach, bitte, spielt Eure Bratsche für uns«, bat Simonetta.

Und Leonardo spielte und sang im Chor mit Atalante Miglioretti, dessen Stimme tief und volltönend wie eine Glocke klang. Alle im Raum hörten zu, und das Lied, das Leonardo geschrieben hatte, als er sich sorglos jeden Abend auf der Straße vergnügt hatte, paßte jetzt besonders gut hierher:

Soll der, der nicht kann, was er will,
Lieber wollen, was er kann. 's ist töricht zu wollen,
Wo's an der Kraft zum Können fehlt. Klug ist der,
Der nicht erst will, was er nicht kann.

Simonetta klatschte vor allen andern in die Hände, und dann erwärmte sich Angelo Poliziano, der führende Dichter in Florenz, für das Spiel und komponierte seine eigene Strophe zu diesem Lied:

Weiß ist die Maid, und weiß auch ihr Gewand,
Mit Knospen und Rosen und feinem Gras getupft,
Gewundene Kränze von goldenen Flechten bekrönen sie,
Überschatten die helle Stirn mit bescheidenem Stolz.

Während er sang, löste Ginevra sich von ihrer Gruppe und trat neben Leonardo. Er spürte ihren Zorn – als hätte er sie gedemütigt. Alle Männer verbeugten sich und umschwärmten sie, und auch Simonetta machte ihr Komplimente zu ihrem Kleid und ihrem hübschen Haar.

Ginevra schien es aus der Fassung zu bringen, daß Simonetta offensichtlich aufrichtig glücklich war, mit ihr zusammen im Mittelpunkt der Aufmerksamkeit zu stehen. Aber auch wenn Ginevra auf den ersten Blick die Schönere von beiden war, so war es doch immer noch Simonettas Hofstaat; Simonetta führte das Kommando, und Simonetta war Herrin über die Liebe der schöpferischsten wie der mächtigsten Männer von Florenz.

Leonardo schaute Simonetta an, die so blond war, so hell und ätherisch wie die Luft, und sang für sie, aber dabei wandte er sich Ginevra auf eine Weise zu, daß seine Worte und sein Blick auch sie umfaßten. In diesem Moment hatte Leonardo das Kommando, als habe er es Simonetta entrungen. In diesem Moment war er nicht der Hahnrei, der Bastard, der Maler ohne Vermögen. Und er sang und spielte seine Pferdebratsche nicht für Simonetta, sondern für Ginevra.

So heiter steht sie da, wie eine Königin so mild,
Und ihre Stirne bändigt jeden Sturm so wild.

Als er geendet hatte, gab Simonetta ihm einen Kuß auf die Wange, und Leonardo roch ihren Moschusduft, der dem Ginevras nicht unähnlich war, nur daß Simonetta zudem eine wilde, beinahe männliche Note an sich hatte, als habe auch sie eben noch jemanden geliebt. Er sah Ginevra an und wußte, daß sie ihn wollte, daß er bei ihrem Ränkespiel tatsächlich nichts zu befürchten hatte. Ihr Gesicht war angespannt, und vielleicht waren es tatsächlich Zorn und Eifersucht, was ihre Miene zum Ausdruck brachte. Sie berührte seinen Arm und machte ihm ein Kompliment. Ihr Gesicht war gerötet wie sonst, wenn sie sich im Hause ihres Vaters unter der Nase der Dienstboten und der Familie geliebt hatten.

Im nächsten Augenblick trat Nicolini heran, um seine Verlobte zu sich zu holen. Sofort spürte Leonardo die Spannung zwischen Nicolini und dem Hof der Medici; Nicolini war wirtschaftlich und politisch mit der Aristokratenfamilie der Pazzi verbunden. Die Pazzi waren die schärfsten Konkurrenten für das Bankgeschäft der Medici, und sie hegten einen besonderen Haß gegen Lorenzo, dem sie vorwarfen, ihnen den Zugang zu allen politischen Ämtern versperrt zu haben.

Man machte sich bekannt und wechselte ein paar Artigkeiten, bevor Nicolini Gelegenheit fand, Ginevra aus diesem vornehmen

Kreis hinauszubugsieren. Er schob sie vor sich her, eine Geste, die Leonardo in Raserei versetzte, und flüsterte dabei: »Junger Meister, darf ich ein Wort unter vier Augen mit Euch reden?«

Leonardo konnte nur nicken. Er entschuldigte sich und zuckte die Achseln, als Sandro Botticelli wissen wollte, was los sei. Sandro folgte ihnen, bis Nicolini sich umdrehte und zu ihm sagte: »Messer Botticelli, würdet Ihr wohl die Güte haben, meine liebreizende Dame zum Fenster zu geleiten, damit sie etwas frische Luft atmen kann? Sie klagt über einen leichten Anfall von Schwäche. Ich werde jedenfalls in Eurer Schuld stehen, denn die Hitze beeinträchtigt auch mich, und ich muß mich doch für einen Augenblick mit Meister Leonardo hierher setzen, wenn er mir Gesellschaft leisten möchte.« Nicolini deutete auf zwei gepolsterte Schemel, und obgleich Ginevra nervös wirkte, ging sie mit Sandro davon. Eine Szene konnte sie sich nicht erlauben. Um hier ein Fenster zu finden, würde Sandro sie aus dem Atelier in eine der äußeren Werkstätten führen müssen. Wie es aussah, war Nicolini in der Tat imstande, mit Ginevra fertigzuwerden.

Aber Nicolini setzte sich nicht. Er blieb dicht vor Leonardo stehen, und Leonardo roch seine fauligen Ausdünstungen, die nicht einmal mit fein parfümierten Wässern zu überdecken waren. Er roch durchdringend nach Schweiß und zersetzter Nahrung, denn seine Zähne waren verfallen und unregelmäßig, was allerdings erst aus der Nähe bemerkbar war. Dabei unterschied er sich nicht vom größten Teil der Florentiner Bürger, die Patrizier eingeschlossen; Leonardo war dagegen von Reinlichkeit besessen und wusch sich dreimal wöchentlich von Kopf bis Fuß an einem Wasserbecken. »Junger Meister«, sagte Nicolini, »ich werde hierüber nur ein einziges Mal mit Euch sprechen. Dann wird es vergessen sein, als sei es niemals geschehen.«

»Ja«, sagte Leonardo mit trotzigem Unterton. Er wich ein kleines Stück zurück, weg von diesem überwältigenden Patrizier.

»Täusche dich nicht, indem du mich für dumm hältst, mein

Sohn«, sagte Nicolini. »Ich bin vielleicht reif an Jahren, aber ich bin weder taub noch blind. Glaubst du, ich weiß nicht, was du für Ginevra empfindest oder sie für dich?« Er schwieg kurz und sagte dann: »Nun, das meiste weiß ich jedenfalls.« Er musterte Leonardo, und Leonardo starrte zurück, ohne mit der Wimper zu zucken. »Ich weiß sogar, wann du sie im Hause ihres Vaters fickst.« Seine Stimme war leise und bösartig. »Ich weiß, daß du sie da unten hattest, vor nicht einmal einer Stunde, du kleiner Bastardköter.«

Leonardo spürte, daß sein Gesicht brannte. Nicolini hatte ihn beobachten lassen. Seine linke Hand näherte sich dem Dolch an seinem Gürtel.

»Es wäre höchst unschicklich, wenn du versuchen wolltest, mich hier umzubringen.«

Nicolini warf einen kurzen Seitenblick nach rechts, wo ein vierschrötiger, makellos gekleideter Mann lächelnd herankam. Nicolini wirkte völlig unerschüttert, als sei er es gewöhnt, Geschäfte mit der Schneide eines Schwertes abzuschließen. »Dies ist ein Spiel, das du unmöglich gewinnen kannst. Ich werde Ginevra heiraten, auch wenn sie sich einbildet, sie könnte ihre Ränke zugunsten ihres Vaters schmieden und mich betrügen. Und weißt du auch, warum?«

»Seid Ihr bald fertig?« Leonardo nahm sich zusammen. Nicolinis Scherge stand dicht hinter ihm.

»Weil ich sie liebe, und weil ich die Mittel dazu habe. Du darfst und wirst sie nicht wiedersehen, außer wenn sie dir für ihr Porträt Modell sitzt, und sei versichert, ich werde dafür sorgen, daß sie dabei angemessen beaufsichtigt ist. Wenn du versuchst, dich mit ihr zu treffen, werde ich dich ruinieren. Dich beseitigen, wenn es sein muß. Alles, was du *vielleicht* bewerkstelligst, wird sein, daß du Ginevra unglücklich machst, eingesperrt in ihrem eigenen Haus, welches das meine sein wird. Hast du verstanden?«

»Wenn Ihr mich jetzt bitte entschuldigen wollt, mein Herr«, sagte Leonardo laut und beendete diese Demütigung, so gut er konnte. »Ich muß für Meister Andrea noch etwas erledigen.« Leonardo wandte sich ab und sah, daß Zoroastro ihn beobachtete und dabei leise und wie schadenfroh lächelte. Aber augenblicklich wurde seine Miene besorgt.

»Du solltest besser aufpassen, Leonardo«, sagte er.

»Wie meinst du das?« Leonardo hatte Mühe, die Tränen des Zorns und der Hilflosigkeit zurückzuhalten.

»Ich konnte nicht verhindern, daß ich dein Gespräch mit Messer Nicolini mitangehört habe.«

»Belauscht, meinst du wohl.«

»Du bist mein Freund. Ich mache mir Sorgen ...«

Toscanelli unterbrach das Gespräch, indem er Leonardo rief; dieser entschuldigte sich und begrüßte seinen alten Lehrer und den dunklen, schmallippigen Knaben an seiner Seite.

»Es tut wohl, Euch so gesund und munter zu sehen«, sagte Leonardo, aber seine Stimme klang hohl.

»Und du siehst aus, als hättest du einen der Geister gesehen, die Messer Nicolini so ungeschickt verteidigte«, sagte Toscanelli. »Du kannst von Glück sagen, daß die meisten Männer der Akademie in Logik und Rhetorik besser geschult sind als dein betagter Widerpart.«

Leonardo lächelte wider Willen. Er sehnte sich verzweifelt danach, allein zu sein, um sich zu fassen, aber er gab sich doch Mühe, sich auf Toscanellis Geplauder zu konzentrieren und die erlittene Demütigung zu vergessen. Toscanelli war schließlich ein großer Mann, der äußersten Respekt verdiente. Er wüßte heute wenig von der Geographie des Himmels und der Welt außerhalb von Florenz, wenn dieser alte Mann nicht wäre.

Er mußte sich jemandem anvertrauen. Aber wem?

Ginevra würde sicher so gut bewacht sein, daß sie ebensogut als Gefangene in einem von Nicolinis Türmen hätte wohnen können. Vielleicht könnte er mit Sandro reden, aber das erst später. Und bis dahin hätte er sich mit Gottes Hilfe vielleicht schon wieder so weit gefaßt, daß er mit seinen Problemen allein fertigwerden könnte.

»Aber ich möchte dir einen jungen Mann vorstellen, mit dem du viel gemeinsam hast«, fuhr Toscanelli fort. »Sein Vater ist Notar genau wie deiner. Er hat den jungen Niccolò in meine Obhut gegeben. Niccolò ist ein Kind der Liebe, wiederum wie du, und überaus begabt als Dichter, Bühnenautor und Rhetoriker. Er interessiert sich für alles, und er ist anscheinend außerstande, irgend etwas zu Ende zu bringen! Aber im Gegensatz zu dir, Leonardo, redet er sehr wenig. Ist es nicht so, Niccolò?«

»Ich bin durchaus in der Lage zu reden, Ser Toscanelli«, antwortete der Knabe.

»Wie heißt du?« fragte Leonardo.

»Ach, verzeiht mir meine Manieren«, sagte Toscanelli. »Meister Leonardo, dies ist Niccolò Machiavelli, Sohn des Bernardo di Niccolò und der Bartolomea Nelli. Von Bartolomea hast du vielleicht schon gehört; sie ist eine religiöse Dichterin von großem Talent.«

Leonardo verneigte sich und sagte mit einem Hauch von Sarkasmus: »Es ist mir eine Ehre, Euch kennenzulernen, junger Herr.«

»Ich möchte, daß du mithilfst, diesen jungen Mann zu bilden«, sagte Toscanelli.

»Aber ich ...«

»Du bist zu sehr ein einsamer Wolf, Leonardo. Du mußt lernen, von deinen Talenten großzügig abzugeben. Lehre ihn sehen wie du, die Bratsche spielen, malen. Lehre ihn Magie und Perspektive, lehre ihn die Straße kennen, die Weiber und die Natur des Lichts. Zeig ihm deinen Flugapparat und deine Vogelskizzen. Und ich verspreche dir, er wird es dir zurückzahlen.«

»Aber er ist doch noch ein Kind!«

»Messer Toscanelli«, sagte Niccolò, »ich glaube, es macht weniger Umstände, wenn ich einfach hierbleibe und versuche, mich bei Meister Verrocchio nützlich zu machen.«

»Was?« sagte Leonardo.

»Ich habe mit Meister Andrea vereinbart, daß dieser Junge die nächsten paar Monate hierbleibt. Von mir hat er genug gelernt. Seine Talente brauchen die Nahrung des öffentlichen Lebens; mein Haus ist zu abgeschieden für ihn.«

»Aber Euch besucht doch alle Welt.«

»Ich nehme ihn zurück, wenn du ihm ein bißchen das Leben gezeigt hast. Er braucht mehr als Bücher und Karten. Wirst du das tun?«

»Es könnte – gefährlich für ihn sein.«

Toscanelli lehnte sich an Verrocchios irdenen Krug. »Gut«, sagte er und lächelte dabei. »Aber ich warne dich, junger Mann: Er kann mit dem Schwert genauso gut umgehen wie du. Und jetzt unterhalte dich mit ihm.« Und mit diesen Worten schob er Machiavelli kraftlos mit einem Fuß auf Leonardo zu. Dann stand er auf, und Amerigo Vespucci und Benedetto Dei, die auf der anderen Seite des Raumes gestanden hatten, sprangen ihm eilig bei. »Zuviel Aufruhr hier«, sagte er zu den beiden. »Seid so gut und bringt mich nach Hause, bevor auf der Straße das Festtreiben losbricht.«

»Vielleicht sehen wir uns später«, sagte Benedetto zu Leonardo. »Wenn ...«

»Wenn sie diesen alten Mann hier wohlbehalten in Morpheus' Armen abgeliefert haben«, unterbrach Toscanelli lächelnd. »Jetzt helft mir hinüber zu den Medici, damit ich ihnen meine guten Wünsche sagen und dann verschwinden kann.«

»Wir treffen uns zur Prozession auf dem Ponte Vecchio«, sagte Benedetto. »Du mußt auch kommen. Fast alle, die du kennst, werden da sein. Es wird lustig werden.«

Leonardo nickte; er fühlte sich wieder einmal beklommen und einsam und sah sich gefangen in dieser herausragenden Gemeinschaft mit dem Jungen, der ihm da anvertraut worden war. Er suchte im Gedränge nach Ginevra, aber er sah sie nicht. Nicolini stand neben ihrem Vater Amerigo de' Benci und empfing die Leute, als sei die Ehe bereits geschlossen und werde in Kürze vollzogen. Die Vorstellung, daß Nicolini in Ginevra eindringen sollte, war unerträglich, aber er wurde dieses Bild dennoch nicht los, das ihm immer wieder wie ein helles Licht durch den Kopf ging: Ginevra, wie sie sich sträubte, während der glatzköpfige, hühnerhäutige Nicolini sie überwältigte.

Wie es seine Art war, konnte er sich sogar den Raum vorstellen, wo die Vergewaltigung – denn eine Vergewaltigung würde es sein – stattfinden würde: Das Bett würde auf einer Plattform aus intarsienverzierten Truhen stehen, die als Sitzbänke und zum Aufbewahren des Linnens dienten. Die Bettlaken würden karmesinrot wie die Vorhänge sein, und Ginevras Haar würde darauf fast verschwinden. Ihre weiße Haut stach vom dunklen Rot scharf ab; ihre Augen waren fest zugepreßt, als wäre die menschliche Realität ebenso leicht auszusperren wie das, was man sah. Und Nicolini mit seinen kraftlosen Armen erdrückte sie mit seinem Körpergewicht. Um ihr Wohlbefinden würde er sich auch nicht kümmern müssen; nur sich selbst mußte er zur Vollendung bringen, als wäre sie eine Hure, auf die er sich legte.

Endlich bekam Leonardo doch einen klaren Kopf. Er war irgendwie erleichtert darüber, daß Ginevra den Raum verlassen hatte. Dennoch mußte er sie finden. Sie hatte sich höchstwahrscheinlich in die Abgeschiedenheit einer der Schlafkammern in Meister Andreas Haus geflüchtet. Vielleicht war sie ebenso in Panik geraten wie er. Leonardo zumindest kannte das Haus gut. Aber der Gedanke, sie suchen zu gehen, löste sich in Luft auf, als er sah, daß Nicolinis Scherge ihn beobachtete.

Er würde abwarten müssen.

Niccolò Machiavelli stand vor ihm und schaute ihn erwartungsvoll und wie besorgt an. Er war ein gutaussehender Junge, groß und langgliedrig, aber sein Gesicht war unnatürlich streng für einen so jungen Menschen. Aber er schien sich ganz wohlzufühlen, so allein in diesem fremden Hause. »Allenfalls neugierig«, dachte Leonardo.

»Wie nennt man dich?« fragte Leonardo mit erwachendem Interesse.

»Niccolò«, sagte der Junge.

»Und du hast keinen Spitznamen?«

»Man nennt mich Niccolò Machiavelli, denn das ist mein Name.«

»Nun, ich werde dich Nicco nennen, junger Herr. Hast du etwas dagegen?«

Nach einer Pause sagte der Junge: »Nein, Maestro.« Aber ein Lächeln preßte seine schmalen Lippen zusammen.

»Dein neuer Name gefällt dir also ein bißchen«, sagte Leonardo.

»Ich finde es amüsant, daß Ihr es für nötig haltet, meinen Namen kleiner zu machen. Fühlt Ihr Euch damit größer?«

Leonardo lachte. »Wie alt bist du?«

»Ich bin fast fünfzehn.«

»Aber eigentlich bist du vierzehn, nicht wahr?«

»Und Ihr seid immer noch Lehrling bei Meister Andrea, und doch seid Ihr in Wahrheit ein Meister. Das hat jedenfalls Meister Toscanelli gesagt. Da Ihr nun also dicht davor steht, ein Meister zu sein, ist es Euch nicht lieber, daß die Leute Euch auch als einen solchen sehen? Oder möchtet Ihr lieber als Lehrling behandelt werden, so wie der da drüben, der die Aufgabe hat, die Gläser mit Wein zu füllen? Nun, Meister Leonardo ...?«

Leonardo lachte wieder; dieser intelligente Knabe gefiel ihm, der sich benahm, als habe er schon das Zweifache seiner Jahre auf dem Buckel. »Du darfst mich Leonardo nennen.«

»Und wo werde ich wohnen ... Leonardo?«

»Das müssen wir noch festlegen.« Leonardo sah sich um, als suche er noch einmal nach Ginevra. Und wo war Sandro? Na ja, es wurde wirklich spät.

Viele würden jetzt aufbrechen, um sich am Palazzo Pazzi zu versammeln und der von Jacopo de' Pazzi geführten Prozession nach Santi Apostoli zu folgen, der ältesten Kirche in Florenz. Es war ein Pazzi gewesen, der 1099 während der Kreuzzüge die heiligen Steine vom Grabe Christi mitgebracht hatte. Und ein Pazzi würde es sein, der sie zur Feier des Scoppio von Santi Apostoli zum Duomo trug. Gewiß würden die Brüder Medici es nicht eilig haben, sich der Prozession anzuschließen, bis die heiligen Steine in der Nähe des Duomo angelangt wären, der prächtigsten Kirche in der ganzen Christenheit. Der Kirche der Medici.

Die Heiligkeit der Stadt war abhängig von alten und seltenen Reliquien wie diesen Steinen aus dem Heiligen Grab. Sie beschützten die Stadt vor Krankheit und den Verheerungen des Krieges; zwar konnte man eine Kirche, die die Hostie barg, als ausreichend bezeichnen, doch konnten weitere Reliquien und Bilder nur hilfreich sein, wenn sich die lebendige Gegenwart des Heiligen Geistes manifestieren sollte. *Cose sacre*, heilige Dinge, waren wie Magnete der Heiligkeit, und in einer wahrhaftigen Florentiner Kirche wohnten der Leib Christi, die Schutzengel und die Heiligen.

Leonardo rief zu Verrocchio hinüber, und der kam eilig herbei. Andrea war entzückt darüber, daß die Medici seine *bottega* an diesem besonderen Abend mit ihrer bedeutenden und stattlichen Gesellschaft beehrt hatten; seine Wangen waren gerötet, ein sicheres Zeichen dafür, daß er aufgeregt war. Leonardo konnte es ihm jederzeit ansehen, wenn ein Geschäft in seinem Sinne lief, denn Andrea bekam dann rote Wangen, als wären ein Handschlag und eine mündliche Vereinbarung so berauschend wie Wein.

»Ich sollte dir noch etwas ausrichten, aber in dem Trubel habe ich es ganz vergessen«, sagte Andrea jetzt. Offenbar ahnte er nichts von Leonardos Liebe zu Ginevra. »Bitte entschuldige«, fügte er hinzu.

»Wie lautete die Nachricht?« fragte Leonardo.

»Sandro hat Madonna Ginevra nach Hause begleitet. Er wollte nicht, daß du dir Sorgen machst, und er möchte sich um neun mit dir bei den Bänken am Palazzo Pazzi treffen. Er sagt, du sollst dir keine Sorgen machen; er kümmert sich um alles.«

»Das ist sehr beruhigend«, sagte Leonardo nicht ohne einen Hauch von Sarkasmus.

»Später, morgen vielleicht, wenn wir unter uns sind« – Andrea warf bei diesen Worten einen Blick zu dem jungen Machiavelli hinüber – »müssen wir miteinander reden. Es gibt vieles, das ich wissen muß, und auch vieles, was ich dir sagen muß. Wir haben gute Neuigkeiten von Lorenzo.«

»Das war leicht zu erraten«, sagte Leonardo. »Aber Ihr habt recht; darüber können wir morgen reden. Was fangen wir mit diesem jungen Herrn an?«

»Ach ja, Messer Toscanellis Lehrling – wie geht es dir, mein junger Herr?«

»Sehr gut, Meister Andrea.«

»Nun, zuallererst werde ich ihn mit Tista bekanntmachen, unserem anderen jungen Lehrling, mit dem er das Quartier teilen wird.«

»Hat Meister Toscanelli Euch sonst nichts über den Jungen gesagt?« fragte Leonardo.

»Nur, daß er über die Maßen gescheit und flink ist«, sagte Verrocchio. »Ich soll ihm beibringen, was ich kann, und ihn dann zu Messer Toscanelli zurückschicken. Er hat ein schönes Talent zum Zeichnen; also ist es ihm vielleicht bestimmt, Maler zu werden.«

»Meister Toscanelli hat mich gebeten – ein Auge auf den Jungen zu haben.«

Verrocchio lachte. »Ist das nicht ein bißchen so, als wolle man ihm Gift in die Milch tun?« Er sah Leonardo an, und der mußte unwillkürlich grinsen.

»Ich werde dafür sorgen, daß er sich nicht in den *bagni* herumtreibt«, versprach Leonardo.

»Aber die Bordelle *sollten* Bestandteil meiner Ausbildung sein«, wandte Niccolò ernsthaft ein. »Meister Toscanelli ist zu alt, um mit mir hinzugehen, aber mit Messer Dei war ich schon da.«

»Ach, was du nicht sagst«, antwortete Verrocchio.

»Wo sonst kann man die Politik des Staates kennenlernen?«

»Wer hat dir das denn erzählt?« fragte Verrocchio.

»Das kann ich Euch sagen«, erklärte Leonardo. »Es klingt ganz nach Meister Toscanelli, aber er hat es im Scherz gesagt.«

»Nein, Leonardo, das hat er nicht«, behauptete Niccolò. »Er hat gesagt, die Straßen und die *bagni* seien die besten Lehrer, denn die Menschen seien verkommen und trachteten stets danach, ihre Gelüste zu befriedigen. Man müsse nur einmal zuhören und zusehen, wenn bedeutende Männer zuviel getrunken haben. Aber man müsse auch mit den Debatten der Bauern vertraut sein, wenn man wissen wolle, wie die Welt funktioniert. Und man braucht Schutz …«

»Der Junge kann in meiner Kammer wohnen.« Leonardo schüttelte den Kopf und lächelte zugleich. »Er soll Tista bitten, ihm eine Matte auf dem Boden zurechtzulegen.«

»Ausgezeichnet«, sagte Verrocchio. »Aber ich glaube, es wird Zeit für deine Vorführung; es ist schon spät, und die Gäste werden bald darauf brennen, auf die Straße hinauszukommen.« Er sah Machiavelli an und grinste verschmitzt. »Du hast versprochen, ein Zauberkunststück aufzuführen«, sagte er dabei zu Leonardo. »Und wir haben wichtige Gäste.«

»Ja«, sagte Leonardo. »Aber ich brauche noch ein paar Augenblicke …«

»Alles zuhören«, rief Verrocchio augenblicklich. »Wir haben in unserer Mitte den vollendeten Zauberkünstler und Taschenspieler: Leonardo da Vinci, der eine Maschine gemacht hat, mit der sich ein Mensch wie ein Vogel in die Luft erheben kann, und der Wein in eine andere, einfache Flüssigkeit gießen und damit ein Feuer entzünden kann, ohne daß Reibung oder Flammen von außen im Spiel wären.« Hier wurde Verrocchio seinerseits von Lorenzo de' Medici unterbrochen. Mochten viele der Gäste über die Idee mit der fliegenden Maschine lachen, Lorenzo tat es nicht. Er ließ seine Gesellschaft stehen und trat in die Mitte des Raumes, wo er Andrea del Verrocchio und Leonardo näher war.

»Mein lieber Freund Andrea hat mir schon oft von Eurem Erfindungsreichtum erzählt, Leonardo da Vinci«, sagte Lorenzo mit leisem Sarkasmus. »Aber wie gedenkt Ihr dieses Wunder des Fliegens ins Werk zu setzen? Doch sicher nicht mit Hilfe Eurer Kurbeln und Flaschenzüge. Wollt Ihr die fliegende Bestie Geryon heraufbeschwören, wie wir es von Dante lesen, und auf ihrem Nacken in infernalische Regionen hinabsteigen? Oder wollt Ihr Euch einfach in den Himmel malen?«

Darüber lachten alle, und Leonardo, der es nie gewagt hätte, Lorenzo in den Schatten zu stellen, erklärte: »Mein allervornehmster Herr, Ihr mögt Euch vorstellen, wie das Schlagen der Flügel auf die Luft einen schweren Adler in höchster, dünnster Atmosphäre tragen kann, dicht vor die Sphäre des elementaren Feuers. Und wiederum mögt Ihr Euch vorstellen, wie Luft, die sich über dem Meer bewegt, schwellende Segel füllt und schwer beladene Schiffe vorantreibt. Genauso könnte ein Mann mit Flügeln, die groß genug und richtig angebracht sind, es lernen, den Widerstand der Luft zu überwinden und sie sich, indem er sie bezwingt, erfolgreich zu unterwerfen und über sie hinaufzusteigen. Schließlich ist ein Vogel auch nichts weiter als ein Apparat, der nach mathematischen Gesetzen arbeitet, und es liegt im Bereich der menschlichen Fähigkeiten, ihn mit allen seinen Bewegungen nachzubauen.«

»Aber ein Mensch ist kein Vogel«, erklärte Lorenzo. »Ein Vogel hat Sehnen und Muskeln, die unvergleichlich viel stärker sind als die eines Menschen. Wären wir dafür geschaffen, Flügel zu haben, dann hätte uns der Allmächtige welche gegeben.«

»Dann glaubt Ihr, wir seien zu schwach zum Fliegen?«

»In der Tat. Ich glaube, daß der Augenschein jeden vernünftigen Mann zu dieser Schlußfolgerung führen muß«, sagte Lorenzo.

»Aber Ihr habt doch gewiß schon gesehen, wie ein Falke eine Ente trug und ein Adler einen Hasen, und es kommt vor, daß diese Raubvögel ihre Geschwindigkeit verdoppeln müssen, um ihrer Beute zu folgen. Aber sie brauchen nur wenig Kraft, um sich in der Luft zu halten, auf ihren Flügeln zu balancieren und damit nur recht im Wind zu flattern, um die Bahn ihres Fluges zu steuern. Eine leichte Bewegung der Flügel reicht dazu hin, und je größer der Vogel, desto langsamer diese Bewegung. Beim Menschen ist es genauso; wir haben sehr viel mehr Kraft in unseren Beinen, als unser Gewicht es erfordert. Ja, wir haben doppelt soviel Kraft, wie wir brauchen, um uns aufrechtzuhalten. Das könnt Ihr feststellen, indem Ihr beobachtet, wie tief sich die Fußspuren eines Eurer Männer am Strand in den Sand eindrücken. Wenn Ihr dann einem zweiten Mann befehlt, dem ersten auf den Rücken zu steigen, dann könnt Ihr beobachten, um wieviel tiefer die Fußabdrücke nunmehr sein werden. Nehmt nun aber den zweiten wieder herunter und befehlt dem ersten, so hoch zu springen, wie er es vermag, und Ihr werdet finden, daß seine Fußabdrücke dort, wo er gesprungen ist, tiefer sind als da, wo er den zweiten Mann auf dem Rücken getragen hat. Das ist der doppelte Beweis dafür, daß ein Mensch mehr als zweimal soviel Kraft hat, wie er braucht, um sich zu tragen – mehr als genug, um zu fliegen wie ein Vogel.«

Lorenzo lachte. »Sehr gut, Leonardo. Aber die Maschine, die Menschen in Vögel verwandelt, müßte ich noch mit eigenen Augen sehen. Habt Ihr vielleicht *damit* Eure kostbare Zeit verwandt, statt an *meinen* kostbaren Statuen zu arbeiten?«

Leonardo blickte zu Boden.

»Aber nein«, warf Verrocchio ein. »Leonardo geht mit mir in Eure Gärten und wendet sein Talent auf die Reparatur der ...«

»Zeigt mir diese Maschine, Maler«, sagte Lorenzo zu Leonardo. »Ich könnte einen solchen Apparat gebrauchen, um meine Feinde in Verwirrung zu stürzen, vor allem die in den Farben des Südens.« Mit dieser verschleierten Bemerkung waren Papst Sixtus IV. und die Florentiner Familie Pazzi gemeint, Feinde der Medici.

»Ist sie einsatzbereit?«

»Noch nicht ganz, Magnifizenz«, antwortete Leonardo. »Ich experimentiere noch.«

Alles lachte, auch Lorenzo. »Ah, er experimentiert, wie? Nun, dann bitte ich Euch, mit mir in Verbindung zu treten, wenn alles fertig ist. Aber nach Euren bisherigen Darbietungen zu urteilen, braucht sich, glaube ich, keiner von uns Sorgen zu machen.«

Gedemütigt, wie er war, konnte Leonardo nur die Augen niederschlagen.

»Sagt mir noch, wie lange, schätzt Ihr, werden Eure … Experimente dauern?«

»Ich glaube, ich kann mit einiger Sicherheit annehmen, daß mein Gerät in zwei Wochen bereit zum Fliegen sein wird.« Leonardo nutzte seinen Vorteil zur Überraschung aller. »Ich gedenke, meinen großen Vogel vom Schwanenberg in Fiesole fliegen zu lassen.«

Erstauntes Stimmengewirr erfüllte das Atelier.

Leonardo blieb nichts anderes übrig, als Lorenzos Herausforderung anzunehmen; täte er es nicht, würde Lorenzo womöglich seine Karriere ruinieren. Wie die Dinge lagen, betrachtete Seine Magnifizenz ihn offensichtlich als einen Dilettanten, als polymathisches Genie, dem man nicht zutrauen konnte, daß es seine Aufträge zur Vollendung brachte. Aber es war mehr als das: Im Augenblick hatte Leonardo das Gefühl, alles verloren zu haben; er konnte sich seinen Übermut leisten. Vielleicht würde er Ginevra mit blanker Tollkühnheit von Nicolini zurückerobern, und vielleicht gab es ja auch eine Möglichkeit, seine Flugmaschine für Lorenzo zu vervollkommnen.

»Verzeiht mir meine bissigen Bemerkungen, Leonardo; jedermann in diesem Raum hat Respekt vor Euren hübschen Werken«, sagte Lorenzo. »Aber ich werde Euch beim Wort nehmen: In zwei Wochen reisen wir nach Fiesole. So, bekommen wir heute abend noch ein Zauberkunststück zu sehen oder nicht?«

»Das bekommt Ihr allerdings, Magnifizenz«, sagte Leonardo und trat mit einer Verneigung einen Schritt zurück. »Wenn Ihr nur einen Augenblick Geduld haben könnt, so werde ich Euch ein theologisches Streitgespräch sichtbar machen, welches ich heute mit unserem Bräutigam, Messer Nicolini, zu führen das Privileg hatte.« Er hob die Stimme, so daß alle ihn hören konnten. »Ser Nicolini, wenn Ihr die Güte haben wolltet, vorzutreten, so zeige ich Euch ... eine Seele!«

Die Menge schob Nicolini sichtlich gegen seinen Willen nach vorn, und für den Augenblick hatte Leonardo sie alle in seinen Bann geschlagen. Vorläufig würde niemand zum Fest gehen, obwohl der Lärm, der durch Mauern und Fenster von der Straße heraufdrang, immer lauter wurde. Leonardo sah sich um, bis er Zoroastro da Peretola erblickte, der ihm zunickte und durch eine andere Tür verschwand.

Er würde Zoroastros Hilfe benötigen.

»Darf ich dich begleiten?« fragte Niccolò Machiavelli.

»Komm schon«, sagte Leonardo, und sie verließen das Studio und gingen in einen der Gießräume, der jetzt als Lager diente; Werkzeug, Borde und Packkisten säumten die Wände. Sandsäcke lagen auf dem Boden verstreut, und man mußte sich um rohbehauene Stein- und Marmorblöcke herumschlängeln, die gleich an der Tür standen, weil die Lehrlinge zu faul waren, sie weiter als nötig zu schleppen. Vor der Wand gegenüber stand eine Bronzestatue, ein David mit dem abgetrennten Kopf Goliaths zwischen den Füßen. Sie war überwältigend und lenkte den Blick von allem anderen ab. Es war vielleicht Andreas beste Arbeit.

»Bist du das?« fragte Machiavelli, sichtlich beeindruckt.

Tatsächlich war es ein idealisierter Leonardo.

»Der Meister wußte keine anständige Figur als Modell zu finden; deshalb war er gezwungen, Leonardo zu nehmen«, erklärte Zoroastro und kam herein.

»Wir haben keine Zeit zu verlieren«, sagte Leonardo ungeduldig und suchte auf den Borden herum; dann aber fügte er hinzu: »Wenigstens scheinst du ja wieder der alte zu sein.«

»Wie meinst du das?« fragte Zoroastro wachsam.

»Bei deinem Auftritt vor Il Magnifico warst du nervös wie eine Katze. Was hast du gemacht – ihm seinen Ring gestohlen?«

Zoroastro machte eine schwungvolle Handbewegung, als wolle er den Ring des Ersten Bürgers auf magische Weise erscheinen lassen. »Was soll das mit der Seele?« fragte er und wechselte das Thema.

»Wo ist dieser Pumpapparat, den wir konstruiert haben? Ich weiß, daß wir ihn hier abgestellt haben.«

»Ah, du willst den Trick mit dem Schwein vorführen.«

»Hast du die Därme gefärbt und zusammengenäht, wie ich dich gebeten habe?« fragte Leonardo.

Zoroastro fing an zu lachen. »*Das* soll die heraufbeschworene Seele sein? Ist das nicht ein kleines bißchen frevelhaft?« Er lachte wieder und sagte dann: »Aber ja, mein Freund, ich habe getan, worum du mich gebeten hast, obgleich ich nicht vermutet habe, daß du einen solchen Trick vor einer so – wertvollen Gesellschaft benutzen würdest.«

»Hilf du mir nur zu finden, was wir brauchen«, fauchte Leonardo.

»Es ist hier, lieber Leonardo«, antwortete Zoroastro. »Ich habe alles zusammen weggeräumt.« Er wies den jungen Machiavelli an, die Pumpe zu tragen, während er eine bunt bemalte Kiste aufhob. »Ich hoffe, du hast starke Arme, junger Mann.« Und zu Leonardo gewandt, fragte er: »Was ist das Zeichen?«

»Ich werde einmal in die Hände klatschen.« Damit verließ Leonardo das Zimmer und erschien mit großem Auftritt im Atelier. Die Gesellschaft wurde ungeduldig. Nicolini stand ein kleines

Stück vor den anderen und machte ein bestürztes Gesicht. Die Sache war ihm offensichtlich peinlich. »Und jetzt«, sagte Leonardo zu ihm, »demonstrieren wir, was unweigerlich jedem Geist zustoßen wird, der nicht von sterblichem Fleisch geschützt ist.«

»Blasphemie!« sagte Nicolini.

Leonardo klatschte in die Hände und stieß die Tür auf. Sogleich wölbte sich eine milchige Membran in den Raum und dehnte sich immer weiter aus. Das Saugen der Pumpe draußen ging unter in dem Lärm, der sich hier im Salon erhob, denn in der Tat füllte die Membran bereits die Tür aus und drohte immer größer zu werden, bis sie jede Ecke und jeden Winkel des Raumes ausfüllte.

Leonardo trat behende beiseite und machte der schwellenden Seele Platz zum Wachsen. »Da, seht Ihr? Sie muß ein Vakuum hervorbringen und aufgehen und immer weiter aufgehen. Doch genau wie wir sterblichen Wesen entrinnt sie niemals den Grenzen der physikalischen Welt – diesem Raum!«

Die Gesellschaft wich zurück; einige schrien angstvoll auf, andere lachten nervös. Alle Farbe wich aus Nicolinis Gesicht, als er zurücktrat, aber es war Lorenzo, der eine Nadel aus dem Ärmel zog und die liederliche Seele zum Platzen brachte. Ein Hauch von Farbe, Leim und Schweinefett hing in der Luft.

Lorenzo lächelte. »Und so senden wir diesen guten Geist zurück in sein eigenes Reich.« Nicolini stürmte aus dem Zimmer, und Andrea del Verrocchio, stets der gute Gastgeber, eilte ihm nach. Aber Seine Magnifizenz wirkte vergnügt, denn er hatte für Nicolinis Beziehungen zum Hause Pazzi nichts übrig.

»Ich freue mich auf unsere Verabredung«, sagte er zu Leonardo. »In vierzehn Tagen, vergeßt das nicht.«

Simonetta, die neben Lorenzo und Giuliano gestanden hatte, trat jetzt vor; sie umarmte Leonardo und küßte ihn leicht auf die Wange. »Ihr seid wirklich ein Magier«, stellte sie fest, und dann wandte sie sich der Gesellschaft zu. »Wird es nicht Zeit für das

Fest? Magnifizenz?« Sie bedeutete Lorenzo, er solle doch vorausgehen.

Und als der Raum sich ringsum leerte, hatte Leonardo das Gefühl, als sei um ihn herum ein dunkler Vorhang gefallen, und ihn fröstelte, als sei er gerade aufgewacht.

Die brennende Taube

Hübscher kleiner Vogel, mein Martyrium ist gekommen.
Tullia d'Aragona

Ein jedes Werkzeug muß durch die Erfahrung gemacht werden.
Leonardo da Vinci

Im dunklen Arno spiegelten sich die Fackelprozessionen, die über die Brücken zogen. Bauern vom Lande geißelten ihre schmutzverkrusteten Körper mit Lederriemen und Ketten, während ihre Priester kostbare Reliquien aus den feuchten Kirchen trugen; sie bewachten die Knochen der Heiligen und Holzsplitter aus eintausend Kreuzen Christi, und alle strebten dem wild pochenden Herzen von Florenz zu. Und auch die Florentiner Bürger selbst verstopften die gepflasterten Straßen und Gassen ihrer Stadt im wilden, kaleidoskopischen Lichtschein von Tausenden von Fackeln.

Mächtige Schatten krochen und sprangen über die zerklüfteten Oberflächen von Hausmauern und ziselierten Türen und überhängenden Bögen bis zu den kassettierten Dächern, als wären sie Geister und Dämonen aus dem Reich der Finsternis, die hier Gestalt annahmen. Myriaden von Gerüchen, köstlichen wie giftigen, durchdrangen die Luft: bratendes Fleisch, Geißblatt, der Duft von Kerzenwachs so schwer, als sei er von Kindheitserinnerungen erfüllt, Abfall und Pisse, Rinder und Pferde, der scharfe Dunst von Wein und Apfelmost, und überall der Schweiß und der saure, gärige Geruch von Parfüm auf ungewaschenen Leibern. Das Geschrei, das Gelächter, das Trappeln, Rauschen, Strömen der Massen waren ohrenbetäubend, als ziehe eine menschliche Flutwelle über die Stadt hinweg. Die Huren waren in vollem Staat unterwegs; sie hatten ihren zwischen San Giovanni und Santa Maria Maggiore gelegenen Bezirk verlassen und drängten sich jetzt durch die Massen wie die Beutelschneider und Taschendiebe, die Kinder der Florentiner Straßen. Bettler klammerten sich an Kleinbauern von Lande und niedere Zunftleute, um einen Denaro zu ergattern, und salutierten, wenn die roten *carrocci* mit den langen Scharlachbannern und den Pferden unter den roten Schabracken vorüberzogen. Kaufleute, Bankiers und reiche Gildeherren ritten auf mächtigen Rössern vorbei oder saßen bequem in ihren Kutschen, während ihre Bediensteten vor ihnen herliefen und ihnen mit Drohungen und brutalen Rempeleien den Weg frei machten.

Und wie Minarette um eine Himmelskuppel, die anscheinend aus Versehen in Dantes Ausformungen der Hölle gelandet war, erhoben sich aus den fackelerleuchteten Straßen der Duomo, das Baptisterium und die Piazza della Signoria, lodernd von Licht und behängt mit Fahnen, aber das Licht war beinahe flüssig und hatte die Farbe von warmer Butter. Die Kerzen dort drinnen brannten hinter geöltem Pergament und klarem und buntem Glas, Zeugnis für das Wunder der Auferstehung, denn es war die Osternacht, und Florenz unterlag noch nicht dem päpstlichen Interdikt.

Leonardo bahnte sich seinen Weg durch die Menge vor dem Palast der Pazzi. Die Straße mit ihrer lärmenden Hektik war ein Spiegelbild seines aufgewühlten Inneren; er ging schnell, und seine Hand ruhte unverhohlen auf dem Griff seines rasiermesserscharfen Dolches, um Diebe und diejenigen abzuschrecken, die nur zum Spaß einem Vorübergehenden den Bauch aufschlitzten. An seiner Seite liefen Niccolò Machiavelli und Zoroastro da Peretola. Sie gingen Arm in Arm und hatten Niccolò in die Mitte genommen. Der Junge hatte darauf bestanden, Leonardo zu begleiten. Aus Verrocchios *bottega* waren alle unterwegs zum Palazzo Pazzi, und wäre er unbeaufsichtigt zurückgeblieben, hätte sich der altkluge Bengel allein auf die Straße begeben, um sich Huren zu suchen und dem Diskurs von Bauern und Patriziern zu lauschen.

Sie drängten sich durch die Menge und gelangten schließlich zur Via del Proconsolo und zum Palazzo Pazzi, der mit blaugoldenen Fahnen geschmückt war, die unter der Loggia und an den Balustraden hingen. Der Palast mit seinen eleganten, rohbehauenen Quadersteinmauern und den darin eingelassenen Medaillons mit heraldischen Kreuzen und streitbaren, scharfzahnigen Delphinen – dem Wappen der Pazzi – füllte einen ganzen Straßenblock aus.

Die Prozession hatte bereits begonnen, denn Leonardo sah die Familie Pazzi, geführt von ihrem Patriarchen, dem gerissenen, hochfahrenden Spieler Jacopo de' Pazzi. Er war ein alter, rüstiger Mann, der aufrecht auf einem mächtigen Schlachtroß mit reich verzierter Schabracke saß. Seine Söhne Giovanni, Francesco und Guglielmo ritten neben ihm. Guglielmo war mit Lorenzo de' Medicis Lieblingsschwester Bianca verheiratet, und sie folgte in einer mit Goldbrokat ausgeschlagenen Sänfte, umgeben von einem Gefolge von Medici-Getreuen mit dem Zeichen der *palle* und der französischen *fleur-de-lis* auf ihren Wämsen; aber von diesen livrierten Lakaien abgesehen, waren die Medici auffällig abwesend. Die Pazzi waren allesamt reich in Blau und Gold gekleidet, und Jacopo hatte einen mit goldenen Delphinen besticktes Wappenhemd an. Die livrierten Pferdeknechte trugen die Farben der Pazzi, und ebenso die symbolische Rittergarde, sechzig Mann in schwerer Rüstung. Die Prozession schien sich über eine ganze Meile zu erstrecken, und anscheinend war der gesamte Florentiner Klerus dabei. In ihren schwarzen und grauen Gewändern sahen Priester und Äbte, Mönche und Nonnen aus wie heilige Geister, die zusammen im unnatürlich warmen Nachtwind wehten. Sie hielten ihre Kienspäne hoch, um die Bürger, die sie umdrängten, nicht zu verbrennen, und das Licht der Kerzenflammen war eine leuchtende Wolke wie die, welche vor den Israeliten herschwebte, um sie durch die Wüste zu führen.

Seine Hohe Eminenz, der Erzbischof, würde Jacopo in Santi Apostoli erwarten, in der Nähe des Ponte Vecchio. Im Gegensatz zum großen Duomo war dieses Gotteshaus nur eine Pfarrkirche, aber man behauptete, sie sei von Karl dem Großen begründet worden, und Giovanni della Robbia hatte das Tabernakel aus glasierter Terracotta entworfen. Der Erzbischof selbst hielt die Steinsplitter vom Grabe Christi in der Hand, und in einem feierlichen Zeremoniell würde er dem Alten diese unscheinbaren, aber heiligen Scherben übergeben.

Ihr Ziel indessen war der Duomo, die Kirche, wo die Familie Medici warten würde. Heute nacht würde der Geist Christi in den Mauern von Florenz brennen, symbolisiert durch diese Steinsplitter und einen magischen Feuervogel, der dieser seligsten Stadt der Welt Glück brachte.

»Kannst du Sandro sehen?« brüllte Leonardo zu Zoroastro da Peretola hinüber und hielt Niccolò dicht bei sich, damit der Junge im Gedränge nicht verlorenging. Auf den Bänken herrschte dichtes Gedränge; hauptsächlich Frauen und Kinder saßen dort, und Botticelli war in der Nähe nirgends zu entdecken.

Eine elegante Frau in mittleren Jahren mit feingemeißelten Zügen, das dunkle Haar zusammengedreht und von schmalen Schleiern umhüllt, die Ärmel im klassischen Stil zur Schulter zurückgeschlagen, saß nicht weit von Leonardo. Sie sprach erbost auf eine matronenhafte Frau ein, die neben ihr saß, und war offensichtlich eine Sympathisantin der Pazzi. Aller Klatsch des Monats konzentrierte sich auf Lorenzos Willkürakt gegen die widerspenstige Familie Pazzi. Zwei Anhänger von Lorenzos Familie hatten die Erbschaft einer gewissen Beatrice Borromeo, der Frau Giovanni de' Pazzis, angefochten. Ihr Vater war gestorben, ohne ein Testament zu hinterlassen, und sie hatte das Vermächtnis beansprucht; es handelte sich um ein Vermögen. Lorenzo aber hatte seinen Einfluß geltend gemacht und ein rückwirkendes Gesetz zugunsten seiner Freunde durch den Rat gebracht. Diesem neuen Gesetz zufolge ging das Vermögen eines ohne Testament verstorbenen Vaters nicht etwa an seine Tochter, sondern an den nächsten männlichen Verwandten. Giovannis Sohn Francesco war über die Annahme dieses Gesetzes so empört gewesen, daß er Florenz verlassen hatte und jetzt in Rom wohnte.

»Nun, ich muß sagen, ich sehe mit Überraschung, daß Francesco aus Rom zu uns zurückgekehrt ist, um bei der Prozession dabeizusein«, sagte die elegante Frau eben.

»Es sollte Euch nicht überraschen«, sagte die Matrone. »Es ist seine Pflicht, seiner Familie Ehre zu machen.«

»Wenn die Medici dieses unerträgliche Gesetz nicht zurückziehen, wird es Ärger geben zwischen den beiden Familien, das sage ich Euch. Und glaubt ja nicht, daß wir alle leiden werden, vor allem die Frauen nicht.«

»Ach«, sagte die Matrone schniefend und sah sich um. »Wir sind zum Leiden geschaffen. Und ich glaube, Seine Magnifizenz hat es nur verdrossen, daß sein kleiner Bruder beim *palio*-Rennen dieses Jahr gegen einen Pazzi verloren hat.«

»Nun, denkt an meine Worte ... Es wird Ärger geben.«

Der junge Niccolò Machiavelli, der dieses Gespräch offenbar belauscht hatte, sagte zu Leonardo: »Ich glaube nicht, daß Seine Magnifizenz einer so wichtigen Familie wie den Pazzi wegen eines Pferderennens Scherereien machen würde, oder?«

»Komm schon«, sagte Leonardo abwesend. Wo konnte Sandro sein? Und übrigens, wo war Zoroastro? Allmählich befürchtete er das Schlimmste. Vielleicht war Ginevra etwas zugestoßen. Leonardo umrundete noch einmal die Bänke. Das Gedränge hatte ein bißchen nachgelassen, aber nicht sehr. Dann bemerkte er, daß Niccolò nicht mehr bei ihm war. Er geriet in Panik und rief seinen Namen, während er sich an einer Meute von zwölf jungen Männern vorbeidrängte, die alle die Livree einer vornehmen Familie trugen – wahrscheinlich neuernannte Mitglieder einer Patronalbruderschaft: *armeggiatori*.

Aber diese Jungen trugen keine Waffen.

»Ich bin hier«, rief Niccolò und schob sich zwischen den Jungen hindurch. »Ich habe den Frauen zugehört. Sie redeten davon, ihre Haut zu verwandeln, um die Falten zu eliminieren. Willst du hören, was sie gesagt haben?«

Leonardo nickte; überrascht sah er, wie lebhaft sein junger Schützling geworden war. Aber abgelenkt war er immer noch. Sandro war nicht hier, dessen war er jetzt sicher. Jetzt hielt er nach Zoroastro Ausschau, während Niccolò redete. Sandro hätte hier sein müssen.

Niccolò sprach, als hätten sich alle seine Gedanken danach gedrängt, aus seinem Mund herauszufließen. Sein Gesicht bekam die ausdrucksvolle Beweglichkeit eines Knaben anstelle der straffen Maske der Reife, die er bei ihrer ersten Begegnung zur Schau getragen hatte. Es war, als betrachte er Leonardo als seinesgleichen, als jemanden, mit dem er sich nach den langen Tagen und Monaten des konzentrierten Studiums bei Meister Toscanelli und seinen Schülern entspannen konnte. »Diese Frauen behaupteten, man müsse eine weiße Taube nehmen, sie rupfen und Flügel, Beine und Innereien entfernen. Das alles wirft man weg, und dann nimmt man Traubensaft und Süßmandelöl zu gleichen Teilen und soviel Diptam, wie man für zwei Tauben brauchen würde, und damit wäscht man sie gründlich. Dann wird alles zusammen destilliert, und die Lösung benutzt man, um sich das Gesicht zu waschen. Die Frauen sahen hochgeboren aus, aber sie konnten trotzdem nur solchen Unfug reden.« Er lächelte verächtlich, aber es war doch ein Lächeln.

»Es könnte an dem, was sie sagen, etwas Wahres sein«, antwortete Leonardo. »Wie kannst du dich wegen ihrer Dummheit über sie lustig machen, solange du noch nicht ausprobiert hast, was sie sagen?«

»Aber es ist *Unsinn*«, beharrte Niccolò.

»Komm jetzt«, sagte Leonardo und nahm den Jungen beim Ellbogen. »Ich kann nicht die ganze Nacht auf Zoroastro warten. Er hat sich wieder mal magisch in Luft aufgelöst. Zum Teufel mit ihm!« Er schaute sich noch einmal um und glaubte Zoroastro zu erblicken, wie er sich mit einem Mann unterhielt, der aussah wie Nicolini. Die beiden Männer standen neben einer Kutsche. Aber es war zu dunkel und zu weit weg, und der Fackelschein spielte den Augen Streiche.

Leonardo drängte sich durch das Treiben und suchte weiter nach Sandro und Zoroastro, bis Niccolò schrie: »Da ist er!« und auf eine Gestalt deutete, die winkte und Leonardos Namen rief. Die beiden drangen zu Zoroastro vor.

»Ich habe dich mit jemandem reden sehen, der aussah wie Nicolini«, rief Leonardo.

Zoroastro machte ein erstauntes Gesicht. »Die Geschichten über dein wundersames Sehvermögen sind also nicht wahr. Du kannst doch nicht im Dunkeln sehen. Nein, Leonardo, ich konnte nicht in die Nähe von Messer Nicolini oder Madonna Ginevra kommen. Dein Freund aber schon. Schau.« Zoroastro deutete auf die vordersten Kutschen der Prozession, die sich langsam südwestwärts auf den Palast der Signoria und die alte Kirche von Santi Apostoli zubewegte.

Leonardo spähte hinüber und sah einen Mann, der Sandro hätte sein können, in einem luxuriösen Wagen mit dem Banner der Pazzi und einer zweiten, blauweißen Fahne. Aber der flackernde Fackelschein schien die Natur der Bewegung selbst zu verändern, als trenne er die Ursache von der Wirkung.

»Das ist Sandro, und die Dame neben ihm ist Ginevra«, behauptete Zoroastro. »Blau und Weiß sind die Farben der Familie Nicolini.«

»Was macht er denn in Nicolinis Kutsche?«

»Nicolini selbst reitet gleich hinter den Brüdern Pazzi. Wahrscheinlich wird er mit ihnen in die Kirche gehen und vielleicht die heiligen Steine berühren. Eine ziemliche Ehre.«

»Du konntest also nicht nah genug herankommen, um mit ihnen zu reden«, stellte Leonardo fest. Die Prozession bewegte sich zwar in gemächlichem Tempo, aber es war bei diesem Gedränge doch unmöglich, mit der Kutsche Schritt zu halten, in der Sandro und Ginevra saßen.

»Niemand kommt da heran. Die *armeggiatori* der Pazzi würden mir eine Lanze durch die Brust stoßen, ohne mit der Wimper zu zucken. Aber Sandro hat gesehen, wie ich auf- und abgehüpft bin und ihm zugewinkt habe.«

»Und …?«

»Er hat mir zugebrüllt, daß er sich mit dir an der Teufelsecke trifft, wenn der Vogel geflogen ist. Vermutlich wird er dir da alles erklären.«

»Und was ist mit Ginevra?« fragte Leonardo ungeduldig.

Zoroastro zuckte die Achseln.

»Wäre es möglich, daß wir uns nachher alle noch treffen?« überlegte Leonardo. Aber dieser Hammelhändler Nicolini hatte Ginevra wahrscheinlich einen Strick um den Hals geschlungen. »Wirkte sie denn wohlauf, Zoroastro? Sag mir das.«

»Man kann kaum etwas sehen, Leonardo. Es war ja ein Wunder, daß ich Sandro erkannt habe.« Zoroastro machte eine Pause, als erwäge er, was er nun sagen wollte. »Aber ich glaube, sie sah aus, als habe sie geweint, denn ihr Gesicht schien mir naß zu sein. Doch wer weiß? Das Licht der Fackeln bringt seltsame Effekte hervor.«

»Ich muß sie sehen.« Glühend vor Wut starrte Leonardo in die Prozession. »Niemand wird mich aufhalten«, dachte er, schon gar nicht Ser Nicolini; aber in seinem Zorn – der alles, was er dachte und sah, in den Farben eines Alptraums malte – wußte er doch, daß er abwarten mußte.

Während sie sich nach Norden auf die große Kuppel des Duomo zubewegten, schnatterte Niccolò unverdrossen weiter; die neugefundene Freiheit und das hektische Festtreiben versetzten ihn offenbar in Aufregung. Er war auf wunderbare Weise wieder in einen Jungen verwandelt. »Ich habe noch mehr Unsinn von diesen Frauen gelernt«, erzählte er und reckte dabei den Hals, um nicht die geringste Kleinigkeit im Wirbel der fackelüberstrahlten Straße zu verpassen.

Ein großes Pferd bäumte sich auf und warf seinen Reiter auf das ursprünglich von den Römern angelegte Kopfsteinpflaster. Die Prozessionsteilnehmer hinter ihm ritten weiter, als wäre er nur eine Satteltasche, die ein Reisender verloren hatte. Zwar hing Leonardos Skizzenblock an seinem Gürtel und baumelte immer wieder an sein Bein, aber er griff nicht danach. Seine Gedanken wanderten fieberhaft von Ginevra zu Nicolini.

»Vielleicht könnte dich einiges davon interessieren, Meister Leonardo«, sagte Niccolò. »Vor allem ihre hausgemachte Formel zur Herstellung eines beliebig getönten Farbstoffes zum Färben von *corni*, Federn, Fellen, Häuten, Haaren und anderen Dingen. Vielleicht hältst du es ja für angebracht, ihren Aberglauben auf die Probe zu stellen.« War da ein Hauch von Sarkasmus?

Ohne auf ein Stichwort von Leonardo zu warten, fuhr er fort. »Sie sagen, man nehme etwas Regen- oder Quellwasser und Urin von einem fünfjährigen Kind und mische beides gut zusammen mit weißem Essig, ungelöschtem Kalk und Eichenholzasche, bis die Flüssigkeit auf ein Drittel reduziert ist. Diese Mischung seihe man durch ein Stück Filz. Danach gebe man Alaun in die Lösung, füge ein wenig gemahlene Farbe hinzu und tauche den Gegenstand so lange wie nötig in diesen Farbstoff.«

Leonardo hörte Niccolò wider Willen, wenn auch nur halbherzig, zu und verstaute die Informationen in seiner Kathedrale der Erinnerungen, wie Toscanelli es ihn gelehrt hatte. Er hatte seine mnemonische Kathedrale nach dem Vorbild des großen Duomo gestaltet; allerdings entsprach sein Phantasiegebäude, verglich man es mit Giottos und Brunelleschis brillantem Bauwerk, das als Krone von Florenz zu gelten hatte, eher dem Platonischen Ideal. Es war vollkommen.

Er legte das Rezept in eine Nische im Baptisterium, wo es den geschwungenen Wasserstrahl eines Springbrunnens aus der Steingrimasse, die Ginevras Verlobtem gehörte, rot färbte.

Denn sein Sinn stand nach Blut.

An der Via de Pecore, nahe dem Judenghetto und den Mietshäusern, in denen die Huren mühelos zu finden waren, nicht weit aber auch vom Baptisterium und der großen Kathedrale von Santa Maria del Fiore, bekannt als Duomo, hing eine Warnung an einem Pfosten. Ein Diadem von Fackeln beleuchtete die Proklamation:

> Die herrlichen und machtvollen Signori etc. verfügen und verkünden, da ihnen durch gewisse Florentiner Bürger zur Kenntnis gebracht, daß eine berittene armeggeria soll abgehalten werden zu Florenz in der Stadt, welches aber, wie sie hören, ein großer Zusammenlauf von Reitern sei: daß im Falle eines Unglücks, bei dem eine Person gleichwelchen Standes oder Vermögens verletzt oder getötet oder niedergetrampelt werde durch besagte armeggiatori mit den Lanzen und ihren Pferden am betreffenden Tage oder am Vorabend des Osterfestes zu Florenz in der Stadt, kein Amt und kein Magistrat der Gemeinde Florenz soll zuständig sein und kann auch nicht beklagt oder in sonstwelcher Weise zur Verantwortung gezogen werden. So hat es feierlich erwogen und beschieden die Signoria.

Leonardo nahm diese Proklamation zur Kenntnis, aber beachtete sie nicht weiter, denn solche Anschläge hingen zu den Feiertagen und Festen, an denen die Brigaden reiten würden, immer in den Straßen. Er und seine Freunde schafften es kaum, zum Duomo durchzukommen, obwohl sie die Prozession der Pazzi verlassen hatten und geradewegs zur Kirche wanderten.

In den engen Straßen und Gassen rund um die Via dei Servi stank es nach Pferdemist, und Hunderte von Medici-Anhängern ritten in *armeggeria*. Die Medici-Prozession, die aus der den Pazzi entgegengesetzten Richtung kam, kroch langsam auf den Dom zu. Diese Prozession bestand aus Einheiten von jeweils nicht mehr als zwölf Männern – zwölf wie die Apostel –, wie das Gesetz es vorschrieb.

Die Funktion der *armeggeria* bestand darin, die Macht der Brigaden zu demonstrieren. Nicht selten verwandelte ein Zusammenstoß zwischen den Brigaden konkurrierender Familien ein Fest in eine Schlacht. Aber meistens wurden dabei eher Umstehende zerquetscht oder niedergetrampelt als die streitenden *messeres*. Sämtliche Sprößlinge der großen Familien, die die Medici unterstützten – die Neroni, Pandolfini, Acciaiuoli, Alberti, Rucellai, Alamanni und andere –, waren in großer Zahl unter den Farben der Medici auf der Straße, und Lorenzo und Giuliano, die großen Signores der gesammelten Brigaden, saßen ebenfalls zu Roß. Sie ritten zwei identische graue Pferde, Geschenke von König Ferrantes von Neapel.

Eine Vorhut der Pazzi-Prozession würde bald von Süden herankommen, und man würde die von einem Spalier aus jungen Pagen gespielten Fanfaren hören.

»Könnte leicht sein, daß Sandro sich in Gefahr bringt, indem er bei der Pazzi-Prozession mitfährt«, sagte Leonardo zu Zoroastro, als sie sich der großen Kathedrale näherten. »Er kompromittiert sich damit, denn er ist eng mit den Medici befreundet. Das gefällt mir überhaupt nicht, und vor allem um Ginevra mache ich mir Sorgen. Hoffentlich kann Seine Magnifizenz seine Leute im Zaum halten; ich bin sicher, sie würden heute nacht gern ein bißchen Pazzi-Blut vergießen.«

»Gott behüte, in der Osternacht«, sagte Zoroastro.

»Mir war deine Empfindsamkeit in religiösen Dingen nicht bewußt, Zoroastro«, bemerkte Leonardo sarkastisch.

»Nur wenige wissen um meine profunde Spiritualität«, gab Zoroastro zurück. Die Andeutung eines Lächelns blieb im Dunkeln unbemerkt.

»Ich denke, die Steine werden als Versicherung genügen, denn sowohl die Medici als auch die Pazzi haben Respekt vor heiligen Gegenständen, wenn auch vor sonst nichts.« Leonardo lockerte seinen festen Griff um Niccolòs Arm. »Ich habe keine Lust, dich in diesem Gedränge suchen zu gehen«, sagte er zu dem Jungen. »Du mußt dicht bei uns bleiben. Verstanden?« Niccolò nickte schroff, aber seine Aufmerksamkeit galt den Brigaden und dem Trupp der gefürchteten Medici-Anhänger namens »Gefährten der Nacht«, jener dunkel gekleideten Dominikanerbrüder, die den inoffiziellen, aber verhaßten Titel *inquisitori* trugen. Die Brigadiers waren von den Medici auf das üppigste mit Rüstungen und Livreen aus rotem Samt und Gold ausgestattet worden. Lanzen und Schwerter blitzten im rötlichen Fackelschein. Die Pferde trugen reich verzierte Schabracken aus dem gleichen Stoff, in den auch die Reiter gekleidet waren. Mehr als fünfzig Fackelträger in blauem Damast und kurzen, mit den *palle* der Medici geschmückten Mänteln gingen vor und hinter den Brigaden, die von Lorenzo und Giuliano angeführt wurden. Giuliano, schön wie immer, war ganz in Silber gehüllt; sein seidenes Leibchen war mit Perlen und Silber bestickt, und an seiner Mütze prangte ein riesiger Rubin. Sein Bruder Lorenzo dagegen, zwar nicht schön, aber sicher die beherrschende Erscheinung in dieser Prozession, trug eine leichte Rüstung über den einfachen Kleidern, die er auf der Gesellschaft angehabt hatte, und darüber einen weiten Samtmantel mit dem Wappen der Lilien und den *palle* sowie der Inschrift *»Le temps revient«*. Als Konzession an Pomp und Feierlichkeit trug er jedoch seinen Schild mit *Il Libro*, dem großen Medici-Diamanten, der zweitausendfünfhundert Dukaten wert sein sollte. Er saß unter dem Medici-Wappen mit den fünf Bällen und drei Lilien; die letzteren waren ein ehrenvolles Geschenk des französischen Königs Ludwig an Lorenzos Großvater.

Vor den Medici-Brüdern ging eine Phalanx von weißgewandeten Priestern, Chorherren, Kaplänen, Altardienern, Gemeindetrompetern und Bußbruderschaften; in ihrer Mitte rollte ein mit reinstem weißen Damast bedeckter Prunkwagen, auf dem das Bild eines Heiligen lag: ein Gemälde. Scharen von Handwerkern, Tagelöhnern, kleinen Händlern, Bauern und Meistern riefen »*Misericordia!*« und erflehten Vergebung für ihre Sünden, während der Prunkwagen vorüberrollte.

»Das ist Unsere Liebe Frau von Impruneta«, sagte Zoroastro mit Blick auf das heilige Bildnis, das die Dominikaner auf einer Weihesänfte trugen. »Sie ist wegen zahlreicher Wunder bekannt. Die Medici müssen ihren Segen dringend benötigen, wenn sie sie aus ihrer Kirche auf dem Land hierher bringen lassen.«

Die Kirche behauptete, der heilige Lukas persönlich habe sie gemalt, und sie dementierte nicht, daß das Bildnis einen wunderbaren Einfluß auf das Wetter ausüben könne. Die Leute von Florenz verehrten Unsere Liebe Frau von Impruneta, weil sie eine Verkörperung der Liebe Gottes sei, ein greifbares Wunder in ihrer Mitte. Die übernatürlichen Kräfte des Gemäldes seien unwiderlegbar bewiesen: Noch nie habe man gehört, daß es geregnet habe, wenn die Madonna von Impruneta in der Prozession gewesen war. Ja, Gott werde auch niemals erlauben, daß Seine Tränen auf dieses heilige Bildnis fielen.

Aber Zoroastro hatte noch nicht zu Ende erzählt, als es zu nieseln begann, und plötzlich ging ein Wolkenbruch nieder. Jäh wurde es still, und dann begann ein nervöses Gesumm, als Tausende von Männern und Frauen zu raunen begannen, als fürchteten sie, gehört zu werden. Die ersten Schreie erhoben sich, und die Menge geriet in Panik. Zuschauer liefen schutzsuchend unter Bögen, Dächer und Hauseingänge. Die Pflastersteine der Straßen glitzerten wie Bäche, in denen sich die Fackeln spiegelten. Die in der Prozession gingen, schauten umher, als fehle ihnen plötzlich eine Autorität, obgleich Lorenzo und Giuliano versuchten, sie zu beruhigen und zu ermutigen, starken Herzens zu bleiben.

Zoroastro, der sich mit Leonardo und Niccolò unter einen

Bogen gestellt hatte, meinte atemlos: »Das ist ein schlechtes Omen.«

»Das ist Unsinn«, meinte Niccolò, aber er suchte doch mit einem Seitenblick Bestätigung bei Leonardo.

»Der Junge hat recht«, sagte Leonardo. »Es ist ein bloßer Zufall, aber für die Medici doch ein unglücklicher an einem solchen Abend.«

»Ich denke, Unsere Liebe Frau hat etwas dagegen, daß die Medici sie für ihre selbstsüchtigen Zwecke einspannen«, sagte Zoroastro. »Diese Nacht gehört den Pazzi.«

»Du redest von einem Bild, als wäre es die Madonna selbst«, bemerkte Leonardo. »Wie die Bauern hältst du das Bild für realer als das Leben. Ein Bild kann weder sehen noch fühlen, noch kann es das Wetter ändern. Wenn es das könnte, wäre ich ein wohlangesehener und gutbezahlter Thaumaturg und kein armer Maler.« Er zügelte sich, denn jetzt sprang er doch zu hart mit seinem Freund um.

»Weitere Blasphemie von der Quelle«, sagte Zoroastro sarkastisch, aber er wirkte nicht verärgert; er spielte nur wieder eine Rolle, vielleicht um die Tiefe seines Empfindens zu verbergen. Er sprach leise und stand regungslos da, als wäre er aus Stein. »Einem Mann, der allein Pinsel und Pigmente zum Gegenstand seiner Anbetung gemacht hat, fällt der Übergang zur Wahrheit Christi natürlich schwer; das überrascht mich nicht. Ich glaube, du hast zuviel Zeit mit Toscanelli verbracht und mit den Juden, die im Hurenviertel wohnen.«

»Meister Toscanelli geht täglich zur Messe und zur Kommunion«, erklärte Niccolò. »Sind originelle Ideen für Euch denn immer gleichbedeutend mit Blasphemie?«

Leonardo lächelte, aber nur kurz. »Ich behaupte, daß die Heilige Schrift allein die höchste Wahrheit darstellt«, sagte er ruhig. »Aber ich muß gestehen, daß ich die Lügengeschichten der Ordensbrüder, die ihren Lebensunterhalt aus den Überresten toter

Heiliger beziehen, nicht ernstnehmen kann. Sie geben nichts als Worte, empfangen aber große Geschenke, weil sie behaupten, sie hätten die Macht, empfindsamen Seelen wie der deinen das Paradies zu gewähren.«

»Erinnere dich an diese Worte, wenn du auf dem Sterbebett liegst, Leonardo.« Noch während Zoroastro sprach, brach auf der Straße eine Prügelei aus. Ein paar Jugendliche hatten einen der Medici-Reiter von seinem Pferd gezerrt. Lorenzo ritt mitten ins Getümmel hinein. Er umkreiste die Schläger und seinen gefallenen *signore*, der ein Brigadeführer war, und rief *armeggiatori* und Zuschauern gleichermaßen zu, daß Unglück über die ganze Stadt und ihre Bewohner kommen werde, wenn vor den Augen Unserer Lieben Frau Blut vergossen werden sollte.

Als Leonardo das sah, dachte er besorgt an die Prozession der Pazzi, die bald herankommen würde, denn dann würde es sicher Ärger geben, und Ginevra und Sandro würden womöglich ins dichteste Gewühl geraten. Aber Lorenzo und sein Bruder Giuliano lenkten die Menge ab; sie riefen nach den Prunkwagen, die eigentlich erst, nachdem die Taube auf die Piazza geflogen war, enthüllt und dem Volk zum Erstaunen und zur Unterhaltung vorgeführt werden sollten.

Die geschmückten Karren erschienen wie von nirgendwoher, aber natürlich waren sie strategisch versteckt gewesen; noch während sie auf die Piazza herausgezogen wurden, waren Arbeiter dabei, die schwarzen Tücher abzuwerfen und sorgfältig modellierte religiöse Tableaus zu enthüllen, von denen ein paar in Verrocchios Atelier entworfen und gebaut worden waren. Von Kerzen übersäte Wagen versinnbildlichten alle Stationen des Kreuzweges in überlebensgroßem Detail, und andere zeigten religiöse und florentinische Szenen und Symbole; ein neuartiges Gefährt mit einem blutenden, flammenden Herzen auf der Spitze des Aufsatzes war über sechzig Fuß hoch. Wieder ein anderer trug drei mannshohe Glaskrüge: Einer war mit einer blutroten Flüssigkeit gefüllt, der zweite war nur halbvoll, und der dritte war leer. Der volle Krug symbolisierte die neue göttliche Ordnung, der halbvolle die alte göttliche Ordnung, und der leere bedeutete das Ende der Welt. Alle diese Symbole basierten auf dem Buch Jesaja, mit Ausnahme der schönen jungen Frauen, die auch auf dem Wagen standen. In hübschen Seidengewändern und mit Kränzen im Haar, hielten sie Fackeln und gekreuzte Hellebarden: drei Inkarnationen der Göttin Pallas. Aber der Prunkwagen, der die ganze Aufmerksamkeit der Menge fesselte, präsentierte eine hohe Statue Unserer Lieben Frau von Impruneta, die sie genau so zeigte, wie sie auf dem heiligen, magischen Gemälde aussah.

»Der Wagen mit Unserer Lieben Frau sieht aus, als wäre er dein Werk, Leonardo«, sagte Zoroastro.

»Meines und das vieler anderer.«

In diesem Augenblick ging der Regen in ein Nieseln über und hörte dann ganz auf – wie durch ein Wunder, wie durch die heilige Macht der großen Madonna, die da enthüllt worden war.

Die Menge applaudierte und schrie: »*Miracolo ... in nomine Patris, et Filii, et Spiritus Sancti. Amen.*« Ein paar Leute warfen sich weinend auf den Boden und dankten Gott und der Heiligen Madonna. Die Spannung löste sich sogleich, und was blieb, war der feuchte, beißende Geruch, der so oft nach einem Schauer die Straßen erfüllte. Leonardo war ebenfalls erleichtert, denn jetzt würden Sandro und Ginevra unbehelligt zur Kathedrale gelangen.

»Nun, Meister Leonardo«, sagte Niccolò, »wie es aussieht, bist du tatsächlich ein Thau ...« Er stockte; offenbar versuchte er sich zu erinnern, wie das Wort zu Ende ging.

»Ein Thaumaturg«, sagte Leonardo. »Der Begriff kommt von den griechischen Wörtern *thauma*, das Wunder, und *ergon*, was Werk bedeutet. Hat der alte Toscanelli dir denn überhaupt nichts beigebracht?«

»Meister Toscanelli hat ihm offensichtlich das Lästern beigebracht«, sagte Zoroastro.

»Ihr klingt ganz wie Ser Nicolini«, sagte Niccolò zu ihm.

Leonardo mußte unwillkürlich kichern.

»Glaubst du denn nicht, daß Unsere Liebe Frau den Regen hat aufhören lassen?« fragte Zoroastro den Jungen. »Du hast es doch mit eigenen Augen gesehen.«

»Nein, ich glaube es wohl nicht«, sagte Niccolò.

»Wie kommt das? Hast du keine anständige religiöse Erziehung genossen?« fragte Zoroastro.

»Meine Mutter ist sehr religiös. Sie schreibt ausgezeichnete Gedichte. Aber ich glaube nicht an Gott.«

Leonardo war nicht sehr überrascht, als Zoroastro erklärte: »Ich auch nicht, mein Sohn.«

Und mit schmetternden Fanfaren gab die Prozession der Pazzi ihre Ankunft bekannt.

Leonardo hielt Ausschau nach Ginevras Kutsche.

In diesem Augenblick schienen die Straßen in Blut zu schwimmen, denn die Fackeln von Tausenden von Büßern, Pazzi- wie Medici-Anhängern, leuchteten außergewöhnlich hell, als hätten die heiligen Steine von Christi eigenem Grab sie um so machtvoller entbrennen lassen.

Leonardo hatte Ginevra und Sandro entdeckt, aber sie waren so weit weg, daß sie ihn nicht rufen hörten. Er würde hier bei ihrer Kutsche am Rande der überfüllten, mit Blumengirlanden geschmückten Piazza auf sie warten. Er blieb im Schutze der Menge, denn neben der Kutsche standen mehrere Bewaffnete in den Farben der Familie Nicolini. Er gedachte Ginevra abzufangen, wenn sie vom Feuerwerk zurückkäme. Der kleine Machiavelli hatte mit Zoroastro gehen wollen, der die Absicht hatte, sich so nah wie möglich an den Feuerwerkswagen vor den Stufen der Kathedrale heranzuarbeiten, aber Leonardo befürchtete, daß dem Jungen etwas zustoßen könnte.

Der Dom ragte wie ein Berg in den dunklen, bewölkten Himmel; seine marmornen Klippen, Dächer, Zinnen und Überhänge – Kapellen und Kuppeln, Apsen und Tribünen – wirkten dunkel und schattenreich wie die Architektur in Leonardos Träumen. Das Hochamt war noch im Gange, und alles war still. Durch die offenen Portale hörte man das Paternoster.

Dann das Heilige Sakrament: »*Agnus Dei, qui tollis peccata mundi: Miserere nobis.*« Die Massen auf der Piazza beteten; einige knieten, während andere neugierig zuschauten und warteten, da sich das große Mysterium und Wunder der Auferstehung von neuem entfaltete. Der Chor sang; Worte und Melodien drangen durch Fenster und Türen und durch die alten Steine selbst, wie uralte Düfte. Weihrauch hing in der Luft: Myrrhe, Cassia, Lavendel, Safran und Stakte.

Dann erhob sich ein mächtiges Gebrüll, das die Menge zurückschallen ließ, und modisch gekleidete junge Männer und Frauen aus den großen Aristokratenfamilien kamen aus der Kirche auf die schwarz umrissenen Treppenstufen gelaufen. Die führenden Bürger von Florenz folgten ihnen und stellten sich in Reihen auf der Treppe auf, wo sie den besten Blick auf die pyrotechnische Veranstaltung genießen konnten.

Und Ginevra erschien auf den Stufen, Nicolini zu ihrer Rechten, Sandro zur Linken – das vermutete Leonardo zumindest, denn er konnte nur einen kurzen Blick auf sie erhaschen, bevor sie in der Menge verschwanden, die die Treppe herabströmte.

»Es ist Zeit«, sagte Leonardo zu Niccolò. »Jetzt wirst du es sehen.«

Ohne daß Leonardo es von seinem Platz aus beobachten konnte, zündete der Erzbischof die Feuerwerksrakete an, die in der großen Taube aus Pappmaché verborgen war. Ein spezieller Spanndraht erstreckte sich über die ganze Länge des Domes; er führte durch die Tür und auf die Piazza hinaus. Die sprühende Taube würde auf ihm entlanggleiten bis zu einem seidenen Nest voller Feuerwerk und würde es entzünden, was den Tausenden gesegneten und gläubigen Zuschauern für ein weiteres Jahr Glück bringen würde.

Unvermittelt schoß der Vogel, rote und gelbe Flammen sprühend, unter schwarzen Qualmwolken zum Portal heraus. Alle, die neben oder unter seiner Bahn standen, duckten sich und schrien, als er oben hinwegzog. Das Licht war sehr grell, und Leonardo war für eine Weile geblendet von dem roten Nachglanz, der wie eine pastellene Wolke in seinem Blickfeld schwebte, wohin er auch schaute.

Ein großer Jubel erhob sich, aber jäh schrie alles auf, als der Draht riß. Der Vogel taumelte und fiel weit vor dem Nest herunter, fiel, als hätte man ihn dorthin geworfen, auf einen großen Karren, der alle Feuerwerkskörper für das Fest enthielt, gestapelt wie Kanonenrohre auf einem Lager aus Balken. Dort ging er in Flammen auf; die Flügel bogen sich zurück und rollten sich verkohlt zusammen.

Sekunden später fingen die Raketen auf dem Wagen Feuer. Es gab eine donnernde Explosion, gefolgt von einem Stakkato, als die mit Schießpulver gefüllten Zylinder nacheinander in Brand gerieten. Der ganze Karren kippte um, und Hunderte von Raketen rollten über den Boden, explodierten und schossen in alle Himmelsrichtungen auseinander. Die Raketen ließen die Kirche in phosphoreszierendem Weiß erstrahlen, in Karneol, Blitzblau und Smaragdgrün, und tausend tiefschwarze, messerscharfe Schatten tanzten umher wie Windhunde; sie krachten gegen Wände und Bleiglasfenster und zerbarsten in einem Farbenregen, gefolgt von einem Kanonenschlag. Funken wirbelten auf die Piazza herab und badeten die schreienden, panischen Zuschauer in explodierendem Feuer, das die Kleider der Kinder erfaßte, während die Mütter kreischend versuchten, die Flammen auszutreten. Ein fetter Mann in einem rauhen Kittel bekam eine Rakete mitten in die Brust. Eine Explosion von Funken und Flammen beleuchtete seinen Todestanz. Überall waren Lärm und tanzende Lichter. Raketen landeten auf den Dächern naher Gebäude und setzten sie in Brand. Ein behelfsmäßiger Balkon am ersten Stock eines Hauses fing Feuer, und die festlich gefärbte Segeltuchmarkise wehte in hellen Flammen auf die Menge herunter. Scharfer Pechgeruch mischte sich mit den süßlichen Resten des Weihrauchduftes in der Luft.

Leonardo stürzte sich ins Gedränge auf der Piazza. Er schrie nach Ginevra, und wie zur Antwort schienen Tausende zurückzuschreien, als er sich stoßend und schiebend, mit Klauen und Ellbogen seinen Weg durch das Gedränge zum Duomo bahnte. Leute, die wie Tiere bei einem Waldbrand panisch flüchteten, rempelten ihn an, aber er war wie betäubt. Es war, als sei er im Traum in ein Meer aus schwarzem Sirup geraten. Seine Bewegungen waren träge, als laufe die Zeit plötzlich langsamer und wolle bald stehenbleiben wie eine Uhr, die man nicht aufgezogen hatte.

Niccolò rief ihn.

Aber er hatte dem Jungen doch befohlen, bei den Kutschen zu bleiben – oder nicht?

Er duckte sich, wenn wieder eine Batterie Raketen explodierte, und betete, während er in Deckung rannte, und dabei suchte er unablässig nach Ginevra. Er lief gebückt und stets bereit, sich zur Sicherheit auf den Boden zu werfen. Einmal wich er einer jungen Frau aus, die auf der Piazza kniete und betete, scheinbar ohne die Raketen und das Gedränge ringsumher zu bemerken. Banden von Taschendieben und Strolchen krochen umher und trotzten dem Feuer, um Gestürzten und anderen, die am Boden kauerten, Ringe und Schmuck abzureißen. Sie traten und schlugen die armen, unglücklichen Schutzlosen, wenn sie sich wehrten, und manch einen erstachen sie auch. Ein Dieb mit einer Narbe, die von der Lippe zur Wange reichte, streckte Leonardo sein Messer entgegen, aber er zog sich zurück, als er sah, daß Leonardo ebenfalls den Dolch gezogen hatte.

Leonardo mußte Ginevra finden. Nichts anderes war mehr

wichtig. Er hätte dem Gauner den Bauch aufgeschlitzt, wenn es nötig gewesen wäre.

Noch immer explodierten donnernd Feuerwerkskörper, schossen Funken und Flammen wild in alle Richtungen. Leonardo suchte in panischer Hast, und endlich fand er sie und Sandro wohlbehalten hinter einer Barrikade aus umgestürzten Händlerkarren. Sie zitterte und weinte. Sandro hielt sie schützend im Arm, aber selbst im Schein der Fackeln und der fluoreszierenden Explosionen der Raketen sah man, daß er aschgrau im Gesicht war.

»Ginevra, ich war krank vor Sorge um dich«, sagte Leonardo. Er nickte Sandro zu und legte ihm leicht die Hand auf die Schulter.

»Du mußt auf der Stelle von hier verschwinden«, sagte Ginevra. Sie hatte sich schon wieder gefaßt, als habe sie soeben einen geheimen, schrecklichen Dämon besiegt. Sie hörte auf zu zittern, und ihre Tränen mischten sich mit dem Schweiß, der auf ihrem Gesicht glänzte.

»Komm, Sandro und ich bringen dich weg von hier.«

»Nein.« Sie sah ihn an, mied aber seinen Blick. »Laß mich in Ruhe, bitte.«

»Sandro, sie kann hier nicht bleiben«, rief Leonardo.

»Mein Verlobter wird gleich hier sein«, sagte Ginevra. »Laß mich, bitte.«

»Dein *Verlobter?*« schrie Leonardo. »Zum Teufel mit deinem Verlobten, diesem stinkenden *puttanniere!*«

»Also hältst du mich jetzt für eine Hure«, sagte sie, und flehentlich wandte sie sich an Sandro. »Er muß gehen.« Sandro sah sie nervös an und wandte sich dann ratsuchend an Leonardo.

»Ich habe keine Angst vor deinem – Verlobten.«

»Darum geht es nicht«, sagte Ginevra. »Ich habe meine Entscheidung getroffen. Ich werde Messer Nicolini heiraten.«

»Aus Angst.« Leonardo kam ihr immer näher. Ihr Zopf hatte

sich aufgelöst, und Strähnen ihres langen roten Haars klebten an ihrem resoluten, überschatteten Gesicht. Doch zugleich sah sie sehr verletzlich aus, und Leonardo sehnte sich nach ihr und gerade nach ihrer Verletzlichkeit, denn sie erregte ihn.

Die Piazza brannte wie ein Ofen. Glocken läuteten, und die Bürger rannten umher, um die gefährlichen Dachbrände zu löschen, die die ganze Stadt Florenz bedrohen konnten.

»Eine Entscheidung unter Zwang, das stimmt«, sagte Ginevra. »Aber es ist *meine* Entscheidung, und ich kann dir versichern, sie kommt aus der Logik, nicht aus der Angst. Du hast Messer Nicolini gedemütigt – und mich. Ja, mit deinen selbstsüchtigen, eigennützigen, eifersüchtigen Possen hast du meine ganze Familie gedemütigt und für alle Welt offenkundig gemacht, daß wir ein Liebespaar waren.«

»Aber wir sind eins!«

»Wir *waren* es.« Sie atmete tief und zischend ein und fuhr, ohne ihn anzusehen, fort: »Welche Ironie, daß du ihn einen Hurenbock nennst, denn du warst es ja, der mit seinem Handeln dafür gesorgt hat, daß ich aussehe wie eine Hure.«

»Du übertreibst. Ich habe ...«

»Du hast ihn gedemütigt. Mit den Gedärmen eines Schweins.«

»Er hat mein Leben bedroht. Als er Sandro bat, dich an die frische Luft zu begleiten. Außerdem hat er gedroht, dich einzusperren.«

»Wenn du mich liebtest, hättest du auf seine Drohung gehört und brächtest mich nicht auch noch in Gefahr.«

Leonardo legte seine Hand auf ihre. Sie war kalt, und Ginevra zog sie nicht weg. Aber es brachte sie auch nicht in Wallung, das spürte er. Sie war wie versteinert. »Sandro ...« Leonardo deutete seinem Freund an, daß er jetzt ungestört sein müsse.

Sandro nickte, sichtlich erleichtert. Er richtete sich auf und entfernte sich ein Stück weit.

Die Explosionen hatten jetzt aufgehört; man hörte nur noch

Geschrei und Geheul ... und das Geschnatter von zehntausend Zungen.

»Er hat uns bespitzeln lassen«, sagte Leonardo.

»Er hat mir alles erzählt, Leonardo.« Sie blickte starr geradeaus wie eine Blinde. »Er ist sehr ehrlich.«

»Ah, und seine Ehrlichkeit verschafft ihm die Absolution, wie?«

»Er hat gesagt, er weiß, daß wir uns bei Meister Verrocchio geliebt haben. Wir sind diejenigen, die der Absolution bedürfen.«

»Wir?« Leonardo war wütend. »Er nimmt dich mit Gewalt, Ginevra.« Wieder sah er im Geiste vor sich, wie Nicolini sie auf scharlachroten Laken vergewaltigte. »Du kannst ihm nicht mit Arglist widerstehen. Er ist stärker als du. Er wird dich zwingen, ihn zu heiraten.«

»Ich gehöre ihm, Leonardo.«

»Aber vor ein paar Stunden hast du noch mir gehört.«

Jetzt sah sie ihm gerade in die Augen. »Ich habe mich entschieden.«

»Ich werde deinem Vater sagen, was du für ihn tust. Er wird es nie gestatten.«

»Leonardo.« Ihre Stimme senkte sich zu einem Flüstern. »Es ist geschehen und vorbei. Es tut mir leid ...«

»Du darfst es nicht geschehen lassen. Es gibt einen Weg ...«

»Aber es muß *dieser* Weg sein.« In ihrer Stimme lag ein Zittern, aber sie blickte weiter starr geradeaus.

»Deine Familie kommt schon zurecht.«

Ginevra antwortete nicht.

»Sieh mir in die Augen und sag mir, daß du mich nicht liebst.« Leonardo faßte sie sanft bei den Schultern und drehte sie zu sich herum. Es fiel ihm schwer, sie auf Armeslänge von sich zu halten. Er konnte die Duftwässer in ihrem Haar riechen, aber sie war doch so fern wie der Lichtgaden des Duomo über ihm. Jetzt schaute sie ihm in die Augen. »Du liebst mich«, stellte er fest.

»Ich werde Messer Nicolini heiraten, und jawohl, ich liebe dich. Aber das ist jetzt ohne Bedeutung.«

»Ohne Bedeutung …?« Leonardo wollte sie umarmen, aber sie wich vor ihm zurück. Sie blieb kalt unter seinen Händen. »Mein Entschluß steht fest«, sagte sie ruhig. »Und jetzt laß uns bitte allein.«

»Ich kann nicht. Ich liebe dich.« Ihm war übel, als wäre er auf einem Schiff, das in ein Unwetter geraten war; sein Magen drehte sich um, und seine Kehle fühlte sich an, als habe er Lauge getrunken. Er hörte die Verzweiflung in seiner Stimme, aber er konnte nichts dagegen tun. Dies war ein Alptraum. Es konnte nicht wahr sein. Sie liebte ihn; er brauchte nur ihre Entschlossenheit zu durchbrechen. Aber es war, als habe er das alles schon einmal erlebt. Er wußte, was kommen würde, denn er kannte sie, und die nächsten, schrecklichen Augenblicke waren vorherbestimmt wie die Bahn der Planeten in ihrem himmlischen kristallenen Orbit.

»Wenn du dich einmischst und meiner Familie schadest, dann werde ich dich verachten«, erklärte Ginevra. »Ich habe mich Messer Nicolini gegeben. Mit der Zeit werde ich ihn lieben. Wenn du wirklich so für mich empfindest, wie ich es glaube, dann laß mich bitte in Ruhe.«

»Ich kann nicht«, sagte Leonardo. Sein Kiefer tat weh, so fest biß er die Zähne zusammen.

Wieder zitterte sie, aber sie sah Leonardo jetzt ins Gesicht. »Ich will nicht erleben, daß mein Vater bankrott ist, daß *pitture infamanti* von ihm in den Straßen und in der Signoria hängen.« Oft hängte man groteske Porträts von Bankrotteuren, Verrätern und Meineidigen in der Öffentlichkeit auf und schändete sie dann durch Bespucken, Beschmieren mit Kot und durch alle möglichen Graffiti. »Leonardo«, flüsterte sie. »Du kannst mich meiner Bestimmung nicht entreißen. Du mußt gehen und mich hinter dir lassen, denn unter keinen Umständen würde ich dich heiraten.«

»Hör jetzt auf damit«, sagte Leonardo, »und in einem Jahr ist alles vergessen. Ich verspreche es dir. Ganz gleich, wie hoch eure Schulden sind, deine Familie wird niemals bankrott gehen. Schlimmstenfalls ...«

»Schlimmstenfalls müßten wir wie Bettler leben. Entehrung vergißt man nie. Ich könnte sie nicht vergessen. Wir beide – du und ich – haben meine Familie entehrt. Ich habe beim heiligen Grab meiner Mutter und beim Leben meines Vaters geschworen, daß ich es nie wieder tun werde. Und das, mein Leonardo, ist stärker als meine Liebe zu dir.«

»Ginevra«, sagte Leonardo flehentlich, »es war doch alles nur eine List, um deinen Vater solvent zu halten.«

»Aber jetzt ist es auch eine Ehrensache.«

»Und die Ehre muß Vorrang haben vor der Liebe und der sinnlichen Befriedigung«, sagte Nicolini, der in diesem Augenblick herzugetreten war. Wie eine Erscheinung stand er neben Sandro, gekleidet in den Pazzi-Farben Blau und Gold; er trug ein Wams aus blauem Damast und einen langen Samtmantel mit dem Delphinwappen in Goldstickerei. Er schwitzte; sein Haar war ganz verklebt vom Schweiß. Aber ein Mann in Nicolinis heikler gesellschaftlicher Stellung – den höchsten Patrizierfamilien nur beinahe ebenbürtig – würde die Unbequemlichkeit dieser reichen, schweren, symbolbeladenen Kleidung bei jedem Wetter bereitwillig auf sich nehmen, wenn er damit die Familie, die er umwarb, beeindrucken konnte. Er nickte Sandro zu, ging an ihm vorbei zu Ginevra und streckte die Hände nach ihr aus. »Als das unselige Unglück geschah, war ich von Sinnen vor Angst um deine Sicherheit. Gottlob bist du unversehrt, Madonna.« Sie ergriff seine Hände, und er zog sie hoch. Dann sah er Leonardo an, scheinbar ohne alle Bosheit, denn er hatte Ginevra für sich gewonnen.

»Aber wie könnt *Ihr* Eure Ehre behalten, wenn Ihr wißt, daß Madonna Ginevra mich liebt?« fragte Leonardo absichtsvoll; er wollte ihn verleiten, sein Schwert zu ziehen. »Wenn Ihr wißt, daß sie Liebesspiele mit mir trieb, während Ihr Euch nur ein Stockwerk höher aufhieltet?«

Ginevra wandte sich von ihm ab, und Nicolini stellte sich zwischen sie und Leonardo.

»Die Ehre manifestiert sich im Anschein«, erklärte Nicolini kühl, ohne den Köder zu schlucken. »Herrscht der Schein nicht im Überfluß in einer zivilen Gesellschaft wie der unseren? Benimmt ein hoher Fürst sich mit seinem Untertanen nicht gnädig so, als ständen beide auf gleicher Ebene? *Humilitas seu curialitas*, wenn Ihr Euch an Eure Lateinkenntnisse erinnern wollt, junger Ser. Aber sie sind keineswegs gleich. Und so kommt es, daß eine Gesellschaft zivil bleibt und sich selbst erhält.«

»Somit funktionieren Unwahrheiten ebenso gut wie Wahrheiten«, antwortete Leonardo; sein Gesicht brannte wie von heißem Dampf verbrüht. »Und Euch ist es gleich, welche Münze Ihr in der Hand haltet.«

»Vielleicht bin ich auch ein Gaukler wie Ihr – oder, noch besser, ein Alchimist. Denn, seht Ihr, Meister Leonardo«, fuhr er leise fort, »ich werde die Achtung und die Höflichkeit, die Madonna Ginevra mir entgegenbringt, in Liebe verwandeln.« Er sah Ginevra an und fügte hinzu: »Wenn Madonna ihr innerstes Ich für meine Zärtlichkeiten öffnen will ...«

Ginevra schlug gedemütigt die Augen nieder.

Nicolinis Zweideutigkeit war Leonardo nicht entgangen, und er zog sein Schwert. Nicolinis Leibwache war nicht da; es würde ein fairer Kampf sein.

»Leonardo, *nicht*!« rief Sandro.

Aber es war Ginevra, die Leonardo den entscheidenden Stich versetzte; denn sie tat ihre Entscheidung kund, indem sie Nicolini davonzog; sie zupfte an seinem Ärmel wie ein wohlerzogenes Kind und ließ Leonardo stehen.

Nicolini hielt noch einmal inne und drehte sich um. »Ich brauche keine Leibwächter, um mich vor Eurer Klinge zu schützen, junger Ser. Aber bitte tut, worum Madonna Euch bittet, um Euret- wie um unseretwillen.« Damit führte er Ginevra davon, an den Barrikaden vorbei und ins Gedränge auf der Piazza, wo sie verschwand. Leonardo blieb stehen, wo er stand, den Degen in der Hand, zu Eis erstarrt.

»Komm«, sagte Sandro, »gehen wir zur Teufelsecke. Ein Glas wird uns allen guttun … Und wir können uns unterhalten.«

Leonardo antwortete nicht. Er schaute die vielen tausend Leute an, die sich kniend der Sänfte mit dem allerheiligsten Originalgemälde Unserer Lieben Frau von Impruneta zugewandt hatten. Ein Geistlicher stand auf der Sänfte wie auf einer Kanzel und predigte; er hielt das Bild beim Reden vor der Brust. Wie eine riesenhafte Erscheinung erhob sich hinter ihm die Pappmaché-Statue Unserer Lieben Frau auf dem Prunkwagen, den Leonardo mitentworfen hatte. Der großartige Eindruck wurde durch Tausende hoch erhobener Fackeln verstärkt; die Statue verwandelte sich so in den Stoff, aus dem reiner und heiliger Geist bestand – denn wie konnte ein so vollkommenes und exemplarisches Bildnis aus gewöhnlichem Holz, aus Farbe und Papier bestehen? Die Büßer, Reiche und Arme gleichermaßen, beteten um Vergebung der Sünden. Viele hielten Kruzifixe in den Händen, und ihre gleichmäßigen Kniebeugen schienen einer Choreographie zu folgen. Sie klagten und gestikulierten und streckten die Arme nach der *virtu* des Geistes aus, die verlorengegangen war, beschworen und begütigten das heilige Gemälde, dessen Tränen auf Florenz geregnet waren und die Stadt mit Mißgeschick überschwemmt hatten.

»Leonardo«, sagte Sandro, »du hättest Nicolini nicht besiegen können.«

Leonardo drehte sich zu ihm um, als wolle er seinen Freund mit der Klinge aufschlitzen, die für Nicolini bestimmt gewesen war.

»Er ist kein Trottel«, fuhr Sandro fort. »Er hatte drei Mann hinter mir im Schatten stehen.«

Leonardo konnte nur nicken. Er wollte sich nicht anmerken

lassen, wie gedemütigt und enttäuscht er war. Als er sich von Sandro abwandte, sah er Niccolò vor sich.

»Nicco«, sagte er benommen, »habe ich dir nicht aufgetragen, bei den Kutschen zu bleiben? Was hast du zu deiner Entschuldigung zu sagen?«

Niccolò wandte den Blick ab und antwortete nicht.

»Sag mir, warum du nicht gehorcht hast«, beharrte Leonardo.

»Ich habe ja gehorcht, Leonardo«, sagte Niccolò; seine dunklen Augen blickten weiter zu Boden, als wage er nicht, seinen Meister anzuschauen. »Aber du bist weggelaufen und hast mich alleingelassen. Ich wollte dir nur helfen, denn es ist gefährlich hier.«

»Verzeih mir«, flüsterte Leonardo beschämt.

Da griff der junge Machiavelli nach seiner Hand und drückte sie fest, als kenne er die Natur dieses Schmerzes, der doch seine Jahre überstieg.

Simonetta

Wie sanft ist doch die Täuschung…

Niccolò Machiavelli

»Komm, Leonardo, wir können nicht ewig hierbleiben«, sagte Sandro, aber Leonardo starrte auf den Vorplatz des Domes, als habe sein Freund kein Wort gesagt.

Duomo, Baptisterium und Campanile, miteinander verschmolzen durch Dunkelheit und Schatten, schienen in der bewölkten, von Fackeln erleuchteten Nacht zu flackern, als seien sie umweht von nebligen Ausdünstungen. Der Duomo sah jetzt grün und rosafarben aus; seine Arkaden erhoben sich über die dunklen Schatten von Brunelleschis Portalen, und in den eingelassenen Fenstern spiegelten sich die Feuer der Büßer, die die ganze Nacht auf der Piazza bleiben und beten würden. Auf einigen Dächern in der Nähe glühte es noch, aber sie standen nicht in Flammen. Die Verletzten und die Toten waren gesegnet und in die Kirche geschafft worden; Nonnen kümmerten sich um die Bedürfnisse der Lebenden und beteten für die, die »zum Himmel in die Arme Unserer Lieben Frau aufgefahren« waren.

Lorenzo und Giuliano waren nirgends mehr zu sehen, aber die von den Medici beherrschten »Gefährten der Nacht« und ihre *armeggiatori* durchkämmten die Umgebung zu Pferde, um sie von Gesindel und Beutelschneidern zu säubern. Mit ausgestreckten Armen zückten sie blankpolierte Schwerter und ritten durch die Scharen der Frommen wie himmlische Soldaten, um mit Terror und Gewalt den Willen des Volkes wiederherzustellen. Jeder, der nicht betete oder ordentlich die Knie beugte, brachte sich in Gefahr. Fast alle Bürger waren in Panik geflohen, als das Feuerwerk explodiert war, aber tausend Menschen waren noch da, und ihre

Girlanden aus Blumen und Altarkerzen wanden sich wie ein brennender Rosenkranz um die Kathedrale. Zunftleute und Ehefrauen, Bauern und Patrizier, Huren und Magdalenen gleichermaßen beteten zur *virtu* der Madonna und baten sie um ihren Beistand und um die Vertreibung des bösen Omens, das der Absturz des brennenden Vogels über die Stadt Florenz gebracht hatte. Das Bild Unserer Lieben Frau, schwer bewacht von Medici-Männern, stand noch immer mitten auf der Piazza; man hatte es von seiner Anbetungssänfte, die durch eine der Raketen beschädigt worden war, auf einen *carrochio* geschafft, der mit einem goldenen *palio* drapiert war und dessen Räder mit geschnitzten Löwen verziert waren.

Sie würde das Geschehen weiterhin mit ihren blinden, gemalten Augen beaufsichtigen.

Im schwachen, unbeständigen Wind mischte sich der Duft von Lilien mit beißendem Rauchgeruch.

»Meister Leonardo, siehst du etwas vor uns, das wir nicht sehen können?« fragte Niccolò schließlich und ließ Leonardos Hand los.

»Was zum Beispiel, kleiner Nicco?« fragte Leonardo nach kurzer Pause.

»Wenn ich die Antwort wüßte, brauchte ich die Frage nicht zu stellen.«

»Ich habe in mich selbst geschaut. Zwar haben meine Augen alles gesehen, was vor uns liegt, aber wahrgenommen habe ich nur meine Gedanken. Verstehst du das?«

»Natürlich. Ich habe eine Tante, die schläft mit offenen Augen wie eine Eule, aber sie würde nicht aufhören zu schnarchen, wenn du ihr auf den Fuß pißt.«

Leonardo lächelte; dann wandte er sich Sandro zu und nickte ihm in wortloser Entschuldigung zu.

»Aber wenn ich schaue, ohne zu sehen, dann ist es, weil ich – im Dunkeln bin«, sagte Machiavelli. Leonardo sah den Jungen nachsichtig an, aber Niccolò fuhr fort: »Diese Dunkelheit ist in meiner Seele, und mir ist, als stürzte ich vom Rande einer sehr glatten Klippe in absolute, ewige Finsternis. Und doch *wünschte* ich manchmal, ich würde fallen.« Der Junge sah Leonardo eindringlich an, wie er es getan hatte, als Leonardo ihn das erstemal in Verrocchios Atelier hinter Toscanelli hatte stehen sehen. »Ist es das, was du in diesem Augenblick wegen dieser Frau Ginevra empfindest?«

Leonardo erhob sich und sagte sanft und voller Respekt: »Ja, Niccolò. Genau das ist es, was ich empfinde.« Er sah Sandro an. »Du mußt mir alles erzählen, was du weißt. Ich kann nicht akzeptieren, was sie mir gesagt hat.«

»Aber ich fürchte, du wirst es müssen, Leonardo«, sagte Sandro. Während er sprach, entstand große Unruhe um den Wagen mit dem Bild der Jungfrau. »Anscheinend ist die Jungfrau wirklich unglücklich; wir sollten von hier verschwinden, bevor es noch mehr Ärger gibt.«

»Das denke ich auch«, sagte Leonardo, »denn wir müssen uns unterhalten –« Doch in diesem Augenblick rief Niccolò, er sei sofort wieder da, und huschte durch die Menge davon, auf den Wagen mit den Löwenrädern zu. Leonardo rief ihm wütend hinterher. »Ich bin ein schlechtes Kindermädchen«, sagte er knurrend zu Sandro. »Komm, wir gehen ihn suchen und verschwinden dann. Ich habe ihn einmal in diesem Gedränge verloren; ich will es nicht noch einmal tun.« Für einen Augenblick zumindest vergaß Leonardo sich, und Furcht und Liebeskummer wichen zurück.

Die beiden drängten sich durch die Menge, die einen engen, undurchdringlichen Ring um den *carroccio* gebildet hatte. Die *armeggiatori* und schwerbewaffnete, dunkelrot gewandete *inquisitori* formten den innersten Kreis, und jeder, der es wagte, ihnen näherzukommen, würde von übereifrigen Priestern und Medici-Anhängern, die unbedingt zu Ehren kommen wollten, niedergemacht werden: die Florentiner Liebesaffäre mit *virtu*. Es war schwer zu erkennen, was da vorn geschah, aber das Hören war kein Problem: Das Gerücht verbreitete sich in der Menge wie Farbe im Wasser.

Ein junger Bauer aus der Gegend von Sieci hatte sich in der Kirche versteckt; nach der Fehlzündung der Raketen hatte er den Weg ins Kirchenschiff gefunden, war an der Chorschranke vorbei und die Stufen zum Altar Unserer Lieben Frau hinaufgelaufen, und dort hatte er mit einem Steinmetzmeißel auf das Marmorstandbild der Madonna eingeschlagen. Er hatte ihr das rechte Auge herausgebrochen, dann sein Geschlechtsorgan entblößt und vom Antependium herunter uriniert. Die Garde hatte ihn erbost aus der Kirche geschleift und draußen besinnungslos geprügelt.

»Wir müssen Niccolò finden«, sagte Leonardo besorgt. Er hatte Angst um den Jungen. Die Menge war bösartig geworden; er fühlte sich wie von einem wütenden, kochenden Meer erfaßt. Alle kreischten nach Blut und schrien: *»Ebreo, Ebreo, Ebreo«*, und das hieß »Jude!«

Plötzlich gerieten die Massen vollends in brüllende Raserei. Der Bauernjunge wurde auf den heftig umdrängten *carrochio* gezerrt, wo Leonardo und Sandro ihn sehen konnten.

Man hatte ihm die rechte Hand abgehackt und warf sie jetzt in der Menge umher; sie flog im Bogen empor und verspritzte eine Blutspur, wenn sie wieder herunterfiel, nur um gleich weitergeschleudert zu werden. Der Junge war dürr und knochig und hatte langes, verfilztes braunes Haar. Sein Gesicht war blutig verschwollen von den Prügeln, die er bekommen hatte. Offenbar hatte man ihm die Nase zerschmettert. Er hielt den Arm starr ausgestreckt und hatte den Mund fassungslos aufgerissen. Es war, als sei er eben aufgewacht und habe festgestellt, daß man ihm die Hand amputiert hatte. Sein Gesicht war eine Totenschädelgrimasse.

Fackeln umgaben ihn mit hellem Strahlen. Die gepanzerten *inquisitori* und *armeggiatori* saßen auf ihren Pferden und sahen zu; sie würden nicht eingreifen. Eine zahnlose Frau mit schütterem weißen Haar hielt das Bild in die Höhe, damit Unsere Liebe Frau sehen konnte, was jetzt stattfinden würde, und fünf Männer hielten den Jungen an Armen, Beinen und Haaren fest; ein schmutzig aussehender Garotteur, wahrscheinlich selbst nur ein Beutelschneider, riß ihm den Kopf in den Nacken. Ein anderer Mann schwenkte unter dem Johlen der Meute den Meißel des Jungen hin und her. Er war offensichtlich kein Bauer, denn er trug einen seitenfreien Überwurf mit Edelstein- und Metallbesatz. Er machte eine Kniebeuge vor dem Bild, bekreuzigte sich mit dem Meißel und stach dem Jungen dann damit das Auge aus.

Wieder brüllte und jubelte die Menge wie rasend. Das Auge des Jungen war für das Auge der Jungfrau gegeben worden, und die Hand, die sie entweiht hatte, war abgehackt. Damit sollte die Heilige Jungfrau zufrieden sein.

Vielleicht war sie es auch. Aber Leonardo wußte, daß es der Menge nicht genügen würde. Mit Sandro an seiner Seite kämpfte er sich durch das Gesindel, von Sinnen vor Sorge um Niccolò, dem in dem zweifellos bevorstehenden Handgemenge leicht etwas zustoßen konnte. Sein Herz schlug wie rasend, und fiebrige Bilder zuckten ihm durch den Kopf: Ginevra, immer wieder Ginevra, die bald von Nicolini vergewaltigt, bald von dem Mob verstümmelt wurde, der sich zusehends in eine tausendköpfige Bestie verwandelte, die nur noch einen Gedanken, ein einziges raubgieriges Ziel verfolgte.

Sein geistiges Auge wollte sich nicht schließen. Er sah Ginevra vor sich, entblößt, in Fesseln, in Qualen.

Und er war hilflos.

Leonardo sah den Bauernjungen an, der unter dem Gezerre der Menge straff gespannt war wie ein Segel; Blut quoll ihm in die rechte Augenhöhle und strömte ihm übers Gesicht. Leonardo bildete sich ein, Niccolò zu sehen, als wäre es Niccolòs Auge, das man ausgestochen hatte, und Niccolòs Hand, die wie ein Vogel über den Köpfen hin und her flog.

Aber er fühlte auch die Macht und die Inbrunst und die

Verlockung der Menge. Vielleicht hatte Unsere Liebe Frau tatsächlich die Zügel in der Hand, und das fackelüberstrahlte Bild war die wahre Manifestation ihres heiligen, reinigenden Geistes.

»Da bist du ja, Leonardo«, schrie Zoroastro. »Schau, wen wir gefunden haben.« Er und Benedetto Dei hatten Niccolò gepackt und schoben ihn durch das Gedränge.

Erleichtert sah Leonardo, daß Niccolò nichts geschehen war; er rief zurück und kämpfte sich zu ihnen durch. Sandro folgte ihm.

Die Menge geriet immer mehr in Raserei. Leonardo begegnete einer jungen Frau von offensichtlichem Wohlstand, die heulte und betete und abwechselnd die Faust ballte und den Jungen anschrie, der die Heilige Mutter entweiht hatte. Ihre Locken waren feucht und klebten zu beiden Seiten an ihrem mageren, aber schönen Gesicht. Dann stand sie stocksteif da, als sei sie in Trance. Reflexhaft fertigte Leonardo im Geiste eine Skizze von ihr und verwahrte sie in seiner Kathedrale der Erinnerung. Ihr schlaffmäuliger Gesichtsausdruck, die blutlosen geballten Fäuste, die Perlenkette, der *vestito* aus purpurnem Tuch, gesäumt mit Rubinen, und die vierschrötigen Bediensteten, die sie bewachten. Plötzlich kreischte sie: *»Deo gratias!«* und warf sich flach auf den Boden; ihr Gefolge zückte die Messer und nahm sie schützend in die Mitte.

Niccolò riß sich von Zoroastro und Benedetto Dei los und rannte auf Leonardo zu; dabei kam er einem der Diener, die die junge Frau bewachten, zu nahe und wurde schroff beiseite gestoßen. Leonardo fing den Sturz des Jungen auf, und hinter ihm schrie eine Frau. Die Menge wich zurück, scheinbar vor Leonardo und Niccolò.

Aber die abgehackte Hand, die noch immer wie ein Bohnensäckchen hin und her geworfen wurde, hatte die Leute zurückfahren lassen.

Die blutige Hand war neben Niccolò gelandet.

Der Diener, der Niccolò beiseite geschleudert hatte, kam auf ihn zugestürzt. Leonardo verstellte ihm den Weg mit hartem Gesicht und gezücktem Schwert. »Noch einen Schritt, du Schnüffelnase, und ich hacke dir das mittlere Bein ab.«

»Entschuldigung, Herr, aber ich will nur die Hand des Juden aufheben. Ich will Euch nichts tun.« Der Mann war etwa so groß wie Leonardo, aber er hatte rotes Haar und einen Bart, der so mächtig war, daß er das ganze Gesicht bis hinauf zu den dunklen, zusammengekniffenen Augen bedeckte. Er trug eine farbig gesäumte Mütze, ein einfaches, aber sauberes Wams, eine enge Bortenhose mit einem vorgewölbten Hosenlatz. Mit einem Blick auf Machiavelli fügte er hinzu: »Und auf Euren jungen Freund habe ich es auch nicht abgesehen, Herr. Ich will mich entschuldigen, wenn ich ein wenig rauh war, als er in meine Nähe kam, aber ich wollte meine Herrin beschützen, Madonna Sansoni.«

»Vor einem Kind?«

Der Mann zuckte die Achseln. »Darf ich jetzt vorbei?«

Leonardo trat beiseite, und der Mann hob die blutbefleckte, aber inzwischen teigweiße Hand auf und wickelte sie in ein seidenes Taschentuch.

»Wieso will sie so was haben?« fragte Leonardo.

»Wenn sie sie behält, kann die stinkende Seele dieses Abschaums nicht ins Fegefeuer. Sie ist hier drin gefangen.« Und er hielt das Päckchen hoch, als wolle er sich vergewissern, daß er es wirklich hatte. Als er mit der verschmierten Hand des »*Ebreo*« davongegangen war, schloß sich die Lücke sogleich wieder mit Menschen.

»Diese Hand wird sie in Schwierigkeiten bringen«, sagte Leonardo zu seinen Freunden, und in der Tat hatten Madonna Sansonis Leute schreiend und gestikulierend die Neugierigen abzuwehren, die ihnen die Hand jetzt, da sie wie ein festes Bündel verpackt war, mit Gewalt abnehmen wollten. Einen Augenblick später kämpften sie gegen eine Bande von verdreckten Straßenbengeln, die sich durch die Menge gedrängt hatten.

Die abgehackte Hand des Bauernjungen war plötzlich sehr wertvoll geworden.

Zur selben Zeit wurde der Triumphwagen mit Unserer Lieben Frau von Impruneta, den Leonardo mitgestaltet hatte, zu einem behelfsmäßigen Galgen umgebaut. Zwischen den ausgestreckten, innerlich verstärkten Papiermaché-Armen wurde ein Galgenpfosten aufgerichtet, an dem ein zur Schlinge geknüpftes Hanfseil hing. Für die Menge würde es so aussehen, als habe die überlebensgroße Madonna die Hinrichtung tatsächlich angeordnet.

Leonardo winkte Zoroastro und Benedetto und schleifte Niccolò von der Piazza herunter. Sie blieben erst stehen, als sie wohlbehalten am Ende der schmalen Via dei Servi angelangt waren. Überschattete Hauswände mit geschlossenen Türen säumten die Straße wie Barrikaden, und die Kathedrale mit ihrer Kuppel erhob sich über die Häuser wie eine natürliche Klippe aus makellosem Marmor. Aber die Luft in dieser beengenden Umgebung stank faulig, als sei sie gesättigt von den psychischen Ausdünstungen der Stadt.

Es war kaum Leben in dieser Straße, was für eine heilige Festtagsnacht ungewöhnlich war. Die Bewohner dieser Nachbarschaft wagten sich lieber nicht auf die Straße dort unten, aber sie hingen aus den Fenstern und standen auf ihren Balkonen, um, so gut es ging, einen Blick auf das Geschehen zu erhaschen. Rote und blaue, gelbe und grüne und orangefarbene Fensterläden waren klaffend aufgesperrt wie Gefängnistore am Tag einer Amnestie.

Dann erhob sich ein Schrei, und unvermittelt brach ohrenbetäubender Applaus los.

Auch wenn der behelfsmäßige Galgen auf dem Triumphwagen von diesem Ende der Via dei Servi aus nicht zu sehen war (der untere Teil des Duomo war von den drei- und vierstöckigen Gebäuden verdeckt), brauchte Leonardo nicht auf dem Domplatz zu stehen, um zu wissen, daß der »*Ebreo*« soeben aufgehängt worden war.

Niccolò, der an seiner Seite ging, erschauerte und verschränkte die Arme vor der Brust, als wolle er sich schützen.

An der Piazza della Santissima Annunziata blieb Leonardo stehen. »Wenn ihr nichts dagegen habt ...« sagte er zu Zoroastro und Benedetto. »Sandro und ich haben ein paar Dinge zu besprechen. Wir können uns später treffen, wenn ihr wollt.«

»Ich – besser gesagt, *wir* sollten uns nach der Prozession mit Francesco, Atalante, Lorenzo di Credi und Bartolomeo di Pasquino – dem Goldschmied, der in Vacchereccia wohnt – auf dem Ponte Vecchio treffen«, sagte Benedetto. »Aber es ist schon sehr spät. Ich kann nicht mit Sicherheit sagen, daß sie noch da sein werden.« Er war außergewöhnlich groß und dünn und hatte dichtes bräunlich-goldenes Haar, das unter seiner roten Mütze hervorquoll. Er hatte weit auseinanderliegende, schläfrig blickende Augen, hohe Wangenknochen und einen Schmollmund mit vollen Lippen. »Dein Freund Il Neri, dieser Unruhestifter, sagte, er hätte eine Überraschung für uns alle; es ginge um irgendein Fest mit Simonetta.«

»Was könnte denn das sein?« fragte Sandro sichtlich interessiert.

»Mehr weiß ich nicht«, antwortete Benedetto. »Er tat sehr geheimnisvoll, aber wir können vorausgehen und sehen, was los ist«, sagte er zu Leonardo. »Vielleicht können wir deinen Lehrling Machiavelli dort aufstellen, damit er auf dich wartet.«

Sandro konnte es zwar offensichtlich nur mit Ungeduld erwarten, herauszufinden, was es mit Simonetta auf sich habe, aber er sagte doch: »Dann hätten Leonardo und ich Zeit, uns zu unterhalten ... Genaugenommen dürften wir gar nicht viel später dort sein als ihr. Wir müssen nur einen Augenblick ungestört sein.«

»Ich will aber nicht, daß Niccolò alleingelassen wird«, beharrte Leonardo. »Schon gar nicht, wenn er auf dem Ponte Vecchio herumsteht.«

»Das ist ganz ungefährlich«, meinte Zoroastro.

»Heute nacht ist überhaupt nichts ganz ungefährlich.«

»Dann stellen wir eben Zoroastro auf«, sagte Benedetto grinsend. Zoroastro verzog das Gesicht.

Aber Niccolò wirkte beunruhigt; er machte keine Anstalten, mit Zoroastro und Benedetto fortzugehen.

»Niccolò …?« drängte Sandro.

Der Junge kam zu Leonardo und fragte: »Meister, darf ich mit dir gehen?«

Leonardo schaute ihn an; er sah die Not des Jungen und nickte. Sandro äußerte sich nicht, obwohl er sichtlich überrascht war.

»Das meiste von dem, was zu sagen wäre, würde Niccolò gar nicht verstehen«, dachte Leonardo, und was er verstand, würde er nicht weitererzählen. Er war sich dieses Jungen sicher, und Leonardo – den sein Lehrer Toscanelli oft wegen seiner Neigung zur Hybris getadelt hatte – hielt sich für einen unfehlbaren Menschenkenner. Aber es war mehr als das: Leonardo merkte, daß ihm an Niccolòs Gesellschaft gelegen war.

Und Benedetto hatte recht: Niccolò war sein Lehrling. Toscanelli war ein gewitzter Mann der Wissenschaft, für den die menschliche Psyche ebenso kartographierbar war wie das Firmament. Er hatte begriffen, daß Leonardo und Machiavelli einander an Temperament und Verstand sehr ähnlich waren.

Zoroastro und Benedetto gingen also voraus. Sie sangen laut die berühmten und vielgesungenen Verse des Dichters Sacchetti: »Jedermann brüllt vor Freude, und Tod denen, die nicht singen wollen.« Die beiden stolzierten daher, als wollten sie die ganze Straße übernehmen.

»Dein Freund Zoroastro hat anscheinend kein besonderes Gefühl für deine Probleme«, meinte Sandro.

»Du solltest ihn inzwischen kennen«, sagte Leonardo. »So ist er eben. Aber er benimmt sich merkwürdig … Der Beutelschneider führt etwas im Schilde.«

»Für mich ist er undurchschaubar.«

Leonardo verzog die Lippen zur Andeutung eines Lächelns. »Aber er ist ein ehrlicher Betrüger, und er hat ein Gespür für mechanische Apparate.«

»Aha, dann sind Fähigkeiten in der Mechanik jetzt ein Maßstab für den Charakter«, sagte Sandro.

Niccolò lief dicht neben Leonardo, aber er schien in seine eigenen Gedanken versunken zu sein. Leonardo tätschelte dem Jungen die Schulter; dann sagte er mit einem rauhen Unterton zu Sandro: »Du weißt, ich bin krank vor Angst und Sorge um Ginevra. Was ist da los? Wie kann sie ihren Mantel so nach dem Wind hängen? Sie liebt *mich*, und dennoch ... Du hast doch den Abend mit ihr verbracht, du bist ihr vertrauter Freund ...«

»Wie der deine«, sagte Botticelli.

»Dann erzähl's mir.« Jetzt, da Leonardo endlich seine Deckung fallenlassen konnte, spürte er diese besondere Leere, die er als Kind oft empfunden hatte. Er dachte an Caterina, seine Mutter. Wie sehnte er sich danach, nach Vinci zurückzukehren und sie und ihren guten Gemahl Acattabriga wiederzusehen.

»Du weißt soviel wie ich, mein Freund«, sagte Sandro geduldig. »Ginevra ist verloren. Du kannst nichts tun, um sie aus dieser Ehe freizubekommen. Sie sitzt in ihrer eigenen Falle.«

»Aber das muß sie doch nicht!«

»Wenn sie Nicolini verläßt, wird er ihre ganze Familie vernichten, um seine eigene Ehre zu retten. Tatsächlich hätte er ja kaum eine andere Wahl.«

»Unfug!«

»Leonardo, benutze deinen Verstand.« Sandro wurde sichtlich ungeduldig. »Ginevra muß diesen Mann heiraten.«

»Sie wird es nicht tun!«

»Nicolini hat dich mattgesetzt, Leonardo. Was kannst du noch machen? Wenn sie sich gegen ihn stellt, wird sie ihre Familie entehren und ruinieren. Das würdest du nicht zulassen – ihr Vater ist dein Freund.«

»Darum würde er auf mich hören. Es gibt einen Weg, eine andere Möglichkeit. Nicolini ist nicht der einzige reiche Mann in Florenz.«

Botticelli schwieg. Er sah zu Niccolò hinüber, und ihre Blicke trafen sich; es war, als verstünden sie etwas, das Leonardos Begriffsvermögen überstieg.

»Amerigo de' Benci würde und könnte nicht auf dich hören«, sagte Sandro schließlich. »Ginevra hält sich etwas auf ihre Aufrichtigkeit zugute, und da würdest du sie der Täuschung bezichtigen? Ebensogut könntest du ihrem Vater sagen, du hältst sie für eine Hure.«

»Aber wie *fühlt* Ginevra sich denn?« fragte Leonardo. »Sie liebt ihn nicht. Wie kann sie das durchhalten?«

»Sie hat mir gesagt, daß diese Wunden heilen werden, während Ehre und Familie etwas Ewiges sind.«

»Ewig sind nur die Fixsterne.«

»Sie meinte, du würdest es schon verstehen – irgendwann.«

»Aber das tu ich nicht und werde ich nicht«, erwiderte Leonardo.

»Sie bittet dich, mit deiner Mutter zu sprechen, mit deiner richtigen Mutter.«

»Warum?«

»Weil die Situation ähnlich ist. Genau wie dein Vater deine Mutter nicht heiraten konnte …«

»Hör auf«, sagte Leonardo. »Es reicht!« Sein Gesicht glühte, und er kochte vor Zorn. »Meine Mutter mag eine Bäuerin sein und ich ein Bastard, aber …«

»Es tut mir leid, Leonardo.«

»Hat sie dir aufgetragen, mir das zu erzählen, um mich zu verletzen?«

»Vielleicht, um dir zu helfen, zu verstehen.«

»Nun, ich würde natürlich keinesfalls wollen, daß sie unter ihrem Stand heiratet«, erklärte Leonardo sarkastisch. Und als wäre die Realität nur ein Spiegelbild seiner zornigen Stimmung, kamen sie an zwei kräftigen jungen Männern vorbei, die miteinander rauften und sich gegenseitig beschimpften. Sie spielten *civettino*, und das Ziel des Spieles bestand offensichtlich darin, dem Gegner den Hut vom Kopf zu schlagen. Eine wüste Meute hatte sich um sie versammelt, und man schloß Wetten auf den Sieger ab. Beide Männer hatten den rechten Fuß vorgesetzt, und der größere Mann trat seinem Widersacher auf den Fuß. Wer zuerst zurückwiche, hätte verloren. Beide Männer hatten blutige Gesichter, denn es war ein brutales Vergnügen; womöglich würde der eine den anderen totschlagen, bevor der Kampf vorüber wäre, und sehr oft entwickelten sich solche Wettkämpfe zu Straßenschlachten. Damit, daß die Zuschauer der Sache ein Ende machten, war jedenfalls nicht zu rechnen.

Sie bogen um eine Straßenecke und ließen die Boxer hinter sich, und Niccolò sagte: »Leonardo, es tut mir leid, daß du betrübt bist.« Leonardo klopfte ihm auf die Schulter, ohne zu antworten. Sein Zorn war in ihm zu Eis gefroren, und er spürte, daß er empfindungslos wurde; fast sah er die großen Eisplatten vor sich, die ihn von der Welt trennten – eine Kathedrale aus frostig blauem Eis, majestätisch und unzerstörbar. Um seinen Schmerz zu lindern, suchte er Zuflucht in den vertrauten Säulengängen seiner Kathedrale der Erinnerung. Er fand Trost in den Objekten seiner Kindheit und hielt sich fern von den warmen Räumen, die seine Erinnerungen an Ginevra bargen, seine Gefühle für sie, ja, seine ganze Vorstellung von ihr.

»Auch ich bin betrübt«, sagte Niccolò, und als Leonardo nicht antwortete, zupfte der Junge ihn einen Augenblick später am Ärmel. »Leonardo …? Leonardo …!«

Leonardo sah sich aus seinen Gedankengängen gerissen. »Entschuldige, Nicco. Nun sag mir, warum du betrübt bist. Sicher geht es um den Jungen, den sie verstümmelt und aufgehängt haben.«

Machiavelli nickte. »Ich kann verstehen, daß die Menge gewalttätig ist, denn eine Menge ist nichts weiter als ein Tier. Aber dieser Junge, warum war er so töricht?«

»Ja«, sagte Sandro, »wenn er ein Jude war, dann würde es schon einleuchten.«

»Wieso?« fragte Niccolò.

»Weil die Juden Christus ermordet haben. Aus reinem Haß und aus Bosheit. Ein Jude betrachtet die ganze Christenheit als seinen Feind. Wir sind für sie wie die Sarazenen. Sie hassen die Kirche und dich und mich. Sie hassen jedes heilige Gemälde und jede Gipsmadonna. Darum hat der Pater Patriae, möge er ruhen in Frieden, sie gezwungen, sich ein gelbes Abzeichen an Hut und Ärmel zu nähen: um ihre Nachbarn zu schützen. Um *uns* zu schützen.«

»Dann wäre er aber ein Märtyrer seines Glaubens«, stellte Niccolò fest.

»Das würde ich nun nicht gerade sagen ...«

»Das begreife ich nicht«, entgegnete Niccolò. »Leonardo, hilf mir ...«

»Ich habe keine Antworten für dich«, sagte Leonardo. »Wenn es eine gibt, werden wir sie wahrscheinlich nie kennen.«

»Glaubst du denn, daß er ein Jude war?«

Leonardo zuckte die Achseln. »Vielleicht, vielleicht auch nicht. Aber wir nennen jeden, den wir nicht mögen, einen Juden – was bedeutet es also?« Er sah, daß Machiavelli sichtbar erregt war, und fuhr fort: »Vielleicht war der Junge einfach verrückt, Nicco, oder er hatte das Gefühl, die Madonna habe einen Vertrag mit ihm gebrochen. Vielleicht war es eine Herzensangelegenheit – ein junges Mädchen. Junge Männer haben oft den Wunsch, Märtyrer zu werden, wenn sie verschmäht oder betrogen worden sind.« Unwillkürlich verzog er das Gesicht wegen dieser Selbstenthüllung. »Erinnerst du dich nicht an die Geschichte von Arlotto über den alten Mann, der eine Statue Christi anflehte, seine junge Frau zu retten, die am Husten starb?«

Niccolò schüttelte den Kopf.

»Dieser Mann war ein treuer Christ und betete diese Statue seit zwanzig Jahren an. Mit den Kerzen, die er schon davor aufgestellt hatte, hättest du die ganze Welt erleuchten können. Aber das Standbild Christi erfüllte seinen Teil des Handels nicht, denn die junge Frau starb eines schrecklichen Todes, aller Gebete und Versprechungen ungeachtet. In seiner Wut schlug der Mann dem Christus die Augen aus und schrie so laut, daß jeder in der Kirche von Santo Spirito es hören konnte: ›Du bist eine Verhöhnung und eine Schande!‹«

»Und was geschah mit ihm?« fragte Niccolò.

»Wenn man der Geschichte Glauben schenken will, so haben seine christlichen Brüder ihn in Stücke gerissen.«

»Blasphemie!« sagte Sandro. »Ein gottesfürchtiger Christ schändet keine heiligen Bildnisse. Du darfst dem Kind keine häretischen Lügen und blasphemischen Geschichten beibringen.« Er faßte Niccolò beim Arm, um seine Aufmerksamkeit auf sich zu lenken. »Arlotto war nichts als ein Lügner und Kuppler.« Bei allem Humor und trotz der Sinnlichkeit und Lebendigkeit seiner Gemälde hatte Botticelli eine gewisse Neigung zur Engstirnigkeit, die nur sehr selten zutagetrat.

»Mein Freund«, sagte Leonardo, »wenn du weiter diese wollüstigen Bilder von unserer liebreizenden Simonetta malst, dann könnten die Leute dich für einen Freigeist halten und anfangen, dich als Häretiker zu beschimpfen – oder als Juden.«

Machiavelli lachte, und die Spannung löste sich, denn Sandro war bei der bloßen Erwähnung von Simonettas Namen sofort bereit, ein Heiliger zu werden oder sich auf offener Straße der Zügellosigkeit hinzugeben, wenn er damit auch nur die kleinste Zuwendung von ihr erringen könnte.

Und Leonardo war still und traurig, in Leere und Endgültigkeit, zu der Erkenntnis gekommen, daß Ginevra ihn nicht mehr lieben würde.

Der Ponte Vecchio, nach der großen Überschwemmung von 1333 vollständig neuerbaut, lag größtenteils im Dunkeln, aber im Arno, den er überquerte, spiegelten sich die festlichen Lichter der Stadt. Der Fluß selbst benahm sich wie eine Kerzenflamme; er kräuselte sich und schien zu flackern, und er funkelte im Licht der Kerzen und Laternen und Fackeln, die in den angrenzenden Straßen und Häusern brannten. Die meisten Geschäfte auf der Brücke waren geschlossen, denn dies war das Metzgerviertel, und es stank. Aber ein paar Stände waren doch offen, und man verkaufte Süßigkeiten, geröstete Nüsse, Bohnen und billigen Wein. Müde aussehende Huren durchstreiften die Gegend, in der hauptsächlich Reisende und Bürger unterwegs waren, die das Sakrament zu sich nehmen oder das festliche Treiben rings um den Palazzo Vecchio begaffen wollten. Viele wollten auch den Palast der Medici besuchen; die Innenhöfe waren heute für jedermann geöffnet, und man briet dort genug Spanferkel, um ein ganzes Dorf zu füttern.

»Ho, Meister Leonardo, seid Ihr das?« fragte ein Junge, der auf den uralten Pflastersteinen des Oltrarno vor dem Aufgang zur Brücke stand.

»Ja?« antwortete Leonardo. Er erkannte den Jungen; es war Jacopo Saltarelli, ein Goldschmiedelehrling, der in Verrocchios *bottega* oft Modell stand. Leonardo hatte Jacopo schon häufig gezeichnet und gemalt; der Junge hatte einen guten, muskulösen Körper, aber plumpe Gesichtszüge mit geblähten Nasenflügeln und eine teigige, picklige Haut. Sein Bart würde wahrscheinlich dichter werden, wenn er erst älter wäre, aber jetzt war er dünn und spärlich; seine langen, ungekämmten Haare hingegen waren lockig und dicht.

»Die Messers Dei und da Peretola haben mich gebeten, hier zu warten und Euch zu ihnen zu bringen.«

»Du meinst, sie haben dir Geld gegeben, damit du auf uns wartest, nicht wahr?« Sandro stellte den Jungen auf die Probe.

»Wie Ihr meint, Herr.«

»Und wo könnten die beiden wohl hingegangen sein?« fragte Sandro.

»In die Via Grifone.«

»Ja ...?«

»Zu einem großen Bankett, Herr, bei L'Ugolino. Meister Guglielmo Onorevoli gibt ein Fest zu Ehren der Madonna Simonetta Vespucci.«

»Wenn Il Neri der Gastgeber ist«, meinte Sandro, »dann wird es sicher unterhaltsam.« Der reiche Sprößling der Familie Onorevoli wurde Il Neri genannt, weil er sich nur in Schwarz kleidete; es war sein Wahrzeichen, und er tat es um des Effektes willen.

»Mir scheint es ein seltsames Fest zu sein«, erzählte Jacopo unterwegs. »Die ganze Villa ist finster wie ein Keller, bis auf die Lampen am Tor.«

»Aber warum wird das Haus dunkel sein?« fragte Sandro, und er und Leonardo blieben zurück, um sich zu unterhalten. Niccolò blieb an ihrer Seite. Sie winkten Jacopo, er solle vorausgehen, und hielten sich in einigem Abstand hinter ihm, was nicht weiter schwierig war, denn in den Straßen hier herrschte weniger Betrieb. »Es wundert mich, daß Simonetta an einer öffentlichen Gesellschaft unter Il Neris Gastgeberschaft teilnimmt«, bemerkte Sandro.

Leonardo sah ihn fragend an.

»Il Neri hat gefährliche politische Verbindungen.«

»Meinst du die Pazzi?« fragte Leonardo.

»Selbst denen ist er zu verrückt«, sagte Sandro. »Aber Simonetta ... Sie ist so oft mit Giuliano und Lorenzo de' Medici zusammen. Es ist politisch unklug, wenn sie Beziehungen zu ihren Gegnern unterhält. Ich mache mir Sorgen um sie.«

»Ich glaube, diese Sorgen behältst du besser für dich«, sagte Leonardo mit sanftem Sarkasmus. »Simonettas Schönheit erlaubt ihr, sich über Moral und Politik zu erheben.«

»Sie ist die Tugend selbst, ja, ihre Verkörperung. Trotzdem mache ich mir Sorgen um sie«, sagte Sandro. »Auch um ihre Gesundheit.«

Leonardo lachte; für einen Augenblick schien er wieder der alte zu sein. »Vielleicht solltest du ihre Gesundheit ihren Ärzten überlassen?«

»Ich habe sie husten hören; ich finde, es klingt nicht gut. Es sitzt tief in ihrer Lunge.«

»Du solltest dich von Antonio del Pollaiuolos *bottega* fernhalten«, riet Leonardo. »Jeder, der zu lange bei ihm am Seziertisch steht, bildet sich irgendwann ein, er sei ein Arzt.«

»Ich brauche keinen Leichnam aufzuschneiden, um einen Husten zu erkennen … oder, was das betrifft, die menschliche Gestalt besser malen zu können«, erklärte Sandro gereizt.

»Entschuldige.« Leonardo klopfte seinem Freund auf die Schulter.

»Madonna Simonetta ist eine Mätresse der Gebrüder Medici, stimmt das?« fragte Niccolò zu beider Überraschung plötzlich.

»Sie ist ihre Freundin, Niccolò«, antwortete Sandro.

»Die Gerüchte behaupten etwas anderes«, beharrte Machiavelli.

»Vielleicht sollten wir diese Dinge doch nicht in Anwesenheit dieses Jungen erörtern … Niccolò hat sein Ohr anscheinend fest an der Tür zur Gerüchteküche.«

»Tja, was erwartest du?« fragte Leonardo. »Er ist einer von Toscanellis hellsten Lehrlingen. Und dessen Atelier ist eine Sammelstelle von Nachrichten.«

»Von Verleumdungen.«

»Das ist manchmal das gleiche«, sagte Leonardo. »Und natürlich ist Simonetta ihre Mätresse, Sandro. Aber vielleicht hält sie ja noch ein bißchen Liebe in Reserve, um dich damit zu nähren.«

Sandro wurde rot und knurrte.

»Ihr könnt reden, wie ihr wollt«, sagte Niccolò entschuldigend. »Ich höre nicht mehr zu.« Er lief voraus und holte Jacopo Saltarelli ein.

Das Anwesen der Onorevoli wirkte wenig einladend; eine schmale Straße schlängelte sich zwischen verfallenen Mauern bergauf bis zu einem sehr hohen, breiten Tor. Als Leonardo und Sandro dort ankamen, warteten Jacopo und Niccolò schon. Aber bevor Jacopo weitergehen konnte, sagte Leonardo: »Nicco, ich habe es mir anders überlegt. Dies ist kein Ort für dich.« Er war besorgt um den jungen Machiavelli, aber er scheute auf einmal auch vor der Aussicht zurück, mit Il Neris diversen – und wahrscheinlich perversen – Gästen zu plaudern und sie zu unterhalten. Ihm war plötzlich schlecht, als seien Verzweiflung und Liebeskummer eine Krankheit, die in Wellen auftrat wie die Übelkeit nach dem Genuß schlechten Essens.

»Leonardo, wir sind schon einmal hier«, sagte Niccolò. »Ich habe Hunger. Bestimmt gibt es etwas zu essen. Und hat mein Meister Toscanelli dich nicht ausdrücklich gebeten, mein Mentor zu sein, damit ich Lebenserfahrung sammele? Nun, das Leben liegt hinter jenem Tor.« Niccolò deutete auf die dunkle Fassade der Villa. »Bitte … Es wird dir auch guttun, Meister. Die Aufregung wird deine Gedanken von den Nöten des Herzens ablenken.«

»Kindermund«, sagte Sandro. »Aber er hat absolut recht. Komm schon …«

Leonardo folgte ihm und bemühte sich, seine bange Beklommenheit im Zaum zu halten; aber sie folgte ihm wie ein dunkler, tollwütiger Apportierhund. Durch das Tor gelangten sie auf den makellosen Rasen eines Gartens, einen wahren *tapis vert*. Hohe Mauern waren von Jasminranken überwuchert – ein Salon verbreiterte sich zu einer Terrasse mit Ausblick auf die Stadt, die aussah wie ein Himmel voller Sterne. Ein von korinthischen Säulen umstandener Hof erhob sich wie eine antike Ruine aus dieser modernen und zugleich zeitlosen Anlage. Lampen leuchteten in Vasen und Urnen zwischen riesigen Strauchskulpturen.

Leonardo und seine Freunde folgten Jacopo die Treppe hinauf ins Haus, das im Dunkeln lag, wenn man von einer kleinen Kerze absah, die auf einem kleinen, aber schwer aussehenden Tisch an der Wand gegenüber dem Eingang brannte.

»Ihr seht, es ist so, wie ich es Euch erzählt habe«, sagte Jacopo. »Jetzt folgt mir.«

»Du weißt, wo du hingehst?« fragte Sandro.

»Meister Onorevoli hat mir Anweisungen gegeben.« Der Junge führte sie eine Treppe hinauf und eine andere wieder hinunter; ohne alle Beleuchtung hatte es den Anschein, als überquerten sie einen schwarzen Abgrund. Dann standen sie vor einer schwarzen Tür. Niccolò hielt sich dicht bei Leonardo, bis Leonardo ihn bei der Hand nahm.

»Wie es scheint, hat Il Neri das Haus in ein Spiegelbild seiner Seele verwandelt«, stellte Sandro fest.

»Eher wird es ein Abend der Groteskerie«, meinte Leonardo.

»Wenn es ein Abend mit Simonetta wird, ist es das wert«, sagte Sandro.

»Hast du Angst, Niccolò?« fragte Leonardo.

»Nein«, antwortete Machiavelli mit Nachdruck, aber seine Stimme klang ein bißchen dünn.

Plötzlich erlosch das Kerzenlicht, und Jacopo war verschwunden.

Leonardo sah nicht einmal einen Schatten in der Dunkelheit, die besonders dicht zu sein schien; er tastete nach der Tür, die er vor sich wußte. »Nicco«, rief er, »rühr dich nicht von der Stelle ... Sandro ...?«

»Wir sind hier ...« gab Sandro zurück.

»Wenn ich diesen Jacopo kriege ...« sagte Niccolò.

»Der befolgt nur seine Anweisungen«, sagte Leonardo. Jetzt hatte er den Türriegel gefunden. »So«, sagte er und stieß die Tür auf.

Niccolò schrie auf.

Leonardo packte ihn bei der Schulter. Sie schauten in einen mit tiefschwarzen Vorhängen verhangenen Raum. Kerzen in Haltern an den Wänden warfen ein gespenstisches, mattes Licht. In allen Wänden waren kleine, viereckige Nischen, und in jeder Nische lag ein beleuchteter Totenschädel. In den vier Ecken hingen ganze Skelette, und diese waren ebenfalls mit Kerzen illuminiert, was einen erschreckenden Effekt hatte. Mitten im Raum stand ein langer, schwarz gedeckter Tisch. Als Tafelaufsatz ruhte ein weiterer Totenschädel auf einem Holzteller, und rings um den Schädel standen vier Holzbecher. Il Neri, in ein schwarzes Priestergewand gekleidet, das Gesicht kalkweiß gepudert, die Lippen karmesinrot geschminkt, redete Leonardo mit beinahe mädchenhafter Fistelstimme an. »Meine Herren, dies ist nur der erste Gang eines Abends der Lüste. Bitte nehmt Platz; wenn wir hier fertig sind, gehen wir weiter zur nächsten – Station.«

»Wo sind unsere Freunde, Neri?« fragte Leonardo.

»Ich versichere Euch, sie sind hier«, sagte Il Neri. »Aber sie sind Euch ein Stück voraus bei der Entdeckung der Freuden dieses Abends. Leonardo, heute abend werde ich selbst Euch mit Euren Gaukeleien übertreffen. Also setzt Euch jetzt bitte.«

Als die Gäste am Tisch saßen, drehten sich die Schädel, ohne daß ein Mechanismus zu sehen gewesen wäre, und wie durch Zauberei wuchsen Würste aus ihren Augen, und auf jedem Teller erschien ein gefüllter Fasan.

»Sehr gut, Neri, aber können wir es wagen, diese Kost zu essen?« fragte Sandro.

»Das liegt ganz bei Euch, lieber Freund.« Neri setzte sich und begann, seinen Fasan zu zerlegen.

Aber der Vogel auf Leonardos Teller roch faulig nach Kot. »Nicht essen«, sagte Leonardo und meinte damit vor allem Niccolò. »Am besten, wir verlassen dieses Haus, wie wir hereingekommen sind.«

»Ah, Ihr seid ein Spielverderber, Leonardo«, sagte Neri. »Aber wenn es Eure Kunststücke sind, die aufgeführt werden, dann erwartet Ihr von jedem angemessene Ehrfurcht.«

»Ich habe Euch auch noch nie Scheiße vorgesetzt.«

»Mit meinem Essen ist aber alles in Ordnung«, sagte Niccolò.

»Mit meinem auch«, sagte Sandro.

In diesem Augenblick krachte es über ihnen. Alle sprangen erschrocken auf, aber es war nur eine Ablenkung gewesen, denn als sie wieder auf den Tisch schauten, sahen sie, daß große silberne Salatschüsseln Fasane und Würste ersetzt hatten.

Mit einem Laut des Abscheus schob Sandro sich vom Tisch weg und wäre dabei fast hintenüber gefallen.

»Was ist?« fragte Leonardo.

»Sieh selbst.«

Leonardo schaute hin und sah die Maden, die auf den grünen Blättern wimmelten. »Neri, das reicht jetzt. Niccolò, Sandro, wir verschwinden.«

»Ich bitte Euch, meine Freunde, Ihr habt wirklich keinen Humor«, sagte Neri begütigend. »Das ist doch alles nur Spaß, Effekte, und Ihr müßt zugeben, die Effekte sind ganz gut.«

»Dies ist nicht die Zeit für solche grotesken Vorgänge«, erklärte Sandro. »Außerdem haben wir ein Kind bei uns.«

»Es stimmt zwar, daß da ein junger Mann in Eurer Mitte ist, aber ist er nicht hier, damit er etwas über das Leben und seine Geheimnisse lernt?«

»Ihr habt also mit Zoroastro und Benedetto gesprochen«, stellte Leonardo fest.

Neri nickte und lächelte. »Aber welche Nacht wäre besser geeignet für das, was ich geplant habe?« fragte er Sandro. »Eine heilige Nacht, die Nacht vor der Auferstehung. Eine Nacht, da man sich der klammen Kälte des Grabes erinnert, eine Nacht, da man sich in Betrachtungen des ewigen Schlummers und der Würmer ergeht, die alles Fleisch verzehren. Wäre das Wunder des Heiligen Christus allein weltlich, wäre es in seinen reinen, übernatürlichen

Aspekten nicht an sich schreckenerregend, dann wäre es doch Unseres Herrn nicht würdig. Ist es nicht das, was wir unsere Kinder lehren müssen?«

Wieder hörte man plötzlich ein scharfes Geräusch, diesmal aus größerer Entfernung; trotzdem sprang Niccolò auf und drängte sich schutzsuchend an Leonardo.

»Wir gehen, Neri«, sagte Leonardo.

»Ach, kommt, bitte. Ich will Euch auf der Stelle zu Euren Freunden führen – in eine weniger furchterregende Umgebung.«

»Nein, vielen Dank.«

»Aber liebe Freunde«, sagte Neri, »Ihr findet doch gar nicht hinaus ohne einen Führer. Ohne Licht.«

Unversehens erloschen die Kerzen, und in der Dunkelheit blieb nur ihr Nachglanz auf der Netzhaut.

»Nun?« fragte Neri. »Wollt Ihr mich jetzt zum Rest der Gesellschaft begleiten? Ich verspreche Euch, Ihr werdet Euch gut unterhalten.«

»Und das Kind?« fragte Leonardo.

»Das bin ich ja wohl kaum«, sagte Niccolò.

»Ihr habt mein feierliches Gelöbnis«, sagte Neri, »daß der junge Mann nicht Zeuge sein wird, wenn irgend etwas Ungebührliches geschehen sollte. Ich werde dafür sorgen, daß er nach Hause begleitet wird. Wenn Ihr wollt, könnt Ihr ihn selbst wegbringen – oder Sandro. Aber ich versichere Euch beiden, Ihr werdet nicht den Wunsch haben zu gehen. Von diesem Bankett wird man noch nach Jahren reden. Und, Sandro, ich versichere Euch, daß es im Einklang mit dem heiligen Anlaß steht.«

»Ich hatte den Eindruck, dieses Fest werde zu Ehren Simonettas veranstaltet«, sagte Sandro.

»Wird es auch«, sagte Neri.

»Wo ist sie?«

»Sie ist hier, das versichere ich Euch. Aber es liegt bei Euch, sie zu finden.« Wie durch Zauberei flackerte eine Kerze in Neris Hand auf. »Und jetzt … bitte folgt mir.« Er öffnete eine Tür und verließ den Raum.

Leonardo und Sandro blieb nichts anderes übrig, als ihm zu folgen; beide hielten Niccolò fest bei der Hand.

»Da sind wir«, sagte Neri und führte sie durch eine Walnußholztür mit Messingbeschlägen in einen großen, gewölbten Saal mit mächtigen Kaminen aus *pietra serena*, dem blaugrauen Florentiner Stein, und hohen Fenstern, die von Friesen umgeben und mit schwarzen Tüchern verhangen waren. So viele Lampen und Kerzen brannten in diesem Saal, daß Niccolò entzückt rief: »Eine Welt von Sternen!«

Mindestens hundert Gäste, viele bereits betrunken, drängten sich um lange Tafeln, die mit Kerzen und Speisen beladen waren: Fasane, Rebhühner, Rind- und Schweinebraten, Obst, Gewürze und Gemüse. Die Gäste waren eine bunt zusammengewürfelte, exotische Schar; aber so etwas betrachtete man schließlich heutzutage als notwendig, wenn es ein Fest war, das in Erinnerung bleiben sollte. Mehrere Kardinäle vom Heiligen Stuhl in Rom waren da, gekleidet in den üppigen Farben ihres Amtes. Reiche Kurtisanen in den freizügigen, jungfräulich weißen Hemden, die jetzt in Venedig und Mailand beliebt waren. Niedere Prostituierte, die schmutzig und befangen wirkten und sich zu laut im gemeinen toskanischen Dialekt der Straße unterhielten. Reiche Gildeherren aus den großen Familien von Florenz. Nur die Medici schienen zu fehlen. Man sah fremdländisch gekleidete Besucher aus Famagusta, Bejaïa, Tunis und Konstantinopel, Agenten und Kaufmannskunden aus Sevilla, Mallorca, Neapel, Paris und Brügge, die wegen des Feiertages gekommen waren. Ein Statthalter des Heiligen Sultans von Babylon trug einen weißen Turban zu seinem modischen Florentiner Kostüm; sein rechtes Bein steckte in einem roten, sein linkes in einem blauen Strumpf, und auch seine Schuhe hatten zwei Farben, Amethyst und Weiß. Aber der exotischste Vogel von allen war ein großer, kräftig aussehender Chinese in

Mantel und Pantoffeln aus reiner Seide. Die Diener, männliche wie weibliche (die meisten allerdings junge Männer), waren in Gewänder aus feinster Gaze gehüllt; tatsächlich hätten sie ebensogut nackt herumlaufen können. Sie trugen Tabletts mit vollen Weingläsern herum.

»Du tust mir weh«, sagte Niccolò zu Leonardo, der seinen Arm festhielt.

»Dann versuch du nicht ständig, dich loszureißen.«

»Laß mich los. Du bist nicht mein Vater.«

»Reize mich nicht, Nicco«, sagte Leonardo. »Noch ein Wort, und ich bringe dich auf der Stelle nach Hause.«

»In Ser Toscanellis *bottega*?«

»Du hast dich dafür entschieden, mein Lehrling zu sein«, sagte Leonardo. »Und das wirst du bleiben.« Niccolò hörte auf zu zappeln und lächelte Leonardo an, als habe er sonst nichts weiter hören wollen. Leonardo ließ den Jungen los und wandte sich wieder an Neri. »Hatte jeder hier die Ehre, so intim zu speisen wie wir?«

»Nur die ganz besonderen Gäste, die ich eigens beeindrucken wollte«, antwortete Neri.

»Aber sicher nicht die guten Herren Prälaten oder der Mann mit den schrägen Augen.«

»Vor allem die guten Herren Prälaten«, sagte Neri mit verschlagener Miene. »Jetzt aber zögert nicht, zu essen und zu trinken, was Ihr mögt. Ich versichere Euch, sämtliche Lebensmittel werden Eure Zustimmung finden.«

In einer Ecke des großen Ballsaals explodierte helles Licht, und Beifall erhob sich. Leute drängten sich um einen Mann, der aussah wie Leonardo.

Genau betrachtet, glich er Leonardo aufs Haar.

»Und wer könnte das sein?« fragte Leonardo.

Neri lachte. »Aber das seid Ihr!«

»Das bist du wirklich«, sagte Sandro entzückt. »Und schau, er hat das Zauberkunststück mit den Flammen vorgeführt; er hat Rotwein in kochendes Öl geschüttet. Man begreift ja, daß solche Taschenspielereien ihre Wirkung beim gemeinen Gesindel haben, aber das hier sind doch Bürger von Format. Trotzdem … ich nehme an, es ist wohl ein guter Trick.«

»Kommt, ich mache Euch bekannt.« Neris Grinsen wirkte übertrieben, denn seine Lippen waren mit bunter Schminke zu einem Narrenmaul verbreitert.

»Mit mir selbst?« Leonardo war ehrlich belustigt.

Sie folgten Neri in die Ecke, wo Leonardos Doppelgänger die Gäste mit einer witzigen Geschichte erheiterte. Er war genauso groß wie Leonardo. Seine Kleider waren sauber und frisch und identisch mit denen, die Leonardo trug: ein engsitzendes, purpurrotes Wams, eine karmesinrote *camicia* und eine Strumpfhose mit lederverstärkten Sohlen zum Schutz der Füße. Aber was Leonardo faszinierte, war das Gesicht. Es war, als schaue er in einen Spiegel. Die Züge waren perfekt; im buttergelben Glanz der Kerzen sah es jedenfalls so aus.

»Wie hat er das gemacht?« fragte sich Leonardo. Nur die Stimme lag ein bißchen daneben; sie klang zu kehlig. Trotzdem …

»Leonardo?« fragte Zoroastro, der neben dem falschen Leonardo stand und ihm bei seinen Zauberkunststücken assistiert hatte. »Bist du das?« Verwirrt kam er Leonardo entgegen.

Aber Neri zog die Aufmerksamkeit der Gäste auf sich, indem er die Vorstellung übernahm. »Leonardo, ich mache Euch bekannt mit – Leonardo.«

»Sind das Zwillinge?« fragte jemand.

»Unmöglich, mein Freund, denn es gibt nur ein Genie namens Leonardo da Vinci«, antwortete Neri.

»Dann ist einer nicht echt.«

»Aber welcher?«

»Wer bist du?« fragte Leonardo den Mann, der vor ihm stand.

Zoroastro, der sich offenbar hatte täuschen lassen, drängte sich dazwischen und sagte zu Leonardo: »Ich fand, daß dieser Mann, der niemand anders als du zu sein schien, sich merkwürdig anhörte ... zu heiser, zu rauh.« Er wandte sich an Leonardos Double. »Und du hast mir gesagt, du seist erkältet.«

»Aber das stimmt«, sagte der Mann ungerührt.

Leonardo konnte diesem Spaß nicht widerstehen. Er sah Zoroastro an. »Bist du denn so sicher, daß ich der echte Leonardo bin?«

»Niccolò und Sandro sind mit dir hereingekommen.« Zoroastro war verzweifelt bemüht, seine vorgebliche Gleichmut zu bewahren. *»Facta, non verba.«*

»Aber *ich* hatte sie gebeten, noch einen Botengang für mich zu erledigen, während ich vorausging.« Leonardos Double nahm das Stichwort auf wie ein Schauspieler auf der Bühne.

»Ja, das stimmt, Meister Leonardo«, sagte Niccolò zu dem Doppelgänger; sein Gesicht war so ernst, als spräche er die Wahrheit. »Du wolltest allein gehen, um nachzudenken.«

»Was mich angeht«, erklärte Zoroastro, »so könnt ihr alle beide Leonardo sein.«

»Eine ausgezeichnete Idee«, sagte das Double. »Meister Leonardo, laß uns doch unsere beträchtlichen Talente zusammenwerfen. Ich habe soeben die Konstruktion einer Flugmaschine vollendet. Vielleicht hast du Lust, sie auf ihrem ersten Flug zu lenken?«

Jetzt wurde es still im Raum.

»Angetrieben wird sie von Engeln«, erklärte der Fremde, »denn solche Wesen sind, wie man weiß, leichter als die Luft. Sie werden meine Maschine an der Sphäre des Mondes und an der Sphäre der Fixsterne vorbei zur kristallinen Sphäre emportragen, zum Primum Mobile selbst.«

»Und dann natürlich ins Empyreische Paradies«, vollendete Leonardo.

»Unbedingt. Also bist auch du mit einem ähnlichen Abenteuer befaßt?«

»Allerdings, aber selbst wenn ich es nicht wäre, könnte ich denn jemandem von deinem Format ernsthaft widersprechen, wenn er behauptet, er verfüge über die heiligen Kräfte der Engel? Da würde man mich doch des Unglaubens und der Ketzerei bezichtigen.«

Der Doppelgänger lachte – es war ein gutmütiges Lachen, eines, das Leonardo seltsam vertraut vorkam. Aber er wußte immer noch nicht, was er damit anfangen sollte.

»Aber wenn du selbst eine Maschine konstruiert hast, dann kann ich dich doch nicht bitten, mein bescheidenes Gestell zu steuern.«

»*Au contraire.*« Leonardo lächelte. »Es wäre mir eine große Ehre. Man wird ja nicht alle Tage gebeten, mit den Engeln zu fliegen.«

In diesem Augenblick nahm Neri ihn beim Arm und gab bekannt, daß dieser Leonardo sich nun leider von der Gesellschaft entschuldigen müsse.

»Ich kann und werde den Jungen nicht hierlassen«, flüsterte Leonardo. Er warf Niccolò einen scharfen Blick zu; der Junge stand allzu nah bei einem wunderschönen, rehäugigen Mädchen, einer Dienerin Neris. Das Mädchen lächelte Niccolò an, und der wurde rot, vielleicht angesichts ihrer Nacktheit. Leonardos mißbilligenden Blick bemerkte er jedenfalls nicht.

Neri sagte ein paar Worte zu Sandro, und der versprach, sich einstweilen um Niccolò zu kümmern und notfalls dafür zu sorgen, daß ihm nichts zustieß – mit anderen Worten, ihn von Betten und Dienerinnen fernzuhalten. »Da, seht Ihr?« sagte Neri. »*Alea iacta est.* Wollt Ihr Euch mir jetzt anvertrauen?«

»So töricht würde ich nicht sein.«

»Aber ich muß Euch zeigen, warum ich Euch eingeladen habe«, beharrte Neri.

»Ich dachte, damit ich meinen Zwillingsbruder kennenlerne.«

»Den habt Ihr ja jetzt kennengelernt.«

Leonardo wechselte ein paar Worte mit Niccolò und Sandro. Als er sich vergewissert hatte, daß alles in Ordnung war, ließ er sich von Neri hinausführen. Die wenigen Neugierigen, die ihnen folgen wollten, wurden durch Neris Diener geschickt daran gehindert. Als sie den Gewölbesaal hinter sich gelassen hatten, gingen zwei junge Diener voran und beleuchteten ihnen den Weg durch das Haus.

»Es ist erfreulich zu sehen, wie besorgt Ihr um Euren jungen Schüler seid«, sagte Neri. »Ich wußte nicht, daß Euch außer Eurer Arbeit irgend etwas am Herzen liegt, obgleich – wenn man es bedenkt, so habt Ihr einen Ruf als Spaßvogel. Aus welchem Grund solltet Ihr sonst zu einem Fest wie diesem kommen?«

»Ich bin wegen Sandro mitgekommen«, sagte Leonardo.

»Ach ja, wegen Sandro«, sagte Neri mit ganz ungewohntem Sarkasmus. »Aber ich will mein Bestes tun, um auch Euch zu unterhalten, und bevor die Nacht zu Ende ist, werde ich Euch mit einer Person bekannt machen, die Ihr, glaube ich, entzückend finden werdet.«

»Damit wollt Ihr hoffentlich nicht sagen, daß es die ganze Nacht dauern wird, bis wir wieder zu Euren Gästen zurückkehren.«

»Das, Leonardo, liegt bei Euch«, sagte Neri geheimnisvoll.

»Und dieser Gast? Ist er mein zweites ›Ich‹?«

»Nein, er ist ein Besucher von weither. Ihr beide habt etwas gemeinsam.«

»Und das wäre?«

»Mehr sage ich nicht, denn sonst würde ich alles verderben.«

»Neri, genug davon«, sagte Leonardo. »Ihr müßt mir jetzt verraten, wer mein Doppelgänger ist.«

»Diesmal müßt Ihr den Hinweisen anderer folgen, um die Antworten auf Eure Fragen zu finden.« Lächelnd ging Neri hinter seinen Dienern her durch Räume und Korridore, in denen schattenhafte Porträts mit strengen Kaufleuten, Ahnfrauen und groteske Zentauren, Najaden und Satyrn starr auf sie herunterblickten. Sie stiegen eine Treppe hinauf, dann noch eine, immer weiter hinauf, bis sie an eine schwere, tief in die Wand eingelassene Tür kamen. Die Diener stellten sich zu beiden Seiten der Tür heraldisch in Positur; hätten sie Hellebarden gehabt, so hätten sie sie gekreuzt.

»Neri, ich finde, Ihr treibt dieses Spiel zu weit.« Leonardo wurde allmählich nervös.

»Darüber urteilt in einem Augenblick.« Neri öffnete die Tür und trat in ein gutbeleuchtetes Schlafgemach. Es war klein und schmucklos bis auf das Bett, ein großes Vierpfostenbett, dessen Pfosten oben in geschnitzten Straußenfedern endeten. Schwere, drapierte Samtvorhänge mit erhaben gearbeiteten Greifen hingen bis auf den rauhen Dielenboden. Kerzen brannten in ihren Haltern in den vier Ecken des Zimmers, und eine Lampe stand auf einem nicht zu kleinen Tisch. Neben der Lampe standen Gläser, eine Flasche Wein und eine weiße Porzellanschüssel mit Seife und einem ordentlichen Stapel hellblauer, mit Straußenfedern und Greifen verzierter Tücher. Neri schenkte Leonardo ein Glas Wein ein und hielt es ihm entgegen. »Setzt Euch.« Er deutete mit dem Kopf auf das Bett. »Ich bin gleich bereit.«

»Neri, zeigt mir doch einfach, weshalb Ihr mich hierher geführt habt.« Leonardo wurde ungeduldig.

Neri schlug die dunkle Kapuze zurück und zog eine enganliegende Kappe vom Kopf. Lange, goldene Locken fielen über das dunkle Tuch des Gewandes.

»Wer seid Ihr?« fragte Leonardo. Er war erschrocken, daß er auf diesen Imitator hereingefallen war, der jetzt Schichten eines dünnen Materials von seinem Gesicht entfernte – Tierhaut höchstwahrscheinlich. Nach Gebrauch von Seife und Wasser und einigem Rubbeln mit den Handtüchern trat ein neues Gesicht zutage, das verblüffender war als irgendeines der *trompe l'œil*-Gemälde an den Korridorwänden.

Es war Simonetta.

Ohne alle Schminke war ihre Gesichtshaut so weiß wie Elfenbein, aber nicht im geringsten fahl. Sie schaute ihn eindringlich an; ihr Gesicht war ernst und ohne einen Schatten von Frivolität, Eitelkeit oder Niedertracht. Ihre Augen blickten fest und unergründlich, und während sie Leonardo anschaute, öffnete sie ihre Gewänder und ließ sie auf den Boden zu ihren Füßen gleiten. Nur ihre Brüste, die klein wirkten, waren mit Rouge übertönt, ein Hauch von Zinnober und Rosa auf Weiß.

»Aber bitte, macht kein so banges Gesicht, Leonardo«, sagte sie mit ihrer eigenen Stimme, die sich in Lage und Resonanz ganz und gar von ihrer Neri-Imitation unterschied. Sie trat an den Tisch und schenkte sich ein Glas Wein ein, und dann setzte sie sich neben ihn.

»Ich muß jetzt gehen.« Leonardo war schockiert und zutiefst verlegen.

»Warum? Ihr seid liebeskrank. Ihr werdet Euch nicht heilen, indem Ihr geht. Aber vielleicht, wenn Ihr bleibt ...« Sie lächelte, aber es lag keine Verschlagenheit in ihrem Ausdruck, nur Traurigkeit. Sie versuchte nicht, sich zu bedecken, sondern blieb scheinbar gelassen vor ihm sitzen.

»Was wollt Ihr von mir?« fragte Leonardo.

»Ich habe dich immer gewollt, Leonardo«, antwortete sie leise und sachlich.

»Wenn Lorenzo oder Giuliano uns hier finden ...«

Simonetta schüttelte den Kopf und lachte. Ihr Haar wirkte schleierzart im Kerzenlicht. »Für mich wäre es nicht weiter schlimm, aber für dich, Leonardo, für dich würde es das Ende von allem bedeuten.«

»Für Euch auch; laßt uns jetzt gehen«, beharrte Leonardo; seiner Stimme war die Hilflosigkeit anzumerken.

»Ich weiß, was dir passiert ist.« Simonetta rückte näher an ihn heran.

Leonardo schaute zu Boden und vermied es, Simonettas Nacktheit anzuschauen, obgleich ihr Geruch und ihre Nähe ihn in Erregung versetzten.

»Und was?« fragte er.

»Ich weiß alles über dich und Ginevra und den alten Knochen Nicolini.«

Überrascht schaute er sie an.

»Ich habe mit Sandro gesprochen.«

»Und er hat Euch von meinen privaten Angelegenheiten erzählt?« fragte Leonardo ungläubig.

»Er würde mir alles erzählen ... weil er weiß, daß man mir vertrauen kann. Und weißt du, warum?«

»Nein.« Leonardo war erbost und gedemütigt. »Das weiß ich nicht.«

»Weil ich sterben muß. Sandro weiß es, aber er kann es nicht zugeben, weil er mich liebt.«

»Ich glaube nicht, daß Ihr sterben müßt«, sagte Leonardo und sah sie an, als wäre sie Ginevra.

»Doch. Aber ich werde jetzt nicht versuchen, dir meine Lunge vor die Füße zu husten, nur um es dir zu beweisen.« Sie umarmte ihn. »Aber heute nacht müssen wir beide sterben.«

Leonardo hatte das Gefühl, in der Falle zu sitzen, obwohl er wußte, daß er aufstehen und gehen konnte. Simonetta erregte ihn. Sie hatte ihn im Augenblick seiner größten Verletzlichkeit angetroffen. Sie, nicht er, war die Zauberin, die Gauklerin, der Thaumaturg. Es war, als habe sie ihn plötzlich – auf unglaubliche und unwiderstehliche Weise – von der Welt befreit, als wären Träume und Alpträume jetzt aus dem gleichen Stoff wie Feuer und Wasser und Stühle und Wände, diese Wände, dieser Boden, dieses Bett, diese Frau, die ihn hier liebkoste.

Aber was ihn wirklich packte, was ihn sogar von Ginevra ablenkte, war ihre tiefe Traurigkeit. Tatsächlich, sie mußte sterben. Anders konnte es nicht sein.

Er sah zu, wie Simonetta mit den Händen an seinen Beinen heraufstrich, ihn berührte und von seinem Hosenlatz befreite. Er spürte, daß er sie aufhalten mußte, aber es war, als habe er vergessen, wie man die Muskeln benutzte, die notwendig waren, um von ihr abzurücken. Was sollte das auch? Er war ja frei; aber solche Freiheit war in sich schon wieder ein Alptraum. Aber bevor er diesen Traum – oder Alptraum – von sich abschütteln konnte, kniete sie vor ihm auf dem Boden und nahm sein Glied in den Mund. Er blieb reglos, wie gefangen; nur sein Herz klopfte und pumpte donnernd in seiner Kehle. Er dachte an Wasser, an die Oberfläche des Meeres, an Ginevra, immer an Ginevra, und Simonettas Mund schloß sich heiß um sein Glied, das in seiner Einbildung hart und kalt wie Eis war. Oder wie Stein. Als wäre er irgendein unglückseliger Lot, der der Versuchung nicht widerstehen konnte, auf Sodom zu schauen und dafür zu kaltem, unerbittlichem Stein erstarrte. Aber sie saugte an ihm, wärmte ihn, als wäre sie ein glühender Ofen; sie taute ihn auf, bis er sie auf das Bett zog, sie küßte und sie roch, während sie anfingen, zu schwitzen und ineinander zu stampfen wie geölte Maschinen aus Fleisch und Knochen.

Er küßte sie, tief, forschend, und dabei half sie ihm, sich seiner Kleider zu entledigen; sie beharrte darauf, seiner Haut nah zu sein. Leonardo suchte ihre Zunge, erlaubte ihr, seinen Mund damit zu füllen, und als sie rücklings auf dem Bett lag, gespreizt und offen für ihn, da fuhr er mit der Zunge über ihr Schlüsselbein und saugte an ihren Brüsten wie ein Kind, das Milch aus den kleinen, harten Warzen ziehen wollte.

Er preßte das Gesicht zwischen ihre Beine und roch die saure Feuchte der Erde. Kindheitserinnerungen fluteten an ihm vorüber: das jäh von der Sonne überstrahlte Bild der Hänge des Monte Albano oberhalb von Vinci, die Ockerminen in Val d'Elsa, die Blumen und Kräuter und die Felsschichten der dunklen Grotte in Vinci, seiner Grotte, in der er viele Stunden ganz allein verbracht hatte; noch jetzt konnte er sich erinnern, wie der Duft von Salbei, Thymian, Minze und Brombeeren die Luft erfüllte. Er erinnerte sich an seine Mutter und an seine erste Stiefmutter, die junge, schöne Albiera di Giovanni Amadori. Die Frau seines Vaters war nicht viel älter als Leonardo – und wie viele endlose Tage hatte er in der Grotte verbracht und sich nach ihr verzehrt. Jetzt aber stemmte er sich über Simonetta hoch, um noch tiefer in sie einzudringen. Sie atmete scharf aus, als er es tat, und schaute zu ihm auf, als sei sie erschrocken. Sie starrte ihn an mit straff gespanntem Gesicht, als bemühe sie sich, eine geheime Qual nicht sichtbar werden zu lassen. Sie war wirklich schön. Ihr dichtes blondes Haar umgab ihr sanftes Aristokratengesicht wie ein Glorienschein. Aber ihr Gesicht zeigte auch den Schmerz und die Fassungslosigkeit einer Trauernden.

Sie war verwundbar und tödlich.

Eine Madonna der Reinheit.

Eine trauernde Mutter, gewaltsam von der Familie getrennt.

Eine kalte, schöne Hure.

Sie verzog das Gesicht und wollte kommen, und für einen Augenblick sah Leonardo sie als Medusa. Als Junge hatte er einmal ein solches Gesicht gemalt, und sein Vater hatte das Bild für dreihundert Dukaten verkauft. In diesem Augenblick, in der halluzinatorischen Sekunde vor seiner Ejakulation, verwandelte sich ihr glänzendes Haar in seiner Vorstellung in goldene, wimmelnde Schlangen; und er erstarrte. Eine der züngelnden Kreaturen schlang sich um ihn, als er sich auf sie preßte. Das Saugen und Schmatzen ihrer nassen Haut klang wie die gedämpften Laute ferner Kreaturen, die zusammengefügt und auseinandergerissen wurden.

Und plötzlich hatte Leonardo das Gefühl, daß Ginevra ihn aus einem entfernten Winkel seiner Kathedrale der Erinnerungen beobachtete. Als sei er derjenige, der hier sündigte.

Doch selbst jetzt, vor allem jetzt, als er sein Leben in die schöne Simonetta hineinpumpte, fühlte er den schmerzhaften Verlust Ginevras.

Und in diesem kalten, wäßrigen, einsamen Augenblick der Ekstase schaute Leonardo unversehens in Simonettas graue Augen.

Ginevras Augen …

Sie weinte … genau wie er.

Das Geheimnis der goldenen Blume

Wir haben drei Seelen. Die, welche Gott am nächsten ist, bezeichnen Mercurius Trismegistus und Plato als mens, Moses als den Geist des Lebens, der Hl. Augustinus als den höheren Teil und David als das Licht, wenn er sagt: »In Deinem Licht sehen wir das Licht.« Und Mercurius sagt, wenn wir uns mit dieser mens verbinden, dann können wir durch den Lichtstrahl Gottes, der darin ist, alles verstehen, Gegenwärtiges, Vergangenes und Zukünftiges, alles, so sage ich, was es gibt im Himmel und auf Erden.

Giulio Camillo

Wer will, soll glücklich sein, denn morgen ist uns nichts gewiß.

Lorenzo de' Medici

Leonardo starrte zu der hohen Decke hinauf und stellte sich in ihren unregelmäßigen Rissen und Schatten alle möglichen Gesichter und Kreaturen und Szenen vor. Die verschiedenen Szenen und Figuren, die er dort sehr detailliert erkennen konnte, verschoben sich unaufhörlich, wie Wolken an einem trüben, grauen Himmel. Da, die perfekte geschwungene Linie einer Schulter, die mit mathematischer Exaktheit in die sanfte Neigung einer Brust überging; hier, das Detail einer Befestigungsanlage mit Schützenauftritt, Bastion, Wassergraben, Wehrgang und Glacis: ein Bauplan. Ein Skorpion verwandelte sich in das Lockenhaar eines Cherubs, dessen Gesicht zu einem trunkenen, makabren Cupido verfloß. Er sah Madonnen, grob skizziert wie aus seinen Notizbüchern; eine *caritas* ähnelte Albiera, seiner ersten Stiefmutter, die gestorben war, als er gerade zwölf gewesen war; eine andere sah aus wie Francesca di Ser Giuliano Lanfredini, seine zweite Stiefmutter, die vor fünf Jahren gestorben war. Diese Ehefrauen seines Vaters waren kaum mehr als Mädchen gewesen, und als Junge hatte Leonardo sich schuldbewußt nach ihnen gesehnt.

In der Kammer war es still bis auf Simonettas rauhes, aber gleichmäßiges Atmen. Sie lag neben ihm auf dem Rücken und hatte sich den Unterarm über die Augen gelegt, als wolle sie auch im Schlaf verhindern, daß ihr Blick auf die hypnotische Traumlandschaft über ihnen fiele. Ein Gemisch aus abgestandenen Dünsten hing schwer in der Luft: Wein, Parfüm, Schweiß, Sex, Lampenöl. Leonardo überlegte, ob er aufstehen und ein Fenster öffnen sollte, aber er fürchtete, daß er Simonetta aufwecken und daß die Dünste der Nacht ihrer Lunge schaden könnten.

Jetzt tastete sie nach ihm, obwohl sie schlief. Vielleicht spürte sie, daß er wach war und vielleicht gehen würde, denn sie drehte sich zu ihm um, legte ihre Beine auf die seinen und umschlang seinen Arm und seine Brust. Als Leonardo sie so betrachtete – sie war so blond und bleich, ein Geist, der Fleisch geworden war –, da konnte er sich vorstellen, daß die Realität wirklich für ein paar Stunden durchbrochen worden war.

Aber jetzt war er wach; er hatte einen sauren Geschmack im Mund, der Kopf tat ihm weh, und er fühlte sich mutterseelenallein. Der Zauberbann war gebrochen.

Simonetta fing plötzlich an zu husten, wieder und wieder; es schien sie hin und her zu schleudern. Sie war auf der Stelle wach und riß die Augen weit auf. Mit starr geradeaus gerichtetem Blick rang sie keuchend nach Atem und preßte dabei die Arme fest vor die Brust. Leonardo hielt sie fest umschlungen und gab ihr dann einen Schluck Wein. Sie bekam noch einen Hustenanfall, der aber schließlich nachließ. »Es tut mir leid, daß ich dich damit störe, mein schöner Leonardo«, sagte sie und wischte sich den Mund an dem Damastlaken ab, in das sie sich gehüllt hatte.

»Ich war schon wach«, sagte er.

»Schon lange?«

»Nein, nicht sehr.«

»Unser Fest ist sicher noch im Gange. Möchtest du zurück?« Simonetta hustete wieder. Sie stand auf, kämmte sich das üppige Blondhaar, das ihr bis zum Gesäß reichte, und klappte dann eine Truhe in der Holzplattform auf, die das Bett umgab. Sie nahm ein indigoblaues, eng tailliertes Kleid *sans chemise* heraus. Es ließ ihre Schultern sehen, die blaß wie das Mondlicht unter dem mit Goldperlen und kostbaren Edelsteinen zusammengehaltenen Seidennetz schimmerten.

Nur Ginevra konnte Simonetta an Schönheit übertreffen.

»Hast du keine Fragen?« erkundigte sie sich lächelnd.

»Du wolltest mir sagen, wer mein Doppelgänger war.« Unbeholfen tat Leonardo es ihr nach und zog sich an.

»Leonardo?« fragte Simonetta.

»Ja?«

»Du wirkst so – fern.«

»Das tut mir leid.«

Sie trat dicht an ihn heran. »Man kann mir vertrauen. Dein Herz ist in Sicherheit bei mir. Und vielleicht kann ich dir helfen.«

Leonardo fühlte, wie seine Drüsen sich öffneten und eiskaltes Adrenalin in seinen Körper entließen. Vielleicht konnte er Nicolini überwinden und Ginevra zurückerobern. »Aber womit könnte ich dir deine Geschenke vergelten?« fragte er.

»Du kannst es nicht.«

»Aber warum willst du dann ...«

»Weil ich sterben muß und großzügig sein möchte. Weil ich Angst habe und mich denen, die die Macht haben, nicht offenbaren kann. Und anderen Frauen kann ich ganz gewiß nicht vertrauen. Aber dir, lieber Leonardo.«

»Wie kannst du da so sicher sein?« fragte Leonardo zögernd.

»Weil ich Sandro vertraue, und der betrachtet dich als seinen Bruder.«

»Wäre nicht Sandro dann die bessere Wahl? Er lebt für dich.«

»Genau. Und er liebt mich. Ich würde bei ihm nur Hoffnungen wecken und sie dann zerschlagen. Ich könnte nicht erlauben, daß er mir nahekommt. Du wirst noch alle Hände voll mit ihm zu tun haben, wenn ich dahingegangen bin.«

»Simonetta, du darfst nicht...« Aber Leonardo unterbrach sich. Es gab nichts zu sagen; sie war gut genug vorbereitet auf das, was Vergil »den höchsten Tag und die unausweichliche Stunde« genannt hatte. Nach einem kurzen Augenblick sagte er: »Vermutlich hast du recht, was Sandro angeht.«

Simonetta schmiegte sich an Leonardo; er war groß, und sie mußte zu ihm aufschauen. »Es ist nicht bloß das Bett«, sagte sie. »Das ist das wenigste; davon habe ich mehr als genug. Aber ich bin mutterseelenallein.«

»Ganz Florenz betet dich an«, sagte Leonardo.

»Trotzdem...«

Er hielt sie in den Armen und wünschte, sie wäre Ginevra, aber er war doch froh um ihre Wärme, ihre Nähe, ihren schweißigen Duft... Und vielleicht, nur vielleicht, gab es ja doch eine Hoffnung.

Vielleicht konnte sie ihm helfen...

Leonardo merkte, daß er von neuem in Erregung geriet, aber Simonetta wich zurück und lachte. »Vielleicht kann ich mir deiner doch nicht ganz sicher sein.«

»Dann sag mir, wer das da unten war.«

Simonetta setzte sich auf das Bett, nahm einen Schluck aus ihrem Weinglas und sagte dann: »Aber das war natürlich Neri.«

»Das dachte ich mir.« Leonardo setzte sich neben sie. »Schlecht hat er seine Sache nicht gemacht, das muß man ihm lassen.«

Sie lachte. »Nun, lieber Leonardo, wenn es wirklich stimmt, daß ganz Florenz mich anbetet, wie du sagst, dann will ich dir sagen, daß zumindest Neri *dich* anbetet.«

»Ich hatte nie das Gefühl, daß er viel mit mir anfangen kann – außer als Gewürz für seine Feste.«

»Er ist ein gescheiterter Maler. Aber er hat ein gutes Auge, und er sammelt nicht schlecht. Er hat sogar ein paar von deinen Arbeiten.«

»Was denn?«

»Nur Skizzen, Leonardo. Es ist schwierig, dich zu sammeln. Man munkelt, nicht einmal der Marchesa Isabella d'Este sei es gelungen, eines von deinen kleinen Madonnenbildern zu erwerben.«

»Ich male sehr langsam, Madonna Simonetta; aber ich arbeite sehr hart an mehreren kleinen Madonnen.«

»Ich würde nicht darauf wetten, daß ich mehr Glück habe als die Marchesa«, sagte Simonetta.

»Man kann nicht gerade behaupten, daß reiche Kunden bei Andrea die Tür eingerannt haben, um Aufträge an mich zu erteilen.«

»Du hast dir einen schlechten Ruf erworben, indem du frühere Aufträge nicht fertiggestellt hast, aber Lorenzo hat Interesse an dir. Ich werde sehen, was ich tun kann.«

»Nun, ich muß sagen, ihr habt mich beide hinters Licht geführt, du und Neri.«

»Wenn er dein Gesicht und sein eigenes geschminkt hat, dann ist er wirklich sehr gut. Vielleicht sollte ich sein Schüler werden.«

Simonetta lachte leise. »Du nimmst automatisch an, daß Neri der Maler war.«

»Wenn nicht Neri, wer dann?«

»Könntest du dir nicht vorstellen, daß ich es war?«

»Ich bin erstaunt.«

»Nur, weil du ein Mann bist, Leonardo. Ich habe Neri auch beigebracht, deine Stimme nachzuahmen. Er hat nämlich gekrächzt wie ein Frosch.« Sie gab eine vorzügliche Imitation Neris ab und fragte dann: »Kennst du einen Maler namens Gaddiano?«

»Natürlich«, sagte Leonardo. »Es heißt, er sei aus Siena; seine Auftraggeber halten durch seinen Notar Verbindung zu ihm – durch einen Mann namens Mazzei. Gaddiano hat eine prachtvolle Cybele aus Terrakotta gemacht, die neben dem Springbrunnen im Garten der Medici in Careggi steht. Ist es nicht so?«

»Du bist ein guter Beobachter«, sagte Simonetta. »Das ist in der Tat Gaddianos Arbeit.« Sie stand auf und erklärte mit einer übertriebenen Verneigung: »Und ich bin Gaddiano.«

»Du?«

»Für einen, der noch vor ein paar Stunden geglaubt hat, ich sei sein Freund Neri, dürfte das nicht so schwer zu glauben sein.«

»Ich bitte um Entschuldigung für meine Überraschung, Madonna, aber die meisten von uns Sterblichen haben Mühe genug, ein einzelnes Leben zu meistern. Du aber hast zwei gemeistert.« Leonardo war fasziniert. »Es ist, als wäre man an zwei Orten gleichzeitig.«

Simonetta lachte und zitierte den Dichter Horaz. »Niemand, der lebt, ist mit seiner Lage zufrieden.«

»In der Gestalt des Gaddiano hast du einen beneidenswerten Ruf als Bildhauer und Maler erworben«, sagte Leonardo. »Aber die meisten haben solche Wandlungsfähigkeit nicht. Vielleicht bist du der Feuervogel des Paracelsus in anderem Gewand. Dich in Neri und Neri in mich zu verwandeln, das muß ja ein Kinderspiel gewesen sein.«

»Was hättest du denn an meiner Stelle getan?« fragte Simonetta.

»Wie meinst du das?«

»Könntest *du* leben, ohne zu malen und ohne Skulpturen zu machen?« fragte Simonetta. »Ah, du könntest es wahrscheinlich, solange du deine Wissenschaft hättest und dich in deine Erfindungen vertiefen könntest.«

»Solange ich sehen kann, könnte ich meine Blicke ebensogut in die verschiedenen Dinge der Natur wie der Kunst vertiefen.«

»Aber ich nicht, mein lieber Leonardo. Und ich könnte nicht malen und in meiner eigenen Person bekannt sein – als Simonetta.«

»So wunderschöne Arbeiten – solche Malerei und Bildhauerei – könnten dir doch nur Ehre bringen.«

»Als Frau würde man mich für belanglos halten«, antwortete sie. »Man könnte mich nicht ernstnehmen, und ich könnte nicht einmal die bescheidensten Aufträge erwarten. Aber als Mann ... Als Mann kann ich auf gleicher Ebene konkurrieren. Ich kann Herz und Kopf anderer Männer lenken. Als Frau habe ich allenfalls ihr Herz und ihr steifes Glied für kurze Zeit in meiner Gewalt.«

»Vielleicht unterschätzt du doch, wie sehr eine Frau einen Mann in der Gewalt haben kann.«

»Daß man unter allen Frauen von Florenz ausgerechnet mir diesen Vorwurf machen sollte, damit habe ich nun doch nicht gerechnet«, sagte Simonetta. »Aber was immer du glaubst, eine Frau, mag ihre Stellung noch so vornehm sein – ist immer nur eine Dienerin. Ich wollte eine Gelegenheit, nach der Unsterblichkeit zu greifen ... *Carpe diem*. Im Gegensatz zu euch allen verfüge ich nur über eine begrenzte Zeit.«

»Aber Gaddiano malt seit ...«

»Seit genau drei Jahren hier in Florenz«, sagte Simonetta. »Vor drei Jahren wurde mir klar, daß ich sterben muß. Gaddianos Vergangenheit habe ich erschaffen; sie basiert auf Gerüchten, nachdatierten Gemälden und ein paar gefälschten Dokumenten. Oh, ich habe daran gedacht, meine Beziehungen zu ein paar mächtigen Freunden auszunutzen, aber wie die Mutter deines kleinen Freundes Machiavelli, Bartolomea, hätte man mich niemals ernstgenommen.«

»Aber sie wird doch als Dichterin respektiert.«

»Ja, als religiöse Dichterin. Aber liest man sie auch in der Kirche? Oder auf der Straße? Als Hebamme stände sie sich besser.«

Simonetta fing an, im Zimmer auf und ab zu gehen wie einer von Lorenzos gefangenen Löwen.

Leonardo stand auf und nahm ihre Hände. Sie schlug die Augen nieder, als wäre Leonardo ihr Vater und nicht einer ihrer zahlreichen Liebhaber. »Ich habe nicht gewußt, daß soviel Zorn in dir verborgen ist«, sagte Leonardo.

Simonetta umfaßte seine Hände fester. »Jetzt kennst du alle meine Geheimnisse, wie ich die deinen kenne. Besser, als du denkst, Leonardo.«

»Wie dem auch sei«, sagte er und verfluchte Sandro im stillen, »es ist nicht mehr nötig, daß du dich von deinem Zorn vergiften läßt. Als Gaddiano ist dir dein Platz in Florenz für alle Zeit sicher. Ich schwöre dir, das ist die Wahrheit.« Das schien ihr zu gefallen. »Und als Simonetta«, fuhr er fort, »bleibst du als Antlitz der Venus und so vieler Madonnen in Erinnerung.«

»Dank Sandro«, sagte sie und lächelte matt. Dann löste sie sich von ihm und ging zur Tür. »Ich lasse dir einen Diener hier, der dich führen soll. Es ginge nicht an, daß man uns zusammen herunterkommen sieht; unsere Gäste könnten eine unschickliche Beziehung vermuten.« Sie lächelte verschmitzt und ging.

Leonardo wartete ein paar Augenblicke und folgte dem verbliebenen Diener dann durch die dunklen, verschlungenen, wispernden Gänge und über kalte Marmorstufen, die man im Dunkeln nur als geheime Treppen deuten konnte, nach unten. Stunden waren vergangen, seit Simonetta und er in die Schlafkammer gekommen waren, und inzwischen waren die zahlreichen Räume des großen Hauses von den Gästen in Beschlag genommen worden. Jeder Treppenabsatz, jeder Gang war von nächtlichen Geräuschen erfüllt, als werde Leonardo hier durch einen Zauberwald geführt. Lichtschein, matt und gespenstisch wie Glühwürmchen, Elmsfeuer oder *ignis fatuus* schimmerte durch die Ritzen zwischen Türen und Rahmen.

Vor einer Tür, die nach seiner Schätzung im zweiten Stockwerk lag, blieb Leonardo stehen: Er glaubte eine Stimme zu erkennen. Er sagte dem Diener, er finde seinen Weg jetzt allein, und lauschte vor der Tür, wie jemand, von Lautenklängen begleitet, mit hoher, klarer Stimme ein Gedicht vortrug; daneben vernahm man das diskordante Geplapper und Gemurmel mehrerer ausgelassener Gespräche.

Jemand stöhnte wie in Ekstase, und das Lied ging weiter:

... und Blumen sich vereinen
in heitersten Farben, ihre ersten Schritte zu erleben:
Mit lächelnder Anmut, und nicht weniger als göttlicher Gestalt
Empfangen drei gehorsame Nymphen die gesegnete Fremde
Und kleiden ihre Glieder mit funkelndem Gewand ...

Es war Atalante Migliorettis Stimme.

Leonardo öffnete die Tür und wollte eben in das populäre Lied einstimmen, das Atalante da sang, als er Il Neri erblickte, der noch immer als Leonardo gekleidet und maskiert war.

Leonardo schloß die Tür hinter sich und sagte: »Neri, Ihr solltet meine Züge jetzt von Eurem Gesicht entfernen.«

Neri saß auf einem der mit grünem und goldenem Samt bezogenen Stühle; der junge Jacopo Saltarelli kniete zwischen seinen gespreizten Beinen und vollzog eine Fellatio an ihm. Saltarelli war splitternackt und bemalt wie eine dunkelrot gefleckte Kreatur. Viele der anderen Anwesenden waren ebenfalls nackt. Eine junge Frau in einem schwarzen Umhang, die ein zinnoberrotes Band um den Kopf trug, lag neben Neri auf dem Boden und ließ sich von zwei Männern mittleren Alters, die Leonardo nicht kannte, gleichzeitig von vorn und von hinten penetrieren. Kerzen flackerten unregelmäßig in ihren Haltern hoch oben an den Wänden und verbreiteten ein kränkliches Licht und lange Schatten. Die Einrichtung des Raumes war zwar luxuriös – schimmernder Porphyr, Schnitzereien, feine Wandteppiche mit den wollüstigsten

Szenen der klassischen Mythologie: Ios Verwandlung in eine Färse, Europa und der Stier, Danae und der goldene Regen –, aber dies war doch eine gewöhnliche Orgie. Nur Atalantes bezaubernde Stimme und sein kunstvolles Spiel unterschieden diese ausgelassene Gesellschaft von irgendeiner anderen Versammlung von Dekadenten.

Die drei Paare, die da in verschiedenen Stellungen der Penetration auf dem einzigen, aber sehr prächtigen Bett unter dem Bleiglasfenster lagen, entgingen Leonardo nicht; es wunderte ihn auch nicht, daß eine der Frauen – ein Mädchen, genaugenommen – die Dienerin war, in die Niccolò am Abend so verschossen gewesen war.

Wo waren Sandro und Niccolò …? Er würde sie suchen müssen.

Atalante lächelte ihm zu und wollte ihm die Laute reichen. Leonardo winkte ab. Ein Junge mit einer Weinkaraffe fragte ihn, ob er etwas trinken wolle; Leonardo verneinte höflich und wandte sich ab. Nur wenige der Leute hier waren ihm bekannt: Bartolomeo di Pasquino, ein Goldschmied von mäßiger bis mittlerer Qualität. Baccino, Neris Schneider. Giordano Bracciolini, ein führendes Mitglied der Platonischen Akademie und Autor eines Kommentars zu Petrarcas *Triumph des Ruhmes*. Der schuldenbeladene Abenteurer Bernardo de Bandini Baroncelli, der eines von Neris nackten Dienstmädchen mit einer übertriebenen Lobeshymne bedachte, als wäre sie Simonetta persönlich. Jacopo Saltarellis struppiger, hartgesichtiger Bruder Giovanni, der allein in einer Ecke hockte und masturbierte. Scheinbar ohne die Orgie, die ringsherum im Gange war, zur Kenntnis zu nehmen, diskutierten mehrere makellos gekleidete Patriziersöhne aus den Familien Bardi und Pazzi aufgeregt über die Gaunerhaftigkeit der von den Medici beherrschten Signoria, die Wahlausschüsse der Balia und die Ohnmacht des *parlamento*; großspurig verdammten die jungen Männer alles zusammen als »Verstoß gegen die guten Sitten«.

Atalante fing wieder an zu singen; diesmal hatte er eines von Lorenzos toskanischen Liedern erwählt.

»Nun, hat die Katze Eure Zunge gefressen?« fragte Leonardo und sah Neri an.

»Das ist nicht meine Zunge, was die Katze da hat«, antwortete Neri grinsend und fing an, sich die lebensechten Hautpflaster vom Gesicht zu ziehen. Dann befahl er Jacopo, ihm ein Tuch zu holen, und damit wischte er sich die restliche Schminke ab. Ohne erkennbare Anteilnahme oder Verlegenheit nahm Jacopo die Fellatio an Neris inzwischen halb erschlafftem Glied wieder auf. »So, mein guter Gast«, sagte Neri. »Euer geringster Wunsch ist mein größtes Verlangen. Jetzt seid Ihr in der Tat Leonardo, und ich bin in der Tat ...« Er schaute auf Jacopo hinunter und fragte: »Wer *bin* ich? Aha«, fuhr er fort und sah wieder Leonardo an. »Ich bin *mala in se* – das Schlechte an sich. Und was habe ich als Eure Inkarnation getan, Leonardo? Um Quintus Horatius Flaccus zu zitieren: *›Exegi monumentum aere perennius.‹*«

Er lachte, und Leonardo errötete verlegen, denn er verstand die lateinischen Worte nicht, weil sie zu schnell gesprochen worden waren. Zumindest lesen konnte er Latein inzwischen ziemlich gut, aber ein »gebildeter« Mann konnte all die antiken Dichter zitieren und die tote Sprache ebenso gut sprechen wie Lucan oder Quintilian; damit aber haperte es bedauerlicherweise.

»Leonardo, das war ein *Witz*. Ich habe nur gesagt: ›Ich habe ein Monument errichtet, das haltbarer ist als Bronze.‹ Mehr bedeutet es nicht. Bitte verzeiht, wenn ich ...«

Aber Leonardo entschuldigte sich und ging hinaus. Bald hatte er sich in dem dunklen Haus verirrt, während er so durch die Gänge tappte, geleitet nur durch die Lichtstreifen an den Türen. Er streckte die Hände aus, berührte die Wände und hielt tastenden Kontakt mit dem Haus, als wäre er ein Blinder, der sich seinen Weg durch unbekannte Gassen suchte. Sogleich schienen Erinnerungen zu erwachen, als wären sie aus dem gleichen Stoff wie die Dunkelheit: Ginevra, Nicolini, der gehenkte Junge. Er hatte Ginevra für immer verloren, aber das war unmöglich ... Das konnte einfach nicht sein. Genauso unmöglich war es, daß er gerade erst das warme Bett der schönen und geliebten Simonetta verlassen hatte. Und sie konnte nicht Gaddiano sein – ebenso wie Neri nicht Leonardo sein konnte. Aber in dieser Nacht war anscheinend alles Schreckliche, alles Köstliche möglich, und unwillkürlich hatte er das Gefühl, daß diese Dinge lauter Vorzeichen waren, daß das Schicksal ihn vorwärts führte.

Als er die Treppe erreichte, sah er Lichter an den Wandhaltern. Dann hörte er eine Woge von Applaus, gefolgt von Rufen wie *»Bravissimo! Evviva!«* und *»Valete ac plaudite!«* Er stürzte weiter; vor ihm lag der große Kuppelsaal, in dem er Sandro und Niccolò zurückgelassen hatte. Nach der von flackernden Kerzen erleuchteten, schattenhaften Düsternis des Korridors erschien ihm der Saal wie die Essenz des Lichtes in Konzentration, und ihm war, als entkomme er aus dem rauchigen Labyrinth der Hölle in die strahlendsten Bezirke des Paradieses.

Als er hereinkam, löste Simonetta sich aus dem Gedränge der Gäste, die wie hypnotisiert die neueste Attraktion verfolgten: Ein Chinese in einem Seidengewand, so blau wie Damaszener Pflaumen, stand hinter einem langen Tisch und hielt sich den Arm dramatisch vor die Augen. Als sie auf Leonardo zuging, drehten mehrere ihrer Möchtegern-Verehrer die Köpfe und schauten ihr nach. Sie war eine majestätische Gestalt mit wohlgeformtem Körper, sanfter Miene und geradem Rücken; es war, als gleite sie über dem Boden dahin, statt das elende Holz zu berühren.

Als Leonardo ihr die Hand geküßt hatte, hakte sie sich bei ihm ein und sagte: »Und jetzt, Leonardo, mache ich Euch bekannt mit dem Gast, von dem ich Euch erzählt habe, bevor wir ...« Sie lächelte ihn an, als wolle sie ihn daran erinnern, daß er ihr Liebhaber war. »Ich bin sicher, Ihr werdet so manche Gemeinsamkeit finden.«

Leonardo war verlegen, aber plötzlich kam Niccolò herübergelaufen. »Ich habe dich nicht hereinkommen sehen«, sagte der Junge und nahm seine Hand. Er war sichtbar aufgeregt; sein Gesicht war rot.

Sandro kam hinter ihm her. Er begrüßte Leonardo freundlich, aber auch er wirkte erregt. Es war, als sei er in Simonettas Gesellschaft jetzt irgendwie gehemmt und unsicher. Vielleicht fürchtete er, sie könnte in ihm nur einen von vielen bangen, selbstsüchtigen Verehrern sehen.

Aber Leonardo spürte noch etwas anderes: Eifersucht… und Wut.

In der Tat, wenn Sandro wüßte, daß er Simonetta heute nacht besessen hatte, würde er außer sich geraten. Leonardo spürte, wie ihm eine eiskalte Feder über den Rücken strich; vielleicht konnte Sandro ihm das schlechte Gewissen ja vom Gesicht ablesen.

»Du mußt dir ansehen, was dieser seltsam aussehende Mann kann«, drängte Niccolò. Er brannte offensichtlich darauf, zu der Menge am anderen Ende des Saales zurückzukehren, denn er spähte immer wieder dorthin, als versäume er soeben die Worte aus Donnerhall und Feuer, die Gott am Berg Sinai gesprochen hatte. »Sein Name ist Kann-ihn-sehen.«

Simonetta lachte und zerzauste dem Jungen das Haar. »Nein, mein junger Nicco, er heißt Kuan Yin-hsi, und er hat mir gesagt, es bedeutet ›Meister des Passes‹.«

»Er wirkt allzu dramatisch«, bemerkte Leonardo, als er die übertriebenen Gesten sah. »Ich glaube, die meisten Leute seines Volkes benehmen sich nicht so.«

»Aber er ist wie Ihr, Leonardo.« Simonetta mußte sich umdrehen, denn sie hatte Niccolò bei der Hand genommen, und er zog sie jetzt zu dem Schauspiel hinüber. »Er ist ein Magier, ein Genie, ein Schauspieler, ein Zauberer, ein Hexer – ein Astrologe.«

»Aber ich bin kein Astrologe«, sagte Leonardo.

Sie hob Niccolòs Hand und lachte. »Siehst du, kleiner Nicco, dein Meister tadelt mich, weil ich ihn Astrologe nenne, aber den Rest gibt er zu.«

Leonardo und Sandro blieben zurück.

»Alles in Ordnung, mein Fäßchen?« fragte Leonardo in Flüsterton; er zählte zu dem sehr kleinen Kreis von Freunden, die Sandro mit seinem Spitznamen anreden durften. Sandro war ein übergewichtiges Kind gewesen, und sein Vater hatte ihm diesen Spottnamen gegeben.

»Was sollte nicht in Ordnung sein – außer, daß du mich mit diesem vierzehnjährigen Lüstling alleinläßt?«

»Niccolò?«

»Wer wohl sonst?«

»Was hat er denn getan?« fragte Leonardo und fing sich gleich. »Ah, die Dienerin? Ich habe sie oben gesehen; sie hatte die Beine gespreizt, als hätte sie Lust auf einen *trentuno reale*.«

»Ich glaube nicht, daß das kleine Ding siebzig Männer überleben könnte«, meinte Sandro. »Aber unseren kleinen Niccolò hat sie jedenfalls gefressen ...«

»Oder umgekehrt.«

»Ich mußte im Dunkeln vor der Tür herumtappen, bevor ich ihn fand«, erzählte Sandro. »Sie macht ziemlich viel Lärm.«

»Und ...?«

»Na ja, es war offenkundig, daß er bereits angefangen hatte; da hielt ich es für das Beste, ihn die Sache auch zu Ende bringen zu lassen.«

Leonardo lachte. »Es war ihm ernst mit den Prostituierten; er hat mir ja erklärt, sie sollten Bestandteil seiner Ausbildung sein. Und das hätte Toscanelli gesagt.«

»Ich konnte es kaum glauben!«

»Ehrlich gesagt, ich auch nicht, aber bei dem Alten kann man sich nie ganz sicher sein.«

»Leonardo?« fragte Sandro.

»Ja, mein Freund?«

»Wo bist du die ganze Zeit gewesen?«

»Du hast mich doch mit Neri hinausgehen sehen«, antwortete Leonardo voller Unbehagen. »Er hat eine große Hausbesichtigung bei Kerzenlicht mit mir veranstaltet, die oben bei einer Orgie endete, an der ich aber nicht teilgenommen habe.«

»Ich bin nicht prüde«, sagte Sandro. »Dein Privatleben ist deine Sache. Du brauchst mir nichts zu erklären.«

»Sandro, was hast du?«

»Wer war dann dein Doppelgänger?«

Es war klar, daß es nur eine Frage der Zeit war, wann Sandro herausfinden würde, daß Neri ihn imitiert hatte. »Also schön, mein Fäßchen, du hast den losen Faden gefunden. Mein Doppelgänger war Neri, und er hat jemanden angewiesen, seine Rolle zu spielen. Ich habe ihn erst später getroffen.«

»Und ich habe fast die ganze Nacht nach Simonetta Ausschau gehalten«, erklärte Sandro vielsagend.

»Und nach deinem roten Gesicht zu urteilen, mein Freund, würde ich sagen, die übrige Zeit hast du ins Glas geschaut.«

»Ich habe nur einen Becher Wein getrunken«, erwiderte Sandro.

Leonardo verfolgte die Angelegenheit nicht weiter. »Ich habe Madonna oben gesehen«, sagte er und brach damit das Eis. Er würde die Wahrheit nach besten Kräften umschiffen müssen. »Sie ist wie eine Katze, immer in Bewegung.«

Sandro runzelte die Stirn, und Leonardo fügte schnell hinzu: »Das sollte keine Beleidigung sein. Tatsächlich haben wir über dich geredet.«

»Ja?« Sandros Miene hellte sich auf.

»Sie glaubt, daß du ihr mit deinen Gemälden Unsterblichkeit geschenkt hast. Welches größere Geschenk könnte irgend jemand ihr machen?«

»Allerdings«, sagte Sandro. »Hat sie sonst noch etwas gesagt?«

»Nur, daß sie nicht den Wunsch hat, dich verletzt zu sehen.«

»Was soll das heißen?« Sandro wurde rot.

»Nur, daß du ihr am Herzen liegst.«

»Wenn das so wäre, dann würde sie …«

»Sie gehört dem Ersten Bürger, mein Freund«, sagte Leonardo, mochte er seinem Freund damit auch falsche Hoffnungen machen. Darauf käme es nicht an, denn er würde sich so oder so gegen alle Logik nach ihr verzehren.

»Hat irgend jemand sie begleitet?«

»Hast du Il Magnifico Lorenzo oder sonst einen Medici auf dieser Soiree entdeckt?« fragte Leonardo, um ihn in die Irre zu führen.

»Nein.«

»Nun, da hast du deine Antwort.«

Niccolò kam wieder herbeigelaufen und unterbrach das Gespräch. »Komm doch, sonst verpaßt du noch alles.« Simonetta drehte sich um und nickte Sandro mit kaum merklicher Gebärde zu; dann wandte sie ihre Aufmerksamkeit wieder dem Mann zu, der sich Kuan Yin-hsi nannte. Sandro, Leonardo und Niccolò durchquerten den Saal und blieben neben ihr stehen.

Kuan Yin-hsi war groß und wohlproportioniert; aber der schmale, empfindsame Mund und die schrägen, weit auseinanderliegenden Augen wirkten kalt und hochfahrend. Eine wulstige Narbe zog sich wie eine Träne von seinem linken Augenwinkel herunter und verschwand im Dickicht des vollen, makellos getrimmten Bartes. »Und dürfte ich von einer der verehrten und anbetungswürdigen Damen eine Brosche oder eine Nadel ausborgen?« fragte er. Zwar beherrschte er den toskanischen Dialekt vollkommen, aber seine Intonation war flach und gleichförmig.

Simonetta trat geschmeidig durch die Menge und reichte dem Orientalen eine goldene Spange, die ihren samtenen mantello zusammengehalten hatte. »Hier, Kuan – wird das genügen?«

»Sehr schön, Madonna Vespucci.« Mit einer Verneigung nahm er die Nadel entgegen. Dann hob er einen roten Sack von einem Stapel großer, ledergebundener Bücher vor ihm auf dem Tisch: Boethius' *De Arithmetica*, Varros *Res Rustica*, Donatus' *Über die acht Teile der Rede*, Euklids *De Ponderibus*, eines der *Sieben Bücher von Geschichten wider die Heiden von Orosius*, einen dünnen Band von einem anonymen Autor mit dem mysteriösen Titel *Das Geheimnis der goldenen Blume* und eine prunkvolle, mit Edelsteinen besetzte Bibel, die kürzlich aus dem Lateinischen in die Alltagssprache übersetzt worden war.

Leonardo schaute jetzt mit ziemlichem Interesse zu. Er hatte alle Bücher gelesen, bis auf den Orosius und den Anonymus, der ihn faszinierte. Gern hätte er das kleine Buch durchgeblättert und das »Geheimnis« des Titels zutage gefördert, aber damit würde er warten müssen, bis der Mann sein Salonstück zu Ende gebracht hätte.

Kuan Yin-hsi schob die Bibel über den Tisch zu Simonetta. »Bitte, Madonna, würdet Ihr mir die Ehre erweisen, eine Seite auszuwählen?«

»Habt Ihr einen speziellen Wunsch?« fragte sie.

»Nein, Madonna, jede beliebige Seite wird genügen. Schließt einfach die Augen und wählt eine Seite und eine Zeile. Aber zuvor muß ich blind werden.« Er nahm den schweren Sack, der die Bücher bedeckt hatte, stülpte ihn sich über den Kopf und drehte sich dann um, so daß er Simonetta den Rücken zukehrte. »Bitte nehmt es mir nicht übel, Madonna. Und jetzt – bitte wählt Eure Seite.«

Simonetta klappte das Buch auf, schloß die Augen und blätterte die schweren Pergamentseiten um. »Hier«, sagte sie und öffnete die Augen, und alle applaudierten, als habe sie soeben ein schwieriges Rätsel gelöst.

»Bitte nennt mir die Seitenzahl und die Zeile, mit der Eure Auswahl beginnt«, bat Kuan Yin-hsi und fügte so glattzüngig wie nur jeder abendländische Taschenspieler hinzu: »Ich sollte Euch allen, die Ihr mir solche Geduld erweist, noch sagen, daß uns diese Bücher – mit Ausnahme meines geheimen Bandes – von dem großen Meister Toscanelli gütigst geliehen worden sind, welcher bekannt ist und geschätzt fern von seinem eigenen Land, in Gegenden vielleicht, die selbst Euch unbekannt sind.«

Während Kuan redete, zählte Simonetta die Zeilen auf der Seite. Schließlich verkündete sie: »Seite dreihundertsechzehn. Zeile fünfundzwanzig.«

»Eine gute Wahl, teure Dame«, sagte Kuan. »Die Stelle lautet wörtlich: ›Hast du aber nicht gehört, daß ich solches lange zuvor getan habe, und von Anbeginn habe ich's bereitet? Nun aber habe ich's kommen lassen, daß feste Städte werden fallen in einen wüsten Steinhaufen, und die darin wohnen, werden matt werden und sich fürchten müssen und schämen …‹ Soll ich fortfahren?« fragte er. »Ich kann die Schrift immer weiter zitieren, solange meine Stimme mich trägt.« Er drehte sich um, und seine Kapuze verhüllte die Umrisse seines Kopfes. Alle klatschten und schrien und priesen ihn. »Noch nicht, gnädigste Freunde«, rief er. »Wir sind noch nicht ganz fertig.« Er reichte Simonetta ihre Nadel und bat sie, ein Wort auszuwählen und mit der Nadel hineinzustechen.

»Ich fürchte, das könnte man als ein kleines Sakrileg deuten, Kuan«, sagte Simonetta. Sie wandte sich den Kardinälen vom Heiligen Stuhl zu und fragte: »Könnte das nicht sein, Eminenzen?«

»Könnte sein, könnte nicht sein«, antwortete einer der Kardinäle, ein vierschrötiger junger Mann. Er hatte die groben Züge der *campagna*, aber er war hell an Haut und Haaren, und seine Augen waren erstaunlich blau.

Sein Kollege, ein älterer Mann mit verschlafenen Augen und einem kräftigen, vorspringenden Kinn, fragte: »Seid Ihr ein guter Christ, mein Herr?«

»Ich glaube an den Heiligen Christus«, antwortete Kuan Yinhsi und wandte sich den Kardinälen zu.

»Das mag wohl sein, aber ist es nicht auch wahr, daß einer, der den Koran liest, an Christus glauben kann?« fragte der jüngere Kardinal.

»Würdet Ihr erlauben, daß einer, der bei den armen Anhängern Nestors, des Patriarchen von Konstantinopel, von Christus gehört hat, sich als Christ bezeichnet?«

»Der Patriarch wurde als Ketzer verdammt«, erklärte der junge Kardinal.

»Aber in dem Land, in dem ich lebe, habe ich auf diesem Wege von Christus erfahren.«

»Wenn Ihr doch einmal wißt, daß Ihr von einer häretischen Sekte bekehrt worden seid, solltet Ihr nicht anstehen, Euch ordnungsgemäß zum wahren, zum römischen Glauben zu bekehren«, fuhr der Kardinal salbungsvoll fort.

»Wie könnte ich denn die Bekehrung zurückweisen, Eure Eminenz? Ich würde sie begrüßen.«

Überrascht sagte der Kardinal: »Und Ihr wäret bereit, den Glauben, der häretisch ist, aufzugeben?«

»Wenn der Heilige Stuhl ihn für unrichtig hält, würde ich ihn aufgeben.«

Der jüngere Kardinal sah seinen Kollegen an, und dieser erklärte würdevoll: »Wir werden das Nötige für Euch in die Wege leiten.«

»Das weiß ich über die Maßen zu schätzen«, sagte Kuan Yinhsi. »Vielleicht können wir diese Vorführung dann zu einem späteren Zeitpunkt fortsetzen.«

Die Gäste waren enttäuscht, und ihr Murren erfüllte den Saal. Die beiden Kardinäle berieten sich, und dann verkündete der ältere: »Wir haben beschlossen, Euch zu erlauben, Eure Demonstration zu Ende zu führen.«

Als der Lärm sich gelegt hatte – denn die Gäste jubelten den Kardinälen zu –, sagte Kuan: »Meinen Dank, Eure Eminenzen. Nun denn, Madonna Simonetta, bitte stecht Eure Nadel in das heilige Pergament.«

»So«, sagte sie.

»Stecht durch so viele Seiten, wie Ihr könnt – oder wollt. Seid Ihr fertig, Madonna?«

»Jawohl.«

»Seid so gut und sagt mir, in welches Wort Ihr gestochen habt.«

»*Antico*.«

»Und jetzt, Madonna, zählt bitte die Seiten, die Ihr durchbohrt habt.«

»Vier Seiten.«

»Wenn Ihr nach dem Wort schaut, das die Nadel auf der vierten Seite durchstochen hat, so werdet Ihr, glaube ich, feststellen, daß es *Gerusalemme* ist.«

»Das stimmt.« Simonetta klatschte in die Hände.

Kuan riß sich den Sack vom Kopf, und ohne einen Blick auf die Bibel zu werfen, rezitierte er: »›Auch die Höhen, die vor Jerusalem waren, zur Rechten am Berge des Verderbens, die Salomo, der König Israels, gebaut hatte der Asthoreth, dem Greuel von Sidon, und …‹«

Kuan Yin-hsis Augen waren hart wie schwarzes Porzellan, als er in die Menge starrte; aber es war, als schaue er durch alle hindurch, die vor ihm standen.

Die Gäste drängten sich um Simonetta, um zu sehen, welche Worte sie mit ihrer Nadel durchbohrt hatte, aber alles machte Platz für die Kardinäle, die jetzt sorgfältig die Seiten untersuchten und dann bestätigend nickten, womit sie Kuans phantastischem Trick – und Kuan selbst – ihr Imprimatur verliehen.

Kuan verbeugte sich ausholend.

Die Zuschauer erstarrten vor Ehrfurcht; es war, als ständen sie vor einem heiligen, lebenden Talisman. Kurtisanen, Gildeherren und Edelfrauen gleichermaßen erwiesen ihre Huldigung, indem sie die Hände falteten, das achtfache Kreuzzeichen schlugen und Paternoster murmelten.

In der Tat hatten ja zwei Wunder stattgefunden: eins des Gedächtnisses und eins der bevorstehenden Bekehrung.

Dann drängten sich alle um Kuan und bestürmten ihn mit Fragen und Lobpreisungen, bis Simonetta ihn seinen Bewunderern geschickt entwand – nicht bevor er die kostbaren Bücher wieder in seinem roten Sack verstaut hatte.

Der Saal geriet in Bewegung, als Musiker mit Kornetten, Violen, Lauten und sogar einer Sackpfeife erschienen, während Diener geschäftig Tabletts mit köstlich geformten Kuchen und Süßigkeiten hin und her trugen und alles auf den Tischen verteilten; dazu legten sie Eßbestecke aus gesponnenem Zucker, die aussahen, als wären sie aus Glas. Obgleich die Musiker »bartlose Jünglinge« waren, spielten und sangen sie mit feinsinnigem Humor; zwei der Sänger waren überhaupt keine Knaben, sondern Kastraten, und ihre Stimmen klangen so rein wie klingende Glocken. Als sie *»Danzare!«* riefen, fingen die Gäste an zu tanzen. Die Musik wurde immer lauter und hektischer und die Verse immer schlüpfriger, denn es waren die Lieder der Huren und Kurtisanen:

Cosi dolce e gustevole divento,
quando mi trovo in letto,
da cui amata e gradita me sento,
che quel mio piacer vince ogni diletto …

Wie süß und lieblich werde ich,
wenn ich mich im Bette finde
mit dem, der mich liebt und mich willkommenheißt,
so daß meine Lust alles Entzücken übersteigt …

Und mit der Musik schien die Luft sich zu verändern und wärmer zu werden, erfüllt von Körperhitze.

Leonardo, Simonetta, Niccolò und Kuan Yin-hsi standen im dunklen Halbschatten zwischen zwei flackernden Wandlampen.

Sandro wahrte unbehaglich Abstand, als wolle er bei einem Privatgespräch nicht stören.

»Komm her, Sandro«, rief Leonardo. »Oder bist du jetzt zu berühmt, um Seite an Seite mit deinem bescheidenen Schüler zu stehen?«

»Niccolò ist nicht mein Schüler«, gab Sandro zurück und trat in den Kreis.

»Ich meinte mich selbst«, sagte Leonardo.

»Leonardo, glaubst du, ich habe überhaupt kein Gespür für Ironie?« fragte Sandro lächelnd. Simonetta nahm seinen Arm, und er schien sich zu entspannen.

»Ich war höchst beeindruckt von Euren mnemonischen Leistungen, mein Herr«, sagte Leonardo zu Kuan, der sich daraufhin lächelnd verbeugte. »Habt Ihr ein System, wie es etwa in *Ad Herennium* beschrieben wird?«

»Allerdings«, antwortete Kuan. »Ganz nach der Art Eures verehrten Cicero stellen wir unsere ersten Gedanken in einen imaginären Vorhof, und dann stellen wir uns einen Raum vor, der sich mit der Zeit mit Erinnerungsbildern füllt. Aber wie Ihr große Kathedralen der Erinnerung schafft, so schaffen wir uns Tempel, Moscheen – ganze Städte. Benutzt Ihr Eure Kathedrale der Erinnerung, um Einsicht in die drei Zeiten zu erlangen?«

»Ich bin nicht sicher, ob ich diese Frage verstehe.«

»Santo Augustine hat geschrieben, es gebe drei Zeiten: die Gegenwart des Vergangenen, die Gegenwart des Gegenwärtigen und die Gegenwart des Zukünftigen. Mein System des Lernens erlaubt dem Adepten, sich vor seiner Zeit zu erinnern – sich an die ungelebte Vergangenheit zu erinnern und an die Zukunft.«

Leonardo merkte, daß er ungeduldig wurde, wie es immer geschah, wenn er sich mit religiösem Aberglauben konfrontiert sah. »Und könnte es sein, daß dieses System in dem Buch, das vor Euch lag, im einzelnen aufgeführt ist?«

»*Das Geheimnis der goldenen Blume*«, sagte Kuan. »Das ist nur ein Überblick.« Er reichte Leonardo das Buch. »Möchtet Ihr es borgen? Es handelt vom Gedächtnis und vom Kreislauf des Lichtes; Meister Toscanelli sagt, das interessiert Euch.«

»Ich interessiere mich ein wenig für Optik«, sagte Leonardo und betrachtete das Buch. »Aber das ist viel zu wertvoll ...«

»Sollte ich Florenz schon verlassen haben, wenn Ihr mit dem Buch fertig seid, dann könnt Ihr es Messer Toscanelli zurückgeben. Ich habe in den letzten Tagen seine großzügige Gastfreundschaft genossen.«

»Wie Ihr wollt«, sagte Leonardo. »Ich danke Euch. Ich werde nicht versäumen, es zurückzugeben.«

Kuan lächelte, als spüre er Leonardos Ungläubigkeit. »Ein ebensolches System war es, mit dem Ludolfus von Sachsen ermittelte, daß die Zahl der Wunden unseres Erlösers fünftausendvierhundertundneunzig betrug. Habt Ihr die *Rhetorica Divina* nicht gelesen?«

»Ich muß gestehen, daß ich es nicht kenne«, sagte Leonardo mit glühenden Ohren.

»In der Christenheit ist es anscheinend schwieriger, Bücher zu bekommen«, stellte Kuan fest. Er sah Simonetta an und lächelte. »Ich erwähne das Buch auch nur, weil es ein System darstellt, das meinem eigenen ähnlich ist. Die *Rhetorica Divina* befähigt einen, bei der Kreuzigung zugegen zu sein und sie zu erleben.«

»Aber da sollte man sehr vorsichtig sein, denn solche Texte werden von der Kirche bestritten«, warf der junge Kardinal ein und trat in den Kreis. Er schien sich besonders für Simonetta zu interessieren und blieb neben ihr stehen. Sandro trat höflich in den Hintergrund, aber man sah, daß seine Wangen sich röteten. »Viele unserer kundigsten Theologen halten solche Einblicke in die Bereiche des Göttlichen für falsch, für bloße Phantasien; solche spirituellen Übungen, wie man sie nennt, seien nicht besser als Mysterienschacher. Wenn diese Brüder recht haben, wäre Eure Unterhaltung an sich Ketzerei.«

Kuan Yin-hsi verneigte sich vor dem Kardinal. »Das wäre höchst betrüblich, denn dann würden die, die mir vorausgegangen sind, ebenfalls als Ketzer bekannt werden: der engelsgleiche Thomas von Aquin und Augustinus, Doktor der Gnade.« Der spöttische Hauch von Boshaftigkeit, der über Kuans versteinerte Miene huschte, entging weder Leonardo noch dem Kardinal.

»Schon ein solcher Vergleich ist Blasphemie«, erklärte der Kardinal. »Ihr habt eine sündige, ungeläuterte Seele, Signore, und ich werde mein Bestes tun, um dafür zu sorgen, daß Ihr in Zukunft nicht mehr so frei und ungehindert unsere christlichen Brunnen vergiften könnt.«

Simonetta nahm den Kardinal beim Arm. »Eminenz, offensichtlich habt Ihr Kuan mißverstanden. Er ist ein guter Mensch und ein Advokat Christi, der Lob verdient.« Sie zog ihn davon. »Wollt Ihr jetzt so gut sein und mir ein Weilchen Gesellschaft leisten?«

Der Kardinal tippte mit dem Finger auf das Buch, das Leonardo in der Hand hielt, und sagte: »Ich fürchte um Eure Seele, *signore artista,* wenn Ihr sie solchen Exsufflationen aussetzt.« Und er entfernte sich mit Simonetta.

Am anderen Ende des Saales waren muskulöse Diener dabei, mehrere Teile einer Tanzplattform zusammenzuschieben, dekoriert mit Teppichen, Figuren und Bänken, auf denen die hohen Stände sitzen konnten. Unter Fanfarenklängen begann eine Truppe von jungen Männern und Frauen zu tanzen, die in einen durchsichtigen, pfirsichfarbenen Stoff gekleidet waren.

Die Gäste machten Simonetta und dem Kardinal Platz; die beiden setzten sich, und die Truppe verneigte sich vor ihnen. »Komm, laß uns zuschauen«, sagte Niccolò zu Sandro, und der entschuldigte sich mit bestürzter Miene bei Leonardo und Kuan.

»Ihr Gefährte scheint von der schönen Dame sehr angetan zu sein«, bemerkte Kuan.

»Das ist das Kreuz, das er tragen muß«, sagte Leonardo.

»Da wir von Kreuzen sprechen, die man tragen muß«, sagte Kuan, »vielleicht wäre es am besten, Ihr gebt das Büchlein, das ich Euch überlassen habe, jetzt gleich zurück, statt den Zorn des Priesters zu riskieren.«

»Er ist kaum ein Priester«, sagte Leonardo und mußte wider Willen lächeln. »Aber warum habt Ihr ihn geärgert?«

»Das war keineswegs meine Absicht«, sagte Kuan. »Er hatte mehr als seinen Teil an Ärger und Aufgeblasenheit schon in sich, bevor er seinen Blick auf mich richtete.«

»Aber er könnte ein mächtiger Feind sein«, sagte Leonardo.

Kuan lachte. »Ich brauche keine Feinde.«

»Mir scheint, Ihr habt Euch einen gemacht.«

»Aber ich werde nicht mehr lange in Eurem schönen Land bleiben, Meister Leonardo. Schon bald werde ich wieder in Gegenden sein, in denen Eure liebliche Sprache noch nie vernommen wurde.«

»Und wo wäre das?«

»Habt Ihr nicht mit Meister Toscanelli gesprochen?« fragte Kuan überrascht.

»Worüber?«

»Ah«, sagte Kuan, als wäre das eine Antwort.

»Woher kennt Ihr den Maestro überhaupt?« fragte Leonardo.

»Meister Toscanelli und ich korrespondieren schon seit einer Weile. Wir tauschen Bücher und nützliche Informationen aus. Ich besuche Euer Land einigermaßen regelmäßig, und ich muß sagen, ich habe es sehr lohnend gefunden, mit Euren zahlreichen Fürstentümern zu handeln, wenngleich dies nicht mein wahrer Beruf ist.«

»Welcher wäre das?«

»Ich bin ein Reisender, einer, der Wissen sucht, wie Euer berühmter Marco Polo. Und wie Ihr, Meister Leonardo, bin ich Ingenieur. Maestro Pagholo Medicho hat mir von Euch erzählt.«

Leonardo sah beeindruckt, wie vertraut Kuan mit Toscanelli

offenbar war, denn nur seine vertrauten Freunde nannten ihn »Pagholo Medicho«.

»Es war vorherbestimmt, daß wir uns irgendwann begegnen«, sagte Kuan.

»Ach, und habt Ihr von dieser Vorherbestimmung erfahren, indem Ihr Euch an unsere Zukunft ›erinnertet‹?« fragte Leonardo.

Kuan senkte den Kopf ein wenig und lächelte.

»Was ist denn Euer Ziel? Euer Heimatland?«

»Das hängt vom Maestro ab, und einem gewissen Statthalter des Sultans von Babylon. Er ist Dervadar von Syrien. Er ist auch hier, auf diesem Fest.« Kuan deutete auf den Mann mit dem Turban und in eleganten Florentiner Kleidern; Leonardo hatte ihn schon früher gesehen, und Simonetta war gerade dabei, ihn mit ihrem jungen Kardinal bekanntzumachen. Kuan lachte. »Seine Eminenz und der Dervadar bilden ein ungleiches Gespann.«

»Das stimmt«, sagte Leonardo.

Kuan verneigte sich lächelnd und ging dann auf den Kardinal und Simonetta zu. Leonardo war neugierig und wäre ihm zu gern gefolgt, aber dazu war er nicht aufgefordert worden, und so hielt er sich zurück.

Als Kuan bei der Plattform ankam, auf der Niccolò, Simonetta und der Kardinal saßen, stand Niccolò auf und lief quer durch den Saal zu Leonardo. »Komm, du mußt die Tänzer sehen. Sie sind so leicht und schön wie Sylphen, die in der Luft schweben können.«

»Nach dem, was Sandro mir erzählt, hast du für eine Nacht genug Schönheit genossen.«

Niccolò wandte den Blick ab. »Willst du allein stehen, Meister?«

»Vielleicht für eine Weile, Nicco.«

»Bist du immer noch traurig?«

Leonardo lächelte und drückte die Schulter des Jungen. »Und du… Bist du immer noch erschrocken?«

»Ich werde Alpträume von dem Jungen haben, den sie geschlagen haben. Aber im Moment brauche ich ja nicht daran zu denken.«

»Eine praktische Philosophie.«

»Eben. Und deshalb solltest du auch nicht an deine ...«

Aber unvermittelt stand Simonetta vor ihnen und sagte: »Kommt, Leonardo, es wird Zeit zu gehen. Wollt Ihr und Euer junger Freund mir die Gunst erweisen, mich nach Hause zu begleiten?«

»Und der Tanz?« fragte Leonardo.

»Unser Freund aus dem Orient wird einen Tanz mit Seiner Eminenz und dem Statthalter wagen.« Sie lachte. »Ich glaube, Seine Eminenz wird mit unseren fremdländischen Würdenträgern alle Hände voll zu tun haben. Der Heiligen Mutter sei Dank – so ist er wenigstens zur Zeit zu sehr beschäftigt, um seine zweifellos ekklesiastischen Aufmerksamkeiten mir zuzuwenden.«

»Wo ist Sandro?« fragte Leonardo. »Er will doch sicher ...«

»Er verrichtet seine Notdurft«, sagte Simonetta, »und ich glaube, wir gehen lieber, bevor er zurückkommt.«

»Das könnte ihn verletzen.«

»Er ist bereits verletzt«, sagte Simonetta. Dann wandte sie sich an Niccolò und fragte ihn, ob er ihr wohl eine Handvoll Zuckerwerk von einem der Tische holen wolle. Als er fort war, sagte sie: »Sandros Eifersucht hat ihn heute nacht überwältigt. Er hat ein bißchen zuviel Wein getrunken und mich verhört wie ein Ehemann. Ich glaube, morgen, wenn er sich erholt hat, wird er ganz zerknirscht sein. Aber heute nacht ist er nicht er selbst.«

»Glaubt er, daß ...?«

Simonetta sah ihn an. »Ja, er glaubt, du und ich, wir hätten ein Verhältnis.«

»Aber wieso?«

»Vielleicht hat Neri sich eine Geschichte ausgedacht, wie er es so gern tut.«

Niccolò kam mit den Süßigkeiten zurück.

»Wollen wir?« fragte Simonetta, und sie verließen den Saal. Diener mit Kerzen führten sie durch die Flure, aber in der hallenden Dunkelheit hörten sie Sandro rufen.

»Simonetta! Simonetta …«

Eine Stimme, so schwach wie eine süße Erinnerung.

Der Traum vom grossen Vogel

Wenn einer einen materiellen Gegenstand kraft seiner Vorstellung ersinnt, so erlangt dieser Gegenstand tatsächliche Existenz (spiritus ymaginarius).

AL-MADJRITI

Indem man seine Gedanken konzentriert, kann man fliegen; konzentriert man seine Wünsche, so fällt man.

Das Geheimnis der goldenen Blume

Du wirst dich fallen sehen aus großen Höhen …

Leonardo da Vinci

Fast konnte man sich vorstellen, daß der Große Vogel bereits flog, wie er so in den Dunstschleiern des Morgenlichtes schwebte wie ein gewaltiger, unfaßbarer Kolibri. Es war ein unwirkliches Ding, das da in Leonardos Dachwerkstatt in Verrocchios *bottega* von der hohen Decke hing: eine schmal zulaufende Planke, bestückt mit handbetriebenen Kurbeln, Keilriemen aus weichgegerbtem Leder, Pedalen, Winden, Rudern und Sattel. Große, gerippte Fledermausflügel aus Rohr, Barchent und gestärktem Taft waren am breiteren Ende der Planke befestigt. Sie waren leuchtend rot und golden gefärbt – in den Farben der Medici, denn es waren die Medici, die beim ersten Flug dabei sein würden.

Wie er in sein Notizbuch geschrieben hatte: *Bedenke, daß dein Vogel nichts anderes nachahmen darf als die Fledermaus, denn ihre Flughaut besitzt ein Spantenwerk, das den Flügeln Verstärkung gibt. Wenn du die Flügel gefiederter Vögel nachahmst, so wirst du finden, daß die Federn sich voneinander trennen und die Luft durchlassen. Bei der Fledermaus aber hilft die Membran, die das Ganze zusammenhält und nicht durchlässig ist.* Er hatte diese Notizen rückwärts von rechts nach links niedergeschrieben, in einer »Spiegelschrift«, die er selbst erfunden hatte. Niemand sollte ihm seine Ideen stehlen.

Er saß vor einer Leinwand und malte; die Augen brannten ihm von den Dämpfen von Firnis und Leinöl und erstklassigem Terpentin. Aber er schaute immer wieder nervös zu seiner Erfindung hinauf. Sie füllte den oberen Bereich des großen Raumes ganz aus; die Flügelspannweite betrug mehr als fünfundzwanzig Ellen – über fünfzig Fuß.

Seit ein paar Tagen war Leonardo sicher, daß mit seinem Großen Vogel etwas nicht ganz stimmte, aber was es war, darauf kam er nicht. Er schlief auch nicht gut; er hatte Alpträume, eine Folge seiner Sorgen um die Flugmaschine, die in nur zehn Tagen vom Gipfel eines Berges losfliegen sollte. Der Traum war immer der gleiche: Er fiel aus großer Höhe … ohne Flügel, ohne Gurtgeschirr … in eine matt schimmernde Leere, während über ihm die vertrauten, sonnenbeschienenen Hügel und Berge, die auf Vinci herabblickten, schwindelerregend kreiselten.

Er hatte sich von seiner Maschine losgerissen, um die ersten Morgenstunden damit zuzubringen, eine kleine Madonna für Lorenzo zu malen, die der Erste Bürger als Geschenk für Simonetta bei ihm in Auftrag gegeben hatte. Sie würden sicher sehen wollen, welche Fortschritte das Gemälde machte, vor allem Simonetta. Leonardo hatte ihr erzählt, die *caritas* stehe kurz vor der Vollendung, was natürlich gelogen war, denn er war viel zu sehr mit seinem Großen Vogel beschäftigt gewesen, um irgendeinen seiner Aufträge zu Ende zu bringen.

Es klopfte auf unverwechselbare Weise an der Tür: zweimal ein leises Tappen und dann ein lauter Schlag.

»Herein, Andrea, bevor die Toten aufwachen«, rief Leonardo, ohne aufzustehen.

Verrocchio kam hereingestürmt. Bei ihm war sein Vorarbeiter,

Francesco di Simone, ein vierschrötiger, rundgesichtiger Mann mittleren Alters, dessen muskulöser Körper jetzt anfing, auseinanderzugehen. Francesco trug ein Silbertablett mit kaltem Braten, Obst und zwei Krügen Milch; er stellte es neben Leonardo auf den Tisch. Verrocchio und Francesco waren schon seit Stunden bei der Arbeit, wie man am Kalk- und Marmorstaub sah, der ihre Gesichter streifig bedeckte und aus ihren Kleidern wölkte. Sie waren unrasiert und trugen Arbeitskittel; Verrocchios sah allerdings eher aus wie eine Kutte. Leonardo hatte sich schon oft gefragt, ob Verrocchio sich als eine Art Priester der Kunst betrachtete.

»Na, wenigstens *du* bist wach«, stellte Andrea fest und betrachtete beifällig das in Arbeit befindliche Bild. Dann klatschte er in die Hände, und zwar so laut, daß Niccolò, der auf seiner Matratze neben der Leonardos lag und fest schlief, mit einem Aufschrei hochfuhr. Andrea gluckste. »Nun, guten Morgen, junger Messer. Vielleicht könnte ich einen der anderen Lehrlinge beauftragen, dir genug Arbeit zu suchen, daß du auf dem Gipfel des Vormittags beschäftigt bist.«

»Ich bitte um Vergebung, Maestro Andrea, aber Maestro Leonardo und ich haben bis tief in die Nacht hinein gearbeitet.« Niccolò nahm seine rotwollene Schlafmütze ab und zog hastig ein Gewand über, das neben seiner Matratze auf dem Boden lag.

»Ah, Maestro Leonardo heißt er jetzt?« fragte Andrea gutmütig. »Vielleicht solltest du mit meinem guten Freund Francesco gehen. Ich bin sicher, er findet noch einen Auftrag für dich.« Andrea zwinkerte Francesco zu, und der kicherte. Niccolò hingegen wirkte kein bißchen amüsiert; sein Gesicht wurde dunkelrot.

»Was ist denn, Niccolò?« fragte Leonardo.

»Wir haben deinen jungen Lehrling gestern mit einem Auftrag losgeschickt, als du in der Stadt unterwegs warst«, berichtete Andrea. »Als du ein junger Lehrling warst, haben wir dir den gleichen Auftrag gegeben.«

Leonardo lächelte, als er daran dachte; er wußte, was sie meinten. Als er in Verrocchios *bottega* gekommen war, hatte man ihm befohlen, in die Villa Tornabuoni zur Werkstatt eines bestimmten Farbenmannes zu gehen und eine spezielle Farbe zu holen, die eine einzigartige – und unmögliche – Eigenschaft hatte: Sie sollte gestreift sein.

»Das haben sie mit dir auch gemacht, Leonardo?« fragte Niccolò; er blieb neben seiner Matratze stehen, als sei er zu beschämt, um näherzukommen.

»Aber dein Meister hat es geschafft, zu bringen, was wir ihm befohlen hatten«, sagte Francesco, »während du, junger Ser, mit leeren Händen zurückgekommen bist.«

»Wie kann das sein?« fragte Niccolò und sah Leonardo an.

»Na los, Leonardo, erzähl's ihm«, sagte Andrea. »Und frühstückt jetzt, alle beide. Ich bin heute ein glücklicher Mann. Ich habe Neuigkeiten.«

»Ja ... was gibt es denn?« fragte Leonardo.

»Erst erzählst du Nicco deine Geschichte.«

»Ich zumindest habe zu arbeiten«, sagte Francesco. »Ich habe für heute genug gefeiert. Hier gibt's ein Atelier zu führen, und unten sitzen fünfzehn Lehrlinge mit dem Daumen im Arsch herum.«

»Du mußt lernen zu rasten, wenn dein Meister es befiehlt«, sagte Verrocchio.

»Ich möchte gern wenigstens einmal am Tag die Gesichter meiner Familie sehen, Andrea. Aber Ihr – Ihr werdet heute abend noch lange arbeiten, wie ich Euch kenne.« Damit verneigte Francesco sich knapp und verschwand.

Andrea nahm einen Apfel und sagte mit vollem Mund: »Wenn ich noch zehn von seiner Sorte hätte, wäre ich reich. Im Gegensatz zu dir, Leonardo, der du – obwohl du, formal betrachtet – mein Lehrling bist, nur arbeitest, wenn es dir paßt.«

»Ihr und mein Vater habt an meiner Arbeit und meinen Ideen gut verdient«, antwortete Leonardo. »Ihr verkauft sogar meine mechanischen Erfindungen zu einem guten Preis.«

»Dein Vater und ich kriegen nicht soviel, wie du gern glauben möchtest. Mein Anteil reicht jedenfalls nicht hin, um mein Haus eine Woche lang zu ernähren.«

»Wenn Ihr mit weniger Verwandten gesegnet wäret ...«

»Nimm von dem Obst und erzähl Nicco von deinem inspirierten Botengang«, befahl Andrea strahlend. »Der Junge soll wissen, wo seine Grenzen sind.«

Leonardo wandte sich an Niccolò. »Als junger Lehrling habe auch ich all diesen Unsinn über mich ergehen lassen müssen. Genau wie du ging ich zur Werkstatt des Farbenmannes. Als ich ihm sagte, was mein Auftrag war, lachte er sich krank. Dann erklärte er mir, daß ich zur Zielscheibe für einen von Maestro Verrocchios Späßen gemacht worden sei. Ich glaubte ihm nicht; ich hatte Angst, wenn ich Andrea nicht seine gestreifte Farbe brächte, würde ich zu meinem Vater zurückgeschickt werden, und dann müßte ich Notar werden. Lehrling zu sein – selbst bei einem so abscheulichen und verachtungswürdigen Meister wie Andrea – war auf alle Fälle erstrebenswerter, als an ein Notarpult angekettet zu werden.«

Andrea räusperte sich geräuschvoll und setzte sich an den Tisch zu Leonardo.

»Ich bat den Farbenmann, mir die Grundstoffe zu geben, aus denen sich eine solche gestreifte Farbe machen ließe, und dann saß ich auf dem Boden seiner Werkstatt und mischte Leinöl mit Hansagelb, Chromoxyd, Krapp, Indigo und Kobalt. So hatte ich die Grundfarben. Es war ein Kinderspiel, sie sorgfältig nebeneinander zu gießen und zu einem Regenbogen zusammenzufügen, wobei ich darauf achtete, daß sie sich nicht miteinander vermischten. Schließlich goß ich einfach Eiweiß über die Pigmente und trug das Ganze vorsichtig zurück zu meinem Meister.«

»Mir wären fast die Augen aus dem Kopf gefallen, als ich diese Mischung sah«, erklärte Andrea. »Du siehst, Nicco, ich hatte gehofft, daß du in die Fußspuren deines Meisters trittst; seit Leonardo hat kein Lehrling mit einer so schöpferischen Lösung dienen können.«

Niccolò sah niedergeschmettert aus.

»Komm und iß«, sagte Leonardo. »Ich habe dir schon einmal gesagt, dein Temperament ist zu starrsinnig. Du kannst ein Problem nicht lösen, wenn deine Gedanken so strammgedreht sind. Du mußt sie fliegenlassen wie Vögel; nur dann kannst du sie vielleicht einfangen. Wenn du dich der Wissenschaft, der Malerei und der Dichtkunst ebenso aufmerksam widmen wolltest wie den Frauen, dann wärest du erfolgreicher.«

»Was soll das heißen?« fragte Andrea.

»Unser Nicco ist höchst *amoroso.* Wie es scheint, hat er bei Meister Toscanelli die Kunst des Verführens von Dienstmädchen gelernt.«

Andrea lachte. »Von Toscanelli dürfte er so etwas wohl kaum gelernt haben. Aber vielleicht hat der alte Maestro recht getan, als er den Jungen in deine Obhut gab, Leonardo. *Pares cum paribus* – gleich und gleich, wie man so sagt. Aber wie unser geliebter Vergil schrieb: ›Amantes amentes.‹ Und das stimmt, mein lieber Leonardo: Liebende sind Verrückte.« Er lachte und zog Leonardo eine gespielt niederträchtige Grimasse. Dann sagte er zu Niccolò: »Setz dich an den Tisch, junger Herr, und iß dein Frühstück!«

Niccolò gehorchte und aß wie ein Holzfäller, daß ihm die Milch auf den Schoß tropfte.

»Man würde nie vermuten, daß er aus einer guten Familie stammt«, meinte Andrea, als er sah, wie Niccolò sich den Mund vollstopfte.

»Er ist ein bißchen lockerer geworden«, sagte Leonardo. »Wißt Ihr noch, wie ernst und förmlich er war, als Maestro Toscanelli ihn anschleppte?«

»Allerdings.«

»Aber jetzt erzählt mir von Euren Neuigkeiten.«

»Il Magnifico hat mir mitteilen lassen, daß mein ›David‹ an

herausragender Stelle im Palazzo Vecchio stehen wird, über der großen Treppe.« Andrea konnte ein Grinsen nicht unterdrücken.

Leonardo nickte. »Aber Ihr wußtet doch sicher, daß Lorenzo einen besonderen Ehrenplatz für ein so geniales Werk finden würde.«

»Ich weiß nicht, ob dieses Kompliment an dich oder an mich gerichtet ist, Leonardo. Schließlich warst du das Modell.«

»Aber Ihr habt Euch große Freiheiten genommen«, sagte Leonardo. »Ihr hättet Euch mit meinen Zügen begnügen können, aber Ihr habt aus dem Gewöhnlichen etwas Erhabenes geschaffen. Ihr habt das Kompliment verdient.«

»Ich fürchte, dieses angenehme Geschwätz kostet mich entweder Geld oder Zeit«, sagte Andrea.

Leonardo lachte. »Allerdings. Ich muß heute fort.«

Andrea schaute zu Leonardos Flugmaschine hinauf. »Keiner würde es dir verdenken, wenn du dich aus diesem Projekt zurückziehst oder zumindest jemand anderen mit deinem Apparat fliegen ließest. Lorenzo gegenüber brauchst du dich nicht zu beweisen.«

Niccolò erklärte mit ernster Miene: »Ich fliege deinen mechanischen Vogel, Leonardo.«

»Nein, das muß ich selbst tun.«

»Aber du bist nicht davon überzeugt, daß es klappen wird?« fragte Andrea.

»Ich mache mir Sorgen«, gestand Leonardo. »Irgend etwas stimmt tatsächlich nicht mit meinem Großen Vogel, aber ich kann den Finger nicht auf den Punkt legen. Es ist überaus unbefriedigend.«

»Dann darfst du damit nicht fliegen!«

»Er wird fliegen, Andrea. Das verspreche ich Euch.«

»Meinen Segen hast du. Nimm dir den Tag frei«, sagte Verrocchio.

»Ich bin Euch überaus dankbar«, sagte Leonardo, und beide lachten; sie wußten, daß Leonardo mit oder ohne Andreas Erlaubnis heute aufs Land gefahren wäre. »So«, sagte Leonardo. »Aber jetzt erzählt mir von Euren Neuigkeiten.«

»Heute morgen hat Il Magnifico unser Atelier besucht«, sagte Andrea.

»Er war hier?« fragte Leonardo empört. »Und Ihr habt mich nicht gerufen?«

»Ich wollte Tista schicken, aber Lorenzo befahl, dich nicht zu stören, wenn du an seiner kleinen Madonna arbeitest.«

Leonardo stöhnte.

»Lorenzo behauptet zwar, er kann es sich nicht leisten«, erzählte Andrea weiter, »aber er kauft die Villa Castello und muß sie einrichten. Also schwärmten er und Angelo Poliziano und ein junger Mann namens Pico della Mirandola wie die Heuschrecken durch diese bescheidene *bottega* und gaben alles in Auftrag, was du dir nur vorstellen kannst: Springbrunnen, Gabeln, Becher, Wandteppiche, Gartenbänke und *cassone*. Nachdem alles geklärt war, entschied man, daß Pietro Perugino sämtliche Truhen anfertigen wird, und unser lieber Sandro macht ein großes Gemälde. Ein Teil der Arbeiten wird von Filippino Lippi übernommen werden. Aber es ist immer noch mehr als genug, und das meiste bleibt für uns.«

»Für Euch, nicht für mich.« Leonardo ärgerte sich, weil Lorenzo ihm keinen einzigen Auftrag erteilt hatte.

»Um Gottes Willen, Leonardo, mach kein so finsteres Gesicht«, sagte Andrea. »Il Magnifico hat dich nicht vergessen. Im Gegenteil, ich habe wunderbare Neuigkeiten, aber ich muß gestehen, ich habe dich zum Narren gehalten. Du mußt mir verzeihen.«

»Ja ...?« Leonardos Neugier war angestachelt.

»Lorenzo hat mich gefragt, ob ich bereit wäre, dich gehen zu lassen.« Andrea ließ eine dramatische Pause eintreten. »Er wünscht, daß du in den Medici-Gärten wohnst und arbeitest, und ihm ist sehr daran gelegen, seine alte Statue von dem Satyr Marsyas repariert zu bekommen. Aber dazu mußt du sie aus altem Stein völlig neu anfertigen.«

»Aber Ihr arbeitet doch an ...«

»Ich habe mehr als genug zu tun«, sagte Andrea. »Aber du – mein feiner ehemaliger Schüler und zukünftiger Botschafter des Ersten Bürgers – wirst fortan zum Haushalt der Medici gehören. Wie dein Freund Sandro – du gehörst dann zur Familie.«

»Und was ist mit mir?« fragte Niccolò. »Gehe ich mit dir, Leonardo, oder bleibe ich hier bei Meister Andrea?«

»Was möchtest du denn?« fragte Andrea.

Niccolò schaute auf das Frühstückstablett und sagte. »Ich glaube, es wäre das beste, ich gehe mit Meister Leonardo, denn das war Maestro Toscanellis Wunsch.«

»Dann ist die Sache erledigt«, sagte Leonardo erfreut.

»Du meinst, dir ist Leonardos Gesellschaft lieber als die unsere?« fragte Andrea. Niccolò blickte nicht auf, sondern starrte dermaßen eindringlich auf den Tisch, daß es schien, als wolle er ihn mit seinem Blick verbrennen. »Schon recht«, sagte Andrea lachend. »Du hast jetzt unsere Erlaubnis, den Kopf wieder vom Teller zu erheben.«

»Ist Sandro mit Lorenzo gekommen?« fragte Leonardo schuldbewußt; er hatte mit seinem Freund nicht mehr gesprochen, seit er Neris Fest mit Simonetta und Niccolò verlassen hatte.

»Nein«, sagte Andrea und seufzte. »Lorenzo hat mir erzählt, er sei bei Sandro vorbeigegangen, aber der liebeskranke Trottel habe sich geweigert, aus dem Bett zu kommen. Er ist wieder mitten in einer seiner Tränenorgien wegen Simonetta. Vielleicht könntest du ihn aufmuntern und ihm diese gute Nachricht bringen.«

»Das werde ich tun.«

»Wie geht es dir denn?« fragte Andrea.

»Gut«, log Leonardo; Andrea hatte seine Gefühle für Ginevra gemeint.

»Das hoffe ich«, sagte Andrea und reichte Leonardo einen Brief. »Den hat einer von Messer Nicolinis Dienern heute morgen gebracht. Ist der Inhalt geheim?«

Leonardo las. »Er will, daß ich Ginevras Porträt in Angriff nehme«, sagte er dann. »Er will mich nächste Woche empfangen.« Wut durchzuckte ihn, gefolgt von einer warmen Woge der Erwartung. Er würde endlich seine geliebte Ginevra wiedersehen; aber die Einladung hätte von Ginevras Vater kommen müssen, nicht von Nicolini. Wahrhaftig, Nicolini hatte den Haushalt der de' Benci übernommen; Name. Ehre und Vermögen der Familie waren seine Mitgift geworden. Wieviele Gulden es den Alten auch gekostet haben mochte, Ginevra zu erwerben, sie war ihn nicht teuer gekommen. Aber es gab noch Hoffnung, sagte er sich, dank Simonetta, die bereits dabei war, zu seinem Wohle bei Lorenzo ihre Ränke zu schmieden. Sicher würde sich etwas machen lassen. Nicolinis Verbindungen zur Familie Pazzi würden ihn bei den Medici nicht besonders beliebt sein lassen. Nicolini mochte in Finanz- und Politikfragen erfahren sein, aber in Herzensangelegenheiten ließ er sich vielleicht doch noch überlisten…

Andrea nickte. »Es ist aber wichtig, daß du heute abend früh wieder zurückkommst. Lorenzo will mit Simonetta herkommen, um zu sehen, welche Fortschritte du mit deiner kleinen Madonna machst. Geh also nicht zu weit weg, damit du nicht zu spät kommst.« Noch einmal betrachtete er das Gemälde, wie gebannt von der Safranlasur, die der Madonna einen golden leuchtenden Effekt verlieh, einer Madonna, die aussah wie eine sehr junge Simonetta.

»Nun, wir müssen dann gehen«, sagte Leonardo, denn Andrea sah aus, als wolle er das Bild nun den ganzen Vormittag anstarren.

»Vergiß nicht, was ich dir gesagt habe«, mahnte Andrea. »Es würde von geringem Verstand zeugen, wenn du nicht hier wärest, um Lorenzo und seine Freunde zu begrüßen, wenn sie kommen.« Dann ging er hinaus, als sinne er über das Gemälde nach, ohne sich von Niccolò zu verabschieden.

»Komm, Nicco.« Leonardo war plötzlich voller Tatendrang. »Zieh dich an.« Und während Niccolò sich anzog, versah Leonardo das Bild mit ein paar letzten Pinselstrichen, reinigte rasch seine Pinsel, hakte sich sein Skizzenbuch an den Gürtel und reckte dann von neuem den Hals, um seine Erfindung anzustarren, die da unter der Decke hing. Er brauchte eine Antwort, aber noch hatte er nicht einmal die Frage formuliert.

Kaum waren sie draußen, hatte Leonardo das Gefühl, er habe etwas vergessen. »Nicco, hol doch das Buch, das Meister Kuan mir geliehen hat. Vielleicht möchte ich es auf dem Lande lesen.«

»Auf dem Lande?« Vorsichtig steckte Niccolò das Buch in einen Sack, den er unter dem Arm trug.

»Hast du etwas gegen die Natur?« fragte Leonardo sarkastisch. »*Usus es optimus magister* – und in diesem Punkt stimme ich aus vollem Herzen mit den Alten überein. Die Natur ist die Mutter aller Erfahrung, und die Erfahrung muß unsere Lehrmeisterin sein, denn ich habe festgestellt, daß selbst Aristoteles sich in manchen Dingen irren kann.« Und während sie die *bottega* verließen, fuhr er fort: »Aber die aus der Schule des Maestro Ficino, die laufen aufgeblasen und großmäulig herum und plappern die ewigen Aphorismen Platos und Aristoteles' nach wie die Papageien. Sie verachten mich, weil ich ein Erfinder bin, aber wieviel eher müßte man ihnen vorwerfen, daß sie keine Erfinder sind, diese Trompeter und Nachschwätzer fremder Werke? Meine Vergrößerungslinse haben sie für einen Taschenspielertrick gehalten, und weißt du, warum?« Bevor Niccolò antworten konnte, tat Leonardo es selbst: »Weil sie das Auge als das am wenigsten vertrauenswürdige aller Sinnesorgane betrachten, während es doch von allen am höchsten steht. Das hindert sie allerdings nicht daran, heimlich Brillen zu tragen. Heuchler!«

»Du scheinst sehr wütend zu sein, Maestro«, sagte Niccolò.

Verlegen darüber, daß er sich zu dieser Tirade hatte hinreißen lassen, lachte Leonardo über sich selbst und sagte dann: »Vielleicht bin ich das, aber mach du dir deshalb keine Sorgen, mein kleiner Freund.«

»Maestro Toscanelli scheint Messer Ficino zu respektieren«, erzählte Niccolò.

»Er respektiert Plato und Aristoteles, und das soll er auch. Aber er lehrt nicht in der Akademie, oder? Nein, statt dessen unterrichtet er für die Augustinerbrüder in der Schule von Santo Spirito. Das sollte dir doch alles sagen.«

»Ich glaube, es sagt mir, daß du noch ein Hühnchen zu rupfen hast, Meister... Und das hat auch Maestro Toscanelli mir gesagt.«

»Was hat er dir denn sonst noch alles erzählt, Nicco?«

»Daß ich aus deinen Stärken und aus deinen Schwächen lernen soll, und auch, daß du klüger bist als jeder in der Akademie.«

Darüber mußte Leonardo lachen. »Du lügst sehr überzeugend.«

»Das, Maestro, ist eine Naturbegabung.«

Auf der Straße herrschte lärmendes Treiben, und der Himmel, durchbohrt von den Schindelmassen des Duomo und des Palastes der Signoria, war wolkenlos und saphirblau. Süßer Duft von Würsten hing in der Luft, und junge Händler – praktisch noch Kinder – standen hinter ihren Ständen und schrien jeden an, der vorüberging. Dieser Markt hieß Il Baccano, Platz des Aufruhrs. Leonardo kaufte ein bißchen gekochtes Fleisch, Bohnen, Obst und eine Flasche vom sauren Wein aus der Gegend für Niccolò und sich selbst, und dann marschierten sie weiter, durch verschiedene andere Viertel und Märkte. Sie sahen spanische Mauren mit ihren Sklaven von der Elfenbeinküste, Mamelucken mit Schärpengewändern und flachen Turbanen, Moskowiter Tartaren, Mongolen aus Cathay und Kaufleute aus Flandern und England, die ihre wollenen Tuche verkauft hatten und jetzt auf dem Weg zum Ponte Vecchio waren, um Flitter und Firlefanz zu kaufen. Niccolò machte große Augen und verrenkte sich den Hals, als sie an den eleganten und wunderschönen »Schmetterlingen der Nacht« vorbeikamen, die im Schatten der Gildemarkisen neben ihren Kaufmannsherren standen; diese Huren und Mätressen trugen juwelenbesetzte Kränze und kostspielige Gewänder in Violett, Karmesin und Pfirsich zur Schau. Stand um Stand ließen sie hinter sich – und schoben dabei junge Höker und alte, von Krankheit zerfressene Bettler beiseite –, während sie im Strom der Hausierer, Bürger und Fremdlinge dahinschwammen wie Treibgut im Meer. Junge, wohlhabende Männer in kurzen Wämsen tänzelten und scharwenzelten durch die Straßen wie Mädchen; sie johlten und prahlten, sie lachten, sangen und gaben an, diese Privilegierten. Niccolò mußte unwillkürlich lachen, als er die fahrenden Schüler und Studenten aus England und Schottland und Böhmen sah; ihre Lingua Franca war zwar das Lateinische, aber sie sprachen es mit extravagantem und überspanntem Akzent.

»Ho, Leonardo«, rief ein Händler, dann noch einer, als Leonardo und Niccolò um eine Ecke bogen. Sofort erhob sich das Kreischen und Schreien von Vögeln, denn die Vogelhändler schüttelten die kleinen Holzkäfige, die vollgestopft waren mit Ringeltauben, Eulen, Bussarden, Bienenfressern, Kolibris, Krähen, blauen Felsdrosseln, Lerchen, Fliegenschnäppern, Bachstelzen, Milanen, Falken, Adlern und allerlei Schwänen, Enten, Hühnern und Gänsen. Als die beiden näherkamen, machten die Vögel mehr Getöse als die Händler und Käufer in dieser Straße. »Komm her, Meister«, rief ein rothaariger Mann in einem fleckigen braunen Wams mit zerrissenen Ärmeln. Er schüttelte zwei Käfige mit Milanen; ein Vogel war braun mit einem kastanienroten Gabelschwanz, und der andere war kleiner und schwarz und hatte ebenfalls einen gekerbten Schwanz. Sie schlugen gegen die Holzgitter und schnappten gefährlich. »Kaufe sie, Maestro Artista, bitte … Die sind doch genau das, was du brauchst, oder? Und sieh doch, wie viele Tauben ich habe; interessieren sie dich nicht, guter Meister?«

»Allerdings, diese Milane sind prächtige Exemplare.« Leonardo trat näher, während die anderen Händler nach ihm schrien und brüllten, als trage er den Heiligen Gral bei sich. »Wieviel?«

»Zehn Denari.«

»Drei.«

»Acht.«

»Vier, und wenn das nicht genug ist, kann ich gleich zu deinem Nachbarn gehen, der schon mit den Armen flattert, als könne er selber fliegen.«

»Einverstanden«, sagte der Händler resigniert.

»Und die Tauben?«

»Wie viele, Maestro?«

»Alle.«

Leonardo war wohlbekannt auf diesem Markt, und eine kleine Schar von Zwischenrufern und bloß Neugierigen begann sich um ihn zu drängen. Die Händler machten das Beste daraus und bemühten sich, an jeden zu verkaufen, den sie zu fassen bekamen.

»Er ist verrückt wie Ajax«, sagte ein alter Mann, der soeben ein paar Hühner und Tauben verkauft hatte und ebenso begeistert zuschaute wie die Straßengauner und jungen Bettler um ihn herum. »Er wird sie alle fliegenlassen. Paßt nur auf, ihr werdet schon sehen.«

»Ich habe gehört, er ißt kein Fleisch«, sagte eine matronenhafte Frau zu einer anderen. »Er läßt die Vögel frei, weil er Mitleid hat mit der armen Kreatur.«

»Na ja, zur Sicherheit sollte man ihm nicht in die Augen schauen«, meinte die andere und bekreuzigte sich. »Vielleicht ist er ein Zauberer. Er schaut dich an mit dem bösen Blick und dringt geradewegs in deine Seele ein.«

Die andere erschauerte und bekreuzigte sich ebenfalls.

»Nicco«, rief Leonardo seinem Schüler nach, der in der Menge verschwunden war. »Komm her und hilf mir.« Als Niccolò wieder auftauchte, sagte Leonardo: »Wenn du einmal aufhören könntest, nach Huren Ausschau zu halten, dann könntest du etwas über Beobachtung und die Methoden der Wissenschaft lernen.«

Er schob die Hand in den Käfig voller Tauben und griff eine. Der kleine Vogel machte ein ängstliches Geräusch, und als Leonardo ihn aus dem Käfig nahm, fühlte er seinen Herzschlag in der Handfläche. Er öffnete die Hand und sah der Taube nach, wie sie davonflog. Die Menge lachte, johlte, klatschte und schrie nach mehr. Er nahm den nächsten Vogel aus dem Käfig und ließ ihn frei. Er hatte die Augen zu schmalen Schlitzen zusammengepreßt, so daß sie fast geschlossen waren; und scheinbar gedankenverloren beobachtete er die Taube, die so heftig mit den Flügeln schlug, daß man es hätte klatschen hören, wären die Zuschauer nicht gewesen. »Und jetzt, Nicco, möchte ich, daß du die Vögel fliegenläßt, einen nach dem anderen.«

»Wieso ich?« fragte Niccolò; irgendwie war es ihm zuwider, die Vögel anzufassen.

»Weil ich zeichnen will«, sagte Leonardo. »Oder ist diese Aufgabe zu schwierig für dich?«

»Ich bitte um Verzeihung, Meister.« Niccolò griff in den Käfig. Er hatte Mühe, einen Vogel zu fangen. Leonardo war ungeduldig und schien das Geschrei und Gespött der Menge ringsum gar nicht zu hören. Niccolò ließ einen Vogel los, dann noch einen, und Leonardo zeichnete. Ganz still stand er da, wie in Trance; nur seine Hand bewegte sich wie ein Frettchen über den gebleichten Papierbogen, als sei sie von einem eigenen Willen belebt.

Als Niccolò wieder einen Vogel fliegen ließ, sagte Leonardo: »Siehst du, Nicco, in seiner Hast, aufzusteigen schlägt er die ausgestreckten Flügel über dem Körper zusammen. Jetzt sieh, wie er Flügel und Schwanz auf die gleiche Weise benutzt wie ein Schwimmer seine Arme und Beine im Wasser; es ist dasselbe Prinzip. Der Vogel sucht die Strömungen der Luft, die die Gebäude unserer Stadt unsichtbar umwogen. Und da – die Geschwindigkeit wird verringert, indem er den Schwanz öffnet und spreizt … Laß noch einen fliegen. Siehst du, wie der Flügel sich teilt, um die Luft durchzulassen?« Und in Spiegelschrift notierte er unter einer seiner Skizzen: *Mache das Gerät so, daß es durchlässig bleibt, wenn der Flügel sich hebt, und wenn er sich niedersenkt, so soll er geschlossen sein.*

»Noch einen!« rief er Niccolò zu. Und als der Vogel verschwunden war, lächelte er, als sei soeben seine Seele in die Luft entkommen, als habe er endlich Freiheit von seinen Sorgen gefunden. Er machte sich noch eine Notiz: *Die Geschwindigkeit wird verringert durch Öffnen und Spreizen des Schwanzes. Auch dient das Öffnen und Senken des Schwanzes sowie das gleichzeitige Spreizen der Flügel zur vollen Weite dem Vermindern der schnellen Geschwindigkeiten.*

»Das war's«, sagte Niccolò und deutete auf die leeren Käfige. »Willst du die Milane auch fliegenlassen?«

»Nein«, sagte Leonardo abwesend, »die nehmen wir mit.«

Die beiden schoben sich durch die Menge, die sich schon wieder zerstreute. Wie um Leonardos Stimmungsumschwung widerzuspiegeln, verdunkelten Wolken den Himmel, und die tristen, von Abfall übersäten Straßen boten einen bedrohlicheren Anblick. Andere Vogelhändler riefen Leonardo an, aber er ignorierte sie, und auch Niccolò beachtete er nicht. Er schaute im Gehen intensiv in sein Notizbuch, als versuche er, alte Runen zu entziffern.

»Leonardo?« fragte Niccolò. »Leonardo …?«

»Ja.« Leonardo ließ das Notizbuch auf die Hüfte fallen; es war ja mit einem Stück Leder an seinem Gürtel befestigt.

»Du siehst wieder – wütend aus«, sagte Niccolò. »Bist du wütend?«

»Nein, Nicco, ich bin nicht wütend. Ich denke nur nach.«

»Über die Flugmaschine?«

»Ja.«

»Und über Sandro?«

Leonardo war verblüfft. »Ja, allerdings, Nicco, ich habe auch über Sandro nachgedacht.«

»Dann werden wir ihn besuchen?«

»Ja, aber später.«

»Willst du ihn nicht jetzt gleich sehen? Es liegt doch am Weg.«

Leonardo zögerte. Er konnte nicht hingehen; er war noch nicht bereit, seinem Freund gegenüberzutreten. »Ich habe mir noch nicht überlegt, wie man ihm am besten helfen kann«, behauptete er.

Sie kamen am Rad der Bankrotteure vorbei. Ruinierte Männer saßen um eine Marmorintarsie in der Form eines Karrenrades, die in die Piazza eingelassen war. Eine Zuschauermenge war für einen Augenblick zusammengeströmt, um zu sehen, wie ein Schuldner, den man nackt ausgezogen hatte, mit einem Seil auf das Dach der Markthalle gezogen wurde, nur um von dort auf den glatten, kalten Marmorboden geworfen zu werden. Auf einem Schild an einem der Marktpfeiler stand:

> Gib wohl acht auf die kleinen Summen, die du außer Hauses ausgibst, denn sie sind es, die deine Börse leeren und deinen Reichtum verzehren, und sie nehmen kein Ende. Und kaufe auch nicht alle guten Lebensmittel, die du siehst, denn das Haus ist wie ein Wolf: Je mehr du ihm gibst, desto mehr wird es verschlingen.

Der Mann, den man vom Seil hatte fallenlassen, war tot.

Leonardo legte Niccolò den Arm um die Schultern, wie um ihn vor dem Tod zu beschirmen. Aber er hatte plötzlich Angst – Angst, daß seine eigene »unausweichliche Stunde« vielleicht nicht mehr fern war; und er erinnerte sich an seinen immer wiederkehrenden Alptraum vom Sturz in die Tiefe. Ihn schauderte, denn irgendwo am tiefsten Grunde seines Herzens glaubte er, daß die giftigen Phantasmen der Träume real waren. Wenn sie von der Seele des Träumenden Besitz nahmen, dann konnten sie sich auf seine ganze Welt auswirken.

Leonardo sah, wie sein Großer Vogel abstürzte und auseinanderbrach.

»Leonardo? *Leonardo!*«

»Keine Sorge, mir fehlt nichts, mein junger Freund.«

Sie redeten kaum, bis sie auf dem Lande waren, im hohen Hügelland nördlich von Florenz. Hier gab es Wiesen und grasgrüne Felder, Täler und geheime Grotten, schmale Straßen mit Ochsenkarren und Lastkarawanen, Weinberge und Rohrdickichte, dunkle Haine von Kiefern, Kastanien und Zypressen und Olivenbäume, die schimmerten wie silberne Wandbehänge, immer wenn der Wind durch ihre Blätter hauchte. Die dunkelroten Dachpfannen der Bauernhäuser und die rosa-bräunlichen mit Kolonnaden geschmückten Villen schienen mit ihren Linien und Farbtönen Teil der natürlichen Landschaft zu sein. Die Wolken, die die Straßen von Florenz verdunkelt hatten, waren abgezogen; die Sonne stand hoch am Himmel und badete die Landschaft in jenem goldenen Licht, das der Toscana eigentümlich ist, einem Licht, das reinigte und verklärte, als wäre es selbst die Manifestation von Sehnsucht und Geist.

Und vor ihnen, blaß und graublau in der Ferne, war der Schwanenberg. Er erhob sich dreizehnhundert Fuß bis zum Gipfel.

Leonardo und Niccolò blieben auf einer Wiese voll duftender Blumen stehen und betrachteten den Berg. Leonardo spürte, wie seine Sorgen verblaßten, wie sie es immer taten, wenn er auf dem Land war. Tief atmete er die berauschende Luft, und er fühlte, wie seine Seele erwachte und sich neu belebte in der Welt der Natur und des *oculus spiritalis*: der Welt der Engel.

»Das wäre ein guter Berg, um deinen Großen Vogel auszuprobieren«, sagte Niccolò.

»Das habe ich mir auch gedacht, denn er ist sehr nah bei Florenz. Aber inzwischen habe ich es mir anders überlegt. Vinci ist nicht sehr weit weg, und dort gibt es auch sehr gute Berge.« Nach einer Pause fügte er hinzu: »Und ich will nicht hier sterben. Wenn der Tod mein Schicksal sein soll, dann soll es in einer vertrauten Umgebung sein.«

Niccolò nickte, und er sah dabei so streng und ernst aus wie bei ihrer ersten Begegnung. Wieder war es, als wohne ein alter Mann in dem Jungen.

»Komm, Nicco.« Leonardo stellte den Vogelkäfig auf den Boden und setzte sich daneben. »Wir wollen den Augenblick genießen, denn wer weiß, was uns später erwartet? Laß uns essen.« Leonardo breitete ein Tuch aus und legte das Essen darauf, als wäre es ein Tisch. Die Milane schlugen mit den Flügeln und stießen gegen die hölzernen Gitterstäbe. Leonardo warf jedem ein kleines Stück Wurst zu.

»Ich habe auf der Piazza der Vogelhändler schwatzen hören, du äßest kein Fleisch«, erzählte Niccolò.

»Ach, ist das wahr? Und was hältst du davon?«

Niccolò zuckte die Achseln. »Nun ja, gesehen habe ich es noch nie, daß du Fleisch ißt.«

Leonardo aß ein Stück Brot mit Wurst und spülte es mit Wein herunter. »So, jetzt hast du es gesehen.«

»Aber warum sagen die Leute dann ...«

»Weil ich normalerweise kein Fleisch esse. Sie haben recht, denn ich glaube, wenn man zuviel Fleisch ißt, sammelt sich das, was Aristoteles als kalte, schwarze Galle bezeichnet hat. Die wiederum stürzt die Seele in Melancholie. Maestro Toscanellis Freund Ficino glaubt das gleiche, aber aus den falschen Gründen. Für ihn haben Magie und Astrologie den Vorrang vor Vernunft und Erfahrung. Aber wie dem auch sei, ich muß sehr vorsichtig sein, damit die Leute mich nicht für einen Anhänger der Katharer halten, denn dann wird man mich als Ketzer brandmarken.«

»Von denen habe ich nur gehört.«

»Sie folgen den Lehren des Papstes Bogomil, der glaubte, unsere ganze sichtbare Welt sei vom Widersacher geschaffen, nicht von Gott. Um daher zu vermeiden, daß sie die Essenz des Satans in sich aufnehmen, verschmähen sie alles Fleisch. Aber Gemüse und Fisch essen sie.« Leonardo lachte und verzog das Gesicht, um anzudeuten, daß er sie für verrückt hielt. »Zumindest könnten sie ja konsequent sein.«

Er aß schnell, wie es seine Gewohnheit war; er schien das Essen nie zu genießen wie andere. Essen war wie Schlafen für ihn nur eine Notwendigkeit, die ihn von der Arbeit abhielt.

Und da pulsierte eine ganze Welt im Sonnenschein rings um ihn herum. Wie ein Kind wollte er ihre Geheimnisse erkunden. *Das* war seine Arbeit, die Leidenschaft seines Lebens.

»Jetzt... Paß auf«, sagte er zu Niccolò, der noch kaute, und er ließ einen der Milane fliegen. Während der Vogel davonflog, machte Leonardo sich mit der linken Hand Notizen. »Siehst du, Nicco, er sucht jetzt nach einer Strömung im Wind.« Er ließ den zweiten fliegen. »Diese Vögel schlagen nur so lange mit den Flügeln, bis sie den Wind erreichen, der in einer großen Höhe wehen muß, denn schau nur, wie hoch sie steigen. Und dann sind sie fast bewegungslos.«

Leonardo beobachtete, wie die Vögel über ihnen kreisten und dann zu den Bergen hinüberglitten. »Jetzt bewegen sie die Flügel kaum noch. Sie ruhen auf der Luft wie wir auf einer Matratze.«

»Vielleicht solltest du ihrem Beispiel folgen.«

»Wie meinst du das?«

»Mach die Flügel an deinem Großen Vogel starr. Statt damit auf die Luft zu schlagen, sollst du sie lassen, wie sie sind.«

»Und auf welche Weise sollte der Apparat dann vorankommen?« fragte Leonardo, aber sofort beantwortete er sich die Frage selbst, denn gleich kam ihm die Idee der Archimedischen Schraube in den Sinn, und er erinnerte sich daran, wie er Kinder mit einem fliegenden Spielzeug gesehen hatte: Wenn man an einer Schnur zog, stieg ein Propeller frei in die Lüfte empor. Seine Hand zeichnete, als habe sie einen eigenen Verstand. Er zeichnete eine Serie von Skizzen mit Blättern, die hin und her schaukelnd zu Boden schwebten. Er zeichnete verschiedene Sorten von Propellern und Schrauben. Da könnte etwas Brauchbares dabei sein...

»Vielleicht, wenn du nur die Luftströmung erreichen könntest«, sagte Niccolò, »Dann brauchtest du keine Menschenkraft. Du könntest deinen Vogel so einrichten, daß er schwebt...«

Leonardo klopfte Niccolò auf die Schulter; der Junge war wirklich gescheit. Aber es stimmte alles nicht; das *Gefühl* war nicht richtig. »Nein, mein kleiner Freund«, sagte er stur, als sei er vor einer Mauer angekommen, die seinen Gedanken den Weg versperrte, »die Flügel müssen durch die Luft rudern können wie die eines Vogels. Das ist die Methode der Natur, und es ist die effizienteste Weise.«

Rastlos, beinahe gehetzt, marschierte Leonardo durch die Hügellandschaft. Schließlich beklagte Niccolò sich, er sei erschöpft, und blieb zurück, behaglich im Schatten moosduftender Zypressen lagernd.

Leonardo ging allein weiter.

Alles war vollkommen: die Wärme, die Düfte und die Geräusche des Landes. Die reine Form in allem, was ihn umgab, war fast mit Händen zu greifen, die Phantasmen, die sich im Proton Organon widerspiegelten, in den Spiegeln seiner Seele. Fast, aber nicht ganz ...

Wahrhaftig, irgend etwas stimmte nicht, denn statt der Seligkeit, die Leonardo auf dem Lande so oft empfunden hatte, fühlte er sich blockiert ... verirrt.

Er dachte an das fallende Blatt, das er in seinem Notizbuch skizziert hatte, und schrieb: *Wenn einer ein Zeltdach aus kalfatertem Leintuch hat, zwölf Ellen breit und zwölf Ellen hoch, so wird er sich ohne Gefahr für sich selbst aus großer Höhe fallen lassen können.* Einen pyramidenförmigen Fallschirm stellte er sich vor, aber der wäre zu groß und zu klobig und zu schwer, um ihn mit dem Großen Vogel zu transportieren. Noch eine hastige Notiz: *Nimm Lederbeutel, so daß einer, der aus einer Höhe von sechs Brachia herabfällt, sich nicht verletzen wird, ob er ins Wasser oder auf das Land fällt.*

Ziellos wanderte er weiter. Dabei zeichnete er ununterbrochen, scheinbar ohne einen bewußten Gedanken: groteske Gestalten und Karikaturen von Gesichtern, Tiere, unmögliche Mechanismen, diverse Studien der Madonna mit Kind, imaginäre Landschaften und alle möglichen Spezimen aus der wirklichen Flora und Fauna. Er zeichnete ein dreidimensionales Diagramm von einem zahnradgetriebenen Flaschenzugsystem und einen Apparat zur Bleiherstellung. Er notierte sich, daß er ein Exemplar von Albertus Magnus' *Himmel und Erde* ausfindig machen müsse – vielleicht hatte Toscanelli eines. Seine Gedanken schienen zu fließen wie der Arno, von einem Gegenstand zum anderen, und doch gelangte er nicht an jenen seelischen Ort der trägen Glückseligkeit, der seiner Vorstellung nach das vollkommene Reich platonischer Formen war.

Wenn Vögel über ihm dahinflogen, studierte er sie und zeichnete fieberhaft. Leonardo hatte ein außergewöhnlich flinkes Auge; er konnte Bewegungen unterscheiden, die andere nicht sehen konnten. In winziger Schrift notierte er neben seinen Zeichnungen:

Genau wie wir erleben, daß eine kleine, unmerkliche Bewegung des Ruders ein mit schwerer Last beladenes Schiff von wunderbarer Größe wendet – welches zudem mit jeder Planke dem Druck gewaltiger Wassermassen ausgesetzt ist und in den Klauen stürmischer Winde sich befindet, die seine mächtigen Segel erfassen –, so lassen auch die Vögel sich vom Lauf der Winde tragen, ohne mit den Flügeln zu schlagen. Nur eine geringe Bewegung von Flügel oder Schwanz, die dazu dient, sie über oder unter den Wind zu bringen, genügt, um ihren Fall zu verhindern. Dann fügte er hinzu: Wenn der Vogel ohne die Unterstützung des Windes und ohne mit den Flügeln zu schlagen in einer Position des Gleichgewichts in der Luft verharrt, so zeigt dies, daß der Mittelpunkt der Schwerkraft mit dem Mittelpunkt des Widerstandes in eins fällt.

»Ho, Leonardo!« schrie Niccolò, der ihm jetzt nachgerannt kam. Der Junge war außer Atem; er schleppte den braunen Sack, der – höchstwahrscheinlich – ein paar Proviantreste und Kuans Buch enthielt. »Du bist seit drei Stunden weg!«

»Und ist das eine so lange Zeit?« fragte Leonardo.

»Für mich schon. Was machst du denn?«

»Ich gehe spazieren und denke nach.« Einen Augenblick später sagte Leonardo: »Aber du hast doch ein Buch. Warum hast du es nicht gelesen?«

Niccolò lächelte. »Ich hab's versucht, aber ich bin eingeschlafen.

»Da hätten wir die Wahrheit«, sagte Leonardo. »Nicco, warum kehrst du nicht zur *bottega* zurück? Ich muß hierbleiben... und nachdenken. Und du langweilst dich offensichtlich.«

»Das macht nichts, Maestro«, sagte Niccolò eifrig. »Wenn ich bei dir bleiben darf, langweile ich mich nicht. Das verspreche ich dir.«

Leonardo lächelte wider Willen. »Sag mir, was du aus dem kleinen gelben Buch gelernt hast.«

»Ich kann es nicht sagen, noch nicht. Es scheint sich um Licht zu drehen.«

»Was du nicht sagst.« Leonardo ließ sich unter ein paar Olivenbäumen nieder und fing an zu lesen. Nach einer knappen Stunde war er fertig; das Buch war nicht dick. Niccolò aß derweilen Obst und schlief dann ohne sichtbare Mühe wieder ein.

Der größte Teil des Buches war offenbar magisches Gefasel, aber eine Stelle, so schien es, öffnete ihm die Augen:

> Es gibt tausend Räume, und die Licht-Blume des Himmels und der Erde erfüllt sie alle. Ebenso dringt die Licht-Blume des Einzelnen durch den Himmel und bedeckt die Erde. Und wenn das Licht zu zirkulieren beginnt, so beginnen auch Himmel und Erde, alle Berge und Flüsse – alles –, vom Lichte zu zirkulieren. Der Schlüssel liegt darin, die eigene Saat-Blume in den Augen zu konzentrieren. Doch seht euch vor, Kinder, denn so ihr die Meditation eines Tages einmal nicht übt, wird dieses Licht hinausströmen und sich, wer weiß wo, verlieren...?

Vielleicht schlief er ein, denn unversehens stand er vor den Mauern seines großen, vollkommenen Bauwerks: der Kathedrale der Erinnerung. Er sehnte sich hinein, zurück zu seinen süßen, tröstlichen Erinnerungen; die Gespenster der Angst, die dort in den dunklen Katakomben spukten, würde er beiseite schieben.

Aber jetzt sah er die Kathedrale von fern aus der Höhe, vom Gipfel des Schwanenberges nämlich, und es war, als sei seine Kathedrale zu einem kleinen Teil dessen geworden, was seine Erinnerung barg und sein Auge sah. Es war, als könne seine Seele sich ausdehnen, bis sie Himmel und Erde erfüllte, Vergangenheit und Zukunft. Ein Gefühl der Freiheit durchströmte ihn, jäh und schwindelerregend; tatsächlich schien es, als seien Himmel und Erde erfüllt von tausend Räumen. Es war genau so, wie er es in dem alten Buch gelesen hatte: In allem zirkulierte reines Licht – blendendes, läuterndes Licht, das funkelnd über die Berghänge herniederströmte wie Regenwasser, das in der Luft schwebte wie ein Dunst, das Gras und Wiesen erwärmte und strahlen ließ.

Er empfand Glückseligkeit.

Alles war übernatürlich klar; es war, als schaue er ins Wesen der Dinge.

Und mit Schrecken fühlte er, wie er abglitt und vom Berg herunterfiel.

Das war der immer wiederkehrende Traum, sein Alptraum: ohne Flügel und Gurtgeschirr ins Leere zu fallen. Aber jede Einzelheit nahm er wahr: die Flanke des Berges, die bemoosten Spalten, den Geruch von Holz und Stein und Verrottendem, das Kreischen eines Habichts, das Glitzern eines Baches in der Tiefe, die Dächer der Bauernhäuser, die geometrischen Unterteilungen der Felder und die spiralförmigen Wolkenschleier, die in den Himmel eingewebt zu sein schienen. Doch dann stürzte er kopfüber in die Dunkelheit, in einen schrecklichen Abgrund, der ohne Konturen war, ohne Boden.

Leonardo schrie, um ans Tageslicht zurückzukehren und aufzuwachen, denn er kannte diesen blinden Ort, den der unsterbliche

Dante erkundet und geschildert hatte. Aber jetzt fühlte er die grausige Gestalt des fliegenden Ungeheuers Geryon unter sich, wie es ihn trug… dieselbe Bestie, die Dante nach Malebolge getragen hatte: in den achten Kreis der Hölle. Das Ungeheuer war glitschig von Schmutz und stank nach Tod und Verwesung; die Luft an sich war faulig, und hinter sich hörte Leonardo, wie die Kreatur mit ihrem Skorpionenschwanz peitschte. Aber zugleich war ihm auch, als höre er Dantes göttliche Stimme, die ihn mit ihrem Wispern durch die Mauern des Hades hinaus ins blendende Licht zog.

Aber jetzt trug ihn der Große Vogel, seine eigene Erfindung. Leonardo glitt über die Bäume, Berge und Wiesen von Fiesole hinweg und weiter nach Süden, über die Dächer, Balkone und Türme von Florenz selbst.

Mühelos bewegte er die Arme und damit die großen Flügel auf und ab, die auf die stille Frühlingsluft schlugen. Aber statt auf seinem Apparat zu liegen, hing er jetzt darunter. Er bediente eine Winde mit den Händen, um ein Flügelpaar zu heben, und trat mit den Fersen ein Pedal, das ein anderes Flügelpaar senkte. Mit einem Kragen, den er um den Hals trug, steuerte er ein Ruder, das im Prinzip der Schwanz dieses Vogels war.

Dies war jedenfalls nicht die Maschine, die in Verrocchios *bottega* hing. Mit ihrem doppelten Flügelpaar sah sie eher aus wie ein großes Insekt als wie ein Vogel, und…

Mit einem Ruck schrak Leonardo hoch und starrte auf eine Pferdebremse, die ihre Nahrung aus seiner Hand saugte.

Hatte er mit offenen Augen geschlafen, oder war dies ein Wachtraum gewesen? Ihn fröstelte, denn Arme und Brust waren von kaltem Schweiß bedeckt.

Mit lautem Rufen weckte er Niccolò und fing sogleich an, in seinem Notizbuch zu kritzeln und zu zeichnen. »Ich hab's!« sagte er zu Niccolò. »Doppelte Flügel, wie eine Fliege sie hat, werden die Kraft liefern, die ich brauche. Du siehst, es ist, wie ich dir sagte:

Die Natur gibt uns alles. Kunst und Erfindung sind nur Imitationen.« Er zeichnete einen Mann, der unter einem Apparat mit Handkurbeln und Pedalen zur Steuerung der Flügel hing. Er studierte die Fliege, die ihn immer noch umsummte, und schrieb: *Die unteren Flügel sind schräger als die oberen, sowohl der Länge als auch der Breite nach. Wenn die Fliege auf ihren Flügeln in der Luft verharrt, so schlägt sie die Flügel mit hoher Geschwindigkeit und viel Lärm und hebt sie aus der Waagerechten so hoch, wie der einzelne Flügel lang ist. Und im Heben bringt sie sie in schiefer Stellung nach vorn, und zwar dergestalt, daß sie beinahe schräg durch die Luft schlägt.* Er zeichnete einen Plan für die Ruderkonstruktion. »Wie konnte ich übersehen, daß meine Maschine ein Ruder braucht, genau wie ein Schiff es nötig hat? Es wird wirken wie der Schwanz eines Vogels. Und wenn der Mensch unter den Flügeln hängt, ist das Gleichgewicht leichter zu halten. So!« Er sprang auf und zog Niccolò auf die Beine. »Perfekt!«

Er sang eines von Lorenzo de' Medicis ausgelassenen Liedern und tanzte um Niccolò herum. Der war sichtlich verwirrt vom seltsamen Benehmen seines Meisters. Schließlich packte Leonardo den Jungen bei den Armen und schwenkte ihn im Kreis herum.

»Leonardo, was fehlt dir denn?« Niccolò wich bei der ersten Gelegenheit zurück.

»Gar nichts fehlt mir, alles ist perfekt!« Plötzlich verging Leonardos Überschwang; er sah sich, wie Niccolò ihn sehen mußte: als einen Narren. Konnte die Erfindung denn seinen Schmerz auflösen? Konnte sie sein Herz für Ginevra verhärten?

Vielleicht ja... für ein paar Augenblicke. Aber es war ein Treuebruch, genau wie sein Stelldichein mit Simonetta.

»Vielleicht hatten die Leute recht, die dich beim Freilassen der Vögel beobachteten«, meinte Niccolò. »Vielleicht bist du so verrückt wie Ajax.«

»Vielleicht bin ich das«, bestätigte Leonardo. »Aber ich habe eine Menge zu tun, denn der Große Vogel muß umgebaut werden, wenn er nächste Woche für Il Magnifico fliegen soll.« Es war bereits spät am Nachmittag. Er steckte das Buch der goldenen Blume in den Sack, gab ihn Niccolò und ging in Richtung Stadt davon.

»Ich helfe dir bei deiner Maschine«, versprach Niccolò.

»Ich danke dir; ich brauche dich für etliche Besorgungen.«

Das schien den Jungen zufriedenzustellen. »Wieso hast du so gebrüllt und getanzt, Maestro?« fragte er besorgt.

Leonardo lachte und verlangsamte seinen Schritt, bis Niccolò an seiner Seite war. »Das ist schwer zu erklären. Mag es genügen, wenn ich sage, daß es mich glücklich gemacht hat, das Rätsel meines Großen Vogels zu lösen.«

»Aber wie hast du es denn gelöst? Ich dachte, du wärest eingeschlafen.«

»Ich hatte einen Traum«, sagte Leonardo. »Ein Geschenk vom Dichter Dante Alighieri.«

»Er hat dir die Lösung gesagt?« Niccolò war ungläubig.

»Allerdings, Nicco.«

»Dann glaubst du also doch an Geister.«

»Nein, Nicco, nur an Träume.«

Sie legten fast den ganzen Weg schweigend zurück, denn Leonardo versank in tiefer Konzentration. Hin und wieder blieb er stehen und kritzelte eine Notiz in sein Skizzenbuch oder zeichnete, was immer sein Interesse weckte.

Als sie wieder in der Stadt waren, fragte Niccolò: »Maestro, glaubst du an den bösen Blick?«

»Wieso fragst du?«

»Eine Frau auf dem Markt sagte heute, du könntest ein Zauberer sein und durch die Augen der Menschen in ihre Seele eindringen. Kannst du das, Leonardo?«

»Nein, Nicco«, sagte Leonardo sanft. »Das Auge ist das Tor zur Seele; das will ich nicht bestreiten. Aber keine spirituelle Kraft kann von ihm ausgehen.«

»Ich habe aber gesehen, daß einer von Messer Vespuccis Bediensteten vom bösen Blick krank geworden und gestorben ist«, sagte Niccolò nüchtern.

»Da hast du dich wahrscheinlich geirrt.«

»Ich habe es gesehen.« Und er fügte hinzu: »Hast du vergessen, daß wir bei Maestro Botticelli vorbeigehen müssen?«

»Nein, Niccolò, das habe ich nicht vergessen. Aber ich muß versuchen, die kleine Madonna noch fertigzustellen, bevor Il Magnifico und Simonetta in unsere *bottega* kommen. Wenn sie wieder weg sind, werde ich Sandro besuchen.«

»Ich glaube, du hast Angst, Meister«, sagte Niccolò, ohne den Blick von der Straße zu heben.

»Angst wovor?«

»Davor, daß *du* Maestro Botticelli krank gemacht haben könntest.« Niccolò machte das Zeichen des bösen Blicks. »Du – und die schöne Frau Simonetta.«

Wahnvorstellungen

Die Faszination ist eine Kraft, die aus dem Geist des Faszinators hervorgeht, als Phantasma durch die Augen der faszinierten Person eingeht und ihr Herz durchdringt. Der Geist ist daher das Werkzeug der Faszination. Er sendet Strahlen aus den Augen, die ihm gleichen und eine geisthafte Beschaffenheit in sich tragen. So kommt es, daß Strahlen, die aus blutunterlaufenen und trüben Augen hervorkommen, den Dunst von Geist und verunreinigtem Blut in sich tragen, wenn sie in das Auge des Betrachters gelangen, und so die Ansteckung ins Auge des Betrachters tragen.

Agrippa von Nettesheim

So wirr war mir, da ich dem Tode nahe lag, ob ich's nun erdachte oder träumte, ob es Vision war oder Tagtraum, daß mir wahrlich schien, als habe Cupido mir das Herz aus dem Leib genommen.

René von Anjou

Als Leonardo in Verrocchios *bottega* ankam, erwartete Simonetta ihn bereits in seinem Atelier. Sie saß vor der kleinen Madonna und betrachtete sie eingehend, als entziffere sie eine Runenschrift. Der Spätnachmittagshimmel war bedeckt, und das Licht im hohen Raum wirkte wie tot… grau. Als Leonardo und Niccolò hereinkamen, riß Simonetta sich von dem Gemälde los. »Ah, liebster Leonardo, Ihr habt mich ertappt«, sagte sie. »Ich war dabei, mir jeden Pinselstrich einzuprägen. Ich glaube, Ihr müßt ein Anhänger der Pythagoräer sein.«

»Wie kommt Ihr denn darauf?« Leonardo war überrascht, sie so früh zu sehen – noch dazu in seiner Werkstatt. Wo mochte Andrea sein? Simonetta war doch sicher ein besonders wichtiger Gast und verdiente die entsprechende Aufmerksamkeit. Er küßte die Hand, die sie ihm entgegenhielt. Irgend etwas stimmte hier nicht, aber er konnte sich dem obligatorischen Geplänkel, das einem ernsthaften Gespräch vorausging, nicht entziehen.

»Nun, Madonna, Kind und Katze scheinen mir in Form eines Dreiecks komponiert zu sein«, sagte Simonetta. »Stellt Plato selbst die unsterbliche Seele im *Timaeus* nicht als ein Dreieck dar?«

»Ich muß Euch leider enttäuschen, Madonna Simonetta, aber ich bin kein Pythagoräer ... jedenfalls nicht, daß ich wüßte.« Simonetta lachte, und Leonardo fuhr fort. »Aber das Dreieck schien mir für dieses Gemälde die richtige Form zu sein. Vielleicht hatte der unsterbliche Pythagoras in diesem Fall ja recht. Es konnte nicht anders sein, als daß ich Euch malte, um die Seele der Jungfrau in ihrer Schönheit und Reinheit darzustellen.«

»Nicht in einem geringen Maße auch, weil Lorenzo das Bild in Auftrag gegeben hat?«

Jetzt mußte Leonardo lachen, denn sie verspottete ihn auf eine höchst liebenswerte Weise. »Ich hoffe, es war Euch nicht unangenehm, aber ich habe Euch nicht vor der Abenddämmerung erwartet. Wo ist Il Magnifico? Ich dachte, er würde Euch begleiten?«

»Er ist bei ...« Simonetta unterbrach sich und sagte: »Niccolò, würdest du so gut sein und mir einen Schluck Wein holen? Ich habe Durst.«

Niccolò verneigte sich höflich. »Jawohl, Madonna.« Aber bevor er den Raum verließ, warf er Leonardo verstohlen einen niederträchtigen Blick zu; er ertrug es nicht, irgendwo ausgeschlossen zu werden.

Als er gegangen war, breitete Simonetta die Arme aus – wie eine Mutter, die ihr Kind empfängt –, und er fiel vor ihr auf die Knie. Sie küßte ihn, und er sah, wie müde und besorgt sie aussah.

»Was hast du, Madonna?« fragte Leonardo.

»Lorenzo ist bei Sandro, und dein Meister Andrea ebenfalls.«

»Aber warum? Was ist denn passiert?« Leonardo befürchtete das Schlimmste.

»Lorenzo, Giuliano und ich hatten einen fröhlichen Nachmittag geplant. Bei Tagesanbruch weckten sie mich, um nach Careggi zu gehen. Unterwegs wollten wir Sandro aus dem Bett zerren, damit ich Gesellschaft hätte, während sie mit Joannes Argyropoulos und Marsilio Ficino über Plato diskutierten. Aber als wir bei Sandro ankamen, sahen wir sofort, daß *nichts* so war, wie es sein sollte. Seine *bottega* war in völliger Unordnung. Er hatte sämtliche Fenster verhängt, so daß nur der matteste Lichtschimmer hereindrang. Wir fanden ihn im Bett. Er konnte nichts gegessen haben, denn er war nur noch Haut und Knochen. Und man konnte *riechen*, daß er krank war.« Sie drückte ihr Gesicht an Leonardos, und er fühlte, daß sie zitterte. Schließlich löste sie sich wieder von ihm und fuhr fort. »Aber seine Augen … sie glänzten. Als er mich erblickte, wandte er sich ab und sagte: ›Ihr kommt zu spät, denn ich habe Euch bereits.‹ Er klang überaus vernünftig.«

»Aber was könnte das bedeuten?«

»Ich fürchte, er hat sich mit einem Phantasma infiziert – von mir. Ich brauche keinen Arzt, der mir sagt, daß er liebeskrank ist. Um das zu erkennen, brauchte man nur seine Augen zu sehen.«

»Wahrscheinlich ist es die *melancholia illa heroica*«, erklärte Niccolò und kam wieder herein. Er war rot im Gesicht und wirkte aufgeregt; offensichtlich hatte er an der Tür gelauscht. »Das ist eine Krankheit der Melancholie, die in der Tat durch Liebe hervorgerufen wird. Sie verzehrt Körper und Geist. Nur die Augen bleiben lebendig, denn in ihnen wohnt das ›innere Feuer‹ der Seele. Maestro Toscanelli hat mir diese Dinge beigebracht. Er kennt sich aus in der Medizin und auch in der Magie.«

»Nicco, dies ist eine Privatangelegenheit«, erklärte Leonardo in scharfem Ton.

»Aber mir liegt Sandro doch auch am Herzen«, wandte Niccolò ein. »Und ich kann helfen. Ich habe das *Lilium medicinale* gelesen. Du etwa auch?«

»Du wirst frech«, sagte Leonardo, aber in seiner Stimme lag kein Zorn.

»Bitte laßt ihn hierbleiben«, sagte Simonetta und entfernte sich ein Stück von Leonardo; dieser erhob sich und schenkte ihr ein Glas von dem Wein ein, den Niccolò gebracht hatte.

»Ich kann ein Geheimnis wahren«, erklärte Niccolò ernst.

Simonetta nahm für einen Augenblick die Hand des Jungen; dann trat sie ans Fenster. »Es ist meine Schuld. Sandro war in mich verliebt.«

»Aber das könnt Ihr Euch nicht zum Vorwurf machen, Madonna«, sagte Leonardo.

»Ich hörte ihn rufen in der Nacht, als wir Il Neris Fest verließen, und lief doch weiter.«

»Das habt Ihr zu seinem eigenen Besten getan. Ich bin der Schuldige, denn ich habe ihn seit einer Woche nicht mehr besucht. Ich hätte verhindern können, daß er sich so in seiner Phantasie verliert.«

»Ich hätte mich ihm hingeben sollen«, sagte Simonetta in kaum hörbarem Flüsterton und wie zu sich selbst. »Andere haben mich auch bekommen.« Nach kurzer Pause fuhr sie fort. »Lorenzo ließ seinen Arzt zu Sandros *bottega* holen. Er ist immer noch da und läßt ihn zur Ader. Aber sogar er hat vorgeschlagen, einen Theurgen ans Krankenbett zu holen.«

Leonardo nickte, obwohl er wenig Sinn für die Magie der Theurgen hatte.

»Lorenzo hat auch dafür gesorgt«, sagte Simonetta.

»Dann ist Sandro in ihrer Obhut.«

»Ja. Lorenzo hat mich hergeschickt, damit ich Euch erwarte.«

»Aber Sandro will doch Euch sicher mehr als sonst irgend jemanden sehen«, sagte Leonardo.

»Nachdem er mir erklärt hatte, ich käme zu spät, wurde er unruhig, wann immer ich in seine Nähe kam«, berichtete Simonetta. »Ja, man hielt mich sogar von seiner Kammer fern, weil er in meiner Gegenwart unbeherrschbar um sich schlug. Er versuchte, aufzustehen und mich zu ergreifen. Der Arzt befürchtete, er könnte mir etwas antun. Aber er rief unablässig meinen Namen, auch wenn ich in einem anderen Zimmer war, gerade so, wie er es tat, als wir das Fest verließen. Es ist ein Alptraum, Leonardo. Aber ich muß gestehen, ich war erleichtert, als Lorenzo mich bat, Euch abzuholen.«

»Das glaube ich«, sagte Leonardo.

»Ihr dürft nicht mit uns zu Sandros *bottega* zurückkehren«, sagte Niccolò. »Das ist gefährlich.«

»Wieso?« fragte Leonardo. »Sie hätte doch Schutz.«

»Wenn Sandro von seinem Phantasma der Madonna Simonetta infiziert ist, dann wird er versuchen, ihren Geist durch die Augen herauszusaugen.«

»Es mag ja sein, daß Simonetta nicht wieder zu Sandro zurückkehren sollte, aber was du da sagst, ist abergläubischer Unsinn.«

»Madonna, hat Sandro die Augen geschlossen, wenn er mit Euch sprach?« fragte Niccolò.

»Aber ja, das hat er allerdings getan.«

»Und waren sie geöffnet, wenn er nicht bei Sinnen war?«

»Ja«, sagte Simonetta. »Dann starrte er mich an, als wolle er mich verschlingen.«

»Und Ihr sagtet, er sei in Raserei geraten und habe versucht, aus dem Bett zu springen. Doctor Bernard von Gordon nennt dieses Symptom ›ambulatorische Manie‹. Ich würde außerdem vermuten, daß Maestro Sandros Puls unregelmäßig schlug.«

»Der Arzt erwähnte es, ja.«

»Die Symptome der Melancholie sind Schlaflosigkeit und die Ablehnung von Speise und Trank.« Niccolò konnte seine jugendliche, eitle Begeisterung nicht verhehlen. »Der ganze Körper wird schwach, bis auf die Augen. Wenn Maestro Sandro nicht behandelt wird, so wird er wahnsinnig werden und sterben. Il Magnifico hatte ganz recht, einen Theurgen hinzuzuziehen. Aber, Madonna Simonetta, er schloß die Augen, als er Euch das erstemal sah, im vernunftbeherrschten Zustand, um Euch nicht mit seinem ›inneren Feuer‹ anzustecken.«

»Aber Nicco, das ist doch …«

»Bitte, Maestro, laß mich zu Ende sprechen. Ich weiß, du glaubst nicht an das innere Feuer oder an die feurigen Strahlen, die aus den Augen kommen. Aber ich wende einfach nur an, was ich von Maestro Toscanelli gelernt habe. Darf ich also fortfahren?«

Leonardo nickte und setzte sich neben Simonetta, die seine Hand nahm. Man mußte Respekt vor dem Jungen haben. Unter weniger ernsten Umständen wäre Leonardo von Niccolòs Darlegungen entzückt gewesen.

»Euer Bild ist durch sein Auge in sein Herz gedrungen; es ist so real wie seine Gedanken und ist zu einem Teil seines Pneuma geworden, seiner Seele. Das Bild, das Phantasma, ist *Euer* Spiegelbild, aber es ist vergiftet und giftig.«

»Wie kann man ihm helfen?« fragte Simonetta.

»Wenn behutsamere Methoden nichts bewirken, kann man ihn auspeitschen; vielleicht nützen auch Sinnenfreuden wie der Koitus mit mehreren Frauen. Wenn aber alles das nicht hilft …«

Simonetta wandte den Kopf ab.

»Nun, ich will sehen, was sich machen läßt«, sagte Leonardo zu ihr. »Allerdings glaube ich, daß Nicco womöglich recht hat, was Eure Sicherheit angeht. Ihr seid bedrückt; warum ruht Ihr Euch nicht hier ein Weilchen aus? Niccolò wird sich um Euch kümmern.«

»Aber …« Niccolò war offensichtlich enttäuscht, weil er nun wohl den Auftritt des Theurgen versäumen würde, und vielleicht machte er sich auch echte Sorgen um Sandro.

»Nein, Leonardo, ich muß ganz einfach tun, was ich kann, um ihm zu helfen«, sagte Simonetta. »Ich hätte nur Gewissensbisse, wenn ich hierbliebe. Ich bin krank vor Sorge um ihn, jetzt mehr denn je.«

Leonardo sah Niccolò streng an, weil der Junge Simonetta beunruhigt hatte. »Dann wirst du hier auf uns warten.«

»Aber ich muß mitgehen«, widersprach Niccolò. »Zumindest ich weiß doch etwas über seine Krankheit, und auch mir liegt etwas an Maestro Sandro. Was hast du zu verlieren, wenn du mir erlaubst, euch zu begleiten?«

»Ich mache mir Sorgen über die gefährlichen Grillen, die du dort auflesen könntest, und außerdem könnte es unziemlich sein, was du zu sehen bekommst.«

Niccolò gab seiner Ungeduld und seinem Mißvergnügen mit einem Laut Ausdruck, der eine Mischung aus Grollen und Husten war. »Aber hat Maestro Toscanelli dir nicht gesagt, ich müsse auch Dingen ausgesetzt werden, die –«

»Nicco ... genug! Du darfst mitkommen, aber nur unter der Bedingung, daß du dich nicht aufführst wie ein Plagegeist.«

»Versprochen.«

Trotz aller Betrübnis mußte Simonetta lächeln. Leonardo aber war jetzt weit fort, in Gedanken verloren. Während sie durch das Getriebe der Straßen zu Sandros *bottega* wanderten, war ihm, als entblößten ihn die matten Strahlen der Nachmittagssonne und scheuerten ihn wund.

Simonetta hatte recht gehabt: In der *bottega* roch es nach Krankheit. Leonardo bemerkte den stickigen, stechenden Geruch sofort, als er das Atelier betrat. In allen Räumen war es dunkel, denn die hohen, schmalen, rautenförmigen Fenster waren mit den Innenläden verschlossen. Nur die Tür der *salle*, die den Blick auf einen kleinen Hinterhof freigab, war weit geöffnet. So konnte ein Teil der giftigen Ausdünstungen aus dem Haus entweichen.

Aber man hielt es für zu gefährlich, die Zimmer dem Licht zu öffnen, denn sonst könnte Sandros versickernde Seele davon angelockt werden und entfliehen.

Als sie an dem Hof vorbeikamen, sahen sie eine alte Vettel in einer zerlumpten *gamurra*; ihre Haare starrten vor Schmutz und waren höchstwahrscheinlich verlaust. Wie eine Erscheinung tauchte sie auf, zog sich aber gleich wieder zurück und war verschwunden. Sie stiegen die Treppe hinauf in den ersten Stock, der in vier Räume aufgeteilt war: zwei Studios, zwei Schlafzimmer und einen Abtritt. Die Böden waren mit glänzenden Fliesen ausgelegt; die Räume an sich, die alle einen Kamin aufwiesen, waren hoch, aber klein.

Verrocchio stand vor der Tür und begrüßt sie mit einem Kopfnicken und einem schmalen Lächeln. »Solltet Ihr diesen Raum betreten, Madonna?« fragte er Simonetta.

»Ich werde vorsichtig sein, Andrea«, sagte Simonetta. »Wenn die leiseste Unruhe entsteht, gehe ich sofort wieder, das verspreche ich ...«

Andrea wirkte unentschlossen, aber er ließ sie doch in die verdunkelte Schlafkammer, die zugleich als Küche diente; der Teergeruch von Kräutern und Arzneien war beißend und ekelhaft. Es war heiß wie in einem Backofen und stickig außerdem. Ein tosendes Feuer warf ein gespenstisches Licht und bebende Schatten auf Lorenzo, seinen Bruder Giuliano und ihr Gefolge an Sandros Bett. Sandro lag dort nackt, den Kopf auf einem Kissen. Er blickte starr an die Decke, während zwei Huren versuchten, ihn in Erregung zu versetzen – ohne Erfolg. Alle paar Sekunden erzitterte er wie in einem Rhythmus seines eigenen Blutes.

Leonardo atmete scharf ein, als er seinen Freund erblickte, denn Sandro schien im Todeskoma zu liegen. Sein Gesicht glänzte von Öl und dem Schweiß der Hitze und des Fiebers; seine Augen waren glasig und eingesunken, denn er hatte zuviel Gewicht verloren, und sein Atem war schwach. Er blutete aus frischen

Wunden und Aderlässen, und dick geschwollene Striemen hoben sich reliefartig aus seinem fahlen Fleisch wie Adern auf bleicher alter Haut.

Leonardo konnte nicht anders: Entsetzt stieß er die Huren beiseite und bedeckte die Nacktheit seines Freundes. »Mein Fäßchen, ich bin's, Leonardo.« Aber Sandro schien ihn nicht zu hören. Er murmelte irgend etwas; als Leonardo sich über ihn beugte, hörte er, daß er wieder und wieder wisperte: »Simonetta … Simonettaettaetta …Simonetta …«

Leonardo legte ihm die Hand auf die Stirn. Sie fühlte sich heiß an. »Keine Sorge, mein Freund, die Madonna ist hier, genau wie ich.«

Lorenzo de' Medici zog Leonardo sanft von seinem Freund weg; er umarmte ihn und schüttelte mit einem verzweifelten Blick auf Sandro den Kopf.

»Es nützt nichts«, sagte eine der Huren. »Dem ist ganz und gar nicht nach Ficken. Ist kein Blut in seinem weichen Wurm.« Sie war von großer Gestalt und hatte baumelnde, mit Rouge geschminkte Brüste; ihr Haar schien so schmutzig wie das der Vettel, die Leonardo draußen im Hof erblickt hatte, aber sie war doch von einer gewissen, groben Schönheit. »Wenn Ihr es für richtig haltet, könnten wir ihn noch mal auspeitschen, Conte«, sagte sie zu einem Jüngling, der kaum älter als Niccolò sein konnte; er stand neben Lorenzo und Giuliano vor der stoffbespannten Stufe, die zu dem hohen Bett hinaufführte.

Das war Graf Pico della Mirandola, der Liebling von Lorenzos Hof, der junge Magier und Gelehrte, der die Geheimnisse der jüdischen Kabbala entschlüsselt und den brillanten *Platonischen Diskurs über die Liebe* als Kommentar zu dem Gedicht seines Freundes Girolamo di Paolo Benivieni geschrieben hatte. Er war ein unbestreitbar hübscher Junge, ja, er sah sogar außergewöhnlich aus. Seine Haut war sehr blaß; er hatte durchdringende graue Augen, weiße, gleichmäßige Zähne, eine große, muskulöse Gestalt und sorgfältig frisiertes, rötlich-blondes Haar. Er trug das traditionelle Kostüm des Theurgen: einen Lorbeerkranz und ein makellos sauberes weißes Wollgewand. Er schwitzte heftig in der Hitze; die anderen Männer, auch Verrocchio und Lorenzo, waren *in zuppone*, in Hemdsärmeln, und die Diener hatten nackte Oberkörper.

»Laßt ihn; ihr habt euer Bestes getan«, sagte Mirandola. Die Hure stieg vom Bett, und ebenso ihre Gefährtin, die mit ihrer flachen Brust leicht als Knabe hätte gelten können.

»Il Magnifico«, sagte die große Frau, »wünscht Ihr vielleicht, daß wir noch bleiben und einem Eurer anderen Bürger – helfen?« Sie warf einen Blick auf Mirandola und dann auf Niccolò. Ihre Haut war glatt und glänzend im Feuerschein. »Euer Magier sieht jedenfalls so aus, als könnte er ein bißchen Fiedeldudel gebrauchen – stimmt's nicht, *mio illustrissimo signore?*«

Mirandola ignorierte sie kühl, obgleich seine Wangen sich röteten. »Vielen Dank, nein ... zu allen Punkten.« Lorenzo lächelte und drückte jeder der beiden Frauen einen Gulden in die Hand.

Nachdem die Huren gegangen waren, trat Simonetta vor; aber sie tat es behutsam. Sie nahm Leonardo und Lorenzo bei der Hand und fragte beinahe flehentlich: »Was können wir tun? Dies ist so erniedrigend.« Sie war in Tränen aufgelöst und konnte den Blick nicht von Sandro wenden. Dieser mußte ihre Anwesenheit gehört oder gespürt haben, denn er kam jählings zu Bewußtsein.

Er setzte sich im Bett auf und sah verängstigt aus, als sei er soeben aus einem Alptraum erwacht. Bevor man ihn zurückhalten konnte, sprang er zu Boden. Ihren Namen unablässig wiederholend, stürzte er sich auf Simonetta.

Giuliano warf ihn zu Boden; aber wie die anderen war er überrascht worden. Leonardo, Lorenzo und Verrocchio hielten Sandro fest, obwohl das nicht leicht war, denn er schlug und trat um sich. Dann aber, als sei dies nur ein erotischer Anfall gewesen, schien Sandro wieder in sein Koma mit flacher Atmung und periodischem Tremor zurückzufallen.

Die Männer hoben ihn mit Mühe wieder auf das Bett, und unterdessen nahm Mirandola Simonetta beim Ellbogen und führte sie entschieden zur Tür. »Madonna Simonetta, habe ich Euch nicht gesagt, Ihr sollt dieses Zimmer *nicht* betreten? Es ist hier drin absolut zu gefährlich für Euch, gefährlich für Euch *und* für Messer Botticelli.«

»Seid nicht böse mit mir, Pico. Wieviel Schaden kann ich denn noch anrichten? Ich wollte nur helfen. Mir scheint, er schwindet dahin – als ob er von Dämonen besessen wäre. Bitte, o Gott, beschütze ihn. Ich fürchte, er stirbt.«

»Vielleicht nicht. Ich will noch einmal einen Exorzismus versuchen, Madonna. Wenn er scheitert, komme ich zu Euch.«

»Ja?«

»Und dann werdet Ihr eine Entscheidung treffen müssen, die durchaus *Euer* Leben in Gefahr bringen könnte.«

Simonetta nickte; aber wenn man sie ansah, konnte man den Eindruck haben, sie sei von einer großen Bürde befreit worden.

Dann schlüpfte sie aus dem überheizten Zimmer.

Als einer der Diener Lorenzo fragte, ob man das Feuer nicht löschen könne, bevor jemand in Ohnmacht fiele, antwortete Mirandola für Il Magnifico. »Das Feuer muß sogar noch angefacht werden, aber zuvor holt uns auf der Stelle das alte Weib.«

»Was nützt denn das Feuer?« fragte Leonardo.

»Vielleicht sollten wir es auslöschen«, sagte Lorenzo und wischte sich mit einem Tuch den Schweiß aus dem Gesicht. »Die Hitze hat Sandro jedenfalls kein bißchen geholfen.«

»Ich bitte Euch noch um ein wenig Geduld«, sagte Mirandola. »Die Hitze ist nicht für Maestro Sandro, sondern für uns. Sie schützt uns vor dem gefährlichen Einfluß von Sandros erotischem Phantasma.«

»Und warum sollte Hitze uns davor schützen?« fragte Leonardo; dieser Aberglaube machte ihn neugierig.

»Seid Ihr nicht vertraut mit Aristoteles' Unterscheidung zwischen kalten melancholischen Dünsten und den reinen – oder heißen – Geistern?«

»Ich muß gestehen, ich bin es nicht«, sagte Leonardo.

»Nun, es mag genügen, wenn ich sage, daß die Hitze die Infektion von Träumen und Phantasmen durch ›kalte‹ und somit unreine Melancholie verhindert.«

Leonardo versagte es sich, Mirandola weiter zu befragen; er wollte diesen unverschämten und aufgeblasenen jungen Aristokraten nicht demütigen, schon gar nicht in Lorenzos Gegenwart.

»Wenn die Vettel diese Bande nicht zerreißen kann«, sagte Mirandola zu Lorenzo und Giuliano, der vom Bett herüberkam, »dann kann nur noch Simonetta ihm helfen.«

»Inwiefern?« fragte Lorenzo.

»Sandros kranker Geist könnte gereinigt werden, wenn er den Kontakt mit dem Gegenstand seiner Besessenheit noch einmal herstellen könnte: mit Simonetta. Aber um das zu bewerkstelligen, müßte Simonetta das Phantasma in sich aufnehmen, das Sandro vergiftet.« Nach einer Pause fuhr er fort: »Wir können nur hoffen, daß die Seele in ihm nicht schon tot ist. Wenn das der Fall ist, dann lebt er nur durch den Gegenstand seiner Besessenheit. Und wenn das so ist, dann ist er für uns verloren.«

»Und was ist mit Simonetta?« fragte Leonardo; er hielt auch dies für Aberglauben, aber es war nichtsdestoweniger gefährlich.

»Sie würde letzten Endes sich selbst – ihr eigenes Phantasma – wieder zurücknehmen. Aber dieser Geist, der in Sandros Seele aus melancholischem Gram hervorgebracht wurde, ist unrein. Er ist keine wahre Reflektion Simonettas. Es wird sein, als hätte sie Gift zu sich genommen.«

»Dann kann es nicht geschehen«, sagte Lorenzo.

»Aber...« fuhr Mirandola fort, »es besteht doch eine große Wahrscheinlichkeit, daß sie in einem Exorzismus geheilt werden kann, wenn diese Heilung auf der Stelle in Angriff genommen wird. Es ist sehr riskant, aber es gibt, sozusagen, ein Gegenmittel. Es muß Euch überdies klar sein«, fügte er hinzu, »wenn seine Seele bereits ermattet ist, wird unser Sandro sterben – so sicher, als hätte ein Messer sein Herz durchbohrt –, wenn sie das Phantasma aufnimmt, das er geschaffen hat.«

In diesem Augenblick kam die Vettel herein. Ihr Gestank ließ Leonardo beinahe würgen. Aber sie stank nicht nur nach Dreck, sondern nach Verfall, nach verwesendem Fleisch. Sie trug jetzt einen *mantello* aus billigem Stoff über Kopf und Schultern. Sie verneigte den Kopf vor Lorenzo und Mirandola und sagte: »Ich verspreche Euch nichts, Ihr Herren.«

Mirandola ignorierte sie und trat ans Bett. Er richtete den Blick auf Sandros Augen – oder auf das Phantasma, das sich in Sandros Augen spiegelte – und sagte: »Oh du oberster Herr heiligen Namens, oh du Herr Saturn, der du kalt bist und unfruchtbar, trostlos und unheilvoll von Angesicht, der du weise bist und undurchdringlich, der du weder Lust kennst noch Freude, der du jede List kennst und jeden Kunstgriff der göttlichen Täuschung, der du Wohlstand bringst oder Ruin und der du den Menschen Glück schenkst oder Elend! Oh herrlicher Vater, durch deine Güte und dein Wohlwollen erlaube deinen Dienern, die geschwächte, verunreinigte Seele dieses Mannes von ihrer phantasmischen Erkrankung zu kurieren!«

Sandro schloß fest die Augen und erschauerte. Dann schüttelte er den Kopf hin und her, als stehe ein neuer Anfall unmittelbar bevor.

»Bindet ihn mit Händen und Füßen ans Bett«, befahl die Alte. »Und beeilt euch, bevor er wieder in Ohnmacht versinkt!«

Leonardo erhob Einspruch, aber Mirandola nickte den Dienern zu, und die taten, wie die Alte sie geheißen hatte. Während Sandro gefesselt wurde, sagte Lorenzo: »Leonardo, dies fällt uns allen schwer, aber wir haben keine Wahl, wenn wir unseren Freund nicht sterben lassen wollen.«

Leonardo hielt den Mund; es wäre unmöglich, Lorenzo oder sonst einen der Anwesenden davon zu überzeugen, daß diese Zauberei nichts bewirken würde. Besonders gefährlich wäre es, sich gegen den jungen Grafen Mirandola zu stellen, Il Magnificos Günstling.

Wenn diese erniedrigende Behandlung vorüber wäre, würde er sich um Sandro kümmern.

Aber die Vettel verlor keine Zeit. Sie warf kleine, mit Zwirn verschnürte Beutel ins Feuer. Der Inhalt verbrannte knisternd und verbreitete Dünste, die nach Gras, süßem Parfüm, Formaldehyd und Harz rochen. Sie brannten in den Augen und ließen in den Flammen, die sie verzehrten, verschiedene Formen und Farben entstehen.

Leonardo wurde es schwindlig, als hätte er zuviel getrunken. Nachglänzende Bilder schienen am Rande seines Gesichtsfeldes zu explodieren. Er war sicher, daß die Dämpfe der Alten nur dazu dienten, alle, die sie einatmeten, in Verwirrung zu stürzen. Also trat er vom Feuer zurück und bedeckte seinen Mund mit dem Ärmel, bis diese Dämpfe verflogen wären. Niccolò befahl er, das gleiche zu tun.

Die Vettel ging um Sandros Bett herum und begann, ihn mit ihrer schnarrenden Stimme zu beschimpfen. Sie schmähte ihn, nannte ihn einen Juden und einen von hinten arbeitenden Sodomiten; sie verleumdete Simonetta, den Gegenstand seiner Begierde, als Dirne und hündische Hure. Sie beugte sich über ihn und schlug ihren *mantello* zurück, so daß ihre Zitzen in einer grotesken Verkehrung der Sinnlichkeit über ihm baumelten. Immer lauter schrie sie und schüttelte ihn bei den Schultern. »Dein Weib ist ein Besen, eine Dirne, eine Fickmamsell.« Sie kroch auf das Bett – nahm Sandros Kopf zwischen ihre spindeldürren, schlaffhäutigen Beine – und sagte: »Schau doch rein in meine Fotze, du Kackstelze.« Und mit mädchenhaft süßer Stimme fragte sie: »Ist das Liebesfleisch bei deinem Weib so hübsch wie bei mir?« Sie zog ihre

Röcke hoch, entblößte ihr Geschlecht und zog einen mit Monatsblut – sicher nicht ihrem eigenen – getränkten Lappen beiseite, den sie sich um den Leib gebunden hatte.

»Nehmt die Vorhänge von den Fenstern«, schrie sie Mirandola zu.

»Das soll ihr helfen, Sandros Phantasma zu befreien«, erklärte Niccolò leise.

Leonardo schüttelte angewidert den Kopf. »Ich glaube, mehr brauchst du davon nicht zu sehen.« Aber Niccolò tat, als habe er nichts gehört, und verdrückte sich in eine andere Ecke des Zimmers.

Mirandola zog die behelfsmäßigen Vorhänge einen nach dem anderen herunter und beschwor dabei jedesmal das unsichtbare Licht Gottes: »*Deus lux summa luminum.*«

Das matte Licht des vergehenden Nachmittags erfüllte die Kammer, so transparent und durchscheinend wie das Licht in Sandros Gemälden, von denen Leonardo jetzt eines bemerkte, das an der Wand lehnte. Es war »Primavera«, und die Gruppe der tanzenden Grazien, gemalt, wie sie in einer Passage bei Apuleius und später von Angelo Poliziano beschrieben wurden, schien aus Licht geschaffen zu sein. Aber diese Figuren schienen keine physische Existenz zu haben. Sie waren leuchtende Geister, engelhafte, unbeschreibliche Visionen, Phantasmen der Simonetta, die Sandro seinem Herzen abgerungen hatte.

Wahrhaftig, die Gesichter und Gestalten auf dieser tabula *picta* gehörten Simonetta.

Vielleicht waren es die Dünste aus dem Feuer, die seinen Blick verhext hatten, aber Leonardo bildete sich ein, daß die Grazien allesamt in zarter Bewegung waren; sie waren lebendig und qualvoll gefangen in jenem zeitlosen, zweidimensionalen Raum des Gemäldes.

Die Hexe wedelte mit dem stinkenden Blutlappen vor Sandros Gesicht herum und setzte sich unter geilen Geräuschen auf seine

Brust. Sie strich ihm mit dem Lumpen über das Gesicht, hielt ihn unter Sandros Nase und zitierte den *Malleus maleficarum*: »Dein schweinisches Weib, deine Schlampe, sie ist wie das hier … *wie das hier*. Ein Fluch der Natur, das ist sie.«

Dann kroch sie auf den Knien rückwärts und schob Sandros Penis fummelnd in sich hinein.

Sandros Augen waren offen und schienen sich auf sie zu richten.

Ja, nur seine Augen schienen noch zu leben …

Nachdem sie eine Zeitlang in einer grotesken Parodie des Koitus die Hüften hatte kreisen lassen, gab die Hexe schließlich auf. Noch immer hockte sie über ihm wie eine vierbeinige Spinne, als sie sich zu Mirandola und Lorenzo umdrehte. »Das ist kein Mann, sondern ein Teufel. Nichts kann ihm helfen!« Sie kletterte von Sandro herunter und rutschte vom Bett. Dann zog sie sich ihre *gamurra* um die Schultern und ging steifbeinig hinaus, ganz wie eine hochgeborene Dame, die soeben beleidigt worden war.

Leonardo sah mit Entsetzen und Abscheu, daß Sandro – der immer noch zitterte und Simonettas Namen murmelte – eine Erektion hatte.

Als Mirandola mit Simonetta hereinkam, wagte Leonardo nicht, allzu heftig zu protestieren; Lorenzo könnte sonst ahnen, daß er sich mit ihr eingelassen hatte, und das wäre für Simonetta sicher gefährlicher als all dieser magische Hokuspokus. Aber als er Simonetta erblickte, stöhnte Lorenzo auf; dann stand er stramm wie einer von seiner Garde, als müsse er den andern ein Vorbild sein. Giuliano trat ruhig an die Seite seines Bruders.

»Wollt Ihr das Zimmer räumen?« fragte Mirandola ihn.

»Würden wir bei Sandros – Heilung sonst stören?« fragte Lorenzo.

»Das glaube ich nicht, aber es könnte für andere gefährlich sein.«

»Dann sollte jeder, der will, jetzt hinausgehen«, sagte Lorenzo so laut, daß alle es hören konnten. Der Arzt, der müde und zerzaust aussah, verneigte sich vor Lorenzo und ging dann mit seinem Krug voller Blutegel hinaus.

Verrocchio drückte Lorenzo wie ein Bär an seine Brust. »So sehr ich Sandro liebe, ich halte es doch für das beste, wenn ich Madonna und Euch, Magnifico, jetzt ungestört sein lasse. Wenn man mich braucht, bin ich ja in Rufweite.«

»Nehmt Nicco lieber mit«, sagte Leonardo.

Andrea nickte und lächelte grimmig. Er rief Niccolò zu sich. »Komm«, sagte er und schob ihn und einen jungen Diener vor sich her.

»Bist du sicher, daß du dieses Risiko eingehen willst?« fragte Lorenzo Simonetta; Verzweiflung verlieh seiner Stimme eine leise Schärfe. Sie nickte und gab ihm einen Kuß auf die Wange. Lorenzo umarmte sie und sagte: »Es muß doch noch andere Möglichkeiten geben.«

»Ich bedaure, Magnifico«, sagte Mirandola, »aber wir haben es mit allen bekannten Heilverfahren versucht.«

»Dann müssen wir den Fall weiter studieren«, beharrte Lorenzo. Seine Hände lagen auf Simonettas Schultern. »Ich kann es nicht erlauben, Madonna. Mir liegt zuviel an dir.« Er zog sie an sich, und Leonardo und Giuliano wichen höflich zurück.

»Und der arme Sandro?« fragte Simonetta. »Er könnte sterben ohne unsere Hilfe. Liegt Euch nichts an ihm?«

»Doch, natürlich, er ist wie ein Bruder für mich. Aber ich kann dich nicht verlieren, mein Liebling.«

»Magnifizenz, wenn ich ihm nicht helfe, wird er sicher sterben. Damit könnte ich nicht leben. Ich liebe Euch, aber dies muß ich doch tun. Ihr müßt mir erlauben, diese Wiedergutmachung zu leisten.«

»Wiedergutmachung?«

»Bittet mich nicht, es Euch zu erklären, denn ich würde Euch die Wahrheit sagen wie immer. Aber erinnert Ihr Euch an Euer Versprechen? Wir werden einander niemals Fragen stellen.« Und flüsternd fügte sie hinzu: »Wir geben nur uns selbst. Ist es nicht so?«

Lorenzo ließ den mächtigen, häßlichen Kopf hängen, und Leonardo empfand plötzlich tiefes Mitleid mit dem Mann.

»Jetzt habe ich Gelegenheit, meinen Glauben auf die Probe zu stellen«, sagte Simonetta. Lorenzo nickte und brachte ein Lächeln zustande. »Jetzt müßt Ihr alle gehen; Eure Sicherheit liegt mir am Herzen, denn ich liebe Euch alle.« Sie lächelte Leonardo an, als teile sie ein Geheimnis mit ihm.

»Ich werde hierbleiben«, sagte Lorenzo.

»Und ich werde Euch Gesellschaft leisten«, erklärte Leonardo.

»Ich auch«, sagte Giuliano.

»Giuliano ...« sagte Lorenzo und brach dann ab. Er umarmte seinen Bruder kräftig und entdeckte dann Niccolò, der sich wieder ins Zimmer geschlichen hatte und im Schatten hinter der Tür stand. »Aber du, mein altkluger kleiner Mann, du mußt gehen. Oder möchtest du mir etwa auch ungehorsam sein?«

Niccolò trat ins Licht, verneigte und entschuldigte sich. Seine Ohren glühten, aber er behielt genügend Fassung, um zu Simonetta zu sagen: »Ich wünsche Euch Gottes Barmherzigkeit bei Euerm Unterfangen, teure Dame.«

Als er hinausgegangen war, sagte Mirandola: »Wir haben nicht viel Zeit; Sandro wird gleich wieder in Erregung geraten. Ihr müßt seinen Geist in Euch hineinziehen, aber laßt nicht zu, daß er Euch durchsetzt. Wenn er in Euch kommt, müßt Ihr ihn hinter den Augen festhalten, damit er nicht Euer Herz erreicht und in den Kreislauf gelangt. Wie ich es Euch bereits erklärt habe, liebe Dame, Ihr müßt Euch einen gewaltigen, hellen Raum vorstellen, der hinter Euren Augen liegt – eine Kathedrale beispielsweise, die von Sonnenlicht durchflutet ist.«

»Ja, Pico, ich erinnere mich.«

»Dann geht jetzt zu ihm.«

»Sei vorsichtig«, sagte Lorenzo und sprach ein Stoßgebet.

Während Simonetta ans Bett trat, ging Mirandola zum Kamin und legte noch ein Scheit auf das Feuer. Das Holz knisterte und qualmte, denn es war noch nicht gut abgelagert. Mirandola warf einen kleinen Beutel in die Flammen, und beißender Schwefeldunst erfüllte die Kammer wie ein Licht. Wieder fühlte Leonardo sich schwindlig und schwerelos. Zwar war es unmöglich, den rauchigen Schwaden zu entkommen, aber er hielt sich doch den Ärmel vor Mund und Nase. In diesem Augenblick konnte er sich vorstellen, daß Körper und Raum und physische Existenz ignoriert werden könnten und daß in der Tat alles Geist sei: Bild, vom Stoff gelöst.

Das war Sandros Überzeugung ...

Simonetta stand neben dem Bett und nahm Sandros Hand, die immer noch an den Bettpfosten gebunden war. »Mein Fläschchen«, flüsterte sie, »hier ist Simonetta. Ich bin gekommen, den Schmerz von dir zu nehmen. Dich zu befreien ...«

»Simonetta ...Simonettaetta ...« murmelte Sandro in seinem Singsang. Einen Augenblick später runzelte er die Stirn, und sein Gesicht erwachte zum Leben. Aber seine Augen waren so fest geschlossen, daß seine Lippen durch die Anspannung nach oben gezogen wurden – als wäre Simonetta die Sonne selbst: zu hell, um sie unmittelbar anzuschauen.

Sandro zerrte an den Stricken und schüttelte den Kopf. Dann, als sei er plötzlich bei klarem Verstand, bat er: »Geh fort, bitte laß mich! Ich will nicht, daß dir etwas geschieht. Meine wunderbare Simonetta, Simonetta ...«

»Ich werde dich nicht verlassen«, sagte Simonetta und nahm sein Gesicht fest zwischen beide Hände. »Schau mich an, ich bin hier.«

Aber Sandro wollte die Augen nicht öffnen. Er warf sich auf dem Bett hin und her; es war, als sei Simonettas sanfteste

Berührung ein Brandeisen, das sein Fleisch versengte. Aber sie ließ sich nicht vom Bett stoßen. Sie hielt Sandro fest, bis er aufhörte, sich aufzubäumen und hin und her zu werfen.

Und plötzlich hatte sie ihn gepackt.

Er öffnete die Augen für einen kurzen Moment, sah sie und drehte den Kopf zur Seite, preßte die Wange auf das Bett, als wolle er sich darin vergraben. Dann aber – bebend vor Anstrengung kämpfte er gegen die Muskeln, die dem Geist, aber nicht dem Verstand gehorchen wollten – wandte er sich ihr zu.

Er sah sie an, mit großen Augen, gebannt, und plötzlich beruhigte er sich.

Der Abend dämmerte. Das Feuer war heruntergebrannt, die Asche glühte rot im Kamin. Kerzen flackerten in den Wandhaltern und warfen fahle, schwankende Schatten. Lampen brannten auf Tisch und Bank. Obwohl die Dämpfe der aufs Feuer geworfenen Mixturen sich in der stickigen Luft inzwischen aufgelöst hatten, sah Leonardo – wenn auch nur sehr flüchtig –, wie ein Dunsthauch zwischen Sandro und Simonetta wehte.

Er wehte von seinen umwölkten Augen zu den ihren, die klar und glänzend waren.

Dieser Dunst war sanguinisch, rein und heiß: ein Flackern, ein rasch vergehender Glanz, so hell und zart wie die Aura, die den Mond in einer stürmischen Nebelnacht umgibt.

Sie schauten einander an, und in einer Umarmung, die nicht körperlich war, küßten sie sich. Ihre Augen blieben offen, und sie beobachteten einander staunend, während Zunge um Zunge spielte.

Sie benahmen sich, als wäre sonst niemand zugegen.

Lorenzo trat nervös von einem Fuß auf den anderen.

»Ich hoffe und bete, dies ist nicht ihr *binsica*«, sagte Mirandola.

Leonardo hielt auch die Vorstellung vom ekstatischen Kuß des Todes für abergläubischen Unfug; aber er fühlte doch, wie es ihm nun eisigkalt über den Rücken rieselte – sicher eine Folge der Hexendämpfe.

»*Multiplex semen, multiplex Venus, multiplex amor, multiplex vinculum*«, intonierte Mirandola, als könne er sie mit einer Beschreibung der Grundtatsachen ans Leben binden.

»Bindet ihn los«, befahl Simonetta und schlug die mit Eichhörnchenfell gefütterte Decke von seinem aufgerichteten Penis zurück.

Mirandola ging zum Bett, um ihrem Wunsch nachzukommen, und Lorenzo wollte ihm folgen. Dann aber blieb er stehen, schüttelte den Kopf und seufzte. Leonardo nahm seinen Arm und drückte ihn, und Lorenzo nickte dankbar. »Ihr wird nichts zustoßen, Leonardo«, sagte er, wie um sich selbst zu überzeugen.

Aber Leonardo wußte, daß der Erste Bürger den Schock der Eifersucht fühlte, denn er merkte, wie sie auch in ihm erwachte.

Mirandola band Sandro los, und Simonetta kletterte wie traumwandlerisch auf das Bett. Sandro umarmte sie und zog sie dann mit einer jähen Bewegung auf die Matratze. Er wälzte sich auf sie und küßte sie, während er in drängender Hast ihre Unterkleider heraufzog. Sie schrie, als er in sie eindrang, und dann paarten sie sich wild und starrten einander dabei unablässig in die Augen.

Vom inneren Feuer ihrer Seele verzehrt, wurden sie ein Fleisch.

»Ich kann das nicht mitansehen«, rief Lorenzo und wandte sich ab. Aber so, als habe das Abscheuliche zugleich eine gewisse Faszination für ihn, drehte er sich wieder um. Giuliano nahm seinen Arm, und Leonardo, der auf der anderen Seite stand, hielt seine Hand fest. Lorenzo scheute immer wieder zurück, aber Giuliano und Leonardo hielten ihn fest, bis er seine Fassung wiedergewonnen hatte.

Und unter Lorenzos Augen wurde das *vinculum vinculorum*, die Kette der Ketten, zerrissen.

Sandro stemmte sich von Simonetta hoch, und sie blieb liegen. Sie sah leblos aus; Blut und Farbe waren aus ihr gewichen, und sie starrte mit weit offenen Augen zur Decke. Aber sie atmete langsam, wie im Schlaf oder in Trance. Sandro rieb sich die Augen und starrte Leonardo verständnislos an. »Was ist passiert?« fragte er flüsternd. Dann drehte er sich nach Simonetta um. Er schaute sie an und fing an zu weinen. Er berührte ihr Gesicht. »Jesus, was habe ich getan?«

Leonardo und Lorenzo kamen zum Bett. Leonardo beruhigte Sandro, und Lorenzo versuchte, Simonetta an sich zu ziehen.

»Magnifico, wartet«, sagte Mirandola zu ihm und zog ihn behutsam zurück. »Ihr müßt mir erlauben, sie zu wecken. Wir haben nicht viel Zeit; ihre Seele ist erfüllt von Sandros giftigem Phantasma. Schaut nur, man sieht, wie es ihre Augen erfüllt.« Lorenzo nickte und trat zurück, und Mirandola wandte seine Aufmerksamkeit für einen Augenblick Botticelli zu. »Wahrhaft, dieser Frau liegt an Euch, Sandro. Sie hat Euch geheilt. Und jetzt werdet Ihr mit Gottes Hilfe beginnen, Eure Kräfte zurückzugewinnen.«

Aber Sandro – der jetzt heftig schwitzte, als ob in der Tat alles Giftige aus ihm herausströme – sank Leonardo in einer todesähnlichen Ohnmacht in die Arme.

»Laßt ihn«, sagte Mirandola. »Wir haben wenig Zeit. Die Madonna muß weg von Sandro.«

Leonardo und Giuliano legten sie auf eine zierlich geschnitzte Bank am anderen Ende der Kammer, und Mirandola scheuchte unterdessen alle zur Tür hinaus. Dann sagte er zu Leonardo und Giuliano: »Wenn Ihr hierbleiben müßt, dann bleibt bei Sandro. Auch wenn er ohnmächtig ist, müßt Ihr ihm die Sicht auf die Madonna versperren. Bedeckt seine Augen, wenn es sein muß. Es ist nicht unmöglich, daß dieses Phantasma sich noch einmal in seinem Herzen einnistet. Dann würden er und die Madonna beide ermatten und sterben. Bitte, Magnifico, laßt uns jetzt allein.«

Vom Bett aus, wo sie sich niedergelassen hatten, um Sandro

den Blick auf Simonetta zu versperren, falls er aufwachen sollte, sahen Leonardo und Giuliano zu. Mirandola hielt Simonetta fest, damit sie nicht von der Bank fiel. Es war jetzt dunkel, obwohl staubiges Mondlicht durch das Fenster fiel und die blakenden Kerzen ihr gelbliches Flackerlicht warfen. Eine Lampe strahlte mit matter Aura auf dem anderen Ende der Bank, auf der Simonetta saß. Mirandola zog die Lampe zu sich heran und zog einen kleinen Spiegel unter seinen Gewändern hervor, den er in Reichweite auf die Bank legte. Dann zog er einen Lederbeutel heraus, und daraus nahm er Balsam, ein viereckiges Stück Zucker, Myrobalanum, eine dünne Phiole mit süßduftendem Parfüm und eine Handvoll Edelsteine. Alles das legte er neben den Spiegel und sagte: »Mögen diese Gaben der beseelten Welt – diese *homines phlebotomici* – das giftige Pneuma in sich aufnehmen. Mögen sie zu göttlichen Verlockungen werden und dir durch ihre Verwandtschaft mit der höheren Welt die Unterstützung der ätherischen Engel verschaffen.«

Er hielt Simonetta die Phiole unter die Nase. Ihr Kopf fuhr ruckartig zurück, als sei ihr Ammoniakdunst in die Nase gestiegen; aber bevor er die Phiole verschloß, atmete er ihren Inhalt ein und schloß für einen Moment wie entrückt die Augen. Dann legte er die Phiole hin und klatschte vor Simonettas Gesicht laut in die Hände. »Wacht auf«, befahl er und hielt ihr den Spiegel vor.

Ihre Pupillen waren geweitet. Sie nahm ihm den Spiegel ab und lächelte, als sie hineinschaute. »Es ist hübsch«, flüsterte sie und betrachtete ihre Augen im Spiegel.

Sie schien in einem Zustand seliger Verzückung zu sein.

»Was seht Ihr?« fragte Mirandola eifrig.

»Sandros Pneuma … seine Schöpfung. Das schmeichelt mir, denn sein Phantasma ist ein Engel. Wie könnte ich einem so vollkommenen Bild gerecht werden?«

»Madonna, laßt Euch von dem Bild nicht behexen«, warnte Mirandola. »Ihr müßt es austreiben. Habt Ihr verstanden?«

»Ich kann geradewegs in die höhere Welt schauen ...«

»Madonna. Madonna! Könnt Ihr mich hören?«

Sie nickte.

»Wenn Ihr Euch von den Eigenschaften der höheren Welt erfüllen lassen wollt, so müßt Ihr erlauben, daß die Dinge, die ich hier vor Euch hingelegt habe, zu Euren Verwandten werden. Laßt sie das Pneuma aufnehmen, das Ihr von Sandro empfangen habt; wenn die Eigenschaften des Phantasmas verunreinigt sind, so werden sie es zurückweisen – und Ihr seid davor sicher. Aber dazu müßt Ihr Sandros Phantasma in den Spiegel übergehen lassen.«

»Ich sehe es dort«, sagte Simonetta.

»Das ist gut. Jetzt schließt die Augen und schaut in Euch selbst hinein, in den hellen Raum hinter Euren Augen. Dort habt Ihr das Phantasma eingesperrt, nicht wahr?«

Simonetta nickte.

Er drückte ihr Juwelen, Amulett und Zucker in die Hand auf ihrem Schoß. »Jetzt sagt mir, Signora Vespucci, befindet sich ein Rest des Bildes noch in der Kathedrale, die Ihr mit Euren Gedanken geschaffen habt?«

Wieder nickte sie.

»Dann müßt Ihr ihn in den Spiegel zwingen. Laßt Euch von den Gegenständen in Eurer Hand die Kraft der höheren Wesen verleihen. Öffnet jetzt die Augen. Schickt das Phantasma in den Spiegel.«

»Es ist dunkel. Der Spiegel ist dunkel.«

»Hat das Phantasma Euch verlassen?«

Simonetta nickte.

Mirandola nahm ihr den Spiegel ab, warf ihn auf den Boden und zertrat ihn. Er bog ihre Hand auf, ließ Juwelen und Amulett herunterfallen und wischte den Zucker von ihrer Handfläche. »Es ist vollbracht«, verkündete er. »Die Diener müssen jetzt die Edelsteine, Spiegelscherben und anderen Dinge, die jetzt giftig sind, wegnehmen und vergraben. Und der Arzt muß Maestro Botticelli und Madonna Vespucci mit seinen Blutegeln zur Ader lassen.« Er sah Lorenzo an. »Ich gebe Euch Eure Freunde zurück.« Und warmherzig lächelte er seinen Wohltäter an.

Simonetta schaute Leonardo an, während er sprach.

Und auch sie lächelte.

Aber es war ein geheucheltes Lächeln.

Plötzlich wachte Sandro auf. Er schnappte nach Luft wie ein Ertrinkender, der noch einmal die Oberfläche des Meeres durchbricht. Er schaute Simonetta an und fragte: »Leonardo, wo ist sie? Wo ist Simonetta …?«

»Sei still und ruh dich aus«, sagte Leonardo und wischte Sandro mit einer Ecke des Lakens den Schweiß vom Gesicht. »Alles ist gut.«

»Und Simonetta, was ist mit Simonetta?«

»Genau wie du, mein Fäßchen, wird sie bald wieder guter Dinge sein«, sagte er, und dabei kroch es ihm eiskalt den Rücken herauf.

»Schwörst du mir, daß das die Wahrheit ist, Leonardo?«

»Ja, mein Freund«, log er.

Die Höhle des Dädalus

Von der Zeit vernichtet, liegst du nun geduldig
in dieser engen Kammer, und deine Gebeine sind bloßgelegt
und nackt ...

Leonardo da Vinci

Es war, als sei das schwarze Miasma des Exorzismus an Sandro in die Welt hinausgesickert und habe sie vergiftet, denn am nächsten Tag, einem Donnerstag, löste sich eine der kleinen Glocken von Santa Maria del Fiore und zerschmetterte einem Steinmetz, der unten vorbeiging, den Schädel. Wie durch ein Wunder überlebte der Mann, aber man mußte ihm ein Stück Knochen aus dem Kopf entfernen.

Und am Freitag fiel ein zwölfjähriger Junge von der großen Glocke des Palagio und landete auf der Galerie. Er starb wenige Stunden später.

Bis zum Wochenende lagen vier Familien in der Stadt und acht im Borgo di Ricorboli mit Fieber und geschwollenen Lymphknoten darnieder, jenen charakteristischen Beulen der Krankheit, die man inzwischen »die ehrliche Pest« nannte. Danach gab es jeden Tag neue Meldungen von Fieber- und Todesfällen, denn abermals zog der Schwarze Tod durch die Straßen; er streifte durch Wohnungen und Hospitäler, durch Kirchen und Schenken, durch Hurenhäuser und Nonnenklöster gleichermaßen. Es hieß, er habe eine Gefährtin, die alte Vettel Lachesis, die ihm nachfolgte und an ihrem unaufhörlich wachsenden Teppich des Todes webte; mit ihrem niemals endenden schwarzen Zwirn führe sie Buch über »die Schuld, die wir alle bezahlen müssen«.

Bis zum nächsten Vollmond waren in Kirchen und Krankenhäusern hundertzwanzig Menschen gestorben. Allein in Santa

Maria Nuova gab es fünfundzwanzig Todesfälle. Die »Acht« der Signoria erließen entsprechende Gesundheitsvorschriften, an die jeder Florentiner sich zu halten hatte, und die Lebensmittelpreise stiegen drastisch.

Lorenzo und sein Gefolge – dazu gehörten seine Gattin Clarise und ihre Kinder, seine Schwester Bianca, die in die Familie Pazzi hineingeheiratet hatte, sein Bruder Giuliano, Angelo Poliziano, Pico della Mirandola, der Humanist Bartolomeo Scala und auch Sandro Botticelli – flüchteten sich in die Gegend der Villa Careggi. Aber statt es ihnen nachzutun und die Stadt gegen das sichere Land einzutauschen, zog Verrocchio es vor, in seiner *bottega* zu bleiben. Seinen Schülern gestattete er, fortzugehen, bis die Pest nachließe, sofern es ihre Mittel erlaubten; aber die meisten blieben bei ihm.

In der *bottega* herrschte hitziges Treiben.

Man hätte denken können, daß die Frist für jeden einzelnen Auftrag am nächsten Tag ablaufe. Verrocchios Aufseher Francesco führte bei den Lehrlingen ein strenges und festes Regiment und zwang sie, täglich zwölf, gar vierzehn Stunden zu arbeiten; und sie arbeiteten wie damals, als sie die bronzene *palla* für die Kuppel von Santa Maria del Fiore gemacht hatten – als wären geschäftige Hände und Köpfe die einzigen Waffen gegen die Langeweile, von der sich der Schwarze Tod womöglich ernähren könnte. Francesco war für Leonardo unbezahlbar geworden, denn er hatte in mechanischen Dingen eine flinkere Auffassungsgabe als selbst Verrocchio; Francesco half ihm dabei, einen klugen Plan zu entwickeln, nach dem die Flugmaschine für einen mühelosen Transport nach Vinci zusammengeklappt, auseinandergebaut und getarnt werden konnte. Die Flugmaschine war endlich fertig, was wiederum Francesco zu danken war, weil er dafür gesorgt hatte, daß Leonardo stets über genügend kräftige Lehrlinge und Material verfügte.

Leonardos Werkstatt war ein großes Durcheinander, ein Labyrinth von Pfaden, die sich um Tuchballen, Maschinen, Stapel von

Holz und Leder, Farbengläser, Sägeböcke und diverse Zahnradkonstruktionen schlängelten. Die Flugmaschine selbst bildete den Mittelpunkt des großen Raumes. Sie war umgeben von Zeichnungen, Tafeln mit aufgespießten Insekten, einem Tisch voller Vögel und Fledermäusen in verschiedenen Stadien der Vivisektion und Konstruktionszeichnungen für die Einzelteile der neuentworfenen Flugmaschine: künstliche Flügel, Ruder und Klappenventile.

Giftige Terpentindämpfe mischten sich mit den verschiedenen Düften des Verfalls; diese Gerüche störten Leonardo indessen überhaupt nicht, denn sie erinnerten ihn an seine Kindheit, in der er alle möglichen toten Tiere in seiner Kammer aufbewahrt hatte, um sie zu studieren und zu malen. Alle anderen Arbeiten – Gemälde und Terrakotta-Skulpturen – türmten sich in einer Ecke. In der beengten, stinkenden Werkstatt konnten Leonardo und Niccolò nun nicht mehr schlafen; sie hatten ihre Matratzen in die Kammer des Lehrlings Tista gelegt.

Aber Leonardo schlief nachts unruhig und nur wenige Stunden. Er bangte um Ginevra, die Florenz mit ihrem Vater und Nicolini verlassen hatte, ohne ihn zu benachrichtigen; an dem Tag, als er ihr Porträt hatte beginnen sollen, hatte Leonardo vor einem leeren Haus gestanden. Nur ein alter Diener war noch dagewesen. So kam es, daß Leonardo sich wie Verrocchio, aber aus anderen Gründen, in seiner Arbeit verlor. Der Schwarze Tod hatte ihm einen Aufschub verschafft – gerade soviel Zeit, daß er seine Maschine vollenden und überprüfen konnte –, denn Il Magnifico war nicht nur damit einverstanden, das Zusammentreffen in Vinci statt in Pistoia zu veranstalten, sondern er hatte den Termin auch persönlich um vierzehn Tage verschoben.

Es war unerträglich warm in der Werkstatt, als Leonardo mit Niccolòs Hilfe den Windenmechanismus und ein Zwillings»ruder« von der Maschine abmontierte, um sie in einer numerierten Holzkiste zu verpacken. »Es kommt näher«, sagte Niccolò, als sie die

Einzelteile sicher in der Kiste verstaut hatten. »Tista sagt, er habe gehört, daß eine Familie in der Nähe der Porta alla Croce am Fieber erkrankt ist.«

»Nun, bei Tagesanbruch sind wir unterwegs«, sagte Leonardo. »Du wirst mir dafür verantwortlich sein, daß alles ordnungsgemäß verladen und an seinem richtigen Platz ist.«

Darüber schien Niccolò sich zu freuen; überhaupt hatte er sich als fähiger Arbeiter erwiesen. »Aber ich finde immer noch, wir sollten warten, bis die dunklen *effluvia* aus der Luft verdunstet sind. Zumindest, bis die *becchini* die Toten ins Grab gebracht haben.«

»Dann brechen wir auf, sobald es hell ist«, sagte Leonardo.

»Gut.«

»Du könntest ja recht haben, was die Möglichkeit einer Ansteckung durch Leichen und *becchini* angeht. Aber deine *effluvia* ...«

»Sicher ist sicher«, sagte Verrocchio; er hatte in der Tür gestanden und hereingelugt wie ein Junge, der beim Umherschleichen im Hause noch nicht ertappt worden ist. Er hielt die Tür zur Hälfte geschlossen, so daß sie ihn einrahmte, als posiere er für sein eigenes Porträt, und der besondere Glanz der Spätnachmittagssonne schien seine ziemlich groben Züge zu verwandeln und zu mildern.

»Ich denke, es ist, wie die Astrologen sagen: eine Konjunktion der Planeten«, fuhr Verrocchio fort. »So war es bei der großen Seuche von 1345. Aber das war eine Konjunktion von *drei* Planeten. Sehr ungewöhnlich. So wird es jetzt nicht werden, denn die Konjunktion ist nicht annähernd so vollkommen.«

»Kommt lieber mit uns aufs Land, statt Euch die Astrologen anzuhören«, riet Leonardo.

»Ich kann meine Familie nicht alleinlassen. Das habe ich dir gesagt.«

»Dann nehmt sie mit. Mein Vater ist bereits in Vinci und bereitet das Haus für Lorenzo und sein Gefolge vor. Betrachte es als Geschäftsreise; denk doch an all die Aufträge, die dir unterwegs zufallen können.«

»Ich glaube, davon habe ich im Augenblick genug«, sagte Andrea.

»Das klingt aber gar nicht nach Andrea del Verrocchio«, sagte Leonardo scherzhaft.

»Meine Schwestern und Basen wollen nicht weg«, sagte Andrea. »Und wer würde auch die Katzen füttern?« Er lächelte und seufzte dann resigniert, beinahe erleichtert. »Mein Schicksal liegt im Schoße der Götter – wie es immer war. Und deines ganz genauso, mein junger Freund. Aber ich verspreche dir, für deine Sicherheit zu beten. Auch werde ich dir zu Ehren für das Kloster der Badia ein Porträt des heiligen Nicolaus von Tolentino malen. Der Heilige wird für so manches Wunder verehrt, und es heißt, er helfe besonders den Seefahrern, und in gewisser Weise bist du ja auch einer.«

»Ich danke Euch für Eure Liebe, guter Andrea. Aber möchte mein vornehmer Meister nun endlich hereinkommen, oder fürchtet er, die Anwesenheit seiner armen Schüler könne ihn vergiften?«

»Wie du willst.« Andrea nahm seine schwarze, vom Kalkstaub verfärbte Mütze ab. Dann wurde seine Miene boshaft; er stieß die Tür ganz auf und gab den Blick auf Sandro Botticelli frei, der vor ihm eintrat.

»Aber Fäßchen, ich dachte, du bist in Careggi«, rief Leonardo und starrte erschrocken seinen Freund an, der inzwischen ein bißchen von seinem verlorenen Gewicht zurückgewonnen hatte. Sein volles, sinnliches Gesicht hatte wieder die gewohnte Röte, und sein hellbraunes Lockenhaar war zu lang und ungekämmt; aber sein Blick war träge, als stehe er immer noch unter dem Einfluß von Drogen oder Magie. Er trug Gewänder in den Farben der Medici anstelle der kürzeren *vestini*, die jüngere Männer sonst zu tragen pflegten. Leonardo war verlegen, aber Sandro kam gleich zu ihm und umarmte ihn.

»Dort war ich auch«, erklärte er dann und wischte sich mit seinem seidenen Ärmel über die schweißfeuchte Stirn. »Ich hatte befürchtet, du seist vielleicht schon abgereist. Wir haben nicht viel Zeit, denn Lorenzo ist auch schon unterwegs. Aber ich bin früher aufgebrochen, um bei dir zu sein, mein Freund. Findest du das so schwer zu glauben?«

»Natürlich nicht«, log Leonardo.

»Ich werde dir später alles erklären«, sagte Sandro. »Ich konnte nicht anders – ich habe mir Sorgen um deine Sicherheit in diesem Gestell gemacht: Du könntest dir den Hals brechen, wenn du versuchst, es den Engeln gleichzutun.«

»Ich bin sehr froh, daß du hier bist, Sandro. Der Große Vogel ist bereit zum Fluge, und es gibt absolut keinen Grund zur Sorge ... Schließlich habe ich ihn ja gebaut.«

Sandro lachte leise und schüttelte den Kopf; Andrea verdrehte die Augen. Leonardo grinste sie an, aber was er empfand, war der Mut der Verzweiflung, denn er hatte wieder vom Fallen geträumt. »Wenn nichts mehr schiefgeht, brechen wir morgen früh nach Vinci auf. Du kommst doch sicher mit.«

»Das war meine Absicht. Ich dachte mir, du könntest noch ein paar starke Arme gebrauchen.«

Aufgeregt kam Niccolò zu ihm; er freute sich offenbar, ihn zu sehen. »Ich war Maestro Leonardo eine große Hilfe«, erzählte er.

»Das kann ich mir vorstellen.«

»Er hat viel gelernt, mein Fäßchen«, sagte Leonardo. »Ich fürchte, ich kann ihn inzwischen gar nicht mehr entbehren.«

»Und ist er von den Huren geheilt?« fragte Sandro.

»Ich wußte nicht, daß sie eine Krankheit sind«, sagte Niccolò und lächelte nervös, als alles lachte. »Und Ihr, Maestro, seid Ihr geheilt von Eurer Melancholie?«

»Ja, mein kleiner Freund. Soweit man davon genesen kann.«

»Und Madonna Simonetta? Ist sie auch wohlauf?«

»Nicco!« Leonardo warf dem Jungen einen scharfen Blick zu.

»Schon gut, Leonardo«, sagte Sandro. »Die Frage ist völlig berechtigt.« Er sah Niccolò an. »Ja, sie ist wohlauf.«

Aber als er danach Leonardo anschaute, konnte man Schuld und Bangigkeit in seinen Augen lesen, als wären diese wirklich die Spiegel seiner Seele.

Sie verließen die Stadt im ersten Licht des Morgens und hielten großzügigen Abstand von den letzten der schmutzigen *becchini*, die noch von den Massengräbern zurückkamen, wo sie ohne feierliche Umstände die jüngsten Opfer des Schwarzen Todes begraben hatten. Noch hing Nebel schwer in der Luft, aber der Tag versprach klar und hell zu werden, ein vorzüglicher Tag für eine Reise. Eine Gruppe von ungefähr zwanzig Klageweibern und Trompetern, die von einer Grabstätte zurückkamen, ging auf dem Lungarno Acciaituoli am öligen, aufgerauhten Wasser des Arno entlang. Nur einem sehr würdigen – oder reichen – Mann erwies man eine solche Ehre in diesen Zeiten, da der Schwarze Tod der Stadt seine eigene Ausgangssperre auferlegt hatte.

Niccolò und Sandro bekreuzigten sich, als der Trauerzug vorbeikam, und ebenso Zoroastro di Peretola und Lorenzo di Credi, der ein so schönes und unschuldiges Gesicht hatte wie einer der Engel auf Verrocchios Altaraufsatz. Neben Sandro, Niccolò und Atalante Miglioretti befanden sich mehrere von Andreas Schülern in Leonardos Gesellschaft; sie alle saßen auf den beiden Pferdefuhrwerken, auf denen unter Planen die Einzelteile des Großen Vogels transportiert wurden. Leonardo und Sandro gingen neben dem ersten Wagen her. Niccolò und Tista waren sichtlich aus dem Häuschen, weil sie das Fuhrwerk für sich allein hatten, und führten gemeinsam die Zügel.

»Für gewöhnlich schaffe ich den Weg nach Vinci zu meinem Vaterhaus in einem Tag«, sagte Leonardo zu Sandro, der unbehaglich abwesend wirkte. »Ich kenne da eine Abkürzung über Vitolini, Carmignano und Poggio a Caiano. Das ist eine alte, verlassene Bergstraße, die geradewegs zum Monte Albano hinaufführt; aber da muß man bereit sein zu klettern. Und mit den Wagen kämen wir da nicht durch. Also müssen wir jetzt dem Arno folgen und uns in jeder Kleinstadt am Wege mit Il Magnificos Soldaten abplagen, die uns verhören wollen. Aber wir haben einen Paß mit Lorenzos Siegel.«

Sandro wirkte gedankenverloren, aber Leonardo redete unverzagt weiter. »Immer wenn mein Vater in Florenz ein wichtiges Geschäft abschloß, schickte er mich in aller Eile mit einer Nachricht an Francesco nach Hause; Francesco verwaltet noch heute sein Anwesen. Ich glaube, ich käme ziemlich außer Atem, wenn ich das heute versuchen wollte.« Und nach kurzem Zögern: »Sandro, ich mache mir Sorgen um dich.«

»Das brauchst du nicht, mein Freund«, sagte Sandro und erwachte unvermittelt zum Leben. »Alle sagen, ich beunruhige sie mit meiner Versunkenheit. Ich glaube, die Dünste in meiner Seele sind noch nicht wieder klar.«

»Fürchtest du immer noch um ...«

»Ja, ich fürchte noch immer um Madonna Simonetta«, sagte Sandro. »Und um mich selbst. Als die Ärzte mit mir fertig waren und ich mich wieder kräftiger fühlte, bestand ich darauf, Lorenzo und Pico della Mirandola in die Villa Vespucci zu begleiten, um sie zu sehen. Ich wußte gleich, daß etwas mit ihr nicht stimmte; ich konnte es fühlen. Lorenzo war natürlich zu Recht besorgt, aber ich flehte ihn an, und der junge Graf Mirandola sagte, er werde sich um die Dame und um mich kümmern.«

»Und ...?« fragte Leonardo, als Sandro nicht weitersprach.

»Ich sagte ihnen, die Leidenschaft sei verdunstet, und geblieben sei nur ein schlechtes Gewissen.«

»Stimmt das?«

»Ja, Leonardo, ich fürchte, es stimmt.«

»Du solltest dankbar sein, daß du wieder heil und gesund bist.«

»Das ist es ja, Leonardo; ich bin nicht heil. Eher das Gegenteil trifft zu. Ich fürchte, als der Graf meine Seele reinigte, hat er, ohne es zu ahnen, auch meine Fähigkeit zur natürlichen Liebe, zur Ekstase, aufgelöst.«

»Es ist klar, daß du dich entkräftet und deiner natürlichen Empfindungen beraubt fühlst«, sagte Leonardo. »Aber du mußt deinem Herzen Ruhe gönnen und dir Zeit lassen. Du hast dich noch nicht erholt.«

»Gleichwohl mußte ich mir beweisen, daß ich leer war – ein Eunuch.«

»Sei nicht zu hart mit dir selbst, Sandro«, tadelte Leonardo.

»Ich empfand große Trauer, als ich sie sah«, erzählte Sandro versonnen. »Sie war sehr krank. Es ist meine Schuld; davon bin ich überzeugt.«

»Konnte Graf Mirandola ihr nicht helfen?« fragte Leonardo.

»Das ist es ja. Er wollte nicht glauben, daß ihr etwas fehlt.«

»Dann irrst du dich vielleicht ...«

»Ich sah, daß sie krank war. Das mußt du mir glauben.«

»Hat sie gehustet?«

»Nein, sie hat nicht gehustet«, sagte Sandro. »Sie sah zerbrechlich aus, aber das ist ein Bestandteil ihrer Schönheit. Sie ist wie ein Engel; ihr Körper sieht aus, als sei er selbst reiner Geist. Aber ich war einen Augenblick allein mit ihr, denn inzwischen konnte jedermann sehen, daß keine Gefahr für mich bestand, und um sie fürchtete man nicht. Da wußte ich ... ich wußte ...«

»Was wußtest du denn, mein Fäßchen?«

»Daß Simonetta mein giftiges Phantasma in sich aufgenommen hatte und es nicht von sich geben wollte. Mirandola hatte einen Exorzismus an ihr vorgenommen, aber es war Blendwerk – sie hat die Ärzte genarrt und das Phantasma behalten.«

Exorzismus und die Möglichkeit, Phantasmen zu behalten, das war eine Angelegenheit, die Leonardo nicht ernsthaft in Betracht ziehen konnte. Er nahm seinen Freund beim Arm und versuchte ihn aufzumuntern; Sandro hatte sich von seiner gefährlichen Verliebtheit in Simonetta offensichtlich noch nicht erholt. »Woher weißt du, daß sie es nicht von sich gegeben hat?«

»Sie hat es gar nicht bestritten. Sie hat gelächelt und mich geküßt und mich gebeten, Lorenzo nicht weiter mit der Sache zu behelligen.«

»Ich glaube kaum, daß ...«

»Sie hat mir gesagt, sie müsse sterben. Und dann sagte sie, meine Liebe sei ein vollkommener, ein köstlicher Schatz, ein Balsam, der ihrem wunden Herzen Linderung spende. Aber mit ›Liebe‹ meinte sie das Phantasma, das ich von ihr geschaffen hatte. Sie nannte es ›eine Pforte in die höhere Welt‹.« Nach einer Pause fuhr Sandro fort: »Und da konnte ich es sehen. Ich konnte das Phantasma in ihren Augen sehen.«

»Ich glaube, du hast eine schwere Zeit hinter dir, mein Freund«, sagte Leonardo, und plötzlich dachte er daran, wie Simonetta gelächelt hatte, nachdem Mirandola versucht hatte, das Phantasma bei ihr auszutreiben. Er spürte, wie die Haare in seinem Nacken sich sträubten.

»Als ich mich in den Zuckungen meiner Wollust und meines Verlangens nach Simonetta wand, da glaubte ich, ich könne es nicht ertragen und wäre lieber wie ein leerer Kürbis, ohne jedes Gefühl.«

Leonardo lächelte betrübt. »Das glaubt wohl jeder Liebende.«

»Aber jetzt, da ich leer bin, will ich nur wieder voll sein.«

Leonardo schlug seinem Freund auf den Rücken und legte ihm den Arm um die Schultern. »Dir ist bald wieder wohl, das verspreche ich dir. Dann wird keine Bauernmagd vor dir sicher sein.«

»Lüg mich nicht noch einmal an, Leonardo«, sagte Sandro scheinbar ohne alle Bosheit. »Und angelogen hast du mich.«

Leonardo zog seinen Arm zurück.

»Ich weiß, daß deine Freundschaft zu Simonetta nicht unschuldig ist. Aber das muß dich nicht beunruhigen; ich würde keinem von euch etwas antun.« Leonardo wollte etwas sagen, aber Sandro fiel ihm ins Wort. »Bitte keine Ausreden oder Entschuldigungen. Das ist nicht mehr nötig. Ich spüre in letzter Zeit den Abstand zwischen uns, und ich mache mir Sorgen … um dich, mein Freund. Wir wollen nicht zulassen, daß unsere Freundschaft erkaltet.« Und Sandro lächelte. Es war ein Ausdruck des Vertrauens und des Einverständnisses; er nickte und sagte: »Wenn wir einander nicht haben, an wen können wir uns dann wenden?«

Leonardo nickte. Er war verlegen und gedemütigt und zornig über sich selbst. Sandro war sein einziger Vertrauter gewesen; er, Leonardo, der sich besser auf den Umgang mit Maschinen und Segeltuch verstand als auf Menschen, war gefährlich nah daran gewesen, die Liebe seines Freundes zu verlieren.

Schweigend gingen sie weiter. Schließlich sagte er: »Ich gebe es nicht gern zu, mein Fäßchen, aber ich habe Angst. Ich träume wieder vom Fallen.«

»Vielleicht solltest du Lorenzo bitten …«

»Nein. Mein Großer Vogel wird fliegen. Das versichere ich dir.«

»Es ist Lorenzos Schuld. Er hat dich dazu verleitet. Manchmal vergißt er, daß er kein Kaiser ist. Er kann mitunter genauso hart sein wie die Tyrannen, die ihm so verhaßt sind. Aber es ist doch nicht dein Leben wert, mein Freund.«

»Ich hätte gar nicht davon anfangen sollen, mein Fäßchen. Bitte mach dir keine Sorgen. Meine Erfindung ist gut; mir wird nichts geschehen. Ich habe nur ein bißchen Herzflattern, wie es jedem Redner widerfährt, bevor er zu einer großen Menge spricht.«

»Natürlich«, sagte Sandro, wie um seinen Freund zu trösten.

Aber Leonardo hatte seine Fassung bereits wiedergefunden – und seinen Humor ebenfalls. »Und bald werde ich ein Thema für Gedichte sein.« Er drehte sich um und rief: »Ho, Atalante, du mußt ein Lied komponieren, das man spielen kann, während ich durch die Wolken schwebe.« Atalante Miglioretti, der neben Zoroastro da Peretola auf dem letzten Wagen saß, winkte zustimmend und fing an, eine sanfte, ziemlich eindringliche Musik auf seiner Lyra zu spielen. Leonardo versank in nachdenklichem Schweigen. Nach einer Weile sagte er: »Ich werde erfolgreich sein, denn ich habe keine Lust, mich von ganz Florenz angaffen zu lassen. Und Ginevra zu verlieren.«

»Dann habe ich eine Nachricht für dich«, sagte Sandro.

»Was gibt's denn?«

»Simonetta sagt, ich soll dir ausrichten, daß sie mit Il Magnifico reden wird.«

Jetzt war es Leonardo, der nicht antwortete.

»Ich glaube, sie spricht von Ginevra«, meinte Sandro. »*Audaces fortuna iuvat*. Du bist der lebende Beweis für dieses Sprichwort.«

Den Kühnen hilft das Glück.

Das Städtchen Vinci bestand aus einem befestigten Bergfried, der von einem mittalterlichen Kastell und einem Campanile beherrscht wurde, umgeben von etwa fünfzig rosa-bräunlichen Steinhäusern. Über die roten Ziegeldächer breiteten sich die Kronen von Kastanien, Kiefern und Zypressen, und Weinranken und Rohrdickichte versorgten Mauern und Fenster mit den Freuden der Erde und auch mit Schatten. Das Städtchen mit seinen zerbröckelnden Mauern und der einen von Arkaden gesäumten Straße lag auf der Höhe eines Bergrückens und schaute über ein Tal hinaus, das von Olivenbäumen bedeckt war, deren Blätter sich silbern färbten, wenn der Wind darüber hinwegstrich. In der Ferne lag das Tal von Lucca, grün und purpurn überschattet und von Gebirgsbächen durchzogen. Leonardo erinnerte sich, daß man nach einem Regenguß, wenn die Luft klar war, die Schründe und Gipfel der Apuanischen Alpen deutlich sehen konnte.

Jetzt, da er hier war, merkte er, wie groß sein Heimweh gewesen war. Der Himmel war klar, die Luft durchsichtig, aber die schmerzlichen Erinnerungen umwölkten seinen Blick; er sah sich in die Kindheit zurückversetzt und ritt wieder mit seinem Onkel Francesco, den man *lazzarone*, Tagedieb, nannte, weil er nicht beliebte, sich die eifrig genossenen Freuden des Lebens durch die Ausübung eines Berufes beschneiden zu lassen. Leonardo und der sehr viel ältere Francesco waren wie zwei privilegierte Knaben gewesen – zwei Prinzen, die zu Bauernhöfen und Mühlen ritten und im Namen von Leonardos Großvater Antonio da Vinci, des sanftmütigen und gewissenhaften Patriarchen der Familie, überall im Tal die Pacht kassierten.

Und mit einem wohligen Schauder der Angst und der Freude erinnerte er sich an das Ungeheuer, das er in der kalten, finsteren, hohen Höhle in der glitschigen Flanke des Monte Albano entdeckt hatte. Er war dreizehn Jahre alt gewesen, und noch im selben Jahr war er Lehrling bei Verrocchio geworden.

Leonardo führte sein Gefolge aus Freunden und jungen Lehrlingen eine kopfsteingepflasterte Straße hinunter und an einem drehbaren Taubenschlag auf einer hohen Stange vorbei zu einer Gruppe von Häusern, umgeben von Gärten, Scheunen, Bauernhütten, Äckern und den gleichförmigen Maulbeerbaumreihen, die sein Onkel Francesco gepflanzt hatte. Francesco, »der Tagedieb«, experimentierte mit der Seidenraupenzucht, was sich als überaus lukrativ erweisen konnte, denn die reichste und mächtigste Gilde von Florenz war die Arte della Seta, die Gilde der Seidenweber.

»Leonardo, ho!« schrie Francesco aus dem Hof des großen, gut gepflegten Haupthauses, das Ser Antonio gehört hatte. Es war ein Steinhaus mit einem roten Ziegeldach und sah aus wie die antiken Langhäuser der Franzosen; aber gewiß hielt man keine Tiere im Hause des Piero da Vinci: in Leonardos Vaterhaus.

Wie sein Bruder hatte Francesco dunkle Locken, die an den

Schläfen ergrauten und oben auf dem Scheitel allmählich schütter wurden. Sein Gesicht hatte einen intensiven Ausdruck, vielleicht wegen der abwärts gekrümmten Mundwinkel und der großen Adlernase. Tiefe Falten zogen unregelmäßige Grenzlinien unter seinen Augen und auf den hängenden Wangen.

Francesco umarmte Leonardo, daß es diesem fast den Atem verschlug, und sagte: »Du hast beträchtliche Verwüstungen im Hause angerichtet, mein guter Neffe. Gratuliere. Ich habe nicht mehr soviel Spaß gehabt, seit ich damals dem Bauernmädchen nachgestiegen bin, das ...«

»Francesco! Das ist durchaus genug von deiner *tauri excretio*«, rief Francescos Ehefrau Alessandra, die jetzt in der Tür erschien. Ihr Haar war eine Pracht; es war lang und golden.

»Kannst du nicht einfach ›Bullenscheiße‹ sagen, mein Schatz?«

»Nein, das kann ich keineswegs, denn auch wenn ich gelobt habe, mit einem Bären zusammenzuleben, der nur schläft und ißt und ...«

»Und scheißt«, ergänzte Francesco.

»... und seine Notdurft verrichtet«, fuhr Alessandra fort, »werde ich doch eine Dame bleiben.« Und sie gab Leonardo einen Kuß und lud seine Freunde ein, ins Haus zu kommen.

»Dein Vater ist ziemlich aufgeregt«, sagte Francesco.

»Das glaube ich«, sagte Leonardo und trat in die Diele. »Es ist wunderbar, dich wiederzusehen, Onkel.«

Hinter der ausgedehnten, luftigen Diele lagen mehrere Schlafkammern, zwei Kamine, eine Küche mit Speisekammer und Arbeitsräume, in denen manchmal auch die Bauern untergebracht wurden, die auf den verschiedenen Höfen da Vincis arbeiteten. Darüber gab es noch ein Stockwerk mit drei weiteren Zimmern und einem Kamin, und zehn Stufen führten hinunter in den Keller, wo Leonardo immer die toten Tiere versteckt hatte, die er gefunden hatte. Das Haus war makellos; wie sehr mußte sein Vater den alles andere als ordentlichen Francesco und seine Alessandra unter Druck gesetzt haben, um das alles für Lorenzo und seine Gäste bereit zu machen.

Der Raum war mit bezogenen Betten, Truhen, Bänken und einem Wandschrank ausgestattet, um mehreren der geringeren Würdenträger in Lorenzos Gefolge Platz zu bieten. Ohne Zweifel gedachte Leonardos Vater, dem Ersten Bürger sein eigenes Schlafgemach anzubieten.

»Damit dir nicht allzu wohl wird, Neffe: Du wirst deinem Vater einiges erklären müssen«, sagte Francesco und verzog das Gesicht.

Leonardo seufzte; er verspürte das Unbehagen, das ihn in der Nähe seines Vaters immer erfaßte, als wäre er sein Lehrling und nicht sein Sohn.

Piero kam die Treppe von seinem Gemach im ersten Stock herunter, um Leonardo zu begrüßen. Er trug seine amtliche Robe und auf dem Kopf eine randlose, seidene *berretta*, als erwarte er jeden Augenblick, daß Lorenzo und sein Gefolge einträfen. »Ich begrüße dich, mein Sohn, und auch Euch, Sandro Botticelli.«

Leonardo und sein Vater umarmten sich.

»Francesco, bist du so gut und kümmerst dich um die Freunde meines Sohnes?« Piero nahm Leonardo fest beim Ellbogen. »Darf ich dich für ein paar Augenblicke von deinen Gefährten trennen?«

»Natürlich, Vater«, sagte Leonardo höflich und ließ sich die Treppe hinaufführen.

Sie betraten eine Schreibstube mit einem langen, schmalen Kontorpult, einem Vorsteherstuhl und einer Sitzbank, die mit zwei achteckig geformten Kissen geziert war. Der Boden war in einem Schachbrettmuster gefliest. Auf einem Schemel hinter dem Pult saß ein Schreiber und schrieb wichtigtuerisch in ein großes, ledergebundenes Rechnungsbuch. So karg der Raum auch erschien, er offenbarte doch die Vorliebe eines Emporkömmlings für Komfort;

Piero war eifrig darauf erpicht, sich mit Messer statt nur mit Ser anreden zu lassen und ein Schwert zu tragen, was eigentlich das Vorrecht eines Ritters war. »Willst du uns bitte entschuldigen, Vittore?« fragte Piero den Schreiber. Der junge Mann stand auf, verbeugte sich und ging hinaus.

»Ja, Vater?« Leonardo rechnete mit dem Schlimmsten.

»Ich weiß nicht, ob ich dich schelten oder dir gratulieren soll.«

»Das letztere wäre mir lieber.«

Piero lächelte. »Andrea hat mich wissen lassen, daß Il Magnifico dich gebeten hat, in seinen Gärten zu arbeiten.«

»Ja.«

»Ich bin sehr stolz.«

»Danke, Vater.«

»Du siehst, ich habe recht getan, als ich dafür gesorgt habe, daß du dich abrackerst.«

Leonardo spürte, wie ihm Hals und Gesicht heiß anliefen. »Du meinst, als du mir alles abgenommen hast, was ich verdient habe, so daß ich nicht genug sparen konnte, um die Immatrikulationsgebühr für die Meisterprüfung bei der Malergilde zu bezahlen?«

»Das Geld wurde zur Unterstützung der Familie verwendet ... deiner Familie.«

»Und jetzt wirst du – besser gesagt, wird die Familie – dieses Einkommen verlieren.«

»Es geht und ging mir nie um das Geld«, sagte Piero. »Es ging mir immer darum, deinen Charakter ordentlich zu bilden, und er kommt mir immer noch ein wenig zweifelhaft vor.«

»Vielen Dank.«

»Es tut mir leid, aber als dein Vater habe ich die Pflicht ...« Er schwieg, und es klang versöhnlicher, als er fortfuhr: »Du könntest es kaum besser treffen, wenn du erst Lorenzo als Patron hast. Aber er hätte dich nie bemerkt, wenn ich dir nicht ermöglicht hätte, bei Andrea zu bleiben.«

»Du hast weder Andrea noch mir je eine Wahl gelassen.«

»Wie dem auch sein mag, Meister Andrea hat jedenfalls dafür gesorgt, daß du die Projekte, die er dir zuwies, auch vollendet hast. Zumindest hat er sich immer bemüht, dich daran zu hindern, daß du davonliefst, um dich mit deinen verweichlichten, degenerierten Freunden zu vergnügen.«

»Du hältst Sandro Botticelli also für degeneriert?« Leonardo gelang es nicht, den Zorn in seiner Stimme zu unterdrücken.

Piero schüttelte ungeduldig den Kopf. »Sandro ist akzeptabel. Aber ich sehe, du hast auch den jungen Miglioretti in mein Haus gebracht. Üble Reden machen über ihn die Runde; er ist nicht besser als dein Freund Onorevoli, den sie Il Neri nennen.«

»Ach, du meinst die, die nicht zu Il Magnificos Hofstaat gehören?«

»Wage nicht, frech zu werden.«

»Ich bitte um Entschuldigung, Vater«, sagte Leonardo verärgert.

»Die Onorevoli sind keine Freunde der Medici; sie stecken mit den Pazzi zusammen. Du wärest gut beraten, dich von ihnen und ihresgleichen fernzuhalten. Denke an meine Worte: Mit den Pazzi wird es ein böses Ende nehmen.«

»Ja, Vater«, sagte Leonardo, aber er machte ein verstocktes Gesicht.

»Du machst wieder dieses Gesicht.«

»Es tut mir leid, wenn ich dich gekränkt habe.«

»Du hast mich nicht gekränkt, du …« Piero zögerte. »Du hast deine Familie in eine unmögliche Lage gebracht.«

»Wovon sprichst du?«

»Von deiner Verabredung hier mit den Medici.«

»Es gefällt dir nicht, der Gastgeber des Ersten Bürgers zu sein?«

»Du hast eine törichte Wette mit ihm abgeschlossen und wirst dich unweigerlich zum Affen machen. Unser Name …«

»Ah ja, das ist natürlich deine einzige Sorge. Aber ich werde nicht scheitern, Vater. Und die Ehre, die ich unserem guten Namen vielleicht einbringe, kannst du dann ja voll und ganz für dich beanspruchen.«

»Nur Vögel und Insekten können fliegen.«

»Und die, die den Namen da Vinci tragen.« Aber Piero wollte sich nicht besänftigen lassen. Leonardo seufzte. »Vater, ich werde mich bemühen, dich nicht zu enttäuschen.« Er verneigte sich respektvoll und wandte sich zur Tür.

»Leonardo!« rief sein Vater, als spreche er mit einem Kind. »Ich habe dich nicht entlassen.«

»Darf ich dann gehen?«

»Ja, du darfst gehen.« Aber dann rief Piero ihn noch einmal zurück.

»Ja, Vater?« Leonardo blieb an der Tür stehen.

»Ich verbiete dir dieses Experiment.«

»Das tut mir leid, Vater. Aber ich kann jetzt nicht mehr zurück.«

»Ich werde Il Magnifico erklären, daß du mein Erstgeborener bist.«

»Danke, aber ...«

»Ich bin für deine Sicherheit verantwortlich«, sagte Piero. »Ich mache mir Sorgen um dich!«

Nach kurzer Pause sagte Leonardo: »Wirst du mir die Ehre erweisen, zuzusehen, wie ich auf dem Wind fliege?« Er wagte ein Lächeln. »Es wird ein da Vinci sein, kein Medici und kein Pazzi, der da nahe bei Gott durch den Himmel schwebt.«

»Ich nehme an, ich werde den Schein wahren müssen«, sagte Piero und zog eine Braue hoch, als habe er seine Zweifel, was seinen eigenen Platz im Plan der Ereignisse anging. Er schaute seinen Sohn an und lächelte betrübt.

Wieder spürte Leonardo die unüberbrückbare Entfernung zwischen ihm und seinem Vater, aber die Spannung zwischen ihnen verflog.

»Du bist willkommen, wenn du hierbleiben willst«, sagte Piero.

»Ihr werdet so schon wenig genug Platz haben, wenn Lorenzo mit seinem Gefolge hier ist«, sagte Leonardo. »Und ich brauche Ruhe, um zu arbeiten und mich vorzubereiten. Es ist vereinbart, daß wir uns bei Achattabrigha di Piero del Vacca einquartieren.«

»Wann wirst du erwartet?«

»Wir sollten jetzt aufbrechen. Onkel Francesco sagt, er will uns begleiten.«

Piero nickte. »Bitte richte deiner Mutter meine herzlichsten Grüße aus.«

»Das will ich gern tun.«

»Bist du überhaupt nicht neugierig, deinen neuen Bruder zu sehen?« fragte Piero, als sei es ihm gerade noch eingefallen.

»Doch, natürlich, Vater.«

Piero nahm seinen Sohn beim Arm, und sie gingen in Margheritas Schlafkammer.

Leonardo spürte, daß sein Vater zitterte.

Und ein paar Sekunden lang fühlte er sich wirklich wie der Sohn seines Vaters.

Obgleich er jede Nacht von seinem immer wiederkehrenden Traum vom Fallen aus dem Schlaf geweckt wurde, fühlte er sich erfrischt in dem Häuschen seiner Mutter mit dem Lehmboden und dem Strohdach, in dem er seine frühe Kindheit verbracht hatte. Caterina war vernarrt in ihn. Von ihr hatte er seinen krummen Finger geerbt, und um ihretwillen geschah es, daß er ihren kleinen Geburtsfehler bei allen seinen »kleinen Madonnen« malte. Sie hatte ein kraftvolles, offenes Gesicht, eine langgestreckte Nase mit einem winzigen Buckel in der Mitte und traurige, versonnene Lippen. Sie war groß, fleischig und von gelblicher Hautfarbe, und eigentlich ziemlich reizlos, entschieden anders als die drei jungen Mädchen, die Leonardos Vater nach ihr geheiratet hatte. Von dem verkrümmten Finger abgesehen, hätte man Mühe gehabt, eine Ähnlichkeit zwischen Mutter und Sohn festzustellen.

Und anders als Leonardos Vater verlieh sie ihrer Liebe großzügig und körperlich Ausdruck.

»Leonardo!« rief sie und winkte ihm mit beiden Armen vor der Tür des kleinen Hauses zu. Ihr breitschultriger Mann Acattabriga – er war *fornaciaio*, Ofenbauer – stand im Hof zwischen den Wagen mit den Einzelteilen der Flugmaschine. Der Apparat sollte jetzt zu der Felsenhöhe gebracht werden, wo er losfliegen würde. Auch Acattabriga brüllte und rief Leonardo zurück.

Leonardo hatte die letzten Tage allein verbracht und sogar Niccolò und Sandro gemieden; sie schienen es zu verstehen, denn er benahm sich oft so, wenn er arbeitete. Tagsüber machte er kurze Nickerchen, und auch nachts schlief er wenig. Im Licht einer mit Wasser gefüllten Lampe, die er erfunden hatte, zeichnete und schrieb er, und endlose Stunden verbrachte er unter seiner Flugmaschine, die von einem kräftigen Gerüst aus Holz, das aus dem nahen Wald stammte, getragen wurde. Der Große Vogel war eine leuchtend bunte Chimäre. Seine doppelten Libellenflügel waren geformt und gerippt wie die einer Fledermaus; sie waren aus Barchent, mit dünnen Streifen aus Fichtenholz verknotet. Unter den großen blau-goldenen Flügeln befanden sich das Pilotengeschirr, ein doppeltes »Ruder«, handbetriebene Kurbeln, ein Kragen, der mit dem wie ein Vogelschwanz geformten Steuerruder verbunden war, eine Winde und Pedale.

Morgen würde er seinen Großen Vogel für Il Magnifico fliegen. Er wußte, daß er fertig war, denn plötzlich sehnte er sich nach Lärm und Geselligkeit. Aber eine letzte Sache war noch zu tun, und er wollte Niccolò mitnehmen.

Er überließ Sandro die Aufsicht über die Lehrlinge.

»Wir sind in ein paar Stunden wieder da, Mutter!« rief Leonardo zurück; er und Niccolò waren schon ein gutes Stück vom Haus entfernt.

Caterina schwenkte die Arme und schrie: »Du mußt sofort zurückkommen! Du ...«

Aber bevor Leonardo antworten konnte, sah er Lorenzo de' Medici hinter der Hausecke hervortreten, wo er sein übergroßes Pferd angebunden hatte.

Ehrerbietig machten Leonardo und Niccolò kehrt und gingen den Hang hinunter auf ihn zu, aber Lorenzo kam ihnen entgegen. Er trug ein kurzes, nach der neuesten Mode geschnittenes Wams und eine schwarzseidene Jagdmütze. Sein kantiges, lächelndes Gesicht war gerötet und frei von Ekzemen. Seine dunklen Augen, die dem Gesicht einen so intensiven Ausdruck verliehen, blinzelten schmal in der Sonne, und Strähnen seines dichten, braunen Haars klebten auf der Stirn. Wahrscheinlich hatte er den Vormittag über mit seinen Freunden gejagt und sich ertüchtigt.

»Ho, Leonardo, ich muß mich entschuldigen, daß ich Euch von Eurem Marsch abhalte, aber ich wollte mit Euch sprechen – allein, und vor morgen.«

Niccolò verneigte sich vor Lorenzo, der ihn freundlich begrüßte, und sagte: »Ich warte hier.« Er deutete auf eine kleine, von Olivenbäumen umgebene Anhöhe.

»Danke, Nicco«, sagte Leonardo, und Niccolò entfernte sich. Leonardo war verlegen in Lorenzos Gegenwart. Eine Zeitlang standen sie so da und lauschten den Zikaden.

»Ich habe nur kurz mit Sandro gesprochen«, sagte Lorenzo schließlich. »Er sieht viel besser aus als neulich, als er unser Haus verließ.«

»Das Land bekommt ihm gut.«

»Wahrhaftig. Aber ich glaube, Ihr seid es, der das Verdienst beanspruchen kann. Eure Freundschaft hat ihn wiederhergestellt. Er sagt, Ihr wollt dem jungen Niccolò die Orte Eurer Kindheit zeigen.«

Leonardo lachte befangen. »Ich hatte Sandro gebeten mitzukommen, aber er hatte keine Lust.«

»Das hat er mir gesagt.«

»Magnifizenz, Ihr seid selbstverständlich willkommen, wenn Ihr uns begleiten wollt.«

Lorenzo lächelte. »Wenn Euch diese Aufdringlichkeit nicht stört, will ich das sehr gern tun. Es ist eine gute Gelegenheit, uns miteinander bekannt zu machen, denn bald werdet Ihr zu meiner Familie gehören.« Er legte Leonardo einen Arm um die Schultern. »Wenn wir miteinander allein sind wie jetzt, dann soll nichts Förmliches zwischen uns stehen; das müssen wir einander versprechen. Ich bin schon seit langem eifersüchtig auf Sandros Freundschaft zu Euch. Aber jetzt haben wir Gelegenheit, unsere eigene Freundschaft zu schmieden.«

Leonardo merkte, wie seine Wangen warm wurden.

»Und jetzt, da wir vereinbart haben, Freunde zu werden, muß ich mich bei Euch entschuldigen.«

»Entschuldigen? Weshalb?«

»Ich war nicht anständig gegen Euch, als wir auf Andrea Verrocchios Gesellschaft unsere Wette abschlossen. Ich habe Euch gedrängt, Euer Leben aufs Spiel zu setzen, um Eure Ehre zu retten. Wir haben beide gedankenlos gehandelt.« Einen Augenblick später fuhr er fort. »Ich könnte nicht zulassen, daß Ihr Euer Leben riskiert.«

»Magnifizenz …«

»Ihr seid zu wertvoll …«

»Hat mein Vater mit Euch darüber gesprochen?«

»Nein, Leonardo«, antwortete Lorenzo. »Ser Piero war sehr freundlich, aber wir haben kaum ein Wort gewechselt. Simonetta hat mich aufgeklärt. Sie macht sich um uns beide Sorgen.«

»Sandro befürchtet, daß sie nicht gesund ist.« Leonardo versuchte, dem Gespräch eine andere Richtung zu geben.

Lorenzo nickte. »Sie ist sehr anfällig. Es ist, als brenne ein Feuer in ihr, das sie verzehrt.« Dann sagte er: »Ich habe beschlossen, jemand anderen zu beauftragen, Eure Maschine zu fliegen … Aber die Ehre wird Euch allein gehören.«

»Ich weiß Eure Besorgnis zu schätzen, aber nur ich kann den Großen Vogel fliegen«, sagte Leonardo hartnäckig. »Wenn man nicht sorgfältig die Winde studiert hat und die Wissenschaft des Fliegens versteht, ist ein solches Unternehmen äußerst gefährlich.«

»Es hat ja keine Eile, Leonardo; wir müssen uns nicht für morgen verabreden. Mit genügend Zeit könntet Ihr sicher jemanden in der Benutzung Eurer Maschine unterweisen.«

»Magnifizenz, wenn Ihr an meiner Stelle wäret, würdet Ihr jemand anderem erlauben, Euren Platz einzunehmen?«

»Aber ich bin nicht an Eurer Stelle, Leonardo. Ich bin …«

»Der Erste Bürger.«

Lorenzo schüttelte den Kopf und lachte. Aber dann wurde er nachdenklich. »Leonardo, ich fürchte um Euer Leben. Und wenn ich zulassen wollte, daß Ihr um meinetwillen den Hals riskiert, würde ich auch um meine Seele fürchten.«

»Um beides muß Euch nicht bange sein, Lorenzo. Aber Ihr müßt mir erlauben, Euch meine Erfindung zu beweisen. Träte jemand an meine Stelle, so wäre für ganz Florenz offenbar, daß Ihr mir nicht vertraut und daß ich ein Feigling bin. Bitte …«

Nach langem Zögern sagte Lorenzo: »Also gut, Leonardo, du sollst die Ehre haben. Madonna Simonetta hat mir auch von Eurer Situation mit Messer Nicolini berichtet. Ich weiß nicht genau, was da zu machen ist; aber ich will mich um die Sache kümmern. Aber das wird alles umsonst sein, wenn Ihr morgen vom Himmel fallt. Es wäre klug, sich alles noch einmal zu überlegen …« Er wandte sich der Anhöhe zu, auf der Niccolò wartete, und Leonardo ging neben ihm her.

Lorenzo wirkte bedrückt, als sei die Gefahr, die Leonardo drohte, beispielhaft für die anderen Sorgen des Ersten Bürgers. *»O tempora! O mores!«* intonierte Lorenzo und beklagte mit dem alten Wort des Cicero die beunruhigenden Zeiten. »Mein Freund Pico della Mirandola versichert mir, die Pest in Florenz sei im Abklingen. Als ich abreiste, sah es aber nicht danach aus. Und als wäre die Pest nicht schlimm genug, muß ich mich noch mit Seiner Heiligkeit streiten, der seine Feldzüge in die Romagna und nach Umbrien fortsetzt.«

Leonardo hörte mit Überraschung, daß Lorenzo den Papst so offen verurteilte. Natürlich hatte Lorenzo mit seiner Auffassung recht: Francesco della Rovere, der den Namen Sixtus IV. angenommen hatte, war ein gebildeter und fähiger Mann, aber von dem verzehrenden Ehrgeiz besessen, seiner Familie Reichtum und Macht zu sichern, und dadurch bedrohte er Interessen und Sicherheit der Stadt Florenz.

»Aber genug«, sagte Lorenzo, als sie sich Niccolò näherten. Der Junge hob den Sack auf, den er getragen hatte. »Wie der unsterbliche Boccaccio sagt: ›Lasset uns glücklich sein, denn schließlich war es das Unglück, das uns aus unserer geliebten Stadt vertrieb.‹ Das ist leider nur eine freie Übersetzung.«

»Kommt Ihr mit uns?« fragte Niccolò und schaute Lorenzo sichtlich aufgeregt an.

»Allerdings, junger Ser. Was hast du da in deinem Sack?«

»Proviant ... und Fackeln.«

»Fackeln?« fragte Lorenzo.

Niccolò zuckte die Achseln. »Meister Leonardo hat gesagt, ich sollte sie mitbringen. Und Feuerstein auch.«

»Hattet Ihr vor, im Wald zu übernachten?« fragte Lorenzo.

»Nein, Magnifizenz.«

»Sondern ...?«

Leonardo lächelte. »Soll ich dem Jungen die Überraschung verderben?«

Lorenzo lachte freundlich, und sie wanderten mit zügigem Schritt durch Wälder von Kiefern, Zedern und Wacholder, vorbei an schnell fließenden Gebirgsbächen, die das scharfe Gestein mit sich trugen und allmählich zu jenen runden Kieseln verschliffen, die in den Flußbetten ruhen.

»Ich kann beinahe spüren, wie die antiken Götter und ihre Nymphen und Dryaden uns aus dem Wald beobachten«, sagte

Lorenzo, und er dachte sich ein Lied aus und sang es unharmonisch:

Komm in mein süßes Nest, ich wart' auf dich.
Vulcan ist nicht mehr da, er kann unsere Liebe nicht stören.
Komm, denn köstlich nackt lieg' ich in meinem weichen Bett.
Zögere keinen Augenblick, denn die Zeit fliegt dahin.
Meine Brüste sind umkränzt mit roten Blumen.
So komm denn, Mars, komm zu mir, denn ich bin allein.

Als sie die zerklüfteten Hänge des Monte Albano erreichten, warf die helle Mittagssonne scharfe Schatten über Felswände und grotesk geformte Klippen. Leonardo übernahm die Führung, als sie den Berg hinaufkletterten.

»Eine so anstrengende Steigung hatte ich nicht erwartet«, sagte Lorenzo und wischte sich mit einem Tuch den Schweiß von der Stirn, als sie auf einem Kamm haltmachten, um zu rasten. Hoch über ihnen ragte ein Felsenüberhang hervor. Es war ein heißer Sommernachmittag; der Himmel war wolkenlos und dunstig blau.

»Wir sind fast da«, sagte Leonardo, und er führte Lorenzo und Niccolò zu einer Einkerbung in der Felswand, die sich senkrecht vor ihnen erhob. Leonardo nahm Niccolò den Sack ab. Der Junge protestierte, hauptsächlich um Lorenzos willen. Leonardo tastete sich vorsichtig auf ein nahes Felsensims; er benutzte dieselben Handgriffe und Trittstellen, die er schon als Junge benutzt hatte.

Dann hatte er den Eingang zu seiner geheimen Höhle erreicht.

Ein sanfter Hauch von Dampf wehte heraus wie der Rauch aus einer Pfeife; es war spürbar feucht in der Umgebung. Kräftige Windböen wirbelten um den Höhleneingang, und die Öffnung und das Felsensims waren schlüpfrig und naß. Leonardo drehte sich um und half Niccolò, auf das Sims zu gelangen. Lorenzo folgte. »So, Nicco«, sagte Leonardo, als sie vor dem dunklen Loch standen und sich ausruhten. »Möchtest du der zweite sein, der mein geheimes Versteck betritt?«

»Wer soll denn der erste sein?« fragte Niccolò.

Leonardo lachte. »Der erste war ich!«

»Ich kann kaum glauben, daß ein solcher Ort existiert«, sagte Niccolò und kniete vor dem Eingang nieder, um hineinzuspähen. Dabei hielt er sich an den Felsen draußen fest, um nicht auf irgendeine Weise hineingesaugt zu werden. »Es ist stockfinster und ganz eng. Man müßte hineinkriechen wie ein Tier. Und es fühlt sich naß an. So etwas habe ich noch nie gesehen.«

»Hast du Angst hineinzugehen, Nicco?«

»Ganz und gar nicht! Wenn du die Fackeln anzündest, bin ich der erste, der hineingeht.«

»Hast du denn Angst vor der Dunkelheit?« Leonardo lächelte, und dem Jungen blieb nichts anderes übrig, als sich in die Höhle hineinzutasten.

»Hier ist kein Platz«, beschwerte er sich.

»Es wird gleich größer. Geh nur weiter und hab Geduld.«

»Kommst du denn auch?« fragte Niccolò, und seine Stimme klang hohl. »Mit der Fackel?«

»Sag mir, was du siehst.«

»Nur undeutliche Umrisse«, sagte Niccolò. »Und ich bin ganz durchnäßt.«

»Es ist feucht, das stimmt«, bestätigte Leonardo. »Das Feuer, das tief aus dem Leib der Erde kommt, erwärmt das Wasser, das in dieser Höhle gefangen ist. Die Hitze läßt das Wasser kochen und verwandelt es in Dampf.«

»Hast du die Fackeln schon angezündet?« Niccolò klang bang.

»Als ich diesen Ort fand, war ich ein paar Jahre jünger, als du jetzt bist. Ich erinnere mich an zwei Empfindungen: Angst und Verlangen. Was fühlst du?«

»Wonach verlangte es dich?«

»Zu sehen, was für wunderbare Dinge dort zu finden wären.«

»Und wovor hattest du Angst?«

Leonardo schlug den Feuerstein, um die Fackeln anzuzünden. »Ich hatte Angst vor der Dunkelheit, genau wie du.«

»Die habe ich keineswegs.«

Leonardo grinste und zwinkerte Lorenzo zu; er gab ihm eine Fackel und kauerte sich dann nieder, um in die Höhle zu kriechen. Niccolò sah erleichtert aus, als er die beiden erblickte. »Du bist ja nicht sehr weit hineingegangen«, stellte Leonardo fest. »Geh schon weiter, sonst ersticken wir an unseren eigenen Fackeln.«

Niccolò kroch weiter, bis der schmale Gang sich zu einer großen Höhle erweiterte. Leonardo richtete sich auf und hielt die Fackel hoch. Er beleuchtete den gewaltigen Raum mit seinen grotesken kristallinen Felsformationen: Simse, Vorhänge, Säulen, Heliktiten, Nischen, tropfende Stalaktiten und Stalagmiten. Die Höhle wirkte lebendig, als tanzende Schatten sie erfüllten; die Fackeln warfen ein nervöses Licht, und der Saal wirkte höhlenhafter und größer, als er vermutlich war. Lorenzo und Niccolò schwiegen ehrfürchtig. Man hörte nur wisperndes Atmen und das hallende Tropfen des Wassers in Bassins, die von konzentrischen Wellen ausgefüllt waren. Und der Geruch der Straße war hier, ganz fehl am Platze, der Geruch von Steinen nach dem Regen: ein kraftvoller, feuchter und zugleich kalkiger Geruch.

»Möchtest du gern alles erkunden?« fragte Leonardo und reichte Niccolò seine Fackel. Das Echo seiner Stimme hallte durch die Dunkelheit.

»Wenn wir zusammengehen«, sagte Niccolò.

»Wir werden nicht zulassen, daß dir etwas geschieht. Vielleicht kannst du eine neue Kammer entdecken.«

»Ich fürchte, ich könnte mich verirren.«

»Für einen jungen Mann, der weder Straße noch Strauchdiebe oder *bagni* fürchtet, scheinst du mir plötzlich sehr zaghaft zu sein«, bemerkte Leonardo und durchquerte die Höhle; er schlängelte sich unter einer Brücke aus Kalkstein hindurch, vorbei an einem kristallenen Teich bis zu den aufgetürmten Ablagerungen und Steinvorhängen der gegenüberliegenden Wand. Die Decke schwang sich hier aufwärts und traf in spitzem Winkel auf die Wand. Leonardo beleuchtete einen Felsenvorsprung, und Niccolò schrie erschrocken auf, bevor er sich wieder faßte. Sogar Lorenzo sprang zurück.

Ein Ungeheuer, so groß wie ein Haus, ragte vor ihnen auf.

Eine Schlange – eine gigantische Bestie, zu Stein erstarrt.

Dies war Leviathan selbst, der sie durch die steinernen Schleier der Ewigkeit beobachtete, ein Seeungeheuer mit langem, knochigem Schädel und mächtigem Haifischrachen. Die gebleichten Knochen ragten wie ein Relief aus der steinernen Wand.

»Leonardo, ist das wieder eines von Euren Zauberkunststücken?« fragte Lorenzo. Er wirkte verärgert, als habe er sich zum Narren halten lassen.

»Es ist keine Gaukelei, das schwöre ich. Das Ungeheuer sieht so aus, wie ich es als Junge gefunden habe, Magnifizenz. Aber stellt Euch vor, wie viele Könige, Völker und Geschichten dahingegangen sind, seit diese wunderbare Kreatur in den dunklen Tiefen dieser Höhle ihr Ende fand.« Er starrte zu dem Ungetüm hinauf und flüsterte beinahe, als er sagte: »Die Zeit hat dich vernichtet, aber deine Gebeine sind Gerüst und Stütze für diesen Berg.« Und wieder empfand er die ehrfürchtige Erregung und die kribbelnde Angst, die er als Kind verspürt hatte, als er dieses augenlose Monstrum entdeckt hatte, dessen Knochen so alt waren wie die Tropfsteinstoßzähne, die hier von der Decke hingen. Er klopfte Niccolò auf die Schulter, und der Junge tätschelte seinen Arm, als verstehe er, warum sein Meister ihn hergeführt hatte, als habe er diese unausgesprochene Lektion tatsächlich begriffen.

Hier war der Tod, umkränzt von Ehrfurcht, Geheimnis und Ewigkeit.

Und hier waren die dunklen Quellen der Neugier, der Schöpferkraft, des Genies Leonardos.

Seine erste Entdeckung.

In der vertrauten Kühle dieses steinernen Mutterleibs schüttelte Leonardo seine Angst ab. Er schaute zu den Skelettresten hinauf und erkannte, daß er nie wieder an diesen Ort zurückkehren würde.

Inzwischen untersuchte Lorenzo mit der Fackel in der Hand die Knochen, und als er das Wesen studierte, entdeckte er daneben die fossilen Überreste von Meeresmuscheln. »Seht Euch das an, Leonardo«, sagte er. »Wie konnten sie so fernab von der See existieren? Das ist unmöglich.«

»Mir scheint, es liegt auf der Hand, Magnifizenz«, sagte Leonardo und schüttelte eine leise Trauer von sich ab, als habe er hier etwas verloren. »Irgendwann vor Beginn unserer Geschichtsschreibung war dieser Berg mitsamt der Höhle vom Meer bedeckt.«

»Natürlich!« Lorenzo war plötzlich sehr aufgeregt. »Die Sintflut!«

»Darf ich frei sprechen, Magnifizenz?«

»Ihr sollt gar nicht anders sprechen.«

»Ich bezweifle, daß die Flut, die zur Zeit Noahs kam, eine universale Flut war.« Leonardo zögerte und sagte dann: »Wenn Ihr Euch nicht vor etwas fürchtet, was als Blasphemie aufgefaßt werden könnte, will ich weiterreden. Andernfalls ...«

»Sprecht nur, Leonardo. Wir sind unter uns.«

»Nun, Magnifizenz, wie Ihr wißt, verzeichnet die Bibel vierzig Tage und vierzig Nächte unablässigen Regen, und das Wasser stieg, bis es zehn Ellen höher als der höchste Berg der Welt stand. Aber wenn es so gewesen wäre, daß der Regen überall fiel, dann hätte er die Erde in sphärischer Gestalt ringsum bedeckt. Und trifft es nicht zu, daß bei einer Kugel alle Punkte ihres Umfangs den gleichen Abstand zu ihrem Mittelpunkt aufweisen?«

»Und ...?« fragte Lorenzo.

»Daher«, fuhr Leonardo fort, »hätte das Wasser auf der Oberfläche sich unmöglich bewegen können, denn Wasser kann sich nicht aus eigener Kraft bewegen; es kann nur abwärts fließen. Wenn nun aber die Wasser dieser größten aller Fluten ganz unbeweglich waren, wie sollten sie dann die Erde wieder verlassen? Und wenn sie sie verließen, in welche Richtung hätten sie fließen sollen, wenn nicht aufwärts? Die natürlichen Wege sind also verschlossen. Wir können uns nur auf ein Wunder berufen, oder wir sagen, diese Wasserflut verdunstete in der Sonnenhitze.«

Lorenzo drehte eine Muschel in der Hand.

»Magnifizenz?« fragte Leonardo.

»Was Ihr sagt, klingt hier plausibel, aber vielleicht nur hier, im Dunkeln. Ich hoffe, wenn wir wieder ins Licht hinaustreten, wird auch die wahre Vernunft sich wieder offenbaren.«

»Sandro tadelt mich oft wegen meiner losen Reden«, gab Leonardo entschuldigend zu.

»Was Ihr sagt, ist faszinierend«, antwortete Lorenzo. »Seid versichert, daß Eure Worte bei mir gut aufgehoben sind.« Lorenzo lachte, aber im Flackerlicht der Fackel sah sein Gesicht erschöpft und zynisch aus. »Seiner Seligkeit wäre nichts lieber als eine neue Unruhe in unserem geliebten Florenz. Ich würde Euch ermahnen, vorsichtig zu sein und Euch zu überlegen, mit wem Ihr redet, Leonardo – und dich auch, Ser Niccolò, denn bald werdet Ihr für viele als Medici gelten, wenn auch ohne die entsprechenden Privilegien und Verantwortlichkeiten. Vielleicht ist das kein so gutes Geschäft für Euch.« Lorenzo drückte Leonardos Schulter. »Ihr werdet bald eine Legion von Feinden haben, und die meisten werdet ihr nicht einmal kennen.«

Lorenzo lachte wieder. »Am besten nehmt Ihr sogar eine Neueinschätzung Eurer Freunde vor ... Ich denke zum Beispiel an Il Neri, der Beziehungen zu Familien unterhält, denen nicht gerade unsere besten Interessen am Herzen liegen. Das gilt auch für dich, Niccolò. Sieh dich vor.«

Leonardo konnte nur nicken. Niccolò aber war anscheinend

völlig versunken in die Geheimnisse der Felsen und Fossilien. »Magnifizenz«, sagte er, »ich habe gelernt, daß solche Muscheln unter dem Einfluß der Sterne entstehen.«

»Das ist eine solche Auffassung, zu der die Kirche ermuntert«, sagte Lorenzo und schaute Leonardo hoffnungsvoll an. »Aber sprecht doch weiter, Leonardo. Erbaut uns mit Euren zweifellos gefährlichen Gedanken zu diesem Thema.«

Leonardo betrachtete prüfend seine Fackel, die allmählich herunterbrannte, und begann stockend: »Wenn die heilige Kirche recht hat und die ewigen Sterne am Himmel auf irgendeine Weise solche Muscheln in den tiefen Höhlen der Erde hervorbringen, wie erklärt Ihr Euch dann, daß diese Muscheln sich in Größe, Alter und Sorte voneinander unterscheiden? Ich glaube, mit ihrer Erklärung mittels der Sintflut kam die Kirche der Wahrheit näher. Aber die Natur bringt ihre Wirkung zumeist nur ganz allmählich zustande, nicht jäh durch eine Katastrophe. Naturgewalt kommt ziemlich selten vor. Nein – diese Muscheln waren einst lebende Wesen, die immer wieder von Schlammschichten bedeckt wurden; Fleisch und Organe vergingen, und was blieb, waren diese Abdrücke. Und jede Schicht, jede Überschwemmung durch Schlamm und Moder, birgt wie ein Grab die Überreste einer weiteren Generation von Gottes Geschöpfen.«

»Ich glaube, wir sollten jetzt lieber gehen«, sagte Lorenzo. »Sonst werden auch wir hier begraben, zur Strafe für unsere unfrommen Reden.« Er wandte sich dem Ausgang zu. Niccolò winkte Leonardo, er solle mitkommen. Aber Leonardo ließ ihn vorausgehen und blieb noch ein paar Augenblicke allein in der Höhle stehen. Das Licht seiner Fackel warf einen rötlichen Schimmer über die glatten Wände aus Knochen und Stein. Leonardo ließ die Fackel fallen, warf einen letzten Blick auf die uralte Kreatur, das Fabelwesen seiner Jugend, und verließ die Frostluft der Höhle.

Vor ihm sprach Lorenzo mit Niccolò, und Leonardo hörte die Worte *ludus naturae:* eine Spielerei der Natur.

Und als Leonardo durch das trübe, dunstige Zwielicht der Höhle in die blendende Nachmittagssonne hinauskroch, fühlte er sich mutterseelenallein – so fern von seinesgleichen wie das Ungeheuer, das er hinter sich gelassen hatte.

Er stand auf dem Felsensims und schaute auf das ferne Vinci hinunter.

Wahrlich, er war bereit, sich in den Himmel hinauszuschnellen.

Der Milan

Gleichwohl kann ein Gerät zum Fliegen geschaffen werden,
wenn einer in der Mitte des Instruments sitzt und einen Apparat
dreht, durch welchen die Flügel, künstlich zusammengebaut,
auf die Luft schlagen können nach der Art der fliegenden Vögel.
Sir Roger Bacon

Und wie ein Has', von Horn und Hund gehetzt,
Dort wohl deut' hin, wo er hervorgewetzt.
Anonymer Mönch

... zu meinen frühesten Kindheitserinnerungen,
da ich noch in der Wiege lag, zählt ein Milan, der zu mir kam
und mir mit dem Schwanz den Mund öffnete und mir
dann mit dem Schwanz viele Male auf die Lippen schlug.
Leonardo da Vinci

Der Große Vogel balancierte an der Kante eines Grates auf dem Gipfel eines Berges bei Vinci, den Leonardo ausgewählt hatte. Er sah aus wie eine riesige Libelle. Die Bespannung aus Barchent und Seide seufzte, während die ausgebreiteten Doppelflügel sich leise im Wind bewegten. Niccolò, Tista und Leonardos Stiefvater Acattabriga knieten unter den Flügeln und hielten das Geschirr des Piloten fest. Zoroastro da Peretola und Lorenzo di Credi standen fünfzehn Meter weit voneinander entfernt und hielten die Flügelspitzen gerade; es sah fast aus, als umfaßten sie mit beiden Armen übergroße, blau-goldene Turnierwimpel. Man konnte die beiden für Karikaturen von Il Magnifico und seinem Bruder Giuliano halten: Zoroastro war dunkel, grobhäutig und häßlich neben dem hinreißend hübschen Lorenzo di Credi. Der gleiche

Kontrast bestand zwischen Lorenzo und Giuliano de' Medici, die ein paar Schritte weit neben dem Großen Vogel mit Leonardo und Sandro zusammenstanden. Giuliano sah in der Morgensonne so strahlend aus, wie Simonetta ausgesehen hätte; Lorenzo dagegen schien eher finstere Miene zu machen.

Zoroastro, ungeduldig wie immer, schaute zu Leonardo hinüber und schrie: »Wir sind bereit für dich, Maestro.«

Leonardo nickte, aber Lorenzo hielt ihn fest. »Es ist wirklich nicht nötig. Ich werde Euch lieben, wie ich Giuliano liebe, ob Ihr Euch nun dafür entscheidet, zu fliegen – oder der Weisheit den Vorrang gebt.«

Leonardo lächelte. »Ich werde fliegen, *fide et amore.*«

Durch Glauben und Liebe.

»Ihr sollt beides bekommen«, sagte Lorenzo, und er ging an Leonardos Seite bis zum Rand des Grates und winkte der Menge zu, die tief unten am Rande einer natürlichen Lichtung stand, auf der Leonardo im Triumph landen sollte. Aber die Lichtung war umgeben von einem Wald von Kiefern und Zypressen, die von dieser hohen Warte aus wie eine Unmenge von roh gespitzten Lanzen und Hellebarden aussahen. Großer Jubel stieg von unten herauf, dem Ersten Bürger zu Ehren. Das ganze Dorf war dort, vom Kleinbauern bis zum Junker, auf Einladung von Il Magnifico, der ein großes, buntes Zelt hatte aufstellen lassen. Seine Bediensteten und Knechte waren seit Tagesanbruch mit den Vor- und Zubereitungen für einen großen Festschmaus beschäftigt. Seine Schwester Bianca, Angelo Poliziano, Pico della Mirandola und Bartolomeo Scala waren ebenfalls dort unten und beaufsichtigten die Festlichkeiten.

Leonardo wartete, bis Lorenzo seinen Tribut entgegengenommen hatte; aber dann – er ließ sich nicht ausstechen – verneigte auch er sich und schwenkte theatralisch die Arme. Die Menge dort unten bejubelte ihren Lieblingssohn, und Leonardo wandte sich ab, um sich in das Tragegeschirr seiner Flugmaschine zu legen.

Aber er hatte seine Mutter Caterina nicht gesehen, eine winzige Gestalt, die nervös in die Höhe spähte und Stoßgebete flüsterte, die eine Hand über die Augen gewölbt hatte, um sie vor der gleißenden Sonne zu beschirmen. Sein Vater Piero stand neben Giuliano de' Medici; beide waren gekleidet wie zu einer Jagd. Piero sprach nicht mit Leonardo. Sein ohnehin ehrfurchtgebietendes Gesicht war ernst und angespannt, als stehe er vor einem Richter und warte darauf, daß ein Fall entschieden werde.

Leonardo lag hingestreckt auf dem kurzen Plankenbett unter den Flügeln und dem Windenmechanismus; er schob sich die Schlaufe um den Kopf, mit der die Steuermechanik des Großen Vogels gelenkt wurde, und dann überprüfte er die Handkurbeln und die Fußschlaufen an den Pedalen, mit denen die Flügel gehoben und gesenkt wurden.

»Paß doch auf!« schrie Zoroastro und sprang zurück, als die Flügel auf und ab schwangen. »Willst du uns umbringen?«

Nervöses Gelächter erhob sich, aber Leonardo blieb stumm. Acattabriga schnallte die Riemen fest, die Leonardo an seiner Maschine hielten, und sagte dabei: »Ich werde beten für deinen Erfolg, Leonardo, mein Sohn. Ich liebe dich.«

Leonardo drehte sich zu seinem Stiefvater um; er roch den guten Duft von Caterinas Küche – Knoblauch und süße Zwiebeln – in seinem Atem und an seinen Kleidern und schaute dem Alten in die blinzelnden, blaßblauen Augen. Und er erkannte, daß er diesen Mann liebte, der sein Leben damit zugebracht hatte, an Brennofenfeuern zu schwitzen und mit seinen großen Händen mit den gelben Fingernägeln zu arbeiten. »Ich liebe dich auch – Vater. Und ich fühle mich sicher in deinen Gebeten.«

Das schien Acattabriga zu gefallen, denn er überprüfte ein letztes Mal die Gurte, gab Leonardo einen Kuß und klopfte ihm auf die Schulter. Dann trat er zurück, ehrfürchtig wie vor einem Heiligenbild in einer Kathedrale.

»Viel Glück, Leonardo«, sagte Lorenzo.

Auch die andern wünschten ihm Glück. Sein Vater nickte und lächelte. Leonardo nahm das Gewicht des Großen Vogels auf den Rücken und richtete sich auf. Niccolò, Zoroastro und Lorenzo di Credi halfen ihm, sich bis an den Rand des Felsengrates vorzubewegen.

Jubel stieg von unten herauf.

»Maestro, ich wünschte, ich wäre an deiner Stelle«, sagte Niccolò.

»Schau diesmal nur zu, Nicco«, sagte Leonardo. »Tu so, als seist du es, der da am Himmel fliegt, denn dies ist auch deine Maschine. Und du wirst bei mir sein.«

»Danke, Leonardo.«

»Und jetzt geh zurück, denn wir müssen fliegen.« Leonardo schaute in die Tiefe, als wäre es das erste Mal. Es war, als sei jeder Baum, jedes aufwärts gewandte Gesicht vergrößert und jeder Geruch, jedes Geräusch und jede Bewegung klar und deutlich. In gewisser Weise hatte die Welt sich in ihre Bestandteile aufgelöst, und zwar innerhalb eines Augenblicks. In der Ferne ließen Wogen und Aufwerfungen das Land aussehen wie ein grünes Meer mit langen, wehenden braunen Schatten, und auf diesen reglosen Wassern sah man die verschiedenen Gebäude, in denen Menschen wohnten: Kirche und Campanile, Schuppen und Scheune, Hütte und gefurchtes Feld.

Leonardo klopfte das Herz in der Brust, und er sehnte sich nach der Sicherheit und Geborgenheit in seiner Kathedrale der Erinnerung, wo er die Vergangenheit anfassen konnte und wo weder Ursache noch Wirkung in Frage standen. Ein Wind wehte von Nordwesten herauf, und Leonardo fühlte, wie er ihn umfloß wie ein Atemhauch. Die Baumwipfel wisperten, als die warme Luft himmelwärts stieg, thermische Aufwinde, die in die Höhe flossen und an ihm zerrten. Seine Flügel erschauerten in den Böen, und Leonardo wußte, jetzt war der Augenblick gekommen, denn sonst würde es ihn unvorbereitet von der Klippe reißen.

Er warf sich in die Luft, stieß sich von dem Felsenvorsprung ab, als tauche er von einer Klippe ins Meer. Er schoß abwärts, und einen Augenblick lang spürte er eine schwindelnde Beschwingtheit, gefolgt von einer übelkeiterregenden Angst, die sein Herz zum Pochen brachte. Angestrengt stemmte er sich in die Winde und gegen die Pedale und brachte damit die großen Barchentflügel zum Flattern, aber er konnte sich nicht in der Höhe halten. Das Stoßen und Treten war nach vielen Stunden des Übens zum Reflex geworden: Ein Bein streckte sich rückwärts und senkte ein Flügelpaar, während er wütend mit den Händen an der Winde kurbelte, um das andere Paar zu heben, indem er die Hände erst nach links, dann nach rechts drehte. Er bediente den Mechanismus mit seiner ganzen, wohlberechneten Zweihundert-Pfund-Kraft, und seine Muskeln schmerzten von der Anstrengung. Als Gleiter mochte der Große Vogel vielleicht funktionieren, aber die Getriebe arbeiteten mit so starker Reibung, daß sie nicht genug Antriebskraft übertrugen, und der Windwiderstand war zu stark. Er konnte die Flügel kaum heben.

Er fiel.

Der kalte, schneidende Wind wurde zu einem gleichmäßigen Seufzen in seinen Ohren. Seine Kleider flatterten an seiner Haut wie der Bespannungsstoff seiner versagenden Flügel, und Berge, Himmel, Wald und Felsen umkreisten ihn spiralig und kippten dann weg. Er fühlte den klammen Schrecken seines Alptraums, jener grausigen Vision von seinem Sturz in die Tiefe.

Aber er fiel durch weiches Licht, fast so greifbar wie Butter. Unter ihm lag das vertraute Land seiner Jugendzeit, es stieg gegen alle Logik zu ihm empor, rauschte himmelwärts, um ihn in Empfang zu nehmen. Er konnte das Haus seines Vaters sehen, und dort, in der Ferne, die Apuanischen Alpen und die uralte Pflasterstraße, gebaut, noch bevor Rom ein Imperium war. Seine Empfindungen nahmen die Beschaffenheit eines Traumes an, und er betete und wunderte sich dabei über sich selbst, während er in den Purpurschatten der lanzenspitzen Bäume dort unten schaute. Und immer noch trat er stur die Pedalen und kurbelte an dem Windenmechanismus.

Dann fühlte er einen zarten Schwall von warmer Luft um sich aufperlen, und unvermittelt, unglaublich, schwindelerregend, stieg er in die Höhe.

Seine Flügel waren gerade ausgebreitet. Sie schlugen nicht. Und doch stieg er empor. Es war, als hebe Gottes Hand ihn in den Himmel, und Leonardo erinnerte sich an seine Milane, und wie er sie freigelassen und zugesehen hatte, wie sie nach den Windströmungen suchten, auf denen sie mit bewegungslosen Flügeln in höchste Höhen hinaufstiegen.

Und so stieg auch Leonardo in der warmen Luftströmung empor – mit offenem Mund, um den Druck auszugleichen, der ständig auf seine Ohren drückte –, bis er den Gipfel des Berges tausend Fuß tief unter sich sah. Das Land der Berge und Bäche und Felder und Wälder war geschrumpft und war zu einem säuberlich gemusterten Brett voller Wirbel und Rechtecke geworden: Beweis für des Menschen Wirken auf Erden. Die Sonne schien heller in dieser Höhe, als sei die Luft in diesen dünnen Höhen weniger dicht. Und Leonardo begann zu fürchten, daß er der Region, in der sich die Luft in Feuer verwandelte, allzu nah kommen könnte.

Er drehte den Kopf und bewegte damit die Schlaufe, die mit dem Ruder verbunden war, und er stellte fest, daß er seine Richtung innerhalb gewisser Grenzen selbst steuern konnte. Da aber hörte er auf zu steigen; es war, als sei die warme Luftblase, die ihn getragen hatte, plötzlich geplatzt. Er fühlte einen eisigen Hauch.

Die Luft wurde kalt und still.

Er arbeitete wütend an den Kurbeln, um mit den Flügeln zu schlagen, wie die Vögel es tun, bis sie den Wind erreichen. Aber er kam nicht weit genug voran.

Und wieder fiel er wie ein Pfeil, der im Bogen zur Erde zurückkehrt.

Zwar war der Windwiderstand so groß, daß er die Flügel nicht unter die horizontale Stellung drücken konnte, aber er entwickelte soviel Geschwindigkeit, daß er Auftrieb bekam. Wieder stieg er für ein paar Augenblicke in die Höhe, aber wieder konnte er seinen Mechanismus nicht hart genug antreiben, um die Höhe zu halten, und wieder traf ihn eine Windbö und schüttelte den Großen Vogel wie mit einer unsichtbaren Faust.

Er konnte nur hoffen, noch einmal einen warmen Aufwind zu finden.

Aber statt dessen packte ihn ein Querwind wie ein Feuerschwall und schleuderte die Flugmaschine rückwärts. Er hatte alle Hände voll zu tun, um die Flügel in der Waagerechten zu halten. Er fürchtete, der Wind könne sie abreißen, und in der Tat schienen sich die kreuz und quer wirbelnden Winde miteinander verschworen zu haben, ihn rücklings an die Felsenflanke des Berges zu pressen.

Die Zeit schien ihm langsamer zu laufen, und eine endlose Sekunde lang sah er die vom Wald umgebene Lichtung, die sich zur Zielscheibe zu formen schien. Er sah die Zelte und die Dorfbewohner, die sich die Hälse verrenkten, um zu ihm heraufzugaffen. Und im Windgeheul des Augenblicks erlangte er jäh eine ganz neue, losgelöste Perspektive. Als wäre es gar nicht er, der da in den Tod stürzte.

Jubelten seine Nachbarn? Oder waren sie entsetzt und wie vom Donner gerührt beim Anblick eines der ihren, der da vom Himmel fiel? Höchstwahrscheinlich hatten sie sich heimlich gewünscht, ihn fallen zu sehen; ihre innersten Sehnsüchte glichen denen der Meute, die kürzlich einen armen, liebeskranken Bauernjungen so lange angespornt hatte, bis er vom Dach eines Hauses auf das Steinpflaster der Via Calimala gesprungen war.

Zur Rechten erblickte Leonardo einen Milan. Er fragte sich, ob es wohl eine Vision war und erinnerte sich, wie er als Kind einmal von diesem großen Vogel geträumt hatte: Der Milan war auf ihn herabgeschossen, als er noch ein Kind gewesen war, und hatte ihm mit seinen glatten, öligen Schwanzfedern ins Gesicht geschlagen.

Der Boden lag nur noch dreihundert Fuß tief unter ihm.

Der Milan war im selben Wind gefangen wie Leonardo; und während Leonardo ihn noch anschaute, schwenkte der Vogel ab, legte sich schräg und glitt mit dem Wind abwärts. Leonardo verlagerte sein Gewicht, betätigte das Ruder und änderte den Winkel seiner Flügel. So gelang es ihm, dem Vogel zu folgen. Seine Arme und Beine waren wie aus Blei, aber er klammerte sich mit letzter Kraft an die Steuerung.

Er fiel immer noch.

Er hörte das Schreien der Menge unter sich; es war Teil des gedämpften Windesrauschens. Die Zuschauer stoben auseinander; die Leute liefen weg, um ihm aus dem Weg zu gehen. Er dachte an seine Mutter Caterina.

Und er folgte dem Milan, als wäre er seine Inspiration, seine eigene Beatrice.

Caterina.

Ginevra.

Und die Erde schwoll herauf.

Und im nächsten Moment hatte er das Gefühl, über dem tiefgrünen Laubdach des Waldes zu schweben – doch nur für einen Augenblick. Er spürte die warme Dünung des Windes, und der Große Vogel richtete sich auf und ritt auf der Thermik. Leonardo sah sich nach dem Milan um, aber der war verschwunden, als wäre er ein Geist gewesen, der schwerelos durch die verschiedenen Sphären zum Primum Mobile hinaufstieg. Er bemühte sich, seinen Flug zu steuern, seine Gedanken auf die Landung auf einem der Felder hinter den Bäumen zu richten.

Der Aufwind trug ihn in die Höhe, und ebenso rasch – wie um ihn zu necken – zerstob er. Leonardo versuchte, die Flügel starr zu halten und glitt noch ein paar Sekunden gegen den Wind. Aber dann erfaßte ihn eine Bö und drückte ihn erneut zurück, und er fiel …

Plumpste zurück zur Erde.

Hybris.

Ich bin heimgekehrt, um zu sterben.

Und er stellte sich vor, er stehe vor der Bronzestatue, die den Eingang zu seiner Kathedrale der Erinnerung bewachte. Es war ein dreiköpfiger Demiurg. Sein Vater, Toscanelli und Ginevra starrten ihn an; aber Ginevra war es, die die Worte sprach, mit denen er von der Welt verbannt werden würde, die Worte des Hl. Lukas: »*Nunc dimittis servum tuum, Domine.*«

Herr, entlasse Du nun Deinen Diener.

Nein, Ginevra, ich kann dich nicht verlassen. Ich liebe dich. Ich habe mein Werk noch nicht vollendet, mein …

Das Gesicht seines Vaters starrte ihn finster an.

Leonardo hatte versagt.

Bäume kreisten unter ihm, drehten sich, als wären sie mit den Wurzeln herausgerissen, und wieder setzte die natürliche Abfolge geordneter Zeit aus. Er sah vertraute Gesichter, Steine, die wie Juwelen in die grobe schwarze Erde eingebettet waren. Schleier von Zirruswolken, die blitzend über die Sonne flogen. Das Geröll am Berghang. Langblättrige Pflanzen, von feinen, makellosen Adern wie von Spinnweben überzogen.

So sah er die Zeit gedehnt … und komprimiert.

Und die Dunkelheit hinter den geschlossenen Lidern verwandelte sich in Abenddämmerung.

Vielleicht bin ich tot.

Nunc dimittis …

Aber in der tröstlichen Dunkelheit konnte Leonardo sich in seine Kathedrale der Erinnerung zurückziehen, in seine Kirche mit vielen Kuppeln, vielen Räumen, die noch nicht gefüllt waren. Er war geborgen in den Schranken seiner Seele, und so flog er vom Portal zum Turm, vom Schiff zur Seitenkapelle, durch vollkommene, wiedergewonnene Erinnerungen, und jagte dem Milan nach.

Dem, der Leonardo da erschienen war.

Vor langer Zeit.

Wie in einem Traum.

Teil II: Materia

Indes in jäher Flucht die Seelenschar
über das Land hin auseinanderstob zum
Berg der mühevollen Reinigung ...

Dante Alighieri

Wild ist,
wer sich selbst errettet.

Leonardo da Vinci

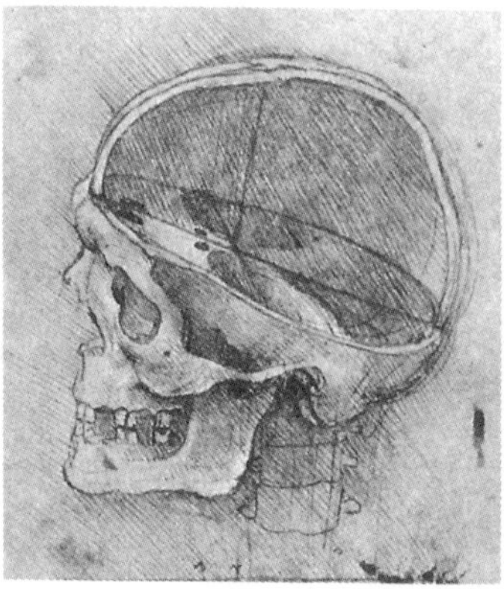

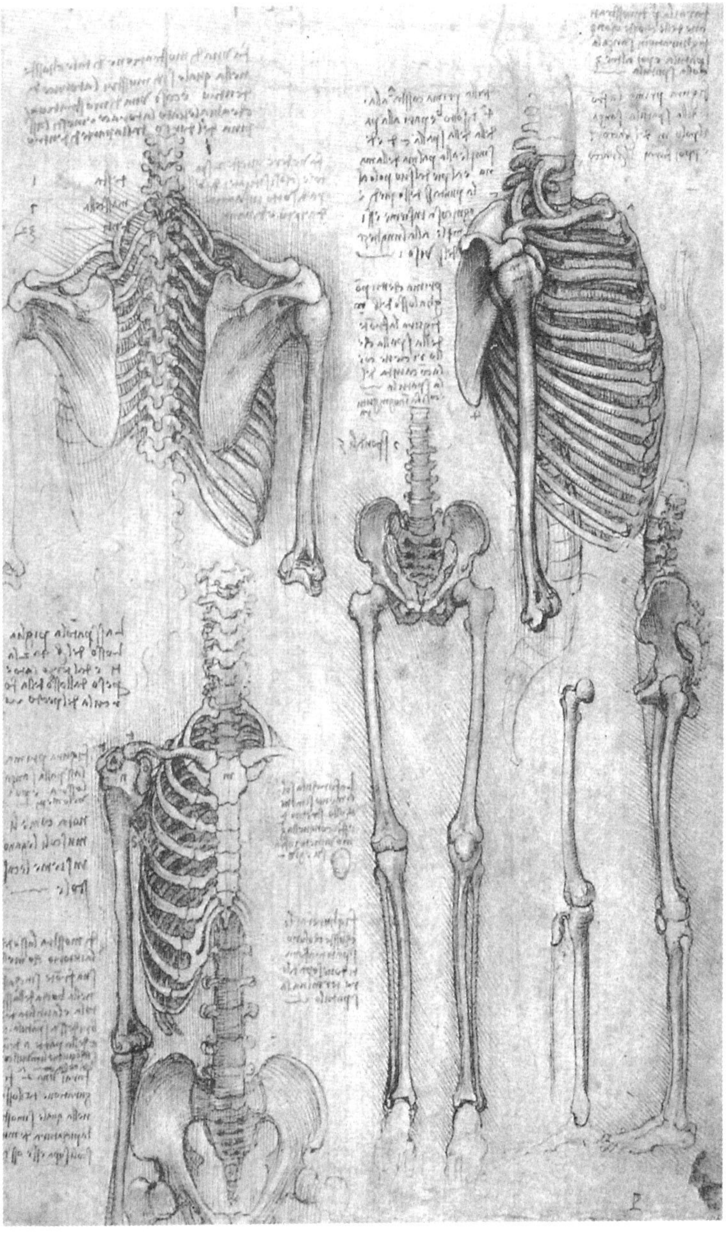

Memento mori

Jeden Tag sterbe ich.

Petrarca in einem Brief an Philippe de Cabassoles

Wie Sonn' im Spiegel strahlt' im Auge wider
Der Greif, und bald erschien das Doppeltier
In der Gestalt, bald in der andern wieder.

Dante Alighieri

Selbst nach drei Wochen waren die Kopfschmerzen nicht vergangen.

Leonardo hatte mehrere Rippenbrüche und eine Gehirnerschütterung erlitten, als er zwischen den dicken, violetten Zypressen in den Wald hinabgestürzt war, wobei Holz und Barchentbespannung der großen Flügel wie Papier zerrissen waren. Sein Gesicht wurde schon schwarz, als Lorenzos Leute ihn endlich fanden. Im Hause seines Vaters kam er zu sich, aber Lorenzo bestand darauf, ihn in die Villa Careggi schaffen zu lassen, wo Pico della Mirandola und seine Ärzte sich um ihn kümmern konnten. Mit Ausnahme von Lorenzos persönlichem Zahnarzt, der einen Schwamm in Opium, Nachtschattentinktur und Bilsenkraut tränkte und ihm dann einen abgebrochenen Zahn extrahierte, während Leonardo schlief und vom Fallen träumte, taten sie wenig mehr, als seine Verbände zu wechseln, ihn mit Blutegeln zur Ader zu lassen und sein Horoskop zu stellen.

Aber in Careggi befestigte Leonardo seine Freundschaft mit Lorenzo. Er, Sandro und Lorenzo schworen einander Bruderschaft – ein sanfter Trug, denn der Erste Bürger konnte bestenfalls in Anspruch nehmen, das zu sein, was der Notar Lapo Mazzei »ein Freund und doch kein Freund« genannt hatte. Etwas anderes war nicht möglich, denn Lorenzo konnte nicht aus seiner Haut als *padrone*. Der Erste Bürger traute niemandem außer Giuliano und seiner Mutter Lucrezia Tornabuoni.

Es hieß, er vertraue sich auch Simonetta an.

Leonardo schmiedete noch andere wichtige Freundschaften bei Hofe, vor allem mit Mirandola, der großen Einfluß bei der Familie Medici besaß. Sein Vater war Leibarzt bei Cosimo de' Medici gewesen, und zu seiner Überraschung stellte Leonardo fest, daß er vieles mit Pico gemeinsam hatte. Beide hatten sie Leichname seziert, und zwar in den Werkstätten von Antonio Pollaiuolo und Luca Signorelli, denen man nachsagte, sie raubten Gräber aus, um ihre künstlerischen und pädagogischen Aktivitäten zu ermöglichen, und zu seinem Schrecken fand Leonardo heraus, daß Mirandola außerdem auch eine Art Schüler bei Toscanelli gewesen war.

Nichtsdestoweniger war Leonardo mehr als erleichtert, als die Pest schließlich so weit zurückging, daß er nach Florenz zurückkehren konnte. Er wurde als Held begrüßt, denn Lorenzo hatte von der *ringhiera* des Palazzo Vecchio eine öffentliche Bekanntmachung verlesen lassen: Der Künstler aus Vinci sei in der Tat durch die Luft geflogen wie ein Vogel. Aber unter den Gebildeten munkelte man, Leonardo sei in Wirklichkeit abgestürzt wie Ikarus, und diesem, so hieß es, gleiche er auch in seiner Hybris. Er bekam einen anonymen Brief, der alles zu sagen schien: *victus honor*.

Die Ehre ist besiegt.

Leonardo nahm keine der zahllosen Einladungen zu Maskenbällen, Festgelagen und Gesellschaften an. Rasende Arbeitswut hatte ihn erfaßt. Er füllte drei Folianten mit Skizzen und Notizen in Spiegelschrift. Niccolò brachte ihm sein Essen, und Andrea Verrocchio kam ein paarmal täglich die Treppe herauf, um nach seinem berühmten Schüler zu sehen.

»Hast du noch nicht die Nase voll von deinen Flugmaschinen?« fragte Andrea ihn ungeduldig. Der Abend dämmerte; die

Lehrlinge hatten unten bereits ihr Essen bekommen. Niccolò räumte hastig einen Platz am Tisch frei, damit Andrea die beiden Schüsseln mit gekochtem Fleisch hinstellen konnte, die er mit heraufgebracht hatte. Leonardos Werkstatt war wie üblich in heilloser Unordnung, aber die alte Flugmaschine, die Insekten auf den Tafeln, die sezierten Vögel und Fledermäuse und die verschiedenen Entwürfe für Flügel, Ruder und Klappen des Großen Vogels waren verschwunden. Statt dessen gab es neue Zeichnungen, neue Mechanismen für die Erprobung der Flügelentwürfe (denn jetzt sollten die Flügel starr bleiben) und diverse Großmodelle freifliegender Propellerspielzeuge, die schon seit dem vierzehnten Jahrhundert im Gebrauch waren. Er experimentierte mit umgekehrten Kegeln und Archimedischen Schrauben, um der Schwerkraft ein Schnippchen zu schlagen, und er studierte die Geometrie von Kinderkreiseln, um das Prinzip des Schwungrads zu berechnen. Ganz so, wie ein schnell durch die Luft geschwenktes Lineal den Arm des Schwenkenden gemäß der Kantenlinie seiner Fläche steuerte, stellte Leonardo sich eine von einem fliegenden Propeller angetriebene Flugmaschine vor. Gleichwohl konnte er sich des Gedankens nicht erwehren, daß solche Mechanismen wider die Natur waren, da die Luft flüssig wie Wasser war. Und die Natur, Vorbild aller menschlichen Schöpfung, hatte die Rotationsbewegung nicht erfunden.

Leonardo riß an der Schnur eines Spielzeugpropellers, und der kleine vierblättrige Propeller erhob sich in die Luft, scheinbar allen Naturgesetzen zum Trotz. »Nein, Andrea, ich habe das Interesse an dieser erhabensten aller Erfindungen noch nicht verloren. Il Magnifico hat sich meine Ideen angehört, und er ist fest davon überzeugt, daß meine nächste Maschine in der Luft bleiben wird.«

Verrocchio sah zu, wie der rote Propeller seitwärts gegen einen Bücherstapel prallte. »Und Lorenzo hat sich erboten, dir diese Experimente zu vergüten?«

»Eine solche Erfindung würde die Natur der Kriegführung revolutionieren«, beharrte Leonardo. »Ich experimentiere auch an einer verbesserten Arkebuse, und ich habe einen Entwurf für eine gigantische *balista*, eine Armbrust, wie man sie sich noch niemals vorgestellt hat. Und eine Kanone habe ich entwickelt, die viele Reihen von Rohren aufweist, so daß man –«

»Was du nicht sagst«, unterbrach Verrocchio. »Aber ich habe dich davor gewarnt, dein Vertrauen auf Lorenzos vorübergehende Begeisterung zu setzen; das ist nicht klug.«

»Aber das Interesse des Ersten Bürgers an der Rüstung ist sicher nicht nur vorübergehend.«

»Hat er deshalb dein letztes Memorandum ignoriert, in dem du genau diese Ideen vorgetragen hast?«

»Das war damals, dies ist heute. Wenn Florenz in den Krieg zieht, wird Lorenzo meine Erfindungen brauchen. Das hat er mir gesagt.«

»Ja, sicher.« Andrea nickte. Und nach einer Pause fuhr er fort: »Hör auf mit diesem Unsinn, Leonardo. Du bist Maler, und ein Maler soll malen. Wieso hast du keine Lust, an einem der Aufträge zu arbeiten, die ich dir angeboten habe? Und manches andere gute Angebot hast du auch zurückgewiesen. Du hast kein Geld, und du hast dir einen schlechten Ruf erworben. Nicht einmal deine *Caritas* für Madonna Simonetta hast du zu Ende gebracht.«

»Ich werde mehr als genug Geld haben, wenn die Welt gesehen hat, wie meine Flugmaschine in den Himmel hinaufsteigt.«

»Du kannst von Glück sagen, daß du noch lebst, Leonardo. Hast du dich schon im Spiegel betrachtet? Und beinahe hättest du dir das Rückgrat gebrochen. Bist du so versessen darauf, es noch einmal zu versuchen? Oder wird es dir genügen, wenn du dich umbringst?« Er schüttelte den Kopf, als ärgere er sich über sich selbst. Dann sagte er leise: »Vielleicht brauchst du eine starke Hand. Ich mache mir Vorwürfe. Ich hätte dir nie erlauben sollen, all das auszuführen.« Mit einer wedelnden Handbewegung deutete er auf

Leonardos Maschinen. »Aber deine Ehre stand auf dem Spiel, und Lorenzo hat mir versprochen, du würdest es nicht tun. Er war in der Tat sehr von dir eingenommen.«

»Wollt Ihr damit sagen, er ist es jetzt nicht mehr?« fragte Leonardo.

»Ich beschreibe nur seine Natur, Leonardo.«

»An seinem Sinneswandel trage ich die Schuld. Aber vielleicht sollte ich ihn auf die Probe stellen ... Ihr habt mir gesagt, Lorenzo habe mir angeboten, in seinen Gärten zu arbeiten.«

»Er würde dich nicht wegschicken«, sagte Andrea. »Aber er wird auch keinerlei Geduld für dich aufbringen – wie übrigens für niemanden von uns.«

»Was wollt Ihr damit sagen?«

»Galeazzo Sforza ist ermordet worden. Er wurde im Eingang zur Kirche von San Stefano erstochen. In einer *Kirche* ...« Verrocchio schüttelte den Kopf. »Ich habe es eben erst erfahren.«

»Das ist ein schlechtes Vorzeichen für Florenz«, bemerkte Niccolò. Er war offenbar hungrig, denn er hatte am Tisch gestanden und verstohlen von dem Fleisch gegessen, das Verrocchio gebracht hatte.

»Ja, das ist es allerdings, mein Junge«, sagte Andrea. »Mailand ist in Aufruhr, und die Liga ist damit gestorben. Florenz hat jetzt nur noch Venedig, und das ist ein überaus launischer Bundesgenosse. Lorenzo hat Abgesandte zu Galeazzos Witwe nach Mailand geschickt, aber sie wird ihre Schwäger nicht im Zaum halten können. Und wenn Mailand erst unter dem Einfluß des Papstes steht, dann ...«

»Dann ist der Frieden in Italien tot«, vollendete Leonardo.

»Das ist vielleicht übertrieben«, meinte Andrea. »Aber es wird schwierig sein, die Sache wieder zum Vorteil für Florenz zu wenden.«

»Il Magnifico versteht sich aufs Verhandeln«, sagte Niccolò.

Andrea nickte. »Da hat das Kind recht.«

Der junge Machiavelli starrte ihn finster an, sagte aber nichts.

»Aber ich fürchte, daß *ich* recht habe, was den Frieden in Italien angeht«, beharrte Leonardo. »Er wird bald dahin sein. Haben wir nicht Federigo von Urbino, unseren besten *condottiere*, bereits an den Heiligen Stuhl verloren? Jetzt braucht Lorenzo einen Militäringenieur dringender denn je.«

Andrea zuckte die Achseln. »Ich bin nur ein Maler«, sagte er, aber der sarkastische Unterton zeigte seinen Verdruß über Leonardo. »Ich weiß allerdings genausogut wie du, daß Lorenzo bereits einen hat. Giuliano da Sangallo steht in seinem Dienst.«

»Sangallo ist ein schlechter Maler und ein schrecklicher Ingenieur«, erklärte Leonardo.

»Er hat sich bei mehreren Feldzügen hervorgetan, und Lorenzo hat sich für ihn entschieden.«

»Da irrt Ihr Euch. Lorenzo wird meine Erfindungen nicht vergessen.«

Andrea schnalzte mißbilligend mit der Zunge. »Ich wünsche euch eine gute Nacht. Leonardo, iß etwas, bevor alles kalt wird.« Er wandte sich zur Tür. »Ach ja«, sagte er und blieb noch einmal stehen. »Madonna Vespucci bittet um deinen gnädigen Besuch.«

»Wann?« Leonardo ignorierte den Sarkasmus seines Meisters.

»Morgen mittag um ein Uhr.«

»Andrea?«

»Ja?«

»Was hat Euch gegen mich aufgebracht?«

»Meine Liebe zu dir ... Vergiß deine Erfindungen, die Munition und das fliegende Spielzeug. Du bist Maler. Male.«

Leonardo beherzigte den Rat seines Meisters und malte die ganze Nacht. Allzu lange hatte er sich von Azeton, Firnis, Leinöl und Terpentin ferngehalten; die Dämpfe brannten ihm in den Augen, daß sie tränten, und er bekam Kopfschmerzen, aber er malte so gut wie nur je. Er litt unter einem rauhen Kribbeln in den Nebenhöhlen und über den Augen und hatte Mühe, durch die Nase zu atmen; aber Pico della Mirandolas Ärzte hatten ihm versichert, diese Beschwerden würden vergehen, wenn die »inneren Schwellungen« auf natürliche Weise durch das Blut gereinigt worden wären. Während er arbeitete, legte Niccolò ihm eine nach Mirandolas Rezept verfertigte Kompresse auf die Stirn: ein Tuch, getränkt mit einer Mischung aus Rosenöl und Päonienwurzel.

Atalante Miglioretti kam zu Besuch und brachte einen Freund mit, um Leonardo aufzumuntern: Francesco aus Neapel, der als König der Lautenspieler galt. Leonardo bat die beiden, zu bleiben und ihm Gesellschaft zu leisten, während er malte. Er brauchte Neuigkeiten und Klatschgeschichten, um für seinen morgigen Besuch bei Simonetta vorbereitet zu sein. Francesco, klein, zierlich und glattrasiert, demonstrierte sein Talent als Lautenspieler. Leonardo trug Niccolò auf, Atalante eine Bratsche zu geben, die geformt war wie eine Ziege; sie glich dem Instrument, das er Il Magnifico geschenkt hatte.

»Ich hatte die Absicht, diese Bratsche aus Silber zu gießen wie die andere«, sagte er, »aber ich hatte nicht genug Silber.«

»Metall verändert den Klang des Instruments«, entgegnete Atalante.

»Zum besseren?« fragte Leonardo.

Nach kurzem Zögern antwortete Atalante: »Ich muß gestehen, ich bevorzuge Holz – wie dieses hier.«

Leonardo machte ein nachdenkliches Gesicht. »Vielleicht möchte Lorenzo eine solche Ziege als Gegenstück zu seinem silbernen Pferd erwerben. Wenn er das Metall liefert, könnte der Überschuß mein Honorar sein.«

»Vielleicht«, sagte Atalante. »Und du hättest immer noch das Original.« Er schwieg einen Moment. »Aber wenn es Krieg gibt, hat keiner von uns mehr Silber … Weißt du, daß Galeazzo Maria Sforza ermordet wurde? Man redet schon auf der Straße darüber.«

»Ja«, sagte Leonardo.

»Seine Witwe hat den Papst bereits gebeten, den Herzog posthum von seinen Sünden freizusprechen.«

»Auch darüber redet man auf der Straße?«

Atalante zuckte die Achseln. »Man sagt, sie will zum Papst überlaufen. Und das gibt Krieg.«

»Wir wissen ja nicht einmal, ob sie die Zügel der Macht in ihren Händen behalten wird«, wandte Niccolò ein. »Vielleicht wird Mailand Republik wie Florenz.«

Die Männer lächelten; Florenz war nur dem Namen nach eine Republik. Aber Atalante war kein bißchen herablassend zu Niccolò, als er antwortete. »Die Verschwörer waren in der Tat Republikaner, mein kleiner Freund. Aber das Volk von Mailand liebte seinen Tyrannen und betrauert seinen Tod. Der Anführer, Lampugnani, wurde an Ort und Stelle erschlagen und durch die Stadt geschleift. Die andern hat man kurz danach gefunden und gräßlich gefoltert. Nein, dort wirst du keine Republik bekommen. Und selbst wenn Mailand eine Republik würde, wer behauptet, daß es deshalb unser Bundesgenosse bleibt? Oder – was meinst du, Francesco?«

Der Lautenspieler zuckte die Achseln, als habe er nichts übrig für Politik und wolle nur weiter Musik machen. »Ich glaube, ihr Florentiner findet Vorboten für Krieg und Skandale unter jedem Stein. Ihr verwendet eure ganze kostbare Zeit darauf, euch über die großen Pläne eurer Feinde den Kopf zu zerbrechen, und bald sterbt ihr an Altersschwäche.«

Leonardo lachte; er fühlte sich unwillkürlich hingezogen zu dem zynischen kleinen Musiker, der kaum älter aussah als Niccolò.

»Ich muß doch bitten«, sagte Atalante.

»Keiner will Krieg – und Sixtus am allerwenigsten«, sagte Francesco.

»Er ist ehrgeizig«, behauptete Atalante.

»Aber vorsichtig«, antwortete Francesco. »Allenfalls ist der

Mord ein schlechtes Omen. Er stellt einen üblen Präzedenzfall dar, denn jetzt sind nicht einmal die heiligen Zufluchtsorte Gottes mehr sicher. Können wir jetzt für Messer Leonardo spielen?«

»Durchaus«, sagte Atalante. »Ich fürchte, wir haben unsere Aufgabe nicht erfüllt, sondern das Gegenteil getan.«

»Welche Aufgabe?« fragte Niccolò.

»Deinen Meister aufzumuntern.«

»Das ist so gut wie unmöglich«, erklärte Sandro Botticelli, der in diesem Augenblick hereinkam. »Aber selbst der allerhöchste Herr Leonardo könnte sich noch überwältigen lassen.«

»Läßt Andrea jetzt wirklich jeden in seine *bottega?*« fragte Leonardo gutmütig. »Hat keiner von euch Il Magnificos Garde zu fürchten, daß ihr alle nach der Sperrstunde noch herumlauft?«

»Ich kann mich nicht erinnern, daß du dir darüber je den Kopf zerbrochen hättest, Leonardo«, sagte Atalante.

»Ach, selbst bei mir soll es vorgekommen sein, daß ich mich wie ein törichter Jüngling aufführte«, sagte Leonardo. Dann sah er Sandro an. »Wie meinst du das?«

»Was?«

»Daß ich überwältigt werden könne.«

»*Victus honor.*«

»Also hast *du* mir diesen Zettel geschickt.«

»Was für einen Zettel?« fragte Sandro vergnügt.

»Na, ich sehe schon, daß es dir bessergeht«, stellte Leonardo fest.

»Zumindest bin ich keine leere Flasche mehr«, sagte Sandro, und doch lag seinen Worten eine Trauer zugrunde, die vermuten ließ, daß er durchaus noch war, was er nicht mehr zu sein behauptete: leer und einsam und leidend. »Atalante, laß uns hören, wie du und dein Freund spielt, und vielleicht werden Leonardo und ich dazu singen.«

»Das halte ich für eine Drohung«, sagte Leonardo.

»Allmächtiger! Dann werde ich eben nicht singen!«

»Ich habe eine Melodie zu einem Gedicht von Catull ersonnen«, sagte Atalante. »Er ist doch dein Lieblingsdichter, Leonardo, oder etwa nicht?«

»Doch, das ist er«, sagte Leonardo. »Obgleich man es für Blasphemie halten könnte, habe ich auch eine Vorliebe für einiges von Marcus Tullius Cicero und Tutus Lucretius Carus. Aber ich muß gestehen, daß ich nichts übrig habe für die Werke unseres hochgeehrten Vergil, und das gleiche gilt für Horaz und Livius. Ich habe das Dichten über Gedichte satt. Und Cicero mögen unsere Freunde bei Hofe zitieren. Aber Catullus … Da haben wir einen Mann, dessen Worte durch die Ewigkeit hallen werden. Sag mir, welches Gedicht es ist, und ich werde euch begleiten.«

»›*Lesbia me dicit*‹«, sagte Atalante. Er nickte Francesco zu, und sie begannen zu spielen und zu singen. Atalantes anmutige, aber ziemlich dünne Stimme umrankte die Stimme Leonardos, die volltönender, aber dafür weniger umfangreich war.

Endlos klagt Lesbia;
Sie spricht von mir,
Will das Herz mir durchbohren,
Doch ich stieß beiseite
Ihre Täuschung und List.
So bin ich's, der ihr Herz durchbohrt.

Das Lied wurde langsam gespielt und gesungen, obgleich es einen unbeschwerten Text hatte, und von einem Lied gingen sie zum nächsten und sangen noch eine von Atalantes Catullischen Inventionen:

Odi et amo …
Ich hasse und ich liebe.
Du fragst: Wie kann das sein?
Ich weiß die Antwort nicht.

Du spannst mich auf die Folter.
Odi et amo …

Sandro schenkte Wein aus, und Leonardo gestattete sich einen kleinen Rausch und erlaubte auch, daß Niccolò seinen Teil bekam. Als Atalante und sein Freund gingen, lag Niccolò tief schlafend auf der Matratze und hielt einen großen Folianten mit lateinischen Versen im Arm. Er sah aus wie ein ruhender Bacchus, entworfen und aus Stein gemeißelt nach Art des Praxiteles, denn sein Haar lockte sich dicht und ungekämmt über der Stirn.

»Es ist spät; ich sollte jetzt auch gehen«, sagte Sandro. Er flüsterte, um Niccolò nicht zu wecken. Dann hob er das Tuch von Leonardos Simonetta-Porträt und lächelte. »Du malst das Fleisch und zeigst den Geist. Ich male den Geist und zeige das Fleisch.«

»Du bist betrunken«, sagte Leonardo.

»Das stimmt. Und du auch, mein Freund. Ich sehe, du hast Simonetta nach Vinci versetzt.« Er meinte Leonardos Gemälde von der Madonna mit der Katze. »Was du auch malst, immer sind die Berge und Bäche von Vinci dabei. Aber du bist immer noch vernarrt in die flämische Technik. Und inzwischen bist du darin kunstfertiger als dein Konkurrent van der Goes.«

»Ist das alles, was du in meinen Bildern siehst, mein Fäßchen? Kunstfertigkeit?«

»Nein, Leonardo. Ich sehe Simonetta, wie sie leibt und lebt. Fast kann ich ihre Gedanken lesen, denn du hast ihr Leben gegeben. Das ist nicht zu leugnen.«

»Ich danke dir«, sagte Leonardo. »Es gibt Differenzen zwischen uns …«

»Vielleicht gar nicht so viele.«

»Ich meinte, zwischen uns als Maler.«

»Ah …« sagte Sandro. Er betrachtete Leonardos Gemälde und sah aus wie verhext. Wie neulich, als er Leonardo während des Exorzismus in die Augen geschaut hatte.

»Mein Fäßchen, weißt du vielleicht etwas, das du mir nicht erzählst?«

Sandro lächelte und zog sorgfältig das Tuch über das Bild. »Du mußt aufpassen, wenn du es transportierst. Es wird noch feucht sein.«

»Sandro?« Allmählich machte Leonardo sich Sorgen.

»Morgen«, sagte Sandro und starrte das Tuch an, als sehe er immer noch das Porträt, das darunter verborgen war.

Leonardo traf am Mittag bei Simonetta ein; er war sehr pünktlich, was sonst nicht seine Art war. Die meisten Maler waren genauso gewissenhaft wie Kaufleute, Ärzte und andere Geschäftsleute, was das Einhalten von Verabredungen anging, aber Leonardo beherrschte nicht einmal diesen grundlegenden Charakterzug des Bürgers. Die Säumigkeit war eines seiner unglückseligen Markenzeichen geworden. Heute aber wurden seine Gedanken weder durch Flug- und Kriegsmaschinen noch durch die Naturwissenschaften abgelenkt, nicht einmal durch die Malerei und das Spiel von Licht und Schatten, auch wenn er behutsam das Bildnis Simonettas unter dem Arm trug und dabei darauf achtete, daß das seidene Tuch sich nicht in die noch weiche Lasur aus Leinöl und Firnis drückte.

Seine Gedanken waren auf Simonetta gerichtet, und er fragte sich, was sie von ihm wollte. Das Schuldbewußtsein ließ ihn frösteln, wenn er an ihr Stelldichein bei Il Neris perverser Festgesellschaft dachte; aber zugleich sah er sie auch als Freundin, als eine treue Freundin, die so vorbehaltlos und vertrauensvoll war, wie sie ihm versprochen hatte. So verspürte er eine verwirrende Mischung aus Schuldbewußtsein und Zuneigung – und Sorge zudem, denn Sandro hatte sich nicht von dem Gedanken abbringen lassen, daß sie allen Verrichtungen Pico della Mirandolas zum Trotz sein giftiges Phantasma in sich aufgenommen habe.

Überhaupt, was verheimlichte Sandro ihm sonst noch?

Litt Sandro etwa – Gott behüte – immer noch an gewissen Manifestationen der kalten schwarzen Galle: *melaina chole*, der tödlichen Melancholie?

Leonardo trat durch ein schmiedeeisernes Tor und ging durch eine schmale Gasse – es war eigentlich kaum mehr als ein Gang, aber nichtsdestoweniger bewacht von marmornen Greifen, Satyrn, Najaden, Kämpfern von makellosem Körperbau sowie der Jägerin Diana selbst –, bis er in den Hof und zur offenen Loggia des zweistöckigen Hauses Vespucci gelangte. Er klopfte an eine schwere, glänzende Tür, und ein Diener führte ihn durch luftige Freskenräume, grotesk ausgeschmückte Gemächer, Arbeitszimmer und ockergelb gestrichene Flure zu einem Garten an der Rückseite, in dem Pfauen frei umherstolzierten. Und hier saß Simonetta, ein leises Lächeln auf dem blassen, sommersprossigen Gesicht, und schaute über eine von Ranken überwucherte Mauer in die Straßen und Gassen weiter unten. Ihre Brauen waren zu schmalen Linien gezupft; sie hatte die Lippen geschürzt und die Unterlippe ein wenig vorgeschoben. So schien sie in tiefe Betrachtungen versunken zu sein. Es ging nur ein leichter Wind, der aber gleichwohl die zarten Strähnen ihres langen, blonden, raffiniert geflochtenen Haars bewegte. Sie trug eine *gamurra* aus karmesinrotem Satin mit seidenen Puffärmeln und einem tief ausgeschnittenen Mieder, und um ihren Hals lag eine Kette mit einem Anhänger: In der Mitte einer goldenen, mit Niello verzierten Scheibe saß ein Hornsplitter von einem Einhorn: das universelle Mittel gegen Gift.

Sie war in der Tat eine ätherische Gestalt, und einen Augenblick lang hatte er das Gefühl, eines von Sandros allegorischen Gemälden zu sehen. Simonetta war Botticellis Venus-Humanitas, zum Leben erwacht.

»Leonardo, du starrst mich an. Ist mir vielleicht eine Warze am Kinn gewachsen?«

»Nein, Madonna, du siehst sehr schön aus.«

»Und ich freue mich zu sehen, daß du, mein lieber Leonardo, nur noch den Schatten einer Schramme im Gesicht trägst«, sagte sie. »Sandro hat das Ausmaß deiner Verletzungen übertrieben geschildert. Aber du mußt mir versprechen, daß du dich nie wieder einer solchen Gefahr aussetzen wirst.«

Leonardo verneigte sich und nahm ihre Freundlichkeit dankend zur Kenntnis. »Ich muß dir sagen, daß Sandro die Essenz deiner vollkommenen Schönheit in einem Bild eingefangen hat, das er mir gezeigt hat.«

Ihre Wangen röteten sich ein wenig. »Was ist es für ein Bild?«

»Er nennt es ›Allegorie auf den Frühling‹ und sagt, es sei zu einem kleinen Teil durch eine Passage aus einem von Marsilio Ficinos Werken inspiriert.«

»Kennst du seine Werke?«

»Ich muß beschämt gestehen, daß ich sie nicht kenne.«

»Hältst du so wenig von seiner Akademie?«

»Mir scheint, daß ihre intellektuellen Bestrebungen mein Fassungsvermögen übersteigen«, sagte Leonardo ironisch. »Aber *du* bist die *idée fixe*, nach der Sandro alle seine Figuren in dem Bild gestaltet. Seine Abbildung der Drei Faten ist nichts anderes als eine Darstellung von dir mit unterschiedlichem Ausdruck. Kein Mann könnte dieses Bild sehen, ohne sich Hals über Kopf in dich zu verlieben.«

»Ich fürchte, dann könnte es ein gefährliches Bild sein.«

Leonardo lachte.

»Sandro hat mir nur davon erzählt. Er ist zu schüchtern, um es mir zu zeigen«, sagte sie.

»Nur, weil es noch nicht fertig ist, Madonna. Weißt du, in Wirklichkeit trödelt er mit seinen Bildern viel mehr herum als ich mit meinen. Aber *ich* habe den schlechten Ruf.«

Jetzt mußte Simonetta lachen, aber Leonardo spürte, daß sie ihn – sanft und vielleicht sogar liebevoll – wie einen Narren behandelte. Nach kurzem Schweigen sagte sie: »Hast du Angst, mir nahezukommen? Und was verbirgst du da unter deinem Tuch? Könnte es das Bild sein, auf das ich warte?«

Leonardo verneigte sich. »Aber verglichen mit Sandros durchscheinender Darstellung ist meine Gabe wahrhaft trist.«

Wieder lachte sie und breitete die Arme aus. »Nun, bring es her; ich werde selbst urteilen.«

Leonardo lehnte die Leinwand vor Simonetta an die Mauer und hob das Tuch ab.

Sie beugte sich vor, als wäre sie kurzsichtig. »Leonardo, es ist schön. Du hast alles verändert, seit ich es zuletzt gesehen habe. Ist es wirklich wahr, daß ich so zart und jungfräulich aussehen kann? Mir ist, als schaute ich die Frau an, die ich gern sein möchte. Es ist wie der doppelgesichtige Spiegel des Synesius, der die Welt über und unter der unseren abbildet. Und dort« – sie deutete auf die beinahe geometrische Wiedergabe von Bäumen und Bergen auf dem Bild – »kann ich in die Landschaft des Himmels schauen. Und sie ist erfüllt von himmlischem Licht.«

Sie lächelte, und Leonardo war gebannt von diesem melancholischen und doch selbstgewissen und ganz und gar rätselhaften Lächeln. Er prägte es sich ein, obwohl er das Gefühl hatte, ihr Gewalt anzutun; eines Tages würde er an Simonettas statt dieses Lächeln malen.

»Das ist nur die Landschaft meiner Kindheit, Madonna.«

Sie drehte sich zu ihm um. »Danke, Leonardo.«

»Der Firnis ist noch nicht trocken.«

»Ich werde vorsichtig sein. Ich kann nicht anders, ich fürchte, daß mir erst jetzt erlaubt ist, mich so zu sehen – im Himmel, sozusagen. Doch würde ich mir nicht wünschen, daß dein Zauberspiegel sich verdunkelt wie im Kindervers.«

»Was meinst du damit?« fragte Leonardo.

Sie überging seine Frage und läutete nach ihrem Diener, einem Jungen von nicht mehr als zwölf Jahren. »Du wirst dieses Bild ins Haus tragen, und zwar überaus vorsichtig«, sagte sie und deckte das Tuch über das Gemälde. »Ich fürchte, sonst klebt der Staub der Luft an deinem vollkommenen Werk«, sagte sie zu Leonardo.

Als der Junge gegangen war, wiederholte Leonardo seine Frage. Aber sie schüttelte nur den Kopf. »Setz dich zu mir und nimm mich in deine Arme.«

Leonardo spähte über die Mauer auf die Straße hinunter.

»Keine Sorge«, sagte Simonetta. »Man kann uns nicht sehen.«

Sie umarmte ihn fest und drückte seinen Kopf an ihren Busen. Er fühlte ihre glatte, etwas feuchte Haut und den schweren Brokatsamt ihres Kleides, und er roch ihren Geruch, vermischt mit Veilchenparfüm. Ihr Atem klang flach und rauh, und das Geräusch wurde verstärkt wie das Rauschen von Wellen am Felsenstrand, da es von ihrer Haut geradewegs in sein Ohr geleitet wurde. Sie hob sein Gesicht zu sich empor, und wieder empfand Leonardo Leidenschaft für sie, aber plötzlich packte sie ein krampfhafter Hustenanfall. Sie löste sich von ihm, als schäme sie sich, aber er hielt sie fest und nahm sie wieder in den Arm. Sie hustete und keuchte und rang dann halb erstickt nach Atem. Sie zitterte und quälte sich, straffte sich unter jedem rasselnden Hustenstoß, daß ihr Körper gespannt war wie eine Bogensehne. Leonardo glaubte zu sehen, wie etwas Zartes in ihr zerbrach, und er fühlte, daß ihr Speichel sein Hemd durchfeuchtete.

Dann sah er, daß er mit Blut vermischt war.

Als der Hustenanfall nachließ, wich sie endgültig zurück. Ihre Augen waren zusammengepreßt, als müsse sie sich konzentrieren, als könne sie sich selbst durch reine Willenskraft in ein Phantasma der Gesundheit verwandeln; und genau das, nahm Leonardo an, versuchte sie. Sie wischte sich das Gesicht ab, das jetzt weiß war wie die Haut einer Toten, und betupfte sich den Mund mit einem dunkelroten Taschentuch, auf dem man die Blutflecken nicht sehen würde.

Sie schaute Leonardo ins Gesicht. Ihre Augen glänzten, als sei sie den Tränen nahe, und Leonardo wußte, daß Sandro wirklich recht gehabt hatte. Ihre Augen waren klar und blau wie der Ozean, aber in ihrem Blick spukte es. Ihm war, als schaue er durch transparente Schleier, als sei sie verloren für ihn, verloren für die Welt.

Gleich darauf war sie wieder sie selbst: gefaßt, wenn auch verlegen. Sie hielt seine Hände fest; ihre Handflächen waren trocken, seine dagegen schweißfeucht. »Frage nicht, Leonardo, denn jetzt weißt du es.«

»Madonna, ich ...«

»Und ich habe dein *gonnellino* verdorben. Aber wenigstens ist es dunkel wie mein Taschentuch, und so sieht man die Blutflecken nicht allzu deutlich.«

»Darauf kommt es kaum an«, sagte Leonardo. »Kann ich dir etwas zu trinken holen?«

»Sandro hat dir alles erzählt, nicht wahr?« Es war eine Feststellung, auch wenn sie es wie eine Frage klingen ließ. »Nein, vielleicht nicht alles, mein süßer Leonardo.«

»Ich möchte kein solches Spiel spielen«, sagte er.

»Aber das ist die Natur aller Beziehungen, nicht wahr?« Sie lächelte. Ihre Gesichtsfarbe war zurückgekehrt; es war im besten Falle eine zarte Blässe. Aber ihre Augen schienen von einem hellblauen inneren Feuer zu brennen, von einem phantasmischen Überströmen: ein *miracolo gentil*.

»Was hat Sandro dir denn erzählt?«

»Nichts, Madonna – nur, daß er sich Sorgen um dich macht.«

»Ich werde bald nicht mehr da sein«, sagte sie und lachte, daß es Leonardo eisig überlief. »In gewissem Sinne, mein Freund, bin ich schon fort.«

»Du brauchst Ruhe, vielleicht auch einen Ortswechsel.« Leonardo fühlte sich unbehaglich; er war nicht in seinem Element. »Du solltest auf dem Lande wohnen und nicht die schädlichen Ausdünstungen der Stadt atmen.«

»Hat Sandro dir auch erzählt, daß ich seine vollkommene Sicht meiner selbst nicht freigegeben habe? Ich habe sie mir zu eigen gemacht, zum Trost.«

»Das verstehe ich nicht«, sagte Leonardo.

»Doch, natürlich verstehst du das.« Simonetta legte den Kopf auf seine Schulter. »Was macht es schon, wenn ich an Liebe ersticke, wo ich doch sowieso bald sterben werde? Meine Seele ist ewig, nicht wahr? Bald genug werde ich in *morte di bacio* sein. In meiner himmlischen Verzückung werde ich für dich beten, Leonardo. Und für Sandro. Aber, Leonardo, hast du gar keine Angst, daß ich dir etwas stehlen könnte, wie ich Sandro etwas gestohlen habe?«

»Simonetta ...«

»Kannst du nicht lächeln, mein Freund?« Sie schaute zu ihm auf. »Deine Seele und deine Ideen sind völlig sicher vor mir.«

»Ich finde das nicht komisch«, sagte Leonardo und wand sich aus ihren Armen.

»Armer Leonardo«, sagte sie leise. »Ich habe dich arg beunruhigt. Aber ich habe Angst vor dem Sterben. Ich habe Angst vor dem Alleinsein.«

»Du wirst nicht sterben; zumindest nicht, bevor du alt bist. Und du brauchst nicht allein zu sein.«

»Du irrst dich zweifach, Leonardo.«

»Woher weißt du das?«

Sie lächelte betrübt. »Vielleicht hatte ich eine Vision?«

»Und Il Magnifico? Was ist mit ihm?«

»Er weiß nichts. Er weiß nicht einmal, daß ich huste. Deshalb habe ich ihn in letzter Zeit nicht mehr oft sehen können; ich fürchte, daß er und Giuliano allmählich beunruhigt sind.«

»Dann solltest du sie für dich sorgen lassen.«

»Das werde ich nicht tun. Sie sollen mich schön in Erinnerung behalten, falls ich das noch bin, und nicht so, wie ich werden muß. Ich liebe sie beide und habe es immer getan, und ich liebe Sandro.« Nach kurzem Zögern fügte sie hinzu: »Ich habe ihn in mein Bett gelassen.«

Leonardo war erschrocken. »Dann weiß er alles.«

»Über uns und über meine Gesundheit – natürlich. Aber er mußte mir versprechen, nicht über meine Krankheit und meinen bevorstehenden Tod zu reden.« Sie lachte. »Ich habe ihm erzählt, meine Spione seien überall, und er könne niemandem trauen – nicht einmal dir, mein lieber Leonardo. Und wenn ich hörte, daß er dem Einfluß Saturns zum Opfer gefallen sei, würde ich ihm meine Tür verschließen.«

»Befürchtest du nicht, daß er davon wieder krank wird?« fragte Leonardo.

»Ich werde nicht zulassen, daß ihm etwas geschieht. Er liebt mich wie kein anderer sonst; zumindest diese Zeit kann ich ihm noch schenken. Trauern wird er sowieso. Und du, mein süßer Leonardo, wirst mit ihm zurückbleiben, damit du auf ihn achtgibst. Das wirst du tun.«

»Natürlich.«

»Es sollte dir nicht wunderlich vorkommen, daß ich den Wunsch habe, mein Leben in Ordnung zu bringen, meine Schulden zu bezahlen und vielleicht ein wenig Buße zu tun, bevor ich sterbe. Das ist so natürlich wie die körperliche Liebe.«

»Hast du mich deshalb rufen lassen?«

»Vielleicht. Aber du scheinst mir zornig zu sein, Leonardo. Bist du zornig auf mich?«

»Nein«, sagte Leonardo, »natürlich nicht, ich bin nur …«

»Erschrocken?«

»Ich weiß nicht.« Leonardo war verlegen. »Ich fühle mich so hilflos und ohnmächtig.«

»Ich habe sonst meist eine andere Wirkung auf die Männer.«

Sie lächelte ihn verspielt an, und endlich lächelte Leonardo zurück. Die Spannung war gelöst; sie umarmten einander und schauten zusammen auf die Straße hinunter. Eine Zeitlang sprach keiner von ihnen. Leonardo bewunderte die üppigen Massen ihres goldenen Haars. Sie war ihm so nah; ja, er hätte sich in sie verlieben können, wie es die meisten Männer taten, die das Privileg hatten, sie kennenzulernen. Aber er konnte nicht anders, er mußte an Ginevra denken, sogar jetzt, und so sehr er jetzt Simonetta auch begehrte, so verzehrte er sich nach Ginevra.

»Und jetzt, Leonardo«, sagte Simonetta beinahe im Flüsterton, »mußt du mir von deinem Flug zum Himmel erzählen, denn ich weiß nur das, was ich von anderen gehört habe ...«

Aber ein Klopfen, wie aus weiter Ferne, riß sie aus ihrer Träumerei.

»Es muß wichtig sein, denn sonst würde Luca uns nicht stören«, sagte Simonetta. Sie winkte den Diener heran; es war derselbe Junge, der Leonardos Bild ins Haus getragen hatte.

»Soll ich es Euch zuflüstern, Madonna?« fragte er und schaute Leonardo – den Eindringling – an. Dann senkte er den Blick. Er hielt ein kleines Päckchen in der Hand, das in brokatbesetzten Samt gewickelt war, und er war sichtlich nervös.

»Ganz gewiß nicht. Ich habe dir doch bessere Manieren beigebracht, Luca. Was hast du da?«

Er reichte Simonetta das Päckchen.

»Ihr habt mir aufgetragen, es Euch auf der Stelle zu sagen, wenn Il Magnifico ...«

»Ist er *hier*?«

Leonardo fuhr der Schreck in die Glieder: Wenn der Erste Bürger keinen Zutritt zu diesen Privatgemächern hatte, welche Ausrede konnte er, Leonardo, dann für seine Anwesenheit vorbringen?

»Nein, Madonna, sein Diener hat das Päckchen gebracht. War es falsch, daß ich Euch gestört habe?«

»Nein, Luca, ich bin sehr zufrieden mit dir. Und ist unser anderer Gast inzwischen da?«

»Ja, Madonna.«

Simonetta nickte. »Dann laß uns jetzt allein.« Sie begann, den Brief zu lesen, der mit dem Päckchen gekommen war.

»Madonna, ist alles in Ordnung?« fragte Leonardo. Er würde sich nicht anmaßen, sich nach ihrem anderen Gast zu erkundigen. Er stellte sich vor, wie ein ungeduldiger und herzwunder Sandro in ihrer Schlafkammer auf sie wartete.

»Ja, natürlich.« Simonetta öffnete das Päckchen. Es enthielt drei ineinander verschlungene Ringe aus Gold, ringsum mit Diamanten besetzt: Lorenzos persönliches Wappenzeichen, das Stärke und Ewigkeit symbolisierte.

»Sie sind schön«, sagte Leonardo.

»Ja«, flüsterte sie, »und sie kommen von Lorenzos Finger. Seine Frau wird es ohne Zweifel bemerken, wenn sie nicht mehr da sind.«

»Madonna, ich fürchte, du hast Sandro tatsächlich in Gefahr gebracht.«

»Und dich ebenso«, sagte Simonetta.

»Daran habe ich nicht gedacht.«

»Ich weiß, aber du hast recht, Leonardo. Lorenzo hat seine Augen und Ohren überall, und ich fürchte, nur allzu viele sind auf dieses Haus gerichtet.« Sie lachte leise. »Aber ich kann ihn nicht im Zaum halten; es würde nichts nützen, denn diesem Brief zufolge plant er, meine Festung morgen nachmittag zu belagern. Um die Wahrheit zu sagen, ich vermisse ihn auch. Ich liebe ihn mehr als alle anderen Männer. Und das werde ich ihm sagen, es sei denn, ich sterbe, bevor ich es erklären kann.«

»Du wirst leben«, beharrte Leonardo.

»Dazu wäre ein Wunder nötig.« Simonetta warf ihm einen Seitenblick zu. »Nicht, daß ich nicht an Wunder glaube. Ich habe eins für dich bewirkt.«

»Wie meinst du das?« fragte Leonardo, aber sie legte ihm ihre Finger an die Lippen.

»Ein Wunder soll man genießen, nicht herunterschlingen wie

ein Verhungernder ein Stück Fleisch.« Ihr Gesicht war dem seinen sehr nah, als sie fragte: »Was wünschst du dir am meisten auf der Welt?«

Leonardo wurde rot.

»Ginevra, nicht wahr?«

»Ja«, sagte er.

»Sie ist hier, Leonardo.«

Schleier der Seele

Diejenigen, die unter demselben Stern geboren wurden, sind dergestalt eingerichtet, daß das Bild des Schönsten unter ihnen, dringt es durch die Augen in die Seele eines anderen, recht vollständig einem bestimmten, bereits vorhandenen Bilde entspricht, welches zu Beginn der Zeugung auf den himmlischen Schleier der Seele geprägt ward und auch auf die Seele selbst.

Marsilio Ficino

Weißt du nicht, daß deine Pläne ans Licht gekommen sind?

Cicero

Du mußt mich sofort zu ihr lassen.«

»Zuerst mußt du dich fassen«, sagte Simonetta. »Und dir darüber im klaren sein, was du jetzt vorhast.«

»Unter welchem Vorwand hast du sie hergebracht? Hat sie Dienstboten bei sich?«

Simonetta lächelte. »Natürlich. Sie sind jetzt bei ihr, aber ich werde sie nachher bewirten, denn Gaddiano besteht im Gegensatz zu manchen Malern bei Hofe darauf, bei der Arbeit mit seinen Modellen allein zu sein.«

»Gaddiano?« rief Leonardo; er hatte nicht vergessen, daß Simonetta selbst Gaddiano war.

Sie lächelte. »Allerdings. Lorenzo selbst hat den Maler beauftragt, als Hochzeitsgeschenk Ginevras Porträt zu malen. Und ich habe dem Künstler meine Gemächer angeboten.«

»Weiß Lorenzo es denn?«

»Daß ich Gaddiano bin? Nein. Aber er will dir helfen. Vor allem gefällt es ihm, Nicolini zu betrügen, denn er hat nichts übrig für ihn. Der Alte ist ein Speichellecker der Pazzi.«

»Und Ginevra – weiß sie über dich Bescheid?«

»Niemand weiß es außer dir, Leonardo.«

»Und was soll ich tun?« fragte Leonardo. Er war erregt und fühlte sich, als sei er gerannt und komme nun nicht mehr zu Atem.

Simonetta lächelte nachsichtig. »Ich würde mir nicht anmaßen, dir in Dingen von so unantastbarer Delikatesse irgendwelche Vorschriften zu machen.« Sie erhob sich. »Aber ich gehe jetzt hinein und begleite Nicolinis Knechte aus dem Hause. Sie sind offenbar mit großem Vergnügen bereit, den Nachmittag im Gasthaus zur Schlechten Küche zu verbringen. Und wenn sie zurückkommen, werden sie Gaddiano leibhaftig antreffen, wie er die entzückende Ginevra malt, und die arme Simonetta, ach, wird in ihren Gemächern sein und ruhen. Aber bis dahin hast du sie für dich.«

»Ich stehe für immer in deiner Schuld«, sagte Leonardo und stand auf, hielt aber Abstand zu ihr.

»Nun, wenn ich lange genug leben sollte, kann ich diese Verpflichtung vielleicht noch einmal einfordern, indem ich dich um eine heikle Gefälligkeit bitte.« Simonetta trat an ihn heran, strich mit den Fingern über den verblassenden Bluterguß an seinem Wangenknochen, küßte ihn und sagte: »Ich habe deiner schönen Ginevra erzählt, ihr wäret gute Freunde, du und Gaddiano, und er habe sich bei diesem Gemälde zu einer Art Zusammenarbeit bereitgefunden. Ihr dürft euch also nicht die ganze kostbare Zeit hindurch in den Armen liegen. Du mußt auch Fortschritte bei dem Bild machen, damit Nicolinis Leute keinen Verdacht schöpfen.«

»Hat Ginevra gefragt, welche Rolle du bei all dem spielst?«

»Sie weiß, daß wir Freunde sind, aber das ist alles. Du brauchst also ihre Eifersucht nicht zu fürchten. Keine Sorge, Leonardo; ich versichere dir, sie wird zu sehr beschäftigt sein, um dich nach Einzelheiten zu fragen. Luca kommt dich gleich holen.« Und damit ging Simonetta hinaus.

Luca schloß die Tür von Simonettas Atelier hinter Leonardo, und der stand wie gebannt da, als er Ginevra erblickte. Der Raum mit dem großen Kamin aus *pietra serena*, den hohen Fenstern und der Gewölbedecke war ein vorzügliches Atelier. Sonnenlicht flutete herein; es verwandelte alle Oberflächen in goldene Patina und bleichte die Schatten aus, so daß sie unauffällig waren wie Katzen im Versteck. Ginevra saß steif auf einem *cassone*, auf dem mehrere Kissen lagen, damit sie es bequemer hatte. Sie sah Leonardo an; ihr Mund war fest geschlossen, und ihre Augen schauten geradeaus. Die wunderschönen Augen, deren schwere Lider immer den Eindruck von Schläfrigkeit hervorriefen, blickten jetzt durchbohrend.

»Willst du nicht hereinkommen, Leonardo?« fragte sie, und das runde Gesicht war scheinbar leidenschaftslos.

Leonardo ging zu der Staffelei, auf der das Porträt Ginevras stand, aber er warf nicht einmal einen Blick darauf. Er merkte, daß er zitterte, und sein Herz schlug schnell. Aber in diesem Augenblick war er wie betäubt. Es war, als sei ihm wie Sandro im Exorzismus alles Empfinden ausgetrieben worden und als sei seine Liebe zu Ginevra verbrannt. Er war geläutert. Aber warum zitterte er dann? Warum schlug ihm das Herz bis zum Halse?

»Du siehst gut aus«, sagte er unbeholfen.

»Du auch«, sagte sie, ohne sich von der Stelle zu rühren, als sei sie an die Truhe gefesselt und müsse für den Maler ihre Pose behalten. »Ich hatte befürchtet, daß ...« Sie brach ab und schlug die Augen nieder. Sie sah bezaubernd aus in ihrem schlichten, rotärmeligen Kleid über dem glatten Hemd. Ein schwarzes Tuch lag auf den bloßen, sommersprossigen Schultern, und ein schwarzer Spitzenschleier bedeckte ihren Hinterkopf. Ihre roten Locken waren zerzaust, wodurch die beinahe zu perfekte Symmetrie ihres zarten runden Gesichtes aufgebrochen wurde.

»Gefällt dir das Bild, das dein Freund Gaddiano begonnen hat?« Erst jetzt schaute Leonardo Simonettas Gemälde an. Sie hatte Ginevras besonderen Zauber in bewundernswerter Weise eingefangen, ja, das Bild war pures Licht. Es war reich an präzise geschichteten Lasuren nach Leonardos eigener Art und tief und heiter wie ein Sonntagnachmittag im Sommer. »Es ist wirklich ein prächtiges Porträt«, sagte Leonardo beeindruckt, und nach einer Pause fragte er – und spürte dabei, wie er errötete: »Ginevra, warum … bist du hier?«

»Ich hatte den Eindruck, es sei dein Wunsch.«

Leonardo hielt Abstand. »Es war mein Wunsch, bei dir zu sein, seit …«

»Das ging mir nicht anders.« Auch Ginevra errötete. Sie schaute auf ihre Hände hinunter, die zitterten, und sie verschränkte die Finger fest ineinander. Von den Händen abgesehen, wirkte sie sehr still und gefaßt; es war, als spreche er mit ihrem Bild, nicht mit Ginevra selbst, mit Jugend, Fleisch und Leidenschaft.

»Ich konnte dich bisher nicht sehen«, erklärte sie, »denn ich war buchstäblich in Gefangenschaft. Das hast du dir sicher schon gedacht.« Sie blickte starr auf ihre Hände und spreizte sie, wie um etwas freizulassen, das sie festgehalten hatte. »Leonardo, ich liebe dich. Warum sollte ich sonst hier sein?«

Leonardo war erschüttert; er konnte nur nicken. Aber wie ein trockener Zweig fing er Feuer, angefacht von einem Gefühl, das sich in nichts von Zorn unterschied. Zugleich spürte er, wie er hart wurde und sie mit gewohnter Heftigkeit begehrte. Sie hatte sich ihm eröffnet, und sein Körper reagierte auf ihre Worte wie früher auf ihre Liebkosungen. Und doch konnte er sich ihr nicht überlassen; ein übermächtiger Unglaube war in ihm erwacht und suchte ihn zu beherrschen. »Wenn das wahr ist, warum hast du dann geredet, wie du es tatest, nachdem die Taube das Feuerwerk beim Dom angezündet hatte?«

Sie sah betrübt aus. »Weil ich wußte, daß Messer Nicolini überall Spitzel hatte. Ist er nicht aufgetaucht wie ein Geist, kaum daß wir miteinander gesprochen hatten? Hast du das vergessen, Leonardo? Und glaubst du nicht, daß ihm ernstlich daran gelegen war, zu hören, was ich dir zu sagen hatte?«

»Das hättest du mich wissen lassen können – irgendwie. Statt mich zu foltern.«

»Ich konnte doch meine Familie nicht in Gefahr bringen.« Ginevras Stimme zitterte, aber sie klang trotzig, und Leonardo ahnte, daß sie seinetwegen genauso gelitten hatte wie er um sie. »Und als ich versuchte, dir eine Nachricht zukommen zu lassen«, sagte sie, »war es einfach unmöglich. Wenn deine Freundin, Madonna Simonetta, nicht gewesen wäre – ich weiß nicht, was ich getan hätte.«

»Ich liebe dich doch auch«, sagte Leonardo.

»Ich soll Luigi di Berbardos Ring bekommen«, sagte sie, und das bedeutete, daß ihr »Vertrag« mit Nicolini demnächst im Bett des alten Mannes vollzogen werden würde. Sie sah ihn an – erwartungsvoll, wie es jetzt schien.

»Was willst du dagegen unternehmen?« fragte Leonardo. Auch er zitterte. Gern hätte er sie umarmt, aber er stand wie angewurzelt da, und die Worte dieses hohlen Gesprächs schienen widerzuhallen, als ständen sie in einem großen, leeren Saal.

»Ich kann ihn nicht heiraten«, sagte sie, »wenn du mich immer noch willst. Ich dachte, ich könnte es, für die Ehre meiner Familie.«

Leonardo nickte.

»Ich habe mit Papa über die Möglichkeit gesprochen, daß ich mein Versprechen an Messer Nicolini nicht einhalte.«

»Und – was hat er gesagt?«

»Er hat geweint, Leonardo.« Sie sprach langsam, als gebe sie lediglich Fakten wieder. Ihre Augen schimmerten und füllten sich mit Tränen. »Aber ...«

»Ja?«

»Ihm ist klar, daß es keine öffentliche Schmach für ihn wäre. Die – die Mitgift hat er bereits erhalten, und man könnte sie nicht zurückfordern, denn das wäre eine Schande für Messer Nicolini. Jetzt sind unsere Schulden bezahlt, und die Familie ist nicht mehr in Gefahr; in zwei, vielleicht drei Jahren könnten wir vielleicht sogar in der Lage sein, ihm alles zurückzuzahlen. Aber ich habe meinem Vater gleichwohl Schande gebracht. Ich habe ihn im Stich gelassen und einen Lügner und Betrüger aus ihm gemacht.« Die Tränen rannen ihr aus den Augen. »Ich konnte es einfach nicht. Ich bin zu selbstsüchtig. Ich könnte nicht mit ihm zusammensein.« Es schauderte sie. »Er würde mich ersticken. Ich würde sterben, ich würde ...«

»Dann hattest du wirklich vor, es zu tun?«

»Ich weiß es nicht, Leonardo. Eine Zeitlang nicht, und dann doch. Ich dachte, ich müßte es für Papa tun. Warum quälst du mich?« Der Zorn in ihrer Stimme und in ihren schmalen Augen war unverkennbar.

»Weil ich Angst habe«, sagte er.

»Wovor?«

»Dich noch einmal zu verlieren. Denn dann würde ich werden wie Sandro.«

Sie lächelte; es war ein sorgenvolles Lächeln. »Ich glaube, ich bin vielleicht schon so. Ich dachte, wenn ich an der Melancholie der Liebe stürbe, dann hätte ich wenigstens das Spiegelbild deiner Seele für alle Zeit in mir.«

»Das sind Torheiten«, sagte Leonardo.

»Aber wir sind Abbilder von einander, Leonardo«, beharrte sie. »Wenn ich träumte, wie du mich liebst, sah ich das Gesicht des Erzengels Raphael über unseren Köpfen. Dann flüsterte er mir zu, er werde uns heilen; bei unserer Zeugung sei jeder von uns im Bilde des anderen geschaffen worden, und dieses Bild sei sein eigenes.«

»Aber er ist der Schutzengel der Blinden, liebe Ginevra«, sagte Leonardo mit ironischem Lächeln.

»Ich habe geschworen, dem heiligen Erzengel Raphael jeden Tag eine Kerze anzuzünden, wenn …«

»Wenn …?« Unversehens stand Leonardo vor ihr, und sie schaute nervös zu ihm auf.

»Wenn wir zusammensein könnten«, wisperte sie, und er kniete vor ihr nieder, als erfülle auch er ein Gelübde vor dem Altar. Sie beugte sich über ihn und sank dann mit ihrem ganzen Gewicht auf ihn, als er sie küßte. Aber ihre Lippen berührten sich kaum; es war, als scheuten sie noch vor der mildesten Ekstase zurück, um sie im Folgenden nicht zu verlieren. Sie schauten einander weiter in die Augen, als suchten sie dort nach den Abbildern ihrer Seelen; sie erforschten einander mit den Händen, aber in der Stille hörte man nur ihren hastigen Atem und das Rascheln der Seide. Dann aber begannen sie, auf irgendeine gemeinsame Entscheidung von Herzen und Lenden gegenseitig an ihren Kleidern zu reißen. Zu ungeduldig, um sich eine Lagerstatt zu suchen, sanken sie, einander wiegend und umklammernd, auf die unbehaglich kalten Bodenfliesen. Sie achteten darauf, keine Male am Körper des anderen zu hinterlassen, als sie versuchten, ineinanderzugleiten, küssend und beißend und saugend, als fühlten sie sich plötzlich nicht mehr wohl in den Grenzen des eigenen Blutes und Gebeins.

»*Cosa bellissima*«, sagte Ginevra, als sie Leonardos Hosenlatz aufriß und sich in eine Position brachte, wo sie seinen Penis in den Mund nehmen und ihm die höchste und intimste aller Lüste bereiten konnte. Das hatte sie noch nie getan. Die Wärme ihres Mundes ließ sein ganzes Empfinden in diesen Körperteil dort zwischen seinen Beinen gleiten und heiß wie Kohle erglühen. Aber er kämpfte gegen seine eigenen Gefühle an und sah der Geliebten zu bei ihrem Tun, das so rein und heilig und schön war wie die

Stimme des Himmels. Sie betete ihn an mit einer Liebe, die losgelöst war von der Lust, jener vollkommensten Form, die Plato erträumt hatte – oder vielleicht auch Raphael, der heiligste unter den Engeln.

Und Leonardo vergalt es ihr, küßte sie und schmeckte ihre salzigen Sekrete, und dann kroch er auf sie, über sie, und sein erigiertes Glied suchte nach einem Ankerplatz, und jeder von beiden betrachtete die Miene des andern, als Leonardo sich in sie hineinpreßte, so tief er nur reichen konnte. Rasch brachten sie einander zum Höhepunkt, denn ihre Gefühle brandeten zu hoch, als daß sie hätten gehemmt werden können, zumal bei Leonardo. Er konnte seine Ejakulation nicht zurückhalten. Aber er hörte nicht auf, immer wieder in sie einzudringen, denn auch wenn er einstweilen befriedigt und sein Penis taub und gefühllos geworden war, so war er doch entschlossen, auch ihr das Maß an Lust zukommen zu lassen, das er empfangen hatte. Er bearbeitete sie wie einen Stein, der gemeißelt und geformt werden mußte, und schließlich gab sie sich auf und flüsterte wieder und wieder, daß sie ihn liebe, und sie straffte sich und bog den Rücken auf dem Boden, der von ihrem Schweiß gezeichnet war. Sie schien das Bewußtsein ihrer selbst vollständig zu verlieren, als sie sich für einen Augenblick in reinste und flüssigste Liebe und Lust auflöste.

Leonardo ruhte sich aus. Er schlief nicht ganz, sondern verharrte in einer Region zwischen Wachen und Träumen. Er hielt Ginevra fest im Arm. Sie war wach und beobachtete ihn. »Leonardo … Leonardo …?«

»Ja«, sagte er. Es klang gedämpft, denn sein Gesicht lag an ihrer Brust. Er löste sich von ihr und stützte sich auf den Ellbogen, um sie anzuschauen.

»Hast du je mit Madonna Simonetta geschlafen?« fragte Ginevra. Sie wirkte plötzlich ernst und kindlich zugleich; aber einen Moment lang waren ihre Augen nur noch Reflektionen ihres roten Haars.

»Nein«, sagte Leonardo, der darauf nicht vorbereitet gewesen war. Er lachte gezwungen und setzte sich auf. »Natürlich nicht. Wie kommst du darauf?«

Ginevra zuckte die Achseln, als habe sie bereits vergessen, daß sie ihm eine solche Frage gestellt hatte, und sie zog ihn an sich; aber Leonardo fühlte sich trotzdem ertappt. »Wie viele Frauen haben sich schon vor dir verbeugt, wie ich es getan habe?« Sie meinte ihre sanfte Fellatio.

»Ginevra!« rief er. »Was für Fragen!«

»Ach, waren es so viele, daß du sie nicht beantworten kannst?« fragte sie boshaft.

»In der Tat, es waren unzählige.« Er entspannte sich und begann sie zu liebkosen, berührte Gesicht, Hals und Schulter, dann ihre Brust, und sie berührte ihn. Er war bereit, und sie war es auch, und wenn die Leidenschaft auch matter war, so soch nur wenig. Er hatte sie wiedergewonnen, dank dem Wunder, das Simonetta gewirkt hatte. Aber während sie einander liebten, als beteten sie geräuschvoll miteinander, überschattete ein Phantasma seine Gedanken: Simonetta. Unwillkürlich sah er sie vor sich, als läge sie und nicht seine treue Ginevra unter ihm, als wäre es Simonettas Blondhaar, das seinen Körper streichelte ... Simonettas blasse Haut, die da an seiner schwitzte und saugte, als wäre sie zugegen, um ihn zu quälen, indem sie ihn in ihren eigenen uralten, fließenden Wirbel der Ekstase zog.

Leonardo preßte die Augen zu und versuchte, Simonettas Anwesenheit zu vertreiben, aber dann erreichte er seinen Orgasmus, und die Schuldgefühle zerflossen in Lust.

Derart pervers war noch der inbrünstigste Liebhaber.

Der Löwenkopf

Durch das gesprochene Wort fallen mehr
als durch das Schwert.
Leonardo da Vinci

Wen wirst du jetzt lieben? Bei welchem Namen
wird man dich rufen?
Wen wirst du küssen? Wessen Lippen zärtlich beißen?
Catullus, du mußt entschlossen sein und streng.
Gaius Valerius Catullus

Und [das Einhorn] wird alle Angst beiseite lassen,
und es wird zu der sitzenden Jungfrau gehen
und sich schlafen legen in ihrem Schoß, und so können
die Jäger es fangen.
Leonardo da Vinci

Die Tage, die nun folgten, waren angenehm und träge wie im Hochsommer, doch ohne die feuchte Hitze des Sommers. Eine Zeitlang war Leonardo so glücklich, wie er nur jemals gewesen war. Zwar hörte er nicht auf, Maschinen zu erfinden und zu zeichnen, aber die Arbeit war nicht länger seine große Leidenschaft. Aber so, wie er von Ginevra träumte, nahmen ganz natürlich, und ohne daß er es wollte, Ideen in seinem Kopf und seinen Händen Gestalt an; seine Zerstörungsmaschinen hatten das gleiche Gewicht wie seine Madonnenbilder, als wären seine Schöpfungskraft – und seine Liebe – blind wie das Schicksal.

Er lebte in den Tag hinein und wartete darauf, daß Lorenzo ihn zur Arbeit in die Medici-Gärten befahl, damit er dort die Statue des Satyrn Marsyas reparierte. Einstweilen arbeitete er für Andrea;

er nahm leicht zu erledigende Aufträge entgegen, wie sie gerade kamen – etwa die Verzierung eines Zifferblatts für die Uhr der sanften Mönche von San Donato. Er spazierte mit Niccolò in der Umgebung von Florenz umher, zeichnete und machte sich Notizen in seinem ledergebundenen Buch, und er besuchte Sandro und auch Pico della Mirandola, mit dem er sich zusehends angefreundet hatte.

Es war die Zeit des Karnevals, und Florenz empfand eine besondere, beinahe wilde Freude an diesen erdhaften Riten des Frühlings mit ihren Turnieren, Festgelagen, Fußballspielen und endlosen Paraden, die die *viale* mit ihren überdimensionierten Prunkwagen und Armeen von *armeggeria* in spektakulären Kostümen erfüllten.

Der Erste Bürger war keine Ausnahme. Zwar ignorierte Lorenzo hartnäckig Leonardos ernsthafte und nachdrückliche Memoranden über Flugmaschinen, Kriegswaffen und Militärtechnik, aber er versäumte nicht einen Augenblick lang, Leonardo, der sich den Ruf der Stärke und Behendigkeit erworben hatte, zum Mitspielen in seiner Fußballmannschaft einzuladen. Das war durchaus eine Ehre, denn die Spieler stammten aus den vornehmsten Häusern von Florenz, und die Spiele wurden mit ebensoviel Pomp und Feierlichkeit aufgezogen wie sonst ein Turnier.

Neben Trommlern, Trompetern, Schiedsrichtern, Bannerträgern und Ballwerfern gehörten siebenundzwanzig Mann zu einer Mannschaft. Leonardo genoß es, die Medici-Farben Rot und Gold zu tragen, die leichten Schuhe, den Anzug aus Samt und Seide, die lange Strumpfhose, Wams und Mütze. Er würde sich schon die Zeit vertreiben, bis er Lorenzo von seinen Vorzügen als Militäringenieur überzeugen könnte. Einstweilen befand er sich wenigstens in der Gesellschaft des Ersten Bürgers; er gehörte zu den *sconciatori*, den Störern. Er und Lorenzos Bruder Giuliano hatten die Aufgabe, die gegnerischen Läufer anzugreifen, wenn einer von ihnen den Ball hatte.

Es war allerdings ein rauhes Spiel; nicht selten gab es verrenkte oder gebrochene Arme und Beine, und leicht wurde auch ein Schädel zerschmettert. Es kam vor, daß Spieler auf dem Spielfeld starben wie in einer Schlacht, und es geschah auch, als Lorenzos Mannschaft gegen die Pazzi spielte, ein unglückseliger Unfall: Ein junger *corridore*, ein Läufer, aus der bedeutenden Familie Nerli brach sich die Wirbelsäule und kam dabei zu Tode. Er trug die Farben der Pazzi. Der tödliche Stoß wurde ihm – versehentlich natürlich – von Giuliano selbst versetzt, und die Pazzi machten deshalb viel Aufhebens; sie schlugen in letzter Zeit Kapital aus ihrem Haß auf die Medici. Lorenzo bezahlte die Familie Nerli und stellte kraft seiner Persönlichkeit sicher, daß sie loyal blieben.

Aber obgleich Leonardo anscheinend jeden Augenblick lebte, als sei die Zeit eine Mahlzeit, die einem Verhungernden vorgesetzt wurde, lebte er doch nur für Ginevra, für jene seligen Tage, da Simonettas Knecht in Verrocchios *bottega* erschien, um Leonardo zum Hause Cattaneo-Vespucci zu holen. Dort verbrachte er eine Stunde allein mit Simonetta; sie waren wie Bruder und Schwester, bevor sie sich in Gaddiano verwandelte … in einen Mann, denn Leonardo betrachtete sie in dieser Gestalt tatsächlich als Mann, ganz wie Sandro oder Andrea oder Zoroastro oder sogar Niccolò.

Und sie schenkte ihm Ginevra, als stände es in ihrer Macht, Leben und Liebe zu verschenken

In diesen Stunden malte und liebte er. Er hatte Ginevras Porträt zu seinem eigenen gemacht, und obwohl es Ginevra darstellte, hätten manche sagen können, es erzähle von Leonardo. Er hatte Simonettas Öl und Lasuren in den Stoff seiner Träume verwandelt, und doch stand jedes Detail im Dienst eines zusammenhängenden Ganzen. Simonetta hatte sachkundig und mit Leuchtkraft gemalt; aber Leonardo verwandelte ihr Gemälde in ein Gedicht aus Licht, eine Vision, eine fleischgewordene Ode. Hinter dem goldenen Gesicht Ginevras, das nun in seinem eigenen himmlischen Licht zu strahlen schien, als wäre sie die heilige

Jungfrau selbst, malte er Wacholderbäume, die Ginevras fleischliche und doch spirituelle Glorie wie ein Rahmen umgaben. Er wählte den Wacholder als Anspielung auf ihren Namen, jenen Baum, der auf Französisch *genievre* hieß, und in die langen, schmalen Hände gab er ihr St. Vivianes Flöte, den *brachino*: Es hieß, mit diesem Instrument habe die Heilige die gemeinsten und härtesten Herzen zum Schmelzen bringen können. Aber von Ginevra abgesehen, schien der ganze Rest des Bildes in einem rosenfarbenen Dunst zu verschwimmen, und in diesen Dunst, in der Unschärfe der fernen Hügel, hatte Leonardo seine eigene Kathedrale der Erinnerung gemalt.

Denn von ihr hatte er geträumt.

Aber der Inhalt des Traums wollte sich nicht greifen lassen.

»Wann wird dein Vater mit Nicolini sprechen?« fragte er Ginevra, die aufrecht auf ihrem *cassone* saß. »Wenn er noch lange wartet, ist das Bild fertig.« Er war dabei, in erlesener Detailgenauigkeit die Wacholdernadeln zu malen, die ihren dunklen Heiligenschein bildeten. Ginevra strich sich das Haar glatt; obwohl es schon mehr als eine Stunde her war, daß sie miteinander geschlafen hatten, war ihr Gesicht immer noch ein bißchen gerötet und leicht geschwollen, als sei es kräftig gedrückt, aber nicht verletzt worden.

»Er spricht über diese Dinge nicht mit mir«, sagte Ginevra.

»Hast du ihn denn angefleht?«

»Würdest du mich in eine solche Lage bringen wollen? Es ist schwierig genug für ihn. Kannst du nicht ein bißchen Geduld haben, Leonardo? Wir haben doch noch unser ganzes Leben zusammen.«

»Aber jetzt müssen wir uns treffen wie zwei Diebe.«

»Das sind wir ja auch«, sagte Ginevra wie zu sich selbst.

»Es tut mir leid«, sagte Leonardo. »Ich bin sicher, dein Vater wird nur das Beste tun, wann er es für richtig hält.«

»Er will, daß wir glücklich sind. Du weißt, was er für dich empfindet, aber die ganze Sache übersteigt seine Kräfte. Er ist nicht doppelzüngig oder falsch. Er ist ein einfacher Mann, der ein frommes Leben führt. Ein guter Geschäftsmann – nein, ein ausgezeichneter Geschäftsmann. Ein übles Schicksal hat ihn fast in den Ruin getrieben, aber ich verspreche dir, er wird nie wieder in die Fänge der Armut geraten.« Sie hob die Stimme, während sie sprach, als sei er der Übeltäter, aber dann fing sie sich. Sie wandte sich ab, denn sie begann zu weinen, und er ließ das Malen sein und kniete vor ihr nieder.

»Ich kann warten«, flüsterte er und streichelte sie. »Ich werde dich nicht wieder fragen.«

»Verzeih mir.« Sie wischte sich mit ihrem quastenverzierten Ärmel über Augen und Nase. Aber als Leonardos Liebkosungen eindringlicher wurden, entzog sie sich ihm sanft. »Nein, Leonardo, wir haben keine Zeit. Messer Gaddiano wird gleich hier sein, um dich zu ersetzen.«

Leonardo nickte, aber er machte sich Sorgen, denn Simonetta hatte ihn diesmal nicht empfangen, bevor er sich mit Ginevra getroffen hatte. War vielleicht etwas nicht in Ordnung? Er schob solche Gedanken beiseite und sagte: »Sagtest du etwa soeben, Gaddiano würde mich *ersetzen?*«

Sie kicherte. »Du mußt doch wirklich genug haben. Du kannst doch nicht immer noch ...«

»Hättest du Lust, den Knüppel hinter meinem Hosenlatz zu messen?«

»Das wage ich nicht; er könnte sonst abbrechen.« Sie schob ihn scherzhaft von sich. »Bitte, Leonardo.«

»Aber du verlangst doch immer Beweise.«

»Beweise? Wofür?«

»Für meine Treue«, sagte Leonardo. »Könnte mich so sehr nach dir gelüsten, wenn ich andere Damen in mein Bett ließe?«

»Nach den Geschichten, die ich über dich gehört habe, würde mich das nicht wundern.«

»Im Ernst?« Er machte ein gekränktes Gesicht.

»Nein«, sagte Ginevra. Dann stand sie auf, nahm Leonardo bei der Hand und zog ihn durch das Zimmer zu dem Bild. »Ich möchte sehen, was du heute gemacht hast.«

»Ich habe eine wunderschöne Maid ruiniert.«

»Ja«, sagte sie und betrachtete eingehend das Gemälde. »Was ist das dort?« Sie deutete auf die unklaren Umrisse der Kathedrale, die Leonardo in den blaugrünen Dunst der Hügel gesetzt hatte.

»Eine Kathedrale«, sagte er.

»Ich bin also jetzt deine Anbetungskapelle?« fragte Ginevra lächelnd und warf ihm einen Seitenblick zu.

»Du bist alles das.« Aber als Leonardo das Porträt betrachtete, die Arbeit, die er heute geleistet hatte, da kroch ihm etwas eiskalt den Rücken herauf. Die unbestimmte Erinnerung an einen Traum.

Sie klatschte in die Hände. »Dann werden wir dort heiraten«, sagte sie. »In unserer eigenen Kathedrale.«

Leonardo lächelte gezwungen. Und in diesem Augenblick – als er neben Ginevra stand und das Parfüm in ihrem Haar roch, das kaum den süßen, beißenden Schweißgeruch überdecken konnte, der ihr nach der Liebe anhing – in diesem Augenblick kehrte der Traum zurück, und zwar mit der schrecklichen Klarheit einer Halluzination.

Er war in seiner Kathedrale der Erinnerung und wollte durch eine Tür gehen, die von einer dreiköpfigen Bronzestatue bewacht wurde. Der eine Kopf gehörte seinem Vater, der zweite Toscanelli, aber es war der dritte, der ihm am meisten angst machte, denn es war Ginevras. Ihre Augen schauten ihm unter schweren Lidern entgegen, und er sah, daß darin keine Leidenschaft war und keine Liebe.

Er hatte sie verloren.

In ihren Augen lag ein Vorwurf. Aber was hatte sie ihm vorzuwerfen?

»Hier gibt es keine Zuflucht für dich«, sagte sein Vater, als die

Statue ihm entgegenkam, wie um ihn zu umschlingen und ihm das Leben aus dem Leib zu quetschen.

Leonardo schloß für einen Moment die Augen; dann griff er zum Pinsel und übermalte die Kathedrale. Statt ihrer schuf er einen häßlichen Fleck aus verschmiertem Umbra in der oberen rechten Ecke.

»Leonardo, warum tust du das?« fragte Ginevra, sichtlich verstört.

»Verzeih, Ginevra, ich habe mich gerade an einen bösen Traum erinnert.«

»Aber warum ...« Sie sprach die Frage nicht aus. »Handelte dieser Traum von mir?«

Leonardo gab keine Antwort.

»Leonardo?«

»Ich habe geträumt, daß du mich nicht mehr liebtest. Du warfst mir vor ...«

»Was?«

Leonardo zuckte die Achseln und wandte sich von dem Bild ab, aber er sah Ginevra nicht an. »Ich weiß es nicht.«

»Aber ich liebe dich doch, und ...«

Ein Klopfen an der Tür unterbrach sie. Es war an der Zeit, daß Gaddiano erschien. Ginevra sah Leonardo betrübt an, als wolle sie ihm eine unausgesprochene Botschaft übermitteln. Dann drückte sie ihre Locken zurecht und kehrte zu ihrem *cassone* zurück. »Herein.«

Simonetta betrat das Zimmer, verkleidet als Gaddiano.

Dieser Gaddiano mit seiner bemüht ausgeglichenen Haltung und der sorgsam aufgetragenen Maske ähnelte Leonardo ein wenig, vor allem in dem fein konturierten, beinahe lieblichen Gesicht, das Verrocchio für seinen »David« modelliert hatte. Das Kinn war ähnlich wie die vollen, aber geschürzten Lippen, die schmale, fast aristokratische Nase. Aber Simonetta war aus Gaddianos Antlitz auch nicht zu verdrängen. Der gejagte Blick verriet sie. Im Gegensatz zu Leonardo hatte sie sanftere und weniger bohrende Augen. Leonardos Miene war meist ernst, beinahe zornig.

Aber jetzt sahen die Augen des Malers Gaddiano müde aus.

»Ho, ihr lieben Turteltäubchen«, sagte Simonetta mit männlicher Stimme. Sie lächelte Ginevra zu, verbeugte sich flüchtig und ging zu dem Bild.

Leonardo spürte sofort, daß etwas nicht stimmte. Selbst in ihrer Verkleidung wirkte sie schwach und unsicher.

»Nun, ich sehe, daß unsere Zusammenarbeit Fortschritte macht«, sagte sie zu Leonardo. »Aber was soll dieser Klecks?«

»Eine Sinnesänderung«, sagte Leonardo.

Simonetta schaute ihn fragend an und setzte sich dann auf einen Schemel vor dem Porträt. Sie griff zum Pinsel und fing an, Farbe über die verschmierte Stelle zu verteilen. »Leonardo, mein Freund, solltest du nicht gehen, bevor Nicolinis Leute kommen?«

»Doch, natürlich«, sagte Leonardo. »Auf Wiedersehen, Gaddiano, und vielen Dank.« Er beugte sich zu Ginevra hinunter und küßte sie, als wären sie allein. »Bitte zweifle nicht an mir. Ich liebe dich mehr als ...«

Eine Glocke läutete draußen vor der Tür – eine Warnung von Luca: Nicolinis Leute waren da, um Ginevra abzuholen.

Als Leonardo gerade hinausgehen wollte, hustete Simonetta, und im nächsten Augenblick krümmte sie sich in Krämpfen. Wenn sie einatmete, war es ein pfeifendes Keuchen, als sei ihre Kehle zugeschnürt.

Leonardo fuhr herum und stürzte zu ihr, und Ginevra kam gleich dazu. Leonardo streckte die Hände aus, um Simonetta zu halten, aber sie wich zurück. Mit schierer Willensanstrengung hörte sie auf zu husten, aber ihr Atem rasselte.

»Messer Gaddiano, Ihr seid zu krank, um hier zu sein«, sagte Ginevra besorgt. »Ich hole Madonna Simonetta ...«

»Nein, nein, Madonna, sie ist unpäßlich. Mir geht es gleich wieder besser; es ist nur eine Infektion der Lunge, die ich mir vorige Woche in der Nachtluft zugezogen habe. Ihr Diener wird sich um mich kümmern. Aber du, Leonardo, mußt jetzt fort, denn sonst bekommen wir beide die Spitzen von Messer Nicolinis Lanzen zu spüren.«

»Aber seine Diener wissen doch sicher nicht, wer ich ...«

»Es sind dieselben, die ihn zum Fest der brennenden Taube am Duomo begleitet haben«, sagte Ginevra ernst. »Sie haben dein Gesicht gesehen.«

»Du bist nicht ganz unbekannt in Florenz«, sagte Simonetta, immer noch in der Rolle des Gaddiano; jetzt brachte sie sogar ein wenig Sarkasmus auf. »Bist du so versessen darauf, uns alle in Gefahr zu bringen?« Wieder bekam sie einen Hustenanfall; mit einem Willensakt unterdrückte sie auch diesen. Dann wischte sie sich den Mund mit einem zinnoberroten Taschentuch ab, das jetzt feucht und dunkel von ihrem Blut war. Aus ihrem Gesicht war alle Farbe gewichen.

»Er hat recht, Leonardo«, sagte Ginevra. »Bitte, du mußt auf der Stelle gehen.«

Leonardo gehorchte – gerade noch rechtzeitig, denn als er zur Tür hinaus huschte und den Flur hinunterlief, hörte er Nicolinis Knechte kommen. Angeheitert nach einem Nachmittag in der Schenke, lachten sie Simonettas jungen Diener Luca aus.

Aber da schrie Ginevra. Leonardo blieb stehen, als sei ein Fallgitter vor ihm herabgefahren.

»Hilfe ... so helft doch!«

Luca und Nicolinis Diener antworteten und rannten durch den Flur ins Studio; auch Leonardo lief so weit zurück, wie er es wagte. Dann lauschte er, ohnmächtig vor sich hin fluchend. Es hörte sich an, als huste Simonetta sich die Lunge aus dem Leib. Dann war es still.

»Hebt ihn doch auf«, sagte Luca, und einer der Knechte grunzte. »Folgt mir; wir bringen Messer Gaddiano in ein Bett. Und du – lauf zum Medici-Palast und hole Messer Pico della Mirandola.«

»Für einen Maler?« fragte einer der Männer.

»Er ist ein Freund des Ersten Bürgers. Und jetzt beeile dich!« befahl Ginevra in herrischem Ton, als habe tatsächlich sie und nicht Nicolini ihr Geschick fest in der Hand.

Und ganz plötzlich, wie es schien, wurden Stimmen und Schritte von der schweren Dunkelheit des großen Hauses verschluckt, und Leonardo stand allein in einem fensterlosen Korridor und hörte nur noch seinen keuchenden Atem und das angstvolle Pochen seines Herzens.

Simonetta, du darfst nicht sterben.

Das kannst du nicht.

Er dachte an Ginevra.

Er dachte an seine unsichere Beziehung zu seinem Patron, Il Magnifico, und die Kriegsmaschinen, die er für ihn bauen wollte.

Simonetta, du hast mir den Weg durch das Labyrinth von Florenz gewiesen, zu den Medici – und zu Ginevra. Ich brauche dich.

Du mußt leben.

Ich liebe dich, meine Schwester.

Sehnsucht nach Simonetta regte sich in ihm, nach ihrer langgestreckten weißen Gestalt. Er lechzte nach der heilsamen Leidenschaft und Melancholie, die sie unausgesprochen teilten.

Sie war ihm Werkzeug und Zuflucht zugleich.

Aber er hatte sie benutzt und war nicht besser als ein Dieb; denn selbst jetzt, wenn auch nur in Gedanken, versündigte er sich gegen sie und seine geliebte Ginevra.

Nur wenige Tage später stürmten die dunklen Gefährten, die *ufficiali di notte*, in die Werkstatt, wo Leonardo für Verrocchio an einer Terrakotta-Statue der Jungfrau mit dem Einhorn arbeitete.

Überrascht und erschrocken trat Leonardo ihnen entgegen; er hielt einen Hammer in der einen Hand, einen Meißel in der anderen, als wären es Waffen, mit denen er die schwarz gewandeten Priester abwehren könnte. Diese Soldaten – die Polizei der öffentlichen Moral – trugen die Gewänder der von den Medici geförderten Dominikaner. Sie waren die Wölfe der Kirche: *inquisitori*, Schergen, Henker und Boten. Die große Ironie bestand darin, daß sie Lorenzos Schergen waren. So schien es, als würden sie von empfindsameren Händen als ihren eigenen gegen ihresgleichen eingesetzt.

»Leonardo, wir sind hier«, rief Pico della Mirandola in banger Unruhe und winkte hinter dem gedrängten Haufen der geistlich gewandeten Soldaten hervor, um die Aufmerksamkeit seines Freundes auf sich zu lenken. »Tu nichts Unüberlegtes. Sandro und ich sind hier, um dir zu helfen.« Dann wandte er sich an den Hauptmann, einen alten Soldaten mit pockennarbigem Gesicht, der größer war als die anderen. »*Illustrissimo Signore Capitano*, gestattet Ihr, daß ich einen Augenblick mit Messer Leonardo da Vinci rede?«

»Ich habe Befehl, ihn unverzüglich nach San Marco zu bringen«, erklärte der Hauptmann, aber in seiner Stimme war eine gewisse Ehrerbietung zu entdecken.

»Ihr könnt mit Signore da Vinci auf dem Wagen fahren, wenn Ihr wollt, aber ich fürchte, Euer Freund muß leider ...« Er deutete mit dem Kopf auf Sandro.

»Keine Sorge, ich fahre mit einem der anderen Wagen hinterher«, sagte Sandro. »Wenn es dem Hauptmann recht ist.«

Der Soldat nickte knapp.

»Dürfte ich erfahren, was das alles soll?« Leonardo konnte seinen Ärger nicht verbergen. Man diskutierte hier über ihn, als wäre er ein Möbelstück, das fortgeschafft werden sollte.

»Man hat Euch eines Verbrechens beschuldigt, Signore.«

»Und was wäre das für ein Verbrechen?« fragte Leonardo, und Sarkasmus gab seiner Stimme zusätzliche Schärfe.

»Leonardo«, sagte Pico warnend.

»*Sodomia*«, sagte der Hauptmann mit gesenkter Stimme, als wolle er diskret sein, obwohl jeder im Raum ihn hören konnte.

»*Was?*« schrie Leonardo, und seine Stimme war rauh vor Wut. »Und wer hat diese Beschuldigung erhoben?«

»Signore Leonardo, Ihr werdet uns jetzt bitte begleiten«, sagte der Hauptmann in ruhigem Ton; offenbar war er an solche Situationen gewöhnt. »Oder möchtet Ihr lieber den Biß unserer Eisen an Euren Beinen ertragen?« Ein paar der Gefährten zogen ihre Schwerter und drohten Leonardo, indem sie sie auf ihn richteten. »Wollt Ihr nun bitte Euer Werkzeug aus der Hand legen, lieber Herr, bevor ich meine christliche Geduld mit Euch doch noch verliere?«

Leonardo hielt immer noch Hammer und Meißel wie Waffen in den erhobenen Händen; in seiner Wut schien er weder Angst noch Sorge um die Konsequenzen zu haben.

»Ich muß wissen, wer diesen bösartigen Vorwurf erhoben hat.«

»Es wird sich alles früh genug aufklären.« Der Hauptmann nickte den Männern, die ihm am nächsten standen, zu und zog sich zurück.

»Ich muß es sofort wissen!«

»Leonardo«, sagte Pico beschwörend, »leg dein Werkzeug aus der Hand. Dir bleibt nichts anderes übrig, als diesem Befehl zu folgen. Ich werde mit dir fahren, mich um deinen Fall kümmern und mit den Behörden sprechen.«

Leonardo wollte noch etwas sagen; aber dann überlegte er es sich anders, nickte und gab Pico Hammer und Meißel.

»Komm schon«, sagte einer der Gefährten und schlug Leonardo mit der flachen Seite der Klinge auf den Oberschenkel.

»Du und Sandro, ihr wußtet also von diesem Vorwurf?«

»Wir wurden gewarnt, aber offensichtlich zu spät. Die Sache wurde heute morgen in der *bocca di leone* gefunden.«

»Ah«, sagte Leonardo, und seine Augen wurden schmal. Er bekam Herzklopfen, und Tränen verschleierten seinen Blick.

Es war nichts Ungewöhnliches, daß anonyme Informanten denunziatorische Briefe in den löwenköpfigen Behälter vor dem Palazzo Vecchio warfen. Solche gehässigen *delatori* gab es im Überfluß in dieser Zeit der Verschwörungen, der Rivalitäten und des kleinlichen Hasses. Lorenzo, der in ständiger Furcht vor Verschwörungen gegen sein eigenes Haus lebte, erlaubte die Existenz dieser Denunziationskästen, der berüchtigten *tamburi* – denn könnten nicht womöglich wichtige, ja, lebenswichtige Informationen in diesen Behältern gefunden werden?

»Ich kann mir vorstellen, wer zu einem solchen hinterhältigen Mittel greifen könnte«, sagte Leonardo zu Pico, während er hinausging und sich über ein paar Treppen zu den wartenden trauerschwarzen Wagen hinunterführen ließ.

Die Fahnen an den *carrocci* hingen lustlos herunter, denn es ging kaum ein Lüftchen an diesem heißen, trockenen Nachmittag. Pico durfte tatsächlich mit Leonardo in dem geschlossenen schwarzen Wagen fahren, obwohl es drinnen sehr eng war, denn zwei Soldaten fuhren ebenfalls mit, junge Männer mit roten, pickligen Gesichtern. Sie waren wachsam wie zwei Frettchen; ihre Degen lagen quer über ihren Knien, blinkend und bereit.

»Ich werde dich als Anwalt vertreten«, sagte Pico; auch wenn er noch jung war, sah er in seinem weißen Theurgengewand doch ehrfurchtgebietend aus. Pico war die Verkörperung des Gecken. Sein rötlich blondes Haar hatte er jetzt schwarz gefärbt wie Francesco Sforza; es umrahmte sein blasses, hübsches Gesicht mit den durchbohrenden grauen Augen. »Du wirst ein paar Würdelosigkeiten über dich ergehen lassen müssen, mein Freund, aber das läßt sich nicht ändern.«

»Sag mir, was du weißt«, bat Leonardo.

»Nur, daß dieser häßliche Vorwurf gegen dich und andere erhoben wurde.«

»Von *wem?*« fragte Leonardo entnervt.

»Die *tamburi* sind Briefkästen für Feiglinge«, sagte Pico. »Noch nie habe ich gesehen, daß ein Vorwurf, den man darin gefunden hat, mit einem Namen versehen war. Auch jetzt würde ich keinen erwarten.« Er zuckte die Achseln. »Aber Lorenzo will sie nicht abschaffen.«

»Wer ist sonst noch betroffen?«

Pico schüttelte den Kopf. »Es tut mir leid, aber mehr weiß ich nicht.«

»Und was ist mit Si…«

Pico drückte sein Bein gegen Leonardos, um ihn zu warnen.

»Lorenzo könnte einschreiten«, sagte Leonardo trotzdem.

Pico warf einen Blick zu den Soldaten hinüber – ein weiterer Hinweis an Leonardo, vor diesen Fremden nicht allzu offen zu reden. »Nicht einmal der Erste Bürger kann diese behördlichen Prozesse aufhalten.« Aber einen Augenblick später setzte er hinzu. »Aber ich bin sicher, deine Lage ist ihm bekannt…«

Leonardo bemühte sich ganz bewußt, sein Zittern zu unterdrücken. Wer konnte sein Ankläger sein? Und ihm Pädophilie vorzuwerfen, das niedrigste aller Vergehen! Wen hatte Nicolini bezahlt, damit er dies übernahm? Daß Nicolini dahintersteckte, daran hatte Leonardo keinen Zweifel.

Er war wie betäubt. Ginevra hatte er nun ganz sicher verloren. Unwiderruflich…

Nein, nicht verloren. Sie war ihm gestohlen worden.

Aber er schob diese schmerzlichen, zornigen Gedanken beiseite. Er durfte jetzt nicht an die Konsequenzen denken. Und er durfte vor allem nicht an Ginevra denken. Bald würde er sich gegen Nicolinis Verleumdungen verteidigen müssen. »Gott stehe mir bei«, dachte er.

»Wie geht es Madonna?« fragte er Pico; er verschleierte vor den Soldaten, von wem er redete.

Pico nickte; offensichtlich verstand er, daß Leonardo Simonetta meinte.

»Sie ist krank und hat vor, die Stadt zu verlassen, denn deren Dünste schwächen sie.«

»Hast du sie gesehen?« Leonardo fühlte sich, als arbeite er sich durch einen besonders klaren, scharf umrissenen Alptraum; gleichzeitig aber war es, als sei er losgelöst von sich selbst und beobachte alles aus großer Entfernung. Er könnte versuchen, aus der Kutsche zu fliehen, aber ohne Waffe würde ihm das nicht gelingen; außerdem könnte sein Freund dabei verletzt werden. »Nun?« drängte er, als Pico nicht antwortete.

»Sie empfängt keine Besucher, aber das hat nichts zu bedeuten«, erklärte Pico rasch. »Man hat ja schon erlebt, daß sie Lorenzo abweist.«

»Ich kann es kaum glauben«, sagte Leonardo, als er das Kloster San Marco erblickte. Sein Herz raste, und er wünschte nur, er möge eine gute Darstellung von sich geben und sich ein Mindestmaß an Stolz bewahren. Er dachte an seinen Vater Piero und glühte vor Scham. Aber Ginevra zu verlieren, das war unerträglich.

Er hatte endgültig alles verloren.

Er bedeckte sein Gesicht vor Pico.

»Leonardo ...«

»Ja.«

»Du wirst entlastet werden.«

Er lachte verbittert. »Du meinst, weil ich unschuldig bin. Glaubst du, das macht einen Unterschied? Und selbst wenn – der Schaden ist angerichtet. Kann mein Vater jetzt noch vor Franziskanern oder Dominikanern stehen und als Notar tätig sein? Kann er es für die Mercatanzia tun? Ich glaube nicht. Kann ich noch ...« Er wollte sagen: » ... Ginevra heiraten?« Aber er schluckte seine Worte herunter wie Rattengift.

Wahrhaftig, er war bereits vergiftet.

Schon bevor öffentlich Anklage erhoben worden war.

Als sie aus der Kutsche stiegen, versperrten die Wachen Leonardo den Weg; sie hielten die Schwerter gesenkt, aber auf ihn gerichtet.

»Leonardo«, sagte Pico hastig, »falls der Magistrat befehlen sollte, dich einzukerkern, so fürchte nichts. Lorenzo hat Simonetta versprochen, für deine Freilassung zu sorgen.«

Kerker ...

Leonardo war es, als habe Pico ihn vor die Brust geschlagen, und gleichzeitig kam er sich töricht vor. Natürlich, Kerker ... Und als kümmere ihn seine Situation kaum, hörte er sich sagen: »Dann hast du also doch mit Madonna gesprochen ...«

Leonardo wurde durch schattige, zeitlos erscheinende Loggien in die dicken Mauern des 1299 von den Silvestrinern gegründeten Klosters geführt. Jetzt war es ein Zentrum für die Aktivitäten der Medici, und die Gärten ringsum waren schon mit Eden verglichen worden.

Welche Ironie, daß man Leonardo ausgerechnet hierher brachte. Als hätten die Medici nicht die Macht, sich selbst in den Arm zu fallen.

Fra Angelicos Kreuzigungsfresko, das dem Eingang von der Piazza gegenüberlag, übersah Leonardo nicht, und auch nicht das Bildnis des Märtyrers St. Petrus von demselben vorzüglichen Maler. Ein Dolch steckte tief in der Schulter des Heiligen, und er hatte den Zeigefinger zum Mund erhoben, um Stillschweigen und Geheimnis zu symbolisieren.

Aber es gab weder Stille noch Geheimnis, wo Leonardo hingeschafft wurde. Während er hastig durch die kargen, blankgescheuerten Flure geschoben wurde, hörte er zorniges Stimmengeschwirr, als sei draußen auf der Straße eine Menschenmenge zusammengeströmt. Er wollte stehenbleiben, aber der Hauptmann trieb ihn weiter. Sie kamen an einer Reihe von rundgewölbten Türen in gleichmäßigen Abständen vorbei. Eine davon öffnete der Hauptmann. Leonardo bekam den Befehl, sich in den Raum dahinter, im Grunde eine Zelle, zu begeben und dort zu warten.

»Wie lange werde ich hier bleiben?« fragte er und spürte bereits klaustrophobische Beklemmungen.

»Ich werde sehen, was ich tun kann«, sagte Pico. »Keine Sorge, du bist ganz sicher. Nichts wird dir passieren, ohne daß ich dabei bin, mein Freund.«

Das war ein spärlicher Trost.

Sandro stand neben Pico; er war blaß, als sei er es, der hier begraben werden sollte. »Darf ich bei ihm bleiben?« fragte er den Hauptmann.

»Ihr mögt im Kapitelsaal warten, Signore, wie alle anderen«, sagte der Hauptmann.

Dann war Leonardo allein, eingesperrt in einer kleinen Mönchszelle. Ein Lichtstrahl fiel schräg auf den Boden wie eine gefallene Säule. Er setzte sich auf einen Schemel und betrachtete den einzigen vorhandenen Wandschmuck: ein großes Kruzifix. Die Christusgestalt war mit realistischer, ja, grausiger Detailtreue geschnitzt.

Die Stunden vergingen, und das Verlies füllte sich mit dem dunstigen Licht des späten Nachmittags. Dann wurde die Tür aufgeschlossen, und drei Soldaten eskortierten Leonardo den Flur hinunter zum Kapitelsaal, der in einen Gerichtssaal umgewandelt worden war.

Hinter ihm rief jemand: »Ho, Leonardo!« Es war Il Neri, ganz in Schwarz gekleidet und ebenfalls von einer Wache eskortiert. Er sah bleich und verängstigt aus.

Leonardo drehte sich um und nickte; er fühlte, wie er gedemütigt errötete. Er sah jemanden hinter Il Neri, der ihm bekannt vorkam, aber gleich zogen die Wachen ihn weiter, und dann stand er in dem engen, faulig riechenden Kapitelsaal.

Zu seiner Scham mußte er an behelfsmäßigen Galerien vorbeigehen, auf denen sich die guten Bürger von Florenz drängten: Bettler, Neugierige, Müßiggänger und eine bunte Mischung aus Edelleuten, Ladenbesitzern und Patrizierfrauen, die den Klatsch aus erster Hand hören wollten. Leonardo blickte unverwandt geradeaus, starr und konzentriert, als wäre er selbst ein Soldat.

Die Menge lärmte, bis einer von mehreren Gerichtsbeamten in Dominikanertracht an der Galerie entlangging und einfach die Hand hob. Alles Reden und Tuscheln hörte auf.

Leonardo blieb vor dem Richter stehen, der hoch auf einem Podest saß, geschützt von einem hölzernen Gerüst. Er trug ein weißes Gewand und hatte ein längliches Gesicht mit schlaffen Hautfalten, die weich und runzlig herabzuhängen schienen, als laste ein Gewicht daran. Er sah gelangweilt aus und war offenbar kurzsichtig, denn er hielt sich ein Papier mit dem Siegel der Medici sehr dicht vors Gesicht.

Dann kam Il Neri herein; er blieb rechts neben Leonardo stehen und sah nervös aus. Er wollte etwas sagen, aber einer von der Wache fiel ihm ins Wort. »Still! Wisse, vor wem du stehst, Verbrecher!« Il Neri nickte und schaute auf seine Füße.

Weitere Wachen brachten den Goldschmied Bartolomeo und Baccino, den Schneider, herein; Leonardo kannte sie flüchtig, denn sie waren Freunde von Il Neri. Aber dann sah er überrascht und irgendwie erleichtert, daß auch Marco Tornabuoni hereinkam, von Soldaten flankiert, als wäre er ihr Hauptmann, nicht ihr Gefangener. Tornabuoni, ein junger Stutzer, der sich mit Leonardo angefreundet hatte, trug einen der prächtigsten Namen von Florenz. Seine Familie unterhielt Geschäftsbeziehungen zu den Medici. Vielleicht würde seine Anwesenheit in dieser zusammengewürfelten Schar wie Balsam wirken.

Ihre Blicke trafen sich für einen Moment des Wiedererkennens, das war alles. Aber warum hatte man sie alle hier zusammengerufen? Da spürte Leonardo die beruhigende Hand Pico della Mirandolas. Aber er wagte nicht, ihn anzusprechen. Zwei andere Männer waren mit Pico erschienen, offensichtlich als Vertreter für Il Neri und Marco Tornabuoni. Der eine, der neben Neri stand, war ein kleiner Mann mit eng beieinanderliegenden Augen und großen Ohren, die durch seine formelle, aber zu große Mütze noch stärker auffielen. Den anderen Mann kannte Leonardo; er war ein Kollege seines Vaters. Leonardo nickte ihm zu, aber der Mann wandte sich ab, scheinbar, um den Blick suchend über die Galerie wandern zu lassen. Sandro stand dort ganz hinten und sah verlegen aus, als sei es aus irgendeinem Grunde seine Schuld, daß Leonardo in dieses Netz gegangen war. Leonardo war froh, ihn dort zu sehen.

»Sind das nun alle Angeklagten?« fragte der Richter den Hauptmann, der zwischen dem Podest und der Galerie stand.

»Ja, ehrwürdigster Herr.«

Der Richter nickte und schaute auf Leonardo und die anderen herunter. »Ich werde jetzt den Text der Anklage verlesen, die am achten April von unseren Prälaten in dem Behälter vor dem Palazzo Vecchio gefunden wurde.

›Euch sei wahrhaftig kundgetan, Ihr Väter Offiziere, daß der Jacopo Saltarelli, leiblicher Bruder des Giovanni Saltarelli (er wohnt mit ihm im Hause des Goldschmieds in Vacchereccia gegenüber dem Buco, und sein Alter ist ungefähr siebzehn Jahre), nachdem er mancherlei Mißgeschick erlitten hat, sich nunmehr bereit findet, sich solchen Personen zu fügen, die gewisse ruchlose Freuden von ihm fordern, zu denen wohl auch die Sodomia zählt. Auf diese Weise hatte er Anlaß, vieles zu verüben, das heißt, etlichen Dutzend Leuten zu Diensten zu sein, von denen ich manches weiß. Um nur einige zu nennen: Es sind Bartolomeo di Pasquino, der Goldschmied, der in Vacchereccia wohnt; Leonardo di Ser Piero da Vinci, der bei Andrea del Verrocchio wohnt; Baccino, der Schneider, der in Orta San Michele wohnt; Marco Tornabuoni‹« – und der Richter spähte über sein Papier hinweg zu dem jungen Mann herunter, als er diesen Namen ausgesprochen hatte, bevor er kopfschüttelnd fortfuhr: » – ›sowie Guglielmo Onorevoli, genannt Il Neri, der sich immer in Schwarz kleidet‹.«

Jacopo Saltarelli, dachte Leonardo. Der Junge hatte ihn und seine Freunde in der Osternacht zu Il Neri geführt; ja, er war es gewesen, der in dieser Nacht, wie eine dunkelrot gescheckte Kreatur angemalt, den Mund über Il Neris Glied gestülpt hatte, während Il Neri als Leonardo verkleidet gewesen war. Aber Saltarelli hatte gewußt, daß es nicht Leonardo war, mit dem er da Fellatio trieb, denn Il Neri hatte sich zu erkennen gegeben, indem er die Maske und die Schminke von seinem Gesicht entfernt hatte.

Leonardo begriff, daß er nicht zufällig hier stand.

»So, ihr jungen Verbrecher«, sagte der Richter und drehte das Blatt in seinen Händen, »ich habe es aus bester Quelle, daß ihr keinerlei Achtung für die in unserer Stadt geltenden Sperrstunden aufbringt, daß ihr schwertfuchtelnd durch die Straßen lauft und schreit: ›Tod dem, der sich uns in den Weg stellt‹, daß ihr zügellos seid im Trinken und schrankenlosen Leben und daß ihr ausschweifenden Umgang pflegt mit Männern und mit Frauen gleichermaßen. Wart ihr etwa nicht alle miteinander in der Osternacht versammelt, um Christus zu lästern in einer Orgie, bei welcher der junge Knabe Jacopo Saltarelli von euch mißbraucht wurde? Habt ihr nicht Satan angebetet in just jener Nacht im Hause Onorevoli, welches zu einer Fickbude gemacht wurde?« Der Richter hob die Stimme, als versetze ihn seine eigene Tirade zusehends in Erregung. »Und Ihr, junger Onorevoli, habt Ihr ihm nicht den Hintern gespalten, obwohl er noch ein Kind ist? Ihr, die Ihr Euch sogar durch Euer schwarzes Gewand noch als einen Schüler des Satans gebärdet – Ihr werdet bald finden, daß Euer einziges Privileg ein viereckiges Tuch ist, mit dem Ihr Euch abwischen könnt.«

Die Galerie brüllte vor Lachen.

Dann starrte er Marco und Leonardo an. »Schämt Euch, Marco Tornabuoni und Leonardo di Ser Piero da Vinci! Marco, Ihr als Sproß einer alten Patrizierfamilie, und Ihr, Leonardo, dessen Vater ein Notar von beträchtlichem Ansehen ist und mir wohlbekannt. Geil auf Kinder zu sein! Die Schmach der Päderastie auf Euch zu ziehen!«

»Ich bin kein Päderast!« schrie Leonardo; er konnte sich nicht länger beherrschen. »Ich bin kein Sodomit!«

Sofort stürzten sich die Wachen auf ihn, aber Pico schritt geschmeidig ein, entschuldigte sich für Leonardo beim Richter und flüsterte: »Du darfst dir hier keine Ausbrüche erlauben. Man wird eine Einigung finden, aber wenn du den Richter provozierst, kann ich nichts für dich tun.«

»Aber diese Demütigung ...«

»Das ist nicht zu ändern. Du mußt es ertragen.«

»Ruhe«, sagte der Richter und fuhr dann fort mit seiner Aufzählung der Sünden und Perversionen derer, die da wie erstarrt vor ihm standen. Leonardo brauchte seine ganze Willenskraft, um die Stimme des Richters und die Häme von der Galerie hinter sich zu lassen. Wieder träumte er von seiner Kathedrale der Erinnerung und zählte die *foci* von Namen, Orten und Ereignissen, und dann überkam ihn ein kurzes, schwindelerregendes Gefühl von *déjà vu*: brennendes Papier und levantinische Trockenheit ... Erdbeben und Herzflimmern, Blut und Mord und katastrophale Zerstörung ... Und so hing er seinen Tagträumen nach, als wären diese Gedankengänge ein Schrank und er ein Kind, das sich darin verbarg und durch einen Spalt den Rauch und die Flammen eines alles verzehrenden Feuers beobachtete.

Er spürte Wärme, als sei da ein heißer Fleck auf der linken Seite seines Kopfes, an Hals und Wange – als sei ein Lichtstrahl, durch eine Linse gebündelt, auf ihn gerichtet. Er hatte das Gefühl, jemandes Blick bohre sich in sein Fleisch, was nicht weiter verwunderlich war, denn die Galerie war voller Menschen. Er konnte nicht anders, er mußte noch einmal einen Blick auf seine Ankläger werfen, die ihn für schuldig hielten, ob die Vorwürfe nun wahr waren oder nicht.

Und da sah er seinen Vater neben der Tür stehen. Er war so bleich wie ein Kranker.

Ser Piero da Vinci stand kerzengerade in seiner Notarsrobe da und richtete konzentrierte Strahlen seines inneren Feuers auf seinen Sohn.

So etwas war kein gewöhnlicher Blick. Es war nackter Haß.

Und in diesem Moment, als ihre Blicke sich trafen, da war es Leonardo zumute, als werde er lebendig verbrannt.

»Aber du hast keine Verteidigung, Leonardo«, sagte Pico, als der Richter die Verhandlung unterbrochen hatte. Es war schon spät; die Sonne stand tief am Himmel.

Leonardo war erschöpft, denn seine Demütigung war nicht unterbrochen worden.

»Es war Il Neri, der vorgab, Leonardo zu sein, nicht ...«

»Ich verstehe, was du mir erzählt hast, und ich bin sicher, daß es so war. Aber das wird dir niemand glauben. Und ich kenne diesen Richter; er wird es nicht mit Wohlwollen sehen, wenn ihr euch gegenseitig anschwärzt.«

»Aber es war doch so!«

Pico sah Leonardo an und zuckte die Achseln.

»Was machen wir dann?« fragte Leonardo.

»Ich habe bereits alles arrangiert.«

»Ja ...?«

»Wir werden versuchen, dich freizukaufen. Il Magnifico hat ein bißchen Geld zur Verfügung gestellt ...«

»Aber damit ist mein Name nicht reingewaschen«, wandte Leonardo mißmutig ein. »Lorenzo hätte das alles verhindern können.«

»Das haben wir doch durchgesprochen«, erwiderte Pico gereizt. »Hätte er dich vor dem *tamburo* bewahren können, so hätte er es getan. Aber er ist der Erste Bürger, kein Tyrann. Was immer du vielleicht glaubst, er kann doch nicht einfach tun, was er will.«

»Du hast sicher recht, Pico«, sagte Leonardo. »Ich bitte dich um Entschuldigung; du warst mehr als gütig.«

»Ich kann dir nichts garantieren. Ja, es kann sein, daß du einen oder zwei Monate im Gefängnis wirst verbringen müssen. Aber mehr ganz sicher nicht …«

»Du hast gesagt, Lorenzo sorgt für meine Freilassung.«

»Richtig. Aber es wird seine Zeit dauern.«

Leonardo schloß die Augen und nickte dann, als sei die Entscheidung bereits gefallen.

Leonardo stand im Gerichtssaal, als der Richter mit den Hängebacken sich anschickte, sein Urteil zu verkünden. Wieder spürte er den wütenden Blick seines Vaters im Nacken. Er verschränkte die zitternden Hände und ließ das Gejohle von der Galerie über sich ergehen.

Pico trug dem Richter sein Plädoyer für Leonardo vor. »… der Kult um die Schönheit des *ephebus* ist ganz und gar platonisch … im besten Sinne. Was ist er denn anderes als das Frohlocken über die Schönheit der Kameradschaft und der Freundschaft …?«

Der Richter nickte ungeduldig. Aber er schien es zu genießen, als nächstes Ficinos brillante und kontroverse *»Apologia de moribus Platonis«* und Pomponio Letos »Verteidigung des Sokrates« zu erörtern. Wie jeder bezahlte Schauspieler spielte er für die Galerie.

Und das tat er sehr gut.

Schließlich hielt Pico es für angebracht vorzuschlagen: »Vielleicht ließe sich eine angemessene Kaution vereinbaren. Wir haben zweihundert Gulden aufgebracht …« Die Galerie fing an zu lärmen; es wurde laut gelacht und gepfiffen. Zweihundert Gulden waren eine große Summe.

Leonardo holte tief Luft. Wenn es das Gefängnis sein sollte, dachte er, dann sollte es eben so sein. Er hatte sich gefaßt, und seine Gedanken schweiften umher; in den langen Augenblicken, bevor der Richter die Entscheidung über sein Schicksal traf, erinnerte Leonardo sich an ein Spiel aus Kindertagen. Ein frommer Pater in Vinci hatte ihn gelehrt, sich Christus leibhaft vorzustellen und durch die Zeit zu schauen – zu sehen, wie der Kartäusermönch Ludolfus gesehen hatte. »Und du mußt mit frommer Neugier zu Werke gehen. Du mußt dich vorantasten. Du mußt jede Wunde unseres Erlösers berühren.«

Leonardo hatte 662 Wunden gezählt.

Aber Ludolfus hatte 5490 Wunden gezählt.

Und noch einmal zählte Leonardo die Wunden im Fleisch seines Erlösers, und die Todesqual überflutete seine Seele.

Der Ölzweig

Einen Verzweifelten sollst du darstellen,
wie er das Messer gegen sich wendet und sich die Kleider
mit den Händen zerreißt, und mit einer Hand
soll er sich seine Wunde aufreißen. Seine Füße sollen weit
auseinanderstehen, die Beine ein wenig gekrümmt sein,
und die ganze Gestalt soll sich geradeso zur Erde beugen,
und sein Haar soll zerrauft sein und schütter.

Leonardo da Vinci

Das Auge, welches man auch das Fenster der Seele nennt …

Leonardo da Vinci

Konnte all das ein böser Nachtmahr gewesen sein, ein Fiebertraum, ein Phantasma?

Zwar hatte das Gericht die von Lorenzo angebotene Kaution akzeptiert, und Leonardo war der Kerkerhaft entronnen, aber die Demütigung durch die öffentliche Anklage blieb weiter bestehen. Zweifellos war dies der Stoff von Mirandolas *Ars notoria*: die dämonische Magie der Hoffnungslosigkeit, der *melaine chole*. Die Ereignisse hatten ihre vertraute Realität verloren; sie waren zu Vorzeichen geworden, zu Formen, Symbolen, okkulten Gegenständen. Selbst die Zeit war aus dem Gleichgewicht geraten; Stunden vergingen mit quälender Langsamkeit, während die Tage flugs verschwanden: Der eine versank hinter dem andern wie Kohlen, die in eine dunkle Grube fielen. Zeit und Geschehen waren nun von der Aura des Alptraums umrissen, und so sehr Leonardo auch heulte und tobte, er konnte nicht daraus erwachen.

Hatte die Welt sich wirklich verändert?

War er *wirklich* verhaftet und angeklagt worden?

Er saß an einem Tisch in seinem Atelier. Der Raum war dunkel; nur auf seinem Tisch brannte eine Wasserlampe, eine Erfindung von ihm, die die Flamme des ölgetränkten Dochtes vergrößerte und einen gleichmäßigen Lichtschein verströmte. Es war noch längst nicht Abend, aber der Tag war bedeckt und grau gewesen, und das spärliche Licht ließ das sonst so helle, luftige Atelier dunkel und bedrückend erscheinen.

Anatomische Zeichnungen lagen verstreut auf Tisch und Fußboden; die meisten waren braun und fleckig von Blut und anderen Flüssigkeiten. Becher und Gläser und Flaschen und Sezierbesteck nahmen den meisten Platz ein: Stahl und Gabel und Bistouri, Pinzetten, Pfeifenton und Wachs, eine Knochensäge mit feinen Zähnen, Meißel, Tintenfaß und Federmesser.

Er hatte das Atelier in ein Laboratorium verwandelt, in eine Sezierkammer.

Mehrere Brenner brachten eine halbvolle Schale mit einer zähen Flüssigkeit zum Kochen; es war Eiweiß, und in diesem Schleim siedeten die Augäpfel von geschlachteten Ochsen und Schweinen. Leonardo war erst am Morgen dieses Tages im Schlachthaus gewesen, und er hatte zugesehen, wie die quiekenden Tiere von Metzgergehilfen auf den blutüberströmten Boden geworfen und dann vom Metzger mit einem geschickt geführten Dolchstich ins Herz getötet worden waren. Man kannte ihn dort, und er hatte den Tieren kostenlos die Augen herausstechen und sie mitnehmen dürfen.

Die Augen tanzten in der Blechschüssel und stiegen auf und ab, als wären sie lebendig, und sie sahen ebenfalls aus wie Eier: weiß und schwammig.

Obwohl er schmutzige Hände hatte, verfaßte Leonardo einen Brief. Er schrieb auf dem Foliobogen, den er vor sich liegen hatte und auf dem er auch Notizen zu einer Camera obscura und ein paar Skizzen von Querschnitten durch die Augen diverser Vögel und Säugetiere festgehalten hatte. Er schrieb schnell und in seiner

Spiegelschrift, in dem Code, den er immer für seine ersten Entwürfe benutzte. Er wollte sich an Bernardo di Simone Cortigiani wenden, der ein Freund seines Vaters gewesen war. Er war *gonfaloniere*, der Bannerherr, der Webergilde gewesen, ein bedeutender Mann, der Leonardo und seine Arbeit mochte und für seine Lage Mitgefühl empfand.

Vielleicht hatte Piero da Vinci sein Herz noch nicht vergiftet.

Piero hatte sich erzürnt und gedemütigt von seinem Sohn abgewandt. Leonardo hatte ihm geschrieben, doch ohne Erfolg; er hatte sogar im Hause seines Vaters vorgesprochen, aber die Dienstboten hatten ihn abgewiesen.

... Ihr wißt, Herr, schrieb Leonardo, und ich habe es Euch schon gesagt, daß es niemanden gibt, der sich auf meine Seite stellen will. Und so denke ich, wenn es so etwas wie Liebe nicht gibt, was ist dann noch übrig vom Leben ...? Mein Freund! Leonardo brach ab, besann sich und umgab das letzte Wort mit lauter Schnörkeln. Er fluchte, riß vom Bogen ab, was er geschrieben hatte und zerknüllte das Papier in seiner Faust.

Er hatte an jeden geschrieben, der ihm vielleicht würde helfen können, sogar an seinen Onkel in Pistoia; vielleicht, so hatte er gehofft, würde der seinen Vater milder stimmen können.

Aber Francesco konnte auch nichts tun.

Ebensogut hätte Leonardo tot sein können – oder ein Gespenst ohne jede Kraft. Ja, wie ein Gespenst kam er sich vor, denn das Atelier war so gut wie leer. Andrea war mit seinen Schülern und seiner Familie aufs Land gezogen; er hatte sich doch noch von der Gefahr überzeugen lassen, als weiter unten in der Straße eine Familie an der Pest gestorben war. Sandro und Mirandola waren mit Lorenzo in Careggi, um dort das Nachlassen der Hitze und der Pest abzuwarten; und Niccolò hatte er zu Toscanelli zurückgeschickt, denn wie konnte einer, den man der Päderastie beschuldigte, Meister eines jungen Schülers sein?

»Ginevra«, sagte Leonardo. Es war eine Klage, wenn auch

kaum mehr als ein Flüstern. Er stützte die Ellbogen auf den Tisch und bedeckte das Gesicht mit seinen großen, gekrümmten, beinahe weiblich anmutenden Händen.

Sie war einen Tag, nachdem die Anklage gegen Leonardo erhoben worden war, mit ihrem Vater ins Landhaus der Familie gefahren. Er betete für sie und darum, daß sie an ihm festhalten und nicht zulassen möge, daß Nicolini …

Sicher liebte sie ihn noch. Darauf konnte er sich verlassen. Er müßte sich selbst Vorwürfe machen, weil er an ihr zweifelte.

Aber er hatte sie verloren, unwiderruflich. Das wußte er. Er fühlte es wie eine Leere, ein kaltes, dunkles Vakuum, das sich in ihm ausbreitete.

In diesem Augenblick wäre er nicht überrascht gewesen, wenn diese Seelenkrankheit sich plötzlich als Pest manifestiert hätte. Das wäre äußerst passend gewesen. Er stellte sich den Druck der Bubonen unter den Achseln vor und sah seinen eigenen Tod. Ein Bild wehte ihm durch den Sinn: die Pestjungfrau, die scheußliche Zwillingsschwester der sanften Göttin Flora. Statt Blumengirlanden streute sie Gift auf Straßen und Felder.

Leonardo machte eine Skizze von ihr und schrieb eine Notiz darunter.

Schließlich stand er auf, beugte sich über den Tisch und nahm die Augäpfel mit einem Schaumlöffel aus dem kochenden Eiweiß. Er drückte die Flammen der Brenner aus und legte die Augäpfel vor sich hin. Sie waren fest wie hartgekochte Eier. Er wählte ein Skalpell aus der geordneten Reihe seiner Sezierwerkzeuge, schob sein Notizpapier beiseite und fing an, die Augen waagerecht durchzuschneiden, so daß aus der Mitte nichts herausfließen konnte. Er sezierte wie rasend, und dann warf er Notizen und anatomische Zeichnungen auf die blutbefleckten Papierbögen auf dem Tisch.

Es ist unmöglich, daß das Auge die Sehkraft durch sichtbare Strahlen aus sich heraus projiziere … schrieb er, und dabei erinnerte er sich, wie sein Gesicht unter den feurigen Strahlen der haßerfüllten Blicke seines Vaters warm geworden war.

Neben ein Diagramm, das er aus Roger Bacons Opus Maius abgezeichnet hatte, kritzelte er: *Und bestände das Auge auch aus einer Million Welten, es würde sich doch unweigerlich in der Projektion seiner Kraft verzehren; und wollte solche Kraft, solche Emanation durch die Luft reisen wie ein Duft, so würden die Winde sie krümmen und forttragen an einen anderen Ort.*

Gewiß irrten sich Plato und Euklid und Vitruvius – und selbst John Peckham und Roger Bacon.

Das Auge konnte keine Strahlen aussenden.

Sein Vater konnte ihn nicht mit seinem Blick verbrennen …

Leonardo sezierte ein Auge nach dem anderen, und sein Zorn verflog, während der Tisch von Blut und Gewebsflüssigkeit immer glitschiger wurde. Bei der Arbeit redete er laut mit sich selbst, während er seine Gedanken zu Papier brachte. Sein besonderes Interesse galt der »Linse« des Auges: *Die Natur hat die Oberfläche der Pupille konvex gestaltet, so daß die Gegenstände ihr Abbild in einem größeren Winkel abdrucken können, als sie es könnten, wäre das Auge flach.*

Aber als er erschöpft war und Schweine- und Ochsenaugen zerschnitten und auf seinem Tisch zu Brei verlaufen waren, wanderten seine Gedanken zur Philosophie – besser gesagt, zu ihm selbst, denn er schrieb: *Wer seine Augen verliert, dessen Seele ist verdammt zu dunkler Kerkerhaft, wo keine Hoffnung besteht, die Sonne wiederzusehen, das Licht der Welt.*

Ginevra …

Es klopfte laut an der Tür.

»Meister Leonardo«, rief eine laute, rauhe Stimme. Es war Smeralda, Andreas älteste Magd, die sich geweigert hatte, die *bottega* mit ihrem Herrn zu verlassen.

»Ich habe dir gesagt, du sollst mich nicht stören, Smeralda. Ich habe keinen Hunger!«

»Danach habe ich auch überhaupt nicht gefragt«, erwiderte sie unverschämt und öffnete die Tür. »Und hättet Ihr welchen, wär's mir noch egal. So!«

Stämmig stand sie da in ihrem groben Kleid mit der Schürze; ein Kranz von Amuletten und Parfümkugeln schien sie mit seinem Gewicht schier zu Boden zu ziehen. Sie trug einen Knochen vom Schädel einer Kröte, eine Haselnußschale voll Quecksilber und die Zunge einer Giftschlange, und sie roch nach Harz und Ambra und Nelken und Tabak – alles Heil- und Schutzmittel gegen die Pest und andere Unbill. Auch schrieb sie jeden Tag gewisse Gebete auf ein Stück Papier, das sie siebenmal faltete und dann auf leeren Magen verspeiste. So hatte sie keinen Grund, die Pest oder Leonardos unbeständige Launen zu fürchten. Als sie allerdings sah, daß er an seinem Tisch wieder seziert hatte, bekreuzigte sie sich hastig siebenmal. Sie verzog das Gesicht, murmelte eine Beschwörungsformel und sagte: »Es stinkt hier drin. Ich glaube, Ihr *wollt* den Schwarzen Tänzer hereinbitten.«

»Smeralda, was gibt es?«

Sie hielt sich eine Parfümkugel unter die Nase. »Da ist jemand für Euch an der Tür.«

»Wer?« fragte Leonardo.

Smeralda zuckte die Achseln.

»Eine Dame?«

Wieder zuckte sie die Achseln.

»Du weißt doch sicher, wer es ist.«

»Wollt Ihr denn Besuch empfangen?«

»Ist es Sandro ...? Pico della Mirandola?«

Sie starrte ihn an und klapperte mit den Lidern.

Leonardo fluchte voller Ungeduld.

»Und wenn ich wiederkomme, bringe ich Euch auch etwas zu essen!« versprach sie und ließ ihre Parfümkugel zurück, um die Luft aufzufrischen.

»Das ist ja noch schlimmer, als ich erwartet hatte!« sagte Sandro, als er Leonardos Studio betrat. »Du siehst schrecklich aus!« Angewidert schaute er sich um; dann starrte er ungläubig auf die ekelhaften Überreste auf dem Tisch. *»Autophaneia?«*

Leonardo lächelte matt, aber es war das erstemal seit Tagen, vielleicht Wochen, daß er lächelte. »Du wirst hier heute keine Dämonen antreffen. Die beschwöre ich nur am Sabbath.«

»Was ist das dann?« Sandro trat an den Tisch und wich zurück.

»Es sind die Überreste der vollkommensten Organe. Es sind – besser gesagt, es waren – die Fenster der Seele. Hast du nicht Augen, um zu sehen?« Leonardo hatte nicht sarkastisch sein wollen, aber er konnte nicht anders. Aber allein sein wollte er auch nicht; er war glücklich, seinen Freund zu sehen, und das an sich überraschte ihn schon.

»Das muß alles saubergemacht werden«, sagte Sandro. »Und frische Luft brauchst du auch.«

»Allerdings«, sagte Leonardo in kaum hörbarem Flüstern.

Sandro öffnete die Fenster; methodisch ging er von einem zum anderen im Raum umher und fragte dann: »Warum hast du meine Briefe nicht beantwortet? Hast du sie überhaupt bekommen? Du warst eingeladen, bei Lorenzo zu Gast zu sein.«

»Wenn ich Florenz verlassen könnte, glaubst du nicht, daß ich dann Ginevra gefolgt wäre?« fragte Leonardo. »Ich kann gesellschaftlich nicht mehr bestehen, bis diese Sache vorbei ist.« Er hatte seine Freiheit noch immer nur unter dem Vorbehalt der Bürgschaft und durfte das Stadtgebiet nicht verlassen. Träfe man ihn außerhalb der Stadtgrenzen an, könnte jeder, der in seiner Gesellschaft wäre, als Komplize vor Gericht gestellt werden. Er war ein Ausgestoßener, nach dem Buchstaben des Gesetzes wie auch in der Wirklichkeit.

»Darüber hättest du dir keine Sorgen machen müssen, denn Lorenzo hätte dich nicht fortgeschickt. Du hättest unter dem Schutz des Ersten Bürgers gestanden.«

»Aber er hat mich nicht eingeladen. Wenn mein Gedächtnis mich nicht täuscht, warst du es, der diese Einladung ausgesprochen hatte.«

»Nun, das ist jetzt ohne Belang. Wir sind alle wieder zu Hause. Wie es scheint, ist Florenz wieder sicher, mit Ausnahme dieses Ortes der Effluvien.«

»Und Ginevra?« Leonardo schaute seinen Freund forschend an, als wäre die Antwort auf seine Frage von dessen Gesicht abzulesen. »Du hast nichts von Ginevra gesagt.«

»Ich habe sie nicht gesehen«, antwortete Sandro. »Wir waren nicht lange genug in Careggi, als Madonna Clarise einen Traum hatte, in dem die Pestjungfrau ihr nachstellte. Da sie große Angst hatte, zogen wir alle nach Cafaggiolo. Und da war die Entfernung zu groß.«

Leonardo nickte bei der Erwähnung Clarises, der Gemahlin Lorenzos. »Hast du denn überhaupt keine Neuigkeiten von Ginevra?«

Sandro machte ein unbehagliches Gesicht. »Ich habe ihr geschrieben, genau wie dir.«

»Und...?«

»Sie hat mit den üblichen Artigkeiten geantwortet. Ihr geht es gut, aber sie berichtete, daß ihr Vater wegen seiner Gicht zur Ader gelassen werden müsse. Ich nehme an, daß du also nicht von ihr gehört hast?«

»Nicht ein Wort«, sagte Leonardo, und die Bitterkeit in seinem Ton war nicht zu überhören. Er hatte versucht, eine Entschuldigung für sie zu finden, aber die Wahrheit war nicht zu leugnen: Sie war vor ihm geflohen, als wäre er die Pest in Person.

Sandro drückte seinen Arm; dann griff er in den Ärmel seiner *gonnella* und zog einen versiegelten Brief hervor, den er Leonardo reichte.

»Dies ist ein Geschenk von dem Mann, den du schmähst.«

»Und wer wäre das?« fragte Leonardo.

»Il Magnifico.«

»Ich habe ihn niemals ...«

»Mach schon auf«, sagte Sandro in tadelndem Ton, aber seine sonst so friedfertige Miene konnte seine Aufregung nicht verbergen.

Leonardo öffnete den Brief. Auf einem Bogen von Lorenzos goldgerändertem Papier standen die Worte: *Absoluti cum conditione ne retamburentur.*

Die Vorwürfe gegen Leonardo waren fallengelassen worden.

Leonardo schrie auf und umarmte Sandro wie ein Bär, so daß er ihn beinahe erdrückte.

»Genug«, rief Sandro lachend. »Ich bin doch nur der Bote.« Als er seine Freiheit wiederhatte, fuhr er fort: »Lorenzo hat es selbst gerade erst erfahren, und ich habe ihn gefragt, ob ich dir die frohe Botschaft bringen darf.«

»Ich bin froh, daß du es getan hast«, sagte Leonardo. »Ich muß Ginevra sehen.« Er sah sich nach Mantel und Mütze um, als wolle er auf der Stelle aufbrechen.

»Bitte, Leonardo«, sagte Sandro, »gewähre auch mir ein wenig Höflichkeit, denn ich habe noch eine Überraschung für dich. Aber du mußt noch soviel Geduld haben.« Sandro hielt Daumen und Zeigefinger etwa einen Zollbreit auseinander. »Nun ...?«

Leonardo willigte ein zu warten, aber er ging auf und ab, als könne er alles verlieren, wenn er nur noch eine Sekunde vertrödelte. Im nächsten Augenblick klopfte es, und Smeralda erschien mit einem großen Tablett voller Speisen und Wein.

Hinter ihr kam Niccolò. »Was ist denn *das?*« fragte er. Er ließ den Sack mit Kleidern und Bettzeug auf den Boden fallen und deutete auf den Tisch.

»Ein Experiment«, sagte Leonardo. Er lächelte den Jungen an, und im nächsten Augenblick lag dieser seinem Meister in den Armen. Bis zu diesem Augenblick war es Leonardo nicht bewußt geworden, aber er hatte seine Gesellschaft schmerzlich vermißt. Er war in der Tat für Niccolò verantwortlich.

»Darf ich wieder bei dir bleiben, Leonardo?« Niccolò richtete sich auf, um größer zu erscheinen, als er war. Er war wirklich fast ein Mann. »Meister Toscanellis Erlaubnis habe ich.«

»Ich weiß nicht, ob das gut für dich wäre.«

»Aber vielleicht ist es gut für dich, Leonardo«, sagte Sandro.

»Das ist ohne Bedeutung.«

»Toscanelli ist anderer Ansicht. Er vermutete ganz richtig, daß du dich völlig in dich selbst zurückziehst.«

Leonardo knurrte nur.

»Ich habe dir aus der Romagna geschrieben«, sagte Niccolò. »Aber du hast nicht geantwortet.«

»Ich war krank, Nicco. Ich war wie ein Schlafwandler. Erinnerst du dich noch an Sandros Krankheit? Ein bißchen so war ich auch.«

»Ich bin kein Kind mehr, Leonardo. Du kannst mit mir reden wie mit Sandro.« Gleichwohl schien er sich mit dieser Erklärung zufriedenzugeben. Er warf noch einen Blick auf die Masse auf dem Tisch, die dort allmählich erstarrte, und es klang, als konstatiere er eine unbestreitbare Tatsache, als er sagte: »Melancholia. Aber unrein.«

»Nein, Niccolò«, sagte Sandro. »Es ist nicht so, wie du denkst. Er hat hier nicht versucht, Dämonen heraufzubeschwören. Aber er ist krank, und zwar immer noch.«

»Ich bin genauso gesund wie du«, erwiderte Leonardo gekränkt.

Sandro nickte unverbindlich und bat Niccolò dann, Smeralda zu rufen, die aber, wie sich herausstellte, ganz in der Nähe war. Sie hatte hinter der Tür gelauscht. »Hier muß saubergemacht werden«, sagte Sandro zu ihr. »Und zwar auf der Stelle.«

Smeralda bekreuzigte sich. »Aber nicht von mir.« Und mit hochfahrender Miene rauschte sie hinaus.

Leonardo sah zu, wie Niccolò sich Fleisch und gekochten Weißkohl von Smeraldas Tablett nahm, und plötzlich merkte er, daß er Hunger hatte. Aber wie ein Zecher, der sich gerade erst von den Folgen seiner Ausschweifungen erholt, hatte er Kopf- und Gliederschmerzen, und sein Mund war trocken und wattig. Trotzdem fing er an, den gekochten Kohl und sogar ein bißchen Fleisch herunterzuschlingen, bis Sandro ihn ermahnte, langsamer zu essen, damit ihm nicht übel werde. Er trank einen Schluck Wein und sagte: »Ich muß Ginevra finden und ihr die Neuigkeit erzählen. Und solange ich das nicht getan habe ...«

»Laß mich mitgehen«, sagte Niccolò hartnäckig.

»So glücklich ich bin, dich wiederzusehen, ich bin doch der Verantwortung noch nicht ...«

»Wir gehen beide mit«, sagte Sandro nachsichtig. »Aber nicht heute, nicht heute abend. Morgen, wenn du kräftiger bist.«

Leonardo willigte ein. Er war plötzlich müde und benommen und erleichtert darüber, daß die Anklage endlich von ihm genommen war. Sandro und Niccolò machten sich daran, die organischen Überreste seiner Sezierversuche wegzuräumen, während er schlief. Erst danach war Smeralda bereit, zurückzukommen, um den Boden zu wischen, das Bett frisch zu beziehen und die Werkstatt aufzuräumen.

Aber als Leonardo aufgewacht und mit Genuß ein heißes Bad genommen hatte – er hatte sich seit Wochen nicht mehr richtig gebadet –, bestand er darauf, in die engen, betriebsamen Straßen hinauszugehen. Sandro und Niccolò blieb nicht anderes übrig, als ihm zu folgen, denn Leonardo strotzte plötzlich von Energie. Es war, als habe er sie in den letzten zwei Monaten nur gehortet und als breche nun alles auf einmal hervor.

»Wo willst du denn hin?« fragte Niccolò; er hatte Mühe, mit seinem Meister Schritt zu halten. Leonardo trug frische Kleider nach bester Stutzerart: eine *veste togata* mit einem über die Schulter drapierten *cappuccio*, rot-blaue Schuhe und eine dazu passende zweifarbige *beretta*.

»Nirgendwohin ... Überallhin.« Leonardo schlug Niccolò auf

die Schulter und drängte ihn und Sandro, nicht zurückzubleiben. »Ich bin frei!« Er holte tief Luft, aber die Dünste auf der Straße waren giftig, denn in der letzten Panik im Angesicht der Pest, die einen guten Teil der Florentiner Bürger hätte hinwegraffen können, hatten sich Müll und Abfälle aufgetürmt, und es gab mehr davon, als die Hunde fressen konnten. In manchen Gegenden waren die Straßen vor lauter Dreck unpassierbar, und wohin die drei auch kamen, war das Pflaster glitschig von organischen Abfällen; ein dicker, bläulich schwarzer Schleim schien zwischen Hauswänden und Verkaufsständen alles zu bedecken.

Handwerker und Händler waren in Scharen auf der Straße. Festtagsstimmung herrschte im Gedränge. Es war warm, wenn auch ungewohnt dunstig. Eine Stunde würde es noch hell bleiben. Überall war lautes, buntes Treiben: Fahnen hingen aus den Fenstern, farbige Markisen breiteten sich über Balkonen aus, und Reiche und Arme bewegten sich wie Schwärme von schillernden Fischen in trüben, stillen Wassern. Die Menge schien wie elektrisiert, denn bald würde die Sperrstunde beginnen. Es war, als müsse sich alles Schreien, Kaufen, Verkaufen, Lieben, Reden und Laufen auf diese dämmrige Stunde vor dem Abend und der Dunkelheit konzentrieren. Bald würde den Bewohnern der ärmeren Viertel und des jüdischen Ghettos, von wenigen einzelnen abgesehen, nichts anderes übrigbleiben, als schlafenzugehen oder im Dunkeln zu sitzen, denn Talg und selbst die billigeren, stinkenden fettgetränkten Kerzendochte waren noch viel teurer als Fleisch.

Niccolò hielt sich die Nase zu, als sie an den zerdrückten Hinterlassenschaften eines Fischstandes vorbeikamen. Sandro hielt sich ein Taschentuch vors Gesicht. Eine Meute verhöhnte laut johlend einen dünnen, blonden Mann, der neben seinem Stand in den Block geschlossen war; er trug ein Halsband aus faulen Fischen und ein Schild mit der Aufschrift Ladro: Dieb. Es war die traditionelle Strafe für unehrliche Händler. An Armen und Beinen mit groben Ketten gefesselt, saß er da und blickte starr auf die

Straße hinunter; er schrie nur auf, wenn ihn ein Stein am Kopf traf, den ein jugendlicher Rüpel geworfen hatte.

Leonardo führte seine Freunde durch die vollen Gassen. Die Straßen der Fürsten sahen kaum anders aus als die Ladenstraßen. Die großen Häuser mit ihren flachen Fassaden und den *sporti* aus Ziegeln und Steinen ragten aus denselben Gossen wie ihre ärmeren Vettern, denn die großen Familien übernahmen Straßen und Stadtviertel, als wären es Königreiche. Die drei kamen am Palazzo der Wollweber vorbei und gingen durch die Via Cacciajoli, die Käsehändlerstraße, und die Via dei Pittori, wo Maler, Weber, Möbelschnitzer und Töpfer zusammen wohnten und arbeiteten.

Aufgeregt, und ohne zu ahnen, wohin Leonardo sie führte, schnatterte Niccolò fröhlich daher. »Sandro, erzähl Leonardo vom Marzocco-Fest.«

»Lorenzo wünscht, daß du bei dem Fest sein Gast bist«, sagte Sandro. Ihm schien Leonardos schneller Schritt nicht zu behagen, denn er wußte, daß sie zum Hause de' Benci unterwegs waren. Aber niemand erwähnte es mit einem Wort. »Aber ich werde Il Magnifico selbstverständlich von der Notwendigkeit in Kenntnis setzen, daß er dir seine Einladung persönlich überbringt.«

»Hör schon auf, mein Fäßchen«, knurrte Leonardo.

»Überall auf der Straße werden Tiere sein«, erzählte Niccolò. »Wilde Eber und Bären und Löwen, und alle kämpfen gegeneinander.«

»Warum soll es ein solches Fest geben?« fragte Leonardo; dabei wirkte er immer noch distanziert, als berühre ihn nichts außer seiner unmittelbaren Absicht.

»Du hast dich wirklich zurückgezogen«, sagte Sandro. »Ganz Florenz feiert, weil zwei der Löwinnen in der Menagerie Junge bekommen haben.«

Der Wappenlöwe, der Marzocco, war das Wahrzeichen von Florenz. Seit Jahrhunderten hielt die Signoria Löwen in den Gewölben des Palazzo. Sie standen unter dem Schutz des Staates, und ihr Tod wurde betrauert, wie ihre Geburt bejubelt wurde. Ihre Geburt bedeutete Wohlstand, ihr Tod hingegen Krieg, Seuche und allerlei schlimme Zeiten und Katastrophen.

»Wahrhaftig, es leuchtete ja auch sofort ein, daß man das Wunder der Geburt durch Gemetzel und Gemorde feiert«, sagte Leonardo. »Wie viele Tiere starben beim letzten Fest in der Arena? Und wie viele Menschen?«

Aber Niccolòs Begeisterung ließ sich nicht dämpfen. »Können wir hingehen, Leonardo? Bitte ...«

Leonardo ignorierte ihn.

»Weißt du, in all dem Gemetzel, das du so sehr verabscheust«, bemerkte Sandro, »könntest du womöglich die verschiedensten Objekte zum Sezieren ergattern: Panther, Parder, Schneeleoparden, Tiger ...«

»Vielleicht«, sagte Leonardo. Es war sein Wunsch, die Empfangsorgane für den Geruchssinn der Löwen zu studieren, und gern wollte er auch ihre Sehnerven mit denen anderer Tiere, die er schon seziert hatte, vergleichen. »Vielleicht«, widerholte er geistesabwesend.

Niccolò zwinkerte Sandro zu, aber auch der reagierte nicht, sondern sagte zu Leonardo: »Simonetta geht es nicht gut.«

Leonardo verlangsamte seinen Schritt und blieb fast stehen. »Ist ihr Husten schlimmer geworden?«

»Ja«, sagte Sandro. »Sie ist nach Florenz zurückgekommen, aber ich mache mir solche Sorgen um sie.«

»Das tut mir leid, mein Fäßchen.« Leonardo hatte plötzlich Gewissensbisse; er hatte in den letzten Wochen überhaupt nicht an sie gedacht. »Ich werde sie besuchen, sobald ich kann.«

»Sie empfängt keine Besucher ... Aber dich will sie bestimmt sehen.«

»Da ist Ginevras Haus«, sagte Leonardo, als habe er nicht gehört, was Sandro soeben gesagt hatte. Er spähte durch den Torbogen vor ihnen und sah die Buckelquader und die Bogenfenster des Palazzo de' Benci. Dann fluchte er und stürzte auf den von Balustraden umgebenen Palast zu.

»Leonardo, was ist denn?« rief Niccolò und rannte ihm nach. Sandro aber hielt sich zurück, als könne er nicht ertragen, was da vor ihnen lag.

In jedem Fenster standen eine Kerze und ein Ölzweig, umgeben von einem Kranz aus Gladiolen. Die Gladiole versinnbildlichte die heilige Gelassenheit der Jungfrau, wie beschrieben im apokryphen Buch Johanna; der Ölzweig aber war das Zeichen für irdische Festlichkeit. Und zusammen gaben sie der ganzen Welt kund, daß eine Ehe geschlossen worden war.

Ginevra hatte Nicolini geheiratet. Leonardo war außer sich vor Zorn und Trauer.

Er hämmerte an die Tür, aber niemand öffnete. Wie es in letzter Zeit Brauch geworden war, spähte ein Diener durch ein Loch in der Tür und fragte, wer da sei.

»Geh und sag Messer Amerigo de' Benci und seiner Tochter, Madonna Ginevra, daß ihr Freund Leonardo empfangen werden möchte.«

Eine unbehagliche Weile verstrich; der Diener hatte seinen Posten an der Tür verlassen und kam dann zurück. »Ich bedaure, Maestro Leonardo, aber sie sind im Augenblick indisponiert. Mein Herr läßt seine Glückwünsche und sein Bedauern ausrichten, denn er betrachtet Euch gern als ...«

»Indisponiert?« wiederholte Leonardo, und Wut und Beschämung ließen ihn rot anlaufen. »*Indisponiert?* Mach sofort die Tür auf, du verklemmter Furz!« Er hämmerte gegen die intarsienverzierte Kassettentür und rannte dann dagegen, als wäre seine Schulter ein Rammbock.

»Leonardo, es reicht!« schrie Sandro, aber als er versuchte, seinen Freund zurückzuhalten, schlug Leonardo wild um sich. »Es hat doch keinen Zweck«, sagte Sandro. »Du kannst diese Tür ebensowenig einrennen wie ich. Jetzt komm schon, komm. Da drin ist niemand, der dich anhören will.«

Aber Leonardo ließ sich nicht von der Stelle bewegen.

Er schrie und brüllte nach Ginevra, und ihm war zumute, als sei er wieder im Alptraum der letzten Monate versunken. Ihn fröstelte vom kalten Schweiß unter den Achseln und an seinem Oberkörper, und sein Gesicht war heiß; aber zugleich war er barmherzig entrückt, entrückt von der Straße, dem Getriebe, seinem eigenen Gebrüll – ja, entrückt von sich selbst. Dies war ein Traum, und er war der Träumer.

»Ginevra! *Ginevra!*«

Wieder versuchte Sandro, ihn zurückzuhalten, aber Leonardo schüttelte ihn ab.

Wie durch einen alchimistischen Prozeß zusammengezogen, hatte sich eine Schar von Zuschauern gebildet. Das Gesindel, immer gefährlich und leicht zu unterhalten, johlte und pfiff.

»Laß ihn in Ruhe«, schrie einer.

»Jawohl!« brüllte ein anderer.

»Mach die Tür auf, Bürger, sonst – bei Gott, wir helfen ihm, sie aufzubrechen.«

Leonardo vergaß sich vollends und gab sich seinem Schmerz und seiner Raserei hin; er tobte und schrie und drohte. »*Quo iure?*« heulte er.

Warum tust du mir das an?

Würde und Demütigung lagen hinter ihm. Stolz und Haltung waren mit seiner Vernunft davongeschwemmt worden. Wie konnte es sein, daß Ginevra und Nicolini ihn mit ein paar Olivenzweigen zu Boden streckten?

Aber Leonardo bot ein grandioses Schauspiel. Er war prachtvoll, er war besessen und gefesselt. Seine Seele war vergiftet, aber nicht vom Phantasma des *bacio di morte*, welches Sandro vergiftet hatte, und auch von keiner vollkommenen Liebesvision.

Er war besessen von der Bestie. Von seinen eigenen Furien.

Von seinem Verlust. Denn er hatte alle verloren, die er liebte: seinen Vater, seine Mutter. Und jetzt schließlich auch Ginevra.

Es war beinahe eine Erleichterung.

Die Tür öffnete sich, und die Menge jubelte.

Ginevras Vater stand in der Tür. Er war ein großer Mann. Früher war er vierschrötig gewesen, aber jetzt sah er ausgemergelt und krank aus. Leonardo erkannte ihn kaum. Amerigo de' Benci lächelte seinen Freund an und sagte: »Kommt herein, Leonardo. Ich habe Euch vermißt.« Sandro und Niccolò nickte er zu, lud sie aber nicht ein, den Freund zu begleiten.

Die Menge jubelte und zerstreute sich dann, als Leonardo den Palazzo betrat.

Er verbeugte sich vor Ginevras Vater und entschuldigte sich; Amerigo de' Benci nahm ihn beim Arm und führte ihn durch einen kolonnadengesäumten Hof und durch messingbeschlagene Nußbaumtüren in einen Wohnraum mit gewölbter Decke.

»Setzt Euch, Leonardo.« Amerigo deutete auf einen Stuhl neben einem Spieltisch. Aber Leonardos Aufmerksamkeit war von dem Porträt gefesselt, das über einem großen Mahagonitisch hing: Es war das Bild, das er und Simonetta von Ginevra gemalt hatten. Aber jetzt fiel ihm auf, daß er sie kühl wiedergegeben hatte, als wäre ihre warme Haut in Wahrheit aus Stein. Sie schaute aus ihrem Rahmen hervor zu ihm herunter, und ihre Augen waren kalt wie Meerwasser – ein strahlender Engel mit einem Heiligenschein aus schwarzem Wacholder. »Ja, Ihr habt sie sehr schön wiedergegeben, Ihr und Ser Gaddiano«, bemerkte Amerigo. »Ginevra hat mir alles erzählt.« Der alte Mann sah traurig aus und auch ein wenig nervös. Er setzte sich neben Leonardo. Ein Diener kam herein und brachte ihnen Wein.

Leonardo betrachtete das Schachbrett an seiner Seite und die Reihen der roten und schwarzen Figuren, Springer, Läufer, Türme, Bauern, Könige und Damen, und dann sagte er: »Man hat mich von allen Punkten der Anklage freigesprochen, Amerigo.«

»Ich habe nie daran gezweifelt, daß es so kommen würde.«

»Warum sind dann die Zweige in den Fenstern?« Leonardo schaute Ginevras Vater an. »Ihr sagt, Ginevra hat Euch alles erzählt. Hat sie Euch dann nicht gesagt, was sie für mich empfindet und daß wir heiraten wollten?«

»Doch, Leonardo.«

»Was ist denn dann passiert?«

»Leonardo, um Himmels willen, man hat Euch der Sodomie angeklagt.«

»Ihr seid ein Heuchler.«

»Und Ihr seid ein Bastard, Leonardo«, sagte Amerigo leise. »Euer Vater ist mein Freund, genau wie Ihr. Aber meine Tochter... Wir sind eine sehr alte Familie. Es gibt bestimmte Bereiche des Lebens, die Euch verschlossen bleiben.«

»Das soll heißen, Ihr habt so gehandelt, weil ich nicht zur Universität zugelassen werden konnte?«

»Leonardo...«

»Ich muß Ginevra sehen. Ich kann nicht glauben, daß sie den Nacken freiwillig unter ein solches Joch beugt.«

»Das ist unmöglich«, sagte Amerigo. »Es ist geschehen. Sie ist eine verheiratete Frau.«

»Das könnte man annullieren«, sagte Leonardo. »Das wird man annullieren.«

»Man könnte nicht, und man wird ganz sicher nicht!« Nicolini stand am Fuße einer Doppeltreppe, die in den Raum hinter Leonardo führte. »Die Ehe ist vollzogen, wie es sich gehört, guter Herr.«

Leonardo stand auf und sah ihn an. Er zitterte, als er sich an einen Traum erinnerte, ein Bild, das ihm so oft durch den Kopf gegangen war: Ginevra, wie sie sich wehrte, ohne gegen Nicolini anzukommen, der sie mit seinem Gewicht niederdrückte und in sie eindrang. »Bitte«, sagte Nicolini, »ich habe nicht den Wunsch, mit Euch zu fechten. Und selbst wenn Ihr mich töten wolltet, würde Ginevra Euch nicht haben wollen, denn Ihr würdet nur neue Demütigungen über ihre Familie bringen.«

»Ich denke, das sollte Ginevra mir selbst sagen.«

»Das ist unmöglich«, sagte Amerigo.

»Ich glaube nicht«, sagte Nicolini. »Vielleicht ist es an der Zeit, sie einmal auf die Probe zu stellen.« Er rief einen Diener und befahl dem Jungen, Ginevra zu holen.

»Wie meint Ihr das?« fragte Amerigo sichtlich bestürzt. Dann wandte er sich ab und wollte dem Diener folgen, aber Nicolini hielt ihn fest.

Als der Diener schließlich zurückkam, sagte er: »Madonna Ginevra bittet Euch um Vergebung, Messer Nicolini, aber sie kann jetzt nicht herunterkommen.«

»Weiß sie, daß ich hier bin?« fragte Leonardo.

»Ja, Meister Leonardo. Ich habe es ihr gesagt.«

»Und sie sagt, sie will nicht herunterkommen?«

Der Diener nickte nervös; dann trat er einen Schritt zurück und machte auf dem Absatz kehrt.

»Dann habt Ihr wohl Eure Antwort, denke ich«, sagte Nicolini zu Leonardo. Seine Miene war streng, aber sie zeigte weder Triumph noch Schadenfreude.

»Das ist doch keine Antwort. Ich muß aus ihrem eigenen Munde hören, daß sie mich nicht liebt.«

»Leonardo, es ist vorbei«, sagte Amerigo. »Sie ist eine verheiratete Frau. Und sie hat ohne Zwang eingewilligt: *spontana, non coacta*.«

»Das kann ich nicht glauben«, sagte Leonardo.

Nicolini lief rot an. »Ich glaube, es reicht jetzt. Man hat Euch größere Höflichkeit erwiesen, als Ihr verdient, und das nur wegen der guten Beziehung meines Schwiegervaters zu Eurer Familie.«

»Ich habe ihn auch für meinen Freund gehalten«, erwiderte Leonardo scharf.

»Ich bin ja Euer Freund, Leonardo«, sagte Amerigo. »Die Umstände haben mein Handeln diktiert. Es tut mir leid für Euch, aber ich konnte nichts tun. Das versichere ich Euch.«

»Ich glaube, Ihr habt ihm jetzt gegeben, was ihm gebührt«, sagte Nicolini.

»Ich muß Ginevra sehen.«

»Sie will Euch nicht sehen, Leonardo«, sagte Amerigo.

»Das soll sie mir selbst sagen.«

»Ich glaube, es reicht jetzt«, sagte Nicolini; er drehte sich zur Seite und winkte. Auf sein Geheiß hin traten zwei kräftige Knechte in den Raum. Die beiden hatten offensichtlich auf sein Zeichen gewartet und waren bewaffnet und zum Eingreifen bereit.

»Luigi«, sagte Amerigo zu Nicolini, »ich glaube nicht, daß es nötig ist...«

Aber Leonardo zog seinen Degen, und Nicolinis Wache tat es ihm nach.

»Nein!« schrie Amerigo.

»Es macht nichts«, flüsterte Leonardo bei sich, und er fühlte, wie seine Drüsen ihm reinigende Flüssigkeiten in die Brust strömen ließen und ihm Kraft gaben. Er fühlte sich nicht mehr verwundbar. Seiner Klinge standen drei Männer gegenüber, aber er fürchtete den Tod nicht mehr. Der Schmerz hatte ihn aufgerichtet, ihn wieder auferstehen lassen, und als sollte dies sein letzter Atemzug sein, schrie er nach Ginevra. Einer der beiden Knechte wich überrascht zurück und drang dann mit dem anderen auf ihn ein.

»Leonardo, bitte schiebe dein Schwert in die Scheide«, rief Amerigo. »Das geht nun wirklich zu weit.«

»Leonardo, es ist genug!« Das war Ginevras Stimme. Sie war hereingekommen. Nicolini und die Knechte ließen sie durch. Sie wirkte mager und schmächtig in dem im maurischen Stil reich verzierten Hemd, das sie trug.

Leonardo umarmte sie, aber sie stand starr wie eine Gefangene da. Nicolini trat nicht dazwischen.

Nach einem kurzen Augenblick ließ Leonardo sie los. »Mehr ist da also nicht?«

Sie schaute auf den Parkettboden.

»Warum hast du meine Briefe nicht beantwortet?« fragte Leonardo.

Ginevra sah ihren Vater an. »Ich habe sie nicht bekommen«, sagte sie dann. Ihren Zorn spürte man nur an der Art, wie sie ihren Vater anschaute, und gleich war es vorüber, als habe sie ihre gespielte Ruhe nur für einen Augenblick beiseite geschoben. Amerigo wich dem Blick seiner Tochter aus. Sie wandte sich wieder Leonardo zu und sagte: »Gleichwohl, Leonardo, wäre es darauf nicht angekommen. Der Priester hatte *la messa del congiunto* bereits gelesen. Ich gehöre Messer Nicolini. Deine Briefe waren an eine verheiratete Frau gerichtet.«

»Und darum habe ich sie zurückgehalten«, sagte Amerigo.

»Du hast an meine Schuld geglaubt?« fragte Leonardo sie.

»Nein«, antwortete sie leise. »Nicht einen Augenblick lang.«

»Du konntest nicht warten … Du konntest mir keine Chance geben?«

»Nein, Leonardo. Die Umstände waren nicht so.«

»Ach ja, die Umstände. Und jetzt kannst du mir ins Gesicht sehen und sagen, daß du mich nicht liebst?«

»Nein, das kann ich nicht, Leonardo. Ich liebe dich«, sagte sie steif. »Aber darauf kommt es nicht an.«

»Darauf kommt es nicht an?« wiederholte Leonardo. »Darauf kommt es nicht an? Nur darauf kommt es an!«

»Kein bißchen«, sagte Ginevra. »Du hast Besseres verdient als das, was du bekommen hast.« Sie sprach in dem Bewußtsein, daß Nicolini ihr zuhörte, denn sie wirkte kalt, tot, emotionslos. »Aber ich habe eine Entscheidung für meine Familie getroffen, und ich werde meinen Verpflichtungen treu sein.«

Sie war entschlossen. Leonardo hatte sie verloren – so sicher, als liebte sie Nicolini.

Er sah Nicolini an. »Ihr habt diesen Wisch in den *tamburo* gesteckt.«

Nicolini erwiderte Leonardos Blick gleichmütig, ohne die Beschuldigung zurückzuweisen.

»Ginevra?« Leonardo nahm sie beim Arm. »Komm mit mir.«

»Jetzt mußt du gehen«, sagte Ginevra und riß sich los. »Selbst wenn deine Demütigung auch die meine ist, ich kann nicht noch mehr Schande auf meine Familie bringen. Unsere Wunden werden heilen, und eines Tages wirst du es verstehen.«

»Aber du kannst den Mann heiraten, der mich verleumdet hat?«

»Geh, Leonardo. Ich werde niemals mein Wort brechen, das ich Gott gegeben habe.«

Bei diesen Worten stürzte Leonardo sich mit erhobenem Degen auf Nicolini. Nicolini war darauf vorbereitet, er wich zurück und zog seine eigene Waffe. Einer seiner Diener versetzte Leonardo einen Schwertstreich von hinten, und der andere schlug ihm mit dem gerieften Griffschutz seines Rapiers kräftig gegen die Schläfe.

Leonardo taumelte. Er spürte ein summendes Vibrieren, als ob eine Lautensaite gerissen wäre, und noch im Fallen sah er Ginevras Gesicht.

Es war versteinert.

Alles in seinem Gesichtsfeld hatte sich in einen Fries verwandelt. Und dann, als habe er sein Augenmerk und seine Gedanken auf etwas anderes, auf eine ganz andere Sache gerichtet, verschwand alles ...

In die Dunkelheit, die der Erinnerung vorausgeht.

Marzocco

Wenn die Löwin ihre Jungen vor der Hand des Jägers verteidigt, so hält sie den Blick zu Boden gerichtet, um nicht vor den Speeren zu erschrecken, auf daß sie vermeide, durch die eigene Flucht ihre Jungen in Gefangenschaft geraten zu lassen.

Leonardo da Vinci

Und scheide ich von dir,
so lasse ich dir mein Herz zurück.

Guillaume de Machaut

Am Ende der Woche war Leonardos Gesicht noch immer ein einziger geschwollener, gelb-violetter Bluterguß. Der Schlag hatte die Haut aufgerissen, und der Arzt, der Leonardo behandelte, meinte, er werde von dieser Auseinandersetzung eine Narbe zurückbehalten; es werde aussehen, als sei ein geheimnisvolles, profanes Siegel in sein Gesicht gedrückt worden.

Nachdem er die Wunde mit Wein gesäubert hatte, nähte der Arzt die Ränder zusammen und verband Leonardo den Kopf. Er hielt nichts von der gerade Verbreitung findenden Idee, die Natur werde die Wunde schon selbst verschließen, indem sie eine zähe Flüssigkeit produziere; er bestand darauf, daß die Fenster geschlossen gehalten werden müßten, und schärfte Amerigo de' Bencis Dienern ein, sie dürften keinen Lauch und keine Zwiebeln essen, damit sie die Luft nicht verunreinigten. Gegen die Kopfschmerzen verschrieb er Leonardo einen stark riechenden Umschlag aus Leinen, getränkt mit einer Mischung aus Päonienwurzel und Rosenöl. Dann kam er in regelmäßigen Abständen wieder, um nach Leonardo zu sehen und die Verbände zu wechseln. Die Klinge des anderen Dieners hatte zwar einen tiefen Schnitt hinterlassen, aber lebenswichtige Organe hatte sie nicht verletzt.

Und so erholte Leonardo sich im Palazzo de' Benci.

Aber Ginevra war fort; sie wohnte in Nicolinis Haus als dessen Frau.

Leonardo bekam Fieber, und sein Rücken brannte, als liege er auf glühenden Schürhaken. Er träumte von Sandro und Niccolò, aber wunderlicherweise nicht von Ginevra. Sie war in seinen Gedanken nicht anwesend; es war, als habe sie seine Traumkathedrale verlassen, um in Nicolinis Palazzo zu ziehen. Leonardo war wie geläutert, nicht unähnlich den Flagellanten, die dem Tod in der Prozession folgten, die von den Toten zurückgeholt und wieder auferweckt worden waren, die mit der Jungfrau sprachen und mit Christus tranken … frei von der Welt, von Krankheit und Leid, von Liebe und Sorge und brennenden Herzen. Tatsächlich träumte er auch, daß er durch die verschiedenen Räume in seiner Kathedrale der Erinnerung wanderte, aber sie waren dunkel und leer, jeder einzelne, bis auf einen Kuppelsaal, von Kerzen erleuchtet, in dem ein Sarkophag stand – sein eigener Sarkophag. Dort lag er tot, zu feuchter Asche verwest. Aber er hatte eine Offenbarung, bei der es ihn eiskalt überlief: Er war auferstanden wie Christus, und doch war er so leer wie ein Kürbis im Winter. Er träumte, er treibe in einem weißen Meer; die Wellen waren wallende Tücher, die wogenden Massen des Ozeans eine Matratze.

Er schrak hoch, würgend und mit den Armen um sich schlagend wie ein Ertrinkender. Es war dunkel. Eine einzelne Lampe glomm wie das Auge eines Tieres und verströmte einen öligen Geruch, der sich mit seinem eigenen Fiebergestank vermischte. In einem Wandhalter vor schweren Teppichen brannte eine Kerze.

Amerigo de' Benci stand vor dem wuchtigen Vierpfostenbett, ausgemergelt wie ein Geist. Sein mildes, aber angespanntes Gesicht zeigte die edlen Züge, die in Ginevra zur Vollkommenheit gelangt waren: die Augen unter den schweren Lidern, die vollen Lippen, das lockige Haar, die lange, etwas flache Nase. Er seufzte erleichtert und sagte: »Ich danke dir, Herr Jesus.« Dann bekreuzigte er sich.

»Ich habe Durst«, sagte Leonardo mit erstickter Stimme.

Amerigo goß ein wenig Wasser aus einem Krug, der auf dem Waschtisch neben der Schüssel stand. »Jetzt wird es Euch bald besser gehen, nachdem Euch der Schweiß ausgebrochen ist. Das hat der Arzt gesagt.«

Leonardo trank das Wasser und fragte dann: »Wie lange war ich hier?«

»Mehr als vierzehn Tage«, sagte Amerigo und nahm ihm den Becher ab. »Ich werde Euren Freund Botticelli und den jungen Machiavelli rufen; sie sitzen unten in der Küche und essen. Sie haben die ganze Zeit, während Ihr im Fieber lagt, an Eurem Bett gesessen.«

»Ich wäre Euch dankbar, wenn Ihr sie rufen würdet, denn ich möchte nicht hierbleiben«, flüsterte Leonardo. Mühsam versuchte er sich aufzurichten, aber gleich verließen ihn die Kräfte, und ihm wurde schwindlig.

»Ihr wart sehr krank ... Wir haben uns große Sorgen gemacht, Leonardo.« Amerigo blieb vor ihm stehen, als dränge es ihn zu einem Gespräch; er wollte nicht gehen. »Euer Vater hat nach Euch gefragt.«

»War er hier?« Leonardo war überrascht.

»Nein – aber er wurde auch in Geschäften des *podesta* nach Pisa gerufen. Man rechnet bald mit seiner Rückkehr.«

Leonardo sagte nichts.

»Leonardo, es war ganz allein meine Schuld«, sagte Amerigo.

»Genug, Amerigo. Es ist nie jemandes Schuld – ganz allein.«

»Aber ich will nicht, daß Ihr Ginevra Vorwürfe macht. Sie hat mich angefleht, sie mit Euch zu verheiraten, nicht mit Nicolini.«

»Sie hätte sich weigern können.«

»Ich bin ihr Vater.«

Erschöpft wandte Leonardo sich ab. Erst da sagte Amerigo: »Nein, Leonardo, ich fürchte, sie hatte keine andere Wahl.«

Leonardo schaute in die Waschschüssel neben seinem Bett: Die Narbe in seinem Gesicht war immer noch ein roter Wulst, ein Stigma seiner Torheit. Er hörte den gedämpften Schlag von Hammer und Meißel; in Verrocchios *bottega* wurde geschäftig gearbeitet. Francesco, der Aufseher, arbeitete in Schichten mit den Lehrlingen, und Andrea selbst eilte zu allen Zeiten umher und schien überhaupt niemals zu schlafen. Es gab zuviel zu tun; seine zahlreichen Aufträge waren ebenso überfällig wie seine unbezahlten Rechnungen. Übermüdet und staubbedeckt, sah er eher aus wie ein Arbeiter im Steinbruch denn wie der Meister einer großen *bottega*.

Und die kommenden Tage und Wochen versprachen noch turbulenter zu werden, denn Andrea hatte drei neue Schüler aufgenommen, und Lorenzo hatte einen weiteren Auftrag erteilt: Er wollte ein Terrakotta-Relief mit einer Auferstehungsszene.

Niccolò behauptete natürlich, die Schüler seien völlig unbegabt. »Und nicht mal die Katzen sind vor ihnen sicher«, erzählte er Leonardo. »Sie haben Bianca gefangen – die kleine graue – und sie die Treppe hinuntergeworfen.«

»Ist der Katze etwas geschehen?«

»Nein, aber darum geht es nicht.«

Leonardo rührte durch das Wasser und fuhr sich dann mit den nassen Händen durchs Haar; er ertrug seinen eigenen Anblick nicht. Wenn er die Arme hob, hatte er immer noch Schmerzen, denn dabei spannte sich die Wunde auf seinem Rücken. »Nicco, wieso bist du denn so aufgebracht. Es sind doch Kinder; ich bin sicher, Signore Francesco wird ihren müßigen Händen bald genug Arbeit geben.«

Niccolò zuckte die Achseln.

»Befürchtest du, man könnte dich zurückschicken, weil sie jetzt hier sind?« fragte Leonardo.

»Es sind drei Mäuler mehr, die gefüttert werden müssen«, sagte Niccolò.

»Maestro Toscanelli schickt Andrea mehr Geld, als nötig ist, um Kost und Logis für dich zu bezahlen. Ich versichere dir ... du bist ganz ungefährdet.«

»Du hast diesmal mehr gelitten als damals, als du vom Himmel gefallen bist«, stellte Niccolò unvermittelt fest.

»Du meinst jetzt, als ich in Ungnade gefallen bin?« murmelte Leonardo, aber Niccolò schien seine ironische Bemerkung nicht zu verstehen.

»Dein Gesicht läßt sich wiederherstellen. Ich habe mich erkundigt.«

»Was du nicht sagst«, antwortete Leonardo ziemlich bissig.

»Ja«, sagte Niccolò. »Es gibt einen Chirurgen, einen Juden, der in der Nähe von San Jacopo oltr' Arno wohnt; er kann alle möglichen Verunstaltungen beheben. Er kann Wunder wirken. Er formt das Fleisch, als wäre es Ton.«

»Und wie stellt er es an, diese Wunder zu wirken?«

Niccolò zuckte die Achseln. »Sein Schüler hat mir erzählt, er sei als Junge zu diesem Chirurgen gebracht worden, weil ihm ein Stück Nase gefehlt habe. Er war mit dieser Deformierung auf die Welt gekommen, scheint es, und jedermann hatte Mitleid mit ihm, weil er aussah wie ein Ungeheuer.«

»Niccolò ...«

»Es gelang ihm, eine neue Nase zu formen, indem er dem Jungen den Oberarm aufschnitt und das Gesicht mit der Nase in die Wunde drückte. Dann band er den Jungen fest, so daß er den Kopf nicht bewegen konnte, und so mußte der Junge zwanzig Tage bleiben. Als er danach die Nase des Jungen wieder vom Arm trennte, hing ein wenig Fleisch daran. Sodann formte er die Nasenlöcher des Knaben derart geschickt, daß niemand sagen konnte, wo alles zusammengefügt war. Im Vergleich dazu, Leonardo, wäre es ein Kinderspiel, deine Narbe zu beseitigen.«

»Woher weißt du von diesem Chirurgen?« fragte Leonardo interessiert. Von einer solchen Operationstechnik hatte er noch nie gehört.

»Maestro Toscanelli hat mich einmal mit einer Besorgung zu ihm geschickt. Er heißt Isaac Brancas. Ich weiß noch, wo er wohnt; ich kann ...«

»Du wirst gar nichts tun«, sagte Leonardo scharf. »Mein Gesicht wird heilen, wie es will.«

»Aber Leonardo ...«

»Und wenn es eine Narbe gibt, dann soll es so sein. Das wird mich daran erinnern, mich in Zukunft nicht wieder aufzuführen wie ein dummer Esel.« Leonardo rieb sich nachdenklich die Stirn; die Haut fühlte sich taub an, fremd und kalt. Genauso war sein Pneuma geworden, seine Seele: kalt wie das wolkige, übelriechende Wasser vor ihm. Aber wenn die Kälte in seinem Herzen und in seinen Adern auch kein Heilmittel gegen die Krankheit seiner Seele war, so unterdrückte sie doch wirkungsvoll allen Schmerz.

Und so verschloß er sich der Erinnerung.

»Hat Sandro nicht gesagt, wir sollten ohne ihn gehen, wenn er bis jetzt nicht da ist?« fragte er den Jungen. Das Marzocco-Fest hatte begonnen; auf dem Markt würde es von Menschen wimmeln. »Aber seine erste Pflicht gilt heute Il Magnifico, der ihn wahrscheinlich brauchte.«

Niccolò musterte Leonardo einen Moment lang. »Meinst du das ernst?« fragte er dann. »Würdest du ohne ihn auch gehen?«

»Du meinst, würde ich auch mit dir allein gehen? Natürlich, Nicco. Du bist mir als Freund ebenso teuer wie Sandro. Du bist wie ein Sohn. Habe ich dich in den letzten Tagen denn so schlecht behandelt?«

»Nein«, antwortete Niccolò hastig und machte ein verlegenes Gesicht.

»Doch, das habe ich«, sagte Leonardo. »Aber das ist Vergangenheit. Ich verspreche dir, heute wirst du im Mittelpunkt meiner Aufmerksamkeit stehen. Wir werden die wildesten Bestien attackieren und unser Leben aufs Spiel setzen.«

Niccolò nickte. »Sind schon so viele Leute beim Marzocco gestorben?«

»Es reicht«, sagte Leonardo. »Wenn du es dir anders überlegen möchtest, will ich dich gern ...«

»Nein, ich will hingehen.«

»Dann nehme ich dich mit. Aber ich weiß aus Erfahrung, daß es eine ziemliche Verantwortung sein kann, dich vor wilden Tieren zu beschützen.« Leonardo mußte lächeln, als er diese verschleierte Anspielung auf Niccolòs Vorliebe für Kellnerinnen, Huren und Küchenmägde machte.

Niccolò lachte. Dann straffte sich seine Miene. »Du hast allen deinen Freunden große Angst eingejagt, Leonardo. Wir machen uns Sorgen um dich.«

»Ich komme schon wieder auf die Beine«, sagte Leonardo.

»Sandro meint, du hast dich ...«

»Was, Nicco?«

»Vergiftet, genau wie er sich mit Simonetta vergiftet hatte.«

»Und du, Nicco, meinst du das auch?«

»Nein, ich glaube nicht«, sagte Niccolò.

»Warum nicht?«

»Weil du zu ... wütend bist.«

Leonardo dachte an Simonetta, als er mit Niccolò zum Marktplatz wanderte, vorbei am Rand des jüdischen Ghettos und am Palast des Erzbischofs. Er hatte sofort versucht, sie zu besuchen, als seine Kräfte zurückgekehrt waren, aber er war höflich abgewiesen worden; der junge Diener Luca hatte ihm gesagt, sie schlafe, und ohnehin sei sie zu schwach, um Besuch zu empfangen. Aber Leonardo wußte, daß sie Sandro vorgelassen hatte. Ihre

Krankheit verzehrte Sandros Kräfte, die, wie Leonardo zu seiner Überraschung festgestellt hatte, beträchtlich waren.

Aber seinen Freund würde er bald sehen; und Leonardo nahm sich vor, ihm all seine Hilfe anzubieten.

Aber das verschleierte nur seine bange Sorge um Simonetta. Sie war sein Spiegel; nur ihr hatte er sich vollständig offenbart. Und auch wenn sie einander nicht oft gesehen hatten, konnte er den Gedanken, sie zu verlieren, nicht ertragen.

Nicht jetzt, nicht nach Ginevra...

Sie näherten sich dem Mercato Vecchio, und die Straßen waren jetzt so voll, daß sie auf Seitengassen ausweichen mußten. Selbst heute standen die Höker hinter ihren zusammenklappbaren Ständen und boten Fleisch, Geflügel, Obst und Gemüse feil. Ihre Schilder waren mit roh gemalten Kreuzen verziert. Ein Händler rupfte lebende Hühner. Neben ihm war eine dicke, beinahe kahlköpfige Frau damit beschäftigt, die Vögel am Spieß über einem fettig qualmenden Feuer zu braten und sie zusammen mit Bries, Bohnen und Honigbrot über die behelfsmäßige Theke hinweg zu verkaufen. Sträußchen von Petersilie, Rosmarin, Basilikum und Fenchel erfüllten die kotbedeckten Straßen mit ihrem Duft. Lebende Vögel, Katzen und Kaninchen wurden in Käfigen zum Kauf angeboten; ein Händler hatte mehrere Wölfe, für die er einen exorbitanten Preis forderte. Gleichwohl konnte er damit rechnen, sie zu verkaufen, denn es würde immer Leute geben, denen daran gelegen war, den Ersten Bürger nachzuäffen und öffentliche *virtu* zu gewinnen, indem sie ihre eigenen Tiere aufeinanderhetzten. In einer anderen Straße wurden verschiedene fromme Gegenstände und allerlei Tierfiguren, vor allem Wappenlöwen, ausgestellt; sie waren aus Stein gehauen, aus Holz geschnitzt oder aus Gold oder Silber gemacht. Die stets umsichtigen Goldschmiede waren auch da; sie hatten Soldaten in ihren Dienst genommen, die sie und ihre Ware bewachen sollten.

Leonardo und Niccolò suchten sich ihren Weg durch das Labyrinth von Piazzen und Gassen. Häuser, erbaut aus den Überresten der Türme, die einst vornehmen Kriegsfürsten gehört hatten, ragten in die Höhe wie Gefängnismauern und verdeckten fast die Sonne.

Sie hörten die Schreie der Bürger und das Heulen der Tiere, noch bevor sie den zentralen Marktplatz erreichten. Leonardo nahm Niccolò bei der Hand, damit sie nicht voneinander getrennt wurden, und zusammen kämpften sie sich durch das Gedränge.

Endlich kamen sie am Rand des Mercato Vecchio an. Der Platz, an allen vier Ecken von einer Kirche umgrenzt, war zu einer Arena umgestaltet worden. Die Verkaufsstände waren hastig vernagelt worden, und man hatte große Tribünen errichtet; sie waren so hoch wie manche der alten Gebäude. Wimpel mit dem Zeichen des Marzocco oder mit dem Wappen und den *palle* der Medici flatterten an den höchsten Punkten dieser Gerüste und auch von Dächern und Türmen.

»Schau da«, schrie Niccolò, und sein Gesicht war rot vor Aufregung und Angst.

Die kreischende Menge teilte sich plötzlich. Leute rannten auf Leonardo und Niccolò zu. Die größten wilden Eber, die Leonardo je gesehen hatte, stürmten hinter ihnen her die Straße herunter. Die Tiere waren aus der Arena entkommen; sie standen unter der Aufsicht einer der Patronatsbruderschaften, der *armeggiatori*. Etwa fünfzehn livrierte Jünglinge liefen ihnen nach, um sie zur Strecke zu bringen. Wenn sie sie rasch erlegten, würde es ihnen vielleicht gelingen, die Schande zu mildern, die sie über sich und ihre Förderer gebracht hatten.

Aber die Eber waren in einer gefährlichen Raserei – halb verhungert, voller Angst – und hatten Schaum vor dem Maul.

Leonardo hielt Niccolò fest bei der Hand, und sie schoben und drängten sich an den Straßenrand. Jemand wollte Niccolò eine Ohrfeige verpassen, aber Leonardo fing den Schlag ab. »Ruhig bleiben, Nicco«, mahnte er – und dann wurden sie rückwärts geschoben, als brande der Gipfel einer Sturmwelle gegen sie an. Leonardo gelang es, stehenzubleiben und Niccolò in den Armen zu halten, damit der Junge nicht niedergetrampelt wurde.

»Leonardo, ich kann allein stehen«, rief Niccolò und versuchte über die Köpfe der vor ihm Stehenden hinwegzuspähen.

Wieder drängte die Menge heran, und sie ließen sich treiben. Ein Eber hatte einem etwa zehnjährigen Kind den Leib aufgerissen, bevor einer der *armeggiatori* die Bestie tödlich verwunden konnte. Immer wieder rannte das Tier gegen die Menge an, obwohl ihm schon ein Speer im Nacken steckte. Leonardo konnte einen kurzen Blick auf den Eber erhaschen, dessen Rachen weit aufgerissen war, mit Zähnen rot vom eigenen Blut. Der Eber schwang den mächtigen Schädel hin und her, während ein livrierter Junge auf ihn einstach. Das Grunzen klang so menschlich, daß es schon unheimlich war. Dann ging das Tier zu Boden; ein Stoßzahn brach ab, als das Maul auf die Pflastersteine der von den Römern angelegten Straße schlug. Ein zweiter Eber fiel; ein Jüngling mit gelblicher Haut schlitzte ihm die Kehle auf und sprang dann angeekelt zurück, als das Tier ihn mit Urin bespritzte und im Todeskampf Kot abließ. Die übrigen Eber, einer davon blutüberströmt, galoppierten vorüber, dicht gefolgt von den *armeggiatori*.

Dann waren Eber und *armeggiatori* verschwunden, als hätte die Straße sie verschluckt, und die unmittelbare Gefahr schien vorüber zu sein.

Die Kunde verbreitete sich in der Menge. Man hörte Freudenschreie. Als das zerfetzte Kind von zwei livrierten Jungen und seinem Vater, dessen Gesicht eine harte, schweißglänzende Maske des Schmerzes war, davongetragen wurde, wogte die Menge zurück zu der Orgie des Blutopfers auf dem Mercato Vecchio.

Niccolò hielt Leonardo fest, und sie ließen sich zur Arena und den Tribünen darüber schieben. Mit Lanzen bewaffnete Männer, geschützt in den beweglichen Holzschalen der »Schildkröten«, reizten die Bären, während Tiger und Leoparden losgemacht und aufeinandergehetzt wurden. Kadaver mit aufgerissenen Eingeweiden stanken in der Hitze der Arena. Ja, der Marktplatz war zu einem Leichenhaus geworden, und das ganze schreckliche Fest erinnerte an römische Zeiten. Siebzig oder achtzig Tiere streiften durch die Arena, beobachteten die Menge, witterten den berauschenden Duft des Blutes, umschlichen und töteten sich gegenseitig. An den Einmündungen der Straßen und Gassen hatte man Zäune errichtet, und das Loch, durch das die Eber entkommen waren, wurde bereits von zwei ängstlich dreinblickenden Arbeitern in den blaugoldenen Farben der Pazzi repariert.

»Es waren *armeggiatori* der Pazzi, die die Eber losgelassen haben«, sagte Niccolò. »Meinst du, das war ein Unfall?«

Leonardo zuckte die Achseln. »Wenn sie die Absicht gehabt hätten, in den Straßen zu jagen, dann hätten sie ein paar Mann vor den Ebern aufgestellt. Und du hast ja gesehen, daß der Zaun ein Loch hatte.«

»Vielleicht haben sie einfach entschieden, es zuzunageln. Aber Sandro wird sich bestimmt freuen.«

»Wie kommst du darauf?« fragte Leonardo.

»Weil die Unehre die Pazzi trifft«, sagte Niccolò. »Hast du denn nicht gehört, was los ist?«

»Leider nicht.«

»Pazzi und Medici prügeln sich auf offener Straße. Der Ärger wird immer schlimmer.«

Tatsächlich war Leonardo für die Welt verloren gewesen. »Inwiefern?« fragte er voller Unbehagen.

»Die Heilige Kirche steht auf Seiten der Pazzi. Aber Sandro sagt, Lorenzo ist für all das blind.« Niccolò sah so niedergeschmettert aus, daß Leonardo ihm den Arm um die Schultern legte. Er war wirklich noch ein Knabe, auch wenn er sich bisweilen auf täuschende Weise wie ein Mann zu benehmen wußte. Jetzt betrachtete er fasziniert ein riesiges, zottiges Tier, das unbeirrt dastand und den Kopf drohend zu allen herumschwenkte, die sich heranwagen wollten.

»Was ist das?« fragte Niccolò.

»Ein Büffel«, sagte Leonardo, und traurig sah er die abgeschlachteten Tiere, von denen die Arena übersät war wie von achtlos verstreutem Abfall. Wenn er ein paar dieser Kadaver bekommen könnte, um sie zu sezieren und zu studieren, wäre die Verschwendung nicht ganz so groß. Aber es war gefährlich, dort herumzutrödeln, denn die Massen schrien nach neuen Schauspielen, neuen Vorführungen, und höchstwahrscheinlich würde man gleich Eber oder Tiger freilassen und sie durch die Straßen hetzen. Dies würde dem Volk neue, willkommene Schauder liefern. Leonardo schaute sich in dem behelfsmäßigen Stadion um: Vielleicht dreißigtausend Menschen waren hier, um die Blutorgien mitanzusehen. Geradeaus vor ihm, jenseits des freien Platzes, stand die Tribüne der Medici. Sie sah aus wie eine Burg; sogar Gräben – ohne Wasser – umgaben sie, und man sah Erkertürme und nachgeahmte Wehrgänge. Dutzende von Wimpeln – rote *palles* und *fleurs-de-lis* auf einem goldenen Hintergund – hingen schlaff von den Bastionen. Die Luft war still und schwer und ließ den fauligen Gestank von Schweiß und Tod nicht weichen.

»Komm, Nicco«, sagte Leonardo. »Rasch. Hier werden wir nicht sicher sein.«

Zusammen mußten sie außen um die Arena herumgehen. Es gab so manches Gedränge und gelegentliche Gerangel, aber Leonardo ließ Niccolò nicht los. »Schau da«, sagte Niccolò und zeigte zur gegenüberliegenden Ecke der Arena. Ein Offizier der *podesta* hatte eben das Zeichen gegeben, die Löwen aus ihrem großen, verschlossenen Käfig freizulassen. Mehrere Löwinnen tappten mißtrauisch umher und schützten ihre Jungen, die noch das fleckige Fell hatten, mit dem sie zur Welt gekommen waren. Die Männchen folgten ihnen; ihre üppigen Mähnen waren fast schwarz im Gegensatz zu ihren geschmeidigen, lohfarbenen Körpern. Mehrere Männer in »Schildkröten« blieben auf Distanz; sie zeigten sich eher wachsam als aufstachelnd, um keinem der Jungen ein Haar zu krümmen.

Die Menge jubelte.

»Komm weiter«, sagte Leonardo.

»Hast du die Kleinen gesehen?« fragte Niccolò.

»Ja«, sagte Leonardo, »aber wenn denen etwas passiert, dann wird das höllisches Unglück bringen.«

»Dann glaubst du also doch an Omen, Leonardo.«

»Nein, Nicco, aber ich glaube an abergläubische Leute; wenn sie glauben, daß ein Unheil über sie kommen wird, dann werden sie nicht Ruhe geben, bis es gekommen ist.«

»Ich glaube, das ist dasselbe«, sagte Niccolò.

Leonardo lachte wider Willen. Aber das Lachen klang ihm fremd und hohl in den Ohren. Und doch fühlte er große Lebenskraft, als könnten Haut und Sehnen den Sturm, der in ihm losbrach, kaum im Zaume halten. Er hörte das sanfte Tosen in seinen Ohren, das gleiche Tosen, das er schon als Kind gehört hatte, wenn er geweint hatte.

»Da«, sagte Niccolò und schien äußerst stolz auf sich zu sein. »Du siehst, Leonardo, es ist möglich, zu lachen.«

»Das ist es in der Tat.« Leonardo zwang sich zu einem Lächeln und legte dem Jungen den Arm um die Schultern. Er fühlte sich plötzlich benommen und irgendwie erleichtert. Aber zugleich war ihm auch die Anspannung in seinen Gliedern bewußt, die Schmetterlinge, die mit ihren hauchzarten Flügeln in seinem Magen herumflatterten, denn es war gerade diese Anspannung, die ihn vor seinem Schmerz beschützte.

»Du mußt versuchen, wie früher zu sein«, sagte Niccolò. »Das ist der Leonardo, den jedermann liebt.«

»Und du?« fragte Leonardo.

»Was meinst du?«

»Liebst du auch nur den alten Leonardo und nicht den, der ich jetzt bin?« Als er sah, daß Niccolò ernsthaft verwirrt war, fügte Leonardo hinzu: »Es tut mir leid, Nicco. Aber der alte Leonardo ist für immer dahin.«

»Dann wirst du ganz von vorn lernen müssen, wie man lacht.«

»Der alte Niccolò ist auch nicht mehr da«, sagte Leonardo.

Niccolò schaute ihn fragend an und blieb mitten im Gedränge stehen. Leonardo zog ihn weiter.

»Seit ich krank war, scheint mir, bist du ein Mann geworden. Würdest du jetzt lieber wieder ein Kind werden?«

»Nein, Leonardo«, sagte Niccolò. »Aber ich kann nichts machen – du fehlst mir.«

»Ich bin doch hier bei dir.«

Aber Niccolò antwortete nicht. Er strebte der Bretterfestung der Medici entgegen, die jetzt vor ihnen stand. Soldaten in den Farben der Medici mit Federhelmen versperrten den einzigen Zugang zu den aufsteigenden Bankreihen, von denen aus man den ganzen Marktplatz würde überblicken können.

»Da bist du ja«, schrie Zoroastro da Peretola und beugte sich über die Brüstung eines hölzernen Turmes. »Antonio«, rief er einem von der Wache unten zu, »Maestro Leonardo und sein Freund sind hier. Bringt sie unverzüglich herein. Ich komme sofort herunter.« Der Soldat blinzelte, und dann schien er Leonardo zu erkennen und führte ihn und den Jungen in das nachgebaute Kastell. Die Galerien über ihnen waren bis zum letzten Platz gefüllt mit Freunden, Gefolgsleuten und Mitläufern der Medici. Der Lärm klang wie das Tosen des Meeres, und Leonardo und Niccolò mußten beiseite springen, um sich vor einem Strom von herabfließendem Urin in Sicherheit zu bringen.

»Ist man denn nirgends besser geschützt?« fragte Leonardo den Soldaten und spähte durch die Reihen nach oben. Er sah tausend Beine und Füße; Papierfetzen und Brosamen rieselten wie Manna aus einem unheiligen Himmel.

»Man muß bloß 'n bißchen aufpassen«, sagte der Mann.

»Ich will nach oben«, sagte Niccolò mit weinerlicher Stimme.

Von seiner Warte aus konnte Leonardo einen Teil der Arena überblicken. Ein Wolf schien ihn anzustarren, aber im nächsten Augenblick war er verschwunden. Das Gesichtsfeld war schmal, und die wallenden Staubwolken ließen die Augen brennen. »Wir warten nur noch einen Moment auf Zoroastro.«

»Er hätte uns auf den Turm bringen lassen können«, murrte Niccolò. »Dann könnten wir sehen, was los ist.«

Eine Löwin brüllte, aber im Lärm der Menge hörte man es kaum. Dann kam sie in Sicht. Sie schleifte einen zappelnden Wolf am Genick mit sich; vielleicht war es der, den Leonardo eben gesehen hatte. Ein Männchen mit voller Mähne kam zu ihr, und dann zwei Junge, die sich über den Wolf hermachten. »Da, Niccolò, kannst du das sehen?«

Aber Niccolò wandte sich ab; er war bleich.

»Leonardo«, rief Zoroastro; er kam heran. Er trug ein mit Farbstreifen abgesetztes Wams, die Uniform des Stutzers. Sein Gesicht war gelblich und glänzte von Fett oder Schweiß.

»Wie bist du an eine Einladung gekommen?« fragte Leonardo mit einer kurzen Geste auf die Burg.

»Ich bin schließlich ein Medici.« Zoroastro tat gekränkt.

»Ich will dir dein Geburtsrecht nicht bestreiten«, sagte Leonardo. War es denn möglich, daß irgend jemand in der Familie Medici tatsächlich glaubte, Zoroastro sei durch die Familie Rucellai mit ihnen verwandt?

»Vielen Dank. Aber ...«

»Wo ist Sandro?« fragte Leonardo. »Ist er oben bei Lorenzo?«

»Nein, Leonardo. Il Magnifico hat mich gebeten, auf dich zu warten und dir eine Nachricht zu übergeben.«

»Il Magnifico?«

»Na, Sandro, von mir aus. Jedenfalls wurde ich gebeten, dich zu Madonna Simonettas *palazzo* zu begleiten. Sie ist krank.«

Leonardo wollte es das Herz brechen, aber er behielt seine Fassung. »Niccolò, du kannst mit Zoroastro hierbleiben, wenn du willst.«

»Aber ich soll dich begleiten«, beharrte Zoroastro.

»Ich möchte mitkommen, Leonardo.« Niccolò schob sich näher an seinen Meister.

Leonardo nickte und wandte sich an Zoroastro. »Ich möchte dich um einen Gefallen bitten.«

»Ja?«

»Sandro hatte den Gedanken, daß ich vielleicht ein paar Kadaver bekommen könnte.« Leonardo deutete in die Arena.

»Ah, Niccolò hat mir ja erzählt, daß du *autophaneia* praktizierst ...«

Leonardo warf Niccolò einen bösen Blick zu. »Ich brauche die Kadaver nur zum Sezieren, Zoroastro. Um sie zu studieren. Wissenschaft, keine Magie.«

Zoroastro machte ein enttäuschtes Gesicht. »Ich werde veranlassen, daß ein paar Exemplare für dich gesammelt werden.«

»Das wird aber nicht passieren, wenn du es nicht selbst beaufsichtigst«, sagte Leonardo.

»Ich soll mit dir kommen.« Zoroastro ließ sich nicht abweisen.

»Deine Anwesenheit könnte Il Magnifico unangenehm sein. Es ist keine gute Idee, zumal es scheint, als sei er dir zugetan.«

»Das ist er natürlich«, sagte Zoroastro aufgeblasen.

»Wirst du mir diesen Gefallen dann tun?«

»Anscheinend bleibt mir nichts anderes übrig. Aber wie kommt es, daß deine Anwesenheit dem Ersten Bürger nicht unangenehm ist?«

Leonardo gab keine Antwort; er winkte dem Freund zum Abschied zu, nahm Niccolò beim Arm und verließ die Tribüne der Medici.

Als der Mercato Vecchio ein gutes Stück weit hinter ihnen lag, fanden sie die von Abfall übersäten Straßen und gewundenen Gassen verlassen.

»Ist dir nicht wohl, Leonardo?« fragte Niccolò. »Du bist so blaß.«

»Mir fehlt nichts, Nicco«, sagte Leonardo.

»Wir können haltmachen und ausruhen.« Niccolò deutete auf einen *arco da bottega*, der zwei hohe Türme miteinander verband; zwei Steinbänke standen in dem schmalen, schattigen Durchgang unter dem Bogen.

»Nein, danke.«

Leonardo spürte, daß er keine Zeit zu verlieren hatte.

Plötzlich brüllte es hinter ihnen auf, als habe sich der Arno in die Höhe erhoben und auf Florenz herabgestürzt: eine Flutwelle aus menschlichen Schreien.

Erschrocken fuhr Niccolò herum, aber Leonardo schüttelte nur den Kopf.

»Was war das?« fragte Niccolò.

»Vielleicht wird Zoroastro mir doch noch einen Löwen besorgen können«, murmelte Leonardo, und gleich darauf fuhr er fort: »Ich schätze, daß ein *marzocco* getötet worden ist – oder mehrere.«

»Das wäre ein sehr schlechtes Omen.«

»Ja, Nicco, ein sehr schlechtes Omen ...«

»Ich dachte, du glaubst nicht an solche Dinge.«

Leonardo antwortete nicht; seine Gedanken waren bei Simonetta.

Il Magnifico und sein Gefolge standen unruhig vor Simonettas Schlafgemach, als wären sie entschlossen, einem mörderischen, unversöhnlichen Besucher den Weg zu versperren: dem Tod. Durch eine Reihe hoher Glasfenster schimmerte mattes Licht in den offenen Flur, der eine Art *chambre de galeries* bildete, und die tanzenden Stäubchen in der Luft waren ein Abbild der Unruhe, die Simonettas betrübte Liebhaber und Bewunderer erfaßt hatte. Pico della Mirandola war da, Angelo Poliziano, Giuliano, Sandro, der Dichter und Satiriker Luigi Pulci, einer von Lorenzos Günstlingen. Gruppen von Schmeichlern, Freunden und Verwandten sprachen in gedämpftem Ton miteinander, und einige weinten. Kurtisanen, Philosophen, Dichter und Matronen standen beieinander im stickigen, heißen Flur.

Ein prachtvoll gekleideter Priester bewachte die Tür zu Simonettas Zimmer wie ein Zerberus im Gewande: einer von Lorenzos eigenen Gefährten der Nacht. Er betete und befingerte dabei nervös die schwarzen und roten Perlen seines Rosenkranzes. Seine Lippen bewegten sich, und seine grauen Augen blickten scheinbar ins Leere. Vielleicht zählte er die Wunden Christi, oder er malte sich die huldvollen Zuwendungen aus, die er von Il Magnifico möglicherweise zu erwarten hatte. Aber als Leonardo den Flur betrat, schaute er ihn an und erkannte ihn.

Leonardo erblickte den Priester und wandte sich beschämt ab: Es war der Hauptmann, der ihn verhaftet hatte.

Leonardo verneigte sich vor Lorenzo, aber der Erste Bürger kehrte ihm den Rücken zu, als sei er verärgert. Leonardos Beklommenheit und Unbehagen wurden noch größer. Er war befangen und fühlte sich bloßgestellt.

Sandro hatte Erbarmen und kam heran. Er klopfte Niccolò auf die Schulter, umarmte Leonardo und flüsterte: »Es sieht sehr schlecht aus, mein Freund.« Seine Stimme zitterte hörbar, und er sah zerbrechlich aus, als habe der Tod nicht nur nach Simonetta, sondern auch nach ihm gegriffen. »Simonetta ist …« Aber er konnte nicht weitersprechen.

Leonardo konnte nur nicken, als habe Sandro ihm bereits alles gesagt. Als er seine Fassung wiedergefunden hatte, führte Sandro ihn abseits, damit sie sich ungestört unterhalten konnten.

Niccolò blieb dicht neben seinem Meister.

»Der Arzt ist jetzt bei ihr«, sagte Sandro. »Er erlaubt nicht, daß mehr als eine Person zu ihr kommt. Jetzt behandelt er sie mit *Agnus Scythicus*. Das ist unsere letzte Hoffnung. Die medizinische Heilkraft soll wunderbar sein.«

»Wie beim Horn des Einhorns … und genauso teuer ist es auch«, sagte Niccolò.

»Ja, sehr teuer«, sagte Sandro.

»Sandro, warum hat Il Magnifico sich von mir abgewandt?« fragte Leonardo. Er bemühte sich, seine Beklommenheit zu verbergen.

»Ich habe es auch gesehen. Aber ich weiß den Grund nicht. Vielleicht hat Simonetta ihm etwas gesagt.«

»Vielleicht«, sagte Leonardo. »Aber du, mein Freund – hältst du durch?«

»Ich bin stärker, als du mir zutraust.«

»Ganz und gar nicht, Sandro. Ich glaube, daß du große Reserven besitzt.«

»Du glaubst, weil ich von Simonettas *vita nova* infiziert wurde … weil ein Exorzismus an mir vorgenommen werden mußte …«

»Fäßchen …«

»Aber der Geist floß aus ihren Augen, aus ihrem Mund, wie flüssige Perlen, wie Rauch von duftenden Spänen …«

»Fasse dich, Sandro!« Leonardo nahm seine Hand und hielt sie fest, wie um ihn zu stützen. Die Tränen liefen Sandro aus den Augen; er wischte sie ungeduldig ab und grinste Leonardo an. »Ich bin ein schlechtes Beispiel.«

»Aber ein guter Freund.«

»Wichtiger wäre es für mich, ihr Geliebter zu sein«, flüsterte Sandro.

»Aber das bist du doch.«

»Ich glaube, sie war eine gute Freundin, Leonardo, die sich mir widmete, wie ein Arzt sich seinem Patienten widmet.«

»Man kann sich wahrlich glücklich preisen, wenn man einen solchen Arzt hat«, sagte Leonardo.

Sandro nickte und lächelte. »Genug davon. Vielleicht bin ich zu hart gegen mich selbst. Aber ich kann es nicht ertragen, wenn sie stirbt, Leonardo. Ich kann es einfach nicht …« Er schlug die Hände vors Gesicht, preßte sie dagegen, als wolle er den Knochen zermalmen. Leonardo nahm ihn in den Arm und zog ihn zur Wand, damit man ihn nicht beobachten konnte. Dort hielt er ihn wie ein Kind, bis er nicht mehr schluchzte und wieder regelmäßig atmete.

Als Sandro sich gefaßt hatte, löste er sich von Leonardo.

Die Tür zu Simonettas Schlafgemach öffnete sich, und der Arzt kam in den Flur heraus. Lorenzo und Pico della Mirandola, der das weiße Gewand des Theurgen trug, gingen ihm entgegen. Sie besprachen sich, und dann ging Lorenzo zu Simonetta hinein. Einen Augenblick später kam er wieder heraus und winkte Sandro hinein. Und wieder wandte Il Magnifico Leonardo den Rücken zu.

Als Sandro die Tür hinter sich geschlossen hatte, sagte Niccolò: »Vielleicht sollten wir Il Magnifico unser Beileid aussprechen.«

Erschrocken fauchte Leonardo: »Madonna ist noch nicht tot. Hast du es so eilig, daß du selbst den Tod nicht erwarten kannst?«

»Verzeih, Leonardo, es war nicht böse gemeint. Ich dachte nur, wenn du mit ihm sprichst, wird er aufhören, dich so finster anzuschauen.«

Aber Leonardo starrte die geschlossene Tür an, und er dachte an Sandro – Sandro, der zusammenbrechen würde, wenn er Simonetta nicht mehr hätte.

Ja, wie werden wir leben ohne dich, Simonetta?
Wer wird uns lieben?
Wer wird sich unsere Geheimnisse anhören?
Wer wird jetzt die Welt zu uns bringen?
Ich liebe dich, meine Schwester.

Als Sandro wieder herauskam, sah er aus, als habe er das Antlitz der heiligen Maria geschaut. Noch im Untergang wirkte er verzückt, als könne sein Schmerz die Magd der Ekstase sein. Er kam geradewegs auf Leonardo zu und teilte ihm mit, Simonetta wünsche ihn zu sehen.

»Sandro, was ist passiert?« fragte Leonardo.

Aber Sandro antwortete nicht. Seine Augen schwammen in Tränen.

Leonardo betrat das Krankenzimmer. Der erstickende, widerlich süße Geruch des Todes schlug ihm entgegen. Aber Simonetta saß aufrecht in ihrem großen Vierpfostenbett. Ihre Kissen waren naß vom Schweiß, und die Bettdecke ebenfalls. Sie hielt einen Rosenkranz und ein Schweißtuch aus dunkelrotem Linnen in den gefalteten Händen. Sie hatte gehustet. Die Farbe des Tuches verbarg zwar die feuchten Blutflecken, aber auf einem ihrer Finger sah er rote Speichelspritzer. Sie sah ihm lächelnd entgegen und winkte ihm, die Tür zu schließen.

Er gehorchte.

»Komm, Leonardo, und setze dich zu mir«, sagte sie. »Lorenzo hat darauf bestanden, daß der Arzt mir dieses Farnkraut aus Arabien verordnet. Als könnten mich Arznei oder Zauberamulett noch von der Ewigkeit fernhalten.« Sie deutete auf einen Trank in einem Becher auf dem Tisch neben dem Bett. Daneben stand ein verfärbter Mörser mit einem Stößel. »Jetzt wird mich auch noch eine tödliche Übelkeit befallen, während mich schon die Engel rufen.« Sie lächelte, schloß die Augen und erschauerte.

Leonardo erschrak.

»Keine Sorge, mein lieber Freund«, sagte sie und sah ihn wieder an. »Ich bin noch nicht bereit.«

Leonardo setzte sich auf das Podest, auf dem das Bett stand, aber Simonetta streckte die Hand aus und bestand darauf, daß er sich zu ihr lege. Sie trug nur ein Nachthemd aus weißem Damast mit einem Besatz aus Goldbrokat, und ihr langes blondes Haar war gekämmt, gelockt und mit Perlen verflochten. Ihr liebreizendes Gesicht war ausgemergelt, verwüstet von der Krankheit, die ihr das Leben nahm, und die gesund wirkende Röte ihrer Wangen war unecht, denn sie kam vom Fieber.

Aber was ihn erschreckte, waren ihre Augen. Sie glühten heiß wie das Feuer selbst; in ihnen spiegelte sich die brennende Seele, die sie belebte.

»Aber sie sind hier«, sagte Simonetta und strich mit dem Finger über die Narbe an seiner Stirn.

»Wer?« fragte Leonardo.

»Nun, die Engel. Höhere Wesen. Kannst du sie nicht sehen?«

»Nein, Madonna.«

»Schade, denn sie sind schön wie du, Leonardo. Armer Leonardo.« Sie schaute ihn an und hörte nicht auf, sein Gesicht zu liebkosen. »Sandro hat mir alles erzählt, und Ginevra ebenfalls.«

»Ja?« Leonardo war erschrocken. »Was hat sie gesagt?«

»Ich habe versucht, ihr zu helfen, aber es ließ sich nichts machen. Messer Nicolini hat gewonnen. Er ist schlau und gefährlich. Er hätte die Familie Benci in einem Ehrenstreit vernichtet. Selbst wenn es ihn seine eigene Ehre gekostet hätte. Ich habe mit Lorenzo über ihn gesprochen.«

»Und was hat Lorenzo gesagt?«

»Lorenzo will die Pazzi nicht aufstören, und Nicolini ist mit ihnen eng befreundet.« Sie seufzte. »Aber das ist mein Schwiegervater auch.« Sie verstummte und blickte wie entrückt starr geradeaus. Nach einer Weile sagte sie, fast wie zu sich selbst: »Ich habe Lorenzo gewarnt; ich habe ihm gesagt, daß Gefahr droht. Von den Pazzi. Ich war in ihrer Gesellschaft, und ich fürchte um ihn. Aber Lorenzo glaubt, daß jedermann ihn liebt. Er ist wie ein Kind. Leonardo?«

»Ja?«

»Komm näher zu mir.« Sie ließ sich im Bett heruntersinken und drehte sich zu ihm um.

»Madonna, was ist, wenn jemand hereinkommt?«

»Keine Angst. Selbst der Erste Bürger respektiert eine Sterbende.«

Er gehorchte ihrem Wunsch und legte sich zu ihr auf das Bett. Sie schmiegte sich an ihn, und legte ein Bein über ihn.

»Madonna ...«

»Leonardo, bedeute ich dir etwas?« Sie beobachtete ihn, und er spürte, wie sie zitterte.

»Du bist meine Schwester.«

»Und mehr nicht?«

»Ich liebe dich, Madonna.«

»Wie ich dich liebe, Leonardo. Würdest du mich liebkosen, noch im Tode? Um der Liebe willen?« Sie küßte ihn.

Ihr Atem war sauer, und sie roch nach Rosen.

Sie schlug ihr Nachtgewand hoch und entblößte sich; sie klammerte sich an ihn und zog ihn an sich, bis er glaubte, er müsse ersticken. Sie weinte leise. Dann ließ sie ihn los und betrachtete eindringlich sein Gesicht, als müsse sie sich jeden einzelnen Zug einprägen.

So würde sie sein Bild mit sich in die Höhere Welt nehmen.

Und Leonardo hielt sie im Arm, als sie hustete, und dann wischte er ihr das Blut von den Lippen und vom Kinn, von der Hand und von Lorenzos Ring.

»Leonardo«, flüsterte sie, zu schwach zum Sprechen, »du mußt auf Sandro achtgeben.«

»Du mußt dir keine Sorgen machen, Madonna.«

»Er wird besser zurechtkommen, als du dir vorstellst«, sagte sie.

»Was hast du ihm gesagt? Er wirkte so verändert, als er von dir kam.«

Sie lächelte. »Vielleicht hat er die Engel gesehen, die du nicht sehen kannst.« Sie wandte den Blick von ihm ab, als habe in der Tat ein Engel sich neben sie gesetzt.

»Vielleicht«, sagte er.

»Und, Leonardo ...« sagte sie bang.

»Ja, Madonna.«

»Versprich mir, daß du auch Lorenzo beschützen wirst, als wäre er dein eigen Fleisch und Blut.«

Verblüfft antwortete Leonardo: »Madonna, er spricht ja nicht einmal mehr mit mir. Ich fürchte, ich habe sein Mißfallen erregt.«

»Nein, Leonardo, nicht du hast sein Mißfallen erregt, sondern ich.«

»Niemals.«

»Ich habe ihm gesagt, daß du mein Geliebter warst«, sagte sie nüchtern und schaute an Leonardo vorbei. »Er hat mich gefragt, und ich konnte ihm die Wahrheit nicht vorenthalten. Wir haben einander versprochen, uns nie zu belügen.«

Leonardo holte tief Luft. »Das erklärt sein Verhalten. Er wird mir nie verzeihen, denn ich habe ihn verraten.«

»Er wird auch wieder milder gegen dich werden, Leonardo, das verspreche ich dir. Ich habe ihm gesagt, daß ich dich verführt habe.« Sie lachte leise. »Und ich habe ihm die Schuld daran gegeben.«

»Was?«

»Ich habe ihm gesagt, ich sei traurig, weil er sich nicht genug um mich kümmere. Ich habe ihm auch gesagt, ich wisse, daß er mit Bartolomea de' Nasi geschlafen habe. Jetzt glaubt er, ich hätte dich benutzt, um ihn zu kränken.«

»Und er zürnt dir nicht?«

»Das ist eben die göttliche Macht der Liebe, Leonardo«, sagte sie kokett. Als er in diesem Augenblick in ihr lebhaftes Gesicht schaute, konnte er sich nicht vorstellen, daß sie dem Tode nah sein sollte. Und in diesem Augenblick wagte er zu hoffen, daß sie wieder gesund werden möge.

»Aber du sagst doch, ihr hättet einander versprochen, euch nie zu belügen.«

»Es war nicht gelogen«, sagte sie.

Leonardo zog sich reflexhaft zurück.

Simonetta berührte seine Hand. »Aber das ändert nichts an meiner Liebe zu dir, Leonardo. Ich habe auch Ginevra von uns erzählt.«

»Warum denn das?« Leonardo war erschrocken und erzürnt.

»Nein, Leonardo, sieh mich nicht so an. Ich habe es getan, um ihr zu helfen, dich loszulassen. Nicolini hat ihr eine Falle gestellt, aus der sie sich nicht mehr befreien kann. Ich habe es nur aus Liebe getan, Leonardo. Alles andere wäre unmöglich für euch beide. Ich ...«

Simonettas Gesicht war plötzlich leer.

»Simonetta!« rief Leonardo voller Angst.

»Ja, Leonardo. Es tut mir leid, aber es fällt mir schwer, meine Gedanken am Abschweifen zu hindern ...«

»Du mußt wieder gesund werden. Ich kann es nicht ertragen, dich zu verlieren.«

Sie sah ihn traurig an. »Ginevra ist es, deren Verlust du nicht ertragen konntest, liebster Leonardo. Ich bin, wie du sagtest, nur deine Schwester.«

»Ich liebe dich.«

»Nicht, wie ich dich liebe«, sagte sie.

»Warum wolltest du mich dann nicht empfangen, selbst als Sandro dein Haus betreten durfte?«

»Hätte ich dich gesehen, würde ich vielleicht weiterleben wollen.«

»Aber ich bin auch jetzt hier, Madonna.«

Sie lächelte. »Jetzt habe ich bereits einen Blick ins *empyreum* und ins *primum mobile* geworfen. Wirklich, Leonardo. Ich habe die Blütenblätter der himmlischen Rose geschaut. Ich habe den Fluß des Lichtes gesehen und die Heiligen im Himmel. Und selbst jetzt sehe ich die Engel und die Throne. Selbst wenn du mich liebtest, wie du Ginevra liebst, könntest du mich hier nicht mehr halten.« Sie streichelte sein Gesicht und strich ihm die Locken zurück. »Wenn du mir in die Augen schaust, vielleicht siehst du dann auch die Engel. Da – kannst du sie sehen?«

Leonardo nickte, um sie zufriedenzustellen.

Sie wandte sich ab und fing an zu husten; aber als Leonardo sie wieder in den Arm nehmen wollte, stieß sie ihn zurück. Als der Husten nachgelassen hatte, wischte sie sich den Mund ab; Kinn und Hand waren blutbeschmiert. »Ich kann dich nicht bitten, dich herabzulassen«, sagte sie mit schwacher Stimme. »Aber wenn ich nun bald frei bin von der Welt, wirst du es dann sein, der mich zum Himmel der Venus bringt, du vollkommener Engel?«

»Simonetta ...«, flüsterte Leonardo bang.

»Ah, ich irre mich«, sagte Simonetta und berührte sein Gesicht. »Du bist kein Engel.« Sie betrachtete ihn, als wäre er eine Studie zu einem Gemälde. »Du bist Leonardo ... und du mußt jetzt gehen.«

Als er sie an sich ziehen wollte, schüttelte sie den Kopf. »Vielleicht bist du doch der Engel«, sagte sie. »Versprichst du mir, daß du tun wirst, worum ich dich gebeten habe?«

»Ja, Madonna«, flüsterte Leonardo.

Simonetta wurde auf einer offenen Bahre zur Kirche von Ognisanti getragen. Sie hatte ein weißes Kleid mit langen Ärmeln an. Ihr Haar war geflochten, aber sonst ohne Schmuck. Ihr Gesicht war gepudert und weiß wie Elfenbein. Sie ruhte auf einem Bett aus Blumen, die sie mit einem himmlischen Schatten umgaben. Blumen erfüllten auch die Luft wie zartes Konfetti. Weinend und trauernd lehnten sich die Leute aus den Fenstern und warfen Blumenblätter herunter, als die Prozession vorüberzog.

Simonetta war eine Heilige, die von Lorenzos eigener *armeggeria* getragen wurde, von den Söhnen der prominentesten Florentiner Bürger. Die hübschen Jünglinge trugen die vorgeschriebenen Trauerfarben: Maulbeerblau, Grün und Braun in verschiedenen Schattierungen. Die lange Prozession schlängelte sich durch die stillen, von Zuschauermassen erfüllten Straßen, und Florenz trauerte um seine schöne Königin. Die Bürger jammerten und zerrissen sich die Kleider, als wäre es ihre Tochter, ihre Schwester, die da gestorben war.

Leonardo und Niccolò gingen neben Sandro; sie folgten Lorenzos treuem Freund Gentile Becchi, dem Bischof von Arezzo.

Lorenzo aber wartete aus Achtung vor seiner Gemahlin Clarise in der dunklen Halle der Kirche. Er stand vor dem Altar und schaute hinaus in Chorraum und Kirchenschiff, vorbei an den korinthischen Säulen und den halbrunden Bögen aus blau-grauer *pietra serena*. Er trug eine dunkle, gegürtete Tunika aus grobem Stoff. Ein Ekzem war in seinem Gesicht erblüht, aber er hatte keine Salbe darauf gestrichen, um es zu verdecken.

Leonardo verfolgte den Gottesdienst, aber er fühlte sich isoliert von jeder Stimme und jedem Gebet, fern von allem Scharren und Wispern. Er hörte das beständige Tosen seines inneren Donners, das Geräusch seiner privaten Trauer. Aber Tränen würde es nicht geben. Er fühlte sich kalt und tot wie die blauen Steine der Kirche. Wie Simonetta hatte auch er seinen eigenen Weg der Befreiung gefunden.

Für sie war es das *primum mobile* mit seinem reinen, immerwährenden Licht.

Für ihn war es ein Schattenland des Todes, in dem Liebe und Schmerz und Trauer nur Phänomene waren, die man beobachten konnte, Ideen, so fern und kalt wie Platos vollkommene Formen.

Das Fegefeuer.

Und während er Simonetta betrachtete, deren Fleisch in Marmor verwandelt worden war, betete er für sie und für sich selbst. Er betete, sie möge tatsächlich in den Himmel auffahren. Er betete, daß ihre Vorstellungen von Engeln und höheren Wesen zutrafen. Er betete, sie möge auf wunderbare Weise seine Beatrice werden und ihn fortführen von den toten Orten seines Herzens.

Denn sein Herz spürte nur ferne Qualen. Es waren Simonettas und Ginevras, aber nicht seine eigenen.

Sandro und Niccolò nahmen ihn bei den Händen, denn – unglaublich – nun weinte er doch. Seine Brust wogte, sein Atem ging würgend. Er schmeckte das Salz der Tränen.

Und dann, als der Gottesdienst vorüber war, stand Lorenzo vor ihm. Er umarmte Sandro und sah dann endlich auch Leonardo an.

»Sie war Euch eine gute Freundin, Messer *Artista*«, sagte er, und seine Lippen entblößten die Zähne zu einem schmalen, ironischen, aber grausamen Lächeln. »Und ich bin ein Mann, der sein Wort hält. Ich werde mein Versprechen an unsere Madonna halten, auch wenn ich es im Augenblick nicht ertragen kann, Euch ins Gesicht zu schauen.«

Leonardo konnte nur nicken; dies war nicht der rechte Moment, um zu versuchen, die Kluft zwischen ihnen zu überbrücken.

Lorenzo ging, und eine Schar von Höflingen, Freunden und Verwandten begleitete ihn. An ihrer Stelle erschienen neue Bewunderer, die gekommen waren, um die Madonna zu sehen. Die Prozession der Trauernden würde die ganze Nacht fließen wie der Arno, und sie würde ein sandiges Sediment aus Papier und Eßwaren und zerdrückten Blüten auf dem Marmorboden hinterlassen.

Ohne auf das Gedränge der Leute ringsumher zu achten, starrte Leonardo Simonetta an.

Florenz' Traum von der Liebe.

Jetzt eine *pietra serena* aus kalter Haut.

»Hat Simonetta dir ihre Engel gezeigt?« fragte er Sandro.

»Ja«, sagte Sandro.

»Und hast du sie gesehen?«

»Komm, Leonardo, wir müssen gehen.«

»Hast du sie gesehen?« fragte Leonardo hartnäckig.

»Ja ...« sagte Sandro. »Du auch?«

Leonardo schüttelte den Kopf. Dann endlich ließ er sich von Sandro und Niccolò aus der Kirche ziehen.

Privatangelegenheiten

Ich kenne einen, der mir erst viel versprach,
mehr, als mir zustand, und seine anmaßenden Wünsche
dann enttäuscht sah und versucht hat, mich all
meiner Freunde zu berauben. Da er sie aber klug fand und
seinem Willen nicht gefügig, so hat er mir gedroht,
er habe die Mittel, mich anzuzeigen, und werde mich
meiner Wohltäter berauben …

Leonardo da Vinci

Als Simonetta begraben wurde, sah man Flammen über den klaren Frühlingshimmel zucken.

Leonardo war Zeuge des Unwetters, das plötzlich durch das Firmament gebrandet war, begleitet von grellen Flächenblitzen und einem scharfen, unverwechselbaren Geruch, der die Luft gesättigt hatte. Er stand mit Niccolò und Sandro und Pico della Mirandola an der Grabstätte, als Regentropfen und Hagelkörner auf die Trauernden herniederprasselten, während diese sich zumeist an die Brust schlugen und das heilige Wesen anriefen. Funkelnd wie feurige Diamanten lag der Hagel auf dem nassen Gras und den sich biegenden Sträuchern. Man sagte, in jedem Hagelkorn sei das abscheuliche Abbild der Dämonen gefangen, die die Welt der Natur bewohnten: Salamander, Sylphen, Undinen, Gnome, Käfer, Molche und Schnecken, Vipern, Fledermäuse, gepanzerte Saurier und Flugreptilien. Und so wurde dieser Wolkenbruch von Gelehrten, Theurgen und Philosophen gleichermaßen als unheilvolles Omen gedeutet, als Geschenk aus dem Reich der Dämonen und der lebenden Sterne. Stellte es der heilige Thomas von Aquin nicht selbst als Glaubensdogma dar, daß Dämonen Wind, Sturm und Feuerregen vom Himmel hervorrufen können?

Auch Pico della Mirandola vermutete, daß bösartige Einflüsse die Geschicke von Menschen und Ländern beherrschten. War nicht Il Magnifico durch den Condottiere Carlo da Montone, der Perugia angegriffen und den Frieden in Italien bedroht hatte, politisch kompromittiert worden? War nicht das Verhältnis des Ersten Bürgers zum ehrgeizigen Papst Sixtus IV. zum Zerreißen gespannt, zumal er sich standhaft weigerte, dem von Sixtus auserwählten Erzbischof Francesco Salviati sein Bistum Florenz zu überlassen?

Jetzt lebte ganz Florenz in der Furcht vor Exkommunikation und Krieg, und Gerüchten zufolge hatte der von tiefer Trauer erfaßte Lorenzo die Staatsgeschäfte seinem Kabinett und seinen Vertrauten Giovanni Lanfredini, Bartolomeo Scala und Luigi Pulci sowie seiner klugen und politisch erfahrenen Mutter Lucrezia überlassen.

Leonardo hielt das Versprechen, das er Simonetta gegeben hatte. Er kümmerte sich um Sandro wie um Niccolò, und er bemühte sich, das an Lorenzo begangene Unrecht wiedergutzumachen. Aber der Erste Bürger empfing ihn nicht. Er beantwortete seine Briefe nicht und nahm auch seine Geschenke nicht an: erstaunliche Erfindungen, Apparaturen und Spielzeuge sowie ein leuchtendes Gemälde, das eine Darstellung des Himmels gab, wie Sterbliche sie nie vollkommener zu erblicken hoffen konnten. Lorenzo erlaubte Sandro nicht einmal, seinen Namen auszusprechen.

»Er wird sich erweichen lassen«, beharrte Sandro. »Es ist der Schmerz, der aus ihm spricht, nicht er selbst.«

Aber Lorenzos Schmerz, so schien es, war scharf.

Leonardo verlor sich in der Arbeitswut; nur so konnte er dem Grauen im Inneren und den Gefahren im Äußeren entrinnen. Aber der Gedanke daran, Farbe auf die Leinwand zu streichen und mit Pigmenten, Terpentin und Technik die süße Fleischlichkeit all dessen, was er verloren hatte, nachzuschaffen – dieser Gedanke war ihm unerträglich geworden.

Er wollte nicht an Simonetta erinnert werden ... Nicht an Ginevra.

Statt dessen vertiefte er sich wie ein Besessener in Mathematik und Erfindungen und Anatomie. Wenn er zeichnete, dann nur, um seine mechanischen Ideen klar wiederzugeben oder die Schichtungen von ausgebeintem Fleisch und Sehnen zu notieren. Knochen und mechanische Apparate konnten ihn nicht mit Empfindungen oder anderen Einflüssen behelligen.

Er hatte sich einen kalten, hohlen Ort geschaffen. Dabei zeigte er sich äußerlich so neugierig und gesellig wie eh und je. Sein Atelier war in die Flure und benachbarten Räume hinausgewuchert – zum Verdruß der jungen Lehrlinge, die dort gewohnt hatten. Seine diversen Geräte und Maschinen machten den Durchgang gefährlich, und sie waren überall verstreut, als habe im Hause ein Sturmwind gewütet. Das Atelier glich eher der Werkstatt eines Mühlenbauers als der *bottega* eines Malers; hier gab es Winden und Drehmechanismen, Hakengewichte, die an speziell entworfenen Ausklinkmechanismen hingen, Kompasse und Werkzeuge, die er erfunden hatte, Kräne, Schleif- und Poliermaschinen, trittschemelgetriebene Drehbänke und mechanische Sägen, Mechanismen zum Polieren von Glaslinsen und eine Glockenaufhängung mit Kugellager. Er war fasziniert von der Übertragung mechanischer Kraft und von allen möglichen Getriebemechanismen und Flaschenzügen, und überall lagen seine Notizen und Skizzen von Ventilen und Federn, Schwungrädern, Hebeln und Pleuelstangen, Schrauben, Schlüsseln, Stiften und Schäften. Zwar verfügte er praktisch über seine eigenen Schüler, die ihm seine Maschinen und Modelle anfertigten, aber er erlaubte nicht, daß jemand aus Verrocchios Haushalt in diesen Zimmern aufräumte, denn er fürchtete, jemand könne seine Ideen stehlen.

Aber über all den Maschinen, Modellen, Werkzeugen, Büchern

und verstreuten Notizen hing eine neue, wenn auch noch unvollendete Flugmaschine. So leicht und fragil sah sie aus, daß man denken konnte, Barchent und Seide und Holz und Leder seien der Stoff, aus dem Glück und Liebe bestanden.

»Leonardo, komm zu Tisch«, schrie Andrea del Verrocchio ungeduldig aus dem Erdgeschoß herauf.

Die Sonne stand tief und golden am Himmel. Der behelfsmäßige Speiseraum, der für gewöhnlich als Werkstatt diente, wirkte traumhaft und dunstig, denn die schräg einfallenden Lichtstrahlen beleuchteten den Staub, der in der Luft hing. Ein langer Arbeitstisch war mit Leinentüchern bedeckt, und darauf standen Teller mit Messern, Becher und Karaffen mit schmaler Tülle, die einen starken Wein enthielten. Der Duft von gebratenem Fleisch, Pfannkuchen und offenen Gläsern mit Bries mischte sich mit dem leisen, hartnäckigen Dunst von Terpentin und dem undefinierbaren Geruch des Steinbruchs, denn auch jetzt wurde in den vorderen Werkstätten der weiche Stein von Siena und Volterra bearbeitet. Die Geräusche konnte man nicht nur hören, sondern auch fühlen.

»Hast du es so eilig damit, deine Aufträge zu erledigen, daß du deine Schüler ohne Abendbrot arbeiten läßt?« fragte Leonardo, als er hereinkam. Neben Andrea und der üblichen Schar seiner Schwestern und Cousinen, Nichten und Neffen saßen nur Lorenzo di Credi, Niccolò, der Vormann Francesco, Agnolo di Polo und Nanni Grosso heute abend am Tisch. Agnolo und Nanni waren alte Schüler und Lieblinge Andreas.

»Ich dachte, wie nehmen einmal eine Familienmahlzeit ein«, sagte Andrea und machte ein Gesicht voller Unbehagen. »Und jawohl, Leonardo, ich habe es eilig damit, unsere Aufträge zu erledigen, vor allem den Altaraufsatz für die guten Mönche in Vallombrosa.«

Dies rief ein nervöses Auflachen bei Agnolo di Polo hervor; er war kein Freund Leonardos. Sie ähnelten einander in ihrem Temperament, aber Leonardo war der Begabtere, und Agnolo konnte seine Eifersucht nicht verhehlen.

»Aber das Projekt macht gute Fortschritte«, sagte Lorenzo di Credi, der die Tafel mit »San Donato und dem Steuereinnehmer« für Leonardo gemalt hatte.

»Leonardo, hast *du* an dem Altaraufsatz gearbeitet?« fragte Andrea. Seine Stimme hatte einen scharfen Ton angenommen, als sei er verärgert über Leonardo … und als wolle er ihn aufstacheln.

Leonardo wurde rot. »Ich habe die *predella* für San Donato fertig – bis auf den Kopf des Eustatius. Unser lieber Lorenzo di Credi war so freundlich, seine beträchtlichen Talente für das Projekt zur Verfügung zu stellen, denn ich war beschäftigt mit meinen Erfindungen.«

»Deine Verantwortung gilt der *predella*«, sagte Andrea ungewohnt hochfahrend.

»Meine Verantwortung gilt der *bottega* und Euch«, versetzte Leonardo und drehte den Spieß um.

»Was?«

»Diese Erfindungen lassen Euch beträchtliche Mengen Geldes in den Schoß regnen, Maestro. Warum wollt Ihr, daß ich male, wenn Lorenzo das genauso gut kann wie ich?«

»Weil es nicht Lorenzos Aufgabe ist. Es ist deine Aufgabe. Du bist der Meisterschüler.«

»Und wie habt Ihr den Tag heute verbracht, wenn nicht mit Malen oder Bildhauerei?« erkundigte sich Agnolo.

Leonardo antwortete scheinbar ohne allen Sarkasmus. »Ich bin im Hospital meinen Anatomiestudien nachgegangen, Signore Agnolo. Wußtet Ihr, daß der ausgestreckte Arm eines stehenden Mannes ein bißchen kürzer ist, wenn die Handfläche abwärts gewandt ist, als bei aufwärtsgewandter Hand? Ich habe einen Arm seziert und dreißig Knochen gezählt, drei im Arm und siebenundzwanzig in der Hand. Zwischen Hand und Ellbogen sind zwei Knochen. Wenn man die Hand so nach unten dreht« – er machte die Bewegung mit der linken Hand – »dann kreuzen sich die beiden Knochen so, daß der, der sich an der Außenseite des Unterarms befindet, schief über dem Innenknochen liegt. Sollte jemand, der mit Farbe oder Marmor arbeitet, solche Dinge nicht wissen?«

Agnolo runzelte die Stirn und schüttelte den Kopf. Er hatte langes, öliges schwarzes Haar und eine hohe Stirn. »Zu welchem Zweck?«

»Um ein guter Maler – oder Bildhauer zu sein.«

Agnolo lief rot an. »Ich glaube, Ihr verfolgt nur einen Zweck, nämlich den Mühen der Malerei gänzlich zu entrinnen.«

Alle am Tisch lachten.

»Ich habe im Hospital mit einem alten Mann gesprochen«, sagte Leonardo zu Andrea. »Seine Haut war hart wie Pergament, und er klagte über Schwäche und Kälte. Er starb wenige Stunden nach unserem Gespräch, und als ich ihn sezierte, entdeckte ich die Ursache für sein Frieren und seine Schwäche und auch, warum seine Stimme so schrill und hoch klang. Luftröhre, Dickdarm und sämtliche Eingeweide waren geschrumpft, und in den Adern unter dem Schlüsselbein befanden sich Steine, so groß wie Kastanien. Auch hing eine Substanz wie Schlacke an den Adern.«

»Onkel Andrea, ich glaube, wenn Maestro Leonardo so weiterredet, wird mir schlecht«, sagte eine von Verrocchios Nichten, die erst zwölf war.

»Nun, dann füllst du besser deinen Teller noch einmal und gehst in ein anderes Zimmer«, sagte Andrea sanft. Er lächelte ihr zu und winkte Leonardo dann, fortzufahren.

»Die Arterien waren dick, und manche waren völlig verschlossen«, berichtete Leonardo, als wäre er nicht unterbrochen worden.

»Und?« fragte Andrea.

»Ich glaube, alte Menschen frieren und fühlen sich schwach, weil das Blut nicht mehr frei durch die verstopften Gefäße fließen kann. Die Ärzte behaupten hartnäckig, dies sei so, weil das Blut im Alter dicker werde. Aber sie irren sich. Sie glauben, sie verstehen alles, wenn sie nur ›*De Medicina*‹ und ›*De Utilita*‹ lesen.«

Andrea nickte; sein Interesse war offenbar geweckt, aber er sagte: »Leonardo, ich habe viel übrig für solche Unternehmungen, aber ich fürchte, du hast dich schon wieder zum Gegenstand mancherlei Geredes in der Stadt gemacht.«

»Ich bin nicht der einzige Künstler in Florenz, der Anatomie studiert«, sagte Leonardo.

»Aber du bist derjenige, von dem sie sagen, er fürchte Gott nicht.«

»Wer sagt das?«

»Ich zum Beispiel«, erklärte Agnolo.

Leonardo wandte sich schroff zu ihm um, aber Andrea befahl: »Agnolo, du wirst auf der Stelle den Tisch verlassen.«

»Aber …«

»Auf der Stelle.« Als Agnolo gegangen war, sagte Andrea: »Wenn wir fertig sind, möchte ich gern ein paar Worte mit Leonardo reden.« Dies war für die andern das Zeichen, zu Ende zu essen; aber ehe sich einer von Andrea verabschieden konnte, wedelte er mit der Hand und bedeutete ihnen, sitzenzubleiben. »Vorher habe ich noch etwas bekanntzugeben. Da ihr alle zu meiner Familie gehört« – er warf Leonardo und seinem Vorarbeiter Francesco einen kurzen Blick zu – »wollte ich, daß ihr die Neuigkeit als erste hört.«

Francesco beugte sich nervös vor.

»Ihr wißt alle von meinem Ärger mit den Venezianern«, fuhr Andrea fort.

Er meinte die Reiterstatue des venezianischen Condottiere Bartolommeo Colleoni. Verrocchio hatte den Auftrag verliehen bekommen und bereits mit der Arbeit an der Armatur angefangen, um sie dann in Bronze zu gießen, als die Venezianer es sich anders überlegt und Vallano da Padova beauftragt hatten, die Figur zu machen. Verrocchio sollte nur mehr das Pferd gießen. Als er diese Nachricht bekommen hatte, hatte er sein Modell zertrümmert, den fein gearbeiteten Pferdekopf in Stücke zerschlagen und Venedig verlassen. Als die Venezianer das erfahren hatten, gaben sie bekannt, wenn er je nach Venedig zurückkehre, würden sie ihm den Kopf abschneiden.

»Nun, und jetzt sieht es so aus, als hätten die Venezianer sich bereitgefunden, mein Honorar zu verdoppeln, wenn ich in ihre Stadt zurückkehre und ihnen die Statue gieße«, erzählte Andrea lächelnd.

Alle am Tisch waren überrascht, vor allem Francesco, der fragte: »Wie konnte das geschehen? Sie hatten Euch doch zum Tode verurteilt, oder?«

»Allerdings, Francesco. Und ich habe auf ihre Drohung geantwortet. Ich habe ihnen gesagt, ich würde sehr darauf achten, nie wieder in ihre stinkende Stadt zurückzukehren, denn wenn sie einem Mann einmal den Kopf abgeschnitten hätten, wären sie ganz zweifellos außerstande, ihn wieder ordentlich anzubringen – zumal einen so großartigen und unvergleichen Kopf wie den meinen!«

Sogar Francesco mußte darüber lächeln.

»Außerdem teilte ich ihnen mit, *ich* wäre wohl in der Lage, den Kopf des Pferdes zu ersetzen, und zwar durch einen noch schöneren.« Andrea zuckte die Achseln. »Wie es scheint, hat meine Antwort ihnen nicht mißfallen.«

»Wann wirst du reisen?« fragte seine Schwester bestürzt.

»Frühestens in einem Monat«, sagte Andrea.

»Dann müssen wir uns die Zeit nehmen, unsere diversen Aufträge in Ordnung zu bringen«, meinte Francesco. »Wir werden eng mit Leonardo zusammenarbeiten müssen, der ja, wie ich annehme, in Eurer Abwesenheit hier der Meister sein wird.«

Andreas Miene zeigte Unbehagen. »Meister wird Pietro Perugino sein.«

Alles war überrascht und wie vom Donner gerührt.

Ein paar Augenblicke lang sprach niemand, bis Francesco den Bann brach. »Ich dachte, Pietro ist in Perugia.«

»Er kommt diesen Monat zurück«, sagte Andrea. »Und wenn ihr Leonardo und mich jetzt bitte entschuldigen wollt. Wir haben etwas zu besprechen.«

Alle gingen hinaus – bis auf Niccolò, der neben Leonardo sitzenblieb. »Bitte laßt mich bleiben, Maestro«, sagte er.

»Ich glaube, dies ist eine Privatangelegenheit«, sagte Andrea.

»Ungefähr so privat wie eine Hinrichtung«, sagte Leonardo, der seiner Enttäuschung endlich Luft machte. »Laßt den Jungen nur bleiben.«

»Wie du willst«, sagte Andrea, und nach kurzem Zögern: »Leonardo, es tut mir leid, aber du hast mir keine Wahl gelassen.«

»Keine Wahl?«

Andrea lehnte sich auf seinem Stuhl zurück und schaute zur Decke, als spreche er ein Stoßgebet. »Vielleicht, wenn man dich nicht der Päderastie bezichtigt hätte, wenn du dich deiner Stellung und deiner Ausbildung entsprechend mit Malerei und Bildhauerei beschäftigen wolltest, statt dir Erfindungen und Maschinen auszudenken, die in den Augen der Leute unheilig sind ... Vielleicht, wenn du dich von den Buchhändlern in der Via dei Librai fernhalten wolltest – vielleicht hätte ich dann eine Wahl. Aber man kann dir ja nicht einmal zumuten, der christlichen Kirche gehorsam zu sein. Du hast Geld, um Pferde zu kaufen, aber du kannst dir nicht leisten, Mitglied in der Bruderschaft der Maler zu sein oder fünf Soldi zum Fest des Heiligen Lukas zu spenden.« Andreas Stimme wurde immer lauter, während er sprach.

»Das soll heißen, Ihr setzt mir den Perugino vor die Nase, weil ich nicht jeden Tag fünf Paternoster und fünf Avemaria spreche?«

»Ich setze ihn dir vor die Nase, weil die Mönche in Vallombrosa uns nicht weiter bezahlen werden, solange du mit ihrem Altaraufsatz befaßt bist. Sie haben sogar verlangt, daß alles, was du gemacht hast, übermalt wird. Getilgt, sozusagen.«

»Was?«

»Und andere Patrone sind ebenfalls nicht zufrieden mit dir.«

»Dahinter steckt Lorenzo«, stellte Leonardo sachlich fest.

»Das ist ohne Bedeutung.«

»Erzählt es mir.«

»Jedermann in Florenz weiß, daß er dich haßt«, sagte Andrea. »Was hast du ihm getan, Leonardo? Du warst sein Günstling.«

Leonardo schüttelte nur den Kopf.

»Du warst zu sehr mit deinen Maschinen beschäftigt, um zu sehen, was ringsherum vorgeht.«

»Meine Maschinen verkaufen sich«, sagte Leonardo. »Das wäre nicht möglich, wenn Lorenzo seine Faust vollständig geschlossen hätte.«

»Ja, sie verkaufen sich. Aber an wen? An die Feinde der Medici?« Nach kurzer Pause sagte Andrea: »Du bist blind, Leonardo.«

Leonardo schaute auf seine Hände, und in diesem Moment kamen sie ihm vor wie die Hände des alten Mannes, den er seziert hatte. Sie waren kalte, tote Klumpen, die an seinen Handgelenken hingen. Sie kribbelten taub, als habe sein Herz aufgehört, Blut in seine Extremitäten zu pumpen.

»Warum habt Ihr mich gedemütigt?« fragte er Andrea.

»Was meinst du damit?«

»Bevor Ihr bekanntgegeben habt, daß Perugino meinen Platz einnehmen soll – warum demütigt Ihr mich mit all dem Unfug über meine Arbeit an der kostbaren *predella* für die Mönche?«

»Weil ich wütend war. Ich wollte Perugino nicht fragen.«

»Ah, das hätte ich mir denken können«, sagte Leonardo sarkastisch. »Jetzt ist mir alles klar.«

»Ich war nicht wütend auf dich, Leonardo. Ich war wütend über mich selbst. Aber ich habe meine Wut gegen dich gerichtet.«

Leonardo schwieg.

»Weil ich ein Feigling bin. Ich hätte all denen, die dich schmähen, entgegentreten müssen.«

»Il Magnifico entgegentreten?« fragte Leonardo, milder jetzt. »Nein, Ihr seid kein Feigling, Maestro. Ihr habt Rücksichten zu nehmen, auf Eure Familie und auf die übrigen Schüler. Wäre ich an Eurer Stelle, ich müßte mich genauso verhalten.«

»Danke«, sagte Andrea. »Du bist wie ein Sohn für mich, und ich … ich bin genauso schlimm wie dein Vater.« Er wurde rot. »Entschuldige. Ich wollte so etwas nicht sagen. Ser Piero da Vinci ist mein Freund. Ich kann mir nicht denken …«

Aber dann trafen sich ihre Blicke, und sie fingen beide an zu lachen. Niccolò grinste verwirrt.

»Was wirst du jetzt tun, Leonardo?« fragte Andrea schließlich.

»Ich werde mich nach einem Haus umsehen.«

»Vielleicht ist es an der Zeit. Du solltest deine eigene *bottega* haben.«

»Ein Maler, der keine Aufträge bekommen kann, braucht auch keine *bottega.*«

»Deine Geschicke werden sich wenden. Du bist ein zu guter Maler, als daß du lange ohne Aufträge bleiben könntest. Bis dahin kannst du deine klappernden Maschinen verkaufen.«

»An die Freunde der Pazzi?«

Andrea zuckte die Achseln. »Vielleicht kann ich die Venezianer für deine Talente interessieren.«

»Vielleicht.«

Sie verfielen in betrübtes Schweigen.

»Leonardo, was wird mit mir?« fragte Niccolò, denn der peinliche Augenblick machte ihn ungeduldig.

»Andrea?« fragte Leonardo.

»Diese Entscheidung liegt allein bei Maestro Toscanelli«, sagte Verrocchio.

Niccolò nickte. Dann starrte er zu Boden, als wolle er mit seinem Blick ein Loch zwischen seine Füße brennen.

Der magische Spiegel

Derjenige, der die Beziehungen zwischen den Teilen des Universums versteht, der ist wahrhaft weise; er kann von den höheren Wesen seinen Gewinn ziehen, indem er durch Geräusche (phonai), Substanzen (hylai) und Formen (schemata) die Anwesenheit derer, die fern sind, einfängt.

Synesius, De Somniis

– das heißt: »Siehst du nicht das strahlende Licht, das da kommt aus dem Grabe des Propheten?«

Lodovico di Varthema, Reisen

Leonardo bezog das schmale, heruntergekommene Haus, das Zoroastro für ihn gefunden hatte. Die alten roten Zziegel waren weich und bröckelig; wahrscheinlich stammten sie noch aus dem Schutt eines Turmes, der »zur größeren öffentlichen Sicherheit« abgerissen worden war, als das Volk im Jahr 1250 die Herrschaft über die Signoria und den Staat ergriffen hatte. Diese alten, befestigten Geschlechtertürme hatten einst im Mittelpunkt der tödlichen Fehden zwischen den Parteien der Welfen und der Ghibellinen gestanden.

Die Miete war außergewöhnlich niedrig, aber das gehörte sich auch so, wenn man den Zustand des Hauses in Betracht zog. Aber wie zum Trost hielt sich in den hohen Räumen das Licht gut, und man hatte einen, wenn auch beschränkten, Blick auf den Arno. Dies sollte die *Bottega da Vinci* sein, die neue Werkstatt, in der Leonardo die mechanischen Wunderwerke schaffen würde, deren er sich gerühmt hatte.

Zufällig stand das Haus in der Nähe des Ponte Vecchio.

Leonardos alter Meister würde sein Nachbar sein.

Niccolò hatte Maestro Paolo del Pozzo Toscanelli jeden Tag besucht, begleitet von Zoroastro, der gern einflußreiche Beziehungen knüpfte. Tatsächlich war Toscanellis *bottega* ein Treffpunkt für Künstler, Reisende, herausragende Gelehrte und jene neue Generation von Intellektuellen, die gegen die alte Linie der Scholastiker rebellierten.

»Man ruft dich«, sagte Zoroastro, als er Leonardos privates Atelier im zweiten Stock betrat, ohne anzuklopfen. Niccolò war hinter ihm, aber er überschritt die Türschwelle nicht. Leonardo saß, scheinbar versonnen, vor einer Leinwand und malte. Überrascht schrak er hoch; der Pinsel entglitt ihm und verwischte die Details des straffen, qualvollen Gesichts des Heiligen Hieronymus. Hier verlieh Leonardo seinem Abscheu und seiner Verbitterung über das Leben gleichsam leibhaftig Ausdruck. Er formte den Heiligen nach dem Vorbild des alten Mannes, den er im Hospital seziert hatte: die eingefallene Brust, die Schultermuskulatur, den dürren Hals, die fleischlosen Wangen. Ein brüllender Löwe lag zu Füßen des leidenden Heiligen. Alles war Leid und Opfer.

Es war ein Selbstporträt – eine Manifestation seines eigenen Schmerzes.

»Nun, hast du dich endlich entschlossen, wieder einen Pinsel in die Hand zu nehmen?« fragte Zoroastro und betrachtete das Gemälde geringschätzig. »Aber nach all deinen reizenden Madonnen ist das ja kaum, was ich erwartet hätte. Ist es ein Auftrag?« Zoroastro sah aus wie ein Pfau in seinen bunten Seidenkleidern.

Leonardo errötete verlegen; er fühlte sich entlarvt. »Wieso stürmst du, ohne anzuklopfen, in mein Atelier?« fragte er kühl. »Und wer ruft mich?«

»Er läßt dich nicht gerade rufen, Leonardo«, sagte Niccolò. »Aber Maestro Pagholo Medicho hat nach dir gefragt.« Toscanelli erlaubte nur seinen Lieblingen, ihn mit seinem persönlichen Titel anzureden. »Du vernachlässigst ihn schließlich seit Wochen.«

»Es ist unmöglich, den Maestro zu vernachlässigen«, sagte Leonardo. »Er ist immer in Gesellschaft.«

»Gleichwohl verlangt er nach deiner«, sagte Zoroastro.

»Ich bin noch nicht bereit für die Gesellschaft. Wäre ich es, brauchte ich deine Dienste nicht, um meine Erfindungen zu verkaufen. Und du würdest mich nicht nach Strich und Faden bestehlen und solche teuren und geschmacklosen Kleider tragen.«

Zoroastro schien sich darüber nicht zu ärgern. Er verbeugte sich und sagte: »Wenn du meine Dienste nicht hättest, die du hier so leichtfertig schmähst, dann hättest du weder dieses schöne Haus, in dem du arbeitest, noch deine Schüler, dein Geld oder die Frau, die für dich kocht.«

Leonardo lächelte und schüttelte den Kopf.

»Siehst du?« sagte Zoroastro. »Ich habe recht. Und jetzt zieh bitte deinen Kittel aus und kleide dich an, denn Maestro Toscanelli hat Gäste, die dich kennenlernen möchten.«

»Nicco, bitte überbringe du ihnen meine Bitte um Entschuldigung.«

»Ich soll dir aber sagen, daß der Mann, der dir das Buch über das Geheimnis der Blume geliehen hat, hier ist«, sagte Niccolò. »Er heißt Kann-ihn-sehen.«

»Ah, Kuan Yin-hsi«, sagte Leonardo. »Dann ist er also zurückgekommen.«

»Wir vergeuden Zeit«, sagte Zoroastro. »Wir machen Maestro Pagholo keine Ehre, wenn wir zu spät kommen.«

»Zoroastro, bist du denn auch eingeladen?« fragte Leonardo.

»Wir sind alle eingeladen«, erwiderte Zoroastro gereizt.

Leonardo gluckste. »Das heißt, er läßt dich nicht herein, wenn ich nicht mitkomme – ist es das, Zoroastro? Maestro Pagholo hätte einen guten Ladenbesitzer abgegeben.«

»Was meinst du damit?« fragte Niccolò.

»Er kennt seine Kunden. Er weiß sehr wohl, daß unser Freund und Geschäftspartner nicht ruhen wird, bis er Einlaß ins innere

Heiligtum des Maestro findet. Und er wird auch mir keine Ruhe lassen.«

Zoroastro schien eiskalte Wut zu verströmen. Er ging zur Tür. »Sei dir deiner selbst nicht so sicher, Maestro Artista«, sagte er. Seine Stimme war kaum mehr als ein Flüstern, und ein Zittern lag darin. »Es wird dir nicht immer so leicht fallen, mich zu erniedrigen oder den ganzen Ruhm für Erfindungen zu beanspruchen, die ebenso meine wie deine sind.«

Überrascht schaute Leonardo ihn an. So ernst konnte Zoroastro sich doch sicher nicht nehmen.

»Maestro Pagholo hat mir außerdem aufgetragen, dir zu sagen, daß ein Sultan die ganze Welt durchreist hat, um dich zu sehen«, berichtete Niccolò.

»Das hat er *dir* gesagt?« fragte Zoroastro.»Wenn Maestro Toscanelli sich einem Kind anvertrauen muß, dann kann er ja ganz auf meine Anwesenheit verzichten.« Und damit ging er hinaus.

Leonardo betrachtete die gemarterte Gestalt des Hl. Hieronymus in der gemalten Dunkelheit vor ihm, als hätten Zoroastro und Niccolò ihn nur kurz abgelenkt, und er lächelte das Gemälde an, als handele es sich um einen vertraulichen Scherz zwischen ihnen. Im Hintergrund sah man die Felsenschichten der Grotte hinter dem Hause seiner Mutter im Tal des Bonchio. Einen Augenblick lang roch er tatsächlich den muffigen Geruch des feuchten Bodens und den süßen Arzneiduft von Brombeeren und Salbei und Thymian und Minze. Er war glücklich gewesen als Kind in diesem kühlen, schwitzenden Hafen aus Stein.

»Komm, Niccolò«, sagte er schließlich und riß sich aus seinen Tagträumen. »Zoroastro hat jetzt sicher genug Entbehrungen leiden müssen.«

»Maestro Pagholo hat auch darum gebeten, daß wir Tista mitbringen«, sagte Niccolò. Tista war zwar noch ein Kind, aber Verrocchio hatte ihm erlaubt, Leonardo als Schüler zu begleiten.

»Wozu denn das?«

Niccolò konnte nur die Achseln zucken.

»Hattest *du* etwas damit zu tun?«

»Nein, Leonardo. Ehrenwort.«

Leonardo, Niccolò, Tista und Zoroastro trafen im letzten Augenblick bei Toscanelli ein.

Es war noch nicht dunkel, aber die von Il Magnifico verfügte Sperrstunde hatte bereits begonnen. Zwar war noch kein Schwert gezogen, keine Kanone abgefeuert, aber Florenz war im Belagerungszustand.

Es war, als habe *fortuna* sich von der Stadt des Glücks abgewandt. In der festen Überzeugung, daß Lorenzo sich mit Carlo Fortebraccio verbündet habe – dem Condottiere, der in Perugia päpstliche Territorien angegriffen hatte –, verschwor sich Papst Sixtus IV. jetzt ganz offen gegen Florenz. Auch machten Gerüchte die Runde, König Ferrante von Neapel habe Florentinern, die in Ferrara im Exil lebten, seinen Segen zur Ermordung Lorenzos gegeben. Die gleichen Gerüchte kamen aus Mailand; das jedenfalls berichtete Lorenzos vertrauter Ratgeber, Giovanni Tornabuoni. Und jetzt, da die Pazzi sich mit dem Papst verbündet hatten, waren die Intrigen noch näher herangerückt.

»Komm herein, Leonardo, du kommst spät«, sagte Amerigo Vespucci nervös, als er die Haustür von Toscanellis *bottega* öffnete. Im selben Augenblick kamen drei schwarzgewandete Gefährten der Nacht um die Ecke.

»Halt, da vorn!« rief einer der bewaffneten Priester.

»Maestro Toscanelli selbst hat diese Leute hergerufen, ehrwürdige Eminenzen«, sagte Amerigo zu den Priester-Soldaten. Der ältere Soldat nickte und nahm die Hand vom Schwertgriff. Inzwischen waren Leonardo und seine Begleiter im Haus. Sie standen in einem kleinen Innenhof. Regelmäßige Rundbogenfenster und schlanke Säulen vermittelten im matten Licht den Eindruck von Höhe.

Leonardo umarmte Amerigo. »Warum hast du uns erwartet?« fragte er. »Das ist doch sicher eine Aufgabe für einen Diener.«

»Nicht, wenn du erst nach Beginn der Sperrstunde zu erscheinen beliebst«, antwortete Amerigo.

»Ach, jeder von uns hätte mit den Gefährten reden können«, sagte Leonardo. »Sogar Zoroastro hier.« So sehr es ihm widerstrebt hatte, sich aus seiner *bottega* hervorzuwagen, jetzt fühlte er sich doch wohl, ja, tollkühn. Kam es denn auf irgend etwas an? Vielleicht war heute eine gute Nacht, um sich zu betrinken. Am nächsten Morgen könnte ihm schlecht sein, und am Nachmittag könnte er dann weiter arbeiten. Er lachte über sich selbst, und Niccolò schaute ihn besorgt und mit gerunzelter Stirn an.

»Ich glaube, ich war jetzt lange genug die Zielscheibe für Leonardos Scherze«, sagte Zoroastro zu Amerigo, und er wandte sich ab und wollte allein wieder auf die Straße hinausgehen.

Leonardo packte ihn beim Arm und zog ihn zurück. Ihm wurde klar, daß er Zoroastro niemals vor Amerigo hätte lächerlich machen dürfen, denn auf den wollte Zoroastro unbedingt Eindruck machen. »Es tut mir leid, Zoroastro«, sagte er. »Ich habe mich schlecht benommen – bitte verzeih mir. Das liegt nur an meinem üblen Humor. Komm, laß uns zusammen hinaufgehen.« Leonardo nickte Amerigo zu und bedeutete ihm, voranzugehen.

»Gestern nacht haben sie den Neffen von Sigismondo della Stufa verhaftet und verprügelt«, berichtete Amerigo, als wolle er verhindern, daß sie sofort hinaufgingen. »Heute morgen hat man ihn gefunden; er war immer noch bewußtlos. Anscheinend ist auf der Straße jetzt kein Mensch mehr sicher, nicht einmal, wenn er unter dem Schutz der Medici steht.«

»Aber hier wird uns nichts passieren«, sagte Leonardo. »Jetzt komm, Amerigo, und stelle uns Maestro Pagholos Gästen vor.«

»Geht nur schon hinauf«, sagte Amerigo. »Ich komme gleich.«

»Du bist also immer noch schüchtern«, sagte Leonardo.

»Komm mit und leiste uns Gesellschaft. Du warst immer der gescheiteste von Maestro Toscanellis Schülern.«

Amerigo lächelte matt. »Aber mir ist immer noch unbehaglich bei denen, die besser sind als ich.« Trotzdem ging er voran, und Leonardo ließ den schmollenden Zoroastro vor sich her gehen.

Als sie den Salon im ersten Stock betraten, stand Toscanelli da und hielt seinen Gästen einen Vortrag. Er hatte Leonardo, der oben an der schmalen Treppe stehenblieb, den Rücken zugewandt. Toscanelli legte hier eine Energie an den Tag, die man außerhalb seiner *bottega* selten bei ihm sah. Sein Publikum saß auf gepolsterten Stühlen und lauschte hingerissen. Benedetto Dei und Pico della Mirandola lächelten Leonardo entgegen, und Kuan Yin-hsi, gekleidet in üppige Gewänder und mit einem zylindrischen Hut nach chinesischer Mode, nickte. Benedetto und Pico rauchten hölzerne Pfeifen, die fünf Fuß lang waren, mit farbiger Seide umwickelt und mit Goldfäden umschlungen. Diener in Kaftanen und Turbanen knieten neben ihnen, stopften die Pfeifen nach und hantierten geschäftig damit.

Auf dem Ehrenplatz saß der Mann, den Simonetta einmal als Statthalter des heiligen Kalifen von Babylon bezeichnet hatte: der Dervadar von Syrien. Bewaffnete Bedienstete standen neben ihm, und auch mehrere Frauen von heller wie von dunkler Hautfarbe in rosenfarbenen Gewändern und mit seidenem Kopfputz und prunkvollen Schleiern, die die Schönheit ihrer mandelförmigen Augen noch hervorhoben. Der Dervadar fixierte Leonardo mit durchdringendem Blick, als versuche er ihn einzuschätzen.

Noch andere saßen da, reiche, ehrwürdig aussehende Italiener, aber sie verblaßten neben dem reichgekleideten Dervadar und seinen Bediensteten.

»Leonardo«, sagte Toscanelli und drehte sich um. »Seid gegrüßt.« Und er stellte Leonardo dem Dervadar Dimurdasch al-Kaitì vor. Dieser neigte leicht den Kopf und sagte: »Ihr seid also Leonardo da Vinci.« Er sprach sehr gut Italienisch, ganz ohne Akzent. Als er lächelte, entblößte er wunderschön gleichmäßige Zähne, und er sagte: »Ich glaube, ich kenne Euch inzwischen recht gut, Maestro Leonardo. Ja, ziemlich gut ...«

»Ich fürchte, Ihr seid mir gegenüber im Vorteil«, antwortete Leonardo.

»Das bin ich allerdings«, sagte der Dervadar und erhob sich, als wolle er Leonardo seinen Platz anbieten. Er war eine ehrfurchtgebietende Gestalt mit tiefliegenden Augen, vollen Lippen, glattrasierten Wangen und einem schwarzen Schnurr- und Kinnbart. Die turbantragenden Offiziere und verschleierten Damen, die neben ihm und um ihn herum saßen, standen ebenfalls auf, als müßte jeder Stuhl für Leonardo, Niccolò und Tista freigemacht werden.

Toscanelli nutzte den Augenblick der Unbeholfenheit, um Leonardo und Niccolò seinen anderen Gästen vorzustellen. Er schien besonders erpicht darauf zu sein, Leonardo mit seinem genuesischen Protgé Cristoforo Colombo und mit Benedetto d'Abbaco, dem Ingenieur, den man Aritmetico nannte, bekanntzumachen.

Als Leonardo, Toscanelli und der Dervadar sich schließlich zusammen hinsetzten, seufzte Toscanelli; es war, als habe ihn sein Auftritt vor dem Dervadar erschöpft. Er wischte sich die große Nase ab und schaute Leonardo an. Seine Augen waren sanft, ganz im Gegensatz zu denen des Dervadar.

»Leonardo, ich habe mir die Freiheit genommen, Seiner Exzellenz bestimmte Erfindungen von dir zu zeigen und auch deinen Brief an Il Magnifico.«

»Es war überaus interessant, Maestro Leonardo«, sagte der Dervadar.

»Wovon redet Ihr, Maestro Pagholo?« fragte Leonardo.

»Von Euren Geheimnissen für die Kriegsführung, Euren gepanzerten Wagen und explodierenden Pfeilen, Euren Maschinen, die fliegen können und Bomben auf den Feind werfen, um ihn zu töten und erstarren zu lassen«, sagte der Dervadar. »Ah ja, Maestro Leonardo. Es ist ein höchst interessanter Brief. Und wahrhaftig, wenn Ihr solche Dinge tatsächlich bewerkstelligen könntet, dann wäre das noch viel interessanter.«

»Aber wie kam der Brief in Eure Hände?« fragte Leonardo beunruhigt. Er sah Toscanelli an und ignorierte die Worte des Dervadar.

»Daran mußt du mir die Schuld geben, Leonardo«, sagte Pico della Mirandola. Er sprach ein wenig schwerzüngig, und Leonardo bemerkte, daß sein sonst so blasses Gesicht gerötet war. »Ich wußte von deinem Brief und habe Maestro Pagholo davon erzählt. Der Maestro hat mich gebeten, einen Blick darauf werfen zu dürfen.«

»Und Lorenzo?« fragte Leonardo.

»Für ihn bist du ein Maler, Leonardo. Daß du Ingenieur sein könntest, ist für ihn undenkbar.«

»Aber er weiß doch von meinen Erfindungen.«

Pico lachte. »Er ist Lorenzo. Er entscheidet selbst, was er wissen und sehen will. Und seit dem Tode der Madonna Simonetta ...«

»Leonardo – Pico«, sagte Toscanelli. »Ihr seid unhöflich zu unseren geehrten Gästen.«

»Überhaupt nicht«, sagte der Dervadar. »Ich sehe schon, daß Maestro Leonardo verstimmt ist, und ich bitte um Vergebung, falls meinetwegen irgendwelches Unbehagen entstanden sein sollte. A'isheh!«

Eine verschleierte Frau kam raschelnd zu ihm. Sie trug eine lange Weste, die so geschnitten war, daß die Hälfte ihres stattlichen Busens nicht bedeckt wurde. Drei bläuliche Kreise waren zwischen ihre Brüste tätowiert, und ihre langen, anmutigen Finger waren mit Henna rot gefärbt. Sie trug einen Kopfputz, und ihre Augen waren mit Kajal umrandet. Ihr Gesicht war nicht zu sehen – nur die dunklen, leuchtenden Augen –, aber Leonardo stellte sich vor, daß sie sehr schön sein müsse.

Der Dervadar sagte auf Arabisch etwas zu ihr und deutete mit dem Kopf auf Leonardo. »Maestro Toscanelli war so gütig, mir zu erlauben, daß ich ihn und seine Gäste bewirte«, sagte er dann. »Ich habe darauf bestanden, ein paar der Freundlichkeiten, die er mir und meinem Gefolge erweist, wann immer wir Eure schöne Stadt besuchen, zurückzuerstatten. Also müßt Ihr jetzt ein wenig von unserem Kaffee aus Al-Ladhakijjah kosten, gewürzt mit Ambra, und Ihr müßt den Rauch aus unseren Pfeifen trinken.«

»Er ist berauschend«, sagte Pico, und Leonardo sah, daß sein Freund betrunken war. Der Mann, der neben Mirandola saß und ihm als Cristoforo Colombo vorgestellt worden war, machte ebenfalls einen angeheiterten Eindruck; seine Wangen waren gerötet.

»Wir nennen es Haschisch«, sagte der Dervadar. »Schon oft habe ich Djinn aus den Augenwinkeln gesehen, wenn der Rauch meine Lunge gefüllt hatte. Könnt Ihr sie auch sehen?«

»Noch nicht«, sagte Cristoforo und wackelte ein bißchen mit dem Kopf. »Aber es dämmert ja gerade erst. Vielleicht brauchen sie dunkle Schatten, in denen sie sich aufhalten können.« Der Mann war zwar in Genua geboren, aber er sprach Italienisch mit spanischem Akzent. Er schien etwa so alt wie Leonardo zu sein, klein, muskulös und mit groben Gesichtszügen. »Und Ihr, Maestro Leonardo, habt Ihr schon Djinn gesehen?«

Leonardo nahm zögernd die Pfeife und den Kaffee entgegen, die ihm die Frau namens A'isheh ihm reichte. Sie trat zwischen ihn und Colombo, gab ihm die heiße Tasse Kaffee in die Hand und hielt einen brennenden Kienspan an den Kopf der Pfeife; erst dann trat sie wieder beiseite.

Leonardo sog den harzigen Rauch ein und mußte würgen. Aus Höflichkeit zog er noch einmal an dem Mundstück aus Bernstein und emailliertem Gold. Er hatte nicht das Gefühl, daß seine Sinne sich veränderten, aber ihm war plötzlich warm, und der warme Fleck in seiner Brust schien sich auszudehnen …

Als ob er sich selbst ausdehne.

»Nun, Maestro Leonardo?« fragte Cristoforo hartnäckig.

»Wenn ich so etwas gesehen habe, so weiß ich nichts davon«, sagte Leonardo. »Bitte sagt mir doch, was es ist.«

»Habt Ihr denn das *Murooj al-Dhahah* nicht gelesen, Maestro?«

»Er meint ein Buch, in dem tausendundeine Geschichten stehen, Maestro Leonardo«, erklärte der Dervadar. »Es sind sehr alte Märchen. Dort findet Ihr Djinn beschrieben. Aber Messer Cristoforo hätte Euch auf den Heiligen Kur-án verweisen sollen.« Wie er es sagte, war es offensichtlich als eine Stichelei gegen Colombo gemeint. »Der Prophet lehrt uns, daß Djinn aus dem Feuer geschaffen werden. Sie sind eine eigene Art, wie Menschen, Engel und Teufel. Sie nehmen verschiedene Gestalten an, auch menschliche Gestalten« – und er sah Cristoforo an, als sei dieser in Wirklichkeit einer von ihnen – »und sie können erscheinen und verschwinden.«

»Maestro Toscanelli hat mich in dem Glauben gewiegt, Eure Kenntnisse seien ohne Grenzen, sagte Cristoforo. »Da wundert es mich aber, daß Ihr nicht von ...«

»Cristoforo!« unterbrach Toscanelli. »Jetzt seid Ihr es, der unhöflich ist.« Und zu Leonardo sagte er: »Mein Freund ist das Geplänkel der Seeleute gewohnt. Er ist soeben als Held zurückgekehrt. In einer unentschiedenen Schlacht geriet sein Schiff vor dem Capo di San Vincente in Brand, und er brachte sich schwimmend nach Portugal in Sicherheit.«

»Aber für wen ist er ein Held?« fragte Kuan Yin-hsi. »Er kämpfte auf der Seite der Portugiesen gegen seine eigene Heimat Genua.«

»Stört Euch das?« fragte Cristoforo ihn, aber Kuan Yin-hsi schaute ihn nur an, als beobachte er ein interessantes, aber gleichwohl natürliches Phänomen, etwa eine Sonnenfinsternis. »Ich bin von Gott ausersehen für eine göttliche Mission, die Regierungen und Politik transzendiert.«

»Und was wäre das für eine Mission?« erkundigte sich Kuan.

»Die Entdeckung der Enden der Welt. Weder Vernunft noch Mathematik noch Karten werden mir dabei etwas nützen.«

»Was dann?« fragte Kuan, der ehrlich amüsiert wirkte.

»Prophezeiungen«, sagte Cristoforo sachlich. »Wenn Ihr einen Beweis für meine Bestimmung braucht, dann findet Ihr ihn bei Isajas und im Ersten Buch Esra.«

Niccolò beugte sich zu Leonardo herüber. »Dieser Mann ist verrückt.«

»Pst«, sagte Leonardo.

»A'isheh«, rief Niccolò mit leiser Stimme zu der Frau hinüber, die für Leonardo die Pfeife bereitet hatte. Sie drehte sich um, und er bat sie ebenfalls um eine Pfeife.

»Nein, Niccolò, auf gar keinen Fall«, sagte Leonardo.

»Willst du mich immer noch wie ein Kind behandeln?«

»Ich behandele dich nicht wie ein Kind«, sagte Leonardo. »Aber ...« Er fühlte sich leer, ausgehöhlt, und seine Gedanken waren dick und harzig. Das Haschisch kreiste in ihm, umhüllte und verlangsamte Pneuma und Blut und löste beides in Rauch auf.

A'isheh sagte auf arabisch etwas zum Dervadar, und dieser redete Niccolò an. »Ja, mein Sohn, natürlich darfst du soviel Kaffee und Rauch trinken, wie du möchtest. Aber dein kleiner Freund Tista darf nur von den Speisen zu sich nehmen, denn mit ihm haben wir etwas Besonderes vor.«

Während ein Diener des Dervadar die Pfeife für Niccolò bereitmachte, schaute Leonardo den Dervadar an. »Maestro Pagholo«, sagte er dann und erhob sich, um Toscanelli anzusprechen.

Aber der Dervadar lehnte sich zu ihm herüber und sagte: »Sorgt Euch nicht um Euren jungen Schützling, Maestro. Er wird nichts als ein starkes Kraut einatmen.«

In diesem Augenblick fing Niccolò vom Rauch an zu husten. Ein paar der Turbanträger lachten und riefen einander auf arabisch etwas zu. Niccolò stieg die Schamröte ins Gesicht. Er blickte starr zu Boden. Leonardo setzte sich zu ihm und klopfte ihm auf die Schulter. »Ich mußte auch würgen«, sagte er leise. »Ein schreckliches Zeug, nicht wahr?« Er hatte das Gefühl, sein Inneres rutsche ineinander, aber zugleich war sein Blick ungewohnt scharf.

»Ist Euer junger Freund bereit?« fragte der Dervadar.

»Niccolò, er spricht mit dir«, sagte Leonardo.

Niccolò sah Tista an, und dieser nickte. »Ja, aber wozu soll er bereit sein, Shaykh Dervadar?«

»Ah, junger Mann, das wirst du noch früh genug erfahren.« Der Dervadar stand auf, und mit ihm sein ganzes Gefolge. Er zog Tista ins benachbarte Zimmer, wo ein Ständer mit einem Kohlenbecken voller Kohlen und aromatischen Substanzen bereitstand. Der Dervadar nickte A'isheh zu, und sie zündete die Kohlen an. Unterdessen kritzelte er mit einer Feder etwas auf ein Stück Papier, das er dann in Streifen riß.

Nach wenigen Augenblicken füllte sich der Raum mit Qualm und dem Duft von Weihrauch und Koriandersaat.

Leonardo hatte Mühe zu atmen, und er fragte sich, was für Kräuter und Mixturen er jetzt wohl inhaliere. Er fühlte sich wie zugeschnürt. Seine Sinne schienen geschärft; er hörte jedes Wispern, jeden Atemzug, roch jeden Hauch von Parfüm und Schweiß und sah, wie die Schatten menschliche Gestalt annahmen.

Djinn …

Tista fing an zu husten, denn er stand neben dem Kohlenbecken. Als der Anfall vorbei war, sagte der Dervadar: »Mein lieber Freund Maestro Toscanelli hat mir berichtet, es seien mehrere wichtige Gegenstände aus seinem Studio gestohlen worden, darunter ein kostbares Astrolabium aus Messing. Ich habe ihm versprochen, eine Demonstration wahrer Magie zu liefern, um so die Identität des Diebes zu entdecken. Das ist schließlich das mindeste, was ich für meinen Gastgeber tun kann.« Er sah Toscanelli an und verneigte sich lächelnd. »Maestro pagholo glaubt *nicht* an solche Dinge … noch nicht.«

Leonardo sah sich um. Toscanellis zahlreiche Dienstboten und Schüler waren anwesend.

»Zu welchem Zweck braucht Ihr Maestro Andreas Lehrling?« fragte Pico della Mirandola.

»Ich bin Lehrling bei Leonardo da Vinci«, erklärte Tista.

»Ich habe mich geirrt«, sagte Pico und verbeugte sich vor dem Kind.

»Damit das Experiment erfolgreich ist«, sagte der Dervadar, »brauche ich einen Knaben, der die Pubertät noch nicht erreicht hat, oder eine Jungfrau oder eine Schwangere. Sind hier Jungfrauen oder Schwangere anwesend?« fragte er. »Das dachte ich mir. Daher war Meister Niccolò so liebenswürdig, seinen jungen Freund mitzubringen ... Tista! Sollte nun irgend jemand Einwände haben ...«

»Macht weiter«, sagte Toscanelli. »Einwände lassen sich leicht noch nach Eurer Demonstration erheben.«

Der Dervadar befahl Tista, sich auf den Stuhl zu setzen, der für ihn bereitstand. Während A'isheh in den Kohlen stocherte und frischen Weihrauch hinzufügte, nahm er die Hand des Jungen und zeichnete ihm ein Viereck in die Handfläche. In die Mitte des Vierecks goß er so viel Tinte, daß sich eine kleine Pfütze bildete. Ohne die Hand loszulassen, fragte der Dervadar: »Tista, kannst du dein Gesicht in diesem Spiegel aus Tinte sehen?«

»Jawohl, Magnifizenz.« Tista zitterte. »Du darfst den Kopf nicht heben, du darfst nicht husten, du mußt in diesen Spiegel schauen. Ist das klar?«

»Ja ...«

Der Dervadar begann, die Papierstreifen, die er vorbereitet hatte, auf die Kohlen in dem Becken zu werfen. Sie gingen in Flammen auf und verströmten einen giftigen Geruch. Er murmelte eine Beschwörung, wieder und wieder.

Leonardo verstand nur die Worte »Tarshun« und »Taryushun«. Dann warf der Dervadar alle restlichen Papierstreifen auf die Glut und wedelte mit der Hand über dem wallenden Rauch, so daß er Tista ins Gesicht wehte.

Leonardo mußte würgen, denn von neuem füllte der Rauch das Zimmer. Er atmete vorsichtig und langsam ein. Die Weihrauchdüfte waren verflogen, und die Dünste, die blieben, waren übelriechend, faul und durchdringend. Ihm war, als träume er. Wahrhaftig, jetzt mochten die Schatten leicht einmal tanzen und wogen und sich in Geister verwandeln, in reine und in unreine.

»Fürchtet Euch nicht, Leonardo«, raunte eine Stimme hinter ihm. »Ihr werdet bald wieder einen klaren Kopf bekommen. Ich habe schon öfter gesehen, wie der Dervadar seine Magie vorführt. Er ermuntert seine Djinn, ihm zu helfen. Er behauptet, es seien reine Geister, aber manchmal gibt er zu, daß sie es nicht sind.«

Leonardo drehte sich um und erblickte Kuan Yin-hsi.

»Habt Ihr das Buch gelesen, das ich Euch dagelassen habe?« fragte Kuan.

»Ja«, sagte Leonardo.

»Und erinnert Ihr Euch an unser Gespräch über die Gegenwart zukünftiger Dinge und über Sankt Augustinus?«

»Ja ...«

»Dann seht Euch jetzt die Vorführung des Dervadar an. Es ist nur eine Demonstration von Gedächtniskunst.«

»Siehst du dein Gesicht jetzt in diesem Spiegel aus Tinte?« fragte der Dervadar.

»Nein«, sagte Tista zitternd.

»Dann sag uns, was du siehst.«

»Ich sehe Licht. Sehr helles.«

»Und woher kommt es?«

»Aus einem Grab«, sagte Tista.

»Und wo ist dieses Grab?«

»In einem Gebäude. Sehr weit weg.«

»Ist es das Grab des Propheten?« fragte der Dervadar.

»Ja.«

»Woraus besteht dieses Grab?«

»Das weiß ich nicht.«

»Schwebt es?«

»Nein«, sagte Tista, und er nickte leicht, während er in seine Handfläche starrte. Noch immer hielt der Dervadar seine Hand fest.

»Er stellt den Jungen auf die Probe«, flüsterte Kuan, »denn viele glauben, der Sarg des Propheten sei aus Metall und schwebe in der Luft.«

»Wie denn …?«

»Mittels Magneten.«

»Er lenkt Tista«, sagte Leonardo.

»Was siehst du sonst noch?« fragte der Dervadar Tista.

»Ich sehe einen Mann, einen alten Mann. Er ist gekleidet wie Ihr. In Grün.«

Der Dervadar trug eine gestreifte Seidenjacke, einen Kaftan und einen grünen Turban als Zeichen dafür, daß er ein Nachkomme des Propheten Mohammed war.

»Ist es ein heiliger Mann?«

Tista nickte.

»Was sagt er zu dir?«

Tista fuhr zurück, aber der Dervadar hielt seine Hand fest.

»Ich glaube, es genügt jetzt«, sagte Leonardo.

»Er ist nicht in Gefahr«, sagte Kuan. »Laßt dem Shaykh noch ein wenig Zeit.«

Niccolò stand jetzt neben Leonardo; er griff nach seiner Hand und hielt sie fest.

»Tista, antworte mir«, sagte der Dervadar.

Tista begann zu murmeln, und in einer Art Singsang sagte er: »Lalalailalalla illala lala illala …«

»Soll das heißen: *La ilah illa Allah*?«

Der Junge nickte.

»Weißt du, was du da sagst?«

»Nein, Shaykh.«

Der Devadar wandte sich an die Zuschauer. »Der Knabe zitiert den ersten Glaubensartikel von El-Islám. *La ilah illa Allah*. Es ist kein Gott außer Gott.«

Alle begannen durcheinanderzureden. Der Dervadar hob den Arm, und es wurde wieder still.

»So, Tista, und nun setze dich vor den heiligen Mann«, sagte der Dervadar. »Sitzt du?«

Tista nickte. Sein Kopf war gesenkt, als starre er noch immer in die Tintenpfütze in seiner Hand, aber er hatte die Augen geschlossen.

»Er wird wissen, wer Maestro Toscanelli das Astrolabium gestohlen hat. Er wird auch wissen, was dem Maestro sonst noch gestohlen wurde. Frage ihn.« Und nach einer Pause: »Nun?«

»Ein Gulden und andere Münzen wurden gestohlen ... silberne *fiorini*. Ich weiß nicht, wie viele. Und ein Vergrößerungsglas.«

»Danach habe ich gesucht«, sagte Toscanelli. »Ich dachte, ich hätte es verlegt.«

»Und jetzt sag uns, wer diese Dinge genommen hat«, befahl der Dervadar.

Wieder antwortete Tista nicht. Er saß vornübergebeugt auf seinem Stuhl und schien zu schlafen.

»Tista, antworte mir.«

»Ich weiß es nicht.«

»Kannst du den heiligen Mann noch sehen?«

»Ja.«

»Frage ihn. Er wird dir helfen.« Der Dervadar wartete. »Nun?«

Stockend gab Tista eine allgemeine Beschreibung, die auf jeden der Lehrlinge paßte, die beunruhigt dastanden.

Leonardo schüttelte den Kopf, aber Kuan und sagte: »Geduld, mein Freund. Allerdings habt Ihr diesmal vielleicht recht. Manchmal funktioniert diese Magie nicht.«

»Was siehst du sonst noch?« fragte der Dervadar.

»Ich sehe nur den Mann. Ich gebe wieder, was er gesagt hat, weiter nichts.«

»Frage ihn noch einmal, denn das genügt nicht. Nun? Tista, frage ihn!«

»Er sagt, der Junge hat einen schwarzen Zahn. Und er trägt einen Krug und ein Seil.«

Jetzt öffnete Tista die Augen, und der Dervadar sagte: »Schau weiter in den Spiegel. Bewege nicht den Kopf. Noch nicht.« Er wandte sich an Toscanelli. »Paßt die Beschreibung dieses Knaben auf einen Eurer Schüler?«

»Nein«, sagte Toscanelli. »Aber ich weiß, wer es ist.«

»Ja?«

»Er ist nicht hier. Er ist Matteo Michiels Schüler und bringt mir oft Werkzeug und Instrumente.«

»Wie könnt Ihr das aus dem, was Tista da gesagt hat, folgern?« fragte Leonardo mit einem scharfen Unterton.

»Alle Krug- und Brunnenseilmacher fallen unter Matteos Zuständigkeit, und Tista sagt, der Junge trägt einen Krug und ein Seil.« Toscanelli zuckte die Achseln. »Und einen schwarzen Zahn hat der Junge auch.« Er wandte sich an einen Lehrling, der an der Tür stand. »Ugo, ist er nicht ein Freund von dir?«

»Ja, Maestro«, sagte der junge Schüler.

»Und, weißt du etwas darüber?«

»Nein, Maestro, nur, daß er seinem Meister weggelaufen ist. Mehr weiß ich nicht, beim Blute Christi; es ist die Wahrheit.« Er atmete stoßweise, denn er war in Panik geraten. »Ich würde Euch nicht bestehlen, Maestro. Bitte glaubt mir das.«

»Ja, das glaube ich dir«, erwiderte Toscanelli. »Hab keine Angst.«

»Möchte jemand hier sich nach irgendeiner Person erkundigen, ob lebend oder tot?« fragte der Dervadar.

Benedetto d'Abbaco fragte nach seinem Vater. Tista beschrieb in allen Einzelheiten einen Mann in einer seltsamen Haltung: Er habe die Hände an den Kopf gepreßt, einen Fuß erhoben und den anderen am Boden, als stehe er von einem Stuhl auf.

»Ja«, sagte Benedetto aufgeregt. »Er hat Kopfschmerzen und hält sich den Kopf genau so. Und er hat ein steifes Knie. Er ist als Kind vom Pferd gefallen.«

Der Dervadar fragte Toscanelli, ob auch er etwas von Tista wissen wolle.

»Ich glaube, der Junge hat jetzt genug«, sagte Toscanelli.

»Ja, natürlich», sagte der Dervadar. »Aber bevor sein Blick trübe wird, hätte Maestro Leonardo dem Jungen noch eine Frage zu stellen.« Er schaute Leonardo herausfordernd an.

»Simonetta«, dachte Leonardo.

»Ser, habt Ihr mich gehört?« drängte der Dervadar.

»Ich habe keine Fragen an meinen Schüler; mir scheint, er schläft.«

»Ich versichere Euch, daß er nicht schläft«, sagte der Dervadar. »Tista, kannst du mich hören?«

»Ja.«

»Denke an Leonardo. Was siehst du im Spiegel?«

Tista fuhr zusammen, und seine Augen weiteten sich, als er in seine Handfläche starrte. Der Dervadar hielt seine Hand ruhig. Wieder sah es aus, als habe der Junge Angst.

»Was siehst du?« wiederholte der Dervadar.

»Es ist trüb.«

»Schon bald wird es trüb werden. Aber noch ist es nicht trüb. Was siehst du?«

»Feuer. Es umgibt Euch überall, Leonardo.« Er schrie jetzt. »Und noch jemand. Da ist noch jemand.« Dann fuhr Tista vor dem Dervadar zurück und riß seine Hand los. Er sprang mit weit aufgerissenen Augen hoch und machte einen Schritt rückwärts. »Ich falle!« schrie er und fuchtelte mit den Armen. »Hilfe!«

Leonardo stürzte auf den Jungen zu und hielt ihn fest, bis er sich beruhigt hatte. Nach einigen Augenblicken schaute Tista sich um, als sei er gerade aufgewacht. Er machte ein verwirrtes Gesicht.

»Was hast du gesehen?« fragte der Dervadar. »Warum bist du gefallen …? Von wo …«

»Ich glaube, das genügt jetzt«, sagte Leonardo erbost und zog den Jungen vom Dervadar weg. »Ihr hättet das niemals zulassen dürfen, Maestro Pagholo«, sagte er zu Toscanelli.

Der Dervadar neigte den Kopf und bat Leonardo um Entschuldigung, aber er hörte nicht auf, Tista zu bedrängen, er möge schildern, was er gesehen habe. »Du erinnerst dich doch sicher an den Spiegel«, sagte er. »Du mußt dich konzentrieren.« Er wirkte ehrlich besorgt.

Tista schaute Leonardo benommen an.

»Leonardo, ich weiß von keinem Spiegel.«

Der Dervadar hatte Leonardo in Toscanellis Privatgemächern im oberen Stockwerk erwartet. Er saß an einem langen Tisch, der mit Karten und Tabellen bedeckt war.

»Bitte nehmt meine aufrichtige Entschuldigung entgegen, Maestro Leonardo«, sagte er und legte eine Karte aus der Hand, die mit seltsamen Tieren und Ungeheuern geschmückt war. »Ich hatte nicht die Absicht, Euren Schüler zu ängstigen. Aber ich habe noch nie erlebt, daß jemand in dieser Weise auf den Spiegel reagiert hätte. Der Junge behauptet zwar, er könne sich nicht erinnern, aber er hat da etwas gesehen. Ich würde ihn sorgfältig im Auge behalten, damit ihm nichts zustößt …«

Leonardo blieb voller Unbehagen in der Tür stehen. »Was, glaubt Ihr, hat er gesehen?«

Der Dervadar zuckte die Achseln. »Die Zukunft, zweifellos.«

Leonardo nickte respektvoll.

»Aber das ist nicht der Grund, weshalb wir uns hier treffen«, fuhr der Dervadar fort. Er bedeutete Leonardo, neben ihm Platz zu nehmen. »Ich habe Euch einen Vorschlag zu machen.«

»Ja?«

»Könnt Ihr alles das tun, was Ihr in Eurem Brief aufzählt? Könnt Ihr solche Kriegsmaschinen bauen? Oder war das nur Prahlerei?«

»Es ist alles wahr.«

»Dann habe ich vielleicht Arbeit für Euch, wenn Ihr bereit seid, auf Reisen zu gehen, und wenn Ihr Abenteuer verkraften könnt.« Er schwieg einen Augenblick und sagte dann: »Ich brauche einen Militäringenieur. Maestro Toscanelli sagt, Ihr wäret interessiert an einer solchen Stellung.«

»Nein«, sagte Leonardo. »Da irrt er sich. Meine Arbeit und mein Leben sind hier. Ich könnte nicht weggehen, nicht jetzt.«

Der Dervadar zuckte die Achseln. »Wir führen Krieg gegen einen Renegaten, der in unsere Grenzprovinzen eingefallen ist. Wir können Euch gut bezahlen und Euch soviel Geld, Leute und Werkzeug geben, wie Ihr braucht, um Eure Bombarden und Flugmaschinen zu bauen.«

»Und wer ist dieser Eindringling?«

»Ein Sohn des Großtürken Mehmed, der ein gemeinsamer Feind der Christen und Araber ist. Der Name dieses Sohnes ist Mustafà. Von ihm habt Ihr ja zweifellos schon gehört.«

Leonardo schüttelte kurz den Kopf; er war sicher, daß der Dervadar sich über ihn lustig machen wollte. »Und wo ist dieser Krieg?«

»In der Gegend, die Ihr Cilicia nennt. Aber es wäre zutreffender, von einem Scharmützel zu reden. Ihr könntet das Ganze als eine Art Prüfung betrachten.«

»Und wenn ich sie bestehe?«

»Dann könntet Ihr am Ende über mehr Leute und Macht verfügen als Euer Fürst Lorenzo«, sagte der Dervadar. »Aber dafür müßtet Ihr eine Entscheidung treffen.« Leonardo biß auf den Köder nicht an; er schaute dem Dervadar unverwandt in die Augen. »Ihr müßtet ihn verlassen, diesen Ort Eurer Erniedrigung ...«

Verschwörungen des Schicksals

Die Menschen werden umhergehen,
ohne sich zu regen, sie werden sprechen mit denen,
die nicht zugegen sind, und die hören,
die nicht sprechen.
Leonardo da Vinci

Wir alle sind Schuldner des Todes.
Simonides

Es war ein außergewöhnlich kalter Winter. Der Arno gefror zu Glas, und jede Nacht sah man große Feuer auf seiner ganzen Länge, als wäre er eine Römerstraße. Auch war es eine magere Zeit für Leonardo, denn Zoroastro konnte seine Maschinen nicht an den Mann bringen, und ein Auftrag war nicht in Sicht. Die geringen Einkünfte, die er erzielte, kamen aus der Hand seines Freundes Domenico del Ghirlandaio, der die Kapelle von Santa Maria Novella ausmalte. Leonardo war in die Stellung eines Gehilfen abgestiegen.

Il Magnifico war in der Tat ein unnachsichtiger Feind; und Leonardo hatte außerdem erfahren müssen, daß auch Ginevras Gemahl Nicolini mehr Einfluß besaß, als er erwartet hatte.

Leonardo war es gelungen, sich sowohl bei den Anhängern der Pazzi wie auch bei denen der Medici zur *persona non grata* zu machen. Er hätte das Angebot des Dervadar annehmen und Florenz verlassen sollen. Sein Herz war tot; das glaubte er zumindest. Und doch brachte er es nicht über sich, die Christenheit zu verlassen.

Aber der Dervadar kam zurück und würde Leonardo aufsuchen; zumindest würde er sein Geschenk zurückhaben wollen: Er hatte Leonardo eine Lehrerin zurückgelassen, die ihn auf die islamische Welt vorbereiten und ihm die arabische Sprache beibringen sollte: die Hure A'isheh.

Eines kalten Abends gegen Ende Februar, als der gefrierende Regen an den Bäumen Eiszapfen wachsen ließ, die Welt in Kristall verwandelte und den Kornfeldern gläserne Dächer spendete, ließ A'isheh einen hartnäckigen Jungen in Leonardos Privatgemächer.

Leonardo erkannte ihn sofort als Simonettas kleiner Diener.

»Ich habe einen Brief für Euch, Maestro.«

»Von wem?«

Aber der Junge drückte ihm den Brief nur in die Hand und rannte wie ein Dieb zur Tür hinaus. A'isheh schaute ihm nach und starrte dann Leonardo an, als würde er ihr nun erzählen, was in dem Brief stand.

Der Brief war versiegelt. Leonardo brach ihn auf und las:

Liebster Leonardo,

ich schreibe Dir voller Angst, daß dieser Brief in falsche Hände geraten könnte. Darum habe ich meinem Diener Luca eingeschärft, ihn nur Dir persönlich in die Hand zu geben. Er hat meinen Gemahl auf einer Geschäftsreise nach Florenz begleitet. Du kennst ihn sicher von den Nachmittagen her, die wir im Palazzo der Madonna Simonetta verbrachten, als ihr beide mein Porträt maltet. Ja, Leonardo, ich wußte, daß sie Gaddiano war. Ich wußte auch, daß sie Deine Geliebte war – besser gesagt, daß Du einer ihrer zahlreichen innamorati *warst. Sie hat mir alles erzählt, aber mit welchem Recht hätte ich eifersüchtig sein sollen? Gleichwohl habe ich sie gehaßt, als sie es mir erzählte. Gott schenke ihrer Seele die ewige Ruhe und verzeihe mir, daß ich sie jetzt anschuldige, da sie in der ewigen Seligkeit ist.*

Um mich selbst sorge ich mich nicht mehr – ich war mehr als großzügig mit meinem Selbstmitleid –, aber jetzt bin ich gezwungen, um Dein Leben zu fürchten und um das meines Vaters. Etwas Böses ist im Gange, eine Verschwörung, und mein Gemahl ist daran beteiligt. Hüte

Dich vor dem Haß der Pazzi auf die Medici. Auch Deinen Namen habe ich nennen hören, und Sandros ebenfalls.

Ich möchte so gern nach Florenz zurückkehren. Nach einer Weile werde ich Luca noch einmal zu Dir schicken. Ich bitte Dich nur, mich nicht zu ignorieren. Was ich getan und gesagt habe, konnte ich nicht ändern. Mein Gemahl hält meinen Vater unter der Knute. Wir waren ihm nicht gewachsen. Vergib mir; ich war töricht.

Aber mein Herz hat immer Dir gehört. Könnten wir nur zusammensein, so würde mich alles andere nicht mehr kümmern. Wie es jetzt steht, verwandeln die Tränen des Schmerzes mich in einen Fluß. Ich liebe Dich und kann mir doch nicht helfen.

Ginevra

Von widerstreitenden Empfindungen hin und her gerissen, faltete Leonardo den Brief zusammen und schob ihn unter seine Tunika. Er wünschte, er könnte sie ignorieren und nie wieder an sie denken. Aber das konnte er nicht. Sie hatte ihn beerdigt, und jetzt, vielleicht nur einer Laune folgend, wollte sie ihn exhumieren. Gleichwohl mischte sich in die leere, tote Wut, die er empfunden hatte, jetzt auch eine erwachende Hoffnung. Wenn sie ihn wirklich liebte und wenn sie genauso verzweifelt war wie er, dann könnten sie das Schicksal vielleicht noch einmal nach ihrem Willen wenden. Sie könnten aus Florenz fliehen, denn er war ja nicht verheiratet mit dieser Stadt. Sie könnten nach Mailand gehen. Sicher wären sie im Palast von Ludovico Sforza willkommen, denn dieser hatte sich an Leonardos Arbeit interessiert gezeigt.

Leonardo setzte sich auf sein Bett, voller Ärger, Hoffnung und Demütigung. Er verlor sich in Tagträumen wie ein Kind, das allein so weit gehen darf, wie es will.

»Maestro, wollt Ihr mir sagen, was Euch fehlt?« fragte A'isheh in Arabisch. Unverschleiert stand sie vor ihm; ihr schwarzes Haar war zu einem langen Zopf geflochten, und ihre Augen waren dick mit Kajal umrandet.

»Nichts«, antwortete Leonardo in Italienisch. Er winkte sie heran, und sie setzte sich zu ihm auf das Bett. Er öffnete ihre Weste und enblößte ihre großen, tätowierten Brüste, um sie sanft zu streicheln. Einen Augenblick lang wirkte sie überrascht, denn er hatte auf alle ihre Verführungskünste nicht reagiert und sie nur deshalb in seiner Kammer schlafen lassen, weil er sie nicht in Verlegenheit bringen wollte.

Dann lächelte sie, als habe sie verstanden – als habe sie Ginevras Brief gelesen. Sie flüsterte ihm auf arabisch etwas zu, als Leonardo mit ihr zu ringen begann und sie rauh wie im Zorn küßte und biß. Sie wehrte sich, kratzte ihn, biß ihn, packte sein Glied fest mit ihren hennagefärbten Händen, denn so hatte sie ihn in ihrer Gewalt. Und er fügte sich und sah zu, wie sie ihn bearbeitete und ihre Kleider abstreifte, sah zu, wie sie ihn bestieg, als wäre er das Opfer, der Verfolgte. Er starrte in ihre großen dunklen Augen, die über ihm schwebten. Er bewegte sich in ihr, bis sie im Orgasmus schrie und am ganzen Leibe unkontrolliert erbebte. Dann rollte er sie auf die Seite und schob sich auf sie, als habe er sie in eine Falle geführt. Er drückte ihre Arme auf das Bett, stemmte sich hoch und nahm sie wie ein Wilder. Er gab seine Stellung nicht auf, so sehr sie sich sträubte, und wieder schrie sie. Sie hob sich ihm entgegen, und sie glitten ineinander, gegeneinander, stießen, zogen, arbeiteten, bis er sich selbst zum Höhepunkt gebracht hatte. Und in diesem Augenblick des Aufbäumens sah er Ginevra.

Sie war die Madonna von Impruneta. Sie lächelte und verzieh ihm alles.

»Maestro«, sagte A'isheh leise.

»Ja ...«

»Ihr tut mir weh.«

»Hör auf, das tut weh!« schrie Tista; Niccolò hatte ihn von Leonardos neuester Flugmaschine weggezerrt und drehte ihm den Arm auf den Rücken, als wolle er ihn brechen.

»Versprichst du mir, daß du von der Maschine des Maestro wegbleibst?« fragte Niccolò.

»Ja, ich verspreche es.«

Niccolò ließ den Jungen los, und der wich ängstlich zurück. Leonardo stand ein paar Schritte weit entfernt, ohne von den beiden Notiz zu nehmen, und starrte den Hang hinunter ins Tal. Dunstschleier schwebten wie Träume über die abschüssigen Wiesen, und in der Ferne, von grau-grünen Bergen umgeben, lag Florenz. Der Duomo und der hohe Turm des Palazzo Vecchio leuchteten golden im Licht der Morgensonne. Es war Anfang März, ein frischer Morgen, aber der Tag würde warm werden.

Leonardo war hergekommen, um seinen Gleiter zu erproben, der jetzt neben ihm lag. Die großen, gebogenen Flügel waren am Boden verankert. Er hatte Niccolòs Rat beherzigt. Diese Flugmaschine hatte starre Flügel und keinen Antrieb. Es war ein Gleiter. Sein Plan war es, das Fliegen zu meistern; wenn er dann eine geeignete Maschine entwickelte, um sein Flugzeug anzutreiben, dann würde er schon wissen, wie sie zu lenken war. Und diese Maschine entsprach auch eher seinen Vorstellungen von der Natur, denn er würde diese Flügel tragen, als wäre er tatsächlich ein Vogel; er würde darunter hängen, die Beine unten, Kopf und Schultern oben, und sie steuern, indem er die Beine schwenkte und sein Gewicht verlagerte. Wie ein Vogel würde er dahinschweben, segeln, gleiten.

Aber er hatte Angst davor. Er schob das Fliegen mit diesem Gestell seit zwei Tagen immer wieder auf – seit er hier kampierte. Er hatte den Mut verloren, obwohl er sicher war, daß der Entwurf richtig war. Er spürte, daß Niccolò und Tista und A'isheh – die aus dem Zelt hervorlugte – ihn beobachteten.

Niccolò schrie plötzlich. Leonardo fuhr erschrocken herum und sah, wie Tista das Seil aufknotete, mit dem der Gleiter am Boden verankert war, und sich dann durch die Öffnung unter den Flügeln schob. Leonardo stürzte hinüber, aber Tista warf sich den

Hang hinunter, bevor Leonardo oder Niccolò ihn festhalten konnten.

Tistas Schrei wehte durch die kalte, dünne Luft, aber es war ein Freudenschrei. Der Junge schwebte durch den leeren Himmel. Er kreiste um den Berg, gelangte in wärmere Luftströmungen und glitt dann abwärts.

»Komm zurück«, brüllte Leonardo durch die zum Trichter geformten Hände, aber unwillkürlich verspürte er kribbelnde Begeisterung. Der Apparat funktionierte! A'isheh stand jetzt neben ihm; stumm und prüfend schaute sie zu.

»Maestro, ich habe versucht, ihn festzuhalten«, beteuerte Niccolò.

Leonardo achtete nicht auf ihn. Das Wetter schlug plötzlich um, und ein böiger Wind pfiff um den Berg. »Halte dich fern vom Abhang«, rief Leonardo. Aber er wurde nicht gehört. Hilflos schaute er zu, wie der Gleiter, von einem Windstoß gepackt, sich aufbäumte. Er verharrte für einen Augenblick in der kalten Luft und stürzte dann ab wie ein Blatt. »Schwinge die Hüften nach vorn!« schrie Leonardo. Der Gleiter ließe sich noch abfangen. Wenn der Junge geübt wäre, dürfte er keinerlei Schwierigkeiten haben. Aber er war nicht geübt, und der Gleiter kippte seitwärts ab und krachte gegen die Bergflanke. Tista wurde aus dem Geschirr geschleudert; er krallte sich an Sträucher und Steine und fiel fünfzig Fuß tief hinunter.

Als Leonardo ihn erreichte, war der Junge beinahe bewußtlos. Er lag zwischen zwei scharfkantigen Felsen; sein Kopf war in den Nacken gebogen, sein Rücken verdreht, und Arme und Beine lagen schief abgewinkelt.

»Wo tut es dir weh?« fragte Leonardo.

Niccolò kniete neben Tista nieder; sein Gesicht war starr und blutleer.

»Mir tut nichts weh, Maestro. Bitte seid nicht böse auf mich.«
Niccolò nahm die Hand des Jungen.

»Ich bin nicht böse, Tista. Aber warum hast du das getan?«

»Ich habe jede Nacht geträumt, daß ich fliege. Mit Eurem Apparat, Leonardo. Genau damit. Ich konnte nicht anders. Ich habe es geplant.« Er lächelte matt. »Und dann habe ich es getan.«

»Das stimmt«, flüsterte Leonardo.

Tista erschauerte. »Niccolò …?«

»Ich bin hier.«

»Ich kann nicht so gut sehen. Ich sehe den Himmel, glaube ich.«

Niccolò drehte sich um, und Leonardo wandte den Blick ab.

»Leonardo?«

»Ja, Tista, ich bin hier.«

»Als ich anfing zu fallen, da wußte ich, was es war.«

»Was wußtest du?« Leonardo ließ Niccolò den Versuch unternehmen, es seinem Freund bequemer zu machen, aber man konnte nicht viel tun. Tistas Rückgrat war gebrochen, und eine gebrochene Rippe hatte sich durch die Haut gebohrt.

»Ich hatte es in dem Spiegel aus Tinte gesehen, als der Shaykh mich für sein Zauberkunststück benutzte. Ich habe mich fallen sehen. Und ich habe Euch gesehen.« Tista wollte sich aufsetzen und verzerrte vor Schmerz das Gesicht. Einen Moment lang wirkte er überrascht, aber dann schaute er an Leonardo vorbei, als wäre er blind, und es war kaum ein Flüstern, als er sagte: »Geht weg von dort … Niccolò, schaff ihn dort weg. Wollt Ihr denn verbrennen?«

Das Hochwasser des Arno war in diesem Jahr besonders zerstörerisch gewesen, und das galt allgemein als schlechtes Omen. Aber für Leonardo schien Fortuna ihre Tür wieder zu öffnen. Schließlich stand er nun auf ausdrückliche Einladung Giuliano de' Medicis hier im großen Dom von Santa Maria del Fiore, um über den Auftrag einer Bronzestatue zu sprechen, die Lorenzos Gattin Clarise darstellen sollte. Und in seiner Tasche war ein Liebesbrief von Ginevra, die nach Florenz zurückgekehrt war.

Sie liebte ihn wahrhaftig, trotz allem.

Wenn es stimmte, daß auch aller schlechten Dinge drei waren, dann hatte der Tod des armen Tista den bösen Kreis vielleicht geschlossen.

Er und Sandro Botticelli standen mit Freunden und Verwandten der Medici vor dem Hochaltar. Es war ein warmer Ostermorgen, und das Hochamt sollte gleich beginnen.

»Hör auf zu zappeln«, sagte Sandro.

»Ich habe nicht gemerkt, daß ich zapple«, sagte Leonardo und ließ den Blick über die große Menschenmenge im Dom schweifen. »Ich fürchte nur, daß Giuliano zu spät oder gar nicht kommt. Er hat sich bei mir über neuerliche Rückenschmerzen beklagt.«

»Keine Sorge. Außerdem bist du nicht hier, um Giuliano zu treffen, sondern Lorenzo.«

Leonardo nickte. »Aber mit Giuliano wäre mir wohler.«

»Es wird alles gut werden; ich weiß es. Die Vergangenheit ist vorbei und vergessen. Lorenzo kann niemandem sehr lange grollen. Würde er dich in die Kirche einladen, wenn er es nicht aufrichtig meinte?«

»Hast du ihm erzählt, daß ...«

»Daß dein Brief an ihn herumgetragen wurde? Ja, aber er hat es mit einem Achselzucken abgetan. Solche Dinge berichtet man ihm ständig.«

»Dann muß er vorsichtig sein.«

»Möchtest du, daß er sich in seinem Palazzo einsperrt wie ein Gefangener?«

Die Orgel erklang, und Lorenzo erschien zusammen mit Kardinal Raffaello. Der Kardinal war aus Rom zu Besuch gekommen. Er war noch ein Kind, ein Großneffe des Papstes.

Der Erzbischof von Florenz und seine Chorherren empfingen Lorenzo und den Kardinal und führten sie zum Hochaltar. Süßer Weihrauchduft erfüllte die Kathedrale. Alles flüsterte und munkelte und machte sarkastische Bemerkungen über den kleinen

Kardinal, während man darauf wartete, daß der Gottesdienst begann. Leonardo sah sich um. Noch nie hatte er so viele Menschen im Dom gesehen. Die Menge war gewaltig, selbst für einen Ostersonntag.

»Er könnte sich wenigstens bewachen lassen«, meinte Leonardo.

»Was?« Sandro sah ihn an.

»Lorenzo. Wo ist seine Leibwache?«

»Die ist da; da kannst du sicher sein. Dein kleiner Niccolò tut mir leid. Du hättest ihn zwingen sollen, zur Messe zu kommen.«

»Das konnte ich nicht.« Leonardo dachte daran, wie der Junge bei Tistas Beerdigung geweint hatte. »Er wird auf seine eigene Art über den Schmerz hinwegkommen. Er hält sich für verantwortlich.« Leonardo schwieg einen Moment. »Aber ich bin der Verantwortliche.«

»Keiner von euch beiden ist verantwortlich«, sagte Sandro. »Und da kommt Giuliano. Wer ist da bei ihm?« Und gleich beantwortete er sich seine Frage selbst. »Sieht aus wie Francesco de' Pazzi.« Er schüttelte den Kopf. »Die Politik werde ich nie verstehen.«

Jemand hinter ihm brachte ihn zischend zum Schweigen, als der junge, sommersprossige Kardinal intonierte: *»In nomine Patris et Filii et Spiritus Sancti, Amen.«*

Mit seinem spitzen Hut und in dem schweren Brokatmantel und den Festgewändern sah der Kardinal wie ein kaum Zwölfjähriger aus, obwohl er in Wirklichkeit schon siebzehn war. Aber er hatte eine dunkle, volltönende Stimme.

»Introibo ad altare Dei …«

Lorenzo war auf die Gesellschaft seiner Freunde zugegangen; dazu gehörten der junge und hochgescheite Philosoph und Dichter Poliziano, Antonio Ridolfi, Sigismondo della Stufa und Francesco Nori, einer seiner Lieblinge. Sie alle wurden auf politische Ämter vorbereitet. Bei der alten Sakristei, neben dem Altar des heiligen Zenobius, blieb er stehen, nicht weit von Leonardo und Sandro entfernt. Er sah Sandro und lächelte, und dann nickte er Leonardo zu.

»Da, siehst du«, flüsterte Sandro. »Ich hab's dir gesagt.«

Die Gebete nahmen ihren Fortgang, hypnotisch, prachtvoll, als trage jede Note in sich das Gewicht der Ewigkeit, als sei jedes heilige Wort eine unmittelbar göttliche Äußerung. Antiphon, Paternoster, Sakrament. Die Gemeinde kniete.

Leonardo entdeckte Nicolini in der Menge; reich sah er aus, großartig und selbstzufrieden. Er kniete bei den Abgesandten von Papst Sixtus und Mitgliedern der Familien Pazzi, Vespucci und Tornabuoni – lauter Feinden der Medici.

Ginevra war nicht bei ihm. Aber sie hatte Leonardo auch geschrieben, sie werde ihre Erniedrigung nicht öffentlich zur Schau stellen. Heute abend wäre Nicolini in geheimen Geschäften unterwegs ... heute abend, endlich, würden Leonardo und Ginevra ihr Stelldichein bekommen.

»Agnus Dei, qui tollis peccata mundi: miserere nobis.«

Glocken läuteten und gaben damit das Zeichen zum Erheben der Hostie.

Leonardo sah sich um und bemerkte, wie der Erzbischof sich hastig durch die Menge zum Ausgang drängte; Nicolini folgte ihm. »Sandro, sieh dir das an«, flüsterte er, aber sein Freund war tief ins Gebet versunken.

»Ite, missa est ...«

Leonardo sah, wie Il Magnifico den Kopf senkte und sich bekreuzigte. Zwei Priester näherten sich ihm von hinten. Der eine zog einen Dolch aus dem schwarzen Ärmel seiner Robe und griff mit der freien Hand nach dem Ersten Bürger, als wolle er ihn herumreißen, um Hals und Brust ungeschützt vor sich zu haben.

Auf der anderen Seite des Chores erhob sich plötzlich lautes Geschrei und Getöse. Das Geschrei verwandelte sich in Tumult, der Tumult in Panik.

»Die Kuppel stürzt ein«, kreischte jemand, aber Brunelleschis prachtvolle Kuppel war völlig intakt.

Leonardo stürzte bereits zu Lorenzo hinüber, aber Lorenzo war ein flinker und überlegener Fechter. Er sprang zurück, zog sein Schwert und schleuderte in derselben Bewegung seinen Mantel als Schutz um den linken Arm. Der Dolch des Priesters streifte seinen Hals, daß es blutete. Lorenzo bohrte dem Priester seine Klinge geradewegs ins Herz, und das Blut spritzte hervor. Lorenzo wollte sich abwenden und die Flucht ergreifen, aber ein zweiter Priester trat ihm in den Weg, und dann warf Francesco Nori sich zwischen Lorenzo und seinen Angreifer und bekam den Dolch des Priesters in den Bauch. Im selben Augenblick war Leonardo bei ihnen.

Erbost darüber, daß Lorenzo ihm entronnen war, stürzte der Priester sich auf Leonardo. Leonardo wich zurück, wehrte den Hieb des Priesters ab und stieß ihm seinen Dolch in den fetten Hals. Lorenzo hatte die Augen wild aufgerissen. Leonardo stieß ihn beiseite und stürzte nach vorn, um einen Pazzi-Banditen abzufangen, der sich hinter Lorenzo herangestohlen hatte, aber Lorenzo schlug den Kerl selbst zu Boden. Ihre Blicke trafen sich, und in diesem Moment war ihre Freundschaft wiederhergestellt.

Kampfgetümmel brodelte ringsumher. Leonardo und die anderen Freunde Lorenzos bildeten einen Kreis und nahmen ihn in die Mitte, um ihn vor den Mietlingen der Pazzi und den Spaniern aus dem Gefolge des Kardinals zu beschützen. Sie zogen sich zur nördlichen Sakristei zurück, und andere schlossen sich ihnen an und wehrten die nachrückenden Verschwörer ab.

»Schnell«, rief Lorenzo, und Ridolfi und Sigismundo della Stufa zogen sich hastig rückwärts durch die schwere Bronzetür zurück. Dann warfen sich alle dagegen und schoben die blutgierigen Bewaffneten der Pazzi zurück. Es gelang ihnen, die Tür so lange zu schließen, bis Poliziano den Schlüssel im Schloß umdrehen konnte. Eine feindliche Schwertklinge brach ab, als die Tür sich schloß, und auf der anderen Seite hörte man hilfloses Wutgeschrei.

Lorenzo sackte zu Boden. Für den Fall, daß der Dolch des Priesters vergiftet gewesen war, saugte Ridolfi das Blut aus der Wunde am Hals seines Patrons.

»Giuliano ...« sagte Lorenzo, und in seiner Stimme lag ein angstvolles Wimmern. »Ist Giuliano wohlauf? Ich sah ihn in den Dom kommen. Ich ...«

»Ruhig«, sagte Poliziano. »Ich bin sicher, er ist wohlauf. Auf Euch hatten sie es abgesehen.«

»Nein, sie hätten uns schon beide töten müssen.«

»Ich habe Giuliano gesehen«, sagte Leonardo.

»Und?«

»Er schien wohlauf zu sein.« Leonardo wollte Lorenzo trösten; er hätte es nicht ertragen, ihm zu sagen, daß Giuliano in Gesellschaft der Pazzi hereingekommen war.

Lorenzo wandte sich an Poliziano. »Nori ist tot. Ich habe ihn geliebt.« Es war, als sei er erst jetzt zu dieser Einsicht gekommen.

Poliziano nickte; sein langes, häßliches Gesicht war genauso bestürzt wie das des Ersten Bürgers. Plötzlich sprang Lorenzo auf, stieß Ridolfi beiseite und wollte die Tür öffnen. Sigismundo della Stufa hielt ihn auf. »Ich muß sehen ... ich muß feststellen, ob mein Bruder ... Ich muß sicher sein, daß er nicht ...« Lorenzos Stimme versagte, als könne er das Wort »tot« nicht aussprechen.

Die Glocke im Turm des Palazzo della Signoria begann zu läuten, so laut, daß Leonardo ihre Vibrationen in den Mauern ringsumher spüren konnte.

Dann war es still.

Sie lauschten, und sie hörten das gedämpfte Heulen des jungen Kardinals: »Ich habe es nicht gewußt, ich schwöre, daß ich es nicht gewußt habe ...«

Vielleicht war die Gefahr vorbei; vielleicht war der Kardinal allein.

Leonardo erbot sich, auf die Orgelbühne zu klettern, um nachzusehen, ob jemand das Gebäude in seiner Gewalt hatte, falls noch jemand da war. Die Leiter knarrte, und Staubschleier wehten im zarten Licht, als er auf den Marmorbalkon hinauskroch.

Unten waren nur noch wenige Leute zu sehen. Aber da kniete der Kardinal, allein und zitternd vor Angst. Er hatte sich neben dem Altar erbrochen. Giuliano lag auf dem rosaroten, grünen und weißen Mosaikboden, und neben ihm knieten Priester und Chorherren des Doms; sie weinten und beteten. Eine Pfütze aus Blut umgab Giuliano wie ein dunkler Schatten. Man hatte ihm den Schädel zerschmettert; das Haar war naß und verklebt, und er hatte den Arm sonderbar ausgestreckt, als wolle er zu Gott hinaufreichen. Leonardo wurde übel, als er hinunterschaute: Wer immer Giuliano de' Medici ermordet hatte, mußte ihn wirklich gehaßt haben, denn seine Brust war von Stichwunden ganz zerfetzt. Das zerrissene weiße Seidenhemd war rot gefärbt; schuldbewußt, aber unwillkürlich nahm Leonardo die Farbe zur Kenntnis. Er war erst Künstler und dann Mensch: »Wahrhaft«, sagte er sich, »ich bin verdammt.«

Und immer noch starrte er wie hypnotisiert auf Giuliano hinunter.

Wo war Sandro? War er unversehrt? Und wo waren die andern? Was ist passiert …?

»Leonardo, was seht Ihr da?« rief Lorenzo. »Ist Giuliano in Sicherheit?«

Leonardo konnte nicht antworten.

»Ist alles in Ordnung?« fragte Sigismundo, der flink die Leiter heraufkam. Er kniete neben Leonardo nieder und spähte zu den verwüsteten Leichen hinunter. »Gütiger Jesus, Giuliano …« wisperte er. »Lorenzo darf es nicht erfahren. Wir müssen ihn hinausschaffen, ohne daß er seinen Bruder sieht.«

Leonardo nickte.

»Ich komme jetzt hinauf!« schrie Lorenzo.

»Nein, wir kommen wieder herunter«, rief Sigismundo. »Leonardo ist nur ein wenig schwindlig geworden, weiter nichts.«

»Und Giuliano?«

»Wir haben ihn nicht gesehen«, sagte Sigismundo.

»Gott sei Dank.«

»Amen«, bekräftigte Poliziano. Aber als sie unten bei Lorenzo und den andern angekommen waren, lenkte Sigismundo die Aufmerksamkeit Polizianos auf sich und schüttelte den Kopf. Poliziano verstand sofort und wandte sich ab; der junge Philosoph hatte in dieser letzten Stunde zwei seiner besten Freunde verloren. Und in diesem Augenblick dachte Leonardo wieder an Sandro und fragte sich, wo er war und ob ihm nichts zugestoßen war.

Sie stießen die Sakristeitür auf und schoben Lorenzo hastig über die blutigen Fliesen des Duomo; Leonardo und Sigismundo verdeckten Lorenzo die Sicht auf Giulianos blutüberströmten Leichnam. Der Kardinal erflehte seine Aufmerksamkeit und beteuerte seine Unschuld, aber Lorenzo blickte starr geradeaus und hatte taube Ohren für das heisere Heulen des Jungen. Priester und Ordensleute blickten überrascht auf. Poliziano winkte ihnen, still zu sein und zu bleiben, wo sie waren.

Als sie am Portal anlangten, blieb Lorenzo stehen, als habe er die Anwesenheit seines toten Bruders plötzlich gespürt – als habe Giulianos gepeinigter Geist ihn gerufen. Er riß sich von Leonardo und Sigismundo los, und als er seinen Bruder erblickte, warf er sich auf ihn. Die Kraft all seiner Freunde war nötig, um ihn wegzuziehen. »Wer immer das getan hat, wird dafür bezahlen, das verspreche ich dir, ich werde sie töten lassen bis zum letzten Mann, ich schwöre es bei deiner Seele, Giuliano.« Und dann wirkte er unvermittelt unnatürlich ruhig. Er verließ die Kathedrale vor den anderen und ging hinaus auf die Straße.

Überall lagen Leichen. Söldner in den Farben der Pazzi waren von der Florentiner Garde und dem blutrünstigen Mob der Bürger überwältigt worden. Zerlumpte Kinder waren damit beschäftigt, die Toten auszurauben und ihnen die Bäuche aufzuschlitzen; sie quetschten ihnen die Augäpfel heraus und brachen ihnen die

Zähne als Erinnerungsstücke aus dem Mund. Und immer noch schrien die Bürger nach Blut: nach dem Blut der Pazzi.

Als Lorenzo auf die Straße hinaustrat, erhob sich ein Schrei, als sei er von den Toten auferstanden. Einige fielen auf die Knie, andere bekreuzigten sich, und dann stürmte unversehens ein großes Gedränge auf ihn ein, die Leute riefen seinen Namen, stürzten auf ihn zu und streckten die Hände nach ihm aus, um ihn zu berühren.

Lorenzo stand hoch aufgerichtet da. Er breitete die Arme aus und forderte Aufmerksamkeit. »Meine Freunde, ich vertraue auf euer gutes Handeln. Wir müssen zulassen, daß die Gerechtigkeit ihren Lauf nimmt, aber wir müssen uns auch beherrschen. Wir dürfen keinem Unschuldigen ein Haar krümmen.«

»Wir werden dich rächen«, schrie einer aus der Menge.

»Meine Verletzung ist nicht ernst … bitte …«

Aber Florenz ließ sich nicht beruhigen. Lorenzo hatte seine Pflicht getan. Jetzt war er umgeben von Leibwächtern und Freunden, die ihn vor der Verehrung seiner Untertanen beschützten.

»Pico«, rief Lorenzo und umarmte seinen Freund Pico della Mirandola, der herbeigeeilt kam.

»Alle waren von Sinnen vor Sorge«, sagte Pico. »Wir wußten nicht, wart Ihr ermordet oder entkommen oder …«

»Wir haben uns im Duomo versteckt«, sagte Lorenzo.

»Wir bringen Euch jetzt besser an einen sicheren Ort«, sagte Pico. »Eure Mutter ist zu Hause. Sie schickt Botschaften durch die ganze Stadt und läßt Euch suchen.«

»Weiß sie von Giuliano?«

»Wir hielten es für das beste, ihr vorläufig nichts zu sagen«, sagte Pico. »Giuliano wird in diesem Augenblick gerächt, mein Freund. Die Verräter werden zerschmettert. Die Bürger von Florenz haben den alten Jacopo de' Pazzi und seine Truppe mit Steinen beworfen, bis sie sich zurückzogen. In diesem Augenblick knüpfen sie die Verräter am Palazzo della Signoria auf.«

»Was?« fragte Lorenzo.

»Der Erzbischof hat versucht, die Signoria mit seinen eigenen Komplizen zu stürmen – mit Verrätern und Exilanten aus Perugia.«

»Ich habe gesehen, daß der Erzbischof den Duomo vorzeitig verlassen hat«, berichtete Leonardo, und er erinnerte sich, daß Nicolini ihm gefolgt war.

»Wir müssen jetzt sehen, was wir tun können«, sagte Lorenzo.

»Ihr müßt heimgehen und der Angst Eurer Mutter ein Ende machen«, sagte Pico. »Florenz braucht Euch in Sicherheit.«

»Meine Sicherheit hat Florenz noch nie etwas genützt.« Lorenzo rief seine Garde, und sie marschierten zur Signoria. Bevor sie den Palazzo della Signoria erreichten, erkundigte Leonardo sich bei Pico, ob er Sandro gesehen habe.

»Ja, er ist im Palazzo Medici und wird dort wegen einer Verwundung behandelt. Aber es geht ihm gut; es ist nur eine Fleischwunde.«

»Wie kam er dazu?«

Pico lächelte. »Er sagt, er wurde verletzt, als er dich vor einem Angriff bewahren wollte.«

»Ich habe ihn überhaupt nicht gesehen.«

»Den Angreifer vermutlich auch nicht.«

Als sie beim Palazzo Vecchio ankamen, war es bereits zu spät. Die Orgie des Verstümmelns, des Mordens und der Rache war schon zu weit fortgeschritten. Die riesige Menge jubelte, als Lorenzo erschien. Die Menschen konnten nicht glauben, daß er noch lebte. Es war ein Wunder. Sie brüllten ihren Dank an die Jungfrau zum Himmel, aber sie ließen sich nicht zur Ruhe bringen oder aufhalten. Lorenzos Stimme wurde übertönt von ihrem Geschrei: »Nieder mit den Verrätern! *Palle, palle!*« Die *palle* waren die Kugeln im Wappen der Medici. Lorenzo konnte nur zusehen, wie die Peruginer, die in der Signoria gefaßt worden waren, nackt aus den Fenstern auf die Piazza gestürzt wurden. Dann wurde Franceschino de' Pazzi gefunden; um sich tretend, kreischend und blutend wurde er vor den Augen der Menge ausgezogen und an einem Fenster des Stadtpalastes aufgehängt.

»*Magnifico*, es heißt, er sei einer der Mörder gewesen«, sagte Pico.

Lorenzo starrte den Mann an, der da am Strick baumelte und im Todeskampf zuckte, während die Menge johlte und über seine Erektion lachte. Als sie dann den Erzbischof neben ihn hängten, konnte Leonardo nicht mehr an sich halten: Jetzt jubelte auch er.

Als der Erzbischof aus dem Fenster fiel, biß er Franceschino vor Zorn und Hilflosigkeit in den Hals, und dann baumelten sie nebeneinander. Schuldige wie Unschuldige wurden durch die Straßen geschleift. Überall auf der Piazza wurden Augen ausgestochen, Ohren abgehackt und Köpfe auf Stangen umhergetragen. Und während all das noch im Gange war, wurde vor dem Eingang zur Signoria ein richtiges Schafott aufgebaut.

Gewalt hieß die Losung des Tages. Und das würde auch sicher in den nächsten Tagen so sein.

Als der Erzbischof kalt war und sich langsam violett färbte, brachten sie Nicolini auf das Fenstersims. Stocksteif stand er da, als sie ihm die Kleider vom Leibe rissen, und er blickte starr geradeaus, noch als sie ihn hinunterstießen, so daß er neben dem Erzbischof baumelte.

Leonardo sah wie gebannt zu. Nachdem man Nicolini zusammen mit dem Erzbischof gefaßt hatte, konnte nun auch Ginevra in Gefahr sein. Er verspürte Angst … und zugleich eine schreckliche, bestialische Freude. Er mußte fort, mußte Ginevra suchen und sie in Sicherheit bringen.

»War der da nicht ein Freund von Euch?« fragte Lorenzo ihn und deutete mit dem Kopf auf Nicolini.

Leonardo konnte ihn nur verblüfft anschauen. Er mußte doch wissen, daß Nicolini sein Todfeind gewesen war. Aber Lorenzo war außer sich. Weiße Schaumflöckchen saßen in seinen Mundwinkeln. »Nein, Magnifico. Ich habe ihn gehaßt.«

»Ah«, sagte Lorenzo, und dann wandte er sich ab, denn die Massen schrien beharrlich nach ihm.

»Tod den Verrätern« wurde zum Schlachtruf, den man vom Palazzo Medici bis zum Ponte Vecchio hören konnte. Leonardo eilte zum Hause Nicolinis. Er nahm dabei Gassen und Seitenstraßen, in denen weniger Betrieb herrschte. Der Gestank von Urin, Blut und Rauch hing in der Luft. Ganze Häuserblocks standen in Flammen. Kinder kreischten auf der Straße. Eine Frau mit einem Säugling im Arm sprang aus einem Fenster im ersten Stock; ihre Kleider standen in Flammen.

»Bist du Pazzi-Abschaum?« schrie ein stämmiger Straßenrüpel, offensichtlich der Anführer einer kleinen Bande, die ihn umgab. Er fuchtelte mit seinem Schwert vor Leonardo herum, und dieser floh die Straße hinunter. Er hatte keine Zeit. Er mußte zu Ginevra.

Und immer mehr Leichen. Eine Frau schrie im Durchgang zwischen zwei Häusern. Leonardo erhaschte nur einen kurzen Blick auf einen nackten Oberkörper. Mord und Vergewaltigung würden immer weitergehen; es war erst später Nachmittag. Was würde die Nacht bringen? Raserei erfüllte die Straßen selbst da, wo wenig Betrieb war; es war berauschend. Aber Leonardo war nur von der Angst um Ginevra besessen.

Die große Eichentür zu Nicolinis Palazzo war eingeschlagen.

Leonardo zog sein Schwert und nahm es in die linke Hand. Mit der rechten packte er seinen Dolch und schlich sich dann in den kolonnadengesäumten Innenhof. Ein Pfau huschte über die Steinplatten. Vor der großen Flügeltür, die offenstand, sah er einen Diener. Auf den ersten Blick schien es, als lehne er an der Tür, aber dann erkannte Leonardo, daß er mit einer Lanze an den Türpfeiler genagelt war.

Flink und lautlos huschte er ins Haus und durch große Säle und

Flure voller Gemälde und Musikinstrumente, Spieltische und Möbel, und überall suchte er nach Ginevra. Im Kontor fand er einen erschlagenen Diener. Im Wohnraum vergewaltigten zwei Männer ein Hausmädchen und ihren Sohn.

Von oben kam Gelächter.

Mit klopfendem Herzen lief Leonardo zu den Schlafgemächern hinauf.

Ginevra lag auf dem Bett, das Gesicht zerschlagen und geschwollen; ein Arm war gebrochen, und die Kleider hingen ihr in Fetzen vom Leibe. Ein Mann war dabei, sie zu vergewaltigen. Ein zweiter, den Leonardo als Schüler des Goldschmieds Pasquino erkannte, hockte nackt auf dem Bett.

Leonardo hatte das Gefühl, in einen Nebel aus Blut zu tauchen. Überrascht blickte Pasquinos Lehrling zu ihm auf, aber es war zu spät. Leonardo stieß dem Jüngling seinen Dolch durch den Hals. Dann ließ er Dolch und Schwert fallen und riß den zweiten Mann von Ginevra herunter. Auch ihn kannte er. Es war der Bruder jenes Jacopo Saltarelli, der ihn in Nicolinis Auftrag der Sodomie bezichtigt hatte. Aber die schreckliche Ironie der Sache bemerkte er nicht. Mit einer Kraft, die von wahnsinniger Wut entfacht wurde, schleuderte er den hartgesichtigen, kräftigen Mann gegen die Wand und brach ihm den Schädel. Der Mann rutschte zu Boden und hinterließ eine breite Blutspur an der Wand. Leonardo stürzte sich auf Ginevra. Und er sah, daß sie ihr die Kehle durchgeschnitten hatten. Ihre Brüste waren zerschunden und blutig, und zwischen ihren Beinen quoll Blut hervor.

Leonardo konnte nicht sprechen, konnte nicht beten, konnte weder Jesus noch Maria oder die Heerscharen der Heiligen anflehen, hier einzuschreiten, die Wirklichkeit zu korrigieren, zu verwandeln, ungeschehen zu machen. Er nahm sie in die Arme und hielt sie fest. Sie stank nach Kot und Sperma. Das Blut aus ihren Wunden befleckte sein Hemd und näßte sein Gesicht, das zur Maske erstarrt war. Er starrte auf eine Gänsefeder, die auf der roten Bettdecke lag, als könne er, indem er sich auf diese winzige Daune konzentrierte und seine Aufmerksamkeit vor allem anderen verschloß, zugleich alles Dasein und alle Erinnerung verleugnen.

Und als alle Vernunft aus ihm gewichen war, machte er sich methodisch und mit kundiger Hand daran, die Leichen ihrer Mörder auszuweiden. Während er hackte, schnitt und riß, dachte er daran, wie er einmal am Tisch in seinem Studio gesessen hatte. Es hatte nach Lampenöl und Alkohol gerochen, und vor ihm, in einer Schüssel mit heißem Eiweiß, hatten die Augen geschlachteter Kühe getanzt wie Eier in kochendem Wasser. Und in seiner rasenden Trauer und Niedergeschlagenheit schnitt er die Augen auf, zerschnitt diese kugelförmigen Fenster der Seele, arbeitete, arbeitete, sezierte, sorgfältig, gleichförmig.

Er hackte, schnitt und riß, und dabei schien er kaum zu atmen. »Ginevra«, dachte er, aber das Wort hatte nichts mehr zu tun mit der Frau, die er liebte. Ja, aller Zusammenhang hatte sich verwandelt in Feuer und Rauch, in läuternden, reinigenden, erstickenden, aufquellenden Rauch.

Und tatsächlich drang Rauch in Ginevras Schlafgemach.

Er kräuselte sich durch die Ritzen im blasigen Holz der Tür. Die betrunkenen Briganten dort unten hatten Nicolinis Haus angezündet, und Holz und Wolle und Roßhaar knisterten und loderten; und noch immer bewegte Leonardo sich in einem Traum, in einem messerscharfen Alptraum des Metzelns, und lauter, immer lauter wurde eine wispernde Stimme in seinem Kopf. »Leonardo, Leonardo, bist du hier?«

Leonardo fand diesen Gedanken erheiternd. Hier. Wo war hier? Er schmetterte die Reste von Giovanni Saltarellis blauen Augen auf den Boden, und die geschwollene, schmutzige Seele war jetzt leer wie der klare blaue Himmel.

»Leonardo? Leonardo!«

Und Leonardo fand sich am Fenster wieder. Er war jäh wieder

zu sich gekommen, und seine Hände waren mit Blut und Schleim beschmiert. Es war glühend heiß. Seine Kleider brannten wie Nadeln an seiner Haut. Er konnte nicht atmen. Unten war ... Niccolò? Sandro? Und Tista? Unmöglich. Tista war tot. Und doch schaute der Junge mit blicklosen Augen zu ihm herauf. »Geht weg von dort. Niccolò, schaff ihn dort weg! Wollt Ihr denn verbrennen?«

»Ja«, schrie Leonardo. Aber er kletterte bereits aus dem Fenster. Er fühlte den steinernen Pfeiler warm an seinen blutverschmierten Armen und seinem Gesicht, und dann fiel er, ganz langsam, wie ein Blatt, glitt abwärts wie Tista im Flugapparat; und die Luft war kühl und feucht und einladend wie die brotähnliche Erde rings um ein leeres Grab.

Teil iii: Mens

Griechen! Ich bezweifle, daß meine Erfolge
niedergeschrieben werden können.
Sicher wißt ihr von ihnen,
obgleich ich sie ohne Zeugen vollbrachte,
abgesehen von den Schatten der Nacht,
die meine Komplizen waren.

Leonardo da Vinci

Unternimm daher diese Reise
zur Vergebung deiner Sünden,
wohlversichert jenes »Glanzes,
der nicht vergehen kann«
im himmlischen Königreich.

Papst Urban II.

Und die ganze Zeit, da ich
dachte, ich lernte zu leben,
da lernte ich zu sterben.

Leonardo da Vinci

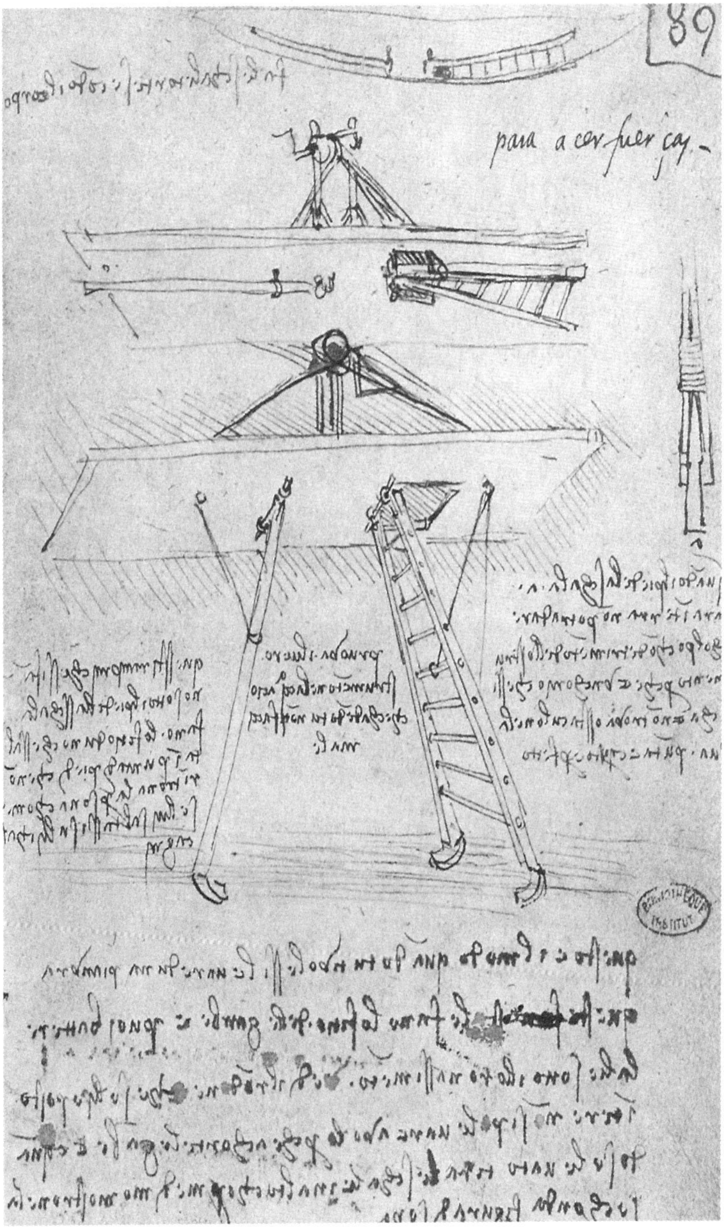
89

Den Winden anvertraut

Ein Glas ist dahin,
Und das zweite fließet schon …

Gromets Lied

Wer zu einem Stern reisen will,
kehrt nicht um.

Leonardo da Vinci

Es war eine Woche des Blutes und der Raserei.

Leonardo sah zu, wie der Mob unter seinem Atelier durch die Straßen wimmelte, sah Mord und Raub am Morgen und am Nachmittag und lauschte der Nacht, die still war wie in einem verbrannten Wald. Aber seine Augen waren tot wie die, die er einst im Eiweiß gekocht hatte, und er erinnerte sich an nichts. Wenn auf der Straße ein Kind niedergetrampelt wurde, sah er Ginevra. Wenn eine Mutter schrie, wandte er sich ab, als könne er es nicht hören. Ginevra hatte schließlich nicht geschrien. Hatte nicht schreien können.

Als Sandro und Pico della Mirandola ihn besuchten, um sich nach seiner Gesundheit zu erkundigen, fanden sie ihn hellwach, aber ruhig. Er war noch ein bißchen zerschlagen von seinem Fenstersturz, der von einer Markise aufgefangen worden war. Gottes Gnade war bei ihm gewesen. Aber Leonardo lebte noch immer in dem blutrünstigen Alptraum, der begonnen hatte, als er sah, wie Ginevra noch im Tode attackiert wurde.

Zeit, Gespräche, Ereignisse, alles war bruchstückhaft.

Die Totenfeier für Giuliano de' Medici wurde in San Lorenzo abgehalten. Eine neue Signoria trat ihr Amt an. Die Verwandten der Verschwörer wurden ermordet oder ins Gefängnis geworfen, ihre Häuser und Güter beschlagnahmt. Lorenzos eigener Schwager mußte im Palazzo Medici Zuflucht suchen. Und die Hinrichtungen gingen weiter; es wurden dreihundert oder mehr. Der Papst exkommunizierte Lorenzo. Bald würde die Heilige Kirche für ganz Florenz verschlossen sein. Es würde Krieg geben.

Aber für Leonardo würde Florenz mit einem Lied zu Ende gehen.

Kinderstimmen und ein Klopfen an der Tür weckten ihn. Er konnte sie vom Fenster aus nicht sehen, und so ging er nach unten. Niccolò und A'isheh hatten bereits geöffnet; Niccolò beschimpfte die Kinder, und A'isheh hielt sich den schwarzen Schleier vor Nase und Mund. Ein überwältigend fauliger Gestank, verbunden mit klammer Feuchtigkeit, drang herein. Seit einer Woche regnete es unaufhörlich. Niccolò schlug die Tür zu.

»Warte, Niccolò«, sagte Leonardo. A'isheh trat zurück. Er hatte Mühe, die Tür aufzuziehen, denn an die Türglocke war ein Seil gebunden. An diesem Seil hing der verweste Leichnam Jacopo de' Pazzis, der das Oberhaupt seiner unglückseligen Familie gewesen war.

»Klopft an die Tür des Verräters, Messer Jacopo«, schrie eins der Kinder zu der Leiche hinauf, die sie offensichtlich durch die Straßen geschleift hatten. Der Junge war völlig durchnäßt, und sein Gesicht glänzte vom Regen. Als er Leonardo sah, schrie er: »Bald wirst du aussehen wie er.«

»Jacopo hat einen Brief für dich«, krähte ein anderer, ein Bengel mit Grübchengesicht und einer roten Schlafmütze, und dann rannten die Kinder davon und ließen die Leiche hängen. Leonardo schob die Tür zu.

»Willst du ihn dort lassen?« fragte Niccolò.

»Meinst du den Brief oder Messer Jacopo?«

»Beides.«

»Was soll ich tun? Der Leichnam ist voller Maden und wahrscheinlich pestverseucht. Den Brief anzufassen, das wäre womöglich, als würde ich einen Aussätzigen anfassen. Wahrscheinlich haben sie ihn Maestro Toscanellis Boten abgenommen.

»Maestro Toscanelli?«

»Die Tinte ist verlaufen, aber das ist sein Siegel. Und es ist nicht erbrochen«, sagte Leonardo. »Die Bengel konnten ihn sowieso nicht lesen. Aber komm jetzt, wir gehen.«

»Wir gehen?«

»Hilf mir, meine Notizen zusammenzutragen, und dann müssen wir Kleider einpacken und die Pferde beladen. Rasch.«

»Wieso halten diese Bengel dich für einen Verräter?« fragte Niccolò. »Hat Lorenzo sie geschickt, weil er dich haßt? Weil du Simonettas Geliebter warst?«

»Du hast dir wieder Klatschgeschichten angehört, Nicco«, sagte Leonardo. Aber der Junge hatte dennoch eine Antwort verdient. »Lorenzo hat mir verziehen, aber ich glaube, ich habe Feinde an seinem Hof. Und sie entscheiden, wer zu Lorenzos Freunden gehören darf.«

»Dann sollten wir jedermann fürchten«, sagte Niccolò.

Leonardo lächelte ingrimmig. »Ja, Niccolò. Wir sind gut beraten, jedermann zu fürchten.«

A'isheh half ihnen beim Packen. Sie tat es methodisch und ruhig, als sei sie endlich zufrieden.

Sie waren nicht allein bei Toscanelli. Der Palazzo des Alten war zur Wegstation für alle geworden, die in politischer Bedrängnis waren, vor allem für die Mitglieder des Franziskanerordens; die Franziskaner hatten die Partei der Kirche ergriffen. Aber Toscanelli verhalf diesen Klerikern und anderen »Feinden des Florentiner Staates« zur Flucht.

Leonardo und Niccolò wurden von Toscanelli selbst eilig zum Tor hereingezogen. Er verneigte sich vor A'isheh und machte Leonardo dann Vorwürfe, weil er sich dem Palazzo in aller Öffentlichkeit genähert hatte. Die Schüler des Alten kümmerten sich um Pferde und Wagen, beladen mit allem Besitz, den Leonardo für wichtig gehalten hatte: hauptsächlich mit Büchern, Instrumenten und natürlich Kleidern. Im Wagen stand A'ishehs großer *cassone*, ihre Truhe, wie stets verschlossen.

»Du mußt doch meinen Brief bekommen haben«, sagte Toscanelli erregt. »Wieso hältst du dich dann nicht an meine Anweisungen? Ihr könntet uns alle in Gefahr bringen. Mein Lehrling hat dir den Brief doch gebracht, oder ...?« Nachdenklich und wie zu sich selbst, fügte er hinzu: »Der Junge müßte längst wieder da sein.«

Leonardo berichtete, daß Toscanellis versiegelter Brief an der Leiche Jacopo de' Pazzis gehangen habe.

Toscanellis Erregung wuchs. »Dann war es klug von dir, den Leichnam nicht zu berühren«, sagte er zustimmend, während sie durch den Innenhof zum Haus gingen. »Das Gesindel hat großen Spaß mit dem armen alten Jacopo. Sie haben ihn schon zweimal begraben, aber er rührt sich immer noch, als wäre er lebendig.«

»Sie hätten nicht versuchen sollen, ihn in geweihter Erde zu begraben«, erklärte Amerigo Vespucci, nachdem er sie begrüßt hatte. »Die Bauern sind abergläubisch. Sie geben Jacopo die Schuld an dem Regen, der ihre Ernte verdorben hat. Und sie klagen darüber, daß sie nachts auf ihren Feldern die Stimmen der Dämonen hören können. Auch das ist die Schuld des Alten.«

Leonardo fröstelte es; er war froh, aus dem Nieselregen ins Trockene zu kommen. »Vielleicht können sie es wirklich«, sagte er und umarmte Amerigo.

»Du hast Maestro Pagholos Ruf also befolgt«, stellte Amerigo fest.

»War es ein Ruf?« fragte Leonardo und sah Toscanelli an.

»Der durchlauchtigste Dervadar verlangt nach der Gesellschaft seiner reizenden Dienerin.« Toscanelli verbeugte sich lächelnd vor A'isheh. »Er hat nach Euch geschickt.«

»Das dachte ich mir, als ich den Brief sah«, sagte Leonardo. »Wir werden uns bald auf den Weg machen.«

A'isheh sah ihn bang und überrascht an, als habe sie nicht damit gerechnet, von Leonardo getrennt zu werden.

»Wo willst du hin?« fragte Toscanelli, aber Leonardo hatte das Gefühl, daß sein alter Meister ihn ködern und manipulieren wollte.

»Nach Vinci vielleicht. Meine Mutter und mein Stiefvater wohnen dort.«

Toscanelli schüttelte den Kopf. »In Vinci seid ihr nicht sicher.« Er sprach leise; Leonardo konnte ihn kaum verstehen.

»Was wißt Ihr?« fragte Leonardo.

»Ich habe Gerüchte gehört.«

»Was für Gerüchte?«

»Freunde von Lorenzo, die sicher nicht deine Freunde sind, reden immer noch von der Anklage, die gegen dich und ein Mitglied der Familie Tornabuoni erhoben wurde. Diese Familie war an der Verschwörung beteiligt«, sagte Toscanelli. »Und die Franziskaner werfen dir vor, du hättest einen Priester getötet ... So höre ich jedenfalls. Mir scheint, mein lieber Leonardo, du hast beachtlich viele Feinde auf beiden Seiten des Zaunes.«

»Und mein Freund Sandro? Was meint er dazu? Weiß er von diesen Gerüchten? Ich habe ihn seit ein paar Tagen nicht mehr gesehen.«

»Niemand hat ihn gesehen«, sagte Toscanelli. »Es gibt Gerüchte, denen zufolge Il Magnifico ihn auf eine Mission in den Orient geschickt hat.«

»Was für eine Mission?«

»Mehr weiß ich nicht.«

»Er hätte mir doch etwas davon gesagt.«

Toscanelli zuckte die Achseln. »Leonardo, du mußt Florenz verlassen. Bis deinen Feinden der Appetit auf Rache vergangen ist. Bis Lorenzo aufhört zu trauern und die Ordnung wiederherstellt.«

Leonardo lachte darüber. Mochten sie nur alle Rache nehmen; im Augenblick fürchtete er nichts so wenig wie den Tod. Wie konnten die Leute in Lorenzos unmittelbarer Umgebung ihn für einen Verräter halten, nachdem er Lorenzo gerade das Leben gerettet hatte? Aber als er die Tür vor Jacopo de' Pazzis Leiche geschlossen hatte, war ihm klar gewesen, daß er und sein Haushalt in Gefahr schwebten.

Und wo war Sandro? Er würde doch nicht verreisen, ohne sich zu verabschieden.

»Du hast einen merkwürdigen Humor entwickelt«, stellte Toscanelli fest.

»Vermutlich. Ihr wißt, daß Ginevra tot ist.« Leonardo teilte es sachlich mit, als gehe es um eine Fremde.

»Ja, Leonardo, ich habe die traurige Nachricht vernommen. Es tut mir sehr leid. Hast du …«

»Und du?« fragte Leonardo, an Amerigo gewandt. »Hat mein Maestro dich auch gerufen?«

»Er brauchte mich nicht zu rufen. Ich habe um Zuflucht gebeten.« Amerigos Stimme klang angespannt, und seine Miene war voller Unbehagen; gleichwohl fuhr er fort: »Mein Onkel Piero – du erinnerst dich an ihn – ist ins Gefängnis gekommen. Ich kann nur beten, daß sie ihn nicht hinrichten werden wie all die anderen.«

»Dein Onkel?« fragte Leonardo erstaunt. »Ich hätte gedacht, daß Il Magnifico deine Familie beschützt.«

Jetzt war es an Amerigo, zu lachen. »Die Dinge ändern sich jetzt sehr schnell in Florenz. Wie ich höre, glaubt Lorenzo jetzt, der Anschlag auf sein Leben und der Tod seines Bruders waren die Rache für Simonettas Tod.«

»Was soll das heißen?«

»Ihr Tod war geheimnisumwoben. Francesco de' Pazzi hat versucht, meine Familie davon zu überzeugen, daß Simonetta von Lorenzo ermordet wurde. Oder von Giuliano. Aus Eifersucht.«

»Das ist doch absurd«, sagte Leonardo.

»Deshalb hat meine Familie diesen Gedanken auch zurückgewiesen«, sagte Amerigo. »Aber für Lorenzo ist das kaum von Bedeutung, wie es scheint, denn sein Bruder wurde an einem Ostersonntag ermordet.«

»Aha«, sagte Leonardo. Simonetta war auch an Ostern gestorben. Wenn die Vespucci eine der ihren rächen wollten, dann würden sie sich einen vom Glück begünstigten Tag dafür aussuchen, einen Jahrestag. »Das heißt, dank der Pazzi sieht es schlecht für dich aus.«

Amerigo nickte.

»Und was hast du vor?«

»Ich komme mit dir, mein lieber Freund«, sagte Amerigo traurig. »Was sonst?«

Sie betraten Toscanellis Bibliothek. In dem ziemlich kleinen Raum hielt ein loderndes Feuer die feuchte Kälte ab und spendete ein rosiges Licht. Vor dem Feuer saß Kuan Yin-hsi, der Abgesandte des Dervadar. Er stand auf, verneigte sich vor A'isheh und sagte zu Leonardo: »Es freut mich, daß Ihr das Angebot des Dervadar angenommen habt.«

»Ich wußte nicht, daß ich es angenommen habe«, sagte Leonardo.

Kuan Yin-hsi machte ein überraschtes Gesicht.

»Was bleibt dir denn anderes übrig?« fragte Toscanelli.

»Das stimmt«, sagte Leonardo leise. »Das stimmt.« Aber er hatte keine Lust auf Abenteuer. Er wollte seine Mutter und ihren Mann Acattabriga sehen. Er wollte nach Hause. Und wenn Lorenzos Leute ihn ergriffen oder die Franziskaner ihn entdeckten, was machte das schon? Was konnten sie ihm anhaben? Wollten sie ihn umbringen? Er würde den Tod mit offenen Armen empfangen. Er stellte sich vor, daß es ein Traum wäre, und er träumte, daß er in seinem kalten, ewigen Reich Ginevra wiederfinden würde.

»Du hast das Angebot des Dervadar also angenommen«, sagte Leonardo zu Amerigo.

»Ja, genau wie Benedetto Dei, der uns führen wird, denn er hat Erfahrung mit Reisen in den Orient.«

»Das mag sein, aber ich habe hier noch etwas zu erledigen.«

»Es ist vorbei, Leonardo«, sagte Toscanelli. »Hier erwartet dich nur noch mehr Leid, und vielleicht der Tod.«

»Und im Orient, was erwartet mich da?« Leonardo schaute Kuan Yin-hsi an, und sein Sarkasmus war nicht zu überhören.

»Vielleicht auch der Tod, Leonardo, aber zumindest ein sinnvoller Tod. Ihr würdet das Schwert des Christentums gegen die Ottomanen führen. Der Türke ist nicht nur der Feind ganz Italiens, sondern auch der Feind des Dervadar. Wenn dem Großtürken und seinen Armeen nicht Einhalt geboten wird, dann werden Italien und die ganze Christenheit erobert werden. Sie werden fallen, so sicher, wie Konstantinopel gefallen ist. Kein Ort wird mehr sicher sein, so entlegen er auch sei.« Kuan lächelte. »Aber das könnte Euch nicht locken, wie? Was *kümmert* Euch denn noch?«

»Gar nichts«, sagte Leonardo, aber dabei drückte er Niccolòs Schulter, als wolle er andeuten, daß er nicht meinte, was er da sagte.

»Ich habe Eure Skizzen für die Maschinen des Todes gesehen, und beinahe fühlte ich mich wie im Frieden. Es waren reine Übungen des Geistes, nicht wahr? Aber würdet Ihr Euch denn wirklich die Gelegenheit entgehen lassen, Eure Träume Wirklichkeit werden zu lassen, ihnen Fleisch zu geben?«

»Dazu brauche ich nicht in den Orient zu reisen«, sagte Leonardo.

»Ach«, sagte Kuan, »dann habt Ihr jetzt also eine Anstellung als Militäringenieur?«

»Ich korrespondiere mit Ludovico il Moro von Mailand über diese Frage.«

»Leonardo«, warf Toscanelli ungeduldig ein, »Ludovico ist noch schlimmer als Lorenzo. Wenn er dich an seinen Hof nähme, dann würde er damit den Frieden mit Florenz in Gefahr bringen. Und glaubst du, er würde dich als Ingenieur ernstnehmen? Il Magnificos Maler?«

»Das weiß ich nicht«, sagte Leonardo. »Und es ist mir auch gleichgültig. Ich bin nicht hergekommen, um ...«

» ... ein Abenteuer zu erleben?« fragte Kuan. »Aber was bleibt Euch übrig?«

Leonardo antwortete nicht, und in der Tat sah er sie, ob er wollte oder nicht, vor seinem geistigen Auge, die Flugmaschinen und die mit Schießpulver gefüllten Projektile, die inmitten feindlicher Armeen explodierten und sie in alle Winde zerstreuten. Er sah die Choreographie von Tod und Zerstörung, und die Bilder von Metall und abgerissenen Gliedmaßen waren neutral und natürlich wie grüne Hügel und Olivenbäume. Die heilige, vollkommene mechanische Welt der Natur.

Aber ein beharrliches Klopfen an der Tür riß ihn aus seinen Gedanken.

Toscanelli rief einem seiner jungen Lehrlinge zu: »Ja, Filippino, was gibt's?«

»Draußen ist Aufruhr. Überall sind Soldaten, aber es sind ...«

»Ja?« drängte Toscanelli.

»Türken, Maestro.« Der Junge sah verängstigt aus. »Sie brennen die Stadt nieder. Riecht Ihr den Rauch nicht?«

Alle stürzten in den Hof hinaus. Der Rauchgeruch war stark, und durch schmale Fenster sah man Soldaten.

Es hämmerte laut an der Tür.

»Macht auf«, befahl Toscanelli, als er hinausgespäht hatte. »Es sind Benedetto und Zoroastro.«

»Zoroastro?« wiederholte Leonardo überrascht.

Toscanellis Schüler öffneten die Haustür und ließen Benedetto Dei und Zoroastro da Peretola herein. Ein Offizier mit Turban begleitete sie in den Hof. Er trug ein mit feinen Intarsien verziertes Krummschwert an der Seite und einen rautenförmigen Schild auf dem Rücken. Zwanzig oder dreißig Mameluken-Soldaten und mindestens noch einmal soviele Reiter warteten draußen. Toscanellis Lehrling hatte diese Sklavensoldaten des Kalifen von Babylon für türkische Janitscharen gehalten. Anscheinend gehörten sie zu einer Handelskarawane, denn viele der großen Araberpferde waren mit mächtigen Säcken beladen, die wahrscheinlich mit Damast, Samt und golddurchwirkter Seide gefüllt waren, mit den Schätzen von Florenz.

»Was ist denn da los?« fragte Toscanelli.

»Leonardo«, rief Benedetto, als er seinen Freund sah. »Es ist *dein* Haus, das in Flammen steht.«

Als die Karawane bei der Rubiconte-Brücke vorbeizog, sah Leonardo Jacopo de' Pazzi noch einmal: Junge Straßenlümmel hatten den aufgedunsenen Leichnam in den Arno geworfen, und sie liefen nun nebenher und schrien und sangen:

Seht Messer Jacopo, seht nur den Toten,
Auf dem Arno, da schwimmt er vorbei an den Booten …

Wundersamerweise schwamm der Leichnam an der Wasseroberfläche, als wolle er die Karawane begleiten. Die Leute blieben stehen, um ihn zu sehen.

Und das Liedchen ging Leonardo wieder und wieder durch den Kopf.

Sie brauchten vierzehn Tage bis Venedig, aber als sie die Grenze von Florenz hinter sich gelassen hatten, hörte es auf zu regnen, und die kalten, grauen Wolken verzogen sich. Es waren mehrere Christen bei der Karawane, und alle spürten sie, daß der Regen ein Zeichen von Gott gewesen war. Florenz erhielt seine Strafe; schließlich stand die Stadt ja auch schon unter dem Interdikt. Vor dem Städtchen Forlì war die Karawane auf päpstliche Truppen gestoßen; bald würden sie das Land rings um Florenz verwüsten.

Aber Florenz lag hinter ihnen.

Und dies war Venedig, die Stadt, die mit dem Meer vermählt war. In den ersten Augenblicken hatte Leonardo das Gefühl, frei zu sein, als sie in der Stadt waren. Die Luft war klarer, das Licht heller als in Florenz. Malen und denken und schreiben könnte er an diesem glasklaren Ort, wo das Wasser mit dem Himmel verschmolz, als seien sie ein und dasselbe, und ihm war, als brauche er nur die Arme auszubreiten, um durch das luftig blaue Wolkenmeer zu fliegen.

Aber er würde nicht in Venedig bleiben. Auch jetzt pulsierte ein kleiner Teil seiner selbst vor Erregung, wenn er daran dachte, sich in Abenteuern, Erfindungen und neuen Ländern zu verlieren.

Die Karawane zog schnell durch diese Stadt der hohen Stangen und der malerischen, wenn auch übelriechenden Kanäle zur *riva*, zum Kai.

Der Dervadar, flankiert von Cristoforo Colombo und seinen Offizieren, hieß Kuan Yin-hsi und seine Reisegesellschaft herzlich willkommen. Besonders erfreut wirkte er, als er Leonardo und Benedetto Dei sah. Mit der Selbstverständlichkeit eines Königs nahm er A'isheh, die sich still von Leonardo entfernt hatte, wieder in Besitz. Leonardo empfand jähes und unerwartetes Bedauern. Es war, als sei A'isheh verschwunden, als habe eine große, schöne Fremde in seidenen Schleiern ihren Platz eingenommen.

Vor ihm lagen schlingernd und schwankend die Schiffe des Dervadar – eine dreimastige, in Venedig gebaute *galleassa*, die von Rudern und Kanonenbatterien starrte, und zwei robuste venezianische Karavellen mit hohem Achterkastell und großen Lateinsegeln vorn und achtern. An Deck standen Matrosen und mit Armbrust, *espingarda* und kleinen Falkonetten bewaffnete Soldaten; über ihnen knatterten bunte Banner, so lang wie das Schiff, im Wind, aber alle Segel waren gerefft. Der Geruch nach frischer Farbe, Hanf, Kalfaterteer, Sonnenwärme auf frisch bearbeitetem Holz, Talg, Pech, Walfischtran und der überwältigende Gestank aus den Bilgen machten die Luft gleichzeitig faulig und süß.

Leonardo erschauerte, als er die Schiffe sah; sie schienen mit den Reihen der Ruder, bemannt mit einsatzbereiten Matrosen, im Meer zu wurzeln.

»Nun, Maestro Leonardo, es ist gut, daß Ihr Euch anschließt«, sagte Colombo; sein Gesicht war sommersprossig, und die Sonne hatte in dem langen roten Haar blonde Akzente gesetzt.

Leonardo wandte den Blick von den Schiffen ab. »Ich danke Euch«, sagte er ziemlich förmlich. Er erinnerte sich gut an seine letzte Begegnung mit diesem Mann. Niccolò hatte wahrscheinlich recht mit seiner Einschätzung: Comandante Cristoforo Colombo war ein Verrückter.

»Ich habe höhere Motive, mein Freund«, erklärte Colombo. »Ihr müßt wissen, wir haben einen unserer Lotsen verloren, und da Ihr ja bei Maestro Toscanelli studiert habt und etwas von Mathematik und Navigation versteht und in den Ephemeriden lesen könnt ...«

»Ich bin kein Seefahrer«, sagte Leonardo. »Benedetto Dei ist sicher besser geeignet als ich.«

»Dann sollt Ihr beide auf dem Schiff stehen«, sagte Colombo. »Es ist die *Devota* dort.« Er zeigte auf das kleinste Schiff, einen Rahsegler, der gut im Wasser zu liegen schien.

A'isheh flüsterte dem Dervadar etwas zu, und der schüttelte erbost den Kopf.

»Erschrick nicht«, sagte Benedetto zu Leonardo. »Der Schiffskapitän wird uns anleiten.« Er schüttelte kurz den Kopf und gab Leonardo damit zu verstehen, daß es besser sei, nicht zu diskutieren.

»Es ist also entschieden«, sagte der Dervadar. »Zur dritten Wache stechen wir in See.« Ein Trupp zerlumpter Hafenarbeiter, einige von ihnen schon sehr alt, wimmelte auf dem Kai umher. Sie schleppten gewaltige Weinfässer auf die Schiffe, während Matrosen die Waren der Karawane und die persönliche Habe der Passagiere an Bord verstauten.

»Kommt mit«, sagte ein Offizier zu Leonardo und Benedetto.

Leonardo winkte Zoroastro und Amerigo Vespucci zu, die Gäste des Dervadar sein würden. A'isheh blieb zwar neben dem Dervadar stehen, aber ihre Augen offenbarten ihre Gefühle für Leonardo. Als Niccolò ihm folgen wollte, rief Colombo ihm nach: »Junger Mann, du gehst auf das falsche Schiff.« Offiziere und Matrosen lachten. Wütend drehte Niccolò sich zu Colombo um; er war puterrot vor Verlegenheit. »Auf der *Devota* ist für dich kein Platz mehr in der Kajüte«, rief Colombo. »Es sei denn, du möchtest mit den Matrosen an Deck schlafen – oder mit den Ratten und Kakerlaken im Laderaum.« Wieder erhob sich brüllendes Gelächter.

»Wir finden schon einen Platz für ihn, Commandante«, rief Leonardo zu Colombo hinunter.

»Wo denn, Maestro? In Eurem Bett?« schrie Colombo und rief damit neuerliches Gelächter hervor.

Leonardo fuhr herum und griff nach seinem Schwert, aber Benedetto riß ihn zurück. »Genug, Leonardo.«

Der Dervadar sagte ein paar Worte zu Colombo, und jetzt war es an ihm zu erröten. Offensichtlich hatte er von der Anklage gegen Leonardo gar nichts gewußt. »Ich bitte Euch um Vergebung, Maestro«, sagte er. »Es war ein Scherz, weiter nichts.«

Der Dervadar erklärte: »Nichtsdestoweniger wird der Junge mit uns reisen.«

Leonardo erhob Einwände, aber es nützte nichts. Er trat vor; Niccolò würde auf jeden Fall bei ihm bleiben. Aber bevor er den Jungen erreichte, verstellten ihm mehrere Leibwächter des Dervadar den Weg. Sie packten ihn bei beiden Handgelenken, und er spürte den entschlossenen Druck ihrer Klingen an Leib und Rippen. Der Dervadar hatte hier das Kommando – nicht nur über seine Schiffe, sondern auch über jedermanns Leben, auch über Leonardos.

Und wieder hallte ihm das Spottlied über Jacopo durch den Kopf, und Leonardo hatte plötzlich eine schreckliche Vorahnung, die er in seiner Kathedrale der Erinnerung begrub.

Seht Messer Jacopo, seht nur den Toten,
Auf dem Arno, da schwimmt er vorbei an den Booten …

Seht den Toten … an den Booten …

Griechisches Feuer

Das Wetter war wie im April in Andalusien …
das einzige, was fehlte, war der Klang der Nachtigallen.
Christoph Columbus

Die Lebenden und die Toten
werden heute abend glücklich sein.
Johann von Österreich

Fort mit euch, die ihr auf den Winden wandelt.
Homer, Ilias

Die Schiffe segelten durch die Adriatische See, die flankiert ist von den päpstlichen Staaten und den Königreichen Italiens zur einen und den ottomanischen und mameluckischen Gestaden zur anderen Seite. Es war eine ereignislose Reise, denn dies war eine vielbefahrene Route, die sich im Mittelmeer verzweigte: nach Westen zum Land der Berber und nach Osten in Richtung Zypern, wo es Kupfer gab; im Süden aber lag Babylon oder El-Kahireh, der große Basar. Eine einzige Straße von Kairo, erzählte man, enthalte mehr Menschen als ganz Florenz. Und dies, so hieß es, sei der Ort, von dem alles Wissen herkomme, denn vor der Sintflut hatte hier Hermes Trismegistos, auch Idris genannt, gelebt.

Der Süden war ihr Ziel, und nach Süden reisten sie, als wären die Tage auf See Gebete und Formeln, fixiert durch die ständigen Rituale von Sonne und Sternen. Bei klarem Wetter wurden Stunden definiert und unterteilt durch das Drehen des Glases, einer Sanduhr: eine Wache hatte acht Glasen. Aber auch wie in der Kirche wurde die Zeit gemessen, durch die Andachten der Terz, der Vesper und der Komplet. Der Kapitän und seine Matrosen waren tief religiös, und man hörte ständig Gebete – wenn nicht von den muslimischen Soldaten, dann von den christlichen Seeleuten und den jungen Bengeln, die die Stundengläser drehten, während sie das traditionelle Paternoster oder Avemaria sangen.

Es war Mitternacht, und Leonardo und Benedetto Dei waren bereits an ihrem Platz, als die Schiffsjungen die Stundengläser zur nächsten Wache umdrehten und sangen: *»Qui habitat in adiutorio Altissimi, in protectione Dei caeli commorabitur.«* Ihre Stimmen waren hoch und lieblich.

Jeder stand einmal auf Wache, auch der Kapitän, und Leonardo und Benedetto hatten die Erlaubnis, zusammen zu wachen, da sie sich für die unbeliebte Hundewache von Mitternacht bis vier entschieden hatten. Dei besaß Erfahrungen als Lotse, und Leonardo betätigte sich natürlich als Navigator. Zu dieser Nachtzeit erforderte die Navigation kaum mehr als das Anpeilen der Begleiter des Nordsterns mit dem Nocturnal, einem Astrolabium mit einer Visiereinrichtung und einem schwenkbaren Arm, und ansonsten folgte man dem Schimmer des Kohlenbeckens, das am Heck des Flaggschiffs *Apollonia* hing.

Die Nacht war klar, mondlos und voller Sterne, als funkelten am Himmel die Millionen Lichter von Babylon selbst, und das Meer leuchtete wie ein Spiegel.

»Leonardo …?« fragte Benedetto.

»Ja?«

»Ich brauche deine Unterhaltung, damit ich wachbleibe, aber ein Glas wurde umgedreht, und du hast noch kein Wort gesprochen. Hast du geschlafen?«

Leonardo lachte. »Nein, mein Freund.«

»Aber?«

»Ich habe einfach nur das Meer betrachtet und nach dem Kohlenbecken der *Appolonia* Ausschau gehalten, ob etwa Anweisungen kommen.« Vom Flaggschiff vor ihnen war nur die Kohlenglut zu sehen.

»Wir haben seit vier Tagen keine bekommen«, sagte Benedetto und rief dem Rudergänger unter ihnen etwas zu; der Mann konnte die Segel nicht sehen, sondern steuerte nach Kompaß, Gefühl und den Anweisungen des Lotsen. »Kurs halten.«

»Jawohl«, rief eine Stimme von unten.

»Vermißt du Niccolò?« fragte Benedetto. »Ist es das? Oder vielleicht ist es ja auch die Frau des Dervadar…«

Leonardo empfand jähes Verlangen nach A'isheh, und dies führte zu einem herzzerreißenden Gefühl der Leere, denn er dachte gleich auch an Ginevra, Ginevra, wie sie ihn angesehen hatte, wenn sie miteinander geschlafen hatten, und Ginevra, ermordet in ihrem Schlafgemach; von seinen Erinnerungen waren nur diese überlebensgroßen Bilder vor seinem geistigen Auge geblieben, überblendet, das eine ins andere sickernd. Und sie zogen über ihn hinweg wie eine mächtige Woge, und er blieb allein und verwundbar zurück in den stillen Weiten des Meeres und der Sterne und des sanft rollenden Schiffes.

»Nicco fehlt mir, ja«, sagte er nach einer Weile. »Aber er ist auch eine Verantwortung.«

»Dann bist du froh, diese Verantwortung los zu sein?«

»Ich habe sie hier, ob er nun auf unserem Schiff ist oder auf einem anderen.« Leonardo klopfte sich mit zwei Fingern auf die Brust.

»Wieso hast du dich Maestro Pagholos Wünschen gefügt?« fragte Benedetto. »Du hättest ihn bei dem Alten lassen können. Da wäre er sicher gewesen. Ja, Niccolò hätte auch zu seinen Eltern zurückgehen können.«

»Ich fürchte, ich habe aus Selbstsucht gehandelt.« Leonardo wandte sich ab und schaute in das fluoreszierende Kielwasser. Das dunkle, endlos tiefe Wasser ängstigte und faszinierte ihn, und irgendwie tröstete es ihn auch. Es schien Schmerz und Erinnerung zu verschlucken und den, der es betrachtete, aus dem Lauf der Zeit herauszuheben.

Ein Junge drehte das Glas und sang: *»Deo Patri sit gloria.«* Dann erschien er auf dem Achterdeck und brachte Leonardo und Benedetto einen kleinen Beutel mit Schiffszwieback, Knoblauchzehen, Käse und ein paar eingelegten Sardinen, die ranzig rochen. Leonardo dankte dem Jungen, und der verneigte sich und kehrte zu seiner Arbeit zurück.

Als er zu Ende gegessen hatte, fragte Benedetto: »Was hast du gemeint, als du sagtest, du habest aus Selbstsucht gehandelt?« Bei der Wache kam es oft vor, daß ein Gespräch angefangen und wieder fallengelassen wurde, als werde die Zeit selbst bald langgezogen, bald zusammengepreßt. Das Schiff knarrte und schaukelte, und die Segel blähten sich im Wind. Sie hingen wie große Säcke an den Masten; nie konnte der Wind sie straff spannen. Matrosen, Schiffsjungen und Soldaten schnarchten und grunzten. Bei schönem Wetter schliefen sie lieber an Deck als in der stinkenden Enge im Vorderkastell oder im Zwischendeck. Alle sanken erschöpft in den Schlaf, denn niemand konnte mehr als vier Stunden hintereinander schlafen.

»Ich brauche diese Verantwortung«, antwortete Leonardo schließlich. »In gewisser Weise ist Niccolò der einzige Faden, der nicht gerissen ist.«

Als ersichtlich war, daß Leonardo nichts weiter sagen würde, erzählte Benedetto: »Niccolò ist wegen der Frau auf dem Schiff des Dervadar.«

»Was soll das heißen?«

»Einer der Seeleute ist schwerhörig, und deshalb hat er Lippenlesen gelernt. Er hat gesehen, wie die Frau mit dem Dervadar sprach und um den Jungen flehte.«

»Warum sollte sie das tun?« fragte Leonardo nachdenklich.

»Vielleicht wollte sie ihn haben.«

»Du bist ein Schwein, Benedetto. Wie Zoroastro.«

Benedetto lachte. »Leonardo, weißt du, wie sie dieses Schiff hier nennen? *Das Fliegende Schwein*. Ich bin also in guter Gesellschaft, nicht?« Wieder lachte er laut, und im Dunkeln rief jemand: »Halt's Maul!«

Leonardo, der an der Reling gelehnt hatte, richtete sich plötzlich auf und spähte nach Osten in die schäumende Dunkelheit. »Benedetto, schau dort, in der Ferne – siehst du sie? Lichter.«

Benedetto drehte sich um, aber die matt leuchtenden Flecken waren fort. »Vielleicht war es eine Spiegelung, Leonardo.«

»Nein, ich habe etwas gesehen«, sagte Leonardo, und einen Augenblick später: »Da, schau.« Er zeigte auf das Flaggschiff des Dervadar, das ihnen mit dem Kohlenbecken und zum Nachdruck auch noch mit einer Pechkieferfackel Signale gab. Hell, dunkel, hell, dunkel...

»Auf da vorn!« schrie Benedetto, und als die erbosten Matrosen im Laufschritt zum Achterdeck kamen, postierte er einen in den Ausguck. »Paß auf, ob in dieser Richtung irgend etwas Ungewöhnliches bemerkbar wird – vor allem Lichter oder Geflacker.« Dann wandte er sich an einen Offizier. »Ruft den Kapitän. Und den Schiffsmeister.«

»Morgen früh werden wir wissen, ob es Schiffe sind«, meinte Leonardo. »Wenn sie unfreundlich sind...«

»Die See bringt oft seltsame Erscheinungen hervor«, beharrte Benedetto, aber seine Hand zitterte leicht, und Leonardo wußte, daß er sich Sorgen machte.

»Morgen wissen wir, ob es Türken sind«, sagte er, und dann verfluchte er A'isheh, weil sie Niccolò zu sich genommen hatte.

Die restlichen Stunden verbrachte er damit, Kampfvorbereitungen zu treffen. Bis zum Morgengrauen waren es nur noch wenige Glasen, aber jetzt war er zufrieden, denn er konnte sich in den vertrauten Freuden der Arbeit verlieren.

Auf die falsche Morgendämmerung folgte das schmutziggraue Licht, das die Sterne fortspülte. Dann färbten sich die Wolken feuerrot, und der Tagesanbruch brachte eine Verwandlung. Es war, als folge die Welt jeden Morgen von neuem dem Text der Genesis, als brächten die Frühgebete und lieblichen Gesänge der Schiffsjungen die Welt zu sich und erschafften sie neu. Segel knatterten im Meereswind, und die Decks verströmten einen scharfen Holzgeruch wie nach grün duftenden Wäldern, wenn der Tau von den Planken verdunstete.

Aber heute morgen gab es keine Ruhe und nicht die stille Überzeugung, daß Gott in Seinem Himmel sei.

Die Männer arbeiteten fieberhaft, aber ohne viel zu reden und auch ohne großen Lärm. Es war ein gespenstischer Anblick – als sei das Schiff von Gespenstern bevölkert, von Toten, die Freundschaft, Geplauder und die Freuden des Fleisches nicht mehr brauchten. Die Männer wirkten erschöpft und irgendwie klein vor dem leuchtend blauen Hintergrund von Meer und Himmel. Sie schwitzten in ihrem eiligen Bemühen, das Schiff bereitzumachen, bevor die türkischen Piraten zum Todesstoß ausholen konnten. Nur die Soldaten bewahrten Ruhe. Sie hatten ihre Waffen geputzt und geprüft. Jetzt hielten sie sich abseits, um nicht im Weg zu sein, bewegten die Lippen in lautlosem Gebet und spähten hinaus zum Feind, als könnten sie die türkischen Schiffe mit den Emanationen ihrer Augen in Brand setzen.

Fünf Schiffe, über denen das dunkelrote Banner mit Stern und Halbmond flatterte, schwenkten ihnen diagonal entgegen, kamen langsam und unerbittlich auf sie zu. Eine mächtige türkische Karacke, die von Kanonen starrte, sah aus wie eine schwimmende Burg im rollenden Wasser. Es war offenbar das Flaggschiff, und es fuhr den andern voraus, als ziehe es die kleineren Galeeren wie einen Fächer auf die Schiffe des Dervadar zu.

Leonardo stand auf dem Achterdeck; bei ihm waren sein Freund Benedetto, der Kapitän, der Schiffsmeister und mehrere Offiziere, darunter der Hauptmann der Mamelucken-Soldaten des Dervadar. Er trug einen grünen Turban, und in seiner Schärpe steckte ein großer Krummsäbel. Er wirkte erregt wie Leonardo, nervös wie eine Löwin. Er schaute zu den Soldaten hinunter, die mittschiffs zusammenstanden, eine Armee in Weiß. Das Sonnenlicht blinkte auf Panzern und Arkebusen. Manche hielten Lanzen und Hellebarden in die Höhe, andere stützten Armbrüste auf dem Unterarm oder hielten Dornenkeulen und zweischneidige Äxte in den Fäusten; die übrigen hatten Messer oder Krummsäbel gezückt.

»Maestro Leonardo, Ihr müßt jetzt aufhören zu zappeln«, sagte der Kapitän. Er war ein kleiner, stämmiger Mann, der trotz seiner geringen Körpergröße absolute Autorität ausstrahlte. In seiner Jugend mußte er hübsch gewesen sein, aber seine schlaftrunkenen Augen und die vollen Lippen verliehen ihm ein aufgedunsenes, dekadentes Aussehen.

»Es ist aber immer noch viel zu tun«, sagte Leonardo.

Der Kapitän lächelte. »Schon getan, junger Mann. Jetzt ist keine Zeit mehr für irgend etwas außer Blut und Sieg.«

»Von Blut und Sieg redet er nur, weil wir ihnen nicht davonsegeln können«, bemerkte Benedetto.

»Pst.« Leonardo fürchtete, der Kapitän könnte solche Reden hören.

Der Kapitän wandte sich an den Artillerieoffizier. »Agostin, bist du auch nervös?«

Der Offizier, der jünger war als Leonardo, wurde rot. »Wir sind bereit, Kapitän. Maestro Leonardo war eine große Hilfe. Er hat jeden Ring der Bombarden überprüft und festgestellt ...«

»Sehr gut.« Der Kapitän sprach mit Leonardo, aber er schaute dabei zu der kleinen Armada in der Ferne hinüber. »Wie ich höre, hieltet Ihr unsere Vorräte an griechischem Feuer für unzureichend und minderwertig. Also habt Ihr selbst welches gemacht. Ich kann den Geruch von Kampfer nicht ausstehen.«

»Ich bitte um Vergebung, Ser. Ich habe auch noch andere Substanzen zusammengemischt.«

»Aber Ihr werdet keinen tödlichen Rauch ohne meinen Befehl einsetzen. Ich habe zu oft gesehen, wie gute Männer von ihrem eigenen Gift dahingerafft wurden… Buchstäblich, weil der Wind sich drehte.«

Leonardo nickte.

Der Kapitän sah sich unter seinen Offizieren um und schaute dann hinunter zu den Seeleuten, Schützen und Matrosen an Deck. Er nickte einem der Matrosen zu, und dieser blies in eine Pfeife. Der Kapitän hielt seiner Mannschaft eine anfeuernde Rede, und als er fertig war, sprach der Dervadar auf Arabisch zu seinen Leuten. Sie erhoben daraufhin ein Gebrüll und schwenkten ihre Waffen.

Als der Kapitän seine Offiziere entlassen hatte, nahm Agostin, der Geschützoffizier, Leonardo beim Arm und sagte: »Geht Ihr hinunter und koordoniert die Ruderer. Ich werde Euch ein Signal geben, wenn die Bombarden abgefeuert werden sollen.« Kanonen und Ruder mußten koordiniert werden, damit die Bombarden, die unter Deck festgemacht waren, nicht die langen Ruderholme abschossen.

»Das kann ich doch übernehmen«, sagte Benedetto.

»Ich muß an Deck sein«, beharrte Leonardo.

»Und ich kann mir nicht leisten, meinen Geschützmeister zu verlieren«, sagte der Kapitän. »Euer Wunsch ist also erfüllt, Maestro Leonardo.«

Die Sonne näherte sich langsam ihrem Mittagsstand. Der Dervadar gab seine Wünsche bekannt, indem er den anderen Schiffen mit Flaggen und Segeln in einem bestimmten, geheimen Code Signale gab. Zum selben Zweck schwenkten und senkten auch die Türken ihre Flaggen.

Die Lage war unentschieden.

Aber der Wind – wenn er doch nur die Segel füllen wollte. Dann könnten sie entkommen, denn die Galeeren konnten mit Segelschiffen in voller Fahrt nicht Schritt halten. Die Mittelmeerwinde waren indessen launisch, und viele Stunden lang lag das Meer wie ein großer See, über den nur eine sanfte Brise strich. Alle waren gereizt, und jedermann war nervös und angespannt, als die türkische Galeone zum Schlag ausholte. Mit rauschenden Rudern verringerte sie ihren Abstand und schoß dann auf das Schiff des Dervadar, welches das Feuer sogleich erwiderte.

Die anderen Schiffe taten es ihm nach.

Ein Geschützoffizier rief Agostin die Befehle des Kapitäns zu, und Agostin brüllte zurück. Es war fast eine Art Seemannslied, denn die Befehle wurden gesungen, und dann folgte die Explosion der Bombarden.

Rauchwolken stiegen in die Höhe, und der beißende Geruch von Schießpulver und heißem Eisen breitete sich aus. Der Ozean explodierte zischend, als die handgemeißelten Steinkugeln in hohem Bogen ins Wasser fielen, wenn sie ihr Ziel verfehlten. Die Schiffe des Dervadar manövrierten sich in Schlachtposition und nahmen das Flaggschiff in ihre Mitte.

»Refft die Segel und laßt die Spieren herunter«, befahl der Kapitän von Leonardos Schiff.

Aber Leonardo hatte jetzt wenig zu tun. Die Matrosen, die die wenigen mittelgroßen Bombarden und Falkonette auf Quarterdeck, Achter- und Vorderkastell bemannten, wußten schon, was sie zu tun hatten, und er wäre dort nur im Weg. Einer hielt einen brennenden Span an das mit Schießpulver gefüllte Zündloch der Kanone, und ein zweiter zielte und betete, daß Kammer und Rohr bei der Entladung nicht explodieren möchten.

Alles war vorbereitet. Körbe mit nagelgespickten Feuerkugeln, die nach Terpentin stanken – Leonardos »griechisches Feuer« – und die gleichen Bomben, auf Lanzen gesteckt, die aus kurzen Holzrohren, sogenannten *trombe*, abgeschossen wurden. Tontöpfe mit flüssigem Pech schwangen über Feuern auf allen Decks, und in Reichweite jedes Soldaten und Matrosen lagen Berge von Steinen und Krüge mit ungelöschtem Kalk, mit dem die türkischen Gegner geblendet werden sollten. Weitere Krüge mit Öl und flüssiger

Seife standen bereit, um die Decksplanken der feindlichen Schiffe schlüpfrig zu machen, und in der Sonne, die hoch am Himmel stand, glitzerten sternförmige Fußangeln mit rasiermesserscharfen Zähnen wie Quecksilber in der Sonne. Überdies hatte Leonardo dafür gesorgt, daß reichlich Wasserfässer aufgestellt wurden, um Brände zu löschen.

Ein Geschützoffizier stand neben Leonardo und brüllte. Die Ruder hoben sich, und acht Kanonen feuerten. Wie ein Echo ertönte Salve um Salve, als die beiden Flaggschiffe einander unter Beschuß nahmen. Erst sah das Ganze aus wie ein Spiel mit viel Rauch und Getöse. Aber das sollte sich einen Herzschlag später ändern.

Zwei türkische Galeeren ruderten mit hoher Geschwindigkeit auf die Karavellen zu, die das Flaggschiff des Dervadar flankierten. Sie näherten sich frontal, und ihre Ruder bissen ins Wasser. Es waren große Schiffe, schlank und bis aufs Gerippe von allem Ballast befreit, mit dreißig Ruderbänken auf jeder Seite. Ihre Bauweise war auf Geschwindigkeit ausgerichtet, und sie dienten dazu, Soldaten für den Nahkampf zum Feind zu tragen; deshalb hatten sie nur wenige Geschütze.

»Auf die Ruder zielen«, schrie einer der Geschützoffiziere an Deck, aber die Galeeren waren schwierige Ziele.

Kanonen feuerten, Arkebusiere schossen, das Wasser rings um die Galeere brodelte, und als sie näherkamen, sah Leonardo Soldaten in bunten Gewändern und mit Turbanen, und er hörte ihr Geschrei und den tödlichen Takt der Pauken. Die Männer dort auf dem Wasser waren rasend vor Mordlust und Kampfgier, und das Wasser trug ihr Geschrei herüber und verstärkte es noch.

»Riechst du den Gestank?« fragte Benedetto. »Warte nur einen Moment, dann riechst du sie, die Ruderer. Sklaven sind sie, wahrscheinlich Italiener, die armen Hunde. Sie sind an ihre Ruderbänke angekettet, und sie scheißen, wo sie sitzen.«

Benedetto klang atemlos. »Laß uns sehen, daß wir uns irgendeine Deckung suchen, Leonardo. Es wird Zeit.« Dann lächelte er. Leonardo versuchte zu ergründen, was sein Freund dachte; Benedetto wirkte verängstigt und begeistert zugleich.

Sie hielten sich mittschiffs und am Rande, geschützt durch die hochgezogene Reling, und Leonardo konnte jetzt tatsächlich die Sklaven riechen; er roch Schweiß und Exkremente, und irgendwie war ihm, als wittere er auch schon Blut.

Unter Deck gab Agostin den Feuerbefehl, und Leonardo schrie den Männern zu, sie sollten die Ruder heben.

Einen Augenblick später feuerten die Kanonen der *Devota*.

Eine der Steinkugeln ließ den Rumpf der Galeere splittern. Eine zweite traf ihre Flanke, und die Ruder flogen in die Luft, als würden sie von Raketen getrieben. Schreckliches Kreischen brach los, als Blut und Knochen umherstoben, Gliedmaßen von Körpern gerissen wurden und ins Meer fielen, das sie verschluckte, als wäre die türkisblaue Oberfläche nur die Manifestation eines hungrigen Gottes. Leonardo merkte, wie ihm die Galle bitter in die Kehle stieg. Und er hatte eine Vorahnung, als sei die eine Sache nur die Widerspiegelung einer anderen. Als er sich nach dem Schiff des Dervadar umschaute, sah er, wie eine Kanonensalve in der Galerie explodierte und das Backbordquartier in Flammen aufgehen ließ. Das Flaggschiff antwortete mit einer Salve, die den Großmast des Türken zerschmetterte, so daß dieser nach vorn krachte und die Fock zerfetzte. Zwei weitere schlanke Galeeren feuerten mit ihren Kanonen ebenfalls auf die *Apollonia*, aber ihre Mission war es, die große dreimastige *galleassa* zu bezwingen und zu entern, wenn – falls – es soweit war.

Leonardo machte sich panische Sorgen um Niccolò und A'isheh; er stellte sich vor, daß A'isheh in ihrer Kajüte war, und die mußte genau dort liegen, wo die Bombardensalve eben eingeschlagen hatte. Und Niccolò würde kampfbereit an Deck stehen und sich für einen Mann halten. Pfeile regneten vom Himmel.

»*Runter*, Leonardo!« schrie Benedetto.

Die Bombarden brüllten, und die Galeere wurde getroffen. Sie feuerte zurück. Überall schrien und kreischten Soldaten. Viele von ihnen waren verwundet; andere schossen unablässig mit ihren Armbrüsten, aber sie waren den Langbogen der Türken mit ihrer größeren Reichweite nicht gewachsen. Die Galeere kam dicht heran und wurde dabei immer wieder von den Bombarden auf Leonardos Schiff *Devota* getroffen; sie würden sie sicher bald versenken.

Ein Arkebusier brüllte auf, aber die Bombarden der *Devota* schwiegen plötzlich. Die zielsicheren Pfeile der Türken hatten die Kanoniere in Augen, Stirnen und Herzen getroffen.

Feuerkugeln wurden auf das Deck geschleudert, griechisches Feuer sprühte aus hölzernen Rohren. Flammen leckten rasend schnell über die Planken; der Rauch war so dicht, daß es finster wie in der Nacht wurde. Aber das Unüberwindliche war der Hagel der Pfeile. Man hörte jetzt nur noch die Schreie der Verwundeten und Sterbenden und das Schwirren der Pfeile von Armbrust und Bogen.

Die Bogenschützen, die Leonardo umgaben, fielen einer nach dem anderen. Einer kippte auf ihn: Ein Pfeil hatte die Brust des Mannes oberhalb der Brustwarze durchbohrt, und er blutete und keuchte. Roter Schaum quoll ihm aus dem Mund. Er war kaum mehr als ein Junge. Jetzt war alles in Bewegung, schnell, aber langsam in der subjektiven Wahrnehmung, als sei Leonardo unversehens in einem Traum versunken, ohne eingeschlafen zu sein. Und er vergaß alles um sich her außer dem Takt der Zeit, der wie der Schlag einer Trommel war. Dennoch wußten seine Arme und Beine, was sie zu tun hatten.

Er löschte Brände an Deck, zündete einen nagelbewehrten Feuerball an einer Stange an und stieß ihn einem Türken vor die Brust, der eben einen Enterhaken auf das Deck der *Devota* geschleudert hatte. Der Mann schrie und war gleich von Flammen eingehüllt, die sich ausbreiteten. Leonardo und die anderen warfen ihre Feuerkugeln und sprühten griechisches Feuer auf den

Feind und auf das Deck der Galeere. An irgendeinem stillen, sanften Ort hörte Leonardo sich selbst, wie er brüllte und gläserne Behälter mit Pech auf die Galeere schleuderte, die auf dem brennenden Deck in Flammen aufgingen.

Rings um ihn her fielen Männer, aber Leonardo war flink, und Gott hauchte ihm in den Nacken, denn nicht Pfeil noch Feuer konnte ihn erreichen.

Inzwischen brodelte nicht nur die See, sondern auch das Deck – von Männern. Die Türken enterten überall, und immer noch regneten die wispernden Pfeile von oben herab, als wollten sie überhaupt kein Ende nehmen; jeder Zollbreit der Planken starrte von ihnen. Leonardo erhaschte einen Blick auf den Mamelucken-Hauptmann; er war bei seinen Männern und kämpfte im dichtesten Getümmel, hackte Gliedmaßen ab und brüllte wie ein Tier, während der Kapitän des Schiffes sicher auf dem Achterdeck blieb, umringt von Leibwächtern, die die feindlichen Pfeile mit großen, überlappenden Schilden ablenkten.

Und Leonardo hörte den Kapitän schreien, aber es war eine Stimme aus weiter Ferne, die da in seinen Traum von Blut und Gemetzel drang – denn in der Tat hatte Leonardo Schwert und Messer gepackt und schwenkte beides, schwang es hin und her, schlug einem grauäugigen Türken den Arm ab: noch ein Knabe, dem noch kein richtiger Bart gewachsen war und dem nun keiner mehr wachsen würde. Er drehte sich um und schaute in die Runde, als stehe er im Auge des Wirbelsturms, verzaubert, geschützt. Noch einen Türken schlug er nieder, und noch einen. Und dann, mitten in diesem ohrenbetäubenden Geschrei und Waffengeklirr und prasselnden Feuer, auf blutigen, glitschigen Planken, im schnaubenden, furzenden, pfeifenden Schlachtengetöse, im rastlosen Hin und Her von Parieren und Zustoßen, begann Leonardo sich zu erinnern …

Erinnerte sich, was er mit Ginevras Mördern getan hatte. Sah sich, als wäre er durch die Zeit gewandert, denn in der Hitze der

Schlacht hatte die Zeit ihre Bedeutung verloren und wurde mit jedem Schwertschwung gedehnt oder gepreßt. Er sah sich in Ginevras Schlafgemach, wie er ihren Mördern die Gedärme aus dem Leib schnitt, als wären sie Schweine, und er studiere ihre Muskelstruktur, das Muster ihrer Arterien, die Schichten des Fleisches. Und wie er ihnen die Augen ausquetschte, sie zu Paste zerdrückte, die Fenster ihrer Seele verschloß, indem er ihre toten Leiber marterte.

Übelkeit erfaßte Leonardo, Abscheu gegen sich selbst, und gern wollte er die Portale seiner Kathedrale der Erinnerung schließen, wollte das ganze Gebäude aus Schmerz in der Dunkelheit des Vergessens, der Lethe, versenken. Und hier stand er wieder, in Strömen von Blut, das ihn klebrig bedeckte.

Er wurde aus seinen schrecklichen Tagträumen gerissen, als Benedetto Dei einen Pfeil in die Brust bekam. »Nein! Benedetto!« schrie er und stürzte zu ihm hinüber. Sein Freund blutete im Gesicht von einer Schnittwunde; ein abgerissener Hautlappen flatterte an seiner Wange, als er sprach.

»Zieh nur den Pfeil heraus, Leonardo.« Alle Farbe war aus seinem Gesicht gewichen. »Bitte ...«

»Die Lunge ist nicht durchbohrt«, sagte Leonardo, um ihn zu beruhigen, und dann nahm er sich den Pfeil vor und zog ihn heraus; er bemühte sich, so wenig Schaden wie möglich anzurichten. Benedetto wollte schreien, aber er brachte nur einen würgenden Laut hervor und fiel dann in Ohnmacht, bleich wie ein Toter. Mit geschickten Fingern säuberte und verband Leonardo die Wunde; er war es gewöhnt, mit Knochen, Blut und Fleisch zu arbeiten. Einen Augenblick lang war es still; er hörte das Geräusch, mit dem die Pfeile von der Sehne schnellten, und mehrere schlugen neben ihm aufs Deck und verfehlten ihn nur knapp. Die Türken feuerten mit ihren Langbogen vom Fockmast herunter; sie hatten dort oben eine schalenförmige Plattform angebracht und diese mit Matratzen vor der Beschädigung durch Bomben gesichert. Auf ihrer hohen Warte waren die türkischen Bogenschützen unverwundbar, denn der Mast war zu hoch. Leonardo zog Benedetto in bessere Deckung, und dabei kam ihm eine Idee.

Er bahnte sich seinen Weg zum Heck, um mit dem Kapitän zu sprechen. Unterwegs rutschte er auf dem blutverschmierten Deck aus, fiel auf ein scharfkantiges, verdrehtes Stück Metall und riß sich daran den Schenkel auf. Er fühlte keinen Schmerz, zog aber ein Stück Stoff um das Bein und band es stramm fest, um die Blutung zu stillen.

Der Kapitän hörte sich seinen Plan an, und in seiner Verzweiflung begleitete er ihn und brüllte seinen Männern Befehle zu. Der Mamelucken-Hauptmann schloß sich ihnen an, und sie sammelten genug Seeleute und Soldaten aus dem Durcheinander, um unter ihnen eine gewisse Ordnung herzustellen. Der Kapitän schrie seinen Männern zu, sie sollten sich auf seinen Befehl auf die Steuerbordseite begeben. Leonardo fragte sich, ob sie ihn im Lärm des Gefechts überhaupt hören konnten, aber während er sich daran machte, Leinwand und Seil zu einer behelfsmäßigen Hängematte zu verarbeiten, gaben die Seeleute den Befehl ihres Kapitäns weiter.

Das Schiff stand in Flammen; schwarzer Rauch wallte allenthalben. Ein wütender Kampf von Mann zu Mann tobte, aber die Türken wurden zurückgedrängt. Ihre Schreie klangen schrill und fremdartig, daß es einem kalt über den Rücken lief. Im Kampf für ihren Gott würden sie lieber einen zwölfjährigen christlichen Schiffsjungen aufspießen, als einen arabischen Glaubensgenossen angreifen, aber sie griffen doch an.

Pfeile flogen, Männer gingen in Deckung.

Es mußte jetzt geschehen.

»Das Schiff könnte jetzt kentern«, warnte Leonardo den Kapitän; dieser nickte und gab den Befehl, anzufangen.

Zwei Männer, von großen Schilden geschützt, enterten die Wanten und kletterten auf den Achtermast. Der eine trug eine Armbrust und die Hängematte, die Leonardo gemacht hatte, der andere hatte ein besonderes Rohr zum Versprühen des tödlichen griechischen Feuers.

»Hoffentlich erwischen die Türken sie nicht zu früh«, sagte Leonardo. Er kniete vor der Winde; fünf Matrosen hatten die Taue gepackt und standen bereit. Die Mamelucken, die den Mast erklommen hatten, befestigten die Hängematte an der Rahnock, die zu der türkischen Galeere hinüberragte.

Die türkischen Bogenschützen oben auf der Plattform sahen sie und begannen, auf sie zu schießen.

»Jetzt«, schrie Leonardo, und die Matrosen wanden das Tau auf und zogen die eine Seite der Rah herunter. Die andere Seite, deren Ende auf die feindliche Galeere gerichtet war, schwang hoch und brachte die Männer, die sich in die Hängematte gekauert hatten, über die Bogenschützen auf der Plattform. Aber Leonardos Schiff begann zu krängen, und die Rah neigte sich gefährlich über die türkische Galeere.

»Alle Mann nach Steuerbord«, schrie der Kapitän, und Seeleute und Soldaten sprangen zur Steuerbordseite, so daß das Schiff sich aufrichtete und die Rah sich über den Mast des Feindes erhob.

Jetzt waren die türkischen Bogenschützen angreifbar, denn sie befanden sich unter den Mamelucken in der Hängematte. Aber einer der beiden worde trotzdem von einem Pfeil im Auge getroffen; er fiel herunter auf das Deck der Galeere und brach sich das Rückgrat.

Einen Augenblick später strahlte ein Feuerstoß aus der Hängematte und traf den Mast des türkischen Schiffes. Die türkischen Bogenschützen schrien, als das griechische Feuer ihre Plattform umhüllte, am Mast herunterrann und Flammen auf die Decks beider Schiffe regnen ließ.

Die Bogenschützen fielen mit brennenden Haaren und Kleidern ins Wasser.

Die Türken führten einen neuerlichen, wilden Angriff gegen die *Devota*, und das Deck legte sich gefährlich schräg, als christliche Matrosen und Mamelucken ihnen entgegenstürmten. Viele fielen ins Wasser, Christen, Mamelucken und Türken. Es war, als stehe das Meer in Flammen. Die Matrosen arbeiteten wie rasend an der Winde, um das Schiff wieder ins Gleichgewicht zu bringen. Der Kapitän nickte Leonardo kurz zu und lief dann mit dem Mamelucken-Hauptmann zu den Soldaten und Matrosen, um dort in die Offensive zu gehen.

Das Blatt wendete sich. Jetzt gab es Gelegenheit, Rache zu nehmen und die Türken niederzumetzeln. Statt die Enterhaken zu lösen und die Flucht zu ergreifen – inzwischen wehte ein starker Wind, und die bloße Verbindung zwischen den beiden Schiffen war riskant –, stürmten die Männer der *Devota* an Bord der Galeere. Ein gewaltiges Schlachten war jetzt unvermeidlich.

Aber die *Apollonia*, das Flaggschiff, war in Not und gab Signale.

Der Kapitän versuchte vergebens, seine Leute zurückzurufen; sie waren auf dem Höhepunkt des Blutrausches und blind und taub gegen alle Vernunft. Erst als die Galeere zu sinken begann, sprangen die Männer zurück auf ihr Schiff und schleuderten die türkischen Enterhaken ins Wasser.

Die Türken versuchten verzweifelt, sich an Bord der *Devota* zu kämpfen, aber sie wurden ins Meer gestoßen. Die heiße, rauchschwarze Luft war erfüllt von Schreien und Flehen – auch in italienischer Sprache, denn die Galeerensklaven waren nicht befreit worden, und so mußten sie, an ihre Bänke gekettet, mit dem Schiff untergehen.

Leonardo hatte gesehen, was der Schußwechsel der Bombarden bei beiden Flaggschiffen angerichtet hatte, und er war von panischer Sorge um Niccolò und A'isheh erfüllt. Die türkische Galeone war zwar schwer verwundet, aber das Flaggschiff des Dervadar war verkrüppelt, und im Augenblick stürmten die Soldaten von einer der türkischen Galeeren an Bord. Die Kanonen der *Apollonia* hatten die Galeere an Backbord schwer getroffen und die Ruderer getötet, aber den Soldaten war es trotzdem gelungen, ihre Eisenklauen auf die *Apollonia* zu schleudern und sie zu entern.

Bevor Leonardo die schwere Jolle seines eigenen Schiffes zu Wasser lassen konnte, gab der Kapitän schon den Befehl, die Geitaue aufzuschießen, und die Ruderer arbeiteten mit aller Kraft, um das Schiff in die richtige Position zu bringen, damit das Feuer auf die Galeere eröffnet werden könnte. Aber das Flaggschiff der Türken antwortete, begann, die *Devota* unter Beschuß zu nehmen und traf. Es feuerte gleich noch einmal, und wieder erreichte eine Kanonenkugel ihr Ziel: Das konnte nur ein Glückstreffer gewesen sein.

Die Treffer erschütterten das Schiff und brachten die Geschütze zum Schweigen.

Leonardo ging unter Deck, um den Schaden in Augenschein zu nehmen. Ein großes Loch klaffte im feuchten Laderaum und eröffnete den Blick auf Sonne und Meer. Kakerlaken, dick wie Maden, krabbelten überall, krabbelten über die verstreuten Leichen und abgerissenen Glieder. Sie umwimmelten auch Leonardo, und er wurde plötzlich von Entsetzen gepackt. Als er sich gerade zur Flucht wenden wollte, erkannte er Agostin, den Geschützoffizier. Es war sein sauber abgetrennter Kopf. Leonardo hatte das Gefühl, daß der Mund sich noch bewegte.

Leonardo rief zum Kapitän hinauf, und der befahl seinem Steuermann, an die Backbordseite des Flaggschiffs zu steuern, wo die Kanonen des Türken sie nicht erreichen konnten.

Auch wenn die Geschütze ausgefallen waren – kämpfen konnten die Männer immer noch.

Als die *Devota* nah genug an das Flaggschiff des Dervadar herangekommen war, warfen die Mamelucken ihre fünfzackigen Haken auf das Deck. Ein Hagel von türkischen Pfeilen und das tödliche Klatschen von brennendem Pech war die Antwort, aber Leonardo war als einer der ersten hinübergesprungen; er stürmte um sich schlagend voran und rutschte immer wieder aus, denn die Decksplanken waren schmierig von Blut und Seife und übersät von Leichen, Waffen und rasiermesserscharfen Fußangeln. Die Mamelucken des Dervadar brüllten vor Freude, als sie sahen, daß Verstärkung über die Reling kletterte, und, als hätten sie daraus frische Kräfte geschöpft, hackten sie mit neuem Mut auf die Türken ein. Rauch machte die Luft stickig und ließ die Augen brennen. Leonardo stolperte vorwärts, ein Schatten unter Schatten, und schwang wild sein Schwert, als wolle er selbst der Luft die Kehle durchschneiden und die Gliedmaßen abhacken. So kämpfte er und fühlte sich dabei betäubt und naß vom eigenen Blut.

»Nicco«, schrie er, aber seine Stimme ertrank im Brüllen und Schreien und Kreischen der Schlacht, die ringsumher tobte. Er kämpfte sich nach achtern zur Kajüte durch, stürzte hinein und suchte nach A'isheh und Niccolò. Aber wenn Niccolò noch lebte, würde er an Deck sein und kämpfen.

Er suchte in der klammen, schattenhaften Dunkelheit, und unten fand er zwei Türken, zwei Jünglinge mit Turbanen, die eine Frau vergewaltigten, der sie zuvor die Glieder abgehackt hatten, als wäre sie ein Schwein, das geschlachtet werden sollte. Leonardo tötete sie schnell, und plötzlich empfand er eine vertraute Gefühllosigkeit, die ihn durchströmte wie ein starkes Rauschgetränk. Er verspürte weder Zorn noch Abscheu, nur Erschöpfung und eine überwältigende Trauer.

Er vollendete seine Aufgabe; er durchsuchte jede Kabine, aber dann mußte er hinaus, denn er bekam keine Luft mehr. Das Deck brannte; er mußte sich an den Flammen vorbeischieben, um nach oben zu gelangen, und als er an Deck war, rannte er nach vorn, um dem Feuer zu entrinnen. Die Hitze fühlte sich an, als ob Nägel ihm Gesicht und Arme zerkratzten. Ein gleichmäßiger Wind war aufgekommen; die Götter der Elemente waren launenhaft.

Und sein Schiff, die *Devota*, entfernte sich.

Er hörte ein mächtiges Knarren, und dann krachte es über ihm. Ein Mast stürzte um, und ein Segel blähte sich über ihm und bedeckte ihn wie das brennende Leichentuch eines Titanen. Er befreite sich mit seinem Dolch, und im selben Augenblick flutete Meerwasser über ihn hinweg und löschte die Flammen. Unter ihm begann es zu knarren und zu krachen. Das Schiff sank. Ringsumher waren rennende, schreiende, weinende Männer, Christen und Mamelucken und Türken. Das Flaggschiff legte sich auf die Seite, und Leonardo rutschte über das Deck. Er bekam ein Tau zu fassen, das jedoch riß, und einen Augenblick später überkam ihn das kalte Wasser wie ein Schock.

Als man ihn schließlich an Bord der *Devota* zog, dämmerte der Abend, und das Meer schien Sonne und Himmel zu verschlucken. Die unablässig wogende Oberfläche war in der Sonne blutigrot und violett gefleckt, und Rosenfinger streckten sich durch das Wolkenvlies über ihm. Überall schwammen Trümmer; sie stiegen in der schaumgesprenkelten Dünung empor und sanken dann in dunkle Wellentäler. Und hinten vor dem dunkel blutenden Horizont standen drei türkische Schiffe wie Scherenschnitte. Ihr mächtiges Flaggschiff würde eines Tages wieder kämpfen.

Leonardo hatte die Schiffe gesehen; er hatte über die Wellenkämme gespäht, um einen Blick auf sie zu erhaschen, als er im Wasser gelegen hatte. Jetzt, da er wohlbehalten und erschöpft in Decken gehüllt lag, träumte er immer noch von ihnen.

Und er träumte, daß Niccolò und A'isheh bei ihm wären.

Und Simonetta.

Und natürlich Ginevra …

Der Rote Kalif

Wie viele sind es, die traurig wandern durchs Land,
beraubt ihrer Güter! Wie viele verbringen die Nächte
auf See und beweinen Knechtschaft und Untergang!
Abu Abdallah Muhammad b. Abi Tamin

Roter König der Könige, du König der Djinn,
Rufe her deine Geister, auf daß sie alle da seien.
Gebet

Stinkend nach Tod und Menschenschweiß und voll wie ein Sklavenschiff, segelte die *Devota* in finsterster Nacht in das schützende Halbrund des Hafens von Alexandria. Wie ein verwundetes Tier suchte sie lautlos Unterschlupf. Die Pumpen mußten unablässig arbeiten, denn das Schiff lag gefährlich tief im Wasser; ein Brecher hätte sie beinahe versenkt. Die Offiziere der *Devota* hatten dem Dervadar ihre Quartiere überlassen; nur der Kapitän hatte noch eine Kabine, und das war nicht seine eigene.

Es hatte die ganze Zeit geregnet, doch Leonardo hatte lieber an Deck geschlafen, als den Gestank, die Enge und die Kakerlaken unten zu ertragen.

Jetzt stand er neben dem Dervadar an der Reling und spähte hinaus zu einem roten Licht, das in der Ferne leuchtete. Wie eine Feuerkugel hing es unfaßbar über den Häusern, und die Stadt selbst war wie tausend Feuer, wie das Feldlager einer gewaltigen Armee. Wenn Leonardo nach Süden schaute, war dort alles hell, selbst in dieser mondlosen Nacht. Es war klar und schwül; auf jedem Zollbreit des Decks lagen Seeleute und Matrosen und schliefen oder ruhten. Gesang und Instrumentenklänge hallten dünn durch die duftende Luft und ebenso das unflätige Geschwätz, das unterschwellig immer da war, wie das Gesumm von Fliegen. Dennoch fühlte Leonardo sich isoliert, als stehe er mit seinem orientalischen Herrn in einem Raum, der ganz allein ihnen gehörte – und so war es ja auch, denn niemand würde wagen, den Dervadar zu stören.

Er gebot über Leben und Tod dieser Männer, und seine Macht erstreckte sich auch auf Leonardo. Benedetto hatte erzählt, daß er einem Mann die Hand habe abhacken lassen, weil dieser nicht richtig salutiert hatte, und es hieß, er bestrafe in regelmäßigen Abständen einen seiner Soldaten, zur Warnung für die anderen. Benedetto war noch unter Deck; mit seiner Verletzung war er zu schwach, um heraufzukommen. Aber Leonardo hörte Amerigo Vespucci und Zoroastro da Peretola, die hinter ihm flüsterten. Seine Freunde waren gerettet worden, und Colombo ebenfalls. Aber warum hatte Commandante Colombo überlebt, wenn Niccolò und A'isheh umgekommen waren?

Törichte Gedanken. Phantasien.

Lange Augenblicke waren ohne ein Gespräch vergangen, als wären der gleißende Sternenhimmel und die wispernde See zu hoch und zu tief für Worte. Sie würden davon verschluckt werden … wie A'isheh und Niccolò.

Ein gutes Stück abseits stand Kuan Yin-hsi und beobachtete sie wachsam wie stets. Er war ständig in der Nähe des Dervadar, als wäre er sein Leibwächter – und vielleicht war er es ja.

»Was ist das für ein Licht da vorn?« fragte Leonardo schließlich.

»Ich dachte mir, daß Ihr womöglich fasziniert sein würdet, Maestro Leonardo«, sagte der Dervadar. »Ihr habt doch sicher schon vom Leuchtturm von Pharos gehört. Er galt als eines der Sieben Weltwunder.«

»Ist er das?«

»Der Leuchtturm wurde zerstört, erst durch Intrigen, dann durch ein Erdbeben. Allein das unterste Stockwerk enthielt dreihundert Räume, und auf der Spitze stand die gewaltige Statue eines falschen Gottes. Und wegen des Leuchtturms war Alexandria vom Meer aus buchstäblich uneinnehmbar. Es heißt, das Geheimnis des Leuchtturms sei verlorengegangen, als er zerstört wurde.«

Leonardo wartete darauf, daß der Dervadar fortfuhr. Alle Gespräche ringsum waren verstummt.

»Aber das stimmt nicht«, sagte der Dervadar. »Alexandria ist noch immer buchstäblich uneinnehmbar – Dank sei Allah und meinem Herrn. Und das Geheimnis ist nicht verloren.«

»Was für ein Geheimnis?«

»Die Alten behaupteten, sie könnten Schiffe sehen, bevor sie erschienen.«

»Auf welche Weise?« fragte Leonardo neugierig.

Der Dervadar antwortete nicht, sondern schaute zum Land. Nach einer Weile drehte er sich um und winkte seiner Garde, sie solle das Deck räumen, damit er ungestört sei. Soldaten und Matrosen zogen sich zurück; Zoroastro und Amerigo Vespucci waren bei ihnen. Dann sagte der Dervadar nüchtern: »Wenn der Kalif Euch nicht hinrichten läßt, wird er Euch seine Geheimnisse sicher selbst zeigen.«

»Warum sollte er mich hinrichten lassen?« fragte Leonardo.

»Wenn Ihr Eure Versprechen nicht einlöst... Er hat Euren Brief an Il Magnifico. Wißt Ihr noch, was Ihr geschrieben habt?«

Leonardo nickte.

»Ich hoffe, es war keine leere Prahlerei, sondern Ihr könnt wirklich Wunderwerke bauen, die fliegen und unter Wasser fahren können.«

»Ich kann es«, sagte Leonardo.

»Die Bauern nennen ihn den Roten König der Könige. Wißt Ihr, was das bedeutet?«

Wieder wartete Leonardo darauf, daß der Dervadar weitersprach. Wollte der Mann sich über ihn lustig machen? Aber warum? Leonardo wollte die Sache hinter sich bringen, wollte allein sein, um nachzudenken und um Skizzen in sein Notizbuch zu zeichnen, das auch jetzt an seinem Gürtel hing, wohlverwahrt in einem Lederbeutel, der Tinte und Papier vor den Elementen schützen sollte.

»Sie glauben, er ist ein Djinn, der Rote Djinn, der mächtigste und wildeste aller Geister. Wenn er tötet oder straft, dann macht er daraus ein Schauspiel, ein Fest. Die Armen lieben das natürlich, denn er gibt ihnen zu essen.«

»Warum erzählt Ihr mir das alles?«

»Nur um Euch vorzubereiten, Maestro. Der Kalif ist huldvoll, großzügig und einnehmend. Er wird Euch mit Ehren aller Art überhäufen.«

»Und?«

»Laßt Euch davon nicht täuschen.« Der Dervadar starrte eine Weile zum Ufer, und dann sagte er nüchtern: »A'isheh liebt Euch.«

Darauf war Leonardo nicht gefaßt. »Ich glaube nicht, daß wir einander je ...«

»Ich habe sie Euch gegeben, nicht wahr?«

»Aber ich konnte nicht ahnen, daß Ihr sie liebt.«

Der Dervadar lachte leise. »Und ich konnte nicht ahnen, daß sie Euch lieben würde.«

Leonardo antwortete nicht. Er spürte, daß er in Gefahr war.

»Euren jungen Schüler – liebt Ihr den?« fragte der Dervadar.

»Ich bin für ihn verantwortlich. Es ist meine Schuld, daß er tot oder in Sklaverei ist.«

»Aber danach habe ich Euch nicht gefragt.«

»Wenn Ihr wissen wollt, ob ich Niccolò liebe, wie ein Mann eine Frau liebt, so ist die Antwort nein.« Leonardos Stimme klang angespannt. »Warum hat A'isheh ihn haben wollen?«

»Ah, das wißt Ihr also. Könnt Ihr Gedanken ebenso gut lesen wie Lippen?«

Leonardo gab keine Antwort.

»Wenn Ihr Gedanken lesen könnt, junger Thaumaturg, dann solltet Ihr wissen, daß sie Euch verletzen wollte. Sie wußte, Ihr liebtet den Jungen und nicht sie. Das stimmt doch, oder nicht?«

»Durchlaucht, ich weiß nicht, wie man auf solche Fragen antworten soll.« »Sieh dich vor«, dachte Leonardo.

»Ihr habt es gerade getan.«

»Ja?«

Der Dervadar legte Daumen und Fingerspitzen zusammen – eine Geste, die Leonardo verstand: Sei ruhig. Hab Geduld. A'isheh war eine gute Lehrerin gewesen; Araber sprachen mit den Händen ebenso wie mit dem Mund.

»Ihr werdet morgen mit Euren Freunden nach El-Kahireh aufbrechen«, sagte der Dervadar.

»Ich dachte, Ihr begleitet uns«, sagte Leonardo.

Der Dervadar warf ihm einen scharfen Blick zu und entspannte sich dann wieder. »Das war, bevor wir von Piraten überwältigt wurden.«

»Und Commandante Colombo?« fragte Leonardo.

»Er wird dafür sorgen, daß dieses Schiff instand gesetzt wird, und nach Venedig zurückkehren. Auch ich habe ein paar Geschäfte zu erledigen. Danach komme ich vielleicht zu Euch.« Und mit diesen Worten entfernte sich der Dervadar.

Leonardo blieb an der Reling stehen und drehte nervös an dem Ring, den er am rechten Zeigefinger trug. Er war aus Feingold und mit dem Wappen der Medici verziert, in grünen und gelben Steinen gearbeitet – ein Geschenk Lorenzos an den »besten Maler von Florenz«. Wäre er doch jetzt wieder in Florenz. Wie sehnte er sich nach der Stadt …

Alexandria war ein Wechselspiel von Licht und Schatten. Bösartig und stofflos wie ein Djinn.

Zoroastro und Amerigo Vespucci traten neben ihn und erkundigten sich nach seinem Gespräch mit dem Dervadar, aber Leonardo fühlte sich einsam und traurig wie ein Hinterbliebener. Er schaute auf den blitzenden Wasserspiegel hinunter, blickte in scheinbar grenzenlose Tiefen, und unversehens war er in der Kathedrale der Erinnerung.

Und wieder wanderte er durch die innig vertrauten Räume, die breiten Korridore hinunter, vorbei an den Erinnerungen und Wegzeichen seines Lebens. Und dort, makellos wie eine geradlinige Klinge und in der Ferne schmaler werdend, lagen die Werke der Zukunft. Die Räume dort waren leer – oder vielleicht auch schon voll und nur noch nicht entdeckt.

So sehr er sich auch bemühte, er konnte sie nicht erreichen. Er fand keine Antworten auf seine Fragen, sondern nur die Vergangenheit, eine Vielzahl von Räumen und Korridoren, sorgfältig angeordnet bis ins letzte mnemonische Detail. Und dort schrieb er seinen Brief. Den Brief an den Herzog von Mailand.

Al Mio Illustrissimo Signore Ludovico, Herzog von Bari

Erlauchtester Herr, da ich mittlerweile die Proben all jener, die sich für meisterliche Erfinder von Kriegsgerät halten, zur Genüge gesehen und befunden habe, daß Erfindung und Benutzung besagten Geräts sich in keiner Hinsicht von dem unterscheiden, was allgemein in Gebrauch ist, so will ich mich, ohne dabei einen anderen herabzusetzen, erkühnen, mit Eurer Exzellenz in Verbindung zu treten, um Euch mit meinen Geheimnissen vertraut zu machen und mich sodann zu erbieten, Euch nach Eurem Belieben und wann es Euch gefällt, wirkungsvoll all das vorzuführen, was ich im Folgenden kurz verzeichne.

1. *Ich habe Pläne für Brücken, die sehr leicht und stark und ohne Schwierigkeit zu befördern sind und mit denen man den Feind verfolgen und zu Zeiten auch besiegen kann, sowie andere, denen Feuerbrand und Kampfgeschehen nichts anhaben können und die leicht und handlich aufzustellen und wieder fortzuschaffen sind. Auch weiß ich Wege, die Brücken der Feinde zu verbrennen und zu zerstören.*

2. Bei der Belagerung eines Ortes weiß ich die Wassergräben trockenzulegen und eine unbegrenzte Zahl von Brücken zu errichten und die Mauerbrecher, Leitern und anderes Gerät zum selben Unternehmen zu machen.

3. Desgleichen, wenn man wegen der Höhe der Mauer oder der Stärke seiner Lage einen Ort nicht mit Bombardenbeschuß zerstören kann, so weiß ich ein Verfahren, jede Burg oder andere Festung zu zerstören, sofern sie nicht auf Felsengrund steht.

4. Ich habe auch noch Pläne für Bombarden, die ganz handlich und leicht zu transportieren sind und kleine Steine fast wie einen Hagel schleudern können, wobei sie mit ihrem Rauch den Feind in großen Schrecken versetzen und dort Schaden und Verwirrung anstiften.

5. Ebenso kenne ich Möglichkeiten, durch Stollen und gewundene Geheimgänge, die ohne jeden Lärm anzulegen sind, an einen bestimmten Ort zu gelangen, auch unter Gräben oder einem Fluß hindurch.

6. Desgleichen kann ich gepanzerte Wagen machen, sicher und unangreifbar, die mit ihrer Artillerien die Reihen des Feindes hineinfahren, und keine Kompanie von Bewaffneten könnte so groß sein, daß sie sie nicht zersprengen; und hinter ihnen wird die Infanterie unbeschadet und ohne jeden Widerstand nachstoßen können.

7. Desgleichen kann ich, wenn es nötig ist, Bombarden, Mörser und Katapulte von sehr schöner und nützlicher Form schaffen, die ganz anders sind als jene, welche im allgemeinen Gebrauch.

8. Wo der Einsatz von Bombarden sich verbietet, will ich Katapulte, Wurfgeschütze, Trabuken und anderes Gerät von wundersamer Wirkungskraft machen, die im allgemeinen Gebrauch ganz unbekannt sind. Kurz, ich kann, je nachdem, wie die Umstände es erfordern, verschie-

dene Maschinen zu Angriff und Verteidigung in unbegrenzter Zahl herstellen.

9. *Und sollte die Auseinandersetzung auf dem Meer stattfinden, so habe ich wiederum Pläne für die Herstellung vieler Maschinen, die für den Angriff oder die Verteidigung vorzüglich geeignet sind, und für Schiffe auch, die den größten Kanonen standhalten und allem Pulver und Dampf. Auch habe ich Pläne für Schiffe, die unter der Oberfläche des Meeres fahren können, wodurch Überraschung und Erfolg sichergestellt sind.*

10. *Außerdem habe ich Pläne für explodierende Hülsen, die ihrerseits Projektile enthalten, welche innerhalb des Zeitraums eines Avemaria auseinanderbersten und explodieren werden; diese Hülsen aber kann man aus Schiffen werfen, die auf dem luftigen Wind schwimmen wie Schiffe auf dem Meer.*

Desgleichen kann ich Skulpturen in Marmor, Bronze oder Ton ausführen, und auch auf dem Gebiet der Malerei erträgt meine Arbeit den Vergleich mit der eines jeden anderen, wer immer es sei.
Überdies kann ich ein bronzenes Pferd machen, zu unsterblichem Ruhm und ewiger Ehre des Fürsten, Eures Vaters, und des vornehmen Hauses Sforza.
Und sollte eines der oben genannten Dinge jemandem unmöglich oder undurchführbar erscheinen, so erbiete ich mich, eine Probe in Eurem Park zu veranstalten, oder wo immer es Eurer Exzellenz sonst gefallen möchte, der ich mich nun in allertiefster Demut empfehle.

S.tor Humil. Leonardus Vincius
Fiorentino

Wie einer der Djinn, von denen er gesprochen hatte, verschwand der Dervadar, als die *Devota* in Alexandria festgemacht hatte.

Aber Kuan Yin-hsi befahl Leonardo, Zoroastro und Amerigo Vespucci, gleich bei Tagesanbruch mit einigen Mamelucken-Offizieren und fünfzehn der besten Soldaten des Dervadar von Bord zu gehen. Seltsamerweise war Kuan wie ein hochrangiger Araber gekleidet; er trug die gleichen Gewänder und einen Turban wie der Dervadar. Zwei Soldaten trugen den fiebernden und stöhnenden Benedetto Dei auf einer Trage. Leonardo befürchtete, daß sein Freund die Nacht nicht überstehen werde.

»Wo gehen wir hin?« fragte Leonardo Kuan.

»Hat der Dervadar nichts gesagt?«

»Doch, er sagte, wir sollten dem Kalifen vorgestellt werden. Aber daß man uns im Morgengrauen hinaustreibt, als ob –«

»Beklagt Ihr Euch über Mangel an Schlaf?« Kuan lächelte.

Leonardo spürte, wie seine Wangen heiß wurden, aber Kuan sagte: »Es muß sein. Ich werde Euch alles beizeiten erklären.«

»Mein Freund braucht Arzneien.«

»Ich habe ihm Salbe gegeben. Aber sie braucht Zeit, um zu wirken.«

Zoroastro verzog angewidert das Gesicht. »Sie sieht aus wie Schimmel und riecht wie eine Frau zwischen den Beinen.«

»Es ist Schimmel«, sagte Kuan. »Aber die heilende Wirkung ist wunderbar; Ihr werdet sehen.«

Leonardos Interesse war geweckt, aber er befragte Kuan nicht weiter. Seine Aufmerksamkeit war plötzlich abgelenkt. Er hätte nicht sagen können, was es war, aber er spürte, daß mit den Kais und Straßen etwas nicht stimmte. Speichergebäude standen wie eine hohe graue Mauer auf der östlichen Seite, und sie gehörten zu einem System von überdachten Straßen: eine gewaltige Karawanserei, die wie ein Spinnennetz bis ins Herz der Stadt drang, einer Stadt, die ein großes Labyrinth war, so fremdartig wie das Innere eines Bienenkorbes. Aber auf den Straßen, die zu den Kais führten, herrschte geschäftiger Handel: Sklaven be- und entluden Schiffe, und Kaufleute und Aufseher schauten dabei zu. Zerlumpte Bettler und heilige Bettelmönche baten mit ausgestreckten Händen um Almosen, und Händler in Turbanen und groben Baumwollgewändern hielten ihre Waren feil. Aber es war, als bestehe die Stadt aus dem Stoff, aus dem Schatten waren; nur das kräftige Tageslicht verlieh all diesen Geistern Fleisch, den Geistern von Menschen, Kamelen, Hunden, Eseln und Straßenbengeln, die in den engen, überdachten Straßen Verstecken spielten.

Der schwere Duft von Basilikum, Kumin und Gelbwurz mischte sich in den Gestank von menschlichem und tierischem Kot und Urin, und Leonardo konnte sich des Gefühls nicht erwehren, daß etwas Bedrohliches bevorstand.

Weil es so still war ...

Der Straßenlärm klang plötzlich gedämpft, wenn Kuans Soldatenkarawane nahte, als sei Gefahr im Anzug. Jeder Schatten war eine Vorahnung der Bedrohung, greifbar, flink, lebendig. Sogar Kuan schaute sich nervös um und zuckte dann sichtbar die Achseln. »Macht Euch keine Sorgen um Euren Freund, Leonardo.« Aber er hatte so lange gewartet, daß seinen Worten der Zusammenhang fehlte.

Sie wanderten durch die schmalen Straßen des morgendlichen Basars. Der Geruch von Tabak, gerösteten Nüssen und Kaffee war schwer und bedrückend.

»Wo gehen wir hin?« fragte Leonardo.

»In den Palast des Kalifen«, sagte Kuan.

»Werden wir den Dervadar dort treffen?«

»Nein, Maestro. Wenn Ihr Euren Freund Niccolò und die Frau A'isheh wiederseht, dann werdet Ihr auch den Dervadar sehen.«

»Was bedeutet das?«

»Bevor er sich dem Kalifen nähern kann, hat der Dervadar die Pflicht, diejenigen auszulösen, die von den türkischen Piraten als Sklaven gefangengenommen wurden. Diese Anhänger des Islam sind in mancher Hinsicht ganz wie mein eigenes Volk.« Kuan lächelte, als sei er sehr zufrieden mit sich.

»Wo ist er denn jetzt?« fragte Leonardo aufgeregt. Konnte er zu hoffen wagen, daß er Niccolò und A'isheh wiedersehen würde? Wie ein Phantasma wehte sie durch seine Erinnerung, und er verspürte eine kurze, stechende Sehnsucht nach ihr, als wäre sie die leibhaftige Verkörperung Simonettas und Ginevras, ihr Pneuma, ihre gemeinsame Seele.

»Höchstwahrscheinlich läuft er in diesem Augenblick aus dem Hafen aus.«

»Mit Messer Colombo?«

»Mit Commandante Colombo«, sagte Kuan, Leonardos verächtliche Rede korrigierend. »Nein, Colombo fährt nach Hause – mit Gottes Gnade –, denn der Kalif wird ihm die Schuld an der verlorenen Schlacht und dem Tod der muslimischen Soldaten geben. Er hat hier keine Zukunft mehr.«

Die breite, gepflasterte Römerstraße, auf der sie marschierten, war leer. Plötzlich gab Kuan seinen Männern ein Zeichen: Sie sollten rasch an den Wänden laufend in Deckung gehen. Aber es war zu spät.

Leonardo hörte das Schwirren eines Pfeils.

Kuan wurde in die Brust getroffen. Der Aufprall ließ ihn taumeln, aber er blieb unverletzt. Unter den Gewändern war ein Panzer.

Eine ganze Salve von Pfeilen folgte. Die Soldaten gingen in Deckung, aber sie hielten sich für das Unvermeidliche bereit, und das erschien in Gestalt einer brüllenden Menge von Turbanträgern, die Krummschwerter schwenkten. Leonardo zog sein Schwert und hieb damit durch Fleisch. Aber er konnte nicht einmal sagen, ob die, die er tötete oder verwundete, feindliche Soldaten waren, denn er kämpfte buchstäblich gegen Schatten – Schatten von Blut, Knochen und Fleisch. Er kämpfte um sein Leben, schlug auf alles ein, was sich vor ihm bewegte, und im Blutdunst der Schlacht kam ihm das Klirren von Schwert und Rüstung vor wie das Läuten der Domglocken zu Matutin und Komplet. Aber es waren Glocken, aus denen das Blut barst.

Nach ein paar Sekunden – oder Minuten – dachte Leonardo an Benedetto. Wo war er? Er schaute sich nach der Trage mit seinem Freund um, aber in dem Gedränge von Körpern und Beinen konnte er ihn nicht gleich finden.

Er schwang sein Schwert, fühlte, wie es in Fleisch und Knochen biß, und vor ihm kreischte ein Junge, der nicht älter als vierzehn Jahre sein konnte, als ihm die Gedärme herausfielen und sein Hemd aus jungfräulichem Leinen ausfüllten und verfärbten. Nur einen Augenblick zuvor war er ein verschwommener Schatten gewesen, der Leonardo mit seinem blutbeschmierten Krummsäbel attackiert hatte.

Leonardo hörte sich selbst ein Stoßgebet murmeln, obwohl er nicht an Gott oder Götter glaubte. Nur jetzt, in diesem Augenblick, als das Mann-Kind vor ihm auf der Straße zusammensackte, glaubte er. Aber er hatte keine Zeit, denn schon griff wieder einer an, und …

Dann war es vorüber, als sei der Feind verdunstet, verschwunden wie eine Horde Schaben in den schmalsten Ritzen und Löchern in Straße und Mauern. Es war still; nur noch das Atmen hörte man, einen rauhen Chor von Männern, die sich mühten, zu Atem zu kommen, während ihr Herz wild klopfte, als wolle es sich durch ihre Kehle heraufdrängen. Leichen lagen verstreut auf der Straße; ihr Blut sammelte sich in Pfützen und verlieh der beinahe monochromen Szenerie Farbe, denn hier zwischen den Mauern und Dächern der Souks von Alexandria herrschte den ganzen Tag dämmriges Zwielicht.

Leonardo fand Benedetto; er war wach und bei klarem Verstand. Die Soldaten, die ihn getragen hatten, hatten ihn auch beschützt; er war zwar ein Fremder für sie, aber dies war eine Ehrensache. Zoroastro und Amerigo hatten ein paar kleine

Fleischwunden davongetragen, waren aber nicht ernstlich verletzt. Leonardo wandte sich an Kuan; seine Stimme klang zornig.

»Ihr habt uns wissentlich in Gefahr gebracht.«

Kuan schaute ihm in die Augen. »Der Dervadar ist immer in Gefahr«, sagte er leise. »Wäre er mit uns gereist, so wäre es nicht anders gekommen.«

»Er ist aber nicht mit uns gereist«, erwiderte Leonardo. »Obwohl seine Feinde das natürlich nicht wissen können, denn Ihr tragt ja seine Kleider.«

»Nein, Leonardo. Ich trage meine eigenen Kleider.«

»Und jetzt werdet Ihr mir noch erzählen, daß Ihr ein Anhänger Mohammeds seid.«

Kuan nickte.

»Wir waren Lockvögel«, sagte Leonardo. »Ihr habt gewußt, daß wir überfallen werden könnten, nicht wahr?«

»Solche Gerüchte gibt es immer. Aber die Sicherheit des Dervadar ist von größerer Bedeutung als die unsere.«

»Ihr habt unser Leben nicht zu verpfänden.«

Kuan zuckte die Achseln. »Jetzt müssen wir Eure Wunde versorgen. Ihr blutet.«

Leonardo fragte sich, ob es ein seltsamer Effekt der Morgendämmerung war: Alles schien in einen melancholischen roten Dunst getaucht zu sein. An der Sonne konnte es nicht liegen, denn über ihnen war ein steinernes Dach. Und plötzlich, als habe Kuan es ihm eingegeben, fühlte er einen pochenden Schmerz an der linken Seite des Kopfes. Erst jetzt fiel ihm ein, daß er zwar die Axtklinge eines Sarazenen abgewehrt hatte, daß ihn aber der Stiel der Axt heftig gestreift hatte.

Und wie in einem Traum sah er Kuans Gesicht über sich schweben, groß und glatt wie der Himmel selbst.

In einer Karawane von Feluken mit breiten Segeln fuhren sie hundert Meilen weit nilaufwärts nach Kairo. Der Nil war ein brauner

Ozean; es war nicht notwendig, Proviant mitzunehmen, denn entlang der Strecke von Alexandria nach Kairo reihte sich Basar an Basar. Die Schiffe gingen immer wieder vor Anker, damit die Männer am Ufer beten, einkaufen und mit den Huren tändeln konnten.

Sie segelten an dunstverhangenen Pyramiden vorbei, vorbei an Al-Rawda mit seinen Lustgärten und Promenaden und nach Kairo hinein, in die Stadt der tausend Minarette und Moscheen, Mausoleen und Mönchsklöster. Kairo, das seine Bewohner Misr nannten, Mutter der Städte, Tochter des Nils. Hunderttausend Menschen schlugen jede Nacht vor der Stadt ihr Lager auf, weil drinnen nicht genug Häuser waren, sie zu beherbergen. Es war eine Stadt, neben der Florenz wie ein Dorf erscheinen wollte; endlos schien sie sich hinzustrecken. Und an ihrem Rande stand die Zitadelle, die mächtige Festung, erbaut von Salah ad-Din zum Schutz gegen die Ungläubigen.

Die Zitadelle war eine Stadt für sich. Leonardo, Zoroastro, Benedetto Dei und Amerigo Vespucci wurden in luftigen, luxuriösen Gemächern untergebracht. Große Gitterfenster mit buntem Glas filterten pastellene Töne aus dem sengenden Sonnenlicht. Die Wände waren mit geometrischen Farbmustern bemalt. Pfauen spazierten nach Belieben umher, Blumen erfüllten die Luft mit ihrem Duft, Springbrunnen spielten zarte Musik, und manchmal hörte man Stimmen im Plätschern des Wassers.

Und jede Tür war verschlossen und bewacht von stummen, mürrischen Soldaten mit roten Schärpen, in denen große Krummsäbel steckten.

Sie waren Gefangene.

Wochen vergingen für Leonardo und seine Freunde, in denen sie plauderten und aßen und tranken. In der Nacht wurden sie in ihren jeweiligen Gemächern von verschleierten Schönheiten besucht, die nur arabisch sprachen und im Morgengrauen verschwanden wie Rauch. Leonardo gefiel es, sie als Trägerinnen seiner Phantasien zu benutzen. Er rief noch immer Ginevras Namen, träumte immer noch von Simonetta, aber stets schien auch A'isheh zugegen zu sein, und es war, als sei Leonardo mit ihrem Phantasma vergiftet, wie Sandro einst von Simonettas besessen gewesen war.

Aber er übte sich mit ihnen im Arabischen, und tat das auch mit den Wachen und Bediensteten. Und er verfiel wieder in die Gewohnheit, nachts zu arbeiten und tagsüber ein paar Stunden zu schlafen. Er studierte. Er zeichnete und schrieb in seinem Notizbuch. Seite um Seite mit neuen Erfindungen fanden sich hier: ein Apparat zum Atmen unter Wasser, ein Taucheranzug, zugespitzte, flossenbewehrte Kanonenkugeln, die er Hörner nannte, ein wassergekühlter Gewehrlauf zum Schießen über große Distanz. Er skizzierte die Flugbahnen von Kanonenkugeln und zeichnete verschiedene Artilleriegeschütze mit vielen Läufen, bei denen die Kanoniere eine Reihe laden konnten, während die andere gerade abgefeuert wurde. Er zeichnete einen riesigen Mörser und schrieb darunter: »Die tödlichste Maschine, die es gibt« – auch wenn es sie nur in seinem Geist gab und auf dem Papier.

Dann verschwanden seine Notizen.

»Glaubst du, die werden uns umbringen, Leonardo?« fragte Zoroastro und schaute zum Fenster hinaus auf die Stadt der Toten, ein großes Mausoleum in dunstiger Ferne. Muezzins riefen die Gläubigen zum Gebet, als der Himmel sich türkisblau färbte und die untergehende Sonne zu einer orangegelb lodernden Scheibe wurde. Im Sonnenuntergang verwandelte sich die Stadt mit ihren märchenhaften Türmen und Kuppeln in einen Traum, der beim Aufwachen womöglich verschwinden würde.

»Das fragst du ihn jeden Tag«, sagte Benedetto und schüttelte den Kopf.« Seine Verwundung hatte keine schlimmen Schäden hinterlassen; Kuans Salbe war ein wundersames Heilmittel.

»Es geht uns ja allen durch den Kopf«, sagte Leonardo. »Der Kalif steht in dem Ruf, gewalttätig zu sein.«

»Warum sperrt er uns dann hier ein?« fragte Benedetto. »Und gibt uns zu essen – und Frauen?«

»Weil er großzügig zu seinen Gästen ist«, sagte Kuan Yin-hsi und verbeugte sich, als er eintrat; er trug grüne Seidengewänder und einen Turban und war von Mamelucken-Soldaten flankiert. »*Salaam aleikum*«, sagte er zur Begrüßung und sah Leonardo an.

»*Aleikum salaam*«, antwortete Leonardo. »Wo ist mein Notizbuch?«

Kuan lächelte. »Euer Notizbuch ist wohlverwahrt. Es ist in den Händen des Kalifen. Ihr könnt zu ihm ja ebenso unhöflich sein wie zu mir und ihn auffordern, es zurückzugeben.«

»Wieso hält man uns hier gefangen?«

»In diesem Lande betrachtet man den Gefangenen als einen Ehrengast.«

»Wann dürfen wir dann als Gäste wieder fortgehen?« fragte Benedetto.

»Wir gehen jetzt sofort«, sagte Kuan. »Ihr bekommt Eure Audienz beim Kalifen.«

Zoroastro wirkte aufgelöst, als gehe es zu seiner Enthauptung. Leonardo ging an Kuans Seite, flankiert von der Garde, und es schien, als wanderten sie meilenweit durch ein Labyrinth von weiten Fluren, Korridoren und Gemächern.

»Wo seid Ihr in den letzten Wochen gewesen?« wollte Leonardo wissen.

Aber Kuan ignorierte ihn höflich und erläuterte ihnen allen statt dessen, welche Höflichkeiten und Zeremonien bei Hofe üblich waren.

Die Gemächer des Kalifen waren scharf bewacht. Kuan führte sie in einen hohen Raum, der mit schwarzen und weißen Marmorplatten ausgelegt war; in der Mitte sprudelte ein großer Springbrunnen in einem flachen, mit Edelsteinen besetzten Becken. Sie schritten unter einer Reihe von Bögen hindurch, und vor ihnen, in einem erhöhten Teil des Saales, ruhten der Kalif und sein Hofstaat auf Teppichen und Kissen. Laternen verströmten ein warmes buttergelbes Licht.

Der Kalif war kostbar in silberdurchwirkte Seide gekleidet; Gold mißbilligte der Prophet. Er war hager, um die vierzig und wettergegerbt. Er wirkte irgendwie fehl am Platze, als wäre er ein Beduinenhäuptling, der darauf brannte, zu seinen weißen Kamelen und Pferden und zum freien Nomadenleben zurückzukehren. Sein Blick war geradlinig und fest, und Leonardo war klug genug, diesen Mann nicht zu unterschätzen. Aber auf einer Matte neben dem Kalifen saß der Dervadar. Konnte das bedeuten, daß Niccolò und A'isheh in Sicherheit waren? Leonardo wagte nicht, danach zu fragen – jetzt noch nicht.

Sie wurden vorgestellt. Der Dervadar und die andern, die den Kalifen umgaben, saßen, aber Kuan blieb stehen, und Leonardo, Benedetto, Amerigo und Zoroastro standen ebenfalls. Der Kalif nickte und sagte auf arabisch etwas zum Dervadar. Er sprach schnell, und Leonardo verstand nicht viel von dem, was er sagte. Er verstand indessen, daß der Kalif sich nach ihm erkundigte und daß er es mit sarkastischen Worten tat.

»Das also sind meine christlichen Ingenieure«, sagte der Kalif dann. »Welcher ist der Künstler und welcher der gerissene Hochstapler?«

»Der Hochstapler beherrscht fast so viele Kunststücke wie der Künstler«, sagte der Dervadar zum Kalifen. Sein Blick ruhte auf Zoroastro und dann auf Leonardo. »Der Kalif bittet mich, Euch willkommen zu heißen.«

Der Kalif winkte ihnen, sich zu ihm zu setzen, und ein Diener, dessen Arme den Umfang von Leonardos Oberschenkeln hatten, brachte ein riesiges Tablett mit Messingtöpfen, einer Kelle, Mörser und Stößel und winzigen Silbertassen ohne Henkel herein. Alle schauten zu, als er sich daran machte, den Kaffee zu bereiten. Dann beugte er das Knie und bot dem Kalifen die erste Tasse an; dieser aber deutete auf Leonardo, und der Diener reichte gehorsam

Leonardo die Tasse. Leonardo lehnte ab, und der Kalif schien erfreut; die Etikette verlangte, daß der Kalif den Vorrang hatte. Der Kalif reichte Leonardo die zweite Tasse mit eigener Hand und sagte auf arabisch: »Ich habe Euer Notizbuch gestohlen.«

»Das habe ich gehört.«

Der Kalif korrigierte Leonardos Arabisch, aber er tat es gutgelaunt. Dann aber beugte er sich zu ihm hinüber, und seine Stimmung wechselte dramatisch. Seine Miene war angespannt, und er wirkte plötzlich erbost. Leonardo konnte sich des Gedankens nicht erwehren, daß der Mann etwas von einem Schauspieler hatte – oder vielleicht wahnsinnig war.

»Mein Dervadar hat mir berichtet, daß Ihr überfallen wurdet«, sagte der Kalif. »Und meine Cousine soll in die Sklaverei geraten sein.«

»Eure Cousine?«

»A'isheh – auch wenn sie eine Schlampe sein mag.« Der Kalif beugte sich so dicht zu Leonardo herüber, daß nur seine innigsten Vertrauten ihn hören konnten. Leonardo war wie vom Donner gerührt: Wie konnte eine Frau von königlichem Geblüt die Sklavin eines Untergebenen sein, und sei er noch so hochrangig? Aber vielleicht hätte es ihn nicht so sehr verwundern sollen. Auch der Kalif war einmal ein Sklave gewesen.

Der Dervadar war rot im Gesicht; er saß neben dem Kalifen und blickte starr geradeaus, als konzentriere er sich auf irgendeinen Punkt in weiter Ferne.

»Und Euer junger Freund, so höre ich, kam ums Leben«, fuhr der Kalif fort; er behielt Leonardo im Auge, als wolle er seine Reaktion einschätzen.

Leonardo traf es wie ein Hammerschlag. »Wißt Ihr denn sicher, daß Niccolò tot ist?«

Der Dervadar war sichtlich schockiert darüber, daß Leonardo auch nur zu fragen wagte. »Ich war im türkischen Kernlande und habe dem Großwesir persönlich einen Brief von meinem Kalifen überbracht, in welchem um ihre Rückkehr ersucht wurde.« Er vermied es, Leonardo anzuschauen, und dieser empfand die vertraute, allumfassende Taubheit des Schmerzes wie einen Schutzschild, eine Droge.

Niccolò ...

Benedetto hatte genug verstanden, um zu wissen, daß Niccolò tot war; er griff nach Leonardos Hand, aber dieser zog sie reflexhaft zurück.

»Zweifelt Ihr an meinem Wort?« fragte der Kalif. Das war eine Drohung, denn die Mamelucken-Garde stand plötzlich stramm und hielt sich bereit, Leonardo auf ein Zeichen hin zu töten.

Leonardo kam wieder zu sich. »Nein, Herr«, sagte er, »ich würde nicht an Euch zweifeln. Verzeiht mir.« Er stand auf und verbeugte sich, ehe er vor dem Kalifen niederkniete.

Der Kalif nickte sichtlich zufrieden und bedeutete ihm mit einer Handbewegung, er möge neben Benedetto Platz nehmen.

Ein Diener kam herein, verbeugte sich vor dem Kalifen, richtete ihm eine Botschaft aus und verschwand rasch wieder. »Eine Delegation des türkischen Kaisers ist hier«, sagte der Kalif auf Arabisch zu Leonardo und erwies ihm so seine Gunst. »Ich werde Euch die Ehre geben, sie kennenzulernen.«

»Das habe ich schon getan«, antwortete Leonardo mit bitterer Ironie.

»Wir sind uns also darin einig, daß alle Türken Piraten sind«, sagte der Kalif. »Aber *dies* sind Piraten, die Ihr versenken werdet – zumindest einige von ihnen.«

»Was meint Ihr damit?« fragte Leonardo.

»Hier sind sie schon«, sagte der Kalif, als die ottomanischen Gesandten, flankiert von Janitscharen-Soldaten, hereingeführt wurden. Die Gesandten trugen reichgemusterte, farbenprächtige Gewänder und große weiße Turbane, aus deren Mitte so etwas wie ein rotes Horn herausragte. Die Janitscharen in ihren langen Gewändern brachten intarsienverzierte Kisten mit Geschenken und eine Sklavin in einer Sänfte mit herein. Sie war in weiße Seide gekleidet, und nur ihr Schleier war schwarz und durchsichtig, so daß man ihr wunderschönes Gesicht sah. Die Gesandten verbeugten sich bis zum Boden vor dem Kalifen, und ihr Anführer, ein untersetzter, aber muskulöser Mann von etwa fünfzig Jahren, sagte: »Wir grüßen den Befehlshaber der Gläubigen, den Verteidiger des Glaubens, den Krieger für die Sache des Herrn der Welten; möge Gott Eure Majestät erhalten.«

Die Geschenke wurden dargebracht, die Sklavin kniete vor dem Kalifen nieder, und dieser nahm sie in Empfang. Dann redeten der Kalif und der Botschafter, der nicht zum Platznehmen eingeladen wurde, ein paar Worte miteinander, aber Leonardo verstand nicht alles, weil sie zu schnell sprachen. Er schaute zu Kuan hinüber, aber der beachtete ihn ebensowenig wie der Dervadar.

Leonardo verstand nur, daß der Botschafter anbot, die Wasserleitungen auf der Pilgerstraße nach Mekka zu reparieren. Der Kalif lehnte dieses Angebot unhöflich ab. Er wirkte erzürnt, aber bevor er sich von ihnen abwandte, erkundigte er sich höflich nach ihrem Monarchen Mehmed dem Eroberer, dem Beherrscher der Türken, der Konstantinopel vernichtet und zu Allah geholt hatte; Padischah nannte er ihn, den Fürsten der Großmut und Befehlshaber des Hohen Staates. Aber als die Abgesandten und ihre Soldaten hinausgingen, kamen ihnen Sklaven mit großen Messingplatten voller Speisen für den Kalifen entgegen.

So wurden sie gedemütigt, indem sie nicht eingeladen wurden, das Brot zu brechen, was in diesem Lande zur fundamentalen Höflichkeit gehörte.

Auf einem Tablett lagen zwei gebratene Hammel auf einem Berg von Reis und Sauce, umgeben von Brotfladen. Zum Beweis der Frische lagen zwei abgetrennte Ziegenköpfe auf dem Fleisch, und tatsächlich sah das Gericht aus wie ein phantastisches Tier mit zwei Köpfen. Nachdem der Kalif begonnen hatte, aßen alle zusammen und wühlten mit den Händen bis zum Ellbogen in Reis, Sauce und Fleisch. Leonardo hätte dem Kalifen gern Fragen gestellt und auch mit dem Dervadar gesprochen, aber das war unmöglich. Er würde sorgfältig bemessen müssen, was er sagte und wann er es sagte.

Als der Kalif fertig war, sagte er zu Leonardo: »Eure Zeichnungen sind sehr hübsch.«

»Ich danke Euch, Herr, dem alle Menschen gehorchen.«

Ein Sklave brachte dem Kalifen Wasser und ein Handtuch, und ein anderer brachte Leonardos Notizbuch. »Ja, und was stellen diese Zeichnungen dar?« Der Kalif deutete auf die Skizzen für einen Apparat zum Schwimmen unter Wasser: Ein Sack wurde über den Mund des Schwimmers gestülpt, und Schläuche zum Ein- und Ausatmen führten hinauf zu einem schwimmenden Turm. Leonardo hatte außerdem verschiedene Mechanismen zum Abreißen von Planken entworfen, mit denen Schiffe unter der Wasseroberfläche zum Sinken gebracht werden konnten.

Leonardo erklärte dem Kalifen seine Erfindungen, und dieser sagte: »Ja, Maestro Leonardo, so habe ich die Skizzen auch gedeutet. Wie lange würdet Ihr brauchen, um solche Geräte zu bauen?«

»Das weiß ich nicht, erhabener Herr. Ich würde Werkzeug brauchen, Zugang zu einer Gießerei, Schmiede ...«

Der Kalif winkte mit großer Geste ab. »Wie lange?«

»Dann müßte ich den Apparat erproben ...«

Der Kalif lächelte. »Dazu werdet Ihr Gelegenheit bekommen, Maestro. Ihr werdet ihn an den Schiffen des Botschafters erproben. Es sind vier. Ist eine Woche Zeit genug?«

»Herr ...« begann Leonardo.

»Ihr müßt ihre Schiffe versenken, und es wird aussehen, als wäre es durch Zauberei geschehen. Nur eines soll noch schwimmen, damit sie ihrem König auch erzählen können, was sie gesehen haben.«

Mit einer Handbewegung entließ der Kalif seinen Hofstaat,

und alle standen auf. Zuletzt sprach der Kalif noch einmal italienisch. »Und wenn Ihr scheitert, Maestro, dann ist es besser, Ihr und Eure Freunde bleibt… unter Wasser. Ist das nicht angemessen?«

»Könnt Ihr die Apparate in einer Woche bauen?« fragte Kuan, als sie die Gemächer des Kalifen verlassen hatten.

»Es ist möglich – wenn ich entsprechende Hilfe und das richtige Werkzeug habe.«

»Ihr sollt alles bekommen, was Ihr braucht.«

»Dann fange ich jetzt sofort an«, sagte Leonardo. »Aber sagt mir…«

»Ja?« antwortete Kuan und gab Zoroastro und den andern zu verstehen, sie sollten ein wenig zurückbleiben. Die Mamelucken zögerten, aber dann taten sie wie geheißen.

»Ist Niccolò wirklich tot?«

»Wenn der Kalif Euch sagt, er ist tot, dann ist er tot. Wenn es nicht stimmte, würde er dafür sorgen, daß es doch stimmt. Ihr dürft seine Worte niemals in Frage stellen, nicht einmal im Geiste.«

»Ich hatte Euch immer für einen unabhängigen Denker gehalten«, sagte Leonardo wütend.

Kuan lächelte und nickte. »Ach ja, Leonardo, das muß Euch sehr wichtig sein.«

»Und A'isheh? Ist sie wohlauf? Hat man sie freigekauft…?«

Kuan schüttelte den Kopf. »Das sind Staatsangelegenheiten, Maestro. Ich glaube indessen nicht, daß der Kalif Euch schon in sein engstes Vertrauen gezogen hat.«

»Aber wie kann eine Dienerin des Dervadar die Cousine…«

»Sie ist das, was Ihr als unabhängige Denkerin bezeichnen würdet.« Kuans Ironie entging Leonardo nicht. Obwohl sie kaum jemand würde hören können, senkte er die Stimme. »Die schöne A'isheh hat immer getan, was ihr gefiel. Aber in dieser Welt – wie auch in der Euren – ist das für eine Frau mit Schwierigkeiten verbunden. So bedient sie sich des Dervadar, um Zugang zu gewissen … Erfahrungen zu bekommen.«

»Und der Dervadar?« Leonardo verstand den Hinweis und sprach ebenfalls leise.

»Was ist mit ihm?«

»Er liebt sie.«

»Sie ist, was jeder Mann sich wünscht«, sagte Kuan. »Nur Ihr scheint ihrem Zauber entronnen zu sein.«

»Und der Kalif?«

Kuan antwortete nicht auf diese Frage. Er blieb vor der großen Intarsientür zu Leonardos Gemächern stehen und wartete, bis die anderen herangekommen waren. »Sagt den Wachen, was Ihr braucht, und alles wird Euch zur Verfügung gestellt werden. Es wird Euch an nichts fehlen.«

»Bitte bleibt noch einen Moment; ich habe noch Fragen.«

»Die habt Ihr sicher, Maestro, und vielleicht wird man sie Euch beizeiten beantworten. Aber jetzt würde ich Euch raten, mit dem Projekt des Kalifen zu beginnen.«

»Ich brauche ein Atelier, dann Werkzeug …«

»Sagt es den Wachen; sie sprechen tadellos Lateinisch.« Kuan verbeugte sich und verschwand. Leonardo und seine Gefährten wurden in die Gemächer gescheucht. Unverzüglich ging Leonardo mit seinen Wünschen zu dem grauhaarigen Mamelucken, der tatsächlich fließend lateinisch sprach – besser als Leonardo selbst.

Als alles erledigt war, schloß Leonardo sich ein und setzte sich auf sein Bett. Er ließ den Kopf in beide Hände sinken, und seine Tränen waren klebrig wie Schweiß, während er versuchte, sich in leeren mechanischen und mathematischen Gedanken zu verlieren. Es lag betäubender Trost in kalten Gedanken, eine Art von unirdischer Freude, die Freude des befreiten Geistes, die Freude der Toten und der Verdammten.

Es würde keine Rache für Niccolò geben.

Nur geschmeidige Maschinerien und endlose Leere.

Die Stimmen des Nils

Es heißt, in Kairo gebe es zwölftausend Wasserträger, die ihr Wasser auf Kamelen befördern, und dreißigtausend Vermieter von Maultieren und Eseln, und auf dem Nil dort seien sechsunddreißigtausend Schiffe, die dem Sultan und seinen Untertanen gehören, und sie segeln stromaufwärts nach Oberägypten und stromab nach Alexandria und Damietta, beladen mit Gütern und Waren aller Art.

Ibn Battuta

Mache uns untertan jegliches Meer, das ist Dein auf Erden und in dem Himmel, in der Welt der Vernunft und in der unsichtbaren Welt, das Meer dieses Lebens und das Meer des Lebens, das kommen wird… Kaf-Ha-Ya-'Ain-Sad.

al-Shadhili zugeschrieben

Wieso und warum ich aber meine Methode nicht beschreibe, nach der ich unter Wasser bleibe, solange ich es ohne Speise vermag: Dies veröffentliche ich nicht und mache es nicht gemein wegen der bösartigen Natur der Menschen, die da würden Mordanschläge verüben auf dem Grunde des Meeres.

Leonardo da Vinci

Mitten in der Nacht, als Leonardos Sklaven und Gefährten längst schlafen gegangen waren – er hatte so viele Sklaven bekommen, wie er brauchte, und dazu eine *bottega* zum Arbeiten –, kam Kuan allein zu Besuch. Leonardo hatte seine Metallschmiede und Glasbläser angewiesen, die großen Wasserlampen zu machen, die er erfunden hatte, und die große, moscheeartige *bottega* war von hellem, gleichmäßigem Lampenlicht erfüllt.

»Wie ich sehe, habt Ihr die Zeit, die Euch zugemessen wurde, gut genutzt«, sagte Kuan.

Leonardo hatte in der Tat heftig gearbeitet, und überall lagen Gerätschaften verstreut. Mitten im Raum hatte er lange Schläuche ausgelegt, die an einem Ende mit einem Türmchen verbunden waren, das mit Öffnungen für Luftdurchlässe versehen war; am anderen Ende befand sich ein Weinschlauch, den ein Taucher sich vor dem Mund befestigen konnte. Ein langer Tisch neben diesem Apparat war mit lauter Skizzen bedeckt; dazwischen stand eine leere Weinflasche. Ein paar halb verzehrte Früchte waren braun geworden, und daneben lag eine Ledermaske mit vorstehenden Glaslinsen.

Kuan griff nach der Maske. »Und das?«

»Damit kann man unter Wasser sehen.«

»Das kann ich jetzt auch.«

»Aber nicht deutlich«, sagte Leonardo. Er sprach leise, denn Zoroastro lag auf einer Matratze und schlief. Bei all seinem Dünkel war er ein guter Arbeiter und viel begabter als die anderen Gefährten Leonardos. Nach einer kurzen Pause sagte Leonardo: »Wollt Ihr es versuchen?«

Kuan schien überrascht zu sein; er lachte und sagte dann: »In der Nacht?«

Leonardo zuckte die Achseln, als wolle er ihn herausfordern.

»Gewiß«, sagte Kuan. »Und was ist das?« Er deutete auf den Apparat, der auf dem Boden lag.

»Damit werdet Ihr unter Wasser atmen können.« Leonardo erklärte ihm, wie die Ventile im Mundstück funktionierten, die mit den Einlaß- und den Auslaßschläuchen verbunden waren.

Als Leonardo seine Gerätschaften zusammenraffte und nach einer Lampe griff, sagte Kuan: »Wir können Sklaven rufen, die uns helfen sollen.«

»Das wird nicht nötig sein.« Leonardo schlang sich die Schläuche um die Schulter. Aber als sie den Raum verlassen hatten und in den dunklen Korridor hinausgetreten waren und Kuan den Mamelucken-Soldaten, die Leonardo zu bewachen hatten, befohlen hatte, in der *bottega* zu bleiben, da merkte Leonardo, daß seine Trauer um Niccolò zurückkehrte.

»Mir scheint, das Leben in der ›Gefangenschaft‹ tut Euch gut«, sagte Kuan, als wolle er sich über Leonardo lustig machen.

»Wie meint Ihr das?«

»Ihr scheint mir Tag und Nacht zu arbeiten. So höre ich wenigstens.«

»Der Kalif hat das Unmögliche verlangt.«

»Das mag sein«, sagte Kuan. »Aber das ist Euer gewohnter Stundenplan, oder nicht?«

»Nicht ganz.«

»Nun, Ihr schient mir jedenfalls in Eurem Element zu sein, dort in der *bottega*, unter Bewachung, und erst, als wir hinausgingen, wirktet Ihr nervös.«

Leonardo konnte nicht widersprechen. Kuan hatte ein unangenehm scharfes Auge. Leonardo konnte sich tatsächlich in seiner Arbeit verlieren, seine Kathedrale der Erinnerung von außen zusperren und ganz und gar in der Gegenwart leben.

Als sie an der Moschee von Al Nasir Mohammed vorbeikamen, die in der Nähe ihres Ziels lag, fragte Leonardo: »Wo seid Ihr in den letzten Wochen gewesen?« Die Mondsichel erleuchtete die kühle Nacht, und die anmutigen Kuppeln und Minarette der Festung wirkten hauchzart und immateriell, als habe der sagenhafte Salah ad-Din sie aus dem Dunst der Wolken geformt. Gleichwohl wäre es unmöglich, von hier zu entrinnen. »Hat der Dervadar Niccolò und A'isheh freikaufen können?«

»Ihr wollt wissen, warum ich Euch nicht besucht habe.«

Leonardo nickte.

»Weil ich mit dem Dervadar im türkischen Kernreich war.«

Leonardo war verblüfft. »Aber der Dervadar war schon vorher fort, und wir wurden überfallen ...«

»Ihr denkt nur in geraden Linien, Leonardo«, sagte Kuan mit sanftem Spott. »Müssen denn zwei Reisende gleichzeitig aufbrechen, um zusammen anzukommen?«

»Nein, natürlich nicht. Aber erzählt mir doch bitte, was Ihr wißt.«

»Was ich weiß …?« wiederholte Kuan spielerisch.

»Von A'isheh … und was aus Niccolò geworden ist. Ich muß es wissen.«

»Ich war in der Gesellschaft des Dervadar und anderer Gesandter. Wir haben versucht, A'isheh und andere, die in Gefangenschaft geraten waren, freizukaufen.«

»Und?«

»Aber sie wußten, daß A'isheh mit dem Kalifen verwandt ist, und wollten eine Gesandtschaft herschicken, um zu verhandeln.«

»Woher konnten sie wissen, daß sie mit dem Kalifen verwandt ist, wenn sie es ihnen nicht erzählt hat?«

»Ihr *cassone* wurde erbeutet. Sie verwahrt Kleider, Tagebücher, ihr ganzes früheres Leben in dieser Truhe – so hört man wenigstens.«

Leonardo fühlte, wie ihn die Erregung durchströmte und sein Herz schneller schlug. Was konnte sie in ihre Tagebücher geschrieben haben?

»Man ließ uns keine Wahl; wir waren gezwungen, an Bord türkischer Schiffe nach Kairo zurückzukehren. Unsere eigenen Schiffe werden vom Herrscher festgehalten und müssen ebenfalls ausgelöst werden.« Er sprach langsam und sorgfältig, und seine Stimme zitterte ein wenig. »Es war eine schwere Demütigung. Und es ist ein Wunder, daß der Kalif uns nicht alle hinrichten ließ. Ich hätte es an seiner Stelle getan …«

»Ihr seid zu hart gegen Euch selbst«, sagte Leonardo.

»Redet nicht so herablassend mit mir«, erwiderte Kuan eisig. »Solches Gewäsch erwarte ich höchstens von einem Sklaven.«

Leonardo schwieg gekränkt. Nach einer Weile erkundigte er sich erneut nach Niccolò. »Habt Ihr ihn gesehen?«

»Wir haben nur A'isheh gesehen«, sagte Kuan.

»Dann seid Ihr aber nicht absolut sicher, daß Niccolò tot ist, oder?«

»Ihr könnt Euch nicht dazu bereitfinden, ihn aufzugeben, wie, Maestro? Wißt Ihr nicht mehr, was ich Euch über das Wort des Kalifen gesagt habe?«

Leonardo ging auf diese Frage nicht ein. »Es geht nicht um meine Bereitschaft, sondern …« Er unterbrach sich. »Nein. Ich bin dazu nicht bereit …«

Sie kamen zu einem Turm an der Südseite der Moschee. Neben dem Turm war ein Brunnen, der Brunnen der Schnecke, erbaut von Kreuzrittern, die Salah ad-Din gefangengehalten hatte. Eine Wendeltreppe führte in schwindelerregenden Windungen bis auf die Höhe der Nil-Oberfläche hinunter.

»Ich habe schon geahnt, daß Ihr mich hierher bringen würdet«, sagte Kuan. »Kann ich darauf vertrauen, daß Ihr mich nicht umbringen werdet?«

»Werft doch einen Blick in die Kathedrale Eurer Erinnerung. Oder in die Stadt der Erinnerung, wie Ihr es, glaube ich, nanntet. Könnt Ihr da nicht die ›Gegenwart zukünftiger Dinge‹ sehen?«

Kuan gab keine Antwort; er zog sich bis auf eine baumwollene Unterhose aus und stieg als erster in den Schacht hinunter.

»Und was werden mir Eure Augengläser nützen, wenn ich unter der Wasseroberfläche atme?« fragte er. »Es wird dort dunkel sein.«

»Ihr werdet die Lampe sehen können«, sagte Leonardo. »Ihr braucht nur hochzuschauen.«

Ihre Stimmen hallten hohl. Leonardo erklärte in allen Einzelheiten, wie der Apparat funktionierte: wie der Turm mit den Luftleitungen auf dem Wasser schwimmen würde, und wie man die Maske mit den Augengläsern aufsetzte und richtig atmete. Beschwert mit einem Gürtel, an dem mehrere Steine hingen, ließ Kuan sich in das kühle Wasser gleiten.

Leonardo hatte Mühe, ihn zu sehen, denn der Wasserspiegel reflektierte das Licht. Das Türmchen wiegte sich auf der Oberfläche, die sich nach und nach beruhigte. Nach einigen Augenblicken kam Kuan wieder hoch und kletterte triefend auf die Treppe herauf. Er nahm die Brille und das Atemgerät ab; er war außer Atem. »Es funktioniert«, keuchte er aufgeregt. »Ich konnte atmen und Euch sehen, wie Ihr mich beobachtetet, aber ich konnte meine Hände unter Wasser klarer sehen als Euch. Es war, als schaute ich hinauf in den Himmel. Das lag nicht an Euch, Leonardo, sondern am Licht.« Ihn fröstelte. »Ich werde es dem Kalifen erzählen.«

Leonardo war erfreut, aber er sagte: »Vielleicht wäre es besser, damit noch zu warten.«

»Der Kalif wird ungeduldig; er mag die Türken nicht länger verhätscheln.«

»Was wollt Ihr damit sagen?«

Kuan sprach leise, als sie die Wendeltreppe im Brunnenschacht hinaufstiegen. »Er ist entschlossen zum Krieg.«

»Wollt Ihr damit sagen, er wird A'isheh nicht freikaufen?«

Kuan streifte während des Treppensteigens seine Kleider über. »Der Herrscher der Türken will kein Geld, gleich welche Summe. Habt Ihr die Forderung nicht verstanden, die sein Abgesandter dem Kalifen vorgetragen hat?«

»Ich dachte, er hätte sich erboten, zum Wohle der Pilger die Wasserleitungen zu reparieren.«

»Das habt Ihr ganz richtig verstanden. Aber dies ist das Vorrecht des Kalifen, denn er und nur er beherrscht und erhält die Pilgerstätten in Mekka und Medina, die heiligsten aller Orte. Ka'it Bay ist der Beherrscher der Welten und der Beschützer des Glaubens. Nicht Mehmed, da mag er sich für noch so mächtig halten.«

»Aber der Kalif würde doch weiterhin über sein Land herrschen, oder nicht?« fragte Leonardo.

»Ja, aber Mehmed hätte dann das Recht, sich als Beschützer des ganzen Islam zu bezeichnen.«

Leonardo schüttelte den Kopf.

»Wenn der Papst versucht, die Herrschaft über Florentiner Gebiet an sich zu bringen, indem er damit droht, ganz Florenz zu exkommunizieren, ist das nicht das gleiche?« fragte Kuan.

»Dann wird der Kalif A'isheh und die anderen also opfern.«

»Es wird nicht so sein, wie Ihr denkt, Maestro.«

»Was soll das heißen?«

Als Kuan nicht antwortete, fragte Leonardo: »Wieder ein Blick in die Gegenwart des Zukünftigen?«

Aber Kuan biß auf diesen Köder nicht an. Er wünschte Leonardo eine gute Nacht und ging. Leonardo blieb allein zurück und hatte plötzlich großes Heimweh nach Florenz, als bestehe die Luft selbst aus Nostalgie und Bedauern. Er sehnte sich danach, mit Niccolò bei Verrocchio am Tisch zu sitzen. Er wollte Sandro sehen, und Simonetta – Simonetta, die ihn, blond und zierlich, wieder mit Ginevra zusammengebracht hatte. Aber die Erinnerung an Ginevra wurde überlagert von der Erinnerung an ihren Tod.

Er schrak hoch, als erwache er aus einem Alptraum.

Die Phantome, die jäh vor ihm Gestalt angenommen hatten, waren seine Bewacher. Sie hatten ihn gesucht. Als sie ihn mit dem Tauchapparat erblickten, sagte einer von ihnen grinsend: »*Mun shan ayun A'isheh.*«

Leonardo verstand die Worte, aber er wußte nicht, was sie bedeuten sollten.

»Für die Augen A'ishehs.«

Am folgenden Tag sollte er erfahren, was das hieß.

Der Kalif befahl, daß die Schiffe der türkischen Gesandtschaft bei Tageslicht zerstört werden sollten, mochten sie nun vor Anker liegen oder die Segel gesetzt haben. Die Gesandten hatten den Befehl, die Zitadelle beim Morgengrauen zu verlassen und sich an Bord ihrer Schiffe zu begeben. Mit fünf modernen Kampfgaleeren waren sie nach Kairo gekommen, schlanken schmalen Schiffen, die von Rudern und Kanonen starrten. Sie lagen im stillen, vom Morgengrauen rosig gefärbten Wasser des Nils, unbewegt wie Steine. Der Fluß war tief um diese Jahreszeit.

Leonardo, Zoroastro und Kuan segelten mit einer Feluke mit verrottenden Planken und Segeln auf die türkischen Schiffe zu. Drei Familien hatten auf dem Boot gelebt, als Kuan Yin-hsi es beschlagnahmt hatte. Kuans Matrosen waren in Lumpen gekleidet, und ihre Waffen waren versteckt. Sie ließen die Feluke in Sichtweite der Galeeren vor Anker gehen, umgeben von anderen Feluken; der Nil war bewohnt wie ein Dorf. Die *fellahin*, die Bauern überall am Ufer, Weiber und Kinder, schrien: *»Mun shan ayun A'isheh!«* Die Leute auf den Feluken antworteten mit den gleichen Worten, aber ihre Rufe gingen unter im Rauschen des Windes, in Geschnatter und Geschrei der Vögel: Rotschwalben, Spießenten, Milane, Krickenten, Rohrsänger und Regenpfeifer. Als wollten sie den Tag ins Dasein rufen, sangen und kreischten sie von allen Bäumen und Masten und aus der Luft.

Leonardos Tauchapparate lagen unter Segeltuchplanen ausgebreitet an Deck: drei Bojen, die mit den Atemschläuchen und langen Stangen verbunden waren. An den Stangen hingen Pfrieme und große Bohrer, die Leonardo selbst entworfen hatte und die sich an Schwenkarmen frei bewegen konnten. Der Schmied des Kalifen hatte die Bohrer, die Pfrieme und die reifenverstärkten Schläuche erst vor einer Stunde geliefert, und Leonardo war noch gar nicht sicher, daß alles funktionieren würde.

»Ich sollte es allein tun«, beharrte Leonardo, als er die Planen von den Apparaten nahm. »Keiner von euch hat Erfahrung damit.«

»Ich habe genausoviel Erfahrung wie du«, behauptete Zoroastro; er war vor lauter Aufregung rot im Gesicht.

»Und ich habe noch mehr«, sagte Kuan. Leonardo schaute ihn überrascht an. »Ich habe schon mehr Männer getötet, Maestro.

Das überwiegt Eure paar technischen Kenntnisse. Ihr habt bisher nur in Notwehr getötet. Könnt Ihr es ertragen, Unschuldige zu ermorden?«

»Bis zum Ufer ist es nicht weit«, sagte Leonardo, und im selben Augenblick fragte er, warum er sich hier verteidigte.

»Trotzdem werden viele ertrinken«, sagte Kuan, »oder von Krokodilen gefressen werden. Und wer ans Ufer schwimmt, wird erschlagen oder versklavt werden.«

»Was?« fragte Zoroastro. »Hier sind doch wohl keine Krokodile im Wasser?«

»Keine Angst, kleiner Zauberer«, sagte Kuan. »Ich gebe Euch eine Salbe; sie werden nicht in Eure Nähe kommen. Und *unter* Wasser seid Ihr sowieso sicher; sie greifen nur an der Oberfläche an.« Er wandte sich an Leonardo. »Wollt Ihr nun immer noch allen Ruhm für Euch allein?«

»Ich will es nur hinter mich bringen«, sagte Leonardo und spähte zu den türkischen Schiffen. »Ich werde es allein tun.«

»Warum?« fragte Kuan.

»Weil es meine Erfindung ist.«

»Wie der Flugapparat, mit dem der junge Mann zu Tode gekommen ist?«

»Ganz recht.«

»Ah, Ihr wollt uns also schonen«, sagte Kuan. »Und wie viele Schiffe, glaubt Ihr, werdet Ihr versenken, ohne sie zu alarmieren? Glaubt Ihr, sie bleiben vor Anker liegen, bis Ihr fertig seid?«

Leonardo ignorierte den Sarkasmus. »Ich kann mich schnell von einem zum anderen bewegen, bevor sie merken, daß etwas nicht stimmt.« Er sprach mit leiser Stimme, als denke er laut und überlege sich seine Strategie. Er fragte sich, wann die Türken wohl Segel setzen würden; wenn die Schiffe einmal in Fahrt wären, würde es schwierig sein, sich noch an die Planken zu klammern und ein Leck hineinzustemmen.

Er konnte diese Schiffe nicht allein versenken. Das wußte er.

Wie hatte der Dervadar den Kalifen genannt? Einen roten Djinn, der das Töten in ein Fest verwandelte.

Jetzt würde auch Leonardo ein roter Djinn werden.

Er sah Zoroastro an. »Hast du alles behalten, was ich dir über den Apparat gesagt habe?«

»Ja, Leonardo.«

»Und über den Bohrer?«

»Ja.«

»Und du kannst den Mechanismus bedienen, mit dem man die Planken aufstemmt?«

»Natürlich kann ich das«, erwiderte Zoroastro erbost.

»Es ist wichtig«, fuhr Leonardo fort. »Du darfst nicht vergessen, mehrere Öffnungen in den Rumpf zu machen, aber du mußt vorsichtig sein, denn das Wasser wird mit schrecklicher Kraft in das Leck strömen. Und du mußt darauf achten, daß die Atemschläuche immer klar sind; sie verheddern sich leicht und brechen dann.« Er wandte sich an Kuan. »Und Ihr, habt Ihr das alles verstanden?«

»Jawohl, Maestro«, sagte Kuan gutgelaunt und mit leiser Herablassung, als finde er es bezaubernd, daß Leonardo sich mehr Sorgen um seinen Freund als um sich selbst machte.

»Gut. Ich gehe als erster; ich werde die Galeeren versenken, die am dichtesten vor Al-Gasira liegen.« Er blickte zu den Schiffen in der Ferne hinüber. Es war ein makellos klarer, leuchtender Morgen, und die Farben von Laub, Himmel und Fluß waren beinahe unnatürlich kräftig. »Ihr und Zoroastro übernehmt alle anderen.«

»Wir werden uns um sie kümmern«, sagte Kuan und überließ Leonardo das Kommando. »Aber die große Galeere, das Flaggschiff des Gesandten, darf nicht angerührt werden. Sie sollen unter der vollen Last der Demütigung zu ihrem Sultan zurücksegeln.« Und er gab Leonardo seine Salbe zum Schutz vor den Krokodilen.

Nachdem er sich mit der übelriechenden Paste eingeschmiert hatte, zog sich Leonardo den Atemsack über den Mund, stülpte sich die Maske mit den Augengläsern über den Kopf, überprüfte die Leinen, schnallte einen beschwerten Gürtel um, nahm den mit der Boje verbundenen Pfriem in die Hand und sprang ins Wasser. Er sah die sonnenbestrahlten Bäume an der gegenüberliegenden Uferböschung, einen Streifen Vegetation – und dann überkam ihn die Kälte wie ein Schock. Er schnappte nach Luft, atmete ein und wieder aus. Die Ventile zwischen seinem Mund und den Ein- und Auslaßschläuchen funktionierten. Er schmeckte das bittere Leder an den Lippen. Die Sicht war sehr schlecht; kaum zwei Schritte weit konnte er sehen. Aber als er zum Wasserspiegel hinaufschaute, der jetzt wie ein flüssiger Spiegel über ihm funkelte, schimmernd und milchig, da fühlte er sich plötzlich lebendig und vital. Seine Erfindung funktionierte. Er konnte wirklich ein wenig Macht über die Natur, wenn schon nicht über das Schicksal erringen. Er wandte sich den türkischen Schiffen zu; es war, als schwimme er durch einen leuchtenden Nebel. Unter ihm wirbelte Schlamm auf wie Sand im Wind. Er hielt den Pfriem fest und trat hart aus, um sich voranzutreiben. Die Unterwasserwelt schien still zu sein, aber das nur einen Augenblick lang; als er sich an die Umgebung gewöhnt hatte, hörte er ein gedämpftes Knarren und Seufzen: die Stimmen des Flusses. Die Boje, die mit seinen Luftschläuchen verbunden war, schwamm oben hinter ihm her; sie war in *trompe l'œil-Technik* bemalt und auf den Wellen buchstäblich unsichtbar.

Es war nicht leicht, die Schiffe zu finden, denn die zahlreichen Rümpfe der ägyptischen Schiffe schwebten schattenhaft in dem blassen Hell über ihm; er befürchtete, daß seine Atemschläuche irgendwo hängenbleiben könnten. Müll schwebte im Wasser; Brocken und Fetzen von Abfall und Unrat hatten ihre jeweilige Tiefe gefunden und würden nun für alle Zeit dort treiben und nie zum Grund sinken. Leonardo hatte die Orientierung verloren; er riskierte es aufzutauchen, um zu sehen, wo er sich befand.

Die Galeeren waren nicht weit entfernt, aber er hätte sie verfehlt, wenn er jetzt nicht die Richtung geändert hätte.

Dann erschien der erste Rumpf vor ihm, eine gebogene Wand aus Holz, von Entenmuscheln überkrustet. Heftig strampelnd, tauchte er so tief, wie er nur konnte, und dann drückte er die Spitze des Bohrers an die Planken. Unter kreisenden Bewegungen beider Arme bohrte er ein Loch zwischen die Planken. Dann schob er den Pfriem hinein und stemmte unter großen Mühen die Planken auf. Dieses Holz war nicht verrottet, aber dem Zerren und Brechen seiner Werkzeuge gab es doch nach. Planke um Planke brach er auf, und das Wasser strömte wie ein Gießbach hinein. Er mußte sich außen verankern, um nicht in den Laderaum hineingesaugt zu werden. Dann schwamm er nach achtern und wiederholte die Prozedur, bis das Schiff stöhnte und ächzte und zu rollen begann. Bald würde es sinken.

Er schwamm weiter zum nächsten Schiff, einem weiteren muschelbesetzten Felsen. Immer wieder spähte er nach oben, um sich zu vergewissern, daß er seine Atemschläuche nicht verwirrte. Wieder bohrte er mit seinem Bohrer ein Loch zwischen die Planken, und wieder stemmte er sie mit spitzem Pfriem auseinander. Alles wiederholte sich, bis das Wasser durch mehrere Löcher in den Rumpf strömte. Er spürte den Sog, und er hörte das ferne Ächzen von Holz: Die andere Galeere ging endlich unter.

Plötzlich bekam er keine Luft mehr. In jäher Panik zog er an seinen Atemschläuchen, um sie freizubekommen, falls sie irgendwo hängengeblieben waren, aber es half nichts. Sie waren abgeschnitten oder zerrissen worden. Er ließ Pfriem und Bohrer fallen, schwamm aufwärts, brach durch die Wasseroberfläche und atmete tief durch. Etwas streifte ihn, rauh wie ein Kiesel, und ein Pfeil fuhr neben ihm ins Wasser. Das Wasser war blutig und brodelte von Türken, die den Leuten auf den Feluken, die mit Messern hantierten oder Pfeile abschossen, ein leichtes Ziel boten. Offensichtlich hielt man auch ihn für einen Türken.

Zwischen den Schiffen schwammen Krokodile, so groß wie die Boote selbst; sie schnappten um sich und schmausten wie ägyptische Götter bei einer Opferzeremonie, unversöhnlich. Und er hörte Geschrei und etwas, das klang wie ein Gesang.

Er tauchte zurück in die Stille und schwamm mit aller Kraft in die Richtung seiner eigenen Feluke, bis er glaubte, seine Lunge werde bersten. Wenn er nun in die falsche Richtung schwamm? Er stellte sich vor, daß riesige Krokodile über ihm lauerten und nur darauf warteten, daß er an die Oberfläche käme. Es war, als schwimme er durch eine Traumlandschaft, als hätten seine Alpträume Gestalt angenommen. Er tauchte auf, atmete, schaute sich um. Jemand rief seinen Namen. Er schwamm auf die Stimme zu, sah seine Feluke und wurde an Bord gezogen. Es war reines Glück, daß er zu seinem Boot gefunden hatte, denn es hatte bereits Fahrt aufgenommen.

Die Stimme gehörte Kuan. »Ich habe lieber nicht nach Euch gesucht. Ich habe mein Schiff versenkt und bin zurückgekehrt, genau wie Zoroastro.«

Zoroastro umarmte Leonardo; dann drehte er sich um und beobachtete das türkische Flaggschiff. Die Besatzung warf den Leuten im Wasser Leinen zu, während es unter den Beschimpfungen und Verhöhnungen der Menge vor dem leichten Wind davonsegelte. Der mächtige Fluß, die Mutter Kairos, war angeschwollen und blutig.

Überall waren buntbemalte Feluken mit breiten Segeln, auf denen sich *fellahin* drängten – vorzüglich bewaffnete *fellahin* –, die sich einen großartigen Spaß daraus machten, Türken und Krokodile gleichermaßen umzubringen. Dabei sangen sie genau wie die dichte Zuschauermenge, die sich am Ufer versammelt hatte: Männer mit weißen Turbanen, verschleierte Frauen, die ganz in Schwarz gekleidet waren, als wären sie in Trauer, und Kinder mit Stimmen, so hoch wie ein Kastratenchor. Aus der Ferne klang der Vers, den sie gemeinsam sangen.

»*Mun shan ayun A'isheh.*«

Für die Augen A'ishehs.

»Was singen sie da?« fragte Leonardo.

»Das glorreiche Lied vom Krieg und von der Liebe«, sagte Kuan, aber sein Lächeln war der Ausdruck von Trauer und Zynismus, das Lächeln eines Mannes, der das alles schon einmal gesehen hatte. »Der Kalif hat seine Troubadoure angewiesen, es dem Volk vorzusingen. Von A'isheh haben sie gesungen, und von der Macht der Magie. Es war reine Prophezeiung; der Kalif hat ihnen gesagt, er werde die Schiffe des Feindes durch Zauberei versenken, um ein Zeichen zu geben. Und wir haben seine Prophezeiung soeben erfüllt. Wir haben A'isheh unsterblich gemacht. *Fellahin* und Krieger gleichermaßen werden sich darum schlagen, für sie kämpfen und sterben zu dürfen. Für ihre Schönheit. Für die Vollkommenheit. Es ist alles sehr platonisch.«

»Es ist verrückt«, sagte Leonardo.

»So verrückt wie Euer Freund Sandro? Wollte der nicht auch sterben für Lorenzos Geliebte?«

»Redet nicht so von ihr«, fauchte Leonardo.

Kuan verbeugte sich leicht. »Ich bitte um Vergebung, Maestro.«

»Ich verstehe nicht, was diese Leute davon haben. Kennen sie A'isheh denn überhaupt?«

»Darauf kommt es nicht an«, sagte Kuan. »Sie werden sie erschaffen. Sie wird eine lebendige Märtyrerin sein, und die Geschichte wird wachsen mit jedem Erzählen. Die Troubadoure werden die Kunde verbreiten; sie nennen sie Hormat Dima und Hormat Hamra.«

Frau des Blutes. Rote Frau.

»Ihr Name wird zum Kriegsschrei werden«, sagte Kuan versonnen. »Sie wird Ägypten sein, und für sie werden alle Männer sich erheben, um die Türken zu vernichten. Blut wird fließen, und die Türken werden darin schwimmen, wie sie es schon jetzt tun.«

»Und sie werden sie töten.«

»O nein, sie ist völlig sicher. Sicherer, als Ihr es jetzt seid. Wenn sie sie aufgeben, ist der Krieg zu Ende. Sie wird zum Verhandeln benutzt werden.«

»Und wenn sie ihr doch etwas antun …?«

»Dann wird das Volk in diesem Lande wirklich verrückt werden. Es wird in einen Blutrausch verfallen. Ihre Gefängniswärter tragen eine große Verantwortung.« Nach einer kurzen Pause fügte Kuan hinzu: »Was hier geschehen ist, sollte für Mehmed Anlaß zur Sorge sein. Er ist ein frommer – und ein abergläubischer Mann.«

Leonardo sah Kuan an, aber er konnte in dem ruhigen, vernarbten Gesicht weder Humor noch Ironie entdecken. »Dann wird er A'isheh vielleicht aufgeben.«

»Kaum«, sagte Kuan. »Mehmed und unser Kalif müssen jetzt beide Blut trinken. Ihr werdet schon sehen, Maestro.«

»Und Ihr?« fragte Leonardo neugierig. »Was empfindet Ihr dabei?«

Kuan zuckte die Achseln. »Das Töten gefällt mir nicht, aber ich habe auch keinen Widerwillen dagegen.«

»Und was gefällt Euch?«

»Das werde ich Euch zeigen. Eines Tages. Bald.« Kuan wandte sich ab, und beide verfolgten schweigend das Gemetzel.

Und Leonardo war es, als habe er Niccolò dicht unter der Oberfläche des grünen, sonnengesprenkelten Wassers schwimmen sehen.

Als gehörte jedes dieser toten Gesichter Niccolò.

Ein Spiegelbild in der Wüste

Zunächst studierte ich die Befestigungen,
die einen befähigen, einem machtvollen Feind zu widerstehen,
und dann wandte ich sie auf die Sphären der Lüfte an.

Francesco Zambeccari

Ich sagte zu den Bauern: »Meine Freunde,
zieht euch allemal gleichzeitig vom Rande des Fahrwerks zurück,
sobald ich das Zeichen gebe, und ich werde davonfliegen.«
Ich ließ meine Hand niederfahren, und sie wichen zurück,
und ich flog davon wie ein Vogel. Binnen zehn Minuten hatte
ich eine Höhe von 1500 Faden erreicht, und ich konnte die
Gegenstände auf dem Boden nicht mehr erkennen, sondern sah
nur noch die unermeßlichen Formen der Natur.

Jacques Alexandre Charles

Dort zeigte man ihm ein fliegendes Kamel.

Petachia von Regensburg

Jetzt steigt der Hahn gen Himmel.

Motto des Aerostat

Auch nach der wundersamen Versenkung der türkischen Schiffe auf dem Nil blieb Leonardo als Gefangener in seinen Gemächern und seiner Werkstatt, während sie sich mit Maschinen und Waffen füllte, die nach seinen Anweisungen geschmiedet und gebaut wurden. Jetzt aber war er wirklich ein Gefangener, denn seine Freunde waren ihm genommen worden. Kuan war nur einmal zu Besuch gekommen, um ihm mitzuteilen, daß noch mehr Erfindungen herauskommen müßten; der Kalif erwarte jeden Tag eine. Der Kalif sei sehr zufrieden mit Leonardo, und das sei sein Lohn. Leonardo beschimpfte Kuan: Man habe ihn über den Löffel balbiert, und er sei keine Scheherazade mit tausendundeiner Erfindung. Das Leben sei eine Prüfung, hatte Kuan daraufhin gesagt, nachdem er ihm zu seinem guten Geschmack bei der Auswahl seiner Lektüre gratuliert hatte. »Vergeßt nicht, Leonardo, daß Eure Freunde auf Euch angewiesen sind … und auf Euch warten.«

»Wo sind sie?« hatte Leonardo gefragt.

Aber Kuan hatte ihm nur gerade soviel gesagt, daß seine Spannung erhalten blieb: Der Kalif habe Kairo heimlich verlassen, um mit seinen Beduinen in der Wüste zu reiten, und er habe Amerigo Vespucci mitgenommen – Vespucci, der immer der Schüchterne gewesen war und der sich vor Menschenmengen und vor Frauen gefürchtet hatte. Jetzt war er mit dem Roten Djinn unterwegs, mit dem Kalifen, der ihn töten würde, wenn es ihm gerade gefiel. Was aus Zoroastro und Benedetto geworden war, erfuhr er nicht.

Leonardo sah nur seine Bewacher und die Huren, die ihn wie Träume in der Nacht besuchten; aber selbst die Huren waren Fremde: Jede Nacht kam eine andere Frau. Er ließ sie bei sich bleiben, denn er sehnte sich verzweifelt nach Gesellschaft; er träumte dann, sie wären Ginevra oder Simonetta oder A'isheh. Und in manchen Nächten schlief er auch mit ihnen, atmete ihren Moschusduft und ihr Parfüm, als wäre es der erstickende Rauch des Feuers, das Ginevra in ihrem Schlafgemach verzehrt hatte.

Ginevra, mit dem Tod vermählt.

A'isheh. Immer wieder kam sie in seine Gedanken, seine Träume und Phantasien; er dachte über die Zeit nach, die er mit ihr verbracht hatte, erinnerte sich an die profanen Augenblicke und die rauhen Liebesspiele, und er fragte sich, wie und wann sie sich in seine Gedanken eingeschlichen hatte. Er war nicht an ihr interessiert, schon gar nicht in sie verliebt gewesen. Aber sie hatte ihm aus Eifersucht Niccolò gestohlen. Er dachte daran, wie sie vor Schmerz geschrien hatte, als er in sie eingedrungen war … aus

Wut. Als wäre sie nicht der Gegenstand seines Verlangens, nicht ein süßer Balsam, sondern einfach ein schönes Werkzeug aus Fleisch.

Und immer dachte er an Niccolò, sein Mündel, seine Verantwortung, sein Scheitern.

Als eine magere, picklige Hure sein Bett verlassen hatte, verfaßte Leonardo im Licht seiner Wasserlampe einen Brief. Bald würde der Mullah die Gläubigen zum Gebet rufen, und die Morgendämmerung würde die Minarette rosarot und golden färben. Er schrieb langsam und in lateinischer Sprache.

Teuerster Maestro Pagholo,

Mit großer Trauer und Schmerz schreibe ich Euch diesen Brief, aber ich habe schon zu lange gezögert – nein, die Sache hinausgeschoben. Ich bin einigermaßen sicher, daß Niccolò Machiavelli tot ist. Die Umstände, welche dazu führten ...

Leonardo riß das Blatt aus seinem Notizbuch und zerknüllte es in der Hand; dabei verschüttete er die Tinte auf dem Tisch. Er tauchte den Federkiel in die Pfütze und wollte wieder von vorn anfangen, als Kuan Yin-hsi, der leise wie ein Geist in seine Gemächer gekommen war und jetzt hinter ihm stand, plötzlich sagte: »So, Leonardo. Wie ich sehe, seid Ihr endlich bereit, Euren Freund aufzugeben.« Kuan trug die kostbaren Kleider des Kalifen.

»Willkommen, Kuan«, sagte Leonardo kalt und schaute zur Tür, um zu sehen, ob sie allein waren. »Es ist schon spät – oder sollte ich sagen, früh? Was führt Euch zu mir?«

»Wäre ein Besuch aus Freundschaft nicht genug?« fragte Kuan.

»Das Amt des Gefängniswärters kleidet Euch gut.«

»Schön gesagt.« Kuan lächelte über die Doppeldeutigkeit in Leonardos Worten. »Ihr habt das Arabische gut gelernt; ich schätze, bald werdet Ihr Gedichte in der heiligen Sprache schreiben.«

»Das tue ich vielleicht schon«, antwortete Leonardo. Er deutete zum Divan und fragte: »Habt Ihr Lust auf eine Pfeife?«

»Ah, Ihr habt Euch also an die Freuden des Haschisch gewöhnt?«

»Ich finde, daß Euer Kraut meine Gedanken anregt. Nennt man es nicht auch ›Freund des Gefangenen‹?«

»Aber ich hatte den Eindruck, Ihr wäret sehr heikel, was Eure Gewohnheiten angeht. Ja, ich dachte, Ihr hättet überhaupt wenige oder gar keine Laster.«

»Ist das der Zweck Eures Besuches? Wollt Ihr mich nach meinen Gewohnheiten befragen?«

»Nein, Leonardo, ich bin gekommen, um Euch hier herauszuholen.«

»Und was ist mit …?«

»Mit Euren Freunden?«

»Ja, mit meinen Freunden.«

»Sie sind in Sicherheit und fern von hier.«

»Wo?«

»Der, dem ich das Leben gerettet habe, und Zoroastro, der Taschenspieler, sind beim Dervadar.«

»Ja, und wo ist dann der Dervadar?«

»Ich werde Euch hinbringen, Leonardo. Das ist weniger gefährlich, als es Euch zu erzählen.« Er deutete auf die Wände, als wären sie mit Spitzeln gespickt. »Haben meine Gedächtniskunststücke auf Messer Neris Gesellschaft Euch beeindruckt?«

»Ja, ich glaube schon, aber …«

»Nun, ich habe noch etwas, das Euch beeindrucken könnte, Leonardo, denn vielleicht seid Ihr doch nicht der einzige Mensch, der fliegen kann. Wir wollen eine Maskerade spielen, wie wir es in Florenz getan haben.«

»Ich verstehe kein Wort von dem, was Ihr da redet«, sagte Leonardo ungeduldig.

»Seid Ihr müde, mein Freund?« fragte Kuan.

»Nein.«

»Dann laßt uns aufbrechen.«

»Sofort?«

»Ja, und wir haben nicht viel Zeit.«

»Ich muß aber packen; ich habe meine Erfindungen in der *bottega*, meine Notizen ...«

Kuan öffnete eine Reisetasche. »Hier sind die Notizen, die in der Werkstatt waren. Nehmt, was hier noch herumliegt, und laßt uns gehen.«

»Ich brauche Kleider.«

»Ihr seid immer noch ein Geck, Leonardo. Aber da, wo wir hingehen, braucht Ihr Eure Kleider nicht. Und macht Euch keine Sorgen um Eure Maschinen. Die wird man Euch bringen.«

Damit verließ Kuan den Raum, und die Wache an der Tür wartete, bis Leonardo ihm folgte.

»Ihr habt mich einmal gefragt, woran ich Gefallen habe«, sagte Kuan, als sie auf dem breiten Flachdach bei einer der östlichen Mauern der Zitadelle standen. »Daran.«

Er brauchte nicht erst auf den hochgeblähten Berg von Leinen und Papier zu deuten, der sich über einem rechteckigen, halbwegs wie eine Pyramide geformten Ziegelofen wallend wölbte. Auch aus dieser Entfernung – sie standen fast zehn Schritte weit davon weg – roch Leonardo den dichten, beißenden Rauch, der in die zusammengenähte Hülle aus Leintuch und Papier strömte. Ein Netzwerk aus Seilen war um die obere Halbkugel geflochten; an diesen Seilen hing ein Weidenkorb.

»Was ist das?« fragte Leonardo. Es waren sicher dreihundert Ellen Leinwand nötig gewesen, um diese Kugel zu nähen, die jetzt fast völlig aufgebläht war. Zwölf Sklaven mußten mit ihrem ganzen Gewicht die Seile festhalten, um zu verhindern, daß die ganze Konstruktion durch die Luft davonflog. Die Morgendämmerung färbte den gemeißelten Berg der Zitadelle grau und überhauchte ihn rosarot, als streiche die Nacht selbst mit langen Fingern über die Steine. Leonardo starrte zu der Kugel hinauf, die jetzt klar zu erkennen war: Sie war mit einem rotgoldenen Kamel verziert, einem *trompe l'œil*, denn das Kamel bestand aus rautenförmig über die äußere Hülle genähten Bändern.

Kuan lief zu seinem Ballon und rief den Männern zu: »Dämmt das Feuer ein. Das Kamel ist ausreichend mit Rauch gefüllt. Es wird sonst Feuer fangen.«

Man sah, daß Flammenzungen aus dem Brennofen zuckten. Sklaven bedeckten das Feuerloch an der Spitze des viereckigen Ofens mit einer eisernen Glocke, und auf Kuans Befehl hin schütteten sie eimerweise Wasser auf die leinene Hülle und den Korb. »Kommt, Leonardo«, schrie Kuan. »Es wird Zeit. Los!«

Fasziniert kletterte Leonardo hinter Kuan in den Korb, als der Ballon sich schwankend in die Luft erhob. Der Korb, in dem sie standen, hatte einen äußeren Durchmesser von ungefähr zwanzig Fuß; der innere betrug etwa siebzehn. Ein Kohlenbecken hing, leicht zu erreichen, über dem Korb.

»Wie funktioniert das?« fragte Leonardo aufgeregt. Dies war offensichtlich eine Flugmaschine, aber sie war anders als alles, was Leonardo sich je vorgestellt hatte, wenngleich sie natürlich vielleicht in gewisser Weise durchaus Ähnlichkeit mit seiner Fallschirmidee hatte – einem leinenen Zelt, dessen Öffnungen fest vernäht waren. Er sah die schreiende Menge unten, die vor den Mauern der Zitadelle lärmte.

Kuan rief den Sklaven zu, sie sollten die Führungsseile loslassen und den Ballon freigeben, und sie gehorchten. »Zieht die Taue herauf«, sagte er zu Leonardo.

»Warum hat man sie nicht abgeschnitten?« fragte Leonardo.

»Weil sie später noch gebraucht werden«, antwortete Kuan ungeduldig und fügte wie zu sich selbst hinzu: »Der Wind steht genau richtig.«

Unversehens wurden sie emporgehoben. Einen Augenblick

lang hatte Leonardo das Gefühl, daß Häuser und Menschen dort unten wundersamerweise immer kleiner wurden, denn man spürte kaum eine Bewegung; der Korb schwankte nur hin und her wie eine Hängematte zwischen den Spanten im Laderaum eines Schiffes. Es war, als sei der Ballon an Ort und Stelle geblieben, während die Welt hinabgezogen wurde; Kairo wich zurück und versank in der Tiefe, und einen schwindelerregenden Moment lang war es ihm, als falle er aufwärts in den Himmel. Aber diese Angst war im nächsten Augenblick verflogen, und an ihre Stelle trat Faszination, denn Leonardo sah – und hörte – jedermann dort unten, als würden alle ihre Gespräche verstärkt und vergrößert. Er hörte Hundegebell, hohe Kinderstimmen, streitende, kämpfende Männer; jedes Wort, jeder Schlag, jeder Stoß war deutlich zu vernehmen, als sei Leonardo allwissend und an jedem Ort zugleich, neben den Kaufleuten, fahrenden Händlern, schwarzverschleierten Frauen, Kindern, Bettlern, Derwischen, Würdenträgern, Sklaven, Schlangenbeschwörern und dem Meer von Gesindel – Augen und Ohren, Herz und Hirn von Kairo. Und während der Ballon höherstieg, beugte er das Knie und begann zu beten.

Als Kuan sich vergewissert hatte, daß alles in Ordnung war, beugte er sich über den Rand des Korbes und rief zum Gesindel hinunter, brüllte den Kriegsruf: »*Mun shan ayun A'isheh!*« Er hatte sein Gesicht verhüllt, aber an seinen Kleidern konnte jedermann sehen, wer er war: Entsetzt spähten sie herauf, denn sie sahen den Kalifen in roten Gewändern durch die Luft fliegen, den Roten Djinn, den fleischgewordenen Dämon, dessen Blicke töten konnten, der nach Belieben vernichtete und doch den wahren Glauben beschützte und die Gläubigen verteidigte. Er war die gestaltgewordene Seele des Kriegers.

Alle fielen sie auf die Knie, und Tausende von Sklaven und Bürgern brüllten zurück wie mit einer einzigen donnernden Stimme; sie gehorchten, gepackt von dem Wunder, das sie über sich sahen. Hier nun sahen sie mit eigenen Augen die Verheißung des

Paradieses – denn stieg dort nicht der König, der Kalif, der Beherrscher der Gläubigen und Beschützer des Glaubens aus eigener Zauberkraft zum Himmel hinauf? Wer sonst konnte das leibhaftig tun und zurückkehren?

»Wir tun also wieder einmal so, als wären wir, was wir nicht sind«, stellte Leonardo fest.

»Ich habe Euch eine Maskerade versprochen«, sagte Kuan. Plötzlich geriet der Korb gefährlich ins Schaukeln. »Leonardo«, rief Kuan, »hinüber auf die andere Seite. Schnell!«

Die Menge schrie entsetzt auf, aber der Korb fand sein Gleichgewicht wieder, und dann lag die Zitadelle tief unter ihnen. Sie verwandelte sich in die Sandburg eines Kindes, mit winzigen Kuppeln, Türmen, Bollwerken, Kasematten, Mauern und Minaretten, und immer noch wurde die Welt kleiner; die Straßen wurden zu strichdünnen Landkarten, Basare und Souks waren Ameisenhügel, so groß wie ein Daumennagel. Kairo – die größte Stadt der Welt, die Stadt mit der größten Ausdehnung und Bevölkerungsdichte, die zivilisierteste Stadt – wurde zu einem Klecks von Stein und Mörtel, der sich mit Daumen und Zeigefinger umfassen ließ, eine graue, geometrische Form, eine Erhebung des Landes, das sich endlos ausdehnte und alles Menschenwerk winzig machte, sogar die graublauen Pyramiden von Giseh im Westen. Der Nil, die große blaue Schlagader Ägyptens, war mit den breiten Segeln der Feluken gesprenkelt, und fruchtbare Felder, breite, gepflügte, braune Streifen, erstreckten sich an seinen Ufern. Leonardo sah Palmen und Ahornwäldchen, scharfgeschnittene Felsen, Inseln und buntbemalte Tempel, Dörfer und Bergketten. Und noch immer stieg der Ballon in die Höhe, bis der Horizont einen vollkommenen Kreis bildete und die Wüste sogar den Himmel überwältigte, der im Norden an das Mittelmeer grenzte.

Im Osten waren Hügel, Berge und die Wüste: die Geometrie des Sandes.

Das war die Richtung, in die der Wind den Ballon trug.

Kuan schüttete Brennstoff in das Becken, das bereits häßlich rot glomm. Das Zeug stank beim Verbrennen.

Leonardo war überwältigt, denn wahrhaftig, er schwebte, stieg empor in die feuchte Watte der Wolken, aber auch hinauf in eine Luft von schneidender Kälte, nicht etwa in die Regionen des Feuers, die er gefürchtet, mit denen er gerechnet hatte. »Es geht so schnell«, sagte er verzückt.

»Was geht schnell?« fragte Kuan, während er Segel, die eher aussahen wie große Ruder, sorgfältig am Korbrand und an dem Taunetz, das die Ballonhülle umschloß, befestigte.

»Es ist, als hätten wir ganz plötzlich die Erde verlassen und wären in die Wolken hinaufgestiegen. Ohne uns zu bewegen. Nur ...« Als er wieder zur Besinnung gekommen war, fragte er: »Ihr könnt mit diesem Apparat segeln wie mit einem Schiff?«

»Nein«, sagte Kuan, »eigentlich sind Segel und Ruder so gut wie nutzlos. Aber vielleicht besser als gar nichts. Der Apparat ist den Winden ausgeliefert. Deshalb sind wir losgeflogen, als wir losgeflogen sind.«

Leonardo sah ihn an, als habe er eine Frage.

»Wir müssen nach Osten«, sagte Kuan nüchtern. »Und der Wind stand richtig.«

»Wo fliegen wir hin?«

»Zum Kalifen. Das habe ich doch gesagt.«

»Nein«, widersprach Leonardo, »das habt Ihr nicht gesagt. Ihr habt gesagt, wir wollen zum Dervadar.«

»Das war die Wahrheit, Maestro. Ihr werdet selbstverständlich beiden begegnen.«

»Und warum mit dieser Maschine?«

»Um das Pack zu beeindrucken – damit es kämpft. Glaubt mir, die Kunde von der Himmelsfahrt des Kalifen wird schneller reisen als wir.« Er lachte leise.

»Aber in Wahrheit ist der Kalif in der Zitadelle geblieben.«

»Nein, Leonardo, ich habe Euch nicht belogen. Er erwartet uns.«

»Wo?«

»Dort unten in der Wüste«, sagte Kuan.

»Wie sollen wir ihn finden, wenn wir, wie Ihr sagt, den Winden ausgeliefert sind?«

»Wir werden Hilfe bekommen, das versichere ich Euch. Oder wäret Ihr lieber mit einer Karawane gereist?« Weit unten in der Ferne kroch eine lange Beduinenkarawane über Schiefergrund und sandige Felsengrate auf einen aus Sand geformten Ozean zu.

»Nein«, sagte Leonardo leise. »Aber warum müßt Ihr Euch immer als der Kalif ausgeben?«

Kuan lachte. »Weil der Kalif Höhenangst hat, Maestro. Schon in den Türmen des Palastes ist ihm unbehaglich. Er hätte ebensowenig mit uns fliegen können wie mit eigenen Flügeln.« Einen Augenblick später fuhr er fort: »Ihr macht ein so überraschtes Gesicht, Maestro. Das müßt Ihr nicht. Wir sind im Himmel. Warum sollten hier die Regeln und Verfahrensweisen der Erde gelten? Dies ist die Region der Wahrheit. Hier gibt es keine Formalitäten. Hier sind wir wirklich Brüder – vielleicht mehr als das. Hier sind wir alle gleich. Ein und derselbe.« Sein Gesichtsausdruck veränderte sich. »Aber wenn wir auf die Erde zurückgekehrt sind, Maestro, wird alles wieder wie früher sein. Und ich würde Euch ebenso leicht töten, wie ich dieses Feuer anfache.«

Leonardo antwortete nicht. Er blickte starr geradeaus in den kobaltblauen Äther. Schließlich sagte Kuan: »Ich dachte, Ihr hättet vielleicht die eine oder andere Idee, wie meine Erfindung zu verbessern wäre.«

»Eure Erfindung?«

»Nun ja, das Prinzip ist in meiner Heimat nicht unbekannt. Aber man hat immer nur Kinderspielzeug daraus gemacht, mit dem man am Feuer spielen konnte. Wie Ihr seht, habe ich es vervollkommnet.«

»Noch nicht ganz«, sagte Leonardo.

Kuan zog die Brauen hoch.

»Es ist ja, wie Ihr selbst sagt, den Winden ausgeliefert«, erklärte Leonardo.

»Gleichviel – könnt Ihr Euch vorstellen, was für eine Waffe es sein könnte?«

Das konnte Leonardo allerdings. Aber dies war keine Flugmaschine, wie er sie sich vorgestellt hatte. Sie hatten keine Flügel über den Armen. Die Maschine hatte das Kommando, nicht der Mensch – oder, besser gesagt, beide waren auf Gedeih und Verderb den Elementen ausgeliefert. Aber wenn seine – Leonardos – Maschine mit dieser hier vermählt würde, dann könnten Flügelschlag und Steuerruder den Elementen die Herrschaft womöglich entreißen.

Der Ballon begann zu sinken, und Kuan warf neuen Brennstoff in das Becken. Rauch stieg in die Hülle aus Stoff und Papier. Als sie wieder hoch genug waren, befahl er: »Werft die Seile über den Korbrand.«

»Warum?«

»Als Ballast. Wir mußten sie heraufziehen, als wir in die Höhe stiegen, damit niemand sie festhalten und uns aus dem Korb stürzen konnte. Wenn sie jetzt den Boden berühren, wird sich das Ballastgewicht reduzieren und uns davor bewahren, zur Erde zu stürzen. Und nachts, wenn man nichts sehen kann, kann man das Seil befühlen, und es wird einem sagen, wenn die Erde näherkommt.«

»Sinnreich«, sagte Leonardo, und sie warfen die Seile aus dem Korb. Er fragte sich, wie lange sie schon in der Luft sein mochten. Es kam ihm vor, als seien nur ein paar Augenblicke vergangen, seit sie aufgestiegen waren, aber er wußte, daß es schon eine ganze Weile her sein mußte, denn Kairo war verschwunden, war von der Wüste verschluckt worden, und so sehr er auch suchte, er konnte das breite Band des Nils nirgends mehr entdecken. Dunst behinderte die Sicht; die Welt war in Wolken gehüllt.

»Was läßt diese Kugel denn fliegen?« fragte er.

»Ich glaube, der schwarze Rauch hebt sie in die Höhe«, sagte

Kuan. »Darum verbrennen wir Holzspäne und Stroh in dem Brennofen, der die Hülle füllt.«

»Könnte es nicht die Hitze sein, die den Auftrieb besorgt?«

Kuan zuckte die Achseln. »Die Logik spricht eher für den Rauch als für die Hitze.«

Leonardo kritzelte etwas in sein Notizbuch. Es war die Hitze, dessen war er sicher. Aber das würde er später herausfinden – falls er je wieder lebend auf die Erde käme. Er fühlte Feuchtigkeit; die Maschine geriet in immer dichteren Nebel.

Kuan streckte die Arme aus und ballte die Fäuste, als wolle er diesen Nebel ergreifen. »Es ist ziemlich enttäuschend, festzustellen, daß die Wolken« – er zuckte die Achseln – »aus nichts bestehen. Als Kind dachte ich immer, wenn ich auf irgendeine Weise zu ihnen hinaufgelangen würde, dann könnte ich auf ihrer weichen Oberfläche umhergehen. Ich stellte mir vor, daß dort eigene Länder sein müßten, und ich wünschte mir nichts mehr, als sie zu erforschen.«

Leonardo wußte nicht, was er darauf antworten sollte. Es machte ihn immer verlegen, wenn andere sich ihm offenbarten. Er hätte derart versponnene Vorstellungen bei Kuan nie erwartet, aber sie hatten ja die Welt der Regeln und der Reue verlassen. Es ging kein Lüftchen, und für Leonardo war das Ganze eher ein Traum denn ein wirkliches Erlebnis. Stunden schienen dort unten vorüberzutreiben, als wäre die Zeit etwas Geologisches, Architektonisches. Aber für Leonardo war das alles nur ein Tagtraum. Er hatte nicht das Gefühl, daß Zeit verstrich, nur die endlose Wüste, die so weiß war, daß einem die Augen schmerzten, wenn man zu lange hinschaute, und der Himmel, der eine Welt für sich war – einen Augenblick oder eine Stunde lang klar, und dann wieder dunstig bewölkt. Aber aus diesem Dunst tauchte plötzlich eine Erscheinung auf, so klar wie ein Bild in einem Spiegel.

In einiger Entfernung schwebte ein zweiter Ballon.

»Seht doch«, sagte Leonardo zu Kuan. »Dort.«

Kuan schaute in die Richtung, in die Leonardo zeigte, und nickte mit dem Kopf.

»Wie es scheint, hat noch jemand Eure Erfindung erfunden. Ich schätze, wir versuchen lieber, ihnen zu entkommen.« Er wollte die Segel richten, als Kuan sagte: »Nein, Maestro, Ihr braucht Euch nicht zu fürchten. Das ist nur eine Fata Morgana.«

»Was?«

»Eine Luftspiegelung, eine optische Täuschung. Ihr werdet so etwas auch in der Wüste finden. Wäre ich abergläubisch, so würde ich sagen, es ist ein schlechtes Omen.«

Leonardo starrte den Ballon in der Ferne an.

»Nur zu, winkt der Gestalt zu, die Ihr dort im Korb seht«, sagte Kuan. »Sie wird winken wie Ihr, denn in der Tat seid Ihr es selbst!«

Leonardo winkte, und die Gestalt ahmte jede seiner Bewegungen nach.

»Seht Ihr«, sagte Kuan. Aber da wurde der Ballon von einer starken Windbö geschüttelt, die von Westen herankam. Die Erscheinung löste sich auf, als sei sie buchstäblich vom Winde verweht. Der Korb schwang wild hin und her, und Kuan brüllte Leonardo zu, er solle sich auf die andere Seite werfen, um das Gleichgewicht wiederherzustellen. Aber der Wind schleuderte den Ballon weiter wild hin und her, bis die obere Halbkugel der Hülle aufriß und der gemalte Kamelkopf in zwei Teile zerbarst. Sofort begann der Ballon zu sinken. Kuan und Leonardo warfen Brennstoff in das Becken, das rot erglühte, als die Flammen heraussprangen. Jähe Windstöße schüttelten und rüttelten sie, und sie sanken zu schnell. Aber selbst jetzt hatte Leonardo noch das Gefühl, daß der Korb sich nicht bewegte; die Wüste war es, die ihnen entgegenkam, heraufschwebte in einem großen, weichen Todessturz.

»Alles außer dem Wasser hinauswerfen«, schrie Kuan, aber es

war schon zu spät, denn die Seile, die den Korb mit dem Ballon verbanden, hatten Feuer gefangen. Kuan löschte, so gut es ging, und zugleich kletterte Leonardo im Netz der Seile wie in den Wanten eines Schiffs hinauf, um die Flammen von oben zu bekämpfen. Aber seine Kletterei brachte den Ballon ernsthaft aus dem Gleichgewicht, und er mußte gleich wieder herunterkommen.

Von Flammen umhüllt, stürzte der Ballon der Erde zu. Leonardo roch heißes Eisen und Weihrauch: der Geruch des Glutbeckens und des Ballonstoffes. Aber wenn dies ein Sturz war, dann glich er einem Traum, langsam und schwebend. Leonardo dachte an Ginevras Schlafgemach, dachte an Flammen und Hitze, und ihm war, als höre er noch einmal Tistas Geist, der durch Feuer und Rauch zu ihm rief: »Leonardo? Leonardo … Wollt Ihr denn verbrennen?«

Blendend weiß stieg die Wüste herauf, und Leonardo sah eine Bewegung weit im Osten – dunkle Schatten, die durch das gleißende Licht glitten.

Der Stelle entgegen, wo der Ballon landen oder zerschellen würde.

Der Wind zog seine Spuren durch den Sand, saugte den wirbelnden weißen Dunst in die Höhe und ließ ihn fallen wie einen kräftigen Regen. Der zerrissene, lodernde Ballon berührte den Boden; die Leinenhülle blähte sich und wurde durch den Treibsand gezogen, der die Felsengrate bedeckte. Kuan wurde aus dem Korb geschleudert, aber Leonardo fiel in das Netz der Seile und blieb mit dem Fuß darin hängen, als der Ballon wieder in die Luft geweht wurde und Glutbecken und Korb hinter sich herzog. Das Glutbecken hinterließ eine Spur aus Funken und Feuer, bevor es schließlich abriß; der Korb holperte noch ein Stück weiter, ehe er auf dem felsigen Boden zerschmettert wurde. Endlich kam auch der Ballon zur Ruhe. Die Hülle blähte sich über Leonardo, und dieser befreite sich in wilder Hast von den Leinen und wühlte sich einen Tunnel durch den Berg von Stoff, bis er einen Augenblick später zur Besinnung kam und sich mit seinem Dolch einen Weg ins Freie schnitt. Ganze Bahnen der Hülle standen in Flammen, und das bunte, geometrische Kamel, auf dem er stand, war schon verkohlt.

Er wich zurück, während berittene Beduinen – die Schatten, die er gesehen hatte, als der Ballon abgestürzt war – auf ihn und die Überreste des Ballons zugaloppiert kamen. Es waren zehn oder zwölf; sie hatten sich Tücher um den Kopf geschlungen und trugen schwarze Kamelhaarmäntel. Ihre Gesichter waren dunkel, die Kleider schmutzig und zerlumpt, als wären sie Ausgestoßene von einem der Wüstenstämme, der Beni Sakhr, der Sirdieh oder der Howeitat. Leonardo konnte nirgendwohin fliehen und fürchtete um sein Leben. Aber er hielt den Dolch in der ausgestreckten Hand und wartete wie ein Araber darauf, kämpfend unterzugehen. Was erwartete ihn noch? Würde er abgeschlachtet werden wie Ginevra? Erinnerungen durchfluteten ihn wie einen Ertrinkenden, und er spürte, wie der Zorn ihn heiß durchströmte. Es war, als sei er von Ginevras Mördern umgeben, Schlächtern und Vergewaltigern allesamt: Er würde sie mit in den Tod nehmen, würde sie in Stücke hacken, bevor die Dunkelheit ihn umhüllte. Jetzt zitterte er, aber nicht mehr vor Angst – oder nicht vor der Angst, die er kannte –, sondern einer hungrigen Erwartung, als sei hier an diesem gottverlassenen Ort in den Eingeweiden der Welt und an diesem Tag, da die Luft heller und schärfer war als jemals in der christlichen Welt – als sei hier und jetzt der beste Ort und die beste Zeit zum Sterben.

War er denn nicht schon mit Ginevra in den Flammen ihres Hauses gestorben? Gab es in seiner Kathedrale der Erinnerung nicht schon eine Grabkammer für ihn? Konnte er sich nicht beinahe daran erinnern, wie und wann er sterben würde?

Die Beduinen schrien: »*Thibhahum bism er rassoul!*« Dabei ritten sie im Kreis um ihn herum und schwenkten ihre Krummsäbel durch die Luft. Aber sie hielten deutlich Abstand. Er verstand, was sie schrien; es war ein Schlachtruf des Heiligen Krieges – »Tötet im Namen des Propheten!«

Aber sie hatten anscheinend ebensoviel Angst vor ihm, wie er vor ihnen gehabt hatte. Sie ritten bis an den Rand der rauchenden Ballonhülle, beugten sich tief aus ihren Sätteln mit den hohen Sattelhörnern und schlugen mit ihren Schwertern nach dem Stoff, der im Wind flatterte und wehte, als sei der Ballon lebendig, ein aufgeblähtes Ungeheuer, das getötet werden mußte, damit es nicht tötete.

Und was war dann Leonardo? Nur der Diener des rauchenden Ungetüms?

Als der Wind sich legte und das Tuch sich senkte, wurden die Männer noch bedrohlicher. Sie blieben zwar auf ihren Pferden, aber sie kamen immer näher, bis die Hufe die Hülle berührten. Als ihnen nicht gleich etwas zustieß, ritten sie auf der Hülle umher, umkreisten Leonardo und wandten sich gegen ihn.

»Bist du ein Djinn, daß du gewöhnliches Tuch in ein Ungeheuer verwandeln kannst, das durch die Luft fliegt?« fragte der größte der Beduinen, offensichtlich der Anführer. Im Gegensatz zu den andern trug er seinen Bart nach arabischer Mode spitz geschnitten, und er saß stolz, gerade und aufrecht im Sattel. Eine tiefe Narbe zog sich über seine Wange und endete am Kinn.

Leonardo war in einer Zwickmühle. Wenn er diese Frage verneinte, würden die Beduinen ihn dann umbringen?

Oder würden sie ihn töten, wenn er ja sagte …?

Sollten sie es nur versuchen. »Ich bin ein Mensch«, sagte er.

»Du bist aber nicht angezogen wie ein Mensch«, sagte der Anführer.

»Und würdest du denn versuchen, einen Djinn zu töten?« rief Kuan. Er stand außerhalb des Kreises und stemmte scheinbar furchtlos die Hände in die Hüften.

Der Anführer schaute Kuan an, sichtlich verblüfft über dessen reiche Kleidung.

»Niemand kann einen Djinn töten. Wenn ich den hier töte« – er deutete mit einem Achselzucken auf Leonardo –, »dann werde ich wissen, daß er kein Djinn ist.«

»Aber wenn er doch einer ist, dann wirst du Tod und Unehre über dich und deine Familie und deinen ganzen Stamm bringen.« Kuan kam näher. »Falls du eine Familie hast – und eine Ehre.«

Bei diesen Worten rissen alle Reiter ihre Pferde herum und schienen ihn mit ihren Krummsäbeln niedermachen zu wollen. Aber Kuan rief: »Ich stehe unter dem Schutz von Ka'it Bay al-Mahmudi al-Zahiri, dem Kalifen der Kalifen. Und das gilt auch für diesen ... Djinn. Er ist ein Gast des Kalifen und steht unter dem Schutz des Gastrechts. Wenn ihr ihm auch nur ein Haar krümmt, wird es eine Blutfehde geben.«

Der Anführer wirkte verunsichert. »Ihr mögt Eure Wasserschläuche und genug Kleider behalten, damit Ihr nicht nackt herumlaufen müßt, aber alles andere gehört uns, auch das Ungeheuer, das fliegt.«

»Aber du siehst doch selbst, es ist bloß ein Stück Stoff«, wandte Kuan ein.

»Ja, und den nehmen wir mit.« Der Anführer bedeutete seinen Männern, die Hülle zusammenzurollen.»Wollt Ihr denn nichts über das fliegende Ungeheuer wissen?« fragte Kuan.

»Zieht Euch aus und legt Euren Schmuck auf den Boden. Meine Männer werden Euch den Rücken zuwenden.« Der Führer wirkte nervös; offensichtlich hatte er begriffen, daß Kuan Zeit herausschinden wollte. Er rief seinen Männern zu, sie sollten den Stoff der Ballonhülle an sich nehmen, aber sie wollten nicht absteigen. »Seid ihr denn Weiber?« schrie er, und er ließ sich selbst aus dem Sattel gleiten und zerrte an dem Stoff. Als sie sahen, daß ihm nichts passierte, stiegen auch seine Leute ab und machten sich daran, den Stoff zusammenzuraffen. Sie waren sichtlich gedemütigt. Leonardo ließ es darauf ankommen; er stapfte quer über die Hülle zu Kuan, um ihnen aus dem Weg zu gehen.

Als seine Männer bei der Arbeit waren, wiederholte der Anführer: »Jetzt legt die Kleider ab, oder ich bringe Euch eigenhändig um.«

Kuan schob achselzuckend eine Hand in sein weißleinenes Untergewand und holte einen Brief mit dem Siegel des Kalifen hervor. »Würdest du dich an jemandem vergreifen, der dies bei sich trägt?« Er hielt dem Mann den Brief entgegen, und der nahm ihn widerwillig. »Kannst du lesen?« fragte Kuan.

Der Mann lief rot an. Er las den Brief und gab ihn Kuan zurück. Sie wechselten einen Blick, fast als wären sie einmal Kameraden gewesen; dann nickte er und befahl seinen Männern, aufzusitzen. »Laßt die Beute liegen«, schrie er und stieg selbst in den Sattel. Er ritt davon, ohne sich umzusehen; die andern folgten ihm, und bald waren sie hinter einem Hügel verschwunden.

Kuan schob den Brief wieder in sein Gewand und lächelte.

»Hätten sie uns umgebracht?« fragte Leonardo.

»Das kommt darauf an, ob sie beim *ghrazzu* waren oder Ausgestoßene.«

»*Ghrazzu?*«

»Das ist ein Spiel, bei dem man den Besitz eines anderen Stammes stiehlt«, sagte Kuan. »Aber es ist ein Spiel, bei dem man genauso leicht zu Tode kommt wie in einer Schlacht.« Er schwieg und schien nachzudenken. »Nun, vielleicht ...«

»Was?«

»Wenn es Ausgestoßene waren, dann hätten sie mit uns gespielt und uns dann ermordet. Was hätten sie zu verlieren? Aber wenn sie im *ghrazzu* reiten, dann dürften sie sich an das Gesetz der Beduinen halten.«

»An irgendein Gesetz haben sie sich offenbar gehalten, denn wir leben ja noch.«

Wieder lächelte Kuan. »Ich glaube, wir leben noch, weil ihr

Anführer gespürt hat, daß bald andere Leute auftauchen werden. Oder …« Er schwieg, spähte erst in die Richtung, in der die Beduinen verschwunden waren, und nickte dann zur Sonne, die im Osten stand.

Leonardo sah Reiter in der Ferne.

»Nein, Leonardo, vor denen müssen wir uns nicht fürchten. Es sind die Truppen des Kalifen. Laßt uns mitnehmen, was wir können.« Mit dem Kopf deutete er auf den Ballon. »Dieser Stoff würde einen Wüstenstamm reich machen.«

»Aber wir können ihn nicht tragen«, sagte Leonardo.

»Keine Sorge, Maestro, ich glaube nicht, daß wir es müssen. Aber wir sollten ihn beschweren, damit der Wind ihn nicht davonträgt.«

Als sie damit fertig waren, fragte Kuan: »Habt Ihr die Narbe in seinem Gesicht gesehen?«

»Ja«, sagte Leonardo.

»Ich habe einen Mann mit einer solchen Narbe schon einmal gesehen, in Akaba am Roten Meer. Da speiste er mit einem der Häuptlinge des Kalifen. In der Wüste, nicht in der Stadt.« Kuan sprach, als sei es irgendwie verächtlich, in der Stadt zu speisen, als sei er wahrhaftig ein echter Beduine geworden. Aber derselbe Mann hatte sich in Florenz, in der Gesellschaft zivilisierter Menschen, völlig gelassen bewegt. »Der Mann hatte sich an einem Stück Hammelbraten verschluckt, aber bevor er seinen Gastgeber beleidigte, indem er nicht mehr sprach, schnitt er sich lieber die Wange auf, um zu zeigen, daß ihm das Fleisch im Munde steckte.«

»Und das war er?« fragte Leonardo.

»Der Mann, den ich kannte, erlitt eine schreckliche Tragödie. Er verließ danach sein Volk, und kein anderer Stamm wollte ihm Zuflucht geben. So erzählt man sich wenigstens«, fügte Kuan hinzu, als wolle er andeuten, daß er mehr wisse, als er erzählt habe.

»Was war denn seine Tragödie?« fragte Leonardo.

»Verbotene Liebe.«

»Ein anderer Mann?«

»Seine Schwester. Sie waren Verwandte des Kalifen und A'ishehs.«

»Sie waren …?«

Kuan wedelte mit der Hand. »Ebensogut könnten sie tot sein.«

Und während sie so redeten, kam der Kalif Ka'it Bay ihnen auf einem großen weißen Kamel entgegengeritten. Er war in weiße *abba* und *gumbaz* gekleidet – in das baumwollene Untergewand und den Mantel des Beduinen –, als wäre er ein Stammeskrieger ohne besonderen Rang. Bei ihm waren etwa zwanzig Beduinen, allesamt auf weißen Rennkamelen, dem kostbaren Besitz des Kalifen. Es waren rauh aussehende Männer, die Leibwache des Kalifen. Kuan hatte Leonardo einmal erzählt, daß sie länger und härter reiten und kämpfen könnten als irgend jemand sonst – mit Ausnahme des Kalifen natürlich. Außerdem hatte Leonardo erfahren, daß Kuan der Herr der Leibwache und genaugenommen ein Sklave war. Aber das war in dieser Welt nichts Unehrenhaftes; Ka'it Bay selbst war ja auch Sklave gewesen. Über Generationen hinweg war das Mameluckenreich von Sklaven regiert worden.

Ka'it Bay ritt vorneweg, und Leonardo sah überrascht, daß der Kalif noch schlanker aussah als in seiner Erinnerung, als sei er von Sonne, Wüste und Schlacht zurechtgeschliffen worden. Leonardo hatte keinen Zweifel daran, daß diese Erscheinung seiner wahren Natur entsprach. Tatsächlich hatte der Kalif ein Heer aufgestellt und gegen Mehmeds Türken gekämpft. Seine hellblauen Augen waren wie Lichtreflexe in einer Höhle, denn das Kopftuch überschattete sein Gesicht. Aber noch größer war Leonardos Überraschung, als er seinen alten Freund Amerigo Vespucci erblickte. Das schmale, zarte Gesicht war dunkel und rissig; die Sonne hatte die Augenbrauen weiß gebleicht, und auch sein Haar war hell geworden. Er war wie ein Araber gekleidet, was ihm gut stand. Er wirkte robust und drahtig; dies war jedenfalls nicht der Stutzer, den Leonardo in Florenz gekannt hatte.

Aber das war der Beduine, der auf dem großen Kamel daneben im Seitensattel saß, auch nicht.

Sandro Botticelli hatte sein Fett verloren und sich einen Bart wachsen lassen. Er war schwarz wie ein Nubier.

Leonardo erkannte ihn sofort. »Mein Fäßchen!« rief er und stürzte auf ihn zu. Sandro klopfte mit einem Bambusstock an den Hals des Kamels und sagte: »*Ikh* – hinknien!« Das Kamel knickte in den Vorderbeinen ein und wiegte sich schwerfällig nach vorn. Sandro rutschte aus dem Sattel, und ohne irgendeine Form zu wahren – der Kalif beobachtete ihn belustigt –, umarmte er Leonardo wie ein Bär und flüsterte ihm ins Ohr: »Ich habe Neuigkeiten.«

Das weisse Schaf

Aber man muß bedauern, daß einige der Könige des Ostens, Männer von großer Macht und Verstandeskraft, keine Geschichtsschreiber hatten, die ihre Taten rühmten, denn unter den Sultanen von Ägypten und den Königen von Persien haben sich etliche im Krieg hervorgetan und wären es wert, nicht nur mit alten Barbarenkönigen, die große Krieger waren, verglichen zu werden, sondern selbst mit den großen Feldherrn der Griechen und Römer.

Ramusio im Vorwort zu Caterino

Tötet, tötet! Wenn ihr siegt, erhaltet ihr großen Lohn von unserem Herrscher.

Sinan Bassà

Ganz Kairo hat die Maschine gesehen, die am Himmel schwebt, und auch die in den Wäldern, am Fluß und in der Wüste«, berichtete Kuan dem Kalifen. »Und sie haben gesehen, wie der König unseres Zeitalters im Korb stand und wie ein feuriger Engel auf sie herniederschaute.«

»Oder ein Djinn«, warf der Kalif heiter ein. Sein großes weißes Kamel kniete neben ihm, als wüßten sich selbst die Tiere vor ihm zu neigen.

»Die Nachricht wird sich so schnell verbreiten, wie ein Schiff segeln oder ein Pferd galoppieren kann, daß Ka'it Bay, der Beherrscher der Welten, fliegen kann wie ein Djinn«, fuhr Kuan fort. »Ich bin sicher, Mehmed und alle anderen Türken werden bald genug davon hören.« Er sprach mit gekünstelter Stimme, als rezitiere er epische Gedichte, aber der Kalif schien sich zu freuen und war offensichtlich glücklich, seinen Diener und Freund wiederzusehen. »Haben sie denn nicht schon Eure Waffen gehört – und gesehen –, mit denen man die Toten vervielfältigen kann?«

Ka'it Bay lachte und nickte. »Und dafür danken wir Maestro Leonardo. Hoffen wir, daß seine Werke den gleichen Eindruck auf Feinde wie auf Bundesgenossen machen.«

Leonardo schaute Kuan an und wartete auf eine Erklärung, aber der Kalif sagte: »Macht kein so ratloses Gesicht, Maestro. Dachtet Ihr, wir fangen nichts an mit Euren Skizzen? Ihr werdet die Früchte Eures Schaffens schon recht bald zu Gesicht bekommen.« Und er wandte sich ab.

»Was meint er damit?« fragte Leonardo.

Sandro wollte antworten, aber Kuan schnitt ihm das Wort ab. »Seid geduldig und haltet Euch mit Fragen zurück.«

Ein stämmiger Leibwächter, ein Kurde mit breitem, sommersprossigen Gesicht, geflochtenen Zöpfen und bemalten Augenlidern, brachte Kuan eines der weißen Rennkamele, ein gewaltiges Tier mit braun überstäubter Zeichnung. Nur das Kamel des Kalifen war noch größer. Der Kalif selbst führte ein Kamel für Leonardo heran, eine Gabe, die Leonardo freudig entgegennahm; aber als er dem jungen Tier das Kinn kraulen wollte, sprang es scheu zur Seite.

»Freundet Euch mit ihr an«, sagte der Kalif. »Sie gehört Euch.«

Kuan reichte Leonardo ein Fladenbrot, und dieser hielt es dem Kamel entgegen. Das Kamel nahm es behutsam mit den Zähnen. Das Tier hatte etwas unvergleichlich Menschliches an sich, und Leonardo sah, daß es Wimpern an den oberen und an den unteren Augenlidern hatte. Sein Fell war weich wie die feinste Wolle.

»Versteht Ihr etwas von Kamelen?« fragte der Kalif, wie um Leonardo auf den Arm zu nehmen. »Sie sind dumm, gefährlich und häßlich, und sie können hassen wie kein anderes Tier. Sie vergelten Euch Eure Freundlichkeit, indem sie Euch grüne Brühe ins Gesicht speien, und sie schleppen sich noch meilenweit, um in einer Quelle zu verenden, damit ihr Kadaver das Wasser vergiftet.

Sie sind allesamt Kreaturen des Shaitan. Mit Ausnahme von denen hier, die weiß sind wie die Augen Gottes und sanft wie eine Mutter.«

Er kletterte auf sein Kamel, sprach ein paar Worte mit Kuan und seiner Leibgarde und schwenkte dann den Arm. Die Garde folgte ihm; nur ein paar blieben zurück, um die Ballonhülle einzurollen, als wäre der Ballon in der Tat ein großes Tier, das zerlegt und fortgeschleppt werden mußte. Amerigo ritt an der Seite des Kalifen, aber er drehte sich um und nickte Leonardo zu, als wolle er sagen, daß sie später noch miteinander sprechen würden.

»Komm schon«, sagte Sandro.

»Ich habe so ein Tier noch nie geritten«, sagte Leonardo.

»Dann lernst du es jetzt besser«, sagte Sandro. »Der Kalif reitet sehr hart, manchmal bis zu zweihundert Meilen weit ohne Pause, als brauche er weder Speise noch Trank. Er ist wie seine Kamele. Hier, ich zeige dir, wie es geht.«

»Fäßchen«, sagte Leonardo, »wie kommst du denn hierher?«

»Zuerst will ich dir auf dein Tier helfen.«

»Was hast du für Neuigkeiten? Ich muß es wissen, ich kann nicht warten. Dich hier zu sehen, das ist wie ein ein Wunder.«

»Ein Wunder nun nicht gerade«, sagte Sandro. »Aber es wäre eines, wenn du ans Ziel kämest, ohne zu lernen, wie man auf diesem Tier reitet. Jetzt gib acht, und ich verspreche dir, daß ich dir alles erzählen werde.« Er schaute zu den Männern hinüber, die inzwischen den Stoff des Ballons zerschnitten hatten und dabei waren, ihn auf ihren Kamelen zu verstauen. »Sie sind abmarschbereit, und wir können uns nicht erlauben, die Karawane aus den Augen zu verlieren – allein würden wir in diesem Land nicht überleben.«

»Karawane?«

»Du wirst schon sehen.« Sandro zeigte ihm, wie man das Kamel dazu brachte, sich hinzuknien. Leonardo stieg in den Sattel – ein Holzgestell, das mit einem Teppich bedeckt war – und hakte ein Bein um den Sattelknauf vor ihm, wie Sandro es ihm riet. Am hinteren Sattelknauf hingen ein Wasserschlauch, ein paar Kleider und ein Krummsäbel in einer behelfsmäßigen Tuchhülle: noch ein Geschenk des Kalifen? Leonardo wurde es schwindlig auf dem Kamel, als es sich erst mit den Hinter-, dann mit den Vorderbeinen zu seiner vollen, nicht unbeträchtlichen Höhe aufgerichtet hatte, wobei Leonardo beinahe aus dem Sattel geschleudert worden wäre. Im Ballon hatte er sich sicherer und weniger ängstlich gefühlt.

Dann stieg Sandro auf sein Kamel, das seelenvoll und beinahe menschlich aufstöhnte, und lenkte es an Leonardos Seite. »Das liegt nicht an meinem Gewicht, wie du vielleicht denkst«, sagte er. »Oft schreit er auch, wenn ich absteige.«

»Was muß ich jetzt tun?« fragte Leonardo. Er fühlte das Tier unter sich, als säße er auf einem Berg, der atmete und schwankte und nach saurer Milch roch. Aber gleich schob er die nächste Frage nach, denn er konnte sich nicht länger gedulden. »Jetzt sag schon, was hast du für Neuigkeiten?«

»Niccolò Machiavelli lebt noch«, sagte Sandro. »Das dürfte dir eine Last von der Seele nehmen.«

»Gott sei Dank!« rief Leonardo. Freude und Erleichterung überwältigten ihn und verwandelten sich dann in Traurigkeit. Er fing wirklich an zu weinen wie ein Kind, das nicht wieder zu Atem kam. Außerdem war er plötzlich müde, als habe ihn diese Nachricht erschöpft.

»Leonardo, fehlt dir etwas?«

Leonardo nahm sich zusammen. »Wo ... wo hast du ihn gesehen? Und wie? Du mußt mir alles erzählen, was du weißt.« Während er noch sprach, ritten die letzten Soldaten des Kalifen davon. Ihre Kamele waren mit mächtigen Stoffballen beladen.

»Ich habe ihn in Konstantinopel gesehen«, sagte Sandro.

»Ist er wohlauf? Ist er ...?«

»Er ist in Sicherheit, Leonardo.« Sandro deutete auf die davonreitende Garde. »Wir müssen jetzt los.« Er erklärte Leonardo, wie er den Hals des Kamels mit einem Stock berühren mußte, um die Richtung zu ändern, und wie man seinen Gang mit den Fersen beeinflußte. Die Kamele setzten sich in Bewegung, und Leonardo kam es vor, als sei er wieder an Bord der *Devota*, denn das Tier schaukelte vor und zurück wie ein stampfendes Schiff.

Leonardo war es ganz und gar nicht wohl, wenn er auch nicht das Gefühl hatte, er müsse sich am Sattelknauf festklammern. »Sandro ...«

»Du reitest gut, Leonardo. Den Kalifen wird es amüsieren.«

»Amüsieren?«

»Ja, er findet dich sehr amüsant, Leonardo. Vielleicht durchschaut er dein übermäßig ernstes, eitles Benehmen.« Sandro lächelte seinen Freund an und tat unschuldig. »Du weißt, daß Lorenzo ...«

»Lorenzo interessiert mich nicht!« unterbrach Leonardo. »Hör auf mit deinen Spielchen und erzähle mir, was du weißt. Auf der Stelle!«

Sandro schaute starr geradeaus, als bereite ihm das Sprechen Schmerzen. »Die Cousine des Kalifen, deine ehemalige Konkubine, wird von der Hohen Pforte als Ehrengast behandelt. Sie hat mich empfangen, als wäre sie die Königin der Türken.« Er schwieg und fuhr dann fort. »Aber Niccolò ist dort im Gefängnis wie ein Mörder oder ein gemeiner Dieb. A'isheh kann nichts tun, um ihm zu helfen.« Sandro seufzte, als habe er sich einer Last entledigt.

»Ich frage mich, wie sehr sie sich da bemüht hat.«

»Ich glaube, sie hat getan, was sie konnte, Leonardo. Warum sollte sie nicht? Ah, du denkst, weil du sie verschmäht hast, wird sie ...«

»Nein, natürlich nicht.«

»Sie hat Mehmed erzählt, Niccolò sei ein Liebling des Kalifen, und er würde ihm ein hübsches Lösegeld einbringen.«

»Hat er ihr geglaubt?« fragte Leonardo.

»Vielleicht, vielleicht auch nicht. Wer weiß schon, was einen König bewegt?«

Sie achteten darauf, daß die Mamelucken des Kalifen gerade noch in Sicht blieben; manchmal allerdings verschwanden sie hinter einer Anhöhe. Sie ritten durch eine Wüste aus Sand und Sandsteinplatten. Nirgends gab es verräterische Spuren von Leben – keine Gazellen oder Eidechsen, keine Vögel oder Ratten –, nur die grotesk geformten Sandberge und den hohen, leeren Himmel, so trocken wie die zerbrochene Eierschale im Nest eines Zaunkönigs.

»Sag mir, wie sieht Nicco aus? Bekommt er zu essen? Ist er krank? Verletzt?«

»Leonardo, er lebt. Mehr weiß ich nicht. Gib dich damit zufrieden. Es hat doch keinen Sinn, sich zu martern.«

Sandro hatte recht. Leonardo bemühte sich, nicht über Niccolòs Lebensumstände nachzudenken, aber immer wieder gingen ihm schreckliche Bilder durch den Kopf, als müsse der Junge alle Qualen Christi durchleiden.

»Ich habe selbst mit dem Sultan gesprochen«, sagte Sandro, »und versucht, Niccolò in Lorenzos Namen freizukaufen.«

»Hat Lorenzo dir das erlaubt?«

»Nein ... Er wußte erst von Niccolòs Gefangenschaft, als ich es erfahren hatte. Aber er hätte sicher ein vernünftiges Lösegeld angeboten.«

»Und was hat der türkische König gesagt?«

»Er hat mich gewarnt; ich solle mein Glück nicht allzusehr auf die Probe stellen.«

»Dein Glück?«

»Ja, er hatte mir schon Bernardo de Bandini Baroncelli gegeben.«

Leonardo schüttelte verwundert den Kopf; der Name sagte ihm nichts.

»Baroncellis Hand war es, die Giuliano in der Kirche ermordete. Die Pazzi hatten ihn für den Mord bezahlt. Lorenzo gab keine Ruhe, bis man ihn gefunden hatte. Jetzt wird er hängen wie alle anderen.« Nach einer kurzen Pause fügte er hinzu: »Lorenzo ist nicht mehr der Mann, der er einmal war. Er hat sich in einen Engel des Todes verwandelt. Er trägt nur noch Schwarz.« Sandro bekreuzigte sich.

»Baroncelli hat es geschafft, in die Türkei zu fliehen?«

»Ja, aber Lorenzos Arm ist lang. Durch seine Spione fand er heraus, daß Baroncelli in Konstantinopel war, und er schickte eine Gesandtschaft unter Führung seines Vetters Antonio hin, um ihn auszulösen. Der Sultan aber wollte kein Lösegeld annehmen. Er hat uns Baroncelli geschenkt, um Florenz damit an die Hohe Pforte zu binden. Mehmed ist zwar sein Feind, aber Lorenzo hat nie aufgehört, mit den Türken Geschäfte zu machen. Der Profit ist einfach zu groß. Ein gottloses Bündnis.«

»Du hättest Priester werden sollen, mein Fäßchen«, sagte Leonardo. »Aber wieso hat Lorenzo *dich* geschickt, um Baroncelli freizukaufen? Er hat doch sicher ...«

»Il Gran Turco hat mich persönlich eingeladen.«

»Ach.«

»Anscheinend wußte er von meiner Arbeit. Es ist zwar gegen seine Religion, wie ich höre, aber er besitzt eine großartige Sammlung von Statuen und Gemälden. Also hat Lorenzo mich mit einem Bild zu ihm geschickt, als Geste seines guten Willens.«

»Und welches Bild hast du ihm gebracht?« fragte Leonardo.

»Ich nenne es ›Pallas unterwirft den Zentauren‹.« Sandro lächelte. »Ich habe Lorenzo versprochen, ihm noch eins zu machen.«

»Ah«, sagte Leonardo, »und der Gran Turco ist dann der Zentaur.«

»Wenn du so willst ... Komm, Leonardo, wir müssen schneller reiten, sonst verirren wir uns.« Sie trieben ihre Kamele zum Trab, und Leonardo wäre fast aus dem Sattel geschleudert worden, aber als die Tiere ihren Gang gefunden hatten, einen weit ausgreifenden Trab, da war es fast wie das Reiten auf einem Pferd. Vor ihnen erstreckte sich eine Ebene mit niedrigen Sträuchern und gelblichem, mit grünen Büschen gesprenkeltem Sand. Eine Zeitlang war es schwer, ein Gespräch zu führen, aber dann wurde die Garde vor ihnen langsamer; und Leonardo und Sandro konnten ebenfalls gemächlicher reiten.

»Sie reiten nicht wie der Kalif. Er reitet immer wie zur Attacke.«

»Ich glaube, er ist vielleicht verrückt«, sagte Leonardo.

»Nein«, sagte Sandro. »Er ist alles andere als verrückt.«

Leonardo nickte. »Und warum bist du jetzt hier? Solltest du nicht deinen Gefangenen Baroncelli begleiten?«

»Ich gebe einen schlechten Wärter ab, Leonardo, und außerdem hatte Antonio de' Medici selbst fünfzig Mann zur Bewachung dabei. Er hat mich gehen lassen und mir einen seiner besten Leibwächter mitgegeben, der mich auf der Suche nach dir durch Persien und Arabien führen sollte. Und der Sultan hat mir einen Brief mit seinem Siegel gegeben, der mir sicheres Geleit garantiert. Du siehst also, auch ich bin ein Abenteurer geworden.«

»Das sehe ich, ja. Aber warum sollte der Großtürke dir sicheres Geleit geben, damit du seine Feinde besuchen kannst?«

»Er ist ein Ehrenmann«, sagte Sandro. »Das muß ich ihm zubilligen, auch wenn er vielleicht die Inkarnation des Satans ist. Auf alle Fälle wollte er, daß ich dem Kalifen einen Eindruck von seiner militärischen Stärke übermittle. Er ist kein Dummkopf. Leonardo, du kannst es dir nicht vorstellen. Er hat mehr Männer, als es Sandkörner in der Wüste gibt. Er ist ganz sicher unbesiegbar. Ich fürchte, daß den christlichen Königreichen nichts anderes übrigbleibt, als sich mit ihm zu einigen, denn sonst werden wir alle Mohammed zu unserem Propheten machen müssen.«

»Mir scheint, du hast es schon getan.«

»Lästere nicht.«

»Und ich würde mich hüten, vor dem Kalifen das Loblied des Türken zu singen.«

Sandro nickte, als wäre er empfänglich für gute Ratschläge. »Aber der Kur-án achtet Christus und ist in mancher Hinsicht höchst interessant. Ich habe meinen eigenen Glauben stärken können, Leonardo. Diese Leute – die Türken wie auch die Araber – geben sich ihrem Gott anheim, wie wir es nicht tun. Ich fürchte, daß das Ende der Welt bevorsteht. Dann wird es kein Entkommen geben, keine Schonung, kein …«

»Was sind das für Waffen, die die Toten vervielfachen?« unterbrach Leonardo.

»Was?«

»Kuan sagte etwas davon zum Kalifen, und der erwähnte meine Skizzen. Du wolltest mir etwas sagen, aber Kuan fiel dir ins Wort.«

»Sie rüsten eine Armee mit deinen Erfindungen aus, Leonardo«, sagte Sandro. »Überaus eindrucksvoll. Ich gratuliere dir. Lorenzo hat einen Fehler begangen, als er deine Talente als Militäringenieur ignorierte.«

»Und wer könnte meine eigenen Erfindungen besser als ich selbst verwirklichen?« fragte Leonardo.

»Dein Schüler Zoroastro, so scheint es.«

»Er ist nicht mein Schüler! Wieso gibt der Kalif ihm eine solche Aufgabe? Er ist …«

»Sehr begabt. Das hast du mir selbst erzählt.«

»Was hat er gebaut?«

»Der Kalif war besonders gefesselt von deiner Repetierkanone und der Schlangenarkebuse.«

»Ich habe eine Idee zu etwas Besserem«, sagte Leonardo. Die Schlange war ein Luntenschloßmechanismus, der das Zündholz hielt; es wurde angerissen, wenn man auf den Abzug drückte. Leonardo hatte jetzt aber Zeichnungen für eine Handfeuerwaffe mit einem Radschloß gemacht. »Wo ist er?«

»Zoroastro?« Sandro zuckte die Achseln.

Leonardo lächelte, als er sich vorstellte, wie Zoroastro die Zeichnungen zum Leben erweckte, aber als Sandro nachfragte, antwortete er nicht. Er hatte in seine Planzeichungen absichtlich Fehler in Form von zusätzlichen Getrieben, Zahnrädern und Zylindern eingebaut. Zoroastro dürfte einigermaßen ratlos gewesen sein. »Und was ist mit meinen Flugmaschinen?«

Wieder zuckte Sandro die Achseln. »Was willst du mit einer Maschine mit Flügeln, wenn du eine Maschine bauen kannst, die wie eine Wolke schwebt?«

»Weil Flügel ein Mechanismus der Natur sind.«

»Und Wolken nicht?«

Leonardo wußte nichts zu erwidern. »Erzähl mir von Florenz. Was ist dort passiert?«

»Soll das heißen, du weißt es nicht?«

»Ich war in einer Flasche eingesperrt.« Leonardo nickte seinem Freund zu und zog die Brauen hoch, als wolle er sehen, ob Sandro den Hintersinn seiner Worte verstanden hatte. Sandro mußte doch wissen, was ein Djinn war, wenn er den Kur-án gelesen hatte. »Ich habe keine Nachrichten aus der Heimat bekommen.«

»Es ist schlimm, sehr schlimm«, berichtete Sandro. »Florenz liegt im Krieg mit dem Papst; er hat die ganze Toskana exkommuniziert. Und um alles noch schlimmer zu machen, haben unsere Bischöfe sich im Duomo versammelt und ihrerseits den Papst exkommuniziert.«

»Was? Wie ist das denn möglich?«

»Sie behaupten, die Konstantinische Schenkung und die Pippinsche Schenkung seien Fälschungen.« Sandro bekreuzigte sich. »Die Bischöfe bestreiten die Rechtmäßigkeit des Papsttums, Gott helfe uns allen, und das veröffentlichen und verbreiten sie überall.«

»Und der Krieg mit Sixtus?«

Nach kurzem Zögern gab Sandro zur Antwort: »Den verlieren wir.«

»Erzähl mir von A'isheh«, sagte Leonardo.

»Lorenzo schickt dir seine Grüße«, sagte Sandro nur. »Er bittet dich um Entschuldigung.«

»Weshalb?«

»Weil er Simonettas Bitte nicht befolgt hat. Er war gekränkt und zornig. Du sollst wissen, daß du in Florenz willkommen bist und daß er dir einen Platz bereithält.«

»Wenn das stimmte, mein Fäßchen, dann hätte er mir geschrieben«, sagte Leonardo. »Aber einen Brief hast du sicher nicht?«

»Mein Wort sollte dir genügen … wie das seine.«

»Was ist mit A'isheh?« beharrte Leonardo.

»Was möchtest du wissen?«

»Hat sie nach mir gefragt?«

»Liebst du sie, Leonardo?

Leonardo warf ihm einen eisigen Blick zu und antwortete nicht.

»Aber sie liegt dir am Herzen?«

»Ja, mein Fäßchen, das tut sie.«

»Ich soll dir ausrichten, daß sie dich liebt, obwohl sie sicher ist, daß du sie verachtest, weil sie dir Niccolò genommen hat. Sie erniedrigt sich vor dir.«

»Aber das ist es nicht, was ich will.«

»Was willst du dann?«

Aber Leonardo antwortete nicht. In der Ferne sah er Hunderte von schwarzen Zelten. Pferde und Kamele weideten im Wüstengras, und ein paar Palmen wuchsen büschelweise wie Unkraut in einem toten Garten im Winter. Es herrschte aufgeregtes Treiben.

Sandro fluchte.

»Was ist?« fragte Leonardo.

»Sie brechen die Zelte ab. Ich dachte, wir könnten wenigstens eine Nacht ausruhen.«

»Wo wollen sie denn hin?«

»Wo *wir* hinwollen. Und wo das ist, weiß ich nicht.«

Sie ritten die ganze Nacht, bis sie ein Dorf außerhalb von Akaba erreichten, am nordöstlichen Arm des Roten Meeres. Die Garde auf ihren Pferden und Kamelen, tausend Mann stark, ritt durch das Dorf, als wolle sie es angreifen. Eine Legion der Leibgarde des Kalifen lagerte hier; ihre Dornenholzfeuer knisterten in der trockenen Luft.

Der Tag war eben heraufgedämmert, und der Himmel war grau und rosarot. Das Land war flach; nur in der Ferne sah man eine Kette niedriger Hügel, unbestimmt wie ein Dunstschwaden, kaum dunkler als das Grau des Himmels. Bald aber würde die Sonne die Mehrdeutigkeiten des Morgens zu eindeutigen Formen brennen, und der Himmel würde klar werden, transparent und blau.

Leonardo roch scharfen Kaffeedunst und den süßen Duft von gebratenem Lamm und Reis, der wie ein schwaches Parfüm herüberwehte. Kamele brüllten und spuckten und versuchten sich von den Pfählen loszureißen, an die sie angebunden waren, aber die Soldaten waren nicht unvorbereitet. Sie erhoben sich, um ihren Kalifen mit gezückten Schwertern zu begrüßen. Im Handumdrehen saßen sie auf ihren Kamelen und Pferden, und alle brüllten und schwenkten ihre Krummsäbel durch die Luft, daß sie schwirrten wie fliegende Pfeile. Verschleierte Frauen spähten aus schwarzen Zelten und schauten dem Spiel der Männer zu, und die Huren mit den hennaroten Händen – sie trugen keine Schleier – kamen herausgelaufen, um ihre vom Schlaf verquollenen Leiber dem Geschäft zu opfern, mochten sie auch noch klebrig von vorhergegangenen Transaktionen sein, denn wichtige Besucher waren im Mameluckenlager: dreitausend Gholaums, Soldaten des persischen Königs Ussun Cassano, des Herrschers über ganz Persien und Häuptlings der Akkoinlu, des Stammes der Weißen Schafe.

Auch sie hatten ihren Teil an Lebendproviant, Knechten und Weibern dabei. Die persischen Frauen aber, so hieß es, kämpften an der Seite ihrer Männer wie die Amazonen des Altertums und waren, wenn man den Geschichten glauben konnte, noch wilder als diese.

Also waren die Huren auf der Hut.

Zehntausend Mann lagerten im Tal der Dattelpalmen, darunter Parther, Georgier und Tartaren, die Ussun Cassano Gefolgschaft schuldeten.

Ein Mann von heller Erscheinung stand mitten im Trubel. Er schaute sich um, die Hände in die Hüften gestemmt, als genieße er es ungeheuer, wie die schreienden Reiter ihre Schwerter nur wenige Fingerbreit an seinem Kopf vorbeischwenkten. Ein Silberring mit einem Karneol blinkte am kleinen Finger seiner rechten Hand im Schein eines großen Feuers.

Er war der größte Mann, den Leonardo je gesehen hatte; er maß mindestens sieben Fuß, und seine schrägen grauen Augen schienen zu blinzeln. Er wirkte eher wie ein hochgewachsener Mongole denn wie der König der Perser. Sein Gewand war aus feiner roter Seide, und sein Wams war so dick gesteppt, daß ein Pfeil es nicht durchbohren konnte. Er trug einen grünen Turban, denn auch er behauptete ein *sherif* zu sein, ein Nachkomme des Propheten, und er war mit einem Krummsäbel und einem Paar Pistolen bewaffnet. Er war umgeben von seiner eigenen Kavallerie, deren Sättel leichter und kleiner waren als die, die Leonardo bisher gesehen hatte. Auch ihre Steigbügel waren kürzer als die der Ägypter. Aber reiten konnten diese Männer wie niemand sonst, vielleicht mit Ausnahme der Mongolen. Binnen eines Lidschlags brachten sie ihre Pferde zum Stehen, und so spielten sie um Ussun Cassano herum. »Konnte Goliath so groß gewesen sein?« fragte Leonardo sich.

Er und Sandro blieben auf ihren Kamelen sitzen und schauten aus einiger Entfernung zu. Sandro erzählte, er habe schon Gerüchte über den Perserkönig gehört, und dieser Riese könne niemand anders sein. »Mehmed selbst hat mir von Ussun Cassano erzählt. Er und seine Söhne haben die Perser besiegt, und ich habe mit eigenen Augen den Kopf von Ussun Cassanos Sohn Zeinel der in der Schlacht von einem Fußsoldaten getötet wurde. Der Großtürke bewahrt den Kopf in einem Glasbehälter auf. Er muß ihn irgendwie einbalsamiert haben, denn er sieht ganz gesund und lebendig aus. Die Augen sind aus bemaltem Glas – höchst realistisch.«

Leonardo schüttelte den Kopf. »Das würde ich dem Riesen aber nicht erzählen.«

»Ich habe es dem Kalifen erzählt. Er weiß sicher am besten, wie man solche Kenntnisse nutzbar macht. Aber der Großtürke kann auch überaus zivilisiert sein«, beharrte Sandro. »Ich habe gesehen, wie er seine Feinde verschonte. Er hat die Perser nicht mit leichter Hand besiegt. Sie hatten mehrere Schlachten gewonnen und die Türken niedergemetzelt, als sie den Euphrat überschritten. Ussun Cassano wollte die Türken demütigen. Er jagte sie in die Berge.« Sandro zuckte die Achseln mit einer charakteristischen Geste. »Mehmed und seine Söhne formierten ihre Armeen neu und schlugen die Perser in die Flucht. Wenn man Mehmed davon erzählen hört, war es mehr als nur ein Gemetzel – es war eine Demütigung für Ussun Cassano, der wie ein Feigling vom Schlachtfeld ritt.« Sandro sprach mit leiser Stimme Italienisch, damit man ihn nicht belauschen konnte. »Mehmed behauptet, er habe nur tausend Mann verloren, aber wie ich höre, waren es eher vierzehntausend.«

»Und die Perser – wie hoch waren ihre Verluste?«

»Genauso, denke ich«, sagte Sandro. »Darum sind wir die ganze Nacht geritten, Leonardo. Ich bin sicher, und ich fürchte auch, daß wir noch ein Weilchen warten müssen, bis wir ein paar Stunden Schlaf finden.«

»Mir scheint, du siehst klarer als ich, mein Fäßchen.«

»Niccolò würde es verstehen, wenn er hier wäre«, sagte Sandro. »Die Ägypter und die Perser haben einen gemeinsamen Feind. Da hat es Sinn, wenn sie zusammen kämpfen.«

»Aber da Ussun Cassano hierher gekommen ist, scheint mir, daß der Kalif in der mächtigeren Position ist.«

»Du hast also auch etwas von unseren heidnischen Gastgebern gelernt. Du siehst, unsere Erfahrungen sind ein Gewinn.« Sandro kicherte nervös, als mache ihn diese Platitüde plötzlich verlegen. Aber Leonardo hörte es gar nicht; er war erschöpft und verlor sich in Gedanken und Erinnerungen, träumte von Ginevra und Simonetta, von Niccolò und A'isheh. Sandro machte ein verlegenes Gesicht.

Gebrüll und Säbelrasseln hatten aufgehört. Kamele und Pferde wurden an ihre Pfosten gebunden, die Huren hatten ihre Kunden gefunden, und alles war in Bewegung: Sklaven warfen Holz auf die Feuer, Soldaten schlugen Zelte auf, redeten, gestikulierten und stritten. Schafe blökten, bevor man ihnen die Kehlen durchschnitt, und binnen einer Stunde würde ein Festschmaus für zehntausend aufgetischt werden.

Der Kalif Ka'it Bay und seine Gäste schienen in diesem morgendlichen Mahl aus Hammel, Reis und Sauce zu schwimmen. Zwei dampfend heiße, gebratene Schafe lagen auf einer großen Platte mit Sauce und Reis – eine typische Beduinenmahlzeit. Leonardo war halb verhungert; kniend grub er die Hand in die heiße Sauce, schaufelte Reis und Fleisch heraus und ließ die überschüssige Tunke zwischen den Fingern auf die Platte zurück tropfen. Der Kalif suchte leckere Leberstückchen für Ussun Cassano hervor, der zwischen ihm und Leonardo saß. Dann tat er das gleiche für Leonardo, als wäre Leonardo einem König ebenbürtig. Niemand sprach während der Mahlzeit im großen schwarzen Zelt des Kalifen; so war es der Brauch – das genaue Gegenteil der Florentiner Sitten.

Leonardo hockte einigermaßen unbeholfen vor diesem zwiebelduftenden Berg von Fleisch und Sauce. Das Essen war köstlich, wenn auch schwer; Leonardo fühlte sich, als habe er gerade eine Flasche guten, erdigen Rotwein getrunken. Aber all das war sicher nicht nur für ihn, Ussun Cassano, Kuan und den Kalifen bestimmt. Die Offiziere und anderen Gäste des Kalifen würden sicher auch noch an die Reihe kommen.

Von Zeit zu Zeit schaute der persische Riese zu Leonardo herüber und wandte sich dann gleich wieder ab. Anfangs nickte Leonardo ihm noch zu, aber der Blick des Mannes bereitete ihm Gänsehaut. Blanker Haß lag darin. Wenn ihre Blicke sich trafen, konnte Leonardo sich vorstellen, bei lebendigem Leibe verbrannt zu werden. Er spürte den gleichen tastenden Druck, ein beinahe fleischliches Eindringen, wie damals bei Gericht, als sein Vater zugesehen hatte, wie man ihm in aller Öffentlichkeit den Vorwurf der *sodomia* gemacht hatte.

Als Leonardo zu Ende gegessen hatte, neigte er den Kopf und bat den Kalifen, ihn zu entschuldigen. Der Kalif antwortete auf Arabisch: »Wollt Ihr nicht Kaffee und Pfeife mit uns teilen?«

Leonardo brannte darauf, Amerigo und Sandro wiederzusehen; er bekam nicht genug von ihnen. Der bloße Anblick seiner Freunde weckte das Heimweh in ihm, und dann sehnte er sich nach den Bildern, dem Geruch und dem Lärm von Florenz: nach Bergen und gewundenen Straßen, nach dem Fluß und seinen Brücken, nach dem sanften Stakkato der toskanischen Sprache und nach dem Geschmack der vertrauten Speisen und des Weines. Aber diese Einladung konnte er nicht ablehnen. Er folgte dem Kalifen zur Westseite des Zeltes, wo die Ziegenhaarvorhänge offen waren; nach Osten hin waren die Vorhänge heruntergelassen, um die Sonnenhitze fernzuhalten. Das langgestreckte, geräumige Zelt war wie ein schattiger Pavillon.

Der Kalif schrubbte sich die Hände mit Sand, und Ussun Cassano, Kuan und Leonardo taten es ihm nach. Aber der Perserkönig hatte sich die Hände schon an den Haaren abgewischt, und so tat er nur oberflächlich so, als reinige er sich nun noch einmal mit dem Sand. Alles schwieg, während ein Sklave den Kaffee zubereitete. Nur die Frauen des Kalifen lachten und plauderten leise hinter den Teppichen und Wandbehängen, die den *harem* vom übrigen Zelt abtrennten.

Sie saßen im Kreis, rauchten ihre Pfeifen und tranken einen Kaffee, der so stark war wie Alkohol. »Ihr traut diesem *kâfir* also zu, daß er meinen Sohn tötet?« fragte Ussun Cassano den Kalifen unverblümt und schaute dabei Leonardo an.

Leonardo war über diese Frage so entsetzt, daß er zusammenzuckte. Kuan legte ihm die Hand auf die Schulter, aber Leonardo ließ sich nicht zum Schweigen bringen. »Was sagt er da?«

Ka'it Bay zuckte die Achseln. »Versteht Ihr unsere Sprache nicht mehr?«

»Wieso wollt Ihr, daß ich Euren Sohn töte?« fragte Leonardo den König.

»Weil es nicht darauf ankommt, ob Ihr in der Hölle brennt, Maestro«, sagte der Kalif, als habe Ussun Cassano plötzlich seine Zunge verloren. »Und weil es politisch ratsam ist. Für uns – und für Euch.«

»Für mich?«

»Ich könnte mir vorstellen, daß Maestro Botticellis Tod gewisse politische Weiterungen nach sich ziehen würde. Ist er nicht Il Magnificos Gesandter bei der Hohen Pforte?«

Leonardo fühlte, wie es ihm eisig den Rücken heraufkroch, aber er bewahrte seine Ruhe. »Maestro Botticelli? Aber er ist ein Freund der Medici und ein Handwerker, weiter nichts. Warum sprechen wir von seinem Tod?«

Der Kalif hob die Hand, ein Zeichen seiner Ungeduld, und dann nickte er Kuan zu. Dieser ging hinaus und kam einen Augenblick später mit Sandro zurück. Sandro ahnte offensichtlich nicht, daß er in Gefahr schwebte. Er verbeugte sich vor dem Kalifen und vor Ussun Cassano und warf einen Blick auf das Essen, das noch warm und duftend dastand.

»Kuan, schneidet Maestro Botticelli die Kehle durch«, sagte der Kalif.

Kuan hatte schon seinen Säbel gezogen und drückte Sandro jetzt die rasiermesserscharfe Klinge an den Hals, daß es blutete. Sandro erstarrte überrascht und entsetzt.

»Halt!« Leonardo sprang auf. »Bitte! Warum wollt Ihr Sandro töten? Was kann er denn …?«

»Maestro, man könnte meinen, Ihr wäret in einem Harem aufgewachsen. Aber man sagt mir, daß Ihr äußerst wirkungsvoll zu töten versteht.«

»Ich kann mir nicht denken, wer Euch so etwas gesagt haben sollte. Aber was hat das alles mit Sandro zu tun? Bitte, edelster Herr, tut ihm nichts.«

Kuans Klinge lag immer noch an Sandros Gurgel.

»Ich wollte Maestro Botticelli nur zu Demonstrationszwecken töten«, sagte der Kalif nüchtern und wechselte ins Italienische. »Um Euch, Maestro, einen kleinen Anreiz zu geben, meinen Befehlen zu gehorchen.« Er lächelte Leonardo an und wandte sich dann an Sandro. »Oder soll ich Euch einfach die Ohren und die Nase abschneiden? Ist das nicht die Art und Weise, wie der Großtürke die Gesandten anderer Länder zurückschickt?«

»Davon weiß ich nichts«, sagte Sandro.

»Aber Ihr habt eine hohe Meinung von Mehmed … Ihr haltet sein Heer für unverwundbar. Habt Ihr das nicht meinem Sklaven und Ratgeber erzählt?«

Kuan nickte und ließ Sandro wissen, daß er gemeint war.

»Ihr seid Mehmeds eigener Gesandter, wie mir scheint«, fuhr der Kalif fort.

»Ich bin …«

»Was, Maestro?« fragte der Kalif. »Bitte sagt mir doch, was Ihr seid.«

»Ich bin ein Bürger von Florenz. Nichts weiter.«

»Dafür allein könnte ich dich töten.« Ein leises Lächeln huschte über Ka'it Bays Gesicht, als habe er einen kleinen Scherz oder ein Wortspiel gemacht. »Denn Euer prachtvoller Freund Lorenzo macht seine Geschäfte mit seinen Feinden und schickt Spitzel wie Euch zu seinen Verbündeten, um dort Unruhe zu stiften.« Er sah wieder Leonardo an.

»Laßt ihn gehen, großer Fürst ... Ich tue, was Ihr verlangt.«

Aber Ka'it Bay hob die Hand; wenn er sie senkte, würde Kuan ganz sicher Sandros Kehle durchschneiden.

»Ich werde *alles* tun, was Ihr verlangt, Beherrscher der Welten«, sagte Leonardo flehentlich.

Da lächelte der Kalif und sagte zu Kuan: »Ich glaube, Maestro Botticelli ist hungrig.«

Kuan zog sein Schwert zurück, aber Sandro rührte sich nicht. Er schaute Leonardo an, und der nickte, um ihn zu beruhigen.

»Würdet Ihr meine Generäle rufen«, fuhr der Kalif fort, »und sie fragen, ob sie mir die Gunst erweisen möchten, sich an den Resten unseres Mahls gütlich zu tun?«

Kuan gehorchte.

»Wenn sie fertig sind«, sagte der Kalif zu Ussun Cassano, »habe ich zu Euren Ehren Spiele vorbereitet. Und eine Überraschung ...«

Aber der Perserkönig schien ihn kaum zu hören. Er sog heftig am Bernsteinmundstück einer vier Fuß hohen, vergoldeten Silberpfeife und blickte geradeaus, als sei da etwas, das nur er sehen konnte. »Wenn Ihr irgendwie scheitert, werde ich Euch eigenhändig umbringen«, sagte er zu Leonardo. »Langsam und schmerzhaft.« Seine Stimme klang leise und hart, und seine weit auseinanderliegenden Augen – die Augen eines Träumers – zeigten keinerlei Emotion. Sie waren wie zwei Feuer, die all ihr Brennholz verbraucht hatten; sie waren aschgrau und tot. »Ihr müßt meinen Sohn schnell und barmherzig töten.«

Der Perser schaute Ka'it Bay an, und dieser nickte wie zur Bestätigung ihres gemeinsamen Kampfes gegen den Türken, und er sagte: »*Bismillah.*«

Und das hieß: In Gottes Namen.

Leonardo fand Kuan in der Nähe eines ausgetrockneten Flußbetts, wo er eine große braune Stute für die *furusiyya*, die Kampfspiele, vorbereitete. Hunderte von Männern, vor allem Ussun Cassanos Leibgarde, waren ganz in der Nähe dabei, sich mit ihren Lanzen zu üben. Kuan stattete sein Pferd mit persischer Staffage aus, einem leichten Sattel, Trense und einem kurzen Steigbügel aus Eisen, mit dem sich das Pferd besser lenken ließ als mit der ägyptischen Ausrüstung.

»Ich habe Euch gesucht«, sagte Leonardo auf toskanisch.

Kuan beachtete ihn zunächst nicht; dann schien er es sich anders zu überlegen. »Führt hier keine wilden Reden, nicht einmal in Eurer eigenen Sprache«, sagte er und zog Leonardo in einen Dattelpalmenhain, in dem sie allein sein konnten.

»Bitte erklärt mit, weshalb der Kalif mir befiehlt, den Sohn des Riesen zu ermorden«, forderte Leonardo ihn auf.

»Wenn der Kalif Euch befiehlt, jemanden zu töten, darf es kein Zögern geben. Ihr dürft auch keine Fragen stellen. Schon gar nicht dürft Ihr seinen Befehl in Frage stellen. Es ist ein Wunder, daß er Euch nicht auf der Stelle von mir hat köpfen lassen.«

»Ihr hättet es getan«, stellte Leonardo fest.

»Unbedingt«, sagte Kuan. »Und hätte er Euch aufgefordert, mich zu töten, so hättet Ihr es ebenfalls tun müssen, ohne darüber nachzudenken.«

»Vielleicht ist das der Unterschied zwischen Eurer und meiner Art zu denken. Ich würde niemanden töten, ohne es mir zu überlegen.«

»Dann lernt es lieber. Ihr seid hier nicht nur für Euer eigenes Leben verantwortlich. Ich hätte *Euch* die Schuld gegeben, wenn ich Maestro Botticelli hätte töten müssen, auch wenn ich zugeben muß, daß ich weder für ihn noch für seine Bilder besonders viel übrig habe.« Und er fügte hinzu: »Glaubt Ihr denn, er würde auch nur einen Augenblick lang zögern, alle Eure Freunde hinrichten zu lassen, nur um Euch klarzumachen, daß er es ernst meint? Aber nein, Leonardo, vielleicht habt Ihr ja recht.«

»Ja …?«

»Er hätte sie nicht auf der Stelle getötet. Er hätte sie schrecklich verstümmelt, und er hätte Euch nicht erlaubt, den Sohn des Persers zu ermorden, um ihnen das Leben zu retten, und wenn Ihr ihn noch so inständig angefleht hättet.«

»Und mich hätte er leben lassen?«

Kuan zuckte die Achseln. »Daß Ihr noch lebt, nachdem Ihr seine Befehle vor dem Perser in Frage gestellt habt, ist der Beweis dafür, daß er Euch liebt, Maestro.«

»Warum nimmt er mich dazu? Jeder könnte den Perserprinzen töten.«

»Aber der Kalif will, daß *Ihr* es tut, Leonardo.«

»Als eine Prüfung? Soll ich ihm meine Gefolgschaftstreue beweisen?«

»Er hat es Euch doch gesagt, aber Ihr habt nicht zugehört.«

»Weil es nicht darauf ankommt, ob ich in der Hölle brenne. Das hat er gesagt.«

Kuan nickte. »Weil Ihr nicht dem wahren Glauben anhängt. Für einen Gläubigen wäre es eine Sünde, einen Prinzen des wahren Glaubens zu töten. ›Wer einen Gläubigen mit Absicht tötet, der soll in der Hölle brennen für alle Zeit. Er soll auf sich ziehen den Zorn Gottes, der Seinen Fluch auf ihn legen und ihn bereiten wird für eine leidvolle Züchtigung.‹«

»Ja, ich habe den Kur-án auch gelesen«, erklärte Leonardo ungeduldig. »Aber wie ich es sehe, geschieht es doch jeden Tag.«

Kuan zuckte die Achseln. »Aber der Perser hat die Verantwortung für die Ermordung seines Sohnes dem Kalifen übertragen.

Ussun Cassano könnte ein mächtiger Verbündeter in unserem Krieg gegen den Türken sein, und er hat diese überaus heikle Aufgabe dem Kalifen gegeben, und dieser hat seinen Erfindungsreichtum unter Beweis gestellt, indem er Euch damit betraut hat.«

»Aber es gibt hier andere, die –«

»Er liebt Euch. Und er weiß, was ein Mann kann. Er hat gesehen, daß Ihr mühelos töten könnt.«

»Was?«

»Er hat die Pläne für Eure Kriegserfindungen gesehen. Selbst Ihr müßt zustimmen, daß sie platonisch sind. Ihr bildet Soldaten ab, die in Stücke gerissen werden, als maltet Ihr Blumen.«

Damit hatte er Leonardo ertappt: Mit sich selbst konfrontiert, empfand er Abscheu. »Das ist nicht wahr«, sagte er beinahe flüsternd. »Es sind doch nur Skizzen.«

»Der Kapitän der *Devota* hat dem Kalifen einen anschaulichen Bericht über Eure Großtaten im Kampf gegeben, und ich habe Eure Fertigkeiten mit eigenen Augen gesehen. Ich glaube, Ihr unterscheiden Euch sehr von Euren Freunden, vor allem von Maestro Botticelli, der gut beraten gewesen wäre, in seiner *bottega* zu bleiben.«

Er schwieg einen Moment lang. »Der Perser kennt Euren Wert auch, Leonardo.«

»Was soll das heißen?«

»Habt Ihr nicht gesehen, daß er eine Pistole in der Schärpe trug?«

»Doch, aber ...«

»Und Ihr habt nicht gesehen, daß sie nach Euren Entwürfen gemacht war, Leonardo? Schämt Euch.«

»Ich kann nicht morden«, sagte Leonardo leise, als kümmerten ihn seine Erfindungen nicht. »Ich habe immer nur zur Selbstverteidigung getötet.« Er sprach jetzt mit sich selbst, auch wenn er so tat, als rede er mit Kuan. Irgend etwas bohrte in ihm, eine Erinnerung, die etwas mit Ginevras Tod zu tun hatte. Spiegel der Seele. Dunkler ... Zermahlen zu ... Das Bild schwand, war gebannt.

»Ich werde Euch helfen, Maestro. Oder ich werde Euch und Eure Freunde töten.« Kuan klopfte ihm auf die Schulter. »Glaubt Ihr wirklich, daß wir uns im Denken so sehr unterscheiden?«

»Ja, das glaube ich.« Nachdenklich versuchte Leonardo, sich über das Geschehene klarzuwerden.

»Vielleicht nicht so sehr, wie Ihr glaubt, denn Ihr habt überhaupt noch nicht gefragt, warum der Perser seinen Sohn ermorden möchte. Ihr habt Euch eingebildet, es schon zu wissen! Babylon oder Florenz – die Unterschiede sind gering. Gering zwischen Euch und mir – zwischen Lorenzo und dem Kalifen ... Und übrigens auch zwischen Euch und dem Kalifen.«

Erschüttert fragte Leonardo, warum Ussun Cassano seinen Sohn ermorden wolle.

Er war nicht überrascht, als er die Antwort vernahm.

Die Spiele waren rauh, obwohl nur drei Männer zu Tode kamen, zwei davon Untertanen des Persers. Die Tartaren, die mit Ussun Cassano ritten, waren die wildesten Kämpfer und konnten ihre Pferde mit den Beinen lenken; Mamelucken und Perser waren ihren Gegnern am Ende eines jeden staubigen Laufs auf Gnade und Ungnade ausgeliefert. Es war ein rauhes Turnier ohne die pompösen Inszenierungen, die Lorenzos prunkvolle Wettkämpfe auszeichneten; aber hier ging es auch um die Vorbereitung zur Schlacht und nicht um ein bürgerliches Schauspiel. Weder Ussun Cassano noch Ka'it Bay führten ihre Geschicklichkeit vor, obwohl es hieß, niemand sei ihnen mit Lanze oder Schwert ebenbürtig. Die Frauen verfolgten die Übungen im Freien und hinter bunten Teppichen, die als Trennwände aufgehängt worden waren. Die ägyptischen Frauen und Töchter, die von den Männern getrennt standen, trugen Schleier und lange, rostbraune Gewänder. Die persischen Frauen hingegen prangten in karmesinroter Seide;

sie trugen Armbänder und hatten sich Goldmünzen ins Haar geflochten. Sie benahmen sich ebenso laut und natürlich wie die Huren, die ausspuckten und schrien und die Männer anfeuerten.

Sandro und Amerigo hatten Leonardo gesucht; sie fanden ihn hinter der Menge der Zuschauer. Er war dabei, sich auszudenken, was zu tun war. Ideen, Bilder und Erinnerungen schienen in seinem Kopf umherzuwirbeln, wie sie es oft taten, kurz bevor er einschlief. Aber über Schlaf und Erschöpfung war Leonardo hinaus. Die Grenzen zwischen Wachen und Alptraum waren verweht. Er schaute zu, wie die Soldaten aufeinander zuflogen, krachend zusammenprallten und sich gegenseitig zu Boden schleuderten. Staub wirbelte empor wie Dampf. Es war heiß und trocken. Knaben – gekleidet wie Soldaten, in eisernem, mit bunter Seide überzogen Brustharnischen – standen auf den Sätteln ihrer Pferde und ließen ihre Lanzen wirbeln. Ein junger Mameluckensklave balancierte auf einem hölzernen Hufeisen, das auf den Schwerterklingen zweier Gardesoldaten in vollem Galopp ruhte.

»Leonardo«, rief Sandro, »ist alles in Ordnung mit dir?«

»Ja, mein Fäßchen. Bin nur müde.« Leonardo nickte Amerigo zu.

»Danke, daß du mir das Leben gerettet hast.« Sandro schaute Leonardo nicht in die Augen, während er sprach. »Ich dachte, der Kalif sei ein Wahrheitssuchender. Ein Humanist wie unser Lorenzo. Ich habe ihn beraten, genau wie ich Lorenzo beraten habe, und ich habe ihm alles erzählt, was ich gesehen habe. Ich hatte erwartet, daß ich mindestens unter seinem Schutz stehe.«

Leonardo warf ihm einen scharfen Blick zu.

»Ich weiß ... Hier sind überall Ohren«, sagte Sandro. »Ich werde vorsichtig sein.«

»Es sind deine Offenheit, deine Vertrauensseligkeit, die dich immer wieder in Schwierigkeiten bringen«, sagte Amerigo zu Sandro, und der lächelte verlegen.

»Du gibst einen unvergleichlichen Gesandten ab«, bemerkte Leonardo sarkastisch.

Sandro versuchte zu lachen. »Das stimmt. Aber meine Arbeit ist getan. Ich fahre zurück nach Florenz.«

Leonardo war überrascht. »Hast du darüber mit jemandem gesprochen?« Zweifellos würde der Kalif Sandro festhalten, bis er, Leonardo, den Sohn des Perserkönigs umgebracht hätte.

»Der Sklave des Kalifen, Kuan, hat alle nötigen Vorbereitungen getroffen. Er sagt, du gehst heute abend fort von hier.«

Leonardo nickte; er konnte nur mitspielen. Vielleicht hatte er Glück, und man würde ihn nicht zwingen, den Prinzen zu ermorden.

»Ich begleite ihn, Leonardo«, sagte Amerigo. »Lorenzo hat mir seinen Schutz zugesichert; ich werde zu Hause sicher sein.« Er seufzte; zweifellos hatte Sandro ihm erzählt, wie es seiner Familie nach der Pazzi-Verschwörung ergangen war. Die Familie Vespucci unterhielt Beziehungen zu den Pazzi. »Und du – wirst du zurechtkommen?«

Wieder nickte Leonardo. Es war, als blitze ein Schwert zwischen ihnen. Sandro und Amerigo wagten nicht, über die belanglose Plauderei hinauszugehen. Was sie wußten, konnte Leonardo nur vermuten. Und so verbrachten sie eine melancholische Stunde miteinander und schauten dem letzten Spiel zu, dem *kabak*. Hohe Stangen wurden auf dem Feld aufgestellt, und auf jeder saß ein vergoldeter oder versilberter Flaschenkürbis – aber die Kürbisse waren zu Käfigen ausgehöhlt, und in einem jeden saß eine Taube. Nacheinander sprengten die Reiter in scharfem Galopp auf die Stangen zu und schossen ihre Pfeile ab, wenn sie sie erreicht hatten. Wenn einer sein Ziel traf, entkam der verängstigte Vogel aus seinem Käfig und flog davon. Ka'it Bay beschenkte die Sieger mit Stoff von seiner »fliegenden Maschine« und mit den goldenen und silbernen Flaschenkürbissen.

Die Zuschauer klatschten und brüllten, doch dann drohte das Fest sich in eine Prügelei zu verwandeln; Ka'its Leibwache marschierte auf, und die Menge wich entsetzt zurück.

Das Schwirren von Klingen durchschnitt die Luft.

»Da, Leonardo«, sagte Amerigo. »Man führt deine Erfindungen vor, um die Perser zu beeindrucken.«

»Auch, um die eigenen Soldaten des Kalifen zu beeindrucken«, sagte Sandro, und Amerigo warf ihm einen erbosten Blick zu, denn in der Tat waren überall Ohren, und man konnte nie wissen, wer von den Soldaten, Huren und Marketendern die toskanische Sprache verstand.

Unwahrscheinlich – aber das war auch das Schwert an Sandros Kehle gewesen.

Leonardo drängte sich nach vorn, um besser sehen zu können.

Es stimmte. Zoroastro hatte seine Skizzen zum Leben erweckt. In schwarze Seide gekleidete Mamelucken ritten auf Pferden, die sensenbewehrte Kampfwagen zogen; sie stürmten über das Feld, und die Reiter saßen vornübergebeugt auf ihren Tieren, Gespenstern gleich. An den Wagen saßen vier riesige Sicheln, angetrieben durch Schrauben, die mittels gebogener Stangen mit Zahnrädern verbunden waren. Die Sicheln glichen blitzenden Kurven voller Anmut – zugleich häßlich, schön und furchterregend, denn diese Maschinen sollten nicht Weizen mähen, sondern Menschen, sie sollten Arme, Beine und Köpfe ernten, als wären es Früchte der Erde.

Leonardo konnte seine Erregung nicht verbergen, aber er wandte sich angewidert ab, als der Kalif die mörderische Präzision der Wagen demonstrierte, indem er einen Hund in ihre Bahn warf.

Auf die Sturmwagen folgten zwei weitere Pferde, die ein leichtes Geschütz auf Rädern zogen; das Ganze sah aus wie eine Reihe fahrbarer Orgelpfeifen. Die Reiter hielten an, stiegen ab, richteten ihr Geschütz auf einen großen Dattelpalmenhain und zündeten das Schießpulver. Elf Kanonen gingen los und schossen die Wipfel der Palmen ab. Die Menge jubelte. Ein Artillerist bewegte einen Hebel, um die Reihe der Läufe zu senken, während der zweite die nächste Batterie schußbereit machte. Noch einmal feuerten elf Kanonen ... Und noch einmal.

Die Soldaten wurden unnatürlich still.

Die Palmen explodierten zu brennenden Fetzen, Streifen von stachliger Rinde und Stielen.

Wieder feuerte das Geschütz mit den vielen Rohren.

Wieder zerbarst ein Palmenhain zu Rauch und Flammen.

Da wandte Leonardo sich ab und ging wie ein Schlafwandler weg von all dem Lärm und auf die Zelte zu. Er hatte das sichere Gefühl, daß dies alles nur ein Traum sein konnte. Wie aus weiter Ferne hörte er Sandro rufen.

Mörder ...

Es war alles nur ein Traum ...

Es konnte nicht sein, daß Leonardo hier im Land der Sarazenen war. Es konnte nicht sein, daß Ginevra tot war. Niccolò konnte nicht im Gefängnis sein. Seine Zeichnungen konnten nicht Wirklichkeit werden und Leben vernichten. Und wie konnte er sich bereitfinden, den Sohn eines Königs zu ermorden?

Erschöpft schlief Leonardo im Schatten der Zelte, und in seinen Fieberträumen schwebte er mit Kuans Maschine hoch über Lärm, Bewegung und Tod.

Das Vorrecht der Könige

Sohn gegen Vater, Vater gegen Sohn …
Dante Alighieri

Waren diese meine Verbrechen schon geschehen,
oder waren es nur Übungen zu größeren
Taten; denn was brächten Hände, die im Verbrechen
ungeübt, schon zustande?
Seneca

Zieht die Schlange namens Lamia mit starrem Blick
nicht wie ein Magnet das Eisen die Nachtigall an sich,
welche mit traurigem Sang dem Tod entgegeneilt?
Leonardo da Vinci

Die Karawanen der Mamelucken und der Perser zogen drei Tage lang nordostwärts, durch die Berge und über Hochebenen von schwarzem Basalt, durch Täler mit grotesken Sandsteinpfeilern, so hoch wie Moscheen, und durch die Wüste namens Trostlosigkeit. Sippen und Stämme von Mamelucken, Persern, Parthern, Georgiern und Tartaren ritten Seite an Seite. Sie unterhielten sich laut rufend miteinander und rückten vor wie eine kleine Armee. Ihre Flanken lagen weit auseinander, und die Kolonnen der Pferde und Kamele waren kurz. Alles in allem betrachtet, glichen Ussun Cassanos Gholaums und Ka'it Bays Gardesoldaten eher einer langsamen, nie sich brechenden Welle als einer traditionellen Karawane.

Ihr Ziel war Nebk; dort könnten sie ihre Tiere weiden, und es gab reichlich Wasser. Unterwegs lagerten sie an fauligen Quellen in unfruchtbaren, sonnenverdorrten Oasen mit Palmengestrüpp.

Warme Wahlzeiten würde es erst am Ziel wieder geben. Der Duft von Kaffee und Haschischpfeifen allerdings lag am Abend schwer in der papiertrockenen Wüstenluft.

Leonardo begleitete den Kalifen und Kuan; ihm war, als reite er seinem eigenen Tod entgegen. Aber seine Träume und Gedanken drehten sich um Waffen und Munition: Bombarden und gewaltige Armbrüste, flossenbewehrte, pfeilähnliche Geschosse, die explodieren konnten, Katapulte und Schleudermaschinen – und vor allem Verbesserungen für Kuans Ballon. Die Stunden vergingen im Fluge, und mehr als einmal dachte er an seine Mutter Caterina und an seinen Stiefvater Acattabriga mit den rauhen Händen. In diesen Tagen und Nächten in der Wüste sehnte er sich nach ihrer herzhaften Umarmung. Ja, es war, als bereite er sich noch einmal darauf vor, von einem Berg hinunterzuspringen, wie er es in Vinci getan hatte, um sich vor Lorenzo zu beweisen.

Als Leonardo sich nach Sandro und Amerigo erkundigt hatte, hatte Kuan ihn nur ausgelacht. Ja, sie würden nach Hause fahren dürfen – sobald der Kalif mit Leonardo zufrieden wäre. Einstweilen würden sie mit den Weibern reiten.

Sie standen schließlich unter Bewachung, seit die *furusiyya* stattgefunden hatte.

Nebk war von Schlangen verseucht.

Die Soldaten bezeichneten es als schlechtes Omen, und die Dorfvorsteher, die Straußeneier, Backwerk, Kamele und ausgemergelte Pferde als Geschenke brachten, berichteten, die Schlangen seien einfach erschienen, wie Maden auf einer Leiche. Vierzig Dorfbewohner seien Hornvipern, Puffottern, schwarzen Nattern und Kobras zum Opfer gefallen. Für die Opfer könne man nichts tun; man könne sie nur mit einem Pflaster aus Schlangenhaut verbinden, aus dem Kur-án vorlesen und warten, daß Allah Seine Entscheidung kundtat.

Im wesentlichen stimmte das.

Fünfzehn Perser und sieben oder acht Mamelucken starben in der ersten Nacht im Lager unter schrecklichen Schmerzen an Schlangenbissen. Kuan rettete ein paar, indem er ihnen die betroffenen Gliedmaßen amputierte, aber die meisten Opfer lehnten seine Behandlung ab und zogen es vor, sich ihrem Gott in die Hände zu geben.

Leonardo tat, was er konnte, um Kuan zu helfen.

Da er eine Todesangst vor Schlangen hatte, gewöhnte er sich an, die ganze Nacht aufzubleiben und am Tag nur wenige Stunden zu schlafen. Er wollte sich nicht in dunkler Nacht von einer Natter oder Viper überraschen lassen. Aber schrille Schreie rissen ihn schweißnaß aus traumlosem Schlaf. Es waren Frauen, die das durchdringendste Geräusch ausstießen, das er je gehört hatte; zuerst glaubte er, er höre etwas Unirdisches, etwas von jenseits des Grabes. Männer weinten: »Oh, mein Herr« – wieder und wieder.

Leonardo stürzte aus seinem Zelt hinaus, um zu sehen, was der Lärm zu bedeuten hatte. Er erfuhr, daß Ussun Cassano von einer Natter gebissen worden war.

Er war soeben gestorben.

Schon waren Reiter unterwegs, um seine Söhne herbeizurufen.

Leonardo war erleichtert, denn jetzt würde er Unghermaumet, den Lieblingssohn des Königs, nicht mehr töten müssen. Er drängte sich durch das Lager, vorbei an Ussun Cassanos loyalen Gardesoldaten, die sich an die Brust schlugen und ihre kostbaren Musselingewänder zerrissen, vorbei an den kreischenden, verschleierten Frauen, und suchte nach Sandro und Amerigo.

Aber sie waren nicht zu finden.

Leonardo war eingeladen, dem König spät am nächsten Nachmittag die letzte Ehre zu erweisen. Heilige Männer standen vor dem schwarzen Totenzelt; sie schlugen sich auf Brust und Gesicht und beteten. Konkubinen und Dienerinnen schlugen Tambourine und riefen: »Weh um ihn!« Den ganzen Tag und die ganze Nacht hatten die heiligen Männer gebetet und die Frauen gejammert. Zwar gebot der Brauch, daß der König am folgenden Tag begraben werde, aber es gab keine Trauerprozession, und niemand sang das Glaubenbekenntnis und die »Suraz el An'ám« – das sechste Kapitel des Kur-án –, denn das ganze Lager wartete darauf, daß Ussun Cassanos Söhne kamen und seinen Leichnam beanspruchten, um ihn in heimischer Erde zu bestatten.

Dicht hinter Kuan trat Leonardo durch die Zeltklappe. Tatsächlich hatte man hier eine Bahre aufgestellt – genauer gesagt, eine lange, behelfsmäßige Bank. Der sieben Fuß lange Leichnam war mit einem Schal aus roter Kaschmirwolle bedeckt. Ein leiser Hauch von Kampfer, Rosenwasser und Verwesung erfüllte das große, halbdunkle Zelt.

Und es duftete auch ein wenig nach Haschisch und Kaffee.

Kuan führte Leonardo weiter, und aus dem Quartier der Männer gelangten sie durch einen Vorhang aus schweren persischen Teppichen in den Harem – Ussun Cassano wurde nicht von seinen Ehefrauen, sondern nur von seinen Konkubinen begleitet, und man hatte sie allesamt in Ka'it Bays Zelt gebracht.

Ka'it Bay saß mit dem Rücken zu den Perserteppichen. Er rauchte seine Pfeife und trank Kaffee, als sei alles in bester Ordnung.

Neben ihm saß quicklebendig Ussun Cassano.

Der Kalif beobachtete Leonardo aufmerksam und wartete offenbar auf dessen Reaktion. Überrascht, wie er war, verbeugte sich Leonardo und sagte zu Ussun Cassano: »Es freut mich, zu sehen, daß Ihr von den Toten auferstanden seid, Großkönig.«

Ka'it Bay lächelte kaum merklich, aber beifällig.

»Ihr werdet meinen Sohn hier erwarten«, sagte Ussun Cassano. »Wir werden dafür sorgen, daß Ihr gut versteckt seid.«

»Wann wird er kommen, erlauchter Herr?« fragte Leonardo.

»Er ist unterwegs und müßte morgen abend hier sein.«

»Wie könnt Ihr das wissen?«

»Ein Vögelchen hat es ihm gesagt«, sagte der Kalif in Anspielung auf eine Brieftaube, aber diesmal begleitete er seinen Scherz nicht mit einem Lächeln. Er und Ussun Cassano starrten Leonardo durchdringend an, als erwarteten sie von ihm die Antwort auf eine ungestellte Frage. Das Klagegeheul draußen war eine Mauer aus Lärm, die jedes Gespräch abschirmte, so beständig, daß es selbst schon zu einem dröhnenden Rauschen wurde, ein Ozean, der bei Unwetter gegen die Klippen donnerte.

»Dann dürfte der Prinz doch früher als sonst jemand im Lager benachrichtigt worden sein. Wird das nicht Verdacht erregen?«

Der Kalif nickte sichtlich zufrieden; Leonardo bot ihm ein gutes Schauspiel. »Wir wollten den Anschein des Schicklichen aufrechterhalten, denn unser Glaube gestattet uns nicht, die Toten über der Erde zu halten. Der Prinz wird uns die kleine Täuschung glauben, denn wäre mein teurer Freund, der Herr über ganz Persien, tatsächlich in den Himmel aufgefahren, so würde Allah uns einen kleinen Dispens gewähren, damit er in der heiligen Erde seiner Heimat begraben werden könnte.« Er fuhr mit der Hand durch die Luft und murmelte ein Gebet, als könne er damit für sehr lange Zeit verhindern, daß ein solcher Segen über Ussun Cassano herabkäme.

»Ihr werdet hierbleiben, bis mein Sohn kommt«, sagte Ussun Cassano, und Leonardo konnte nur nicken. »Ich werde hier bei Euch sein.«

Leonardo lief es eisig den Rücken hinunter; er war plötzlich sicher, daß der König ihn töten würde, sobald er seinen Sohn ermordet hätte.

Kuan und der Kalif verneigten sich und ließen die beiden allein.

Leonardo konnte die muffigen Ausdünstungen des Königs riechen, während dieser rauchte und seinen Kaffee trank, als wäre er allein. Leonardo war klug genug, kein Gespräch anzufangen.

»Ich werde mich selbst auf die Bahre legen, denn mein Sohn

wird mein Gesicht sehen wollen.« Der König lächelte matt und fuhr dann fort. »Wie es geschehen soll, werde ich später erklären.«

»Was ist mit dem Toten, der jetzt dort liegt?« fragte Leonardo.

Der König schüttelte schroff den Kopf, als wünsche er keinen Umgang mit der Dummheit. »Der ist für diejenigen, die ihm die letzte Ehre erweisen wollen. Sie merken den Unterschied nicht. Er riecht nach Tod, und das genügt, nicht wahr? Aber mein Sohn, der wird mein Gesicht sehen wollen«, wiederholte er. »Er wird hier bei mir bleiben. Er wird allein sein wollen, und Ihr werdet ihn töten, wenn er schläft. Ihr werdet draußen vor dem Zelt einen Knaben mit süßer Stimme singen hören. Das wird das Zeichen sein, seine Leibwache niederzumachen. Mein Sohn darf sich nicht mehr von seinem Lager erheben.«

»Wie werde ich sehen können?« fragte Leonardo.

»Ihr werdet sehen können.« Nach einer geraumen Weile sagte der König: »Ich liebe meinen Sohn.«

Leonardo sah ihn an und nickte. Ihm war, als sei er mit einem Wahnsinnigen gefangen, der einen Mord nicht von einem geruhsamen Nachtschlaf unterscheiden konnte, und er merkte, daß er zu zittern begann. Er benahm sich wie ein Feigling, sagte er zu sich.

Und er würde morden wie ein Feigling.

Er schob diese Gedanken von sich und machte sich klar, daß er an Sandro und Amerigo zu denken habe, was auch stimmte. Im Augenblick, in dieser Minute, fürchtete er nicht um sein eigenes Leben. Angst machte ihm der Gedanke daran, einen Mord zu begehen, eine so schreckliche Sache so nüchtern zu planen … Und irgend etwas schien in der Kathedrale seiner Erinnerung herumzukriechen, etwas, das besser begraben bliebe. Und als er wie durch einen langen, engen Tunnel den König beobachtete, dachte er: »Die Augen sind die Fenster der Seele.«

Und dies führte zu einem weiteren Gedanken, der ihm indes verschlossen blieb. Er konnte die Kathedrale der Erinnerung nicht betreten.

»Er ist sehr tapfer in der Schlacht«, sagte Ussun Cassano und meinte seinen Sohn. »Mein Volk nennt ihn noch immer ›den Tapferen‹. Er ist besser als seine Brüder.«

Leonardo schwieg weiter.

»Wir könnten seinen Mut und sein strategisches Geschick im Kampf gut gebrauchen, denn der Krieg tobt von Erzerum bis hinunter zum Euphrat, und im Land Eures Kalifen ist es sogar noch schlimmer. Wißt Ihr über diese Dinge Bescheid?«

Leonardo gestand, daß er nichts darüber wußte.

»Und wißt Ihr, warum Ihr meinen Sohn töten sollt?«

Leonardo nickte, denn Kuan hatte es ihm gesagt.

Nichtsdestoweniger erzählte Ussun Cassano die Geschichte noch einmal, als könne er damit seine Schuld abtragen.

Die Kurden, die in den Bergen lebten, hatten Unghermaumet veranlaßt, seinen Vater Ussun Cassano zu demütigen.

Sie haßten Ussun Cassano. Sie neideten ihm seine Macht, ihm und seinem Stamm, der ganz Persien regierte. Im Jahr zuvor hatten sie die Nachricht verbreitet, der König sei tot, und Unghermaumet, der immer allzu gern glaubte, was andere erzählten, war eilig darauf bedacht gewesen, den Thron zu besteigen, bevor seine Brüder es tun konnten. Er nahm seine Armee, die Baghdad und ganz Diarbekr zu bewachen hatte, und eroberte die Mauerstadt Shiraz, die wichtigste Stadt in ganz Persien. Als die Kurden davon erfuhren, schlossen sie sich ihm in noch größerer Zahl an und zogen ihm plündernd nach.

Aber dann fand Unghermaumet heraus, daß die Kurden ihn getäuscht hatten und daß sein Vater sein stehendes Heer in Marsch gesetzt hatte, um Shiraz zurückzuerobern. Mehrere Stammesführer versuchten, bei Ussun Cassano ein gutes Wort für Unghermaumet einzulegen, aber Unghermaumet fürchtete, daß auch sie ihn verraten könnten, wie die Kurden es getan hatten, und flüchtete sich zum Feind: zum Großtürken Mehmed, der ihn seinen Sohn nannte, ihm uneingeschränkten Zutritt in seinen Serail gewährte und ihm Truppen zur Verfügung stellte, um die Armee seines Vaters zu vertreiben.

Noch jetzt verwüsteten diese Truppen das Land.

So konnten die Türken sich auf das Gebiet der Mamelucken konzentrieren und ihre persischen Eroberungen konsolidieren.

»Ich habe Reiter- und Fußtruppen an diese Grenzen entsandt«, erzählte Ussun Cassano, »Aber ich kann meinen Sohn nicht besiegen, wenn ich mich gegen seine Stärken wende. Seine Schwächen sind der Stolz, die Leichtgläubigkeit und die Ungeduld. Er wird auf die gleiche List hereinfallen, mit der ihn schon die Kurden hinters Licht führen konnten. Und ich wage zu behaupten, daß die Männer, mit denen er hier erscheinen wird, Kurden sein werden. Ich werde dafür sorgen, daß sie nicht so leicht sterben werden wie mein lieber Sohn.« Und dann intonierte er: »Lob und Dank sei Ihm, der nicht stirbt.« Nach kurzer Pause fügte er hinzu: »Es würde mich wundern, wenn meine anderen Söhne schneller sein sollten als er. So oder so, es wird ihnen eine Lehre sein. Aber bis wir hier fertig sind, werdet Ihr nicht mehr von meiner Seite weichen, selbst wenn es bedeutet, daß Ihr mir beim Ficken zuschaut.« Er lachte. »Ihr fürchtet, ich werde Euch umbringen, nicht wahr, Maestro? Es ist gut, wenn einer nicht sicher sein kann – und wenn es darauf ankäme, wäret womöglich Ihr derjenige, der mich umbringt.«

Leonardo lächelte, und einen Augenblick lang fühlte er sich merkwürdig unbeschwert und beinahe verwandt mit diesem Mann.

Zwei Tage waren vergangen, aber abgesehen von kargen Mahlzeiten im Licht der Totenkerzen, wenn das Lager zur Ruhe gegangen war, saß der König Tag und Nacht für sich allein da und betete in tiefer Konzentration. Schlaf schien er nicht zu brauchen.

Heute abend erwartete man Unghermaumet und seine Leibwache. Der Tote auf der Bahre – einer von Ussun Cassanos Garde, der einen Schlangenbiß abbekommen hatte – war still entfernt worden, wie von Geistern oder Schatten.

»Großkönig, wie könnt Ihr so lange stillsitzen?« fragte Leonardo, als der König endlich aufgehört hatte zu beten. Er ertrug es nicht länger, stumm dazuhocken.

Zu seiner Überraschung sprach Ussun Cassano mit ihm, wie ein Priester mit einem kleinen Kind sprechen würde. »Andachtsübungen, Maestro. Die Litanei des Meeres. Es ist das Gebet, das uns sicher sein läßt auf den Wellen des Ozeans.« Er lachte leise, aber ohne Spott. »Dieses Leben ist ein Ozean, Maestro. Ich bete für meinen Sohn. Ich bete, daß ihm die Überfahrt in den Himmel gelingen möge.« Und er rezitierte: *»Wir werden auslöschen ihr Augenlicht, und sie werden eilen miteinander zur Brücke über die Hölle.«*

»Wer ist ›wir‹?« fragte Leonardo, der immer mehr Mut faßte.

»Gott.«

»Und wessen Augenlicht soll ausgelöscht werden.«

»Das der Feinde Gottes«, antwortete Ussun Cassano rätselhaft. *»Und Gott wird dir genug sein wider sie, denn Er ist das Hören, Er ist das Wissen. Der Vorhang des Thrones erstreckt sich über uns … Das Auge Gottes beobachtet uns.«*

Sicher hätte er seinen Gesang fortgesetzt und unmittelbar mit Gott gesprochen, ohne sich um den Ungläubigen zu scheren, der da seine Gebete belauschte, wenn sich nicht eine seiner Konkubinen bemerkbar gemacht hätte. Sie trug einen langen schwarzen Schleier und war züchtig gekleidet, so daß nur wenig von ihrer Haut zu sehen war. Sie verbeugte sich und wartete. Als er ihr zunickte, zog sie eine juwelenbestickte Börse unter ihrem Gewand hervor; sie enthielt Farben und einen kleinen Spiegel. Sie kniete vor ihm nieder und bestrich ihm Gesicht und Brust mit der Schminke, bis seine Haut fahl aussah wie die eines Toten. Dann umgab sie seine Augen noch mit einem Schatten von Kajal. Als sie fertig war, hatte sein Gesicht den charakteristischen Schimmer und das versteinerte Aussehen eines Leichnams. Bevor sie verschwand, so still und verstohlen, wie sie gekommen war, befahl er ihr, den Kajal dazulassen. Er gab Leonardo die Phiole und wies ihn an, sich die tintenschwarze Schminke ins Gesicht zu schmieren. »Jetzt bin ich tot, Maestro, und Ihr seid nur ein Schatten ...«

Sie warteten.

Leonardo widmete sich wieder seinem Notizbuch, das er mit Skizzen und leidvollen Aufzeichnungen gefüllt hatte. Nachdem er sich die Hände mit Sand abgerieben hatte, um die Reste des Kajal zu entfernen, so gut es ging, blätterte er durch die Seiten und betrachtete Zeichnung um Zeichnung von Getrieben, Gewehren und Kanonen.

Und während er sein Werk betrachtete, dämmerte ihm, daß Rationalität genauso war wie Haß und Schmerz: genauso vollkommen, genauso zielgerichtet und genauso tot. Er hatte immer noch das Gefühl, mit Ginevra gestorben zu sein – als sei er durch die Flammen in den Tod gesprungen.

In die Hölle gesprungen unter Niccolòs Schreien.

In eine Hölle, die das Leben nachahmte, wie ein Chamäleon Farben nachahmt.

Aber als er zu den Zeichnungen der Ballonluftschiffe kam, durchströmte ihn ein freudiges Gefühl; er erinnerte sich, wie er mit Kuan geflogen war. Viele Seiten hatte er mit Erfindungen gefüllt, und so detailliert sie waren, sie waren doch auch traumhaft und erhaben; schwerelos inmitten der Wolken zu stehen und wie Gott auf die winzigen Konturen der Erde hinunterzuschauen, das konnte nur im Traum geschehen. Eines seiner Luftschiffe – *galleggiante* nannte er sie, die Schwimmenden – hatte die Form eines Vogels; statt eines Korbes wollte er aus leichtem Holz einen Wagen mit Fenstern machen, der unter dem Ballon hängen sollte. Darin befanden sich Vorrichtungen zum Bedienen von sechs Flügeln und einem Steuerruder mit Händen und Füßen. Sorgfältig hatte er einen Federmechanismus gezeichnet, der die zehn Fuß breiten Flügel möglichst schnell spreizen sollte. Seine Zeichnungen, praktikabel oder nicht, waren alle zumindest schön. Er entwarf ein starres Spantengerippe, das dem Ballon eine elliptische Gestalt geben sollte; er entwarf propellergetriebene Ballone. Er zeichnete Segelruder, und auf jedem Abschnitt jeder Seite war jener Prozeß sichtbar, bei dem Ideen neue Ideen speisten. Er hatte Gleiter gezeichnet, die sehr einfach zu lenken waren; der Pilot würde unter den Flügeln hängen wie ein Artist an seinem Trapez. Und er hatte seine Ideen zu Fallschirmen weiterentwickelt. Aber alle diese Zeichnungen stellten Kriegsmaschinen dar, und seine Randnotizen befaßten sich überwiegend mit taktischen Ratschlägen: *Die Hörner, die von den Explosionsgeschossen abstehen, werden helfen, das Ziel zu treffen, und sollten Pulver enthalten, das sich beim Aufschlag entzündet. Die Geschosse kann man mit einem Katapult schleudern oder aus einem Luftschiff abwerfen. Um den Feind mittels abgeworfener Geschosse zu verwirren und zu töten, mache eine Flottille von fünf galleggiante und binde sie mit Hanfseilen aneinander, und dann sende sie aus, wenn der Wind günstig steht. Gib wohl acht auf die Höhe, auf daß du nicht vom Himmel geschossen werdest. Die Piloten sollten Zelte aus Leinwand bei sich tragen, damit sie wohlbehalten zu Boden schweben können, bevor der Wind sie zu weit fortträgt.*

Aber ein paar Seiten weiter wurden seine Notizen zu wütenden Tiraden, in denen sich seine wahren Gefühle offenbarten.

Viele tote Dinge werden sich wütend bewegen und werden die Lebenden nehmen und binden und fesseln für die Feinde, die nach ihrem Tod und Untergang trachten … Männer werden aus ihren Gräbern kommen und sich verwandeln in fliegende Geschöpfe und andere Männer angreifen, und sie werden ihre Speise nehmen wie Fliegen von ihren Händen oder Tischen.

Leonardo besah diese Aufzeichnungen, als sich im Lager ein Schrei erhob, mit dem sich Unghermaumets baldige Ankunft ankündigte.

Erst jetzt wirkte das Geschäft des Mordes wie mechanisch; es war, als sei es schon geschehen, als sei Unghermaumet bereits tot.

Leonardo wartete im Zelt hinter einem falschen Vorhang, der sich hinter einem großen *cassone* mit den Kleidern und der persönlichen Habe eines Königs befand. Der König selbst indessen war in sein Grabtuch gehüllt und lag regungslos aufgebahrt, die Augen geschlossen, die Hände auf der Brust gefaltet, mit Watte in Nase und Ohren, wie es üblich war, und mit gefesselten Füßen – aber der Knoten würde sich mit einem Ruck der Beine lösen lassen.

Durch einen winzigen Riß im Tuch des Zeltes, welcher eng umgrenzte, was er draußen sehen konnte, beobachtete Leonardo, wie Unghermaumets Späher ins Lager geritten kamen. Fackeln und Lagerfeuer brannten, aber die Nacht war dunkel; keine Mondsichel stand am Himmel, und es herrschte jene Art von tiefer Finsternis, die greifbar erscheint, die die Welt verschluckt und ins Reich des Phantastischen befördert. Die Nacht war weit fortgeschritten, die Morgendämmerung näher als die Mitternacht. Leonardo sah, wie ein paar Soldaten davonritten, um ihren Anführern Bericht zu erstatten. Ein wenig später galoppierte die *porta* – Unghermaumets fünfhundert Mann starke Leibgarde – wie eine angreifende Armee, aber unter großem Jubelgeschrei ins Lager. Ihre Banner waren halb eingerollt, Ussun Cassano zu Ehren. Unghermaumet indessen hielt sich abseits von ihnen. Begleitet von heiligen Männern, die das Glaubensbekenntnis sangen, kam er wie ein Bettler zu Fuß ins Lager; gekleidet aber war er wie ein König, und er war ebenso groß wie sein Vater.

Kurz darauf kamen fünf Gardesoldaten ins Zelt. Sie redeten laut miteinander, als fürchteten sie, einem Djinn oder einem Gespenst zu begegnen. Leonardo hielt den Atem an und verharrte so unbewegt wie die Messerklinge, die er fest umklammert im Schoß hielt. Er schaute sich in seinem Versteck um und suchte reflexhaft nach giftigen Schlangen. Es war jetzt gerade hell genug, um Bewegungen zu erkennen. Aber solange er in diesem Zelt gewesen war, hatte er keine einzige Schlange gesehen; vielleicht hatte der Geruch des Todes keine Anziehungskraft für sie.

Die Garde durchsuchte das Zelt nur oberflächlich, und das Grabtuch des Königs berührten sie nicht, denn das war das Vorrecht Unghermaumets.

Der Königssohn trat ein, begleitet von zwei heiligen Männern und einem Muezzin, der – wie Leonardo später erfuhr – blind war; so konnte er die Konkubinen und Ehefrauen im Harem des Prinzen nicht sehen. Der Muezzin sang mit leiser, wunderbar volltönender Stimme, während Unghermaumet das Linnen vom Antlitz seines Vaters zog.

Der Prinz schrie klagend auf, und Leonardo hörte ein Handgemenge; er sah, wie die heiligen Männer versuchten, Unghermaumet von seinem Vater wegzuziehen. Unghermaumet faßte sich und befahl den andern, das Zelt zu verlassen. Dann schritt er um die Bahre herum, sprach mit seinem totgeglaubten Vater, bat ihn um Vergebung und betete für ihn. Einer der heiligen Männer kam wieder herein, um ihn in sein eigenes Zelt zu bringen, aber der Prinz wollte seinen Vater nicht verlassen.

Ussun Cassano kannte seinen Sohn genau.

Unghermaumet ging quer durch das schwarze Zelt auf und ab. Er sprach mit seinem Vater, stellte ihm Fragen und machte Versprechungen, als dächte er, daß er den Toten mit der puren Kraft seines Willens zurückbringen könne. Alle paar Augenblicke bedeckte er sein Gesicht mit den Händen, weinte und wiegte sich auf den Fersen vor und zurück. Dann schritt er gleich wieder auf und ab, und so ging es Stunde um Stunde, bis Leonardo fürchtete, der Prinz werde überhaupt nicht zu Bett gehen.

Aber wie lange könnte Ussun Cassano so regungslos daliegen?

Es war nur eine Frage der Zeit, wann Unghermaumet zur Besinnung kommen und die ganze Täuschung durchschauen würde. Aber Leonardo spürte den Kummer und den Schmerz des jungen

Mannes; er strahlte sie aus wie ein erhitztes Pferd die Wärme. Wenn er seinen Vater das nächstemal berührte, würde er dann merken, daß er warm war? Aber nein, er würde das Leichentuch nicht entfernen. Er würde es nicht an Ehrfurcht mangeln lassen, denn jetzt und hier in diesem Zelt waren das Reich des Lebens und das Reich des Todes ein und dasselbe. Wie die Lebenden blind sein konnten, so konnten die Toten sehen.

Leonardo war steif. Sein Bein war eingeschlafen, und er konnte die Nadeln nicht abreiben, die im Knochen und unter der Haut zu vibrieren schienen. Wenn der Prinz sich nicht zu Bett legte, würde Leonardo ihn von Angesicht zu Angesicht töten müssen.

Ihn fröstelte bei diesem Gedanken, aber er fühlte sich doch auch getröstet. Er lächelte ohne Heiterkeit, denn seine Gedanken begannen umherzuschweifen, wie sie es taten, bevor die Dunkelheit des Schlafs einsetzte, und er fragte sich, wo der göttliche Dante ihn wohl in seinem Inferno angesiedelt hätte, in welchem Kreis … Im letzten Gewässer? Erstarrt im Eis …?

Draußen vor dem Zelt begann ein Knabe mit hoher, dünner Stimme zu singen.

»Seine Vollkommenheit, wie großzügig ist Er.
Seine Vollkommenheit, wie milde ist Er.
Seine Vollkommenheit, wie groß ist Er.«

Unghermaumet blieb vor seinem Vater stehen und lauschte.

Jetzt mußte es geschehen.

Leonardo richtete sich auf, belastete vorsichtig sein taubes Bein und überlegte sich dann, wie er den Prinzen niederwerfen wollte.

Wenn er noch einen Augenblick abwarten könnte, würde Unghermaumet vielleicht wieder anfangen, auf und ab zu gehen. Vielleicht würde er Leonardo entgegenkommen. Aber es blieb keine Zeit mehr. Bald würde draußen ein blutiger Tumult losbrechen. Wenn Leonardo scheiterte …

Er würde Unghermaumet die Luftröhre durchschneiden; er würde sich von hinten auf ihn stürzen und ihn zurückreißen, weg von seinem Vater. Und dann war Leonardo in Bewegung wie der Gedanke selbst und zählte die paar Schritte zu Unghermaumet, als säße er, Leonardo, am Rande des Zeltes und leite die Mordtat eines anderen.

Wie aus weiter Ferne hörte er ein Rascheln, ein Rumoren, ein Schwirren: die Geräusche von Stahl, der sich in Fleisch und Knochen schnitt, von Lebensblut, das aus den Kehlen gurgelte, klirrende Schwerter und lautes Geschrei, als Unghermaumets Soldaten zum Blutbad erwachten.

Oder war es nur das Rauschen des Blutes in seinem eigenen Kopf?

Leonardo erstarrte vor der Bahre, den Arm erhoben, das Messer in der geballten Faust.

Ussun Cassano war von den Toten aufgewacht und hatte die Augen geöffnet. Er starrte seinem Sohn in die Augen, in denen sich das Kerzenlicht spiegelte. Vielleicht sah er sich dort selbst. Aber seine großen Hände schlossen sich um Unghermaumets Gesicht und Hals, und dann hörte Leonardo ein schreckliches, übelkeiterregendes Knacken, gefolgt von einem Stöhnen.

Ussun Cassano hielt seinen Sohn in den Armen, solange die Todeszuckungen dauerten.

Beide Männer waren auf der Bahre: Ussun Cassano saß auf den Ellenbogen gestützt da und hatte Unghermaumet den rechten Arm um den Leib geschlungen, und Unghermaumet kniete im Todeskampf quer auf der Bahre, als wolle er seine ewige Trauer kundtun.

Ussun Cassano stöhnte. Leonardo erkannte diesen hohltönenden Gesang der grenzenlosen Verzweiflung, und in diesem schrecklichen Korridor des Augenblicks – einem Splitter aus Zeit, gefroren wie der See, in dem der Satan selbst hockte – trafen sich Leonardos und Ussun Cassanos Blicke. Draußen ging das Kämpfen weiter, aber es war in einer anderen Welt. Es war in der Vergangenheit oder in der Zukunft. Aber die Gegenwart war eingeschlossen zwischen Leonardo und dem persischen König.

Und der König sah Leonardo an, und dieser erinnerte sich, wie er Ginevra gefunden hatte.

Erinnerte sich, wie er ihre Mörder getötet hatte, wie er sie ausgeweidet hatte, auf dem Boden zerstampft, zerschnitten in toter Gefühllosigkeit, bis er nur noch die Augen übrig gehabt hatte, die er zu glasigen Pfützen zerquetscht hatte.

Die Augen sind das Fenster der Seele.

Aber Leonardo hatte sich nicht in seinen Erinnerungen verloren. Er fühlte die Tat Ussun Cassanos in ihrer ganzen Last – seine eigene Tat. Im blakenden Kerzenlicht sah Leonardo aus wie ein geschwärztes Bildnis, denn er stand regungslos da wie Verrocchios David. Nur sein Gesicht war von den Tränen gezeichnet, die hautfarbene Linien durch die schwarze Schminke zogen.

»Es war meine Aufgabe, Maestro«, sagte Ussun Cassano und brach den Bann.

Leonardo stand noch immer, wo er war.

»Ihr werdet nicht durch meine Hand sterben, und auch nicht Eure Freunde.« Der König stieg von der Bahre herunter und warf sich den toten Sohn über die Schulter. »Eine letzte Demütigung«, sagte er, und obwohl er Leonardo anschaute, sprach er mit Unghermaumet. Und mit diesen Worten verließ der König das Zelt und ging hinaus in das Gemetzel.

Brände tobten, und es war, als stehe das ganze Lager in Flammen; dabei brannten nur Unghermaumets Zelte. Der beißende Hühnergeruch von brennendem Fleisch und Zeltbahnen aus Ziegenhaar lag dick in der Luft wie der Fettdunst in einer Küche. Ussun Cassanos Garde tötete eine große Zahl Männer in einem barmherzigen Streich. Es war, als rollten tausend Köpfe gleichzeitig von tausend Richtblöcken. Andere ergaben sich auf der Stelle; aber dennoch hörte man das Klirren von Schwertern, das Brüllen und

Flehen der Männer und das Schwirren von Pfeilen. Das Schlachten folgte seinen eigenen Gesetzen, seinem eigenen Verstand.

Das schrille Kreischen von Ussun Cassanos Widderhorn gellte durch das Getöse, während er im Feuerschein eine dramatische Position bezog, damit man ihn mühelos sehen konnte. Seine Garde hielt den toten Unghermaumet hoch. Staunend fielen seine Männer auf die Knie, als sie ihren anscheinend von den Toten auferstandenen König erblickten. Er zog den Kopf seines Sohnes behutsam an den Haaren hoch und hielt inne, damit jedermann sehen und begreifen konnte, wer es war. Dann rief er, dies sei der Lohn des Verrats, ganz gleich, wie hochgeboren der Verräter sei. Und er rezitierte das Glaubensbekenntnis – »Es ist kein Gott außer Gott, und Mohammed ist Sein Apostel, möge Gott ihn huldvoll bewahren.« Seine Garde antwortete mit den gleichen Worten. Er wiederum forderte Gnade für Unghermaumets Garde und verschwand dann, um sich zu den *mughassil* zu begeben, zu den Totenwäschern, die seinen Sohn für die Beerdigung am nächsten Tag bereitmachen würden.

Für die Kurden aber gab es keine Gnade.

Sie waren aus ihren Zelten geschleift worden, um eines qualvollen Todes zu sterben, und zu Leonardos Entsetzen galoppierten Pferde mit den sensenbewehrten Sturmwagen, die er erfunden hatte, mitten in ihre Reihen – oder in das, was davon noch übrig war. Auf den Wagen steckten Fackeln, die Fahrer, Pferde und fliegende Gliedmaßen beleuchteten, als wären diese drakonischen Soldaten der Tod selbst – die vier Reiter der Apokalypse. Die Wagen mähten die Leiber nieder wie Weizen, und die Fahrer jagten jenen nach, die fliehen wollten, und rissen dabei sogar Zelte nieder mit den Soldaten, Frauen und Kindern, die sich darin befanden, denn die Sichelklingen waren schwer und gut ausbalanciert. Die Schreie klangen gedämpft, als habe die Nacht sie verschluckt, die sich jetzt allmählich veränderte und im Osten, in der Richtung des Gebets, unmerklich aufhellte.

Bald würde nun tatsächlich der erste Ruf zum Gebet erklingen, für diejenigen, die auf den Wagen standen, und für die, die ihnen folgten, eine Armee von Erntehelfern, die über das Feld des Todes marschierten, hier Köpfe abschlugen und dort Finger abhackten, um die Ringe an sich zu bringen. Das Ganze glich einer Fackelprozession. Leonardo konnte nicht anders, er mußte ihr folgen, wie ein Nagel von einem Magneten angezogen wird. Erfüllt von Abscheu, Grauen und Entsetzen, wanderte er wie ein Schatten durch die Dunkelheit. Und er sah aus wie ein Geist, ein Dämon oder ein Djinn ohne Antlitz, ohne Kopf: Noch immer bedeckte die Kajalschminke sein Gesicht und verbarg es. Er konnte die Ohren nicht vor den Schreien der verwundeten und verstümmelten Kurden verschließen, die gleichwohl immer noch um Gnade bettelten, um letzte Schonung, da die Soldaten hinter den Wagen aufräumten, indem sie Köpfe abschlugen und sie in Säcke stopften, während die Lippen sich noch bewegten. Scheinbar ohne etwas von den menschlichen Qualen zu merken, die um sie herum brodelten, schwatzten die Soldaten miteinander, während sie hämmernd und hackend und stechend durch blutige Fetzen stapften. Und so stießen sie auch Entzückensrufe aus, wann immer sie etwas Wertvolles fanden, und diese Rufe mischten sich mit den Gebeten und Todesschreien ihrer Opfer.

Und während Leonardo im Kielwasser seiner Maschinen durch das Gemetzel irrte, über verstümmelte Gliedmaßen und flatternde Planen eingerissener Zelte stieg, und während seine Schritte in all dem Blutschleim schmatzten, der den ausgedörrten Boden düngte, versuchte er zu beten und Gottes Aufmerksamkeit herabzurufen.

Aber er wußte, daß er keine Antwort bekommen würde, denn in diesem Augenblick war er Gott.

Was er hier sah, gehörte ihm. Es war das Produkt seiner Gedanken.

Lacrimae Christi.

Die Burg des Adlers

Ein Vogel, der nicht sterben will,
soll sich seinem Nest fernhalten.
Leonardo da Vinci

Gleich einem Wirbelwind, der durch ein sandiges,
hohles Tal rauscht und in seinem eiligen Lauf
alles, was seinem Wüten entgegensteht, in die Mitte treibt.
Leonardo da Vinci

Schlaf würde es nicht geben, denn es war fast Morgen. Obwohl das Lager in Aufruhr war, sprachen alle nur flüsternd miteinander. Der Himmel war von Sternen übersät, und Sternenlicht und Feuerschein verliehen der frühmorgendlichen Szene ein unirdisches Aussehen. Leonardo hatte seine Freunde gesucht; wie betäubt streifte er durch das Lager. Jede groteske Einzelheit des Schlachtfeldes hatte er in sich aufgenommen; jedermann, ob er sich bewegte oder erschöpft innehielt; jedermann und jedes Ding wurde Teil eines sich fortsetzenden Tableaus für Leonardo, eines Gemäldes, das lebte und sich veränderte, das wuchs und verdarb und im Laufe der Zeit sogar starb, aber nur so, wie die Blätter der Pflanzen welken und sterben und das Ganze lebendig, wenn auch entkräftet, zurücklassen. Er sah sein lebendiges Gemälde, als sei es nach flämischer Art ausgeführt: gefirnißt, mit öligen Pigmenten beschichtet, glänzend und tief wie das gefrorene Gefängnis des Antichrist.

Darauf kam er immer wieder zurück, als leite Dante ihn, bohre in ihm, strafe ihn für all das – für seine Vernichtungsmaschinen, für dieses Feld der schönen Gebeine und des ebenholzschwarzen

Todes. Die Sterne waren der Firnis; das Licht selbst schien von den Leichen auszugehen, die verstreut und gefangen auf dem Schlachtfeld lagen. Gern hätte Leonardo sie alle gerichtet, ihre verdrehten Gliedmaßen gestreckt, ihre staunenden, von Sternen erfüllten Augen geschlossen und ihre Nacktheit bedeckt, denn nackt erschienen sie in der Tat, ertappt bei irgendeinem schmerzhaften, unnatürlichen Akt. Leonardo hatte den Tod schon früher gesehen, aber nicht in seinen vielfältigen Erscheinungen; nie war er von ihm überwältigt worden in den *bottegas*, in denen er durch Fleisch und Sehne geschnitten hatte, um die Natur zu erforschen. Hier also war der Tod, wie er war: zerrissen, verstümmelt, ein Räuber – so waren die Gefallenen zerfleddert, als wären sie Müllhaufen. Viele lagen nur halb bekleidet da, denn für einen Beduinen war es ein Ehrenzeichen, wenn er einem besiegten Feind die Kleider nahm. Aber diese Männer waren allesamt Brüder gewesen, Ak-koinlu, Angehörige des Stammes der Weißen Schafe …

Leonardos Gedanken hatten ihr eigenes Leben, so schien es, denn er dachte an ein großes Festmahl: brutzelnd heißes Fett, Krater im Reis, der von Tunke glänzt, der Duft von Bratenfleisch, der einem das Wasser im Munde zusammenlaufen ließ, gekochte Hammelköpfe auf Bergen von Reis, Sauce und Fleisch, mit klaffenden Mäulern und schwarzen, dampfenden Zungen, die schlaff über mondweißen Zähnen lagen.

Angewidert wandte er sich ab, aber der Tod umgab ihn an allen Seiten – und dabei war er nicht einmal bis zur Masse der von seinen Maschinen niedergemetzelten Kurden vorgedrungen. Er erinnerte sich an den Ponte Vecchio in Florenz, die Brücke der Metzger, wo man durch Pfützen aus gerinnendem Blut stieg und an den frisch aufgeschnittenen Leichen vorbeischaute, die das Abendessen abgeben würden.

»Leonardo, schlaft Ihr denn niemals?« fragte Kuan.

Leonardo erschrank und griff reflexhaft nach seinem Dolch, was Kuan zu erheitern schien.

»Ich bin nicht der einzige«, sagte Leonardo. »Es schläft auch sonst niemand, außer den Toten.« Er blickte starr geradeaus auf die Leichen.

»Ihr werdet es bedauern, wenn wir erst reiten. Da werdet Ihr Euch wünschen, selig zu schlummern.«

»Dann solltet Ihr Eure eigene Medizin vielleicht ebenfalls nehmen.«

Kuan antwortete nicht; er sah zu, wie die Totengräber ihre Arbeit begannen und flache Gruben aushoben. Leonardo fühlte sich an die Pest erinnert, und ihn schauderte.

»Habt Ihr Eure Freunde gefunden?« fragte Kuan.

»Ich habe das Lager durchsucht, aber ich habe sie nirgends entdeckt. Hat man sie nach Hause geschickt?«

»Ihr hättet mein Zelt besuchen sollen. Sie sind in meiner Obhut, und da werden sie auch bleiben.«

»Dann bringt *Ihr* sie zurück?« fragte Leonardo. Er sehnte sich verzweifelt danach mitzukommen, heimzukehren, aber wenn er Niccolò und A'isheh finden wollte, hielt er sich am besten an den Kalifen.

Ohne Niccolò konnte er nicht nach Hause – und auch wenn er es sich selbst gegenüber nicht eingestehen wollte, er konnte außerdem nicht nach Hause, ohne zu sehen, was Zoroastro aus seinen Erfindungen gemacht hatte.

»Nein, der Beherrscher der Welten kann sich noch nicht bereit finden, sie gehen zu lassen, vor allem nicht Euren Freund Sandro. Sie wurden eingeladen, uns zu begleiten.«

»Wohin?« fragte Leonardo überrascht.

Kuan zuckte die Achseln. »In den Krieg.«

»Warum denn das? Keiner von denen ist ein Soldat – eher das Gegenteil.«

»Weil Ka'it Bay vielleicht jemanden braucht, den er als Gesandten verwenden kann, jemanden, den der Feind kennt, jemanden, der mit dem Großtürken sympathisiert.« Kuan lachte leise. »Und er hat sich Euren Maler erwählt, den undiplomatischsten unter den Diplomaten.«

»Und Amerigo?«

»Den haben wir hier behalten, damit er Euch beiden Gesellschaft leistet, aber es steht ihm frei zu gehen.« Kuan lächelte knapp. »Hier, unter unserem Schutz, ist er allerdings sicherer.«

»Ich mache mir Sorgen um sie.«

»Ihr wäret gut beraten, Euch um Euch selbst Sorgen zu machen und dem Schicksal die Sorge um Eure Freunde zu überlassen.«

»Was meint Ihr damit?«

»Ussun Cassano wäre niemals in eine solche Falle getappt.« Kuan umfaßte die Toten mit einer Handbewegung. »Die Huren wußten es. Sie haben ihre eigenen Wege der Verständigung.«

»Was wußten sie?«

»Daß Unghermaumets Truppen massakriert werden würden. Unghermaumet hätte merken müssen, daß die Huren nicht über seine Männer herfielen wie die Maden über ein Stück Fleisch, aber er war zu sentimental, zu sehr damit beschäftigt, zu jammern um seinen Vater wie ein Weib.«

Muezzins riefen zum Gebet, und in den nächsten Augenblicken schien alles innezuhalten, als warte sogar die Natur – die kleinen wieselnden, raschelnden Tiere, die schwere See der Atmosphäre, die Steine, der Sand und die fernen, verschleierten Berge – auf das verjüngende Gebet; denn wenn Worte das Universum erschaffen konnten, dann konnten sie jedenfalls auch einen neuen Tag entfachen. Und wie zur Antwort verblaßten die Sterne im Osten, und graues Licht ergoß sich in diese Ecke der Nacht und löste die Dunkelheit auf wie Terpentin die Farbe.

Unghermaumet wurde mit allen pompösen Feierlichkeiten begraben, wie sie einem Prinzen zukamen, der in der Schlacht gefallen war.

Die Massengräber wurden zugeschüttet.

Ka'it Bay und Ussun Cassano trafen zusammen.

Und ihre Heere ritten getrennt in der Morgenhitze davon, durch die Monotonie des heißen, funkelnden Sandes, über Schlammebenen, so glatt wie ein polierter Stein.

Leonardo durfte mit Sandro und Amerigo reiten, aber sie kannten das Ziel ebensowenig wie er, als sie sich nun nach Nordwesten wandten.

Jerusalem?

Aber Leonardo hatte erwartet, nach Damaskus zu kommen, Zoroastro und Benedetto zu sehen und die *bottega*, in der seine Erfindungen verwirklicht wurden.

Die Wüste war die Strafe für all das Morden und Verstümmeln, für das Berauben und Schänden der eben Getöteten.

Ein erstickender Wind wehte stürmisch über Dünen und Gestrüpp. Er begann stoßweise und unregelmäßig, in Böen und Wellen wie der ägyptische *khamsin*, aber er gewann stetig an Stärke, bis es war, als marschierten die Truppen des Kalifen geradewegs in den gleichmäßigen Luftschwall einer Esse. Leonardo spürte den Schweiß wie Eis auf seinen Wangen. Er prüfte das salzige Naß mit der Zunge, als wolle er der körnigen Trockenheit seiner aufgesprungenen Lippen, seines Gesichts und seiner Hände entgegenwirken. Zwar hatte er Mund und Nase nach arabischer Art mit seinem Kopftuch bedeckt, aber die Augen waren ihm wund geworden. Der Sand brannte darin wie Säure.

Alles war weißer Dunst. Man konnte nicht weit sehen. Es war, als schwebe man durch einen Traum, einen schmerzhaften Traum von rauhen Wellen. Die Kamele stapften voran, arbeiteten sich langsam durch die rauchige Atmosphäre, die sich ringsum zu verfestigen schien, und immer wieder schrak Leonardo hoch, wie er es oft tat, wenn er tief schlief. Er konnte kaum schlucken, und das versetzte ihn in Panik, denn ihm schien, als schwelle ihm die Kehle zu, so daß er schließlich ersticken würde. Obwohl er von den Beduinen gelernt hatte, an jedem Brunnen zu trinken wie ein Kamel, ja, vor dem Aufbruch hatte er getrunken, bis er geglaubt hatte, er müsse platzen, war er schon wieder durstig. Auf der Zunge schmeckte er Metall.

Sie hatten nur für eine Stunde Halt gemacht, um sich im Schutz ihrer Decken niederzukauern; dann hatte Ka'it seinen Gewaltmarsch fortgesetzt. Seine Soldaten versuchten nicht erst, in den Wind zu schreien und »Für die Augen A'ishehs« zu schreien, wie sie es zahllose Male getan hatten. A'isheh war in der Wüste zugegen. Die Männer sprachen von ihr, als ob sie mit ihr bekannt wären, als wäre sie die unbezahlbare Perle, der Gral, als wäre sie die Verkörperung der Schönheiten, die sie im Paradiese erwarteten zum Lohn dafür, daß sie für Gott gestorben waren. Sie war Philosophie und Ziel und Bestimmung. Sie war Idee und Flagge und Vaterland.

Und das war Ka'it Bays Magie.

Durch seine Troubadoure und heiligen Männer und durch das Wunder des Wortes, das von Mund zu Mund wandert, hatte er Fleisch in Geist verwandelt, die Hure zur Göttin gemacht.

Ganz wie die Florentiner von ihren Heiligen redeten, als wären sie vertraute Bekannte oder reiche – wenn auch entfernte – Verwandte, so sprachen diese Leute von A'isheh.

Aber für Leonardo war es unbegreiflich, daß diese Menschen, die sich ständig untereinander bekämpften und die sich über die handfestesten Dinge nicht einigen konnten, dazu fähig waren, die Idee der Liebe zu akzeptieren und sich für sie zu opfern.

Der Wind wehte den ganzen Tag lang und bis in die Nacht hinein.

Leonardos Gesicht brannte und blutete, und ihn fröstelte vom Fieber, als er sich für ein paar Ruhestunden wie ein ungeborenes Kind unter seiner Decke zusammenkrümmte, bis Ka'it seiner Garde befahl weiterzureiten. Es war lange vor dem Morgengrauen, und Leonardo ritt hinter Kuan durch Finsternis und wirbelnden Sand, der aussah wie Rauch in einem dunklen Zimmer. Der Sandsturm verzerrte den Raum, und der Mond war nur ein verwischter Schimmer über ihnen. Nach zwei Stunden gewann der Sturm unversehens neue Kräfte und wehte ihnen den heißen Sand so hart ins Gesicht, daß Blut hervortrat. Die Kamele mußten angetrieben werden, denn sie wollten aus der Kolonne ausscheren, als könnten sie sich so vor dem Wüten des Windes abwenden.

Neben Leonardo ritt Amerigo; auf der anderen Seite war Sandro. Sie konnten im Sturmwind nicht miteinander sprechen, also ritten sie wie schon am Tag zuvor: Mit halbgeschlossenen Augen und verhüllten Gesichtern wiegten sie sich auf ihren Kamelen in schlafähnlichem Zustand, dachten leere Gedanken und träumten. Leonardo schwebte in seine Kathedrale der Erinnerung und wieder heraus, kreiste vorwärts und rückwärts durch die Zeit wie ein alter Mann, der in die Vergangenheit schaut und sie für die Gegenwart hält; er glitt in die Grotten bei Caterinas Haus, in dem er zur Welt gekommen war und seine Jugend verbracht hatte, die Grotten, die den Hintergrund für so viele seiner Bilder abgegeben hatten. In diesen Bildern sah man seine Erinnerungen durch Fenster, als könnten Pigmente und Leinöl die müden Augen erfrischen, so daß sie die Vollkommenheit der Kindheit erkannten.

Leonardos Augen brannten schmerzhaft; es war, als sehe er den weißen Sturm zwischen Scheuklappen, als schaue er durch lange, dunkle Korridore in ein blendendes Licht. Die Männer um ihn herum erschienen und verschwanden, als atme der Sturm sie ein und aus, sauge sie aus der Wirklichkeit und blase sie wieder hinein. Leonardo wußte nicht, ob es am Fieber oder am Sand lag.

»Sandro«, brüllte er in den Sturm. »Sandro, wo ist Amerigo?« Amerigo war verschwunden, aber Leonardo konnte nicht sagen, ob seit Minuten oder seit Stunden.

»Ich weiß es nicht«, brüllte Sandro zurück. »Ich …« Aber der Wind riß seine Worte hinweg, und es war unmöglich, seinen Gesichtsausdruck zu erkennen, denn er hatte sein Kopftuch um Mund und Nase geschlungen.

Leonardo suchte die Reihen ab; er ritt nach vorn und ließ sich dann zurückfallen, und schließlich entdeckte er Amerigos reiterloses Kamel; es war an die Packtiere angebunden. Eisig kroch es ihm den Rücken herauf. Wenn Amerigo sich in diesem Sturm, in dieser Wüste verirrt hatte, dann war er so gut wie tot. »Wo ist der Mann, der dieses Kamel geritten hat?« fragte er den verhüllten Beduinen, der die Packtiere führte.

Der Beduine zuckte die Achseln, aber Leonardo ließ nicht locker. »Ich muß es wissen.« Wenn ein Mann von seinem Stamm verlorengegangen wäre, hätte er sicher nicht so ungerührt reagiert.

»Ich habe nichts genommen«, sagte der Beduine. »Das kannst du selbst sehen.« Er deutete auf das beladene Kamel.

»Ich würde keinen von Ka'it Bays Auserwählten einen Dieb nennen«, sagte Leonardo. »Ich will nur wissen, was passiert ist.« Sandro war ihm gefolgt und ritt jetzt an seiner Seite, aber nicht so dicht, daß der Beduine Grund zur Beunruhigung gehabt hätte.

Scheinbar beschwichtigt von Leonardos höflichen Worten, sagte der Beduine: »Dieses Kamel hat sich den andern angeschlossen, als ob es sich verirrt hätte. Ich habe es eingespannt, damit es in Sicherheit ist.«

»Und dafür sollst du belohnt werden«, sagte Leonardo.

Der Mann nickte, aber dann unterbrach der Wind das Gespräch. Als er wieder nachließ, sagte er: »Der Reiter – er könnte heruntergefallen sein.«

»Heruntergefallen?«

»Das habe ich schon erlebt. Da schläft einer ein – und fällt herunter. So habe ich's auch schon gesehen, wenn einer zu lange auf einer Frau reitet.« Er lachte. »In diesem Sturm kann man sich leicht verirren.« Der Mann hatte recht; man konnte kaum drei Schritte weit sehen.

Leonardo ritt nach vorn, um Kuan Bescheid zu sagen; sicher würde er einen Suchtrupp aussenden. Kuan sah sich unverzüglich

Amerigos Kamel an und sprach mit dem Beduinen, der die Packtiere führte, in einem Wüstendialekt, den Leonardo kaum verstand. Der Beduine wirkte sehr lebhaft, aber das Gespräch dauerte nicht lange. Leonardo konnte sich selbst kaum im Sattel halten; glühende Fieberwellen fluteten wie vom Wind herangetragen über ihn hinweg, und mit dem Fieber waren Furunkel gekommen.

Dann erstarb der Wind, als sammle er seine Kräfte für den nächsten Schwall von Staub, Sand und heißer, übler Luft. Kuan sagte: »Es tut mir leid.«

Leonardo sah ihn verwundert an. »Es tut Euch leid?«

»Ich kann nichts tun.«

»Aber der Sturm hat nachgelassen; das seht Ihr doch«, sagte Sandro.

»Ich würde mir nicht einmal anmaßen, den Kalifen zu bitten, einen Trupp zurückzuschicken, damit er nach Eurem Freund sucht«, sagte Kuan. »Ich weiß, was er antworten würde. Und er ist nicht gut gelaunt.«

»Aber seine Garde würde sich doch sicher nicht verirren«, sagte Leonardo.

»Maßt Euch nicht an, etwas zu wissen, was Ihr nicht wißt«, sagte Kuan. »Im Gegensatz zu Eurem Freund hier« – Kuan deutete mit dem Kopf auf Sandro – »ist er nicht wichtig.« Dann ritt er wieder nach vorn und ließ Leonardo und Sandro bei dem Beduinen zurück, der die Packtiere führte.

Leonardo hatte Kuans kalten Zorn gespürt, seine Wut, und er erkannte, daß Kuan Sandro haßte.

Es war das Fieber – oder ein Fieber-Traum.

Gerade noch ritt Leonardo neben Sandro, und dann war er allein, verloren, gefangen in einem Traum aus wirbelndem Wind und Sand, in einem grauen Kokon aus fließender Hitze und trockenem Feuer; und wenn der Wind sich beruhigte, hörte man das Kamel stöhnen, als sei es verzweifelt. Leonardo empfand gleichzeitig Schmerz und Erleichterung – Erleichterung über die Befreiung von Gedanken und Erinnerungen, denn jetzt gab es nur noch Bewegung … Wind und Bewegung und mahlenden, bohrenden Schmerz.

Minuten – oder Stunden – später erstarb der Wind und ließ eine glatte, tote, abgeschliffene Welt zutage treten. Der Sturm war vorüber. Die scheinbar plötzliche Intensität der Sonne tat Leonardos Augen weh, denn der glitzernde Sand reflektierte das Licht wie die Hitze. Bilder erschienen und verschwanden wieder, wohin Leonardo auch schaute: Ebenen und Täler, glatt wie Stein, beweglich wie Wasser. Und mit jeder Bewegung des Kamels unter ihm wurde der schneidende Durst heftiger.

Wenn er in seinem ersten Delirium geglaubt hatte, er könne Amerigo selbst finden, so rätselte er jetzt über die Natur des Begriffs Richtung. Es gab nämlich nur noch eine Richtung: voraus. Er sah Formen, schwarz schimmernd, Kuan vielleicht und ein paar Soldaten, aber vielleicht sah er auch eine Stadt – nein, es war eine Burg oder eine Kathedrale –, die in der Ferne zu schweben schien; und jetzt erinnerte er sich. Die Hitze und die Leere waren zur Leinwand der Erinnerung geworden, und Gegenstände aus der Vergangenheit erschienen so leichthin, wie der Wind Händevoll Sand zu lebenden Wesen aufwirbeln ließ. Die Wüste hatte sich die Kathedrale, die Leonardo in der oberen Ecke des Ginevra-Porträts gemalt hatte, vorgestellt und sie reproduziert, die Zitadelle, die er erst gemalt und dann getilgt hatte.

Noch jetzt konnte er Ginevras Stimme hören und ihr Gesicht sehen, so hell wie die Sonne. Ihre Stimme war silbrig wie Wasser, ihre Zunge glatt und schlüpfrig wie Quecksilber, und sie spiegelte, spiegelte …

»Leonardo. *Leonardo!* Ihr werdet wieder zu Euch kommen. Schhh, sprecht jetzt nicht. Versucht, aufrecht zu sitzen, und nehmt diesen Wasserschlauch.«

Kuan löste sich aus einem dunstigen Schatten im Sonnenlicht, und Leonardo sah wie durch ein Vergrößerungsglas: Kuans Narbe war ein roter Wulst, der sich über seine unrasierte Wange spannte. Auch die kurzen Bartstoppeln konnten sie nicht verbergen. Seine Haut war dunkel und aufgesprungen, und ein Riß in der Unterlippe schien völlig gerade zu sein, als sei er mit einer Klinge absichtlich dort angebracht worden. Aber seine Augen waren kühl und dunkel, so erschreckend kalt wie das Wasser, das er aus dem Schlauch in Leonardos Mund spritzte.

Kalt wie die Luft in den oberen Sphären, unter den Wolken.

»Gib dem fliegenden Boot eine elliptische Form, und …«

»Schh, Leonardo.« Kuan lächelte. »Ich habe Eure Notizen gesehen.«

»Amerigo?«

»Wir haben ihn gefunden, bevor wir Euch gefunden haben.«

»Ist er wohlauf?«

»Wir haben ihn gefunden, bevor sein Gehirn zu kochen begann wie das Eure«, sagte Kuan. »Er war von seinem Kamel gefallen und hat jetzt eine stattliche Beule am Kopf. Er ist irgendwo aufgeschlagen und war bewußtlos. Sehr lange hätte er nicht bewußtlos sein müssen, um in diesem Sturm verlorenzugehen.«

Leonardos Fieber verebbte, wie es der Wind getan hatte, bevor der Sturm von neuem losgebrochen war. »Ich muß gestehen, daß ich nicht weiß, wie ich hierhergekommen bin.«

Kuan zuckte die Achseln. »Es war ein dummer und zugleich brillanter Plan, Maestro. Ihr müßt Euren Freund sehr lieben.«

»Was wollt Ihr damit sagen?«

»Nun, Ihr wußtet, daß Amerigo entbehrlich ist. Wäre Euer Landsmann Sandro von seinem Kamel gefallen, hätte der Kalif ganz sicher einen Suchtrupp zurückgeschickt … Wie er es auch tat, als Sandro meldete, daß Ihr verschollen wäret. Obwohl Ihr also Gefahr lieft, daß wir Euch nicht finden würden, wußtet Ihr doch, daß wir Euch suchen würden.«

»Was hat Eure Suche nach mir damit zu tun, daß Amerigo gefunden wurde?« fragte Leonardo. »Daß man Euch befohlen hat, mich zu suchen, bedeutet doch noch nicht, daß Ihr auch ihn sucht.«

»Das vielleicht nicht«, sagte Kuan. »Aber ich hätte gedacht, daß meine Zuneigung zu Amerigo offenkundig ist.«

»Nicht so offenkundig wie Eure Abneigung gegen Sandro.« Leonardo wunderte sich über Kuans Geständnis.

Kuan nickte zustimmend.

»Es schmeichelt mir, daß Ihr mir eine solche Strategie zutraut.« Leonardo hätte gar nicht geglaubt, daß Kuan bei seiner Kälte Zuneigung zu jemandem entwickeln könnte. Amerigo hatte auch nie von ihm gesprochen. War diese Zuneigung während des Aufenthalts in der Wüste erblüht? Waren sie vielleicht Liebhaber? »Aber wenn Euch etwas an Amerigo liegt, wie konntet Ihr dann so ruhig sein, als ich Euch sagte, daß er verschwunden ist?«

»Vielleicht seid Ihr nicht empfänglich dafür«, sagte Kuan. »Ich war jedenfalls nicht ruhig.«

»Aber Ihr hättet ihn dem Tod überlassen.«

Da lächelte Kuan, und bei diesem Lächeln überlief es Leonardo eisig, denn es erinnerte ihn an Ginevras Lächeln.

Das Fieber in ihm flammte erneut auf, seine Augen brannten und drehten sich ins Dunkel seines Kopfes, und Leonardo verlor das Bewußtsein.

Als er erwachte, ritten sie durch Hügelland. Die Luft roch nach Salz und Feuchtigkeit. Mit äußerster Rücksicht auf die Kamele, deren empfindliche Füße rissig und blasig waren, ritt Ka'it Bays Mamelucken-Phalanx durch ein natürliches Amphitheater; ringsumher waren Felswände, die aussahen wie behauene Blöcke, die hastig aufeinandergetürmt worden waren. Dahinter lagen weitere Hügel, die für Leonardos trockene, brennende Augen aussahen wie liegende Frauen mit schweren Brüsten und Bäuchen, von Tal und Anhöhe, Bäumen und Gras umrissen.

Ein schwacher, ferner Duft von Wermut war zu spüren, die Gerüche und Formen des Lebens, Feuchtigkeit und Verfall.

Sandro machte viel Aufhebens um Leonardo. Amerigo war noch bewußtlos, oder er schlief; man hatte ihn in einer Haltung, die sehr unbequem aussah, auf sein Kamel gebunden. Wenn Leonardo seinen Freund anschaute, fühlte er den dumpfen Schmerz im Kreuz, der in die Beine hinunter und durch Brust und Hals nach oben zu strahlen schien.

»Wo sind wir?« fragte Leonardo.

»In der Nähe des Toten Meeres«, sagte Sandro.

»Weißt du, was unser Ziel ist?«

»Ich habe vom Teich von Ziza reden hören. Aber was ich höre, sind nur Gerüchte.«

Leonardo schaute zu Amerigo hinüber und fragte: »Bist du sicher, daß er wieder auf die Beine kommt?«

»Du redest wie ein Kind, Leonardo. Vielleicht hat Kuan recht – vielleicht hat dein Gehirn wirklich gekocht.« Als Leonardo nicht antwortete, ja, nicht einmal lächeln konnte, fuhr Sandro fort: »Kuan hat mir versichert, daß er wieder gesund wird. Er kommt nach hinten und sieht nach ihm, wann immer er kann. Kuan ist nicht der Mensch, für den du ihn hältst.«

»Und wofür halte ich ihn, mein Fäßchen?«

»Du glaubst, er hat keine Gefühle. Aber mit seiner Behandlung hat er Amerigo schon einmal das Leben gerettet; hast du das vergessen?«

Leonardo hätte fast gesagt: »Gefühle sind keine Fähigkeiten oder Talente«, aber er nickte nur, denn er fühlte, wie die Last des Schlafes ihn wieder umfing, sich herabsenkte, bis alles Licht, alles Dasein sich auf das Kamel und seinen Reiter vor ihm beschränkte, als seien alle seine perspektivischen Studien in Verwirrung geraten. Raum und Sicht hatten sich in Zeit verwandelt, und der Tag glitt an ihm vorbei, flüssig und fern, bis die Strahlen der Sonne lang wurden und die Schatten der Berge purpurn färbten.

Vor ihnen ragte Al-Karak auf, die Burg des Adlers.

Mächtige, kantige Türme mit kegelförmigen Spitzen erhoben sich, einer aus dem andern, wie es aus der Ferne schien. Der einzige Zugang war durch massives Gestein gehauen, ein Fluß umgab die ganze Anlage, und Felswände umringten sie.

Leonardo erkannte die Festung sofort; er hatte sie schon gesehen als Luftspiegelung in der Wüste. Im Delirium hatte er sie für seine Kathedrale der Erinnerung gehalten.

Kuan – und St. Augustinus – hatten recht: Es gab eine Gegenwart des Zukünftigen, und man konnte sie sehen wie eine Erinnerung. Aber diese Erleuchtung wurde alsbald von Leonardos Fieber verschlungen, von der brodelnden Lethe, die ihn immer noch durchströmte.

Die Zunge aus Eisen

Endlich Antwort auf unsere Gebete;
die Zeit bringt Hilfe sogar uns …
Die Hilfe eines Gottes.
Vergil

Mit quastio meint man die Qual und das Leiden,
dem Körper angetan, um die Wahrheit zu erringen.
Domitius Ulpianus

Das sollst du aber wissen, daß in den letzten Tagen
werden greuliche Zeiten kommen.
II. Timotheus, 3.1

Die Folterkammer war prachtvoll. Sie lag im Westflügel der Burg, nahe der Küche, und sie glich eher dem Gewölbesaal eines italienischen Fürsten als einem Werkzeug der Reue. An der hinteren Wand, durch Pilaster unterteilt, prangten Fresken mit Szenen der großen Schlachten, nach europäischer Mode gemalt – tatsächlich erkannte Leonardo die Hand von Filippo Lippi und Marco Zoppo und Petrus Christus –, und im staubigen Licht schienen sich die Figuren kaum merklich zu bewegen, als sei das Schlachtengetümmel nur für einen Augenblick zum Stillstand gebracht, der Tod nur einen Lidschlag lang aufgehalten worden.

Alle anderen Wände trugen Gemälde – religiöse wie weltliche –, die Leonardos würdig gewesen wären. Die Porträts und die Darstellungen der Kreuzigung und der Verkündigung waren von großer Leuchtkraft. Der Fußboden bestand aus bemalten Majolica-Fliesen, und aus der holzgeschnitzten Täfelung der Wände ragten Bänke hervor.

Leonardo erfaßte den Raum mit einem Blick; seine Aufmerksamkeit wurde gleich von den Folterwerkzeugen gefesselt. Ein Streckbett konnte die Knochen aus den Gelenken reißen, und die Eiserne Jungfrau zerquetschte den Körper zu Brei. Eine Wiege war da, deren Innenseiten von Stachelreihen gesäumt waren, sowie eine Maschine, mit der man diese Wiege in die Höhe heben konnte. Es gab Galgen und Blöcke und Tische voller Zangen und Eisen und allerlei Messern und Sägen und Beilen und Hacken und Werkzeuge zum Brennen und Quetschen und Stechen und Würgen. All dieses Todesgerät aber war um eine kleine, lodernde Esse herum aufgestellt, auf deren Rand etliche rotglühende Instrumente lagen. Eine Vielfalt von eisernen Gegenständen hing säuberlich aufgereiht an der Wand; manche sahen aus wie Masken, andere wie Greifhaken, Stirnbänder und spitzenbewehrte Gitterkäfige. Die Folterwand war durch schwere Teppiche aufgeteilt, die ein Opfer vor dem anderen und vor Zuschauern verbargen. Der Gestank von schalem Schweiß, versengtem Fleisch, Angst, Kot und Übelkeit war überwältigend, und Leonardo und Sandro bedeckten ihren Mund.

Ihren Gastgeber, Ka'it Bay, schien dies zu erheitern. Er wandte sich an Sandro.

»Gebt gut acht, Maestro, damit nicht auch Ihr vergeßt, wer meine Feinde sind.«

Leonardo wunderte sich über die Formulierung dieser Warnung. War es eine verhüllte Drohung gegen ihn? Er hatte sich noch nicht ganz von seinem Fieber erholt, das vor zwei Tagen abgeklungen war; die schmerzhaften Furunkel indessen, die Arme, Brust und Gesäß bedeckt hatten, waren verschwunden.

Dann befahl der Kalif einem der Folterknechte, einen Vorhang zurückzuziehen. Ein Mann kam zum Vorschein, der scheinbar stand, in Wirklichkeit aber auf einer blutbefleckten Folterbank lag. Der ausgemergelte Körper war verdreckt und mit violetten Blutergüssen übersät. Er sah aus, als sei er vielleicht einmal gutaussehend und muskulös gewesen. Er war groß und hatte einen Schnurrbart und hohle, tiefliegende Augen. Man hatte ihm die Zähne ausgeschlagen, und seine Hände waren mit blutigen Lappen verbunden. Offenbar hatte man ihm die Finger abgeschnitten.

»Dieser Mann war ein Offizier des Großtürken, ein Diplomat, ein Gesandter wie Ihr, Maestro.« Wieder richtete Ka'it Bay seine Worte an Sandro, der sichtlich erschüttert war.

»Warum bringt Ihr uns hierher, Beherrscher der Welten?« fragte Leonardo. Kuan berührte ihn sanft bei der Schulter, um ihn daran zu erinnern, daß er besser seine Zunge hüte.

»Sicher könnt Ihr mich doch nicht für meine Ungeduld tadeln, Leonardo. Ich habe gewartet, bis Ihr und Euer Freund wieder zu Kräften gekommen wart, bevor ich Euch meine Kostbarkeiten zeigte.« Er schwenkte den Arm, um auf Gemälde und Fresken zu deuten. »Es beweist Euch doch sicher, daß ich Euch und Eure Kunst ehre – so sehr, daß ich für den Besitz solcher Bilder in der künftigen Welt leiden werde.«

Leonardo schwieg.

»Hat es Euren Beifall?« fragte Ka'it Bay und deutete auf einen Geistlichen, der neben ihm stand. »Mein Imam hier billigt es jedenfalls nicht.«

»Es fällt schwer, die Schönheit Eurer Kunstwerke zu genießen, wenn ...«

»Glaubt Ihr, ich hätte Euch ohne einen Grund hierher geführt?«

»Ganz sicher nicht, Herr«, sagte Leonardo, dem beim Anblick der armen, gefesselten Seele vor ihm ganz übel wurde.

»Ich habe Neuigkeiten, die Euer Herz aufheitern werden«, sagte Ka'it Bay. »Aber Ihr müßt meine Gunst in ihrer wahren Umgebung in Empfang nehmen.« Mit leiser Stimme wandte er sich an den Gefangenen. »Bist du bereit zu sterben?«

Der Mann auf der Folterbank nickte.

»Dann erzähle noch einmal deine Geschichte, und ich werde dir erlauben, in Ehren zu sterben.«

Es klang, als stammele der Gefangene in verschiedenen Sprachen vor sich hin; Leonardo verstand nichts, bis er wisperte: »A'isheh.«

Sie wurde in einer Bergfestung bei Erzingan festgehalten, nur wenige Tagesritte von hier. Aber wieso brachte der Großtürke sie nach Persien?

»Und was ist mit Niccolò?« fragte Leonardo, ohne sich zu besinnen.

Der Janitscharen-Botschafter starrte ihn nur an, und Ka'it Bay nickte.

Der Folterknecht, ein weichfleischiger Mann, den man leicht für einen Schreiber oder Priester hätte halten können, wies zwei Männer an, den Gefangenen von der Bank zu nehmen, und mit einer Kraft und Wildheit, die Leonardo überraschte, enthauptete er den Janitscharen mit einer breitschneidigen Axt. Den abgetrennten Kopf warf er in einen Korb, während die Lippen sich noch bewegten.

Sandro wurde bleich; er konnte nicht anders, er wandte dem Kalifen den Rücken zu und übergab sich. Leonardo schaute reflexhaft weg, und die prunkvolle Stuckdecke zog seinen Blick auf sich. Die Fresken dort oben zeigten Engel und heidnische Götter, die aus den reinen, weißen Höhen des Himmels lächelnd auf die Vorgänge unter ihnen herabschauten.

Der Kalif würde sein Wort halten. Der Kopf des Janitscharen würde nicht auf eine Stange gespießt werden, wo alle ihn sehen und die Geier ihn fressen könnten. Er würde in einem ungekennzeichneten Grab bestattet werden. »Ein kalter Trost«, dachte Leonardo.

Gott sei Dank, daß A'isheh noch am Leben war, und dazu noch ganz in der Nähe ... Niccolò war vielleicht bei ihr.

Er konnte nur beten, daß es so sein möge.

Aber die Sache war noch lange nicht zu Ende. Der Kalif hatte diese Vorführung inszeniert wie ein Theaterstück, und auf sein Handzeichen hin wurde ein zweiter Vorhang geöffnet und ein weiteres Opfer enthüllt. Der Mann hockte sorgfältig ausbalanciert auf Fersen und Händen in einer stachelbewehrten Eisenwiege, die an einer durch einen Flaschenzug beweglichen Kette von einem Balken herabhing. Vor seinem Gesicht saß eine Eisenmaske wie der Maulkorb vor einem Hundekopf, und er war mit einer Zunge aus Eisen geknebelt. Seine Augen – strahlend blau – blickten glasig und leblos.

Die Wiege sah aus wie diejenige, die Leonardo beim Eintreten gesehen hatte. Der Kalif ließ sie herabsenken.

Der Gefangene konnte nur erstickte Laute von sich geben, als sie schwankte und ihn gegen die eisernen Spitzen drückte.

Ein paar Fuß hoch über dem Boden verharrte die Wiege. Einer der Folterknechte sperrte den Flaschenzugmechanismus, ein anderer öffnete den schwankenden Käfig und nahm dem Gefangenen die Eisenmaske vom Kopf. Die Eisenzunge, die in seinem Mund gesteckt hatte, war naß von Blut. Leonardo sah, daß die Zähne des Mannes abgebrochen waren – wahrscheinlich, als man ihm die »Krone« gewaltsam über den Kopf gestülpt hatte.

Die Wiege wurde wieder verschlossen und verriegelt.

Leonardo brauchte einen Augenblick, bis er entsetzt erkannte, daß der Gefangene Zoroastro war. Er war schwarz von getrocknetem Blut und Striemen, und sein Haar glänzte von Schmutz und Schweiß. Er stöhnte, als sei schon das Atmen eine Tortur.

Leonardo stürzte auf die Wiege zu, aber zwei Folterknechte versperrten ihm den Weg. »Laßt ihn vorbei«, sagte Ka'it Bay.

Zunächst schien Zoroastro ihn nicht zu erkennen; es war, als sei er in Trance. Dann aber wurde er wach und sagte erstaunt: »Leonardo, kannst du es sein?« Er konnte kaum flüstern.

»Ja, mein Freund, und Sandro ist auch hier.« Sandro war dazugekommen; er griff in den Käfig und nahm Zoroastros Hand.

Wutentbrannt wandte Leonardo sich an den Kalifen. »Macht diesen Käfig auf und laßt ihn heraus!«

»Wenn er gesprochen hat, werde ich Euch erlauben, das Urteil über ihn zu fällen«, sagte Ka'it Bay. »Ist es nicht zufriedenstellend, so habe ich noch eine Wiege und genügend Knechte, um Euch und Euren Freund darin zu schaukeln.«

»Darum nennt man Euch den Roten Djinn.« Erbost und trotzig reckte Leonardo den Kopf hoch, um anzudeuten, daß er damit alle Folterinstrumente ringsum meinte.

Kuan wollte sich für Leonardo ins Mittel legen, aber der Kalif schob ihn beiseite. »Zoroastro da Peretola, erzählt Eurem Freund Leonardo, wie Ihr mich verraten habt«, sagte er auf Italienisch.

Zoroastro versuchte zu sprechen. Schließlich brachte er flüsternd hervor: »Ich habe ein Angebot angenommen ...«

»Und was für ein Angebot habt Ihr angenommen?« fragte der Kalif.

»Ich sollte ....«

Ka'it Bay wartete geduldig, und als Zoroastro nicht weitersprach, fragte er: »Wer hat Euch das Angebot gemacht?«

»Der Großtürke.«

»Ah, unser Feind, der Mann, der meine Cousine und Euren Freund Niccolò Machiavelli gefangenhält. Ist es nicht so?«

Zoroastro nahm die Frage nicht zur Kenntnis; anscheinend fesselte etwas Wichtigeres seine Aufmerksamkeit: Ausdruckslos starrte er zur Decke hinauf, zu den Engeln. Vielleicht bildete er sich ein, sie seien plötzlich zum Leben erwacht ... Vielleicht winkten sie ihn zu sich hinauf in die Höhen der Fresken.

»Aber jetzt müßt Ihr Euren Freunden erzählen, was der Gesandte des Großtürken Euch angeboten hat.«

Nach einer Weile, und ohne den Kalifen anzusehen, sagte Zoroastro: »Eine Stellung als Hauptmann seiner Ingenieure.«

»Und habt Ihr dem türkischen Spion Leonardos Skizzen gezeigt?«

»Ja.«

»Und habt Ihr ihm erzählt, es seien Eure eigenen?«

»Ja.«

»Dann seid Ihr ein Verräter, nicht wahr?«

»Ich bin ein Florentiner.«

»Wir sind fast fertig«, sagte der Kalif. »Aber ein paar Fragen gibt es noch. Erzählt Eurem Meister Leonardo von Ginevra.«

»Ginevra?« wiederholte Leonardo. »Sie ist doch tot.« Er seufzte. »Das ist lauter Blut von gestern.«

»Erzählt es ihm«, befahl der Kalif unbeirrt.

Und plötzlich, fast wie durch ein Wunder, erwachte Zoroastro zum Leben. »Leonardo, es tut mir leid...«

»Was denn?«

»Daß ich dir wehgetan habe.«

»Zoroastro, was hat denn Ginevra mit dir und mit all dem zu tun?« Leonardo deutete mit einer Handbewegung auf die Wiege, in der sein Freund gefangensaß.

Zoroastro schlug die Augen nieder. »Ich stand im Sold bei Luigi di Bernardo Nicolini.«

»Was?« Leonardo war erschrocken.

»Ich habe dich und Ginevra bespitzelt. Ich habe ihm von euren Treffen erzählt. Ich habe ihn immer auf dem laufenden gehalten, was eure Absichten betraf.«

»Du hast sie ermordet, Zoroastro«, sagte Leonardo und wandte sich ab, von Zorn und Abscheu erfüllt. Er ertrug den Anblick des Freundes nicht länger.

»Leonardo, ich werde ganz sicher sterben. Verzeih mir.«

»Warum hast du Nicolini geholfen, mir Ginevra wegzunehmen?« fragte Leonardo. Ihn schauderte, als er daran dachte, wie sie in ihrem Bett ausgesehen hatte, das Gesicht zerschlagen und geschwollen, die Kehle durchschnitten, die Kleider heruntergerissen. Er dachte daran, wie er die Augen der Diebe zerquetscht hatte, die zum Plündern in Nicolinis Palazzo gekommen waren und die Ginevra vergewaltigt und ermordet hatten. Wäre Ginevra nicht die Gattin eines Pazzi-Sympathisanten gewesen, dann hätte sie jetzt noch leben können. »Warum, Zoroastro? Warum hast du mich verraten?«

»Ich war in Geldnöten. Schlägerbanden bedrohten mich, bedrohten meine Familie.«

»Wie konnte es dazu kommen? Ich habe dich doch sicher gut genug bezahlt?«

Zoroastro schüttelte den Kopf. »Darauf kommt es jetzt nicht mehr an. Aber auf etwas anderes kommt es an, Leonardo: Sobald ich meine Schulden los war, habe ich versucht, dir bei Nicolini zu helfen. Ich habe versucht, das Unheil ungeschehen zu machen, das ich hervorgerufen hatte. Ich habe ihm nie erzählt, daß du dich bei Simonetta mit Ginevra getroffen hast. Ich habe versucht, dir zu helfen. Ich ...«

Leonardo taumelte zurück, als habe er einen Stoß bekommen, als könne er es nicht ertragen, vor dem Quell dieser Worte zu stehen; und in seinem Seelenzustand bildete er sich ein, daß die Worte, daß jeder Laut – jedes Knarren und Grunzen und Zischen und Wispern – eine Bombarde sei, deren Explosionen Zoroastro die Glieder vom Leibe rissen, als habe die Zeit ihren Lauf verlangsamt, um den Schmerz aller Beteiligten noch zu vergrößern. Zoroastro schaute Leonardo ins Gesicht, als stände sein Bewußtsein, all sein Schmerz, in hellen Flammen – als gingen tatsächlich Strahlen von den Augen aus, vom Reservoir der Seele, und in diesem Augenblick verbrannte er Leonardo und verzehrte sich selbst.

»Ihr habt Euer Urteil also gefällt«, stellte Ka'it Bay fest.

Bevor Leonardo etwas sagen konnte, zogen die Männer des Kalifen die Wiege hoch.

Schwankend fuhr sie empor.

Zoroastros Schmerzensschreie waren nur noch ein Wispern.

»Nein!« rief Leonardo und versuchte, den Folterknechten in den Arm zu fallen, aber er kam zu spät, denn der Kalif sagte: *»Yal-*

la«, und das hieß: »Los«, und der Käfig fiel herunter und spießte Zoroastro auf seine eisernen Dorne.

Kuan hielt Leonardo fest, denn er wollte sich auf den Kalifen stürzen.

Sandro betete. Jahre später würde er Leonardo erzählen, daß er in diesem Augenblick beschlossen habe, Laienbruder zu werden. Dieser Augenblick besiegelte sein Schicksal und verdammte ihn dazu, später dem rasenden Mönch Savonarola zu folgen.

Aber in diesem Augenblick war Leonardo entrückt. Bilder von Ginevra, die in ihrem Haus abgeschlachtet worden war, flackerten und blitzten durch die Dunkelheit der Erinnerung.

Seine Gebete waren Blut und Mord, und doch weinte er um Zoroastro, während die Engel in den Fresken auf die Maschinerien des Schicksals herablächelten, die unter ihnen walteten.

Noch am selben Tag senkten zwei dunkelhäutige Sklaven Zoroastro in die lehmig riechende Erde. Aber plötzlicher Kanonendonner erschreckte sie, so daß sie die rohgezimmerte Bahre und den in Musselin gewickelten Leichnam in die Grube fallen ließen. Sandro, der für Zoroastros unsterbliche Seele gebetet hatte, erschrak ebenfalls. Er schrie die Sklaven in seiner Muttersprache an, aber sie beachteten ihn nicht, sondern machten sich daran, methodisch einen Berg rauher Steine und Erde ins Grab zu schaufeln.

»Mein Fäßchen, die verstehen dich nicht«, sagte Leonardo sanft, beinahe flüsternd. Die Luft war feucht und kühl hier im Schatten des Festungswalls. Das Gras stand hoch, die Hänge waren steil wie Felswände, und Hügel um Hügel brach sich brandungsgleich an den mehlweißen Wolken. Hier und dort schlängelten sich funkelnde Bachläufe weit unten durch heidekrautbewachsene Täler. Es war ein duftendes, warmes Land, eine Gegend, die Zoroastro vielleicht an seine Heimat erinnert hätte.

Wieder krachte eine Salve von Kanonenschüssen, gefolgt von weiteren in schneller Folge.

»Beende deine Gebete«, sagte Leonardo. Er hatte keine Tränen für Zoroastro; er war trocken wie der Sand, den er durchquert hatte, um zu dieser Burg zu kommen.

»Ich bin fertig«, sagte Sandro und spähte zur Festung hinüber.

Wieder dröhnte eine Kanonensalve.

»Wir gehen besser zurück«, sagte Sandro, nachdem er sich bekreuzigt und einen letzten Blick auf das Grab geworfen hatte. »Ich würde wetten, daß der Kalif dich sucht.«

»Warum soll er mich suchen?« fragte Leonardo.

»Um vor seinen Eunuchen mit dir zu prahlen.«

Leonardo warf einen Blick auf den jüngeren der beiden Totengräber, und dieser schaute gleich weg und verriet sich damit. »Sandro, mir scheint, daß diese Zuträger dich doch verstehen.«

Sandro wurde rot, aber als sie weit genug von den Sklaven entfernt waren, fragte Leonardo noch einmal, warum der Kalif nach ihm suchen sollte.

»Weil die Kanonen von dir entworfen sind.«

»Und ...?«

»Glaubst du, ein rechter Mameluck hätte Achtung vor einem solchen Gerät? Nur ein Kastrat kann solche Maschinen lieben. Ein richtiger Mann niemals.«

Leonardo spürte den Zorn seines Freundes in diesen Worten.

»Ich will noch nach Amerigo sehen«, sagte Sandro. »Vielleicht ist das Fieber vergangen.«

Es war dunkel im Raum; die hohen Glasfenster mit dem verschnörkelten Gitterwerk waren mit schweren Vorhängen verdeckt, und die Luft war schwer von beißendem Qualm und dem süßen, vertrauten Geruch von Weihrauch und Koriandersaat. Der Kalif führte den Vorsitz über ein Dutzend hochrangiger Mamelucken-Eunuchen mit prachtvollen Kaftanen in Scharlachrot, Grün und Violett, bestickt mit Silber und Gold. Sie saßen auf weichen Polstern, an kühle Steinwände gelehnt, rauchten fünf Fuß lange Pfeifen und hatten ihre Aufmerksamkeit auf den Dervadar gerichtet, der in der Mitte des Raumes stand und die flache Hand eines Knaben hielt, der nicht älter als zwölf Jahre sein konnte. Er war geschminkt wie eine Prostituierte, und seine Finger waren mit Henna gefärbt.

Die Staffage war anders, aber Leonardo erkannte die Darbietung; er hatte sie schon einmal gesehen. Das wunderschön angemalte Kind schaute in eine magische Tintenpfütze in seiner Hand und spähte durch sie in die Welt des Übernatürlichen, um alle erreichbaren Engel, Teufel, Djinns und Heiligen zu befragen. Leonardo hielt das alles natürlich für Aberglauben, wenngleich er sich daran erinnerte, daß sein junger Lehrling Tista das Feuer in Ginevras Schlafgemach gesehen hatte, das ihn, Leonardo, beinahe verzehrt hätte.

Jetzt war Tista tot, abgestürzt wie Ikarus mit Leonardos Flugmaschine.

Und Leonardo erinnerte sich: Tista hatte seinen eigenen Tod gesehen, hatte sich vom Dervadar, der seine Hand festgehalten hatte, losreißen wollen und geschrien: »Ich falle, helft mir!«

Der Dervadar rief seine *genii*, seine vertrauten Geister; und die arabischen Beschwörungsformeln, die Leonardo beim ersten Hören – in Toscanellis Palazzo in Florenz – noch nicht verstanden hatte, verstand er jetzt.

Tarshun und Tarjushun, kommt herab, Djinn.
Kommt herab und seid anwesend,
Denn wohin zogen der Prinz und seine Soldaten?
Wo sind El-Ahmar, der Prinz, und seine Truppen?
Seid zugegen, Ihr Diener dieser Namen.

Dies nun ist die Enthüllung.
Fort ist der Schleier von Euch,
Und heute ist der Blick durchdringend.

Holzkohle und aromatische Kräuter brannten in dem Becken neben dem Knaben, und Leonardo fühlte, wie seine Lunge sich weitete, fühlte brennende Kälte in seiner Brust, fühlte sich schwindlig und dann konzentriert wie der einzelne, splitterdünne Lichtstrahl, der durch einen Spalt zwischen den Vorhängen an der Westwand fiel. Er schaute zu Kuan hinüber, der ihn hergebracht hatte, doch der wandte den Blick ab und beachtete ihn nicht weiter.

Der Junge starrte angestrengt in seine flache Hand, als habe er Erfahrung mit der Suche nach den Göttern und Heiligen, die allen Tintenpfützen innewohnten, und sagte: »Ich sehe einen Kalifen und sein Heer.«

»Wer ist dieser Kalif, und was ist mit seinem Heer?« fragte der Dervadar.

»Es ist das Heer Gottes.«

»Und der Kalif?«

Der Junge zuckte die Achseln. »Der Kalif Gottes.«

»Wird der Kalif eine Frage beantworten?« fragte Ka'it Bay.

Wieder zuckte der Junge die Achseln.

»Wo zieht der Großtürke seine Truppen zusammen? Im Taurus-Gebirge oder weiter im Westen? Denkt er sich, er könne südwärts gegen Halab marschieren? Maßt er sich an, Damaskus oder gar Kairo zu erobern? Wo werde ich – wo kann ich seinem Heer entgegentreten, um es zu verschlingen …?«

»Herr, es ist schon schwierig genug, den Djinn dazu zu bewegen, daß er eine Frage beantwortet«, sagte der Dervadar. »Wollt Ihr diese Feuerwesen mit allzu vielen Fragen in Verwirrung stürzen?«

Der Junge ließ die Hand sinken und verspritzte die Tinte in seiner Handfläche; er wischte sich die Hand an seinem weißen Gewand ab und sagte: »Der Kalif ist fort, sie sind alle fort.«

»Hat er etwas zu dir gesagt?« fragte der Dervadar.

»Er hat aus dem Kur-án zitiert.«

»Ja …?«

»›Wenn die Erde aufbricht und birst, wirst du noch fragen, was es bedeute‹«, sagte der Junge.

Ka'it Bay lächelte grimmig; was der Kleine da zitierte, war eine Zeile aus der *surah Al-Zalzalah*: »Das Erdbeben«.

Das Experiment war gescheitert.

Der Dervadar bat den Kalifen um Entschuldigung und zog die Teppiche vor den Fenstern beiseite, so daß das fahle Licht der Spätnachmittagssonne hereinflutete. Der Junge, der sich unter diesen hochrangigen Eunuchen-Emiren durchaus wohlzufühlen schien, setzte sich zu einem großen, ehrfurchtgebietenden alten Mann, der einen mit Straußenfedern geschmückten Turban trug, auf das Polster. Dieser Eunuch hatte ein breites, flaches Gesicht; er streichelte den Hals des Jungen und starrte dabei Leonardo neugierig an.

Leonardo spürte den merkwürdigen Druck; er schaute sich um und sah dem Eunuchen in die Augen. Der Eunuch lächelte und nickte ihm zu, und in diesem Moment hatte Leonardo das Gefühl, er nehme den ganzen Raum auf einmal wahr, als könne er gleichzeitig in alle Richtungen, in jedes Herz schauen. Diese Männer waren nicht weibisch und auch nicht ohne Lebenskraft. Sie wirkten weich an Körper und Gesicht, aber sie strahlten Härte und Kraft aus. Ihre Augen blickten lebhaft, aber unwillkürlich fürchtete Leonardo diese Kastraten, die mit weichen, hohen Stimmen sprachen. Die jüngeren hätten als Engel für Sandros Gemälde Modell stehen können; der ältere sah aus wie ein Patriarch aus dem Osten. Aber wenn sie Engel waren, so waren sie Engel des Todes, dessen war Leonardo sicher. Und dies waren die Kreaturen, mit denen Ka'it Bay sich am wohlsten fühlte. Er hatte Leonardo in sein innerstes Heiligtum eingeladen, um ihn mit seinen Vertrauten bekanntzumachen, und jetzt – da er hier saß und den warmen Sonnenschein und den stechenden Dunst der Pfeifen und der berauschenden Kräuter atmete – hatte Leonardo das Gefühl, daß der Kalif ihn kastriert habe, ebenso nachhaltig wie den Knaben.

»Nun, Maestro«, sagte der Emir, der den Jungen streichelte, »was haltet *Ihr* von Mithqāls Rezitation?«

Mithqāl war der Junge.

Der Kalif, der es sich neben dem alten Eunuchen bequem gemacht hatte, beobachtete Leonardo und schien ungeduldig auf eine Antwort zu warten. Auch er streichelte den Knaben.

»Das weiß ich wirklich nicht«, sagte Leonardo überrascht. »Es käme mir sicher nicht zu, hier etwas zu sagen ...«

»Man hat Euch gefragt«, unterbrach der Kalif. »Sagt, was Ihr denkt.«

»Ich habe keine Ahnung. Jemand, der mit dem Kurán vertraut ist, sollte deuten, was der Junge gesagt hat. Ich muß gestehen, daß ich an solche Nekromantie nicht glaube.«

»Meint Ihr damit den Kur-án?« fragte der Eunuch.

»Verzeihung«, sagte Leonardo vorsichtig. »Ich sprach ungebührlich, aber ich meinte nur die Magie.«

»Aber wenn *Ihr* entscheiden müßtet ...?« fragte nun der Dervadar, der mitten im Raum stand, da, wo er seine Vorführung gegeben hatte.

»Ich würde vermuten, daß der Türke von Westen herunter vorstößt, je nachdem natürlich, welche Erkenntnisse er über Eure Truppen hat, Herr der Welten«, sagte Leonardo und sah den Kalifen an.

»Warum sollte er das tun?« fragte der Eunuch.

»Weil die Perser sich in den Bergen zusammenziehen, nicht wahr?«

Als niemand antwortete, fuhr Leonardo fort: »Warum sollte der Türke zwei Heeren entgegentreten?«

»Wie könnt Ihr so sicher sein, daß er in den Bergen zwei Armeen gegenüberstünde?« fragte der Kalif.

»Wenn der Mann, den Ihr gefoltert habt, Euch die Wahrheit gesagt hat, dann wird A'isheh in den Bergen gefangengehalten. Soll dieser Krieg nicht ihretwegen geführt werden?«

Der Eunuch lachte. »Mehmed würde A'isheh also benutzen, um uns von seinen Truppen fortzulocken.«

»Er macht jedenfalls mit großem Aufwand den Eindruck, als wolle er den Krieg in den Bergen führen«, sagte ein anderer Emir, ein bartloser Mann von Mitte dreißig. Bartlos allerdings waren diese Männer alle.

»Ja, Fāris, wie ich höre, hat er Schwert und Feuer durch das ganze Land getragen«, sagte der Dervadar. »Er ist durch Arsenga und Tocat gekommen, hat jede Stadt an seinem Wege niedergebrannt und Männer, Frauen und Kinder in Stücke gehackt. Er hat Carle eingenommen. Die Perser können ihn nicht aufhalten.«

»Das ist sein Sohn Mustafà«, sagte der älteste Eunuch; er saß neben dem Kalifen, aber er sah ihn nicht an. »Er ist derjenige, den sie den Roten Djinn nennen sollten.« Er klopfte dem Kalifen auf die Schulter, als wäre der ein kleines Kind. »Aber es ist klar, daß der Türke in den Bergen seine Stellung halten kann; eine Handvoll Männer kann da so furchterregend sein wie ein ganzes Heer. Solche Kriegführung gefällt vielleicht den Türken und Persern, aber nicht Euch, mein lieber Ka'it Bay. Zwar bin ich Euer Vertrauter, aber der Großtürke ist Euer Feind; und manchmal kennen uns unsere Feinde ebenso gut wie die, welche uns lieben.« Er schaute den Kalifen lächelnd an, und in seiner Miene lag sanfter Spott.

Plötzlich wurde Leonardo klar, daß Ka'it Bay diese Emire als seine Familie betrachtete. Sie behandelten ihn mit Respekt, aber nur mit dem Respekt, den Geschwister einander entgegenbrachten – mit Ausnahme des Älteren, den der Kalif Hilāl nannte: Der schien die Rolle eines Vaters zu spielen, und der Kalif war sein Sohn. Leonardo machte es verlegen, diese absonderlichen Beziehungen zu beobachten. Er blickte starr auf den Teppich, der eine Darstellung des Paradieses zeigte: einen von Kanälen durchzogenen Garten, Teiche voller Fische, und überall Busche, Blumen, Enten und verschiedene Vögel im Unterholz.

»Findet Ihr den Teppich so interessant?« fragte Hilāl. »Setzt Euch doch, Maestro. Dort, neben Kuan.« Einer der anderen Emire reichte dem älteren ein dickes, in Pergament gebundenes Buch. Hilāl blätterte darin und sagte: »Unser Herr war so gut, uns Eure Werke zu zeigen, und wir sind alle sehr beeindruckt, vor allem von Eurem Rezept für Schießpulver. Das Verhältnis von Holzkohle, Schwefel und Salpeter sorgt für eine sehr viel stärkere Entladung als bei unserem. Aber Eure Kanonen, mein lieber Freund – das ist es, womit Ihr wirklich glänzt. Habt Ihr unsere Demonstration gesehen?«

»Ich habe die Schüsse gehört, als ich meinen Freund begrub.«

»Ach ja, den Verräter. Eine Schande.« Hilāl schwieg für einen Augenblick. »Heute werden noch mehr Männer beerdigt werden, fürchte ich«, sagte er dann. »Eure Bombe war sehr wirkungsvoll.«

»Was soll das heißen?«

»Wir haben eins Eurer explosiven Geschosse abgefeuert, und die Projektile, die es enthielt, fielen auf unsere eigenen Soldaten herab; sie waren dem Ziel zu nahe gekommen. Ist natürlich ihre eigene Schuld, aber trotzdem …«

»Das tut mir leid«, sagte Leonardo.

Hilāl beobachtete ihn. »Es war eine sehr wirkungsvolle Demonstration. Allerdings würde ich mich an Eurer Stelle vorsehen, wenn ich umhergehe, Maestro.« Leonardo sah ihn verständnislos an, und der alte Mann fuhr fort: »Die anderen Emire der Tausend werden Euch nicht wohlgeneigt sein.«

»Wegen ihrer Gefallenen?«

Hilāl lächelte. »Vorgeblich, ja. Aber sie hassen Euch wegen Eurer Verbindung mit uns.«

»Mit Euch?«

»Uns ist klar, wie wichtig Artillerie und Feuerwaffen sind. Unseren Feinden sicher auch, denn sie kaufen seit Jahren Kanonen von Euren Landsleuten. Aber die herzhaften Männer hier draußen vor der Tür verstehen nur etwas von Pferden und der Taktik der offenen Feldschlacht. Sie scheißen und ficken und dichten auf ihren Pferden. Eure Waffen werden sie von ihren Pferden herunterwerfen – und zwar endgültig, denn gegen die Befestigungen der Türken kann man nicht anreiten. Das wissen sie.«

Leonardo hatte gehört, daß die Türken transportable Befestigungen mit sich führten; sie banden schwere Wagen zusammen und sicherten sie mit Kanonen und Arkebusen. Er war neugierig, so etwas einmal zu sehen.

»Eure Lyrik haben sie auch gesehen«, fuhr der alte Mann fort. »Ihr hättet Eure Artillerie nicht signieren dürfen, Maestro.«

»Was soll das heißen?« fragte Leonardo und sah Kuan an.

»Es waren Inschriften auf den Kanonenläufen«, erklärte Kuan. »Dank Eurem Freund Zoroastro. Indessen glaube ich, daß er damit eher zu Eurem Ruhm als zu Eurem Schaden beitragen wollte.«

»Was hat er denn geschrieben?« Leonardo blieb hartnäckig.

»›Ich bin Dragon, der Geist von Rauch und Feuer, der Skorpion, der danach trachtet, unsere Feinde zu vertreiben mit Donner und Blei‹«, rezitierte Kuan, als lese er die Worte aus der Luft. »›Leonardus Vincius, der Meister der Maschinen und Hauptmann der Ingenieure, machte mich zur rechten Zeit im Jahr 1479‹.« Und Kuan fügte hinzu: »Er hat jeder Kanone einen Namen gegeben.«

»Jedes Instrument braucht einen Namen«, sagte Hilāl. »Aber die Männer nennen die Maschinen nach Euch statt bei ihrem richtigen Namen.« Er zuckte die Achseln und lächelte. »Vielleicht hat Euer Freund Euch Unsterblichkeit verliehen.«

Der Kalif unterbrach das Gespräch. »Ich habe entschieden. Wir werden in Anatolien kämpfen, in den Bergen. Alle meine Agenten sagen, daß Mehmed in den Bergen ist, und wo er ist, wird auch sein Hauptheer sein.«

»Dann wollt Ihr den Weg nach Damaskus offenlassen?« fragte Hilāl.

»Das würde ich keineswegs tun«, sagte Ka'it Bay. »Wollte er einen solchen Versuch unternehmen, würden wir ihn abfangen.

Unser Nachrichtendienst hat in diesen Dingen immer vorzüglich gearbeitet. Wir werden ihn mit Feuer aus den Bergen vertreiben, denn dort haben wir die Unterstützung unseres Freundes Ussun Cassano. Der Großtürke hat A'isheh mitgebracht, um einen Handel zu machen. Vielleicht können wir seine Festung zerschmettern, bevor er seine Gesandtschaft zu uns schicken kann.«

»Aber mit Verhandlungen könntet Ihr die Sicherheit Eurer Cousine gewährleisten«, wandte Hilāl ein.

»Wir müssen sie zurückholen.«

»Sie könnten ihr etwas antun.«

»Dann würde jeder einzelne meiner Soldaten in Raserei geraten. Und dann würden sie kämpfen. Ich glaube, nicht einmal Mehmed wäre so kurzsichtig.«

»Mehmed ist alles andere als kurzsichtig, Herr«, sagte Hilāl.

Die Reden des Eunuchen schienen Ka'it Bay nicht zu beleidigen, aber er ließ sich auch nicht umstimmen. »Wir werden seine Erfindungen voll zum Einsatz bringen.« Er meinte Leonardos Erfindungen. »So etwas wie Eure Belagerungsmaschinen haben sie noch nie gesehen«, sagte er zu Leonardo. »Und auch die offene Feldschlacht wird damit zu einer ganz neuen Erfahrung für sie werden. Wir werden sie überraschen, sie in Stücke reißen und mit Euren explodierenden Geschossen vergiften, und wir werden sie vernichten mit Euren gepanzerten Sichelwagen.« Mit einem Seitenblick auf Hilāl fügte er hinzu: »Falls das Gelände ihren Einsatz gestattet.« Er sah Kuan an. »Und aus *Euren* Maschinen, die am Himmel schweben, werden wir Bomben auf sie werfen.«

»Ah ja«, sagte Hilāl mit sanftem Spott. »Sie werden dann glauben, Ihr wäret ein Djinn, der durch die Luft fliegt. Die Geschichten kennen wir ja.«

Der Kalif verneigte sich leicht. »Kuan hat diese Legenden in die Welt gesetzt, indem er meine Kleider angezogen hat.«

»Die Ähnlichkeit ist unübersehbar«, sagte Hilāl.

Der Kalif wirkte nicht erheitert. »Die Wirkung dieser Erfindungen wird an Wunder grenzen, und das werde ich euch beweisen, euch allen.«

»Herr, Ihr braucht uns nicht von der Bedeutung der Artillerie zu überzeugen«, sagte Hilāl.

»Die Angst wird Mehmeds Leute vernichten. Kommt, ich will euch etwas vorführen.« Er verneigte sich vor Kuan. »Jetzt bin ich an der Reihe, den *thaumaturgus* zu spielen. Zunächst einmal will ich Euch eine Lektion in Ehrfurcht erteilen. Das sollte dir Spaß machen, Hilāl, wo du doch eine so große Abneigung gegen alle hast, die ihre Hoden noch haben.«

»Nicht gegen alle, Herr.«

Der Kalif nickte dem hennagefärbten Jungen zu, der hinauslief. Dann reichte er Leonardo das pergamentgebundene Buch. »Das gehört Euch, Maestro.« Von den Eunuchen begleitet, ging Ka'it Bay hinaus.

Leonardo blätterte durch das Buch. Jede Seite enthielt eine sehr detaillierte Zeichnung. Er betrachtete einen sorgfältig gezeichneten Apparat zur Herstellung von Kanonenrohren, die zum Schmieden zu groß waren; mit peinlicher Sorgfalt war ein Getriebemechanismus aus verschiedenen Blickwinkeln dargestellt. Eine andere Seite: Details eines kegelförmigen, gepanzerten Kampfwagens, der »Schildkröte« hieß. Hakenleitern für den Angriff auf Burgen. Fahrbare Plattformen auf Stelzen, höher als Festungsmauern. Eine riesige Schnellschuß-Armbrust auf einer Lafette mit schrägen Rädern. Jede Seite war eine Offenbarung: Hinterlader-Bombarden, Dampfkanonen, Schrauben zum Heben von Kanonen, gigantische Katapulte mit gegengewichteten Ladevorrichtungen, doppelt gefederte Katapulte, diverse Schleudermaschinen, zackenbewehrte Fußangeln, Sensenwagen, Speerschleudern, Musketen mit Stützgabeln, verschiedene Arten von Explosivgeschossen, spitze Projektile mit Fischflossen, brandstiftende Kanonenkugeln in allen Einzelheiten, Splitterbomben und Kanonenlafetten. Vorrichtungen zum Schutz von Festungsmauern und Kasematten,

Geräte zum Umwerfen von Sturmleitern, Behelfsbrücken verschiedenster Art, architektonische Entwürfe zu Festungsanlagen und Abwehrwaffen – und das letzte und vielleicht schönste: der Entwurf einer neuen fliegenden Maschine. Die Maschine sah so zerbrechlich aus wie eine Libelle, eines jener fadendünnen Insekten, die über einem Teich schwebten. Es war ein Eindecker; die einfachen Flügel, die mit Darmsaiten bespannt waren, als habe eine Riesenspinne ihr Netz von Rand zu Rand gesponnen, waren leicht gebogen, und der Schwanz war starr. Der Pilot würde in diesem Gleiter hängen, als trage er ihn wie ein Kleidungsstück: Die Beine baumelten unten, Kopf und Oberkörper ragten oben hinaus.

Die nächste Seite war voll von detaillierten Anweisungen zum Steuern dieses Apparats.

»Kuan, das ist viel besser als alles, was ich mir ausgedacht hatte.« Staunend betrachtete Leonardo die Zeichnung des Gleiters. Er schwieg und blätterte die Seiten um, als könne er sie so schnell lesen, wie sie fielen. »Er hat meine ursprünglichen Zeichnungen völlig umgearbeitet, und manche sind ganz von ihm. Ich hatte keine Ahnung, daß er so talentiert ist. Er kam mir immer vor wie ein Imitator, nicht mehr.«

»Auch ich habe ihn unterschätzt«, sagte Kuan. »Ich hätte nicht für möglich gehalten, daß er versucht, Geschäfte mit dem Türken zu machen, während er im Hause des Kalifen wohnt. Aber schließlich ist es ihm gelungen, sich als Meistererfinder und Erbauer von Bombarden und Kanonen einzuführen.«

»Aber er wollte so gern Hauptmann der Ingenieure sein.«

»In jeder praktischen Hinsicht war er es.«

»Warum habe ich dann diesen Titel bekommen?« fragte Leonardo, und sein Gesicht glühte plötzlich ob der Demütigung.

»Der Kalif wollte die Früchte Eurer Phantasie, Maestro, aber er wollte Euch auch im Auge behalten. Ihr steht in dem Ruf, Eure Aufträge nicht zu Ende zu bringen.«

»Aber das hier war kein Auftrag.«

»Ich glaube, Zoroastro fand Gehör beim Kalifen ... eine Zeitlang wenigstens«, sagte Kuan. »Und er hat Euch als schöpferisch, aber ungeschickt dargestellt.«

»Und sich selbst als ...« Leonardo brauchte nicht zu Ende zu sprechen. Kuan nickte zustimmend.

»Aber diese Entwürfe sind hervorragend«, sagte Leonardo. »Und er hatte sich eine Machtposition erworben. Warum wollte er alles, was er gewonnen hatte, aufs Spiel setzen, um für die Türken zu arbeiten?«

»Vielleicht aus demselben Grund, der ihn bewog, Eure Entwürfe zu verbessern.«

»Nämlich?«

»Schuldbewußtsein?« antwortete Kuan, obwohl er die Stimme wie zu einer Frage erhob.

Leonardo hatte Heimweh, und er wünschte sich, er könnte in diesem Augenblick wieder in Florenz sein; er sehnte sich nach der Leichtigkeit einer Jugend, die doch erst Monate zurücklag. In diesem Augenblick sah er den Ausdruck in Zoroastros Gesicht, als er ihn vor Benedetto Dei gedemütigt hatte, und Reue überflutete ihn wie warmes Wasser. Gern hätte er jetzt noch einmal mit Benedetto gesprochen.

»Nun, vielleicht war es auch Eifersucht«, sagte Kuan.

»Eifersucht?«

»In Mehmeds Sold konnte er sich mit Euch messen und beweisen, daß er der bessere Mann war.«

Leonardo merkte nicht, daß er nickte; Kuan hatte recht. Zoroastro hätte ihn nicht noch einmal für Geld verraten. Er hätte es getan, um ihn zu übertreffen, um sein brennendes Herz zu besänftigen.

»Was ist mit Benedetto?« fragte Leonardo.

Kuan lächelte. »Wenn der Kalif dächte, daß Benedetto in Zoroastros Ränke verwickelt gewesen sei, dann wäre er jetzt im Paradies bei Zoroastro. Und Ihr hättet ihn heute begraben.«

»Sandro ist krank vor Sorge um ihn, genau wie ich.«

»Nun, Ihr braucht Euch nicht zu sorgen. Er ist wohlauf.«

»In Damaskus?«

»Nein, Leonardo, er ist hier. Aber ich glaube, der Kalif will Euch überraschen … Ihr dürft Euch also nicht anmerken lassen, daß Ihr es schon wißt.«

»Er ist hier?« Nach kurzem Zögern sagte Leonardo: »Er wurde mit Zoroastro gefoltert, ja?«

»Nein, Maestro. Das war nicht nötig. Zoroastro hat ja gestanden. Glaubt mir, die Folterbank ist ein Instrument der Wahrheit.«

»Ein Mann wird alles mögliche gestehen, um der Folter zu entgehen.«

»Ihr traut uns nicht viel zu«, sagte Kuan. »Zoroastro wurde über Benedetto befragt, nachdem er seine eigene Tat gestanden hatte. Ihr könnt sicher sein, daß er die Wahrheit gesagt hat.« Er nahm Leonardo beim Arm. »Aber wir dürfen nicht säumen, sonst lassen wir den Kalifen warten.«

Als sie die steinernen Stufen zu den Zinnen des höchsten Turms hinaufstiegen, sagte Kuan: »Zoroastros Buch, das der Kalif Euch gegeben hat – man hat es einem türkischen Spion abgenommen.«

»Armer Zoroastro«, murmelte Leonardo.

»Was sagt Ihr?« fragte Kuan, als sie oben ankamen, wo der Kalif mit seinen Eunuchenemiren auf der breiten Brüstung stand. Ihre Kleider flatterten im Wind.

»Nichts«, sagte Leonardo.

Der Knabe Mithqāl balancierte halsbrecherisch auf der südlichen Festungsmauer, die eigentlich nur die Fortführung einer steilen Felswand war. Er trug Zoroastros Variante von Leonardos Flugmaschine wie ein phantastisches Kostüm, entworfen für eins der sagenhaften Turniere oder Feste bei Lorenzo de' Medici. Das Gerät schien kaum mehr als eine Konstruktion aus durchscheinenden

Gazeflügeln zu sein. Der Junge sah aus wie ein unbeholfener Engel mit angeklebten Schwingen, die durch Holzstreben und Schnüre gespreizt gehalten wurden. Folgerichtig war der Gleiter weiß wie der Himmel, und auch Mithqāl trug ein strahlend weißes Gewand. Die Windböen machten es ihm unmöglich, an Ort und Stelle stehenzubleiben. Er lief auf der Mauerkrone entlang und nutzte den Wind, um sich ins Leere zu stürzen. Leonardo hörte es schnappen, als die Luft unter die Flügel griff und Spanten und Verbindungsschnüre sich strafften.

Er fiel, und Leonardo dachte an Tista.

Die Emire drängten sich an den Rand der Mauerkrone und schrien bestürzt auf, als Mithqāl fiel. Der Junge trieb einen Moment lang seitwärts durch die Luft und stieß dann hinunter wie ein Blatt, das vom Baum fällt. Leonardo konnte nicht zusehen, und so sah er auch nicht, wie der Junge von einem Aufwind erfaßt wurde, aber als die Emire lauthals Gott zu preisen begannen, drehte er sich um und sah, wie er himmelwärts schwebte. Der Junge segelte über die Festung hinweg wie ein Vogel, der einen Kamin umkreist. Es war, als seien Flügel und Fleisch zur Gestalt eines Engels verschmolzen, dessen hennagefärbte Hände und geschminktes Gesicht nur diejenigen kannten, die sich um den Kalifen drängten, und die, ihrer Hoden beraubt, selber den Engeln nahe waren.

Leonardo lief hinter dem Kalifen und seinem Gefolge her; sie eilten auf der Mauer entlang, um Mithqāl nicht aus den Augen zu verlieren, aber der Junge entfernte sich von der Burg und glitt hinaus über Berge und Felder weit jenseits der Befestigungsanlagen und Außenwerke, als wolle er geradewegs zur Sonne. Leonardo sah fasziniert, wie die Soldaten sich – aus Angst oder Ehrfurcht – zu Boden warfen und beteten. Ein Heer von zwanzigtausend Soldaten lagerte auf dem Lande, und bis auf den letzten Mann verließ sie alle ihr Mut, und sie wurden zu ehrfurchtsvollen, ängstlichen Kindern. Dem Jungen schien es Spaß zu machen, auf sie hinabzustoßen und dabei Verse aus dem Kur-án zu schreien.

Und so erlebten die Mamelucken ein Wunder.

Der Himmel hatte sich aufgetan, um ihnen ein Zeichen zu geben, genau wie damals für die Hebräer am Berg Sinai.

Aber es sollte noch mehr kommen, und sogar der Kalif war überrascht, als Mithqāl über einen von scharfen Steinklippen umgrenzten Lagerplatz flog und eine einzelne, zerbrechliche Granate fallenließ, die beim Aufschlag explodierte, Gras und Strauchwerk in Flammen aufgehen und Schrapnelle umherschwirren ließ. Soldaten rannten in panischer Angst davon, die Pferde gingen durch, und der Kalif fluchte.

»Keine Sorge, Herr«, sagte Hilāl, der sich halsbrecherisch vorgebeugt hatte. Leonardo fürchtete, daß die Mauerkante unter seinem Gewicht abbrechen könnte. »Niemand scheint verletzt zu sein.«

»Habt ihr gewußt, daß er das vorhatte?« fragte der Kalif.

Die Emire schüttelten den Kopf und schworen, daß sie es nicht gewußt hätten. Schließlich sagte Hilāl: »Ich muß gestehen, daß ich es wußte, Beherrscher der Welten.«

Mithqāl kam wieder auf die Burg zugeflogen und versuchte, seine Zuschauer zu beeindrucken. Aber er unterschätzte die Launen des Windes und fiel plötzlich wie ein Stein in die Schlucht an der Südseite der Festung. Er verlagerte sein Gewicht und schwenkte die Hüften in dem verzweifelten Versuch, sich zu fangen. Aber anscheinend hatte Gott ihn im Auge behalten, denn ein Aufwind erfaßte ihn wie eine kleine Staubwolke, und auf dem himmlischen Hauch der warmen Luft stieg er wieder empor.

Vorsichtiger geworden, steuerte er das sichere Gelände im Westen an.

»Ein paar Leute sollen ihn abholen, wo er landet, und zu mir bringen«, befahl der Kalif Hilāl. »Sichert sie mit Kanonenfeuer, wenn es sein muß.« Er schaute zu den Soldaten hinunter, die wie Ameisen über das Feld wimmelten. »Sie werden den Jungen in Stücke reißen.«

Hilāl nahm ein paar der Emire mit, und sie verschwanden die Treppe hinunter. Kuan blieb beim Kalifen, der Abstand zu den anderen Emiren hielt und auf der Mauer entlang zur Westfront der Burg ging. Dort rief er zu seinen Truppen hinunter, bis er die Aufmerksamkeit eines jungen Soldaten auf sich gezogen hatte. Wenige Augenblicke später schauten tausend andere Soldaten in stummer Ehrfurcht herauf und warteten darauf, daß er sprach.

»Wenn der Engel herabkommt, was gleich geschehen wird, so wendet euch ab von ihm, denn sonst müßt ihr sterben«, rief Ka'it Bay. Er schwieg, bis die Soldaten unten seine Worte weitergegeben hatten, so daß sie auch von allen verstanden wurden. »Stellt euch dort drüben auf... dort« – und er deutete auf ein Feld auf der anderen Seite der Burg.

Wirres Geplapper erhob sich, und dann übernahmen die Mamelucken-Emire – nicht die Elite der Kastraten, sondern die Generäle – das Kommando und ließen ihre Männer auf das entlegene Feld marschieren. Auch die Huren wurden in sichere Entfernung gebracht.

Leonardo, Kuan und der Kalif beobachteten, wie Hilāls Leute zu dem Jungen liefen, als er gelandet war, ihn rasch aus den Gurten seiner Flügel lösten und ihn zu einem geheimen Eingang der Burg geleiteten. »Ich werde hinuntergehen und mit den Soldaten sprechen«, sagte Ka'it Bay. »Wie Moses. Schließlich haben sie ein Wunder erlebt.« Er wandte sich an Kuan. »Aber ich habe Euch herabgewürdigt, indem ich mich der Maschine des Maestro bediente.«

»Herr, ich...«

Aber der Kalif schnitt ihm das Wort ab. »Auch wenn Hilāl versucht hat, der Sache Nachdruck zu verleihen, indem er eine Feuerkugel auf meine Leute werfen ließ, halte ich immer noch große Stücke auf Eure Erfindung. Eure schwebenden Maschinen können eine schwere Todeslast tragen, um sie auf unsere Feinde zu werfen.«

Leonardo wollte dem Kalifen sagen, daß man die Flügel des

Gleiters nur größer zu machen brauche, damit er auch mehr tragen könne, aber er hielt den Mund.

»Aber mit meinen Maschinen zu navigieren, ist schwierig, Herr«, sagte Kuan. »Man ist den Winden zu sehr ausgeliefert; es ist nicht wie mit Leonardos Erfindung.«

»Mit Zoroastros Erfindung«, sagte Leonardo.

»Ah, Ihr überlaßt die Ehre also dem Verräter«, sagte Ka'it Bay. »Es ist beruhigend zu sehen, daß Ihr die Toten achtet.«

Leonardo ignorierte diese Bemerkung. »Kuans Maschinen kann man aber leicht am Boden verankern. Wir könnten dann vom Himmel aus alle Truppenbewegungen des Großtürken verfolgen. Navigation wäre kein Faktor.«

»Auch eine gute Idee«, sagte der Kalif.

»Nicht meine Idee, Herr. Diese Ehre gebührt Kuan.«

Kuan sah Leonardo scharf an, denn es war natürlich doch Leonardos Idee. Aber er wies die Komplimente des Kalifen nicht zurück.

»Nun, Maestro«, sagte der Kalif und nahm Leonardo beim Arm. »Liebt Ihr mich oder haßt Ihr mich, weil ich Euren Freund, den Verräter, zum Tode befördert habe?«

Kuan blieb stumm, aber Leonardo spürte die Spannung in der Luft.

»Nun, liebt Ihr mich oder haßt Ihr mich?« Der Kalif ließ nicht locker.

»Beides«, sagte Leonardo nach kurzem Schweigen, und den Kalifen schien es zu freuen, denn er ließ Leonardos Arm nicht los. Und Leonardo hätte schwören können, daß Kuan erleichtert geseufzt hatte.

In dieser Nacht wurde Ka'it Bay geweckt, weil ein Bote von Ussun Cassano gekommen war. Die Perser waren am Euphrat, unterhalb von Erzican, gründlich besiegt worden, aber sie hatten sich zurückgezogen und kämpften immer noch gegen Mehmeds Armee, auch wenn es, wie der Bote sagte, »ein Kampf gegen das Meer« war.

Ein paar Stunden später waren die Vorbereitungen zu einem Gewaltmarsch im Gange, der das Mameluckenheer an der Nordgrenze Ägyptens, an Kilikien und Groß-Armenien vorbei nach Persien führen würde.

Teil IV: Fortuna

Fortuna ist blind.

Cicero

Daher diese Tränen.

Terenz

Oh, seltsame Ereignisse,
wie sie nie zuvor geschahen
auf dieser Welt.

Niccolò Machiavelli

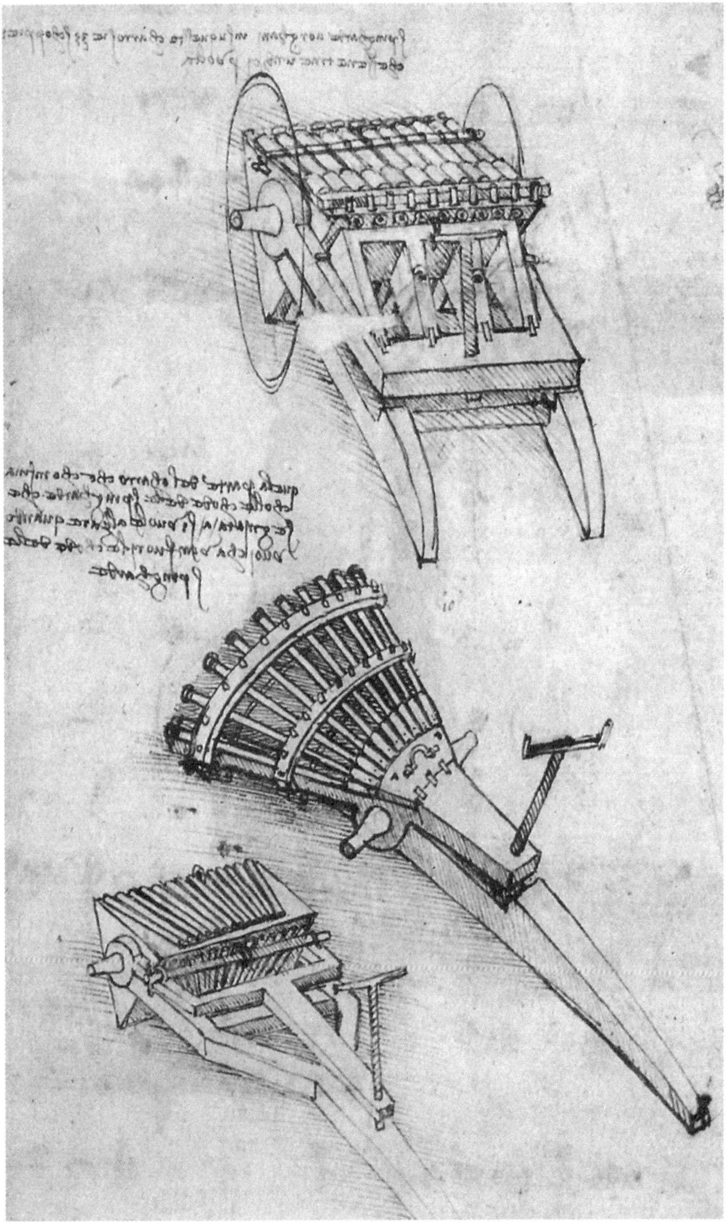

Für die Augen Ginevras

Wie aus poliertem, transparentem Glas,
Oder aus Wasser, klar und leuchtend hell,
Worin der Grund im Seichten schattenlos,
So kehrt das Bild eines Gesichts zu uns zurück …

Dante Alighieri

Dabei (nämlich bei der Erinnerung an die Orte der Hölle) wird uns die genialische Dichtung Dantes sehr helfen – dabei also, die Strafen nach der Natur der Sünden zu unterscheiden. Genau.

Johannes Romberch

Die Tage vergingen ohne Rast.

Während die Armee auf dem Marsch war, hallte der Ruf zu den Waffen durch das ganze Land. Die Mamelucken des Kalifen wurden immer mehr; aus einer Kolonne von zwanzigtausend Mann wurden fünf Kolonnen. Dreißigtausend gehörten zur Blüte der Nation, und die schwere Kavallerie wurde befehligt von den Emiren der Tausend, die keine Helme, sondern Turbane mit Straußenfedern trugen. Diese erfahrenen Soldaten waren mit Lanzen und Bögen und Damaszenersäbeln bewaffnet, und ihre Wämse waren so dick gesteppt, daß sie Pfeile abhalten konnten, die aus größerer Entfernung abgeschossen wurden. Vierzigtausend Mann bildeten die Kavallerie der Lehnsherren, zerlumpte Stammeskrieger mit fünfzehn Fuß langen Lanzen, kleinen Lederschilden und Schleudern, die sie sich wie Turbane um den Kopf gewunden hatten, bis sie zur Schlacht gebraucht würden. Alle anderen Männer trugen rote Kappen in der Mitte des Turbans. Sie marschierten zu Fuß, fünfzigtausend Mann stark, die Sklaven nicht gerechnet, hungrig und zornig und erpicht auf Beute – es war nicht leicht, sie daran zu hindern, jeden Hof, jedes Dorf, jede Stadt am Wege zu verwüsten und niederzubrennen.

Selbst Leonardo sah sich von der Erregung gepackt, denn dies war mehr als ein Heer; es war wie eine Stadt auf dem Marsch – als wären Kairo oder Florenz plötzlich in Bewegung geraten. Achtzigtausend Zelte konnte man zählen und so viele Feuer, daß es war, als spiegelten sich die Sterne im klaren Himmel. Es war unmöglich zu erkennen, in welchem Ausmaß das Heer mit dem Hinzukommen neuer Kolonnen angewachsen war, denn überall drängten sich Männer Ellbogen an Ellbogen, furzend, fluchend und schwitzend. Nachts trieben sie es mit den Huren, oder sie spielten, auf dem Marsch jammerten sie oder brüllten ekstatisch, sie beteten, wenn der Muezzin sie auf die Knie befahl – ein großer, raubgieriger Schwarm, der das Land verdunkelte wie die alljährlichen Heuschreckenwanderungen. Bis auf den letzten Mann schienen sie zu brennen vom heißen Fieber einer religiösen Mission. Es war, als hätten sie allesamt eine schwierige philosophische Frage verstanden, die das Fassungsvermögen Leonardos und seiner Freunde überstieg: daß A'isheh die Dreifaltigkeit von Gott, Weib und Staat war. Sie beteten die Idee der A'isheh an, und beim Marschieren riefen sie zu ihr mit einer Stimme, die kein Einatmen nötig hatte, in einem beständigen Singsang: *Mun shan ayun A'isheh*.

Für die Augen A'ishehs …

Du große Schönheit, Auge Gottes, Atem des Kur-án, du Seele des Geistes.

Ohne Schlaf marschierte das Heer, marschierte in der Dunkelheit wie eine Herde von Nachttieren. Und am Tage drängten sie voran, als zögen sie neue Kraft aus dem Sonnenlicht, aus Bergen und Tälern und dem weißen Sand. Nordwärts kroch die Armee, durch Distelfelder, durch halsbrecherische Pässe und feuchtglitschige Felsschluchten, vorbei an Bächen und Weiden und dunstigen Bergen, die feucht rochen wie ein Wolfspelz, vorbei an Ammān und Ajlūn nach Eski Şam, einer Karawanserai, einem Sammelpunkt für Gewürzkarawanen. Eski Şam war zudem ein heiliger Ort, denn hier hatte der Mönch Bahira dem Propheten Mohammed geweissagt; hier hatte der Prophet erfahren, daß seine Mission für Gott erfolgreich sein werde.

Hier war es auch, daß Ka'it Bays freiwillige Kavallerie – Briganten, deren einziger Sold die Beute war und die nur brennen, morden und plündern konnten – einen heiligen Mann in einer Moschee, wo er das Buch studierte, in Stücke schnitten. Ka'it Bay gebot ihnen Einhalt, bevor sie die Stadt anzünden konnten; er ließ ihnen die Hände abschneiden und um den Hals hängen. Dann betete und fastete er in der Moschee, bezahlte dem Imam eine große Summe Geldes und machte jeden Bürger der Stadt reich.

Gleichwohl war es ein böses Omen.

Leonardo brannte die Wunden der Männer, die ihre Hände verloren hatten, aus. Ka'it Bays Ärzte weigerten sich, sie zu behandeln. Auch Kuan wollte ihnen nicht helfen. Was immer Leonardo täte, sie würden doch sterben, wenn nicht am Fieber, so am Messer eines Moslems. Und in der Tat, sie waren wenige Stunden später tot. Leonardo ritt mit dem Eunuchen Hilāl und mit Benedetto – der ein ganz anderer Mensch, ein Fremder, geworden war –, und er nickte ein, für ein paar Sekunden oder Minuten nur, aber auf der Stelle versank er tief in einen Traum, der mit jedem Eindösen wiederkehrte, in einen Traum, der so real war wie die heiße Nachtluft und die furzenden, schwitzenden Gefolgsleute um ihn herum.

Er fuhr auf und fand sich unversehens in seiner Kathedrale der Erinnerung, und dort vor ihm auf dem Boden lag die abgehackte Hand des Jungen, der die Statue Unserer Lieben Frau im Duomo geschändet hatte. Aber Leonardo wußte mit verzweifelter Gewißheit, daß es Niccolòs Hand war, daß Niccolò der Junge gewesen war, den der Mob gegeißelt hatte. Und zitternd hob er die Hand auf und wickelte sie in ein Taschentuch; er konnte sie durch den Stoff fühlen, warm und sacht pulsierend, und dann fühlte er den Druck eines starren Blicks aus heißen Augen, den Augen seines Vaters, der ihn angeschaut hatte, als er wegen Päderastie vor Gericht gestanden hatte. Und wenn er sich umschaute, war er dort, der dreiköpfige Demiurg, der auf ihn zukam und ihm den Weg versperrte, wie er es schon vorher gewußt hatte…

»Leonardo – wacht auf, mein Sohn.« Hilāl lächelte ihn an; sein Gesicht war so glatt wie die Fliesen in Leonardos Kathedrale. Er ritt auf einem mächtigen weißen Pferd, genau wie Leonardo: Geschenke des Kalifen, seine besten. Benedetto ritt an Leonardos Seite; er blickte starr geradeaus, als sei er in Gedanken versunken, als sei Leonardo gar nicht da… Als habe es ihn nie gegeben. Hinter und neben ihnen rollten hundert Kanonen und Belagerungsgewehre auf Wagen und Karren, die mit Ketten zusammengeschlossen waren; die leichteren Geschütze fuhren auf eigenen Lafetten. Ein paar dieser Kanonen hatte Leonardo entworfen, und schnellfeuernde Gewehre waren auch dabei; alles trug das Zeichen »Vincius«. Ein paar von Leonardos Sensenwagen waren dabei, und auch ein Sortiment von Bombarden, Mörsern und Schleudermaschinen. Die modernsten Waffen rollten Seite an Seite mit den primitivsten: Kanonen, die Armbrustbolzen verschossen, wenn man sie mit einem heißen Eisen berührte, und Wurfschleudern, die seit römischen Zeiten in Gebrauch waren.

»Ich habe eben mit dem Kalifen gesprochen«, erzählte Hilāl. »Wir sollen nach Damaskus vorausreiten.«

»Ja?« fragte Leonardo.

»Wir treffen den Kalifen im Norden der Stadt. Er läßt seine Leute nicht mehr in die Nähe bewohnter Siedlungen – nicht nach dem, was in Eski Şam passiert ist.«

»Aber ich wollte dort bleiben und arbeiten. Der Kalif war einverstanden…«

»Wollt Ihr dem Kalifen gegenüber ungehorsam sein?« fragte Hilāl leise und drohend. »Was immer fertig ist, ist fertig. Jetzt ist keine Zeit für Erfindungen. Wir werden alle Kanonen und Maschinen mitnehmen, die wir bekommen können, aber es ist der Wunsch des Kalifen, daß Ihr bei ihm seid. Ihr seid sein Ingenieur.« Er lächelte. »Wie es scheint, behält Euer toter Bruder doch noch das letzte Wort.«

Er meinte Zoroastro.

Leonardo ritt also mit Hilāl, der nur zwei Regimenter seiner eigenen königlichen Mamelucken – die besten Gardereiter des Kalifen, wie es hieß – und seine Artillerieschützen mitnahm. Alle waren zu Pferde, denn es kam auf Schnelligkeit an: Zweitausend Mann, überwiegend leichte Kavallerie. Ka'it Bay hatte sich anders besonnen; sie würden sich jetzt in Ussun Cassanos Lager treffen, denn selbst wenn Hilāl vor seinem Herrn dort wäre, könnten Leonardos Maschinen dem persischen König gegenüber den Türken einen Vorteil verschaffen. An Hilāls Seite ritt der Knabe Mithqāl, der Leonardo an den jungen Niccolò erinnerte, auch wenn er unübersehbar von orientalischem Typus war. Er war Leben und Tatkraft in Person; ständig zupfte er an Hilāls Gewändern, um ihn hier auf eine Hütte, dort auf einen Berg, da auf einen Wasserlauf und dann wieder auf eine Blume aufmerksam zu machen. Die Berge strahlten von scharlachroten Anemonen und weißen Affodillen; die klaren Bäche waren wie geschmolzene Spiegel, die rauschend durch vulkanische Felsrinnen strömten. Sie ritten durch Pässe, in denen eine Handvoll Männer gegen Hilāls zweitausend hätten bestehen können, und sie folgten alten Straßen durch wüstes Land voll violetter Schatten und heller Felsen. In diesem Land war es hell oder dunkel; nur im Morgengrauen und in der Abenddämmerung glitt die Welt sanft ins Unscharfe, und die klare Luft wurde samtig und durchsichtig wie in Florenz – Florenz, das aus Leonardos Perspektive nur noch ein Traum war.

Aber Benedetto Dei ritt auch mit, eine ingrimmige, stumme Erinnerung daran, daß Leonardo ein anderes Leben geführt hatte, bevor er in diese Gegend gekommen war.

Sandro, Amerigo und Kuan waren beim Kalifen geblieben, und der Dervadar ebenfalls. Kuan hatte Leonardo sein Wort gegeben, Sandro im Auge zu behalten. Um Amerigo machte Leonardo sich keine Sorgen; er war sicher, daß er Kuans Geliebter geworden war. Aber Sandro war bei Kuan unbeliebt, wahrscheinlich weil Sandro ebenso unbeständig und schwatzhaft war wie Zoroastro. Aber während Zoroastro immer verschlagen und selbstsüchtig gewesen war, war Sandro ein Unschuldslamm und machte sich ständig Vorwürfe wegen der eigenen Schwäche. Zudem fand er, er sei ein schlechter Kanal für den reinen religiösen Geist, den er in seine Bilder fließen ließ.

Erst als sie die Oliven- und Orangenhaine von Katana, einem Dorf in der Nähe der Großstadt, erreicht hatten, fing Benedetto endlich an zu reden. Die Sonne ging unter, und vor ihnen, jenseits der dämmrigen Ebene, lagen die Gärten von Damaskus. Rauhes, felsiges Ödland blieb hinter ihnen zurück, und sie kamen durch Felder. Binnen weniger Augenblicke verwandelte sich das violett und orangegelb strahlende Leuchten der untergehenden Sonne in graues Licht, und dann legten sich dunkle Schatten über das Land, schwer wie der Duft von Oliven, Granatäpfeln, Pflaumen, Aprikosen, Walnüssen und Orangen, der sich mit dem fauligen Schimmelgeruch der Soldaten mischte, die hinter ihnen kamen: eine wispernde, stöhnende, schimpfende, hustende, fluchende, spuckende, keuchende Armee.

Benedetto erschien bei Leonardo wie ein Gespenst und ritt neben ihm her. Leonardo ließ sich nicht einfallen, ein Gespräch anzufangen; das hatte er schon öfter erfolglos versucht. Jetzt wartete er ab. Das Gespenst hatte keine Ähnlichkeit mit dem Benedetto, den er einmal gekannt hatte. Die verschlafenen Augen waren jetzt hart und wach; das einst so runde Gesicht war schmal wie das eines Frettchens, und mit seiner sonnendunklen Haut und den scharfen Konturen der hohen Wangenknochen hätte man ihn leicht für einen Araber halten können. Nur der gelbblonde Haarschopf war unverändert, aber den verbarg er, wie eine Frau das Gesicht hinter einem Schleier verbirgt.

»›Gibt es das Paradies auf Erden, so ist's Damaskus und sonst keine andere Stadt‹«, sagte Benedetto.

»Das habe ich auch schon gehört«, sagte Leonardo.

»Ich zitiere einen Nachfolger des Dichters Abu'l-Hasan Ibn Jubair.« Benedetto zuckte die Achseln. »Aber sein Name ist vergessen, genau wie Zoroastros Name in Vergessenheit geraten wird, denn alle seine Erfindungen tragen den deinen.«

Leonardo wägte seine Worte sorgfältig. »Mir war nie klar, daß er solche Begabungen hatte, und erst vor ein paar Tagen habe ich entdeckt, daß er meinen Namen auf jede Maschine geschrieben hat.«

»Nun, Leonardo, wenn man ehrlich ist, muß man sagen, daß es deine Ideen waren. Zoroastro hat sie ausgearbeitet, mehr nicht.«

Langes, unbehagliches Schweigen folgte, verstärkt noch von der Dunkelheit und dem tastenden Hufgetrappel auf Reisig und Stein. Schließlich sagte Leonardo: »Aber das konnte er glänzend.«

Benedetto lachte. »Ja, das konnte er wirklich.« Wieder trat eine Pause ein. »Leonardo?« fragte Benedetto dann.

»Ja?«

»Warum hast du ihn getötet?«

»Hat Sandro dir das erzählt?« fragte Leonardo.

»Ja.«

»Was hat er dir sonst noch erzählt?«

»Er hat mir alles erzählt. Wie der Kalif euch in die Folterkammer geführt hat, wo ihr Zoroastro gesehen habt. Er hat mir erzählt, was Zoroastro gesagt hat, wie er dich angefleht hat, ihm zu verzeihen, und wie ...«

»Ja?«

»Wie du dich abgewandt hast, als der Kalif seinem Henker befahl, die Wiege des Todes hochzuziehen und fallenzulassen.«

»Ich habe mich abgewandt, als er mir von seinem Verrat erzählte; das stimmt. Aber ich habe versucht zu verhindern, daß der Kalif ihn ermordete.«

»Nein. *Sandro* hat versucht, es zu verhindern. Du hast gewartet, bis es zu spät war, bis die Wiege hochgezogen wurde, bis der Kalif das Zeichen gab … ihn zu töten.«

»Das stimmt nicht«, beharrte Leonardo und bemühte sich verzweifelt, sich zu erinnern. Aber das Ereignis war irgendwie verschwommen, als ob er versuchte, sich an einen Traum zu erinnern.

Aber wenn es nun stimmte? Was, wenn er zugelassen hatte, daß der Kalif seinen Freund ermordete? Was, wenn er dem Kalifen wirklich erst in den Arm gefallen war, als er gewußt hatte, daß es zu spät sein würde? Auf diese Weise hätte er sein Gewissen beschwichtigt und trotzdem Rache genommen.

»Du bist also nicht sicher, wie?« fragte Benedetto leise, und die Schärfe des Zorns war aus seiner Stimme gewichen.

Leonardo antwortete nicht; er konnte nicht antworten. Die Dunkelheit selbst schien der Stoff der Träume zu sein, und er hatte plötzlich den – wenn auch ganz irrationalen – Gedanken, er brauche nur sanft sein Pferd von der Karawane wegzulenken, und dann könne er einfach in die Vergangenheit zurückreiten und die Welt unverändert vorfinden. Er würde Ginevra wiederfinden und Niccolò, Zoroastro und Simonetta und A'isheh. Die süße A'isheh, die ihm Niccolò weggenommen hatte.

»Leonardo, bist du so tief in Gedanken versunken, oder willst du mir meine Frage nicht beantworten?« fragte Benedetto.

»Entschuldige – was hast du mich gefragt?«

»Ich habe dich gefragt, ob du A'isheh geliebt hast.«

»Genug«, dachte Leonardo, und plötzlich brannte der Zorn wie eine heiße Flüssigkeit in seiner Brust. »Das reicht jetzt, Benedetto. Vielleicht ist es auch nur wieder einer meiner Fehler, aber es macht mir keinen Spaß, mich von dir verspotten und demütigen zu lassen. Ich kann nichts daran ändern, was du denkst oder was Sandro denkt. Ihr könnt beide von mir glauben, was ihr wollt, aber laßt mich in Ruhe.« Und damit ritt er voran; er kam an dem Knaben Mithqāl und an seinem Herrn Hilāl vorbei, aber auch mit denen konnte er nicht reiten, denn er hatte Tränen in den Augen und schluchzte immer wieder auf wie ein Kind, das in aller Öffentlichkeit geohrfeigt worden war.

Er wollte sie alle von sich fernhalten.

Ja, Zoroastro, ich habe dich umgebracht. Ich wollte dir nicht verzeihen. Und doch, noch während er um Zoroastros Vergebung betete – eine hohle, seichte Geste –, wanderten seine Gedanken zu A'isheh, als hätte der Gedanke daran, daß er Zoroastro getötet habe, seine Not wieder entfacht. Er erinnerte sich, wie er alle ihre Verführungskünste zunichte gemacht hatte, weil er von Ginevra besessen gewesen war. Aber als die Möglichkeit bestanden hatte, Ginevra ihrem Ehemann zu entringen, als sie ihm geschrieben hatte, daß ihr Herz ihm gehöre, da hatte er A'isheh genommen, mit Gewalt genommen. Aber sie hatte sich gewehrt, selbst als sie schon schwitzend dem Orgasmus entgegenstrebten, selbst als er Ginevras Namen rief, selbst als er sich einbildete, sie sei die Madonna von Impruneta selbst, die da offen vor ihm lag, verwundbar, selig und dann plötzlich fern, so fern wie die Sterne, denn A'isheh hatte ihn genommen. Sie wußte, daß er von Ginevra träumte. Aber jetzt, in dieser physischen und emotionalen Dunkelheit, da wollte er sie; sie würde Ginevra sein, sie würde Simonetta sein, und er würde vor ihr knien und um das Ende bitten, um den Tod. Er dachte an ihre hennagefärbten Hände, die kajalgeschwärzten Augen, die bläulichen Kreise, behutsam zwischen die Brüste mit den rosigen Warzen tätowiert, und er hörte, wie sie ihn mit Niccolòs Stimme rief. Mit Mühe konnte er ihre Umrisse erkennen, die sich schwankend vor ihm in der Dunkelheit bewegten.

Aber er liebte sie nicht.

Vor ihnen lag Damaskus. Seine tausend Lichter luden die Atmosphäre auf und beleuchteten die Umgebung, hüllten die Felder und Gärten ringsum in eine Wolke aus samtigem Licht. Und Leonardo und sein Heer zogen aus der Dunkelheit zum Licht, das selbst so etwas wie ein Gral war.

»Das Gedicht entspricht der Wahrheit«, sagte Benedetto. Wie eine Erscheinung war er an Leonardos Seite gekommen, kaum mehr als ein Schatten. Wenn der saure Pferdegeruch nicht gewesen wäre, hätte Leonardo ihn für einen Geist halten können. »Was du da vorn siehst, ist das Paradies – trotz seiner dreckigen Straßen und Kloaken. ›Eine schöne Stadt und ein nachsichtiger Herr … Genieße sie – denn im Flug vergeht die Stunde.‹«

»Wenn es dich in einen Dichter verwandeln kann, Benedetto, dann ist es vielleicht wirklich all das, was du sagst.«

»Zoroastro hat es in einen Erfinder verwandelt.«

Leonardo entfernte sich von Benedetto, um allein zu sein und mit sich selbst zu Rate zu gehen, aber Mithqāl holte ihn ein und schwatzte über Damaskus und Flugmaschinen und sich selbst. Er sei, erzählte er Leonardo, von Gott auserwählt für die Schlacht, die kommen müsse.

Leonardo lächelte und dachte an Cristoforo Colombo. »Ja. Ich kannte schon einmal jemanden, der glaubte, er sei von Gott für eine göttliche Mission ausersehen.«

»Aber ich bin es wirklich«, beharrte Mithqāl.

»Ja, ja, und er war es auch.« Als Leonardo sah, daß Mithqāl sich nicht davon abbringen ließ, fragte er: »Und woher weißt du, daß Gott selbst dich ausersehen hat, kleiner Soldat?«

Das schien Mithqāl zu gefallen. »Hilāl, mein Wohltäter, hat es mir gesagt.«

»Aha …«

»Er hat mich an einem Ort gekauft, wo sie schwarze Sklaven kastrieren.«

»Aber du bist doch nicht schwarz, kleiner Soldat.«

»Trotzdem hat Hilāl mich dort gefunden. Seht Ihr, der Herrscher war ein Christ und wollte nicht zulassen, daß die Schwarzhäutigen kastriert wurden. Aber es gibt dort eine Drecksstadt namens Washalaw, bevölkert von Wilden, die den wahren Gott nicht anbeten. Dort machen sie solche verbotenen Operationen, aber diejenigen, die sie verschneiden, sterben meist.«

»Warum?« fragte Leonardo.

»Weil diejenigen, die dort die medizinische Kunst ausüben, keine Ahnung davon haben.« Hilāl kam an Leonardos Seite geritten. »Jedes Kind, das in Washalaw kastriert wird, muß in eine andere Stadt geschleppt werden, wo es Mönche gibt, die eine Technik kennen, mit der man den Peniskanal öffnen und den Eiter ablassen kann. Trotzdem starben alle Sklaven, die wir in Washalaw kauften, entweder schon unterwegs oder kurz nach der zweiten Operation, alle außer Mithqāl. Ich sagte ihm, dies sei der Beweis für sein von Gott bestimmtes Geschick: daß er weiß sei, daß er nach Washalaw geschleppt würde und daß nur er überleben soll.«

Leonardo nickte höflich.

»Und bald wird Mithqāl Gott dienen«, sagte Hilāl. »Der Verräter Zoroastro hat ihn selbst ausgebildet, und Mithqāl wiederum hat anderen beigebracht, Eure Maschinen zu fliegen, Maestro.«

»Kindern?«

»Wir ziehen es vor, sie ›junge Soldaten‹ zu nennen«, sagte Hilāl. »Würdet Ihr einen zweihundert Pfund schweren Mann in Eure Konstruktion setzen, wenn Ihr jemanden wie Mithq–l hättet, der den Gewichtsunterschied im Bomben aufwiegen kann?«

»Wir sind vorbereitet, wißt Ihr«, sagte Mithqāl. »Wir haben viele Flugmaschinen.«

»Und wieviele von *deiner* Sorte gibt es?« fragte Leonardo.

»Fast eine Kompanie«, sagte Mithqāl.

»Ach was«, sagte Hilāl. »Ihr seid nur zwanzig.«

»Und ihr habt zwanzig Flugmaschinen?« fragte Leonardo.

»Ja«, sagte Mithqāl. »Und ich bin der Hauptmann.« Hilāl lächelte ihn an, wie man ein Kind anlächelt.

Wahrhaftig, Mithqāl war ein Hauptmann, ein Hauptmann der Engel, die ganz sicher sterben würden, wenn sie sich überhaupt in die Lüfte würden erheben können. Leonardo verlor sich in der Erinnerung, in einer Erinnerung, die so gegenwärtig und greifbar war wie das Kind, das an seiner Seite ritt.

Leonardo erinnerte sich an Tista.

Einen Engel, der schrie, als er fiel ...

Zoroastros Rüstkammer lag in einem Gebäude mit einem Dach aus neun Kuppeln, ganz in der Nähe des Basars, wo alle Materialien, die er brauchte, leicht zu beschaffen waren, und auch nicht allzu weit entfernt von der Zitadelle und somit von deren Soldaten beschützt.

Der Basar war eine Stadt für sich, lauter überdachte Straßen voller Fellachen und Beduinen, ein dämmriges Labyrinth, das bei Tage von Sonnenstrahlen, die sich wie Schwertklingen durch Spalten in den Dächern bohrten, erleuchtet wurde und nachts zu einem flackernden Zirkus aus Lampen- und Kerzenschein wurde. Hier roch es nach Seife und Parfüm, nach frisch gebackenem Brot und Kaffee, nach Pisse und Müll. Alles konnte man kaufen in diesen ummauerten, überdachten Straßen: Metall, Edelsteine, Stoffe, Gewürze, Munition, Schwerter und so vorzügliche Rüstungen wie nirgends sonst auf der Welt, Bücher, die man im Abendland noch nie gesehen hatte, Chemikalien, Amulette, Huren, Sklaven und alle möglichen magischen Gegenstände. Während Hilāl damit beschäftigt war, seine Männer in der Zitadelle und ihrer Umgebung einzuquartieren, damit sie ein paar Stunden ausruhen könnten, ging Benedetto mit Leonardo zu Zoroastros *bottega*.

Die *bottega* wurde von einer kleinen Armee bewacht.

Zoroastro hatte einen Palast bewohnt. Eingangstore und Innenhöfe waren aus behauenem Marmor, und selbst die Springbrunnen hatten Kuppeldächer. Ein Bach plätscherte durch einen von Lampen erleuchteten Hof, und wunderschön gepflegte Bäume, von denen Leonardo bisher geglaubt hatte, daß sie nur auf Bildern und im Paradies existieren könnten, bildeten eigene kleine Figurengärten. Von außen sah es aus wie ein Haus der Lüste, ein so reiches, majestätisches Gebäude, wie man es nur im Orient finden konnte. Über der prunkvollen Eingangstür des Palastes standen die Worte eines alten arabischen Sprichworts: »*El mà, wa el khòdra, wa el widj el hàssan* – Wasser, Grün und ein schönes Gesicht, diese drei Dinge erfreuen das Herz.«

Leonardo folgte Benedetto durch schmale Gänge und über marmorne Mosaikböden, durch Räume mit Nischen in den Wänden wie in einer Florentiner Kirche, Räume mit seidenbezogenen Divanen und erfüllt von Ornamenten und Spiegeln – bis sie in die eigentliche *bottega* gelangten, die an das Haus angebaut war. In den oberen Bereichen gab es Fenster, aber das Ganze war ummauert wie eine Festung und dunkel wie eine Höhle. Es gab auch noch andere Räume, denn Leonardo hörte das gedämpfte Hämmern, Klopfen und Hantieren arbeitender Männer.

Als Diener und Soldaten die Lampen in Zoroastros Werkstatt angezündet hatten, schaute Leonardo sich in dem schmalen, hohen Raum staunend um. Überall waren Maschinen oder Modelle für Maschinen; sogar die Decke wurde benutzt, denn an den Haken dort hingen Flugmaschinen an Drähten, und auch Modelle zu Leonardos Entwürfen des *galleggiante*, des fliegenden Schiffes, das Kuan erfunden hatte. Man sah wurstförmige Ballone mit gerippten Spantenkonstruktionen und Propellern; es gab Ballone, wie Schiffe mit Segeln und Rudern ausgerüstet. All die verschiedenen Pläne Leonardos waren hier als Modelle zu sehen; sie hingen von der Decke, als flögen sie tatsächlich in einem dunklen Himmel. Hier und überall anderswo in diesem Raum konnte man den Ablauf von Leonardos Denken betrachten, als enthielte sein Geist

Gegenstände, und als wären diese Gegenstände hier bloßgelegt, freudig und bedenkenlos ausgebreitet wie die Köstlichkeiten auf einer Bankettafel, die jedermann anschauen konnte.

Aber Leonardo war überrascht. Er staunte über die Gleiter, die so konstruiert waren wie der, mit dem Mithqāl geflogen war, jener starrflügelige Apparat, der Knaben in Engel verwandeln konnte. Hatte Leonardo sie erfunden?

Nein, aber sie gehörten ihm nichtsdestominder. Es war, als sei dies seine eigene *bottega.* Auf dem Boden verstreut lagen Papiere, auf den Tischen aufgeschlagene oder ineinandergeschobene Bücher, als wären sie billig und in Massen zu haben wie Leinwand in Florenz.

Benedetto durchquerte den Raum und öffnete eine Tür zu einem Steinkorridor. Der Lärm aus den Werkstätten wurde laut, und Leonardo konnte das Zischen und Saugen einer Esse hören. »Man muß sich jetzt um vieles kümmern«, sagte Benedetto. »Hilāl wird bald hier sein, um zu sehen, wie es vorangeht.«

»Werden wir Zeit haben, noch einmal hierherzukommen?« fragte Leonardo.

»Ja, du kannst hier übernachten, wenn du willst.«

»Benedetto, was ist denn das da?« Leonardo zeigte auf einen Apparat, der neben dem nach Leonardos Skizzen angefertigten Modell einer langläufigen Dampfkanone stand.

Es war ein zweirädriges Fahrzeug mit Pedalen, einem Haltegriff und einem komplexen Getriebemechanismus.

»Du willst die ganze Welt in einem Augenblick erfassen«, sagte Benedetto.

»Es ist meine Welt, Benedetto.« Leonardo wunderte sich über sich selbst, bevor er es ganz ausgesprochen hatte, denn tatsächlich wurde immer klarer, daß es *nicht* seine Welt war.

»Es *war* Zoroastros.« Benedetto wartete darauf, daß Leonardo den Köder schluckte, aber er tat es nicht. »Er hat es sein ›Roß‹ genannt«, fuhr Benedetto schließlich fort. »Es war ein Apparat, mit dem er seine fliegenden Maschinen antreiben wollte. So hat es angefangen. Aber es hat nicht funktioniert.«

Und plötzlich begriff Leonardo, daß Zoroastro sich vorgestellt haben mußte, den Getriebemechanismus wie bei einem Spielzeug mit einem Propeller zu verbinden; als das gescheitert war, hatte er zwei Räder mit acht Speichen genommen und daraus sein »Holzroß« gebaut. »Wieso hat es nicht funktioniert?« fragte Leonardo.

Benedetto zuckte die Achseln. »Man reitet darauf wie auf einem Pferd, aber es ist doch ein Wagen. Wenn der Boden eben ist, funktioniert es ganz gut. Es fährt ziemlich schnell.«

Leonardo konnte nicht anders, er setzte sich rittlings auf das zweirädrige Vehikel, prüfte Haltestange und Pedale und stieß sich dann ab. Ein paar Sekunden lang rollte er vorwärts, aber bevor er auf die Pedale treten konnte, verlor er das Gleichgewicht und kippte zur Seite.

»Man braucht ein bißchen Übung, um oben zu bleiben«, sagte Benedetto lächelnd. »Aber wenn man den Bogen einmal heraus hat, ist es ganz einfach. Jetzt überlasse ich dich deiner Welt.« Er wandte sich ab und ging in den Flur hinaus. Wachsoldaten begleiteten ihn; die Hälfte der Einheit blieb bei Leonardo zurück. Dieser starrte Zoroastros gerädertes Roß an und versuchte, sich an Zoroastros letzte Augenblicke in der Folterkammer zu erinnern. Aber es war ein Traum, und jedesmal wenn Leonardo sich daran erinnern wollte, veränderte sich alles.

In einem Traum ermordete er Zoroastro.

In einem anderen tat er es nicht.

Er erhob sich, um Benedetto zu folgen, und die Soldaten folgten ihm.

Wieder war er ein Gefangener.

Genau wie Benedetto, vermutete er.

Leonardo machte einen Rundgang durch die Waffenschmiede und kam durch Gießereien – wo auch jetzt Geschäftigkeit herrschte, Männer arbeiteten und es nach heißem Metall roch – und Arsenale, wo seine Explosivgeschosse, Radschlösser, brandstiftenden Kanonenkugeln, Schrapnellbomben, Bombarden und vielläufigen Geschütze in dichten Reihen an den Wänden entlang hoch gestapelt lagerten. Es war eine Fabrik zur Herstellung und Lagerung von Kanonen und Geschossen und Radschloßgeschützen; jede Bombarde glich haargenau der, die darüber lag; jedes Geschoß, jedes Kanonenrohr sah aus wie alle anderen.

Leonardo versuchte, ein Gespräch mit dem Waffenmeister anzufangen, aber der verkniffen blickende, wuchtige Eunuch, ein Mameluck, der selbst in der heißen, dampfigen Gießerei seine prächtigste Kleidung trug, nahm keine Notiz von ihm.

»Leonardo, das ist Abd al-Latif«, sagte Benedetto auf Arabisch. Sie wanderten durch einen Lagerraum, der einen Ausblick auf Gießereien und Schmieden bot. Sklaven und Soldaten stemmten sich gegen die Hebel mehrerer großer Kräne, während Arbeiter und Meister das Heben der schweren, gedrungenen Bombarden und der vielläufigen Geschütze auf fahrbare Lafetten beaufsichtigten, die dann unter schwerer Bewaffnung in einen zentralen Hof geschoben wurden. »Abd al-Latif ist kein besonders vertrauensseliger Mann«, fuhr Benedetto fort. »Aber er weiß, wer du bist.«

»Und was weiß er über mich?« fragte Leonardo.

»Er kennt dich als Mitarbeiter Zoroastros.«

»Du meinst, als Lehrling, nicht wahr?« Leonardo konnte sich den Sarkasmus nicht verkneifen.

»Das kann ich nicht sagen. Aber er hat mir erzählt, daß er euch beide für Verräter hält und daß es nur gut sei, wenn Zoroastro unter der Folter gestorben sei, wenngleich er ihm fehlen werde. Er ist ziemlich sentimental.«

»Wie du?«

»Oh, mehr als ich, Leonardo.«

Leonardo wandte sich ab. »Herr der Maschinen, warum gibt es

so wenige Arten von Kanonen und Gewehren?« fragte er den Eunuchen auf arabisch.

»Sind es zu wenige, um dich zufriedenzustellen?«

»Ich war in Maestro Zoroastros Werkstatt und habe dort noch viele Maschinen gesehen, die überaus wirkungsvoll gegen die Feinde des Kalifen eingesetzt werden könnten.«

»Wir haben gemacht, was man im Felde nicht herstellen kann«, sagte der Meister. »Die Handwerker werden Brücken und Belagerungswerke bauen, und die Geschützmeister werden das Schießpulver mischen.«

»Und wir nehmen die Sensen mit, die an den Wagen befestigt werden können, wenn es nötig ist«, sagte Benedetto. »Alles andere läßt sich je nach Bedarf zusammensetzen.«

»War das alles Zoroastros Idee?« fragte Leonardo.

»Nein«, sagte Abd al-Latif. »Diese Idee stammt von mir und von Emir Hilāl. Die Stärke liegt in der Einfachheit. Zoroastros Erfindungen waren zum größten Teil unklug.«

»Und die hier?« Leonardo deutete auf die Kanonen, die soeben mit Winden auf ihre Lafetten gesetzt wurden.

»Die hat Maestro Zoroastro nicht erfunden«, sagte Abd al-Latif. »Das war ich.«

Die Artillerie würde im Morgengrauen verladen werden, und dann sollten Hilāls Regimenter Damaskus verlassen und nordwärts nach Persien marschieren.

Da es für ihn in den Werkstätten nichts zu tun gab, stöberte Leonardo in Zoroastros Atelier herum. Er las Zoroastros Notizen und untersuchte seine Modelle und Maschinen. Im Handumdrehen kannte er sich in diesem Studio aus, als wäre es sein eigenes, was es in gewisser Weise ja auch war. Zoroastro hatte versucht, Leonardo zu werden, und es war ihm beinahe gelungen, denn Leonardo hatte große Mühe, Zoroastros Ideen von seinen eigenen zu trennen. Zoroastro hatte Pläne für Katapulte, Steinschleudern und zugespitzte Projektile; er hatte Schleudermaschinen und mehrfach gefederte Armbrüste entworfen. Aber was Leonardo wirklich faszinierte, war ein großer, selbstgetriebener Wagen, der versteckt in einer Kammer stand und den er nur zufällig fand. Er war ganz und gar nach Zoroastros eigenem Konzept konstruiert, aber das Differentialgetriebe der Antriebsübertragung kam Leonardo so vertraut vor, als hätte er es selbst entworfen.

Zoroastro hatte sich hier wahrlich selbst entfaltet, und erst jetzt verstand Leonardo seinen Freund. Mit ihm hatte er eine verwandte Seele verloren; die Zeichnungen und Erfindungen in diesem Raum waren nicht das Werk eines Imitators. Es war, als habe Leonardo sich abgewandt und den Mord an sich selbst zugelassen. Und während er – übermüdet und in Gedanken versunken wie in einen Traum – seinen Freund vor sich sah und sich an verschiedene Erlebnisse erinnerte, richtete er seinen kritischen Blick unverhofft gegen sich selbst. Genauso war es gewesen, als die brennenden Augen seines Vaters ihn beobachtet hatte.

So häßlich Zoroastro gewesen war, so schön war Leonardo. Aber Zoroastro war der Spiegel seiner Seele. Was Leonardo in seinem Freund als verschlagen und selbstsüchtig empfand, war das, was er jetzt auch in sich selbst sah. Er kniete vor Zoroastros Maschinen, umgeben von Bildnissen aus Holz und Eisen, als wären es Statuen der Heiligen Jungfrau, und er schlief ein.

Und im Traum hörte er das Geräusch der Dornenwiege, wie sie herabfiel und mit ihren Spitzen Zoroastros Lunge und Herz durchbohrte.

Als er aufwachte, lag er in Zoroastros Zimmer in Zoroastros Bett. Die Wache mußte ihn auf Benedettos Anweisung hierher gebracht haben. Kerzen blakten in Haltern an der Wand, und draußen klopfte etwas an die Schlafzimmertür – wahrscheinlich die Pike des Wachsoldaten. Leonardo schlief wieder ein und träumte weiter.

Vielleicht war es das Klopfen der Pike, was dem Traum Form verlieh, denn die Tür öffnete sich, und Ginevra trat ein. Sie entkleidete sich vor dem Bett und glitt zu Leonardo unter die seidenen Decken. Aber als sie zu ihm kam, nach Rosen und nach Schweiß duftend, wachte Leonardo auf.

»Ginevra?« Ungläubig und erschrocken wich Leonardo zurück. Er glaubte nicht an Geister, Gespenster oder Djinn, aber hier war die leibhaftige Ginevra. Er streckte die Hand aus und berührte ihr Gesicht. Sie war durchaus real, aber als Leonardo sie im unbeständigen Kerzenschein betrachtete, sah er, daß es nicht Ginevra war. Ihr Gesicht war weicher, die Lippen waren schmaler und weniger üppig, und die Augen waren schwarz, nicht grün. Aber die Form ihres Gesichts, die Lage der Augen im Verhältnis zu Nase und Mund – das war Ginevra. Die Gesichtszüge waren natürlich ganz anders, und das Haar war zwar mit Henna gefärbt, aber eher braun. Und doch – auf den ersten Blick war es Ginevra. Auch jetzt, nach dieser Entdeckung und wohl wissend, daß sie eine schlechte Nachahmung war, schlug Leonardos Herz so laut, daß er sein Echo in den Ohren zu hören glaubte.

»Maestro Zoroastro fand, daß ich dieser Frau ähnlich sehe«, sagte sie auf arabisch, als beantworte sie eine Frage, die Leonardo gestellt hätte.

»Seiner Frau?« fragte Leonardo.

»Ah, ich weiß schon, daß sie dich geliebt hat. Er hat mir alles erzählt, all das Schreckliche, was er euch beiden angetan hat. Aber er hat sie auch geliebt. Das hat er mir gesagt; aber ich glaube, vielleicht hat er auch mich geliebt.«

»Da bin ich sicher«, antwortete Leonardo sarkastisch.

»Sagst du das aus Grausamkeit oder aus Ehrlichkeit?« wollte sie wissen.

Leonardo merkte, daß sie zitterte.

»Warum hast du Angst?«

Sie beobachtete ihn mit festem Blick, aber sie sagte nichts.

»Hat Benedetto dich zu mir geschickt?«

Sie nickte.

»Und hat er dich auch geliebt?«

Sie schaute weg.

»Warum hat Benedetto dich zu mir geschickt?«

»Damit ich deine Fragen beantworte.«

»Über Zoroastro?«

Sie zuckte die Achseln. »Benedetto sagte, ihr werdet euch nicht mehr wiedersehen ... Es sei denn, in Florenz.«

»Warum ...?«

»Er hat seine Verpflichtung erfüllt.«

»Seine Verpflichtung gegen wen?«

»Gegen Emir Kuan, der ihm das Leben gerettet hat.«

»Wird Benedetto denn nach Hause finden?«

»Ja, Maestro. Möchtest du gern mit ihm gehen?«

»Du kannst deinem Herrn sagen, daß ich hier noch Verpflichtungen habe.«

»Er ist nicht mein Herr«, sagte sie. »Du bist es.« Sie schob sich an ihn und schmiegte das Gesicht in Leonardos Armbeuge. Er sah die geschwungene Kurve ihres Rückens und des langen Halses, und die Höcker ihrer Rückenwirbel erhoben sich schattenhaft über die blasse Haut. »Wirst du mich mitnehmen?«

»Weißt du denn, wo ich hingehe?«

»Ja.« Sie hob den Kopf und sah ihm ins Gesicht. Sie liebkoste seine Brust und seinen Bauch mit ihren hennafarbenen Fingern; vielleicht hatte Zoroastro die Farbe erregend gefunden.

»Wenn du es weißt, wieso möchtest du dann diesen Palast verlassen?«

Sie beantwortete diese Frage nicht.

»Bist du hier in Gefahr?« fragte er.

»Ich war die Sklavin eines Verräters.«

»Aber du möchtest meine Sklavin sein?«

Sie nickte.

»Ich gelte auch als Verräter, oder nicht? Bei mir wärest du nicht in Sicherheit.«

»Nimmst du mich mit?«

»Ja«, sagte Leonardo. Ohne Zoroastro und ohne Benedetto wäre sie wahrscheinlich wirklich in Gefahr. Er würde dafür sorgen, daß man sich um sie kümmerte; vielleicht könnte Hilāl sie beschützen. Sie liebkoste und erregte ihn, und schließlich bestieg sie ihn, als wäre sie Leonardo und er Ginevra, als hätte sie das gleiche Verlangen, das Leonardo nach Ginevra verspürt hatte. Aber das schien so viele Jahre zurückzuliegen, in einer fernen Vergangenheit, die an diesem Ort ohne Bedeutung war. Er atmete ihre Dünste ein: süßes Parfüm, vermischt mit beißendem Schweiß, der sich in Moschus verwandelte, als wäre sie angestrengt durch Blumenwiesen gerannt. Ihr grobes Haar streifte sein Gesicht, und er schaute ihr suchend in die kajalumrandeten Augen. Er konnte – und wollte – nicht so tun, als sei sie Ginevra. Sie stützte sich mit ihren kräftigen Armen über ihm ab, und er nahm ihre Brüste in beide Hände und zog sie sanft zu sich, vergrub das Gesicht in der weichen Schwammigkeit und fühlte die rauhe Härte ihrer Brustwarzen, als sie sich auf ihm wiegte. Sie war das Vergessen, die Erlösung, verborgene Erinnerungen an Milch und Liebkosung: ein umgekehrtes Gedächtnis. Er war wieder neu, eine Tabula rasa, und er fühlte sich sauber und naß, als löse er sich in einem Strom von kühlem Wasser, und er kam im selben Traum, fühlte das Fleisch ihres Gesäßes und ihrer Schenkel, zog sie zu sich, als sein Penis taub vor Lust wurde. Dann schlief er erschöpft ein. Es war, als sei Ginevra ein Traum. Diese Ginevra war ein Traum, und er glitt hinüber in andere Träume, fiel wie betäubt, gelähmt und irrte über das blutige Schlachtfeld, nachdem Ussun Cassanos Sohn ermordet worden war; stöhnte, als seine Sichelwagen Fleisch zerschnitten und Knochen zerhackten; zählte die Kanonen mit Abd al-Latif, dem Meister der Maschinen. All die Kanonen, Seite an Seite gestapelt, und auf allen war sein Name eingraviert.

Und Zoroastro, wie er fiel in seiner Wiege.

Er hatte ihn ermordet, genauso wie er Ginevra ermordet und die persischen Soldaten mit seinen Sicheln in Stücke geschnitten hatte.

Dann kniete Ginevra vor ihm in Simonettas Atelier, erhitzt vom Verlangen nach ihm; sie war in ihm, wie Simonetta in Sandro gewesen war, wie … Und dann erstarrten die Träume, wurden zu Vorhängen, so hart und rauh wie die, die Verrocchio in Gips getaucht hatte, damit seine Schüler sie studieren und malen konnten.

Leonardo erwachte mit einem Ruck, und er erinnerte sich, daß seine Sklavin Zoroastros Namen gerufen hatte, als sie sich schließlich der Ekstase überlassen hatte. Und als er so in der Dunkelheit lag, die bald der Morgendämmerung weichen würde, fragte er sich, wie sie wohl heißen mochte.

Durchbruch in der Mitte

Oh, Hurensohn, was für ein Ozean!
Ussun Cassano

Kraft definiere ich als eine geistige Macht,
körperlos und unsichtbar, die in jenen Körpern
zu kurzem Leben wird hervorgebracht,
die infolge zufälliger Gewalteinwirkung aus ihrer
natürlichen Lage und Befindlichkeit gebracht werden.
Leonardo da Vinci

Sie waren an Orten vorbeigekommen, wo uralte Könige und Götter, von Frauen geboren, sich die Gipfel der Berge zum Thron gemacht hatten. Sie hatten große persische Städte hinter sich gelassen, und jetzt waren sie in einem trostlosen Land, das Odysseus sicher erkannt hätte, in einem Land, das allen Lebens beraubt war, verbrannt und verkohlt, in einem Land, in dem sich nur noch Schatten bewegten. Das Land war flach, eine Schlammebene. Die Dörfer waren dem Erdboden gleichgemacht; einige rauchten noch. Sogar die Farbe war aus diesem Land gewichen. Alles war Staub oder Schlamm: geronnene Flüsse aus Schlamm, Hügel und Häuser und Dörfer … und hinter dem Horizont wahrscheinlich ganze Städte aus Schlamm. Die Luft war ein Miasma, als habe der Schlamm sich in Gas verwandelt, in Dunst. Leonardo bildete sich oft ein, in den toten Dörfern eine Bewegung zu sehen, und überall spürte er den Druck von Augen, die ihn beobachteten, fühlte er die Hitze jener starren Blicke im Nacken, glaubte Geister zu sehen, flackernd im Äther zwischen Leben und Tod. Entfernung und Größe wurden zu Luftspiegelungen: Ein Reiher, der stocksteif dastand, sah riesenhaft aus, und als er sich bewegte, schien es, als gebe er dem Boden, über den er ging, neue Dimensionen. Die grauen Massen des Taurusgebirges in der Ferne sahen aus wie unbewegliche Wolken, aufgeweicht durch die Entfernung, mit braunen Streifen umrissen. Es war, als seien vor tausend Jahren Armeen brennend und raubend und plündernd über dieses Land gezogen, und als sei die Zeit seitdem träge geworden, ausgetrocknet wie ein Leichnam, sei Stoff und Materie des Landes selbst geworden.

Aber das alles war eine Täuschung, denn Leonardo hörte den schwachen Lärm von Trommeln und Kastagnetten und ein leises Dröhnen, gefolgt von gedämpftem Jubel großer Massen. Das Dröhnen waren ferne Kanonen; der Jubel war das Geschrei der Männer, die in die Schlacht stürmten, schlagend, stechend, sterbend.

Die Soldaten in Leonardos Umgebung begannen aufgeregt durcheinanderzureden. Die Sklavin, die neben ihm ritt – die Frau, die Ginevra ähnelte – blieb ruhig. Sie sah Leonardo an und schaute dann wieder weg, als habe sie mit diesem einen Blick ein ganzes Gespräch geführt. Ihr Name war Gutne. Ihren christlichen Namen kannte sie nicht. Sie war ein kleines Kind gewesen, als Ka'it Bays Soldaten sie gefangen hatten.

Leonardo ritt nach vorn zu Hilāl. Der zuckte die Achseln und sagte: »Vielleicht kommen wir zu spät, um Eurem persischen Freund noch zu helfen.«

»Meinem persischen Freund?«

»Mein Herr, möge er zweimal gesegnet sein, hat mir erzählt, daß Euch und den persischen König ein besonderes Band verbindet.«

Leonardo wartete ab; er hoffte, daß Hilāl sich verplappern werde.

»Die Perser sind ein seltsames Volk«, fuhr Hilāl fort. »Wie kann einer einen Mann lieben, der seinen Sohn ermordet hat? Selbst wenn es auf seinen eigenen Befehl geschah …« Hilāl sprach leise, wie nachdenklich, wie abwesend.

»Woher wißt Ihr, daß es Ussun Cassano ist?« fragte Leonardo. »Es könnte doch auch …«

»Wenn ich den Großtürken richtig einschätze, wird er versuchen, gegen den König selbst zu schlagen. Wenn dessen Kopf erst sicher auf einer Lanze steckt und gen Himmel gereckt wird, dann werden seine Soldaten von Panik erfaßt werden. Mit einem einzigen Axthieb sind die Perser besiegt, denn ist erst der Kopf abgetrennt, so stirbt der Körper.«

»Und wenn – Gott behüte – *Euer* Herr fiele, würden dann auch Eure Truppen in Panik geraten?« fragte Leonardo.

»Wir sind keine Perser.« Hilāls fettes, faltenloses Gesicht war hart wie Elfenbein. »Wenn Ihr das bezweifelt, seht Euch an, wie Männer ohne Hoden kämpfen können.«

Mithqāl war hinter ihnen geritten und hatte offensichtlich zugehört, denn er kam jetzt zwischen die beiden und sagte in zänkischem Ton: »Besser als Ihr, Meister Leonardo, besser als Ihr.«

Hilāl lachte und befahl dem Jungen, zurückzubleiben und sich um seine eigenen Angelegenheiten zu kümmern. »Nun, Meister der Maschinen und Hauptmann der Ingenieure, wie würdet Ihr entscheiden? Sollten wir auf unseren Kalifen warten, oder sollten wir Gefahr oder Untergang riskieren, um den Persern zu helfen?«

»Man hat uns ausgesandt, den Persern zu helfen«, sagte Leonardo. »Warum wollt Ihr den Befehl Eures Herrn mißachten?«

»Es ist meine Pflicht, zu verhindern, daß unsere kostbare Fracht dem Feind in die Hände fällt. Ich überlasse Euch die Wahl.«

Leonardo schüttelte den Kopf. »Wir haben keine Wahl. Der Kalif hat uns befohlen, die Türken anzugreifen.«

»Gesprochen wie ein Soldat.«

»Was habt Ihr denn erwartet? Soll ich sagen, laßt uns hierbleiben? Und wenn ich das gesagt hätte, hättet Ihr mir dann …« Leonardo zögerte.

»Hätte ich Euch gehorcht?« fragte Hilāl. »Ich würde Euch gehorchen, wenn es mir paßt, oder ich würde es sein lassen. Ich gehorche nur Gott. Nicht einmal meinem Sohn.«

»Eurem Sohn?«

»Ja, Meister der Maschinen und Hauptmann der Ingenieure. Dem Kalifen.«

Sie rochen die Schlacht, bevor sie sie sehen konnten.

Vor ihnen erhob sich eine Mauer aus Rauch. Staub wallte wie Wolken. Es roch nach Blut und Kot, und die Luft war erfüllt von dem Klirren der Schwerter, dem Schwirren der Pfeile, dem Schnarren der Armbrüste, den rauhen Schreien von Männern, die getroffen wurden, und solchen, die über ihre Geschicklichkeit jauchzten, von dem Befehlsgebrüll der Offiziere und von Wasserspritzen. Leonardo spürte ein Pochen in seiner Kehle, als sei dort ein kleiner Vogel gefangen und suche zappelnd nach einem Ausweg. Der Staub brannte ihm in den Augen, aber er konnte nicht anders: Es drängte ihn zu sehen, was da im Gange war, und sich durch den Schleier der Staubwolken zu drängen, als könne er dahinter Leben und Farbe und Wirklichkeit finden, denn in diesem Augenblick war er Soldat, ein Kämpfer, den das Handgemenge lockte, wie eine läufige Hündin den Rüden erregt.

Es war abstoßend, doch es verschlang ihn.

Mithqāl rief Leonardo und winkte ihn voran; der Junge ritt neben Hilāl. Ein Kontingent von Hilāls besten Männern sprengte davon, um die Lage zu erkunden. Leonardo bat einen der Männer, sich um Gutne zu kümmern, und dann ritt er mit den Eunuchen in den Kampf. Als er in die Staubwolke hineingaloppierte, dachte er an den süßlich metallischen Geschmack in seinem Mund, und er fragte sich, ob das wirklich die Gier nach Kampf sei: seltsame Gedanken für einen solchen Augenblick.

Ein Schleier hatte sich geteilt, und plötzlich schwang er seinen Säbel, um sein Leben zu retten. Ein Offizier der Janitscharenkavallerie stürmte ihm entgegen und schwenkte eine Axt; sein starkes Panzerhemd klingelte wie billige Glöckchen. Seine Uniform war aus grobem blauen Tuch wie bei allen anderen türkischen Soldaten. Sie sollte zeigen, daß sie alle nur einem einzigen Mann dienten: Mehmed dem Eroberer. Aber anders als die anderen Türken rasierten sich die Janitscharen Schädel und Gesicht und ließen nur einen gewaltigen Schnurrbart stehen. Und dieser Janitschar war nicht anders: Er war fast so groß wie Ussun Cassano, und er war die Gewalt in Person. Er trug eine Stulpenkappe aus weißem Filz mit einer Zier aus Paradiesvogelfedern, und Leonardo erfaßte dies alles in einem einzigen Augenblick, sah es – wie man sagt – wie ein Sterbender.

Leonardo duckte sich und schwang sein Schwert mit aller Kraft. Die Klinge schlug klirrend gegen den Brustpanzer des Janitscharen und schleuderte ihn fast aus dem Sattel; aber der Türke zügelte sein Pferd und wendete, um Leonardo nachzusetzen; und dieser erkannte ihn jetzt, wie ein Tier das andere erkennt: am Geruch seines Schweißes.

Es war, als brenne der Türke wie rasend darauf, Leonardo in Stücke zu hauen, denn wieder stürmte er mit kreisender Axt heran. Wieder schwang Leonardo sein Schwert, und diesmal zielte er auf die Achselhöhle des Türken, die nicht von seinem Harnisch geschützt war. Er fühlte das Eindringen in weichen Muskel, und dann …

Sein Pferd sackte unter ihm weg, und Leonardo stürzte nach hinten und fiel neben die große weiße Stute, die sich in Todeszuckungen wand. Mit dem Schlag, der Leonardo zugedacht gewesen war, hatte der Türke ihr den Kopf abgetrennt. Blut spritzte aus ihrem Hals. Völlig durchnäßt, richtete Leonardo den Blick auf den Türken, der – unfaßbar – noch einmal gewendet hatte, um Leonardo entzweizuspalten. Leonardos Schwert ragte ihm zwischen Arm und Brust hervor, als wäre es nicht etwa tief in sein Fleisch gebohrt worden, sondern säße aus eigenem Willen dort.

Leonardo raffte sich auf und glitt dabei auf Eingeweiden aus.

Hastig sah er sich nach einer Waffe um. In diesem Augenblick nahm er die Einzelheiten der Schlacht in sich auf, als sei tatsächlich die Zeit stehengeblieben, als sei Leonardo allwissend und erhaben über Tod und Schmerz und Angst: Tausende von Soldaten waren in Nahkämpfe verwickelt, gegnerische Phalangen durchbohrten einander mit zwölf Fuß langen Lanzen und hieben sich gegenseitig mit Äxten und Krummsäbeln in Stücke, während Reiter krachend die Infanterie niedertrampelten, Freund und Feind gleichermaßen, wie Fürsten und Edelleute ihr eigenes Volk geißeln und töten. Pfeile, so unparteiisch wie der Schwarze Tod, flogen wie Hagel im heftigen Wind.

Der Offizier hatte ihn fast erreicht.

Es war, als sei das ganze Leben des Janitscharen eine einzige Vorbereitung darauf gewesen, Leonardo zu töten. Leonardo lief ein paar Schritte, entrang einem verwundeten Türken sein Schwert und tötete ihn mit einem Streich. Dann hob er das Schwert, um das Pferd des Janitscharen niederzustrecken. Wärme und Kraft durchfluteten ihn, und dann wieder Taubheit; wieder erstarrte die Zeit, und so gern er jetzt, da der sichere Tod bevorstand, in die kühle Dunkelheit seiner Kathedrale der Erinnerung entschlüpft wäre, wappnete er sich doch für den Zusammenprall.

Hilāl tauchte plötzlich neben dem Türken auf und trieb ihm mit kundiger Hand seinen Krummsäbel in den Hals; dann riß er ihm den Helm ab und enthauptete ihn. Den Kopf warf er Leonardo zu, der beiseite sprang.

Hilāl faßte die Zügel des Janitscharenpferds und rief: »Maestro, Ihr solltet auf die Geschenke des Kalifen besser achtgeben.« Er deutete mit dem Kopf auf Leonardos tote Stute. »Nehmt dies als geringeres Geschenk.« Mithqāl erschien neben seinem Herrn und schaute grinsend auf Leonardo herab.

Gedemütigt bestieg Leonardo das Pferd des Türken; es war kleiner als seines, aber wunderbar gehorsam. Er folgte Hilāl, und als schlügen sie sich durch ein Gestrüpp, bahnten sie sich ihren

Weg durch die Lanzenträger, die nach ihnen stachen. Sie töteten oder verstümmelten jeden, der sich ihnen entgegenstellte. Es war, als habe sich Blut und Gedärm in etwas Alltägliches, Neutrales verwandelt, und Leonardo kam sich vor wie eine Figur in seinen Zeichnungen der Kriegsmaschinen. Mithqāl, so klein und jung er auch war, konnte besser kämpfen als die meisten Männer, und das bewies er jetzt; er führte einen zweispitzigen Speer, den er anderen Reitern wie auch denen, die ihn vom Pferd reißen wollten, geschickt ins Gesicht stieß.

Vor ihnen lag der Fluß, der von Schlammbänken in einzelne Arme geteilt wurde. Die Türken setzten jetzt ungehindert und in großer Zahl über diesen Fluß, denn statt den Feind dort niederzumachen, wo er am verwundbarsten war, konzentrierten die Bogenschützen sich lieber darauf, ihre eigene Haut zu retten. Kavalleristen und Fußsoldaten überquerten den Fluß, Schwadron um Schwadron, und ihre Beine waren bis zur Taille vom Schlamm verkrustet, als sei er ein Teil ihrer Uniform. Als Leonardo sie erblickte, wäre er am liebsten zurückgewichen, denn sie waren wie eine gewaltige Masse von schreiendem, wogendem Fleisch, die es darauf abgesehen hatte, ihn zu vernichten – es war, als stürmten sie ihm allein entgegen. Die Perser erwehrten sich ihrer im Fluß; sie waren von der Uferböschung, wo sie Tausende von Türken mit zweimal so vielen Pfeilen niedergemäht hatten, rückwärts ins Wasser getrieben worden. Die Pfeile flogen immer noch. Sie landeten vor Leonardo, und es klang wie mächtiges Insektengesumm, aber jetzt waren es Pfeile der Türken. Perser fielen, und als immer mehr Türken über Schlammbänke und Wasserläufe heranströmten, brach die persische Front in der Mitte ein.

Die Perser wurden massakriert. Der Boden war bedeckt von übereinandergehäuften Leichen, zertrampelt von Männern und Pferden, bedeckt von Schlamm und Schleim, und sie wurden zusehends zu einem Teil der Landschaft, selbst völlig konturlos.

»Hilāl, wo führt Ihr mich hin?« schrie Leonardo voller Panik;

es gab keinen Augenblick, da er nicht auf der Hut sein und sein Schwert schwingen mußte. Die Arme taten ihm weh, und die erste Leidenschaft des Kampfes, die ihm in den Ohren gerauscht und sein Blut zum Stampfen gebracht hatte, war längst der Angst gewichen. Er wollte nur noch weglaufen, denn er hatte plötzlich das Gefühl, daß sein Glück zu Ende und daß er jedem Mann oder Knaben, der Schwert oder Speer führen konnte, wehrlos ausgeliefert war.

»Zu Ussun Cassano – es sei denn, Ihr möchtet Euch zurückziehen und bei den Weibern kämpfen«, rief Hilāl. Tatsächlich waren auch persische Frauen in die Kämpfe verwickelt; sie fochten an der Seite ihrer Männer, aber sie waren zurückgedrängt worden, verstärkt durch Männer, die sie beschützen oder vor ihnen die Schwertklinge auffangen würden. »Da ist er.« Hilāl lenkte sein Pferd weg von der Attacke und ließ den kleinen Mithqāl dem Tartaren, der es auf ihn abgesehen hatte, an seiner Statt entgegenstürmen. Mithqāl bohrte dem Tartaren seinen Speer geradewegs ins Auge. Dann schaute er Leonardo an und grinste, als sei das alles nur ein Spiel.

Leonardo sah Ussun Cassano vor ihnen. Er ritt auf einem großen Pferd und versuchte seine Leute anzuspornen; er ritt seiner Garde voraus und hatte ihren Schutz verlassen, um durch sein Vorbild zu zeigen, daß die Türken in den Fluß zurückgedrängt werden konnten. Er trieb sein Pferd ins Getümmel, als wäre es aus Eisen statt aus Fleisch und Blut, und er schlug und hackte auf die Feinde ein und tötete einen nach dem anderen und manchmal zwei zugleich: ein Riese, der Menschen schlachtete, ein gewaltiger, rothaariger Olympier, der vom Blut der Sterblichen kostete. Er hielt ein Schwert in der Linken und in der Rechten eine Axt, die er in einem seltsamen Bogen kreisen ließ, von der linken Schulter nach außen. Er führte und ermutigte sein Heer von vorn, und wer ihn erschlüge, hätte die Perser in der Tat vernichtet. Seine Leibgarde blieb dicht bei ihm und versuchte, eine Mauer um ihn zu bilden. Als er Leonardo und Hilāl sah, zügelte er sein Pferd und trieb es ihnen dann entgegen.

»Dein Herr, wo ist er?« fragte er Hilāl mit rauher Stimme. Er war von Blut und Schlamm bedeckt; sein Gesicht war beinahe schwarz, und seine Lippen sahen aus wie totes Fleisch. Er trug ein dickes, gesteppte Wams, das Pfeile abhalten konnte, und eine fein gearbeitete Rüstung, aber er hatte weder Schild noch Bogen, obwohl ein leerer Köcher an seiner Schulter hing. Leonardo mußte daran denken, wie er, von seiner Konkubine geschminkt, in Ka'it Bays Lager auf der Bahre gelegen und auf seinen Sohn gewartet hatte. Jetzt sah er noch mehr wie ein Engel des Todes aus.

»Wir sollen ihn hier erwarten«, sagte Hilāl.

»Wieviel Mann habt ihr?«

»Zweitausend, Großkönig.«

»Zweitausend? Ist das alles, was euer Kalif schicken konnte?«

»Er kommt mit einem Heer von mehr als hunderttausend Mann. Aber wir haben Kanonen und die mehrläufigen Geschütze, die Leonardo erfunden hat. Unser Herr hofft, daß diese Maschinen von Nutzen sein können, falls wir eher eintreffen. Deshalb hat er uns befohlen, vorzurücken, obwohl große Gefahren ...«

»Ja, ja«, unterbrach Ussun Cassano. »Der Herr der Welten hatte wie immer recht. Wann erwartest du ihn?«

Hilāl schüttelte den Kopf, um anzudeuten, daß er es nicht wisse. »Morgen, hoffe ich, oder übermorgen, oder ...«

»Wie du siehst, Emir der Zehntausend, bricht unsere Mitte ein«, sagte Ussun Cassano, und seine Ungeduld war unüberhörbar. »Wenn wir hier geschlagen werden, dann geraten meine Leute auf den Flügeln in Panik und ergreifen die Flucht. Dann ist alles verloren. Ihr müßt eure Kanonen auf die Mitte richten, hierher. Und dann feuert alles ab, was ihr habt. Eine gewaltige Salve.«

»Aber, Großkönig, dann werden unsere eigenen Leute getötet werden«, gab Hilāl zu bedenken.

»Die werden sowieso getötet. Eine Armee habe ich bereits verloren.« Er sah Leonardo erbittert an. »Aber zielt nur auf die Mitte. Könnt ihr das gleich tun?«

»Im Handumdrehen«, sagte Hilāl.

Leonardo sah ihn überrascht an.

»Leonardo, habt Ihr Lust, mit mir zu reiten?« fragte Ussun Cassano. »Hier habt Ihr Gelegenheit, Eure Verpflichtung zu erfüllen und die türkischen Klingen von meinem Nacken fernzuhalten.« Er sah Hilāl an. »Es sei denn, natürlich, seine Talente wären bei dir besser aufgehoben, Emir.«

»Unsere Aufgabe ist schon erfüllt, wenn die Kanoniere zielen, Großkönig.«

»Nun dann?« fragte Ussun Cassano und wandte sich an Leonardo.

Leonardo beschloß, mit Ussun Cassano in die Schlacht zu reiten, an seiner Seite zu bleiben, zu seiner Rechten, denn der König hatte seiner Garde gesagt, Leonardo werde den Ehrenplatz einnehmen. Tatsächlich war er hier auch halbwegs sicher, denn so würde er mit Ussun Cassano im Ring von dessen Leibgarde reiten.

Aber es war nicht leicht, mit dem König Schritt zu halten; er ritt in scharfem Tempo durch die Reihen seiner schweren Infanterie und befahl ihnen, sich aus der Mitte zurückzuziehen, sich aber zum Vorrücken und Angreifen bereitzuhalten. Dann sammelte er seine Reiter um sich, und sie folgten ihm auf seinem Rückzug nach Westen.

Als die Türken das sahen, stürmten sie über den Fluß, um ihm nachzusetzen. Sie glaubten, die Perser hätten den vollständigen Rückzug angetreten. Tatsächlich hatte Ussun Cassano einen großen Teil seiner Männer den türkischen Schwertern ausgeliefert, denn er konnte nicht überall sein, und die Zeit reichte nicht aus, um seine Befehle durch sämtliche Reihen weiterzugeben. Viele gerieten, von den Türken überrannt, in Panik, und andere wurden von der türkischen Kavallerie niedergemetzelt, die Ussun Cassano verfolgte.

Das alles konnte der König nur mitansehen, und sein Gesicht war angespannt, als leide er Schmerzen.

Aber die Perser stürmten bereits in die Mitte.

Die Bombardierung begann. Geschoßhülsen voll Pulver und Schrapnellen explodierten und erfüllten die Luft mit Donner und Feuer und tödlichen Splittern. Es war eine krachende, ohrenbetäubende, schreckliche Musik, ein Donnerknallen, das nicht nur die Erde erbeben ließ, sondern durch die Luft barst wie Steine durch eine Glasscheibe, und dann blitzte ein unnatürliches Licht, als hörte man in dieser abscheulichen Welt den Donner des Unwetters, bevor der Blitz einen traf. Wo die Geschosse explodierten, fielen die Männer in Scharen; manche verloren Hände, Füße, Arme oder Beine, andere – schmerzlos, wie durch einen scharfen Draht – einen Finger oder ein Ohr. Andere wurden ganz entzweigerissen, und wieder andere verwandelte ein Volltreffer in den menschlichen Brei, auf dem sie noch einen Augenblick zuvor gestanden hatten. Eine Explosion folgte er der anderen, und das der vielläufigen Geschütze mähte die Reihen der Männer nieder wie ein Kornfeld – Türken wie Perser gleichermaßen.

Die Türken, die die größten Verluste erlitten, erschraken furchtbar, geradeso wie ihre Pferde, die in alle Himmelsrichtungen auseinanderstoben und gleich darauf von der tödlichen Saat des fliegenden Metalls zu Boden gestreckt wurden.

Und doch waren nur Sekunden vergangen, Augenblicke ... Leonardo wußte es nicht, denn die Zeit war zerstört. Ussun Cassano konnte nicht länger warten. Noch während die Kanonen donnerten und die Mitte unter Beschuß nahmen, gab er das Signal zum Vorrücken. Mehrere Battaillone seiner schweren Infanterie attackierten den äußersten linken Flügel der türkischen Linien, der nicht bombardiert worden war.

Plötzlich verstummten die Kanonen.

Der Befehlshaber der Janitscharen hatte anscheinend alle verfügbaren Reiter zusammengezogen, um den Angriff der persischen Infanterie auf seine Flanke abzufangen. Ussun Cassano hatte Einheiten von Bogenschützen zusammengestellt, die jetzt auf die türkische Infanterie schossen. Unterdessen führte der Perserkönig seine Reiterei an der Front entlang – und umging so die türkische Kavallerie, wie Alexander der Große es getan hatte, als er die persische Armee in der Schlacht von Granicus besiegt hatte –, und machte dann die Türken auf der linken Seite ihrer Linien, wo sie geschwächt waren, nieder. Leichte und schwere Infanterie folgten ihm auf dem Fuße.

Leonardo hatte alle Hände voll zu tun, um Ussun Cassano zu beschützen; der König ritt, als kenne er keine Furcht, und mit seinem Mut ermutigte er auch seine Soldaten. Sie machten die Türken schlagend und fetzend nieder und drängten sie in den Fluß, der jetzt dunkler war als der Schlamm. Überall war Geschrei und Tumult und Blutrausch. Alles war verloren gewesen, und wie durch ein Wunder war nun alles zu gewinnen. Der Perserkönig konnte nicht sterblich sein, nicht aus Fleisch und Blut, man konnte ihm nichts anhaben – nein, er war das Auge des Wirbelsturms, der Wind auf einem Pferd, selbst als man das Pferd unter ihm zu Boden schlug. Leonardo überließ ihm seine türkische Stute, aber nur für einen Augenblick – dann brachte Ussun Cassano ihm selbst ein neues Pferd.

Zum Denken war keine Zeit. Die Türken umgaben Leonardo an allen Seiten und versuchten noch immer – jetzt erst recht –, Ussun Cassano zu töten, und dieser wich nicht aus dem dichtesten Kampfgetümmel, wollte nicht rasten und dem Rückzug des Feindes zusehen, denn er war jenseits aller Vernunft, jenseits alles Menschlichen. Er war gefangen in einem Traum vom Kämpfen, in dem es kein Zeitgefühl mehr gab und in dem Ursache und Wirkung nur noch aus Schlagen und Reiten bestanden.

Vielleicht war es etwas wie das Haschisch des Dervadar, was

hier die Luft durchdrang, denn Leonardo war zu einem Teil von Ussun Cassanos Traum geworden, und er hatte alles vernünftige Denken hinter sich gelassen. Es gab nur noch die Geräusche und Bilder, die schreckliche Lust, zu schlagen und zu töten und Leben zu trinken. Hier war der Ort des Lichtes, wie er in Kuans kleinem Buch mit chinesischer Weisheit beschrieben war; hier war das Fundament des Denkens und der Erinnerung, der Ort ohne Gedanken, die Erde, die das Leben aufsog und die man nur durch die Augen des Todes wahrnehmen konnte. Und Leonardo ritt durch dieses Licht, sah zu, wie Fleisch sich in Geist verwandelte, und genoß die schreckliche Neutralität des Geschehens.

Alles hier war lebendiges Licht, lebendig und greifbar: Seelen und Geister, Männer, Pferde, Luft, Wasser, Holz und Metall, alles derselbe Stoff, und Leonardos Aufgabe bestand nur darin, zu stechen und zu schlagen. Er war der Tod, er war besessen, er schlief und war doch hellwach, und das Licht wurde heller mit jeder Seele, die freigelassen wurde, wurde heller mit jedem Schrei, mit jedem zischenden Atemzug, heller und heller vom wattigen Licht einer Lampe im Nebel, von Licht, das so hell wurde wie die Sonne, klärend, zerstreuend, bis …

»Es ist ein Gesetz der Ritterlichkeit wie auch der Strategie, daß man dem fliehenden Feind die Straßen mit Gold pflastern und ihm Brücken aus Silber bauen soll«, sagte Hilāl zu Ussun Cassano.

Es waren die ersten Worte, die Leonardo hörte, als er aufgewacht war. Verwirrt fragte er, wo er sei. In seinem Kopf und seinem rechten Arm pochte der Schmerz. Er lag auf einer Decke, und Kissen stützten seinen Kopf. Gutne beugte sich über ihn und pflegte ihn. Es war kühl und dunkel hier, und einen Augenblick lang fragte er sich, wann Ussun Cassanos Sohn kommen würde, wann er ihn töten müßte. »Wenn es noch dunkler wäre«, dachte er und beantwortete sich seine Frage.

»Ihr seid in meinem Zelt, Leonardo«, sagte Ussun Cassano. »Nachdem Ihr ein wackeres Schauspiel als mein Beschützer aufgeführt und mir dabei das Leben gerettet hattet – vielleicht einmal, zweimal, dreimal, wer konnte es zählen? –, wurdet Ihr ...«

Leonardo war jetzt hellwach. Er wollte sich auf den Ellbogen stützen, aber das war zu schmerzhaft, und so begnügte er sich damit, flach liegenzubleiben und dem König nur den Kopf zuzuwenden. Er hatte Schnittwunden und Blutergüsse an Gesicht, Armen und Beinen, und auch sein Knie war verletzt. Draußen war es laut – Männer riefen, schrien, brüllten, sangen gar, und das alles schien unerträglich nah zu sein. Aber natürlich würde das Wasser die Geräusche verstärken, wie ein gekrümmter Spiegel ein Bild vergrößerte.

Das Geschrei rückte näher; die Männer riefen nach Ussun Cassano und sangen seinen Namen.

»Ihr wurdet vom Pferd geworfen.« Ussun Cassano achtete nicht auf das Gebrüll. »Ihr kämpft, wie ich noch nie einen Christen habe kämpfen sehen. Ihr könnt kämpfen wie ein Perser, aber Ihr reitet nicht wie einer.« Beschämt wandte Leonardo den Blick ab. Ussun Cassano ging zum Zelteingang.

»Wollt Ihr nicht auf den Kalifen warten?« fragte Hilāl.

»Man könnte meinen, Ihr wäret der Kalif«, sagte Ussun Cassano, aber es klang humorvoll.

»Es war nur eine Frage, Großkönig«, sagte Hilāl leise.

»Hört sie Euch doch an, Emir. Wollt Ihr hinausgehen und meinen Offizieren sagen, daß wir den Feind nicht verfolgen? Wie lange, glaubt Ihr, könnte ich dann noch am Leben bleiben?«

»Ihr seid der König«, sagte Hilāl.

»Vielleicht in ein paar Stunden wieder, oder morgen, aber jetzt nicht.« Er schwieg einen Augenblick. »Ich werde sie zur Ruhe bringen, sobald ich kann.«

»Ihr werdet sie einfach nur Mehmed in die Arme treiben«, sagte Hilāl.

»Wenn wir fertig sind, werden es vielleicht nicht mehr so viele sein, die man treiben könnte.«

»Und Mehmed, wieviel Mann hat der noch übrig?«

Es hörte sich an, als seufze Ussun Cassano, und einen Moment lang sah er verwundbar aus. »Könnt Ihr die Tropfen in einem Ozean zählen? Ich freue mich darauf, Euch bald wiederzusehen, mit Eurem Herrn. Wir erwarten Euch in den Bergen. Und dann befreien wir zusammen die Cousine des Kalifen.« Er sah Leonardo an. »Und vielleicht auch Euren Freund.«

»Ist er dort?« Die Verzweiflung in Leonardos Stimme war nicht zu überhören. »Habt Ihr Neuigkeiten?«

»Vielleicht ein paar«, sagte Ussun Cassano. »Aber wer kann einem Türken trauen – selbst wenn man ihn foltert?« Draußen erhob sich großer Jubel, als der König aus dem Zelt trat, und Leonardo wollte eben aufstehen und ihm folgen, als er wieder erwachte. Sein Arm tat ihm immer noch weh, aber der Kopf war klar. Die Kopfschmerzen waren verschwunden, ja, er fühlte sich ganz leicht. Es war still, aber das Zelt schien von einem flackernden roten Licht erfüllt zu sein. Leonardo erkannte Maschinengeräusche: Soldaten drehten an Kurbeln und betrieben die Mörser auf den Mahlkarren. Sie mahlten Schießpulver.

»Was ist das für ein Licht?« fragte er Gutne, die neben ihm lag.

»Sie verbrennen die Toten.«

»Mir scheint eher, sie verbrennen alles.«

»Es scheint so, ja.«

Im Licht, das durch die Zeltöffnung fiel, konnte Leonardo Gutnes Gesichtszüge erkennen. In diesem Augenblick sah er sie nicht als ein klägliches Abbild Ginevras, aber als ihre Schwester vielleicht. Nein, eher als ihre Cousine, eine Cousine mit den Zügen der Familie, aber in plumper, grobschlächtiger Form. Er fühlte Verlangen, spürte eine pochende Hitze in seinen Lenden, aber irgend etwas stimmte nicht …

»Ich rieche den Gestank«, sagte er wie zu sich selbst. »Und das

Schießpulver. Ist es nicht gefährlich, die Zutaten für Schießpulver zu bearbeiten, wenn ...«

»Ich glaube nicht, daß der Emir es erlauben würde, wenn es nicht notwendig wäre«, sagte Gutne.

»Du kennst ihn also?«

»Er ist angesehen ...«

»Obwohl er ein Eunuch ist.«

»Ja.« Gutne hielt den Blick gesenkt, als wage sie nicht, Leonardo anzusehen.

»Warum?« fragte Leonardo. »Wegen seiner Verwandtschaft mit dem Kalifen?«

»Ich weiß, daß der Kalif allen erzählt, Hilāl sei sein Vater. Vielleicht ist das der Grund, daß er die Gunst des Kalifen besitzt. Aber Respekt kann man nicht befehlen. Der muß freiwillig erwiesen werden. Dir, Herr, hat man Respekt erwiesen.«

»Ja?«

»Der Perserkönig«, sagte sie. »Er hat dir sein Zelt überlassen.«

»Ein Almosen, um mich zu demütigen.«

»Das glaube ich nicht«, sagte Gutne, und Leonardo zog sie an sich. Doch er zögerte, obgleich sie sich willig an ihn preßte; er hielt sie zurück, und dann drückte er sie so fest an sich, daß sie kaum noch Luft bekam. In diesem Augenblick sah er nicht Ginevra oder Simonetta und auch nicht Gutne. Er fühlte ein brennendes, betäubendes, alles verzehrendes Bedürfnis, und er wußte, daß es das Töten und Verwunden anderer Menschen war, was dieses Verlangen in ihm weckte. Er fühlte sich vergewaltigt und gewalttätig, wie einer, der im Begriff stand, etwas zu tun, was er bereuen würde, und doch außerstande war, sich im Zaum zu halten. Wenn Gutne nicht willig gewesen wäre, hätte er sie vergewaltigt, sie kaum anders behandelt als die Männer, die er reflexhaft getötet hatte, so mechanisch und automatisch wie das Funktionieren von Zahnrädern und Getrieben. Sie schloß die Augen, als er mit den Fingern durch ihr Schamhaar kämmte und mit dem Zeigefinger in sie eindrang, prüfend, da das Verlangen sie noch nicht befeuchtet hatte. Sie wußte es, und er war zornig, als wäre sie vor ihm zurückgewichen. Sein Verlangen war eine Hitze, die in seine Beine strahlte, in seinen Bauch; sein Penis war gefühllos, und als er in sie eindringen wollte, merkte er, daß er schlaff war. Sein Verlangen hatte nicht nachgelassen. Er war ein brünstiges Tier, und er hatte das Gefühl, daß es ihn verzehrte, aber so sehr Gutne sich auch bemühte, ihm zu helfen, er war doch tot, neutral – so fern wie das Feuer, welches das Schlachtfeld am Fluß einäscherte.

Er schob sie von sich, behutsam jetzt, als komme er zur Besinnung, und stand auf. Mechanisch kleidete er sich an. Sie wollte ihn zurücklocken. Er sagte, sie solle nur schlafen, und versicherte ihr, daß er zurückkommen und sie nicht im Stich lassen werde. Er fühlte sich ruhig, als er jetzt das Zelt verließ und an dem weiten, schützenden Ring der dicht beieinanderstehenden Kanonen und Mörser und Fuhrwerke entlang auf Feuer und Asche und verkohlendes Fleisch zuging.

Er verstand jetzt, was er an die Gewalt verloren hatte, an den Blutrausch, der noch immer in der Luft hing wie die Asche und die brennenden Kleiderfetzen, die aufwärtsschwebten wie flammende Seelen und verschwanden, ehe sie zum Himmel emporstiegen. Zwanzigtausend Tote brannten wie ein mächtiger, endloser Schrei; und als Leonardo sich erinnerte, sich leibhaft erinnerte, wie es sich anfühlte, wenn die Klinge sich in Fleisch bohrte, da verstand er. Er schlüpfte in die marmorne Dunkelheit seiner Kathedrale der Erinnerung, um sich dort zu verstecken.

Aber die flammenden, glühenden Fetzen von Fleisch und Seelen schwebten auch hier empor, erkalteten und sanken wieder herab, wehten umher wie Blätter, zur einen Seite und zur anderen. Leonardo fühlte, daß er in Flammen stand, fühlte, daß er emporstieg, aufstieg in ein leeres, ohnmächtiges, hallendes Schwarz.

Köpfe

Ich kam in die Stadt Calindra, nahe unserer Grenze. Diese Stadt liegt am Fuße jenes Teils des Taurusgebirges, welcher vom Euphrat getrennt liegt, und blickt auf die Gipfel des großen Taurusberges im Westen. Diese Gipfel sind von solcher Höhe, daß es scheint, als berührten sie den Himmel, und auf der ganzen Welt gibt es keinen Erdteil, der höher wäre als dieser Gipfel.

Leonardo da Vinci

Kind, jetzt bin ich verloren. Kann ich denn mein Leben ertragen nach dem Tode, da ich deinen Tod erlitt?

Homer, Ilias

Sie fanden Ussun Cassano in trostloser Lage in einer Stadt voller Leichen und etlicher auf Stangen gespießte Köpfe. Sie fanden ihn in einer kleinen Moschee; seine Armee war dezimiert. Der Gestank des verwesenden Fleisches war überwältigend. Nicht einmal die Feuer, die dort loderten, wo einmal der Marktplatz der Stadt gewesen war, konnten den bitteren, übelkeiterregenden Geruch verzehren. Huren und Soldaten, Perserfrauen, die an der Seite ihrer Männer gekämpft hatten, Kinder und Bürger der Stadt, alle waren zu Rauch geworden. Die Stadt war angezündet worden, aber es war unmöglich zu sagen, wer hier mit Feuer und Schwert und Axt gewütet, wer vergewaltigt und geplündert hatte: Perser oder Türken?

Ka'it Bay hatte auf der Stelle befohlen, alle noch übriggebliebenen Köpfe von den Stangen zu nehmen und ordentlich zu bestatten. Um dies zu bewerkstelligen, mußten die Männer vorher die Hunde erschlagen, die nach den von Maden wimmelnden

Leckerbissen sprangen und schnappten. Es war Mittag; die Luft war schwer von Asche, die die Sonne verschmierte und die Hitze verstärkte. Es war eine Luft, die mühsam zu atmen war, Luft, die alles in weiche Spiegelungen verwandelte, als wäre dieser Ort nur eine alptraumhafte Erscheinung, heraufgeträumt von einem verdurstenden Soldaten in der Wüste.

Aber noch während die Armee sich ringsum in der Stadt niederließ, kamen Bauern und Perser, begleitet von persischen Edelleuten und Aufsehern, aus den Nachbarstädten, die nicht geplündert und niedergebrannt worden waren. Sie stellten Marktstände auf, um ihre Erzeugnisse feilzubieten und um Ka'it Bay willkommen zu heißen. Schon waren Marketender, Metzger, Bäcker, Köche und neue Hurenregimenter in gewinnträchtige Geschäfte vertieft – und so wurden Kaufleute reich, denn Ka'it Bays Armee war auf hundertdreißigtausend Mann angeschwollen.

»Der König fragt nach Euch«, sagte Kuan zu Leonardo, der mit Hilāl und Mithqāl unterwegs war, um einen großen Ring von Kanonen und Artillerie um das Lager zu ziehen, der auch die Soldaten einschloß, die unruhig in den Bergen warteten. Die Mamelucken waren geritten und marschiert – in Phalangen, die sich nicht so sehr von denen im alten Griechenland oder in Mazedonien unterschieden –, sie waren reif für den Kampf und kaum noch zu zügeln, sie beteten freudig zu Allah, zu dem Einen, dem Wahren Gott, und riefen seinen Namen an und den ihrer Göttin; der Göttin des Krieges, der Göttin des Lebens und des Todes und der Liebe und der Psalmen – »*Mun shan ayun A'isheh*«. Sie waren jetzt entsetzt und bedrückt im Anblick des wahren Gesichts des kürzlich vollstreckten Todes ringsumher.

Leonardo nickte und begleitete Kuan durch das Lager und ins Herz von Calindra.

»Ich habe gehört, daß es zwischen Euch und Euren Freunden böses Blut gibt«, sagte Kuan.

»Wie geht es Amerigo?« fragte Leonardo.

»Er lagert bei mir. Ihr hattet reichlich Gelegenheit, ihn zu sehen, aber Ihr scheint ja die Gesellschaft von Eunuchen zu bevorzugen.«

»Ist Amerigo einer Meinung mit Sandro?« Leonardo wollte die Dinge nicht beim Namen nennen, wollte immer noch nicht die Möglichkeit Gestalt annehmen lassen, daß er tatsächlich für den Tod Zoroastros verantwortlich sein könnte.

»Ihr müßt mit beiden reden. Sandro weiß nicht mehr genau, was er gesehen hat.«

»Er weiß es nicht mehr genau?«

»Er hat nicht soviel Glück wie wir ... Er hat kein System für die Erinnerung.«

Leonardo lachte, und seine Verbitterung war nicht zu überhören. »Kein System hilft bei solchen Gelegenheiten.« Diese Dinge auch nur zu erörtern, erschien ihm wie eine Entweihung; hier, wo die Luft stickig war vom Stoff der Seelen und von den aschenen Überresten dessen, was einst lebendes Fleisch gewesen war. Hier redeten sie von kleinlichem Groll, im Angesicht des Ewigen sprachen sie vom Niedersten des Alltäglichen ... Und doch war es wichtig, denn das zerbrechliche Band von Liebe und Freundschaft war ein Ausgleich selbst für all das Sterben und Schlachten, das hier so vertraut geworden war, daß es für Sekunden, Minuten, Stunden unsichtbar werden konnte. »Wißt Ihr, wie dies hat geschehen können?«

»Es war so, wie die persischen Soldaten sagen. Sie wurden nachts überwältigt, und die meisten wurden in ihren Zelten ermordet.«

»Das leuchtet doch nicht ein. Der König wäre niemals so nachlässig gewesen, sie ...«

»Doch, Maestro«, unterbrach Kuan. »Irgendwann schläft jeder ein.«

»Ihr wißt, was ich meine«, sagte Leonardo gereizt.

Kuan wandte den Blick ab und lächelte, aber es war ein ironisches Lächeln. »Außerdem war er in der Minderzahl und hatte es mit Mustafàs besten Janitscharen zu tun.«

»Mustafà …?«

»Der Lieblingssohn des Großtürken. Er ist ganz wie sein Vater, genau wie Zeinel ganz wie Ussun Cassano war. Sie hatten sich in den Bergen versteckt.«

»Dann hat der König ihn unterschätzt.«

Kuan zuckte die Achseln. Sie kamen an einem offenen Grab vorbei. Ein Mann kniete vor der Grube, schrie und weinte; seine Kleider waren zerrissen, und sein Schädel blutete, wo er sich die Haare ausgerissen hatte. Er zitterte hemmungslos, als habe er Krämpfe. Hinter ihm stand eine Frau; sie weinte und klagte abwechselnd mit schriller Stimme. Leonardo wußte, daß er besser nicht in dieses Grab schaute, aber er konnte nicht anders. Die Toten waren lauter Frauen und Kinder.

Leonardo und Kuan gingen an persischen und mameluckischen Wachen vorbei in die Moschee. In dem großen Saal war es kühl und dämmerig. Prunkvolle Gebetsteppiche waren überall auf dem Mosaikboden ausgebreitet, und durch hohe, schmale Fenster bohrten sich Lichtstrahlen in die Säulenhalle. Ussun Cassano saß fast in der Mitte. Sein Haar glänzte von Fett; sein dickes, gestepptes Wams und sein grüner Turban waren blutbespritzt und verschmutzt, und seine Hände ebenfalls. Leonardo bemerkte den silbernen Ring mit dem Karneol, den Ring, den er all die vielen Stunden lang angeschaut hatte, als er mit dem König in seinem Zelt gewartet hatte; aus irgendeinem unerklärlichen Grund setzte er den Ring mit Gebeten gleich. Vor dem König auf dem Boden stand ein gläserner Krug.

Darin lag der abgetrennte Kopf seines Sohnes Zeinel.

»Wo ist der Kalif?« fragte Leonardo im Flüsterton und sah sich nach Kuan um. Er hatte plötzlich Angst davor, mit dem König allein zu sein, aber Kuan war verschwunden.

Leonardo blieb nichts anderes übrig, als weiterzugehen, denn

Ussun Cassano sah ihn an. Seine Augen waren weit aufgerissen und blutunterlaufen, als könnten diese Augen in die Hölle blicken, als habe ihr inneres Feuer einen Riß in der Welt beleuchtet und ihm seinen eigenen Tod gezeigt.

»Herr der Welten …« Leonardo bemühte sich, nicht auf den Glaskrug zu schauen, aber mit einem kurzen Blick hatte er jede Einzelheit in sich aufgenommen: das junge, makellose Gesicht, Augen, so kalt und blau wie Glas – woraus sie tatsächlich waren –, dichtes rotes Haar, das am Hinterkopf zu einem festen Knoten gebunden war, volle, aber fest geschlossene Lippen, hohe Wangenknochen und ein leicht gekerbtes Kinn. Abgesehen von der Haut, die gelb war wie altes Pergament, war es Ussun Cassanos Gesicht – jünger, glatter als seines, aber sonst sein Spiegelbild. Die Wirkung war gespenstisch.

»Jetzt habt Ihr zwei meiner Söhne gesehen, Maestro.«

»Ich habe sie alle gesehen, Großkönig, bei Unghermaumets Beerdigung.«

»Ah ja, das stimmt.« Ussun Cassano starrte ausdruckslos den Glaskrug an. »Jetzt habt Ihr sie gesehen, denn hier ist mein Sohn Zeinel, ein Geschenk vom Großtürken. Ich habe es erwidert, indem ich ihm seine Gesandten in Stücke zerschnitten zurückgeschickt habe.« Der König schwieg versonnen und sagte dann: »Wie es scheint, hat er den Kopf meines Sohnes zu seiner Belustigung behalten, als Schmuck für sein Zelt.«

»Aber Ihr wußtet doch sicher …«

»Es war vor weniger als einem Jahr«, sagte Ussun Cassano. »Ich habe darum gebetet, daß er noch am Leben sein möge. Ich hatte gedacht, der Türke hält ihn als Geisel gefangen, denn vor den Gesandten, die ich in seine Hauptstadt schickte, hat Mehmed es nicht bestritten.« Ussun Cassano lachte. Dann fragte er mit kaum hörbarer Stimme: »Wißt Ihr noch, was ich zu Euch sagte, als ich meinen Sohn tötete?« Er blickte einen Moment lang starr vor sich hin, als lausche er fernen Stimmen, Engeln oder Djinn. »Aber ich habe zwei Söhne getötet.« Er hob den Glaskrug hoch und starrte in Zeinels Glasaugen. »Jetzt ist es an Euch, zu sehen, Zeuge zu sein.« Er drehte sich zu Leonardo und wartete sichtlich ungeduldig auf eine Antwort.

»Nein, Herr, ich erinnere mich nicht«, sagte Leonardo.

»Dann sucht in Eurer Kathedrale der Erinnerung. Und lügt mich nicht an!«

»Ihr sagtet: ›Eine letzte Demütigung‹, bevor Ihr Unghermaumet aus dem Totenzelt trugt.«

»Seht Ihr?«

Es gab nichts zu sagen. Leonardo kniete vor Ussun Cassano nieder, denn es war respektlos, den König zu überragen.

»Ich habe mich geirrt, sehr geirrt, aber jetzt ... Ich will es Euch noch einmal sagen: Dies wird die letzte, die allerletzte Demütigung sein für mich.«

»Was meint Ihr damit, Beherrscher der Welten?« fragte Leonardo besorgt. Er sah sich in der Moschee um. Sie waren ganz allein; es konnte – oder sollte – allerdings jemand draußen vor dem verschnörkelten Eingang stehen.

Ussun Cassano überging Leonardos Frage. »Mein einziger Vertrauter ist also ein ungläubiger *kâfir*, den ich davor bewahrt habe, meinen Sohn zu ermorden. War es nicht so, Maestro?«

»Ja, Großkönig. So war es.«

»Und dem ich mein Zelt gegeben habe.«

»Das war überaus gnädig«, sagte Leonardo.

»Ich will, daß mein Sohn Calul König wird. Er wird nicht jammern oder trauern. Er wird kämpfen. Die Armeen werden sich um ihn scharen.«

»Aber Ihr seid doch König.«

»Nein, das bin ich nicht. Das habe ich Euch gesagt, als ich das Lager verließ.«

»Ihr habt gesagt: ›Vielleicht in ein paar Stunden wieder oder morgen, aber jetzt nicht.‹«

»Ihr habt also doch ein Gedächtnis«, stellte Ussun Cassano fest. »Ihr müßt Calul meine Wünsche ausrichten.«

»Warum wollt Ihr, daß *ich* es Eurem Sohn sage?«

»Weil ich Euch vertraue.« Und Ussun Cassano gab ihm einen Brief, der mit seinem königlichen Siegel verschlossen war. Dann zog er sein Schwert und legte es auf den Boden. »Ihr schuldet mir eine Tötung. Begeht sie jetzt.«

Leonardo stand auf und wich einen Schritt zurück.

»Ich will mit meinem Sohn begraben werden, aber niemand darf ihn zu Gesicht bekommen. Er war mein Liebling, mein kostbarster Besitz, meine Liebe, ich selbst – sofern ein Vater seinen Sohn besitzen kann.«

»Ich kann das nicht... *Ihr* könnt das nicht tun, Großkönig. Euer Weg ist die Rache. Bestraft den Türken für das, was er...«

»Maßt Euch nicht an, mit mir zu debattieren, denn sonst findet Ihr Euch selbst zwischen Schwertern wieder.«

»Ich werde Euch nicht töten«, sagte Leonardo. »Daß ich Euch einmal im Stich gelassen habe, dafür habe ich bezahlt.« Er wandte sich ab und ging langsam davon, und dabei fragte er sich angstvoll, ob er für diesen Ungehorsam nicht jeden Augenblick die Schneide eines Schwertes oder die Spitze eines Pfeils zu spüren bekommen würde. Statt dessen hörte er ein Stöhnen, ein Seufzen, und als er sich umdrehte, sah er, daß Ussun Cassano sich den Dolch unter dem Nabel in den Leib gestoßen hatte und jetzt versuchte, ihn aufwärtszuziehen.

Einen Augenblick lang starrten sie einander an; Leonardo entsetzt, Ussun Cassano blinzelnd vor Todesqual. Dann stürzte Leonardo, ohne nachzudenken, wieder zurück zu dem König und hob das Schwert auf, das auf dem Gebetsteppich lag, und als der König sich vorbeugte, enthauptete er ihn. Und Leonardo hörte sich beten, als könne er – der Ungläubige – Gott nur in Blut und Todeskampf finden.

Dann stand Ka'it Bay selbst neben ihm. Er hatte alles mitangesehen. »Jetzt, Maestro, ist die Schuld bezahlt.« Er nahm Leonardo den Brief ab und führte ihn zur Moschee hinaus. »Er war bereits tot, bevor er sich den Dolch in den Leib stieß, und bevor Ihr ihm in den Himmel halft. Er hat Euch geliebt, genau wie ich es tue.«

Und der Kalif erklärte Leonardo alles, Leonardo, der für ihn war wie ein Sohn, ein Sklave, der die Privilegien eines Emirs beanspruchen konnte.

Leonardo, der einen Augenblick zuvor Gott gefunden hatte – für einen Augenblick –, spürte jetzt das heiße Rinnen der Tränen auf den Wangen, und er weinte lautlos um diesen Barbarenkönig, der ihn zum Mörder gemacht hatte – zu sich selbst.

Das Abbild war Leonardos eigenes.

Genau wie Simonetta in die Augen der Engel geschaut hatte, so hatte Leonardo einen Blick in die eigene Seele getan.

Als der persische Prinz Calul eintraf, zeigte ihm Ka'it Bay den enthaupteten Leichnam seines Vaters, und er belog ihn, indem er ihm sagte, die Türken hätten seinen Kopf als Trophäe mitgenommen. Dann führte er den grotesk großen, hellhäutigen Mann mit schütterem Haar zum Grabplatz.

Calul stand zwischen dem Kalifen und Leonardo und hielt den Brief seines Vaters in der Faust, und er starrte in das lehmige Grab, als habe er eine schwere Aufgabe vor sich, die gelöst werden mußte. Der Prinz war von Kopf bis Fuß intensiver, kalter Zorn; seine schmal blinzelnden, tiefliegenden Augen waren dunkel umrahmt von Augenbrauen und Schatten, aber sie selbst waren hell wie zum Beweis dafür, daß sie die Spiegel der Seele seien. Hinter ihm, großenteils unsichtbar, wartete gespannt seine Armee der Zehntausend, als wüßten die Männer nicht, ob sie den Kalifen und seine Truppen nun Bundesgenossen oder Feinde nennen sollten.

»Und was hat mein Vater sonst noch gesagt?« fragte Calul Leonardo.

»Ich habe Euch alles erzählt.

»Und Ihr wußtet nichts von meinem Bruder Zeinel – daß der Türke ihm …«

»Ich weiß nur, was ich gesehen habe«, log Leonardo. Seinem Unbehagen zum Trotz schaute er dem Prinzen in die Augen.

»Ihr habt meinen Vater mit dem Schwert in der Hand gefunden?«

»Ich habe ihn nicht gefunden, aber er war auf dem Schlachtfeld«, antwortete Leonardo. »Glaubt Ihr, ich würde Euch belügen?«

»Natürlich nicht, Maestro Leonardo. Aber einer meiner Offiziere glaubt, er habe ihn noch lebend in der Moschee gesehen.«

Leonardo zuckte die Achseln. »Ihr müßt selbst wissen, was Ihr davon haltet, Herr.«

»Mein Vater hat Euch vertraut.« Calul reichte ihm den Brief, und Leonardo las ihn, auch wenn er ihn schon einmal gelesen hatte, als Ka'it Bay ihn geöffnet und dann mit dem Siegel des Großkönigs wieder verschlossen hatte. Wie haßte er das alles! Er war kein guter Lügner, aber er hatte keine andere Wahl.

Er gehörte zum Plan des Kalifen.

Der junge Niccolò hätte ihm gesagt, es sei am besten so, und selbst Ussun Cassano hätte die List des Kalifen gebilligt; denn wenn die Perser herausgefunden hätten, daß ihr König Selbstmord begangen hatte, wären sie so sehr demoralisiert gewesen, daß sie nicht mehr brauchbar hätten kämpfen können. Zu diesem Zweck hatte Ka'it Bay befohlen, jeden Perser hinrichten zu lassen, der womöglich einen Verdacht hegte.

Offensichtlich war Hilāl – oder Hilāls Scherge – nicht gründlich genug vorgegangen.

Die persischen Truppen sammelten sich um Calul, der so groß wie sein Vater, aber von schlanker Gestalt war. Er wirkte gelehrtenhaft und besaß nichts von der körperlichen Tatkraft und Schönheit seines Vaters. Sein Geist war scharf, konzentriert wie ein Lichtstrahl, der sich durch die Dunkelheit einer Kathedrale schneidet, und so stark, daß es schien, als zitterten seine Hände davon. Seine Offiziere hatten Angst vor ihm, aber sein Haß auf die Türken war offenbar die Flamme, die seine Leute zu ihm hinzog.

Die persischen und arabischen Armeen marschierten zusammen und griffen den Feind an, wo immer sie ihn fanden; sie metzelten und brannten sich durch die hohen, wilden Regionen, als wäre das ganze Land hier türkisch und nicht persisch. Sie stießen immer tiefer in die Berge vor, folgten Zeichen und Signalen, hefteten sich auf die Spuren von Mustafàs Tausenden, drangen ein in Täler am Grunde von Schluchten, die aussahen wie Kathedralen mit hohen Fenstern im fahlgelben Licht der Morgendämmerung. Sie zogen über Pfade, die sich gefährlich verzweigt durch die Berge schlängelten, kämpften an Pässen mit Männern und Kanonen, zersprengten Felsen mit ihren Geschossen, als könne der Kalif Blitz und Donner hervorbringen, dem Zorn der Natur ebenbürtig, und so näherten sie sich dem Schlachtfeld, wo Mehmeds massives Heer wartete. Die Türken hatten das Land nach Nahrung durchkämmt. Es war ein totes Land, auch wenn die blauen Berge, die Kiefernwälder, Täler, schmalen Schluchten und Ebenen jungfräulich aussahen, als hausten hier Najaden und Satyrn, Kentauren und Nymphen im Schutze der Natur und fürchteten niemanden außer den Göttern, die die Nächte zurückzogen und die Tage beschlossen. Aber auch durch niedergebrannte Städte und Dörfer kamen sie, die nach verwesendem Fleisch stanken und alle bukolischen Illusionen zerstieben ließen.

Leonardo sah Adler, die um ihre Nester in den Höhlengewölben hoch über ihm kreisten, als warteten sie nur darauf, auf die Nachzügler herabzustoßen und sie zu prometheischer Mahlzeit zu verschleppen.

Leonardo ritt mit Hilāl und Mithqāl, als Sandro sich dazugesellte. Schweigend ritt er neben seinem alten Freund her, als sei nichts zwischen sie gekommen; aber anscheinend bekam er nicht genug von Gutne, die hinter Leonardo ritt. Gelegentlich ließ er sich zurückfallen, um für kurze Zeit an ihrer Seite zu reiten und zu plaudern. Dabei warf er immer wieder Blicke zu Leonardo, als wolle er sich vergewissern, daß sein Freund nicht zornig oder eifersüchtig war, als tue er, Sandro, etwas Unrechtes.

Sandro war noch schlanker geworden. Er klagte zwar ständig darüber, wie unglücklich er sei, aber er sah gesund und kräftig aus. Die Hölle schien ihm gut zu bekommen. Er hatte sich mit Ussun Cassanos Imam angefreundet, und der unterwies ihn jetzt in der Philosophie des Kur-án. Leonardo würde sich nicht wundern, wenn sein Freund bei allem Heimweh irgendwann hier in diesem Lande bleiben würde, ein Seher, der nicht mehr imstande wäre, seine Visionen und religiösen Halluzinationen mit Farbe und Leinwand zu bannen. Aber was würde ihn das kümmern? Das Gebet würde sein täglich Brot sein.

Sie redeten nicht über Zoroastro.

Sie sprachen nicht von Florenz.

Sie ritten einfach zusammen, als wären sie ständig im Begriff, das Schweigen zu brechen, das ihrem gelegentlichen, nichtigen Geplauder anhing wie Dunst einer schwülen Luft, bis sie schließlich in einem Tal bei einer Quelle und einem Bachlauf lagerten.

Dort empfing Ka'it Bay vier Abgesandte von Mehmed. Er empfing sie im Freien, in dem Nieselregen, der seit Stunden niederging. Calul, der Perserkönig, stand neben ihm und beobachtete die Vorgänge leidenschaftslos.

Die Türken waren reich in Seide gekleidet, wie es sich für die Elitegarde des Sultans gehörte; diese Männer mit ihren Keulen und Äxten waren Peykler: Boten. Aber sie sahen verängstigt aus, überhaupt nicht wie Offiziere. Sie hatten den abgestumpften Blick von gemeinen Soldaten, die zuviel Gemetzel gesehen hatten. Es war, als habe Mehmed Bauern ausgesandt, um den Kalifen zu empfangen, als sollten schon ihre Gesichter eine Beleidigung für den König der Welten, den Herrn aller Araber sein.

Die Türken verbeugten sich. Drei von ihnen trugen Geschenke. Ihr Sprecher öffnete einen Brief mit dem blauen Siegel des Großtürken und las ihn vor; er hatte anscheinend Mühe beim Luftholen, und seine Stimme klang erstickt, als könne er nicht ein-, sondern nur ausatmen. Und seine Hände zitterten.

Sie waren natürlich alle vier sicher, daß sie getötet oder zumindest verstümmelt werden würden, wenn sie ihre Aufgabe erfüllt hätten.

»Mehmed Çelebi, der Beherrscher aller Türken, sendet Euch, Ka'it Bay, diese Geschenke, die Eurer Größe gleichkommen, denn sie sind ebensoviel wert wie Euer Königreich.« Der Sprecher zog den Kopf zwischen die Schultern, als er diese Worte vorlas, aber er blickte nicht auf. Auf das Stichwort hin legten zwei der Peykler einen goldenen Stab, einen Sattel und ein juwelenbesetztes Schwert vor dem Kalifen auf den Boden. »Wenn Ihr ein tapferer Mann seid«, las der Abgesandte weiter, »so hütet diese Gaben wohl, denn ich werde sie Euch bald wieder abnehmen. Ich werde alles nehmen, was Ihr wider alles Recht besitzt, denn es ist ja gegen die natürliche Ordnung, daß ein Bauernbastard über ein Königreich herrscht, wie Ihr es tut.«

Ka'it Bay zog sein Schwert, und sein Gesicht war rot vor Wut und Demütigung. Calul trat beiseite, um ihm Platz zu machen.

Aber der Türke las mit zitternden Händen und bebender Stimme weiter. Die andern blickten starr vor sich auf den Boden, als wünschten sie sich weit fort oder als könnten sie mit der Glut ihrer Blicke die eigenen Särge verbrennen. »Mehmed Çelebi, der große Herrscher der Türken, sendet Euch, Ka'it Bay, noch ein Geschenk, zwar von persönlicher Art, doch jedermann soll es sehen. So wie wir Euch dies geben, so wird Mehmed Çelebi sich das Eure mit eigener Hand zu seiner Unterhaltung und Genugtuung nehmen.« Der dritte Bote legte ein in purpurnes Tuch gewickeltes Bündel vor den Kalifen. Als er das Tuch zurückschlug, warfen sich die anderen Abgesandten auf den Boden; sie lagen auf den Knien, drückten das Gesicht in den Schmutz und hoben das Hinterteil in die Höhe. Gleich darauf fiel auch der Sprecher auf die Knie und erwartete seinen Tod.

Das Bündel enthielt ein Glasgefäß wie das, in dem Zeinels abgeschlagener Kopf gelegen hatte.

In diesem hier lag der Kopf A'ishehs.

Die Augen blickten starr heraus, blau wie Porzellan. Das Gesicht war ruhig, der Mund zugenäht, das Haar geschnitten und wie bei Zeinel am Hinterkopf zusammengebunden, die Haut braun und glatt wie poliert.

Ka'it Bay schnappte nach Luft und wich zurück, doch dann faßte er sich wieder, hob den Glaskrug auf und hielt ihn hoch, so daß jedermann ihn sehen konnte. »Seht her«, brüllte er. »Seht, was sie getan haben. Schaut her und merkt es euch! Merkt es euch!«

Die Mamelucken begannen zu schreien. *»Mun shan ayun A'isheh.«* Die Frauen brachen in schrilles Klagen aus, die Männer schrien durcheinander und zerrissen ihre Kleider, als wäre es ihre eigene Schwester, Frau oder Tochter gewesen, die ihnen da verstümmelt zur Schau gestellt worden war. Das Heer drohte sich in eine rasende Meute zu verwandeln – so schnell, wie ein Gewitter aufziehen kann, wo der Himmel noch Augenblicke zuvor klar und blau gewesen ist. Leonardo spürte die schwellenden Wogen ihrer hysterischen Energie; er stand neben Hilāl und Sandro und nahm alles in sich auf.

Er war kalt und tot. Seine Gedanken waren klar, aber fremd, als ob sie einem anderen gehörten, einem Zeugen oder einem Schreiber, dessen Aufgabe es lediglich war, alles aufzuzeichnen. Und ohne es zu merken, schaute Leonardo sich um, und er sah das Entsetzen in Sandros Miene – er hatte die Lippen geschürzt, die Brauen hochgezogen. Er sah Gutne, die ruhig zuschaute, denn auch sie war nur eine Beobachterin; und er prägte sich die Gesichter der Umstehenden ein, als wären sie für alle Zeit in diesem Augenblick gefangen: ein Gemälde ohne Pinsel, ohne Farben. Dies, dies war der Augenblick der Kunst, die Sekunde des Erstickens vor dem Schmerz und der Trauer, der summende, schimmernde Augenblick der Öffnung, da es schien, als könne man aus jedem Winkel, aus jeder Perspektive, durch jedes Auge sehen. Leonardo hörte sich selbst stöhnen; es klang wie ein Blöken in seinen Ohren und dann wie ein innerer Donner. Er erinnerte sich an A'isheh, erinnerte sich an jede Einzelheit, erinnerte sich an profane Augenblicke, die er mit ihr verbracht hatte, erinnerte sich an ihre Berührung, erinnerte sich an ihren *cassone*, erinnerte sich an den Haß in ihrem Blick, als sie Niccolò mit sich aufs Schiff genommen hatte.

Er fühlte heiße Tränen auf seinem Gesicht.

Aber sein Gesicht war trocken.

Jetzt würde er es niemals wissen ... niemals wissen, ob er sie geliebt hatte, denn er war aus Stein, wie er es gewesen war, als er Ginevra gefunden hatte.

Aber eigentlich kannte er A'isheh nicht.

Sie hatte ihn geliebt und in Stein verwandelt.

Leonardo wiederholte ihren Namen bei sich; besser gesagt, er schien sich in seinen Gedanken selbst zu wiederholen, und er sah Ginevra, Ginevra ... doch nein, es war Gutne, Gutne, die da verstümmelt, blutig und fahlhäutig in ihrem Zimmer lag, während er metzelte, ausweidete, zerschnitt und zermalmte. Alle fort. Alle tot. Alle außer Niccolò. Leonardo verschlug es den Atem, als er an Niccolò dachte.

Was war aus ihm geworden? Hatte er das gleiche Schicksal erlitten wie A'isheh?

Und dann wich alles einem einzigen Gedanken. Er mußte herausfinden, ob Niccolò noch lebte. Er mußte. Wenn er sonst nichts mehr wußte, so wußte er doch, daß er den Jungen liebte.

Die Mamelucken des Kalifen drängten sich näher heran. Ka'it Bay winkte ihnen stehenzubleiben. Sie gehorchten; er schritt mit dem Kopf seiner Cousine in den Händen vor den kauernden Peyklern auf und ab, und seine Tränen mischten sich mit dem Regen, der wie Fett auf seinem Gesicht glänzte. »Du«, sagte er zu dem Sprecher der Gesandten, »steh auf und sieh mich an.« Als der Peyk sich aufgerappelt hatte und den Mut fand, ihm in die Augen zu schauen, fuhr Ka'it Bay fort. »Ich tausche dein Leben gegen das eines Verräters.« Er reichte Kuan das Gefäß, und der nahm es und winkte die Garde um sich herum, damit sie A'isheh vor den Blicken der Soldaten verbargen, die am Rande der Hysterie standen. Aber der Kalif schien zu wissen, was er tat, denn alles schwieg; alle beobachteten ihn. »Ich bin sicher nicht so naiv, zu glauben, daß Mehmed keinen Spitzel in unserer Mitte hat. Nenn ihn mir, und ich schenke dir dein Leben – und vielleicht auch das Leben deiner Kumpane. Oder schuldet ihr Mehmed euer Leben? Seid ihr es ihm schuldig, euch zerstückeln zu lassen? Ihr wißt ja sicher, daß er euch deshalb ausgesucht hat. Sicher nicht aus Liebe, denn er weiß, was ich tun werde, nicht wahr?« Ka'it Bay sah den Sprecher an, einen hochgewachsenen, langgliedrigen Mann.

Leonardo sah, daß dieser einen Pickel am Hals hatte, rot und entzündet, und dieser Pickel kennzeichnete den Boten wie ein richtiger Name. Leonardo sah wie durch einen Tunnel, als wäre er losgelöst von allem und beobachte es aus weiter Ferne, von den Berggipfeln, wo die Luft frisch und kühl war wie der rationale Gedanke. Schmerz und Gefühle waren Teil des Stoffs, aus dem die Träume waren, aber er war endlich aufgewacht. Er spürte eine kribbelnde Taubheit, ja, er konnte sogar den Druck in seinen Fingern fühlen, als sei sein Körper von der gleichen Kälte erfaßt worden wie seine Seele.

Aber er würde Niccolò finden …

Er würde nicht in Betracht ziehen, daß er vielleicht …

Nein. Er würde ihn finden.

»Nun?« fragte der Kalif.

Der Peyk nickte und sah sich im Kreis der Soldaten um. Er achtete darauf, keinem zu nahe zu kommen, damit sie ihm nicht die Eingeweide aus dem Leib rissen. Aber sie spuckten und schlugen nach ihm, und er taumelte immer weiter; mehrere von Ka'it Bays Garde begleiteten ihn und drängten die Soldaten zurück, wo er vorbeikam. Vor Hilāl, Sandro und Leonardo blieb er stehen.

Er starrte Sandro an, als erkenne er ihn, und dann trat er einen Schritt zurück und zeigte auf ihn.

Der Kalif trat hinter ihn. »Da hast du dir einen Florentiner Maler ausgesucht.«

Der Türke senkte den Kopf und wagte nicht, sich umzudrehen. Sandro stand da wie angewurzelt.

»Woher weißt du, daß er es ist?« fragte Ka'it Bay.

»Ich habe ihn gesehen.«

»Ach, und wo hast du ihn gesehen?«

Aber der Kalif wartete nicht auf eine Antwort. Er hob sein Schwert, und während Sandro noch betend zurückwich und höchstwahrscheinlich glaubte, daß er soeben seine letzten Worte auf Erden sprach, ließ der Kalif sein Schwert auf den Kopf des Türken niedersausen und hieb den Mann buchstäblich entzwei.

Leonardo wurde mit Blut und Gedärm bespritzt, und Hilāl ebenfalls.

Die Soldaten gerieten in Raserei, sie schrien und sangen A'ishehs Namen und forderten den Kopf der drei anderen Türken. Ka'it Bay befahl den Abgesandten aufzustehen, und sie standen da, bereit zu sterben. Der Kalif ging zu ihnen zurück, blieb vor ihnen stehen und fragte: »Gibt es einen Verräter in unserer Mitte?«

Die Türken standen stocksteif da.

»Nun?«

»Ja«, flüsterte einer von ihnen, ein kleiner, tonnenförmiger Mann, dem ein Schneidezahn fehlte; die anderen Zähne waren schwarz wie angemalt.

»Und wirst du mir diesen Verräter zeigen?«

Der Türke schaute auf seine Füße, und Ka'it Bay lachte. »Ah, du glaubst wohl, dich erwartet das gleiche Schicksal wie deinen Bruder? Nun – antworte mir!«

»Ich würde nicht wagen, die Entscheidung eines Königs in Frage zu stellen.«

»Dann zeige mir euren Mann«, sagte Ka'it Bay.

»Das kann ich nicht. Er ist – sie sind – mir nicht bekannt.«

»Es gibt also mehr als einen?«

»Ich weiß es nicht, Herr. Ich weiß nur ...«

»Ja?«

»Daß man uns beobachtet. Und wenn wir scheitern, wird man uns hinrichten.«

»Und du?« fragte Ka'it Bay den zweiten Peyk.

»Es ist genauso, wie mein Gefährte Euch sagt.« Der Mann war der jüngste von den vieren, höchstens zwanzig Jahre alt.

»Und warum hat der Herrscher der Türken euch ausgesucht?«

»Um uns auf die Probe zu stellen.«

»Warum sollte er euch auf die Probe stellen?«

»Ich habe damit geprahlt, daß ich ...«

»Weiter.«

»Daß ich Euch in die Augen schauen könnte, ohne ...«

Der Kalif fing an zu lachen. Seine Stimme klang schrill, überdreht, aber er hatte sich rasch wieder in der Gewalt. »Ohne was, du junger Wicht?«

»Ohne zu zittern, Herr.«

»Aber du zitterst doch – und du lügst. Nicht wahr?«

»Nein, nein ...«

»Hast du nicht geprahlt, du würdest mir den Kopf abschlagen?« Der Kalif schwenkte wie zur Übung sein Schwert hin und her.

Der junge Türke zögerte, bevor er nickte. »Ja«, sagte er, und er senkte den Kopf und schloß die Augen.

»Nun, nicht ich werde es sein, der dir den Kopf abschlägt, junger Soldat«, sagte Ka'it Bay. »Aber dein eigener Herr könnte es tun, wenn du ihm meine Geschenke überbringst und meinen Dank.« Damit hob er das juwelenbesetzte Schwert vom Boden auf und winkte seiner Garde, den Stab und den Sattel fortzuschaffen. Dann flüsterte er Hilāl etwas zu, und dieser sprach mit einem seiner Offiziere. Einen Augenblick später erschienen mehrere Männer, die große Säcke hinter sich her schleppten. Sogar hier im Freien war der Verwesungsgestank überwältigend.

»Zeigt diesen Gästen unser Geschenk an den größten aller Türken«, rief Ka'it Bay.

Die Soldaten öffneten die Säcke und rissen sie zur Seite. Köpfe rollten heraus. Die Köpfe von Türken. Die Soldaten johlten. Einer drängte sich an der Garde vorbei und trat gegen einen Kopf, der in die Menge flog. Die Garde warf noch einen in die Reihe, und noch einen, bis es mehr als zwanzig waren, die in hohem Bogen durch die Luft flogen. Geschrei und Gefluche ertönte, aber niemand lachte: Die tödliche Stimmung der Soldaten verflog nicht… Sie wollten A'isheh nicht vergessen, ihre Madonna – ja, sie würden sie sogar mitnehmen, als heiliges Opfer an den Tod.

Als könnten ihre blicklosen Augen ihnen den Weg zeigen.

»Sagt eurem erlauchten Herrscher, daß ich bald noch mehr solche Geschenke für ihn haben werde. Tausendfach werde ich sie vermehren, und ich werde sie krönen mit ihm selbst.« Der Kalif schwieg einen Moment und wandte sich dann an den jüngsten der Peykler. »Vergiß lieber nicht deine Tapferkeit, junger Soldat. Denn wenn du oder einer deiner Kumpane den Mut verliert – oder meine Geschenke –, dann schlage ich auch euch die Köpfe ab. Oder glaubt ihr, nur Mehmed hat Spione?«

Ka'it Bay entließ sie und sah ihrem Spießrutenlauf durch die Reihen der wütenden Mamelucken und Perser zu. Dann schickte er seine besten Späher aus, damit sie Erkenntnisse über Aufenthalt und Verteilung von Mehmeds – und Mustafâs – Truppen sammelten.

Zwei Tage später fanden sie die Späher an einem Felsenpaß, der in ein langgestrecktes, enges Tal führte. Alle zwanzig waren nackt auf Pfähle gespießt.

Natürlich hatten sie keine Köpfe mehr.

Es war schwieriges Gelände für Ka'it Bay; sein Heer war allein wegen seiner Größe verwundbar, und jetzt begannen die Türken, ihn ernsthaft zu attackieren. Sie führten einen Guerrillakrieg mit kleinen Scharmützeln und Nadelstichen gegen seine Flanken und verschwanden dann wieder in Hügeln, Bergen und Wäldern, und so drohte sich der Eroberungsfeldzug des Kalifen in einen Zermürbungskrieg zu verwandeln. Regimenter schwärmten aus und folgten den Türken – und wurden in den meisten Fällen massakriert. Hilāls Artillerie war eine Belastung für eine marschierende Armee und ganz nutzlos gegen die türkische Strategie des plötzlichen Angreifens und Verschwindens. Es war, als sei das Land selbst gegen den Kalifen: die Bergpfade, die steilen Felswände und die schmalen Pässe, wo fünfzig Mann ein zehntausendköpfiges Heer aufhalten konnten. Calul sandte derweilen Boten aus und rief zu den Waffen, und seine Armee schwoll an, bis Perser und Araber, Mamelucken und Stammeskrieger, Gholaum und Parther, Georgier und Tataren in einzelnen Regimentern und Kompanien über das Land zogen wie die mächtigen Schatten der Berge bei Sonnenuntergang.

Aber Soldaten und Tiere waren hungrig, denn Korn und Gerste waren knapp geworden. Die Türken verbrannten alles hinter sich, und wenn es Ka'it Bay nicht gelänge, durch ihre Linien zu brechen, die zu schwimmen und zu schwinden schienen wie Schlamm im Wasser, würde seine Armee vom Hunger besiegt werden, bevor die Türken hervorkämen, um Ägypter und Perser mit Schwert und Pike zu demütigen.

Die Türken führten einen nächtlichen Angriff und wurden in den umgebenden Wald zurückgetrieben. Fünftausend Araber wurden getötet, zweimal so viele verwundet. Die Mamelucken forderten einen hohen Tribut bei Mustafàs Soldaten, aber Fleisch war billig, und der Sohn des Großtürken verschwand und ließ die Seinen im Stich. Er würde wieder zuschlagen. Aber wann?

Wie Cäsar teilte und herrschte, so teilte auch Mustafà sich, verbarg sich, wurde zu einem Teil des Landes, schlug zu und zog sich zurück.

Zornig, nervös, hungrig, erschöpft, marschierte die Armee, Tag für Tag und tief in die Nacht hinein.

Die Männer hatten aufgehört, A'ishehs Namen zu rufen. Sie schrien nicht mehr nach türkischem Blut. Sie waren wachsam und gefährlich, und ihre hilflose Enttäuschung überstieg alle Grenzen, so daß sie sich gegen den Kalifen wandten; seine Lehnskavallerie, die den heiligen Mann in seiner eigenen Moschee ermordet hatte, forderte eine Verdoppelung ihrer Rationen und ihres Soldes und drohte damit, heimzukehren. Andere stellten sich auf seine Seite, aber die Mamelucken des Kalifen hielten sich zurück und demonstrierten damit ihre Sympathien für die meuternden Stammeskrieger.

Die Meuterer schossen Pfeile und schleuderten Lanzen auf Ka'it Bays Zelt; sie brachten eine Kanone in ihren Besitz und feuerten damit in Richtung des Kalifen. Dies ließ seine Garde mit einem Ruck zu sich kommen, aber Ka'it Bay hielt sie zurück. Er stieg auf sein Pferd und ritt, verwundbar für seine Leute, mit dem Schwert in der Hand durch die Reihen, redete ihnen ins Gewissen und hielt A'ishehs Kopf im Glaskrug des Türken in die Höhe. Er demütigte sie und schrie: »Den Feiglingen steht es frei, nach Hause zurückzukehren. Ich will keine Feiglinge an meiner Seite haben. Ich werde an den Türken Rache nehmen, und wenn ich allein gegen sie alle kämpfen muß. Ich allein!«

Und er ritt in einem höchst dramatischen Abgang davon.

Geschrei, Tumult, vereinzelte Handgemenge zwischen Mamelucken und Stammeskavallerie folgten. Rund einhundert Stammeskrieger wurden niedergemacht, andere von der Kanone, mit der sie auf Ka'it Bay geschossen hatten, in Fetzen gerissen. Dann ertönten Fanfaren, und in machtvollem Drang wogte alles voran: Sklaven, rotbemützte Bogenschützen und Pikenträger, erfahrene Beduinensoldaten, Mamelucken, Verwundete, sogar die Frauen stürmten voran, um ihrem König zu folgen, um A'isheh zu folgen.

Leonardo sprang eilig auf sein Pferd, um nicht der Feigheit bezichtigt zu werden; er folgte Hilāl und seinen tausend Gardesoldaten.

Der Kalif ritt, als sei nichts geschehen; nach einer Weile nahm seine Leibgarde ihren Platz hinter ihm und zu beiden Seiten wieder ein, seine Phalangen marschierten, seine Mamelucken ritten, eine große, schwitzende Prozession, die Mord im Sinn hatte.

»Leonardo.«

Sandro tauchte an seiner Seite auf. Er hatte Gutne bei sich, die jetzt zurückblieb, damit sie miteinander reden konnten.

»Ich merke, daß du eine nicht nur flüchtige Zuneigung zu meiner Sklavin entwickelt hast«, sagte Leonardo.

»Wenn du willst, halte ich mich fern von ihr. Aber du hast sie zurückgelassen.«

Leonardo lächelte, aber es war ein Lächeln der Resignation. »Nein, ich habe darauf vertraut, daß du dich schon um sie kümmern wirst.«

»Aber – liegt dir denn nichts an ihr?«

»Doch, natürlich«, sagte Leonardo. »Warum? Willst du um ihre Hand anhalten?« Sandro wurde rot. Leonardos Stichelei hatte ihn getroffen, denn er war offensichtlich wirklich in Gutne verliebt. »Dein Freund Mirandola ist nicht hier, um einen Exorzismus an dir vorzunehmen«, fuhr Leonardo fort. »Ich wäre also vorsichtig mit meiner Zuneigung.«

»Es tut mir leid – wegen A'isheh«, sagte Sandro. Er blickte beim Reden starr geradeaus, um sein Unbehagen zu verbergen. Als Leonardo nicht antwortete, fuhr er fort. »Ich habe nicht geahnt, daß du sie liebst.«

»Du besitzt also jetzt die Gabe, Gedanken zu lesen, mein Fäßchen.«

»Die deinen kann ich lesen, Leonardo.«

Wieder mußte Leonardo lächeln. »Ach, dann wußtest du sicher auch, daß der Kalif den Türken in zwei Teile hauen würde. Bist du deshalb zurückgetaumelt, einer Ohnmacht nahe?«

Das traf Sandro. Er errötete erneut und bekreuzigte sich. »Leonardo, ich ...«

»Und hast du auch meine Gedanken gelesen, als du Benedetto erzähltest, ich hätte Zoroastro umgebracht?«

Sandro schwieg einen Augenblick lang und sagte dann: »Ja, das habe ich ihm erzählt, und ich hatte unrecht.«

»Unrecht?«

»Als du fortgingst, dachte ich ...« Sandro schien seine Worte abzuwägen und sich genau zu überlegen, was er sagen könnte; er war sich seiner selbst nicht sicher. »Ich habe es tausendmal in Gedanken hin und her gewälzt, Leonardo. Ich war zornig, als du dich von ihm abwandtest, und der Zorn hat mich blind gemacht. Es war unrecht von mir, dich zu beschuldigen.«

»Du könntest aber recht gehabt haben«, sagte Leonardo. »Auch ich habe es wieder und wieder hin und her gewendet. Vielleicht habe ich ihn wirklich getötet.«

»Nein«, sagte Sandro, »das hast du nicht getan.«

»Warum bist du nicht schon eher zu mir gekommen?«

»Ich habe es ja versucht, aber du warst so – so kalt, so fern. Ich dachte, du hättest dich verändert. Alles, was passiert war ...«

»Und habe ich mich verändert?«

»Ich weiß es nicht«, sagte Sandro. »Aber es tat mir im Herzen weh um dich, als die türkischen Gesandten A'isheh offenbarten. Den gleichen Ausdruck hatte ich auf deinem Gesicht schon einmal gesehen.«

Leonardo sah ihn an. Der Pfad, auf dem sie ritten, würde bald in ein tiefes Tal münden. Kiefernwald erstreckte sich zur Rechten,

Hunderte Fuß hoch, und als sie tiefer hinabkamen, schienen der dunkle Wald und die zerklüfteten Berge sie mit ihrem Zwielicht zu umhüllen; aber der Himmel über ihnen war hell und klar wie ein leuchtendes Band.

»Was war das für ein Ausdruck?« fragte Leonardo.

»Als du in Ginevras Schlafgemach standest und aus dem Fenster schautest. Bevor du hinaussprangst, um dich vor dem Feuer zu retten. Als du da auf uns herunterschautest, da hattest du den gleichen Gesichtsausdruck.«

»Ich weiß noch, daß mir war, als sähe ich Tista neben dir und Niccolò stehen. Aber Tista war tot. Armer Tista.«

»Es tut mir leid, Leonardo.«

Leonardo nickte Sandro zu und drückte seinen Arm. Dann sagte er, ohne sich umzudrehen: »Aber mir scheint, wir haben Publikum.« Er sprach laut genug, daß Gutne, die dicht hinter ihnen ritt, ihn hören konnte. Sie zügelten ihre Pferde kurz, damit sie herankommen konnte. Da ihr Gesicht verschleiert war, sah man nicht, ob sie verlegen war.

»Nicht um A'isheh trauert mein Herr«, sagte sie. Sie redete mit Sandro, als wäre er bereits ihr Herr oder als wäre sie seinesgleichen oder vielleicht eine, die keinen Herrn haben würde.

»Um wen dann?« fragte Sandro.

»Um deinen Freund – Naliko«, sagte Gutne zu Leonardo.

»Niccolò?«

»Ja. Nikolo.«

»Und woher willst du das wissen?« fragte Leonardo erschüttert.

»Ich habe deine Träume gehört ...«

»Meine Träume?«

»Du sprichst von ihm im Schlaf, Maestro.«

In diesem Augenblick sah Leonardo Niccolòs Gesicht, sah es vor seinem geistigen Auge völlig deutlich, sah es mit der authentischen Klarheit des Auges, nicht der Erinnerung.

Mit der Klarheit eines Traums.

Und trauernd fragte er sich, ob er da über den Tod hinausgeschaut hatte.

Später suchte er in seinem Jammer Mithqāls Gesellschaft, und sie unterhielten sich beim Reiten, wie sie es immer taten. Es erfreute und tröstete ihn, denn Mithqāl war ebenso begierig nach Wissen und Erfahrung wie Niccolò. Und so sprach Leonardo von seiner Kathedrale der Erinnerung und von der Geschichte des Plinius; er unterwies den Jungen in Algebra und in den Attributen des Sehens und auch in Guido d'Arezzos musikalischem System.

Er unterrichtete Mithqāl, wie er Niccolò unterrichtet hatte …

Aber Mithqāl war besessen von Valturio und Alexander dem Großen, er war besessen vom Krieg und seiner Theorie, denn Mithqāl war einer, der täuschte.

Anders als Niccolò sah er nur aus wie ein Kind.

List der Engel

Ich sah die engell wol steygen gen himmel hoch.

Charles Caxton

… und die Luft erfüllt von Schreien und Schluchzen und Seufzen.

Niccolò Machiavelli

Mustafàs Armeen attackierten wieder und wieder, wie Frettchen, die einen ganzen Schwarm Gänse zur Strecke brachten. Ka'it Bay trieb seine Truppen voran, als wären sie auf dem Rückzug. Der Kalif war entschlossen, Mehmed anzugreifen, der sein Lager am nordöstlichen Rande einer weiten Ebene aufgeschlagen hatte, am Ende eines Korridors aus langen, engen Tälern. In den Höhen oberhalb dieser Ebene, in einer eroberten Festung in den schwarzen Bergen, war A'isheh gefangengehalten worden.

Vielleicht war Niccolò jetzt noch dort, wenn er noch lebte.

Vielleicht hatte der König der Türken ihn auch an einen seiner Vasallen verkauft: an Basaraba, der zwölftausend Walachen anführte, oder an Beglerbeg, der sechstausend Rumänen hatte, oder an den Häuptling der Acangi, der Niccolò zweifellos in vorderster Linie den persischen oder arabischen Pfeilen und Lanzen dargebracht hätte.

Der Kalif rief Leonardo im Morgengrauen in sein Zelt. Es war frisch wie im Herbst, und die Mitte des Himmels war immer noch von Sternen gesprenkelt. Leonardo war todmüde, denn er war die ganze Nacht mit Hilāl aufgewesen. Die Türken hatten in der Nacht wieder einmal angegriffen, ohne Fackeln; die einzige Warnung war ein tödlicher Pfeilhagel gewesen. Die Artillerie war nutzlos, denn man konnte nur auf Schatten schießen, auf den

Wald, auf die Bewegung der Zweige im Wind. Aber diesmal hatten die Türken die Artilleristen angegriffen und wollten Leonardos Repetiergeschütze auf ihren Kampfwagen davonschaffen, ein wunderbares Geschenk an Mustafà. Aber Ka'it Bays Mameluckenreiterei machte sie bis auf den letzten Mann nieder.

Jeder wußte, daß sie wieder angreifen würden, am Morgen, am Nachmittag oder mitten in der Nacht. Diese Guerrillakämpfer würden die Soldaten des Kalifen besiegen, bevor sie das Schlachtfeld erreichen könnten. Sie waren nicht immer gierig; manchmal töteten sie schnell und flohen sofort. Die Soldaten, die die Flanken der Kolonnen zu sichern hatten, wußten, daß sie sterben würden, so sicher, als wollte der Kalif sie in zwei Hälften spalten. In ihrer Vorstellung war der Türke kein Soldat – kein Sterblicher aus Fleisch und Blut –, sondern ein Djinn, ein Wesen aus Feuer und Rauch. Schlafmangel und der Alptraum eines jähen Todes zermürbten selbst die kampfgestähltesten Soldaten. Ka'it Bay wollte seinen Leuten nicht erlauben, in Stoßtrupps auszuschwärmen, nicht einmal seiner Freiwilligenkavallerie, die aus lauter Totschlägern bestand, denn er wollte nicht noch mehr von ihnen in säuberlichen Reihen gepfählt wiederfinden.

Hilāl hatte recht gehabt: Dies war kein Krieg nach Art des Kalifen.

»Mit all Euren Erfindungen, Maestro, mit all Euren Kanonen und Sensenwagen, mit all Euren Kriegsmaschinen bin ich doch hilflos.« Ka'it Bay saß im Schatten, der einen bläulichen Schimmer hatte, als wäre es die Abenddämmerung, nicht das Morgengrauen. Er trank Kaffee, als wäre es Mittag. Kuan stand neben Leonardo, und neben dem Kalifen saß Hilāl mit etlichen Eunuchen-Ministern und ein paar auserwählten Generälen. Die Luft war stickig hier, als wäre sie gesättigt von einem Miasma aus Haß und Galle, denn diese Männer haßten einander, wie sie wahrscheinlich auch ihren Herrn haßten, Ka'it Bay, der sie zusammengerufen hatte.

»Es tut mir leid, daß meine Maschinen nicht von größerem Nutzen für Euch sein konnten, Beherrscher der Welten«, sagte Leonardo.

»Nun, was gedenkt Ihr dagegen zu unternehmen?« fragte der Kalif.

»Maestro Leonardo ist ein Meister der Strategie, nicht nur ein Meister der Ingenieure«, sagte Hilāl und sah dabei Kuan an.

»Allerdings, da hat der große Emir recht«, bestätigte Kuan.

Hilāl machte ein erleichtertes Gesicht.

»Ah, also sind mein Vater und mein Bruder – meine beiden Ratgeber – sich endlich einmal einig.« Ka'it Bay sah erst Hilāl, dann Kuan an; in Wirklichkeit waren die beiden natürlich seine Sklaven. »Mir scheint, ihre Liebe zu Euch, Leonardo, ist größer als ihr Haß gegeneinander.«

»So scheint es«, sagte Leonardo und fragte sich, was sie wohl im Schilde führen mochten.

»Ich hörte, wie Ihr Mithqāl, den ich als meinen eigenen Sohn betrachte, Geschichten über die Großtaten Alexanders des Mazedoniers erzähltet«, sagte Hilāl. »Habt Ihr ihm nicht auch gesagt, Ihr wüßtet schon, was Alexander tun würde, wenn er in der Lage unseres Kalifen wäre?«

»Ich habe das Kind nur unterhalten«, sagte Leonardo. »Mir war nicht klar, daß meine Gedanken und Erdichtungen für einen Lauscher so faszinierend sein würden.«

»Sagt uns allen, was der große Alexander tun würde«, befahl Ka'it Bay.

»Alexander bediente sich einer List, um den illyrischen König Cleitus zu besiegen, der sich gegen ihn erhoben hatte«, sagte Leonardo. »Ein anderer illyrischer Stamm attackierte Alexander auf dem Marsch, genau wie Mustafà uns attackiert. Alexander mußte in Gewaltmärschen vorrücken, um die Festung zu erreichen, die Cleitus besetzt hielt. Sogar das Gelände war ähnlich, Beherrscher der Welten; Alexander mußte durch Täler und über von Bergen gesäumte Ebenen ziehen. Doch, seht Ihr, Alexanders Proviant ging zu Ende, und die Illyrer attackierten ihn unablässig vom höheren Gelände herunter. Wenn es ihm nicht gelänge, den Feind in die Ebene herunterzulocken, wo er seine Phalangen und die überlegene Disziplin seiner Truppen zum Einsatz bringen könnte, würde er Cleitus' Festung nie erreichen.«

»Genau das müssen wir auch tun«, sagte Ka'it Bay. »Wir müssen sie herunterlocken, damit wir gegen sie kämpfen können.« Er schwieg kurz und fragte dann: »Was war denn Alexanders Taktik?«

»Er veranstaltete ein Spektakel, eine Paradekampfübung. Die illyrischen Soldaten strömten zusammen und schaute zu, wie Alexanders Phalangen sich drehten und wendeten und marschierten. Sie eilten von den Bergen herunter, um Alexanders Schauspiel zu sehen, und sie sammelten sich auf den unteren Hängen der Ausläufer, gefesselt von Disziplin und Präzision der Manöver, die Alexander da durchführte. Alexander hatte sie dazu verführt, sich auf einem Gelände zu sammeln, das für seinen Angriff günstig war, und als er den Angriff befahl, da waren die Illyrer völlig überrascht. Und er ließ die Illyrer niedermetzeln, mit Spießen und mit Kriegsmaschinen.«

»Wollt Ihr etwa, daß wir für Mustafà eine Parade veranstalten?« fragte Ka'it Bay sarkastisch.

»Nein, Beherrscher der Welten.«

»Was schlägt uns Alexanders Geist statt dessen vor?«

Leonardo spürte, daß der Kalif ungeduldig war, aber er spielte seine Vorstellung weiter, als sei er wieder an Lorenzos Hof, wo er aus Schweinsgedärm eine Seele geschaffen hatte, denn auch Ka'it Bay hatte eine Vorliebe für das Dramatische. Weshalb sonst hätte er Leonardo in die Folterkammer führen sollen, um dort Zoroastro zu besuchen? »Alexander hätte die Engel am Himmel versammelt und sie auf die Feinde herniederfahren lassen«, sagte Leonardo.

Das Kalif nickte und lächelte. »Eine solche Demonstration, bei der Engel auf die Truppen herabkommen, haben wir ja bereits veranstaltet, nicht wahr?« Er schaute Hilāl an, der Mithqāls Flug mit Leonardos Flugmaschine über der Festung inszeniert hatte. »Und jetzt soll Mustafà auch eine bekommen.«

»Meinen Glückwunsch«, sagte Kuan, als er mit Leonardo das Zelt des Kalifen verließ.

»Wofür?« fragte Leonardo, Bitterkeit in der Stimme. »Weil ich Kinder dazu verurteilt habe, zu sterben, indem sie auf die Speere der Türken fallen?«

»Ihr habt dem Kalifen einen Rat gegeben, und er hat ihn angenommen. Das ist keine Kleinigkeit.«

»Er hat genug Ratgeber«, sagte Leonardo.

Kuan lächelte. »Ja, mehr als genug, aber das ist nur eine Art, sich gnädig zu zeigen. Er tut, was er für richtig hält.«

»Und was ist mit Hilāl und mit Euch?«

»Manchmal hört er dem einen, manchmal dem anderen zu.«

»Aber diesmal hat er auf beide gehört.«

»Er hat auf *Euch* gehört, Maestro.«

Leonardo lachte gezwungen. »Hatte der Kalif recht, Kuan? Haßt Ihr Hilāl?«

»Der Kalif kann *per definitionem* nicht unrecht haben.«

»Natürlich nicht.«

»Sagen wir einfach, ich mißtraue ihm zutiefst.«

»Aber heute habt Ihr ihm genug vertraut.«

»Wir hatten keine Wahl. Wollt Ihr, daß wir gegen den Türken verlieren?«

»Ich werde Mithqāl und die anderen Kinder nicht allein mit meinen Maschinen fliegen lassen«, sagte Leonardo nachdenklich. »Ich werde sie führen.«

»Ich fürchte, das wird nicht möglich sein, Leonardo.«

»Wieso nicht?«

»Ihr seid dem Kalifen zu wertvoll.«

»Ich werde trotzdem fliegen.«

»Nein, Leonardo, das werdet Ihr nicht tun; das verspreche ich Euch. Wenn die Kinder im Dienst für ihren Herrn sterben, wird das Paradies ihr Lohn sein. Hilāl würde nicht erlauben, daß Ihr diese Bestimmung schmälert, indem Ihr versucht, sie zu retten. Sie sind ausgebildet, Ihr seid es nicht.« Er lächelte traurig, als erheitere ihn ein Scherz, bevor er ihn erzählte. »Das Paradies ist nichts für Euch, Leonardo, denn man kann nicht mit Argumenten hineinkommen. Aber keine Sorge, Maestro, es wird genug gestorben werden, um Euch und uns alle zu beschäftigen.«

Die Truppen marschierten an diesem Tage nicht. Die Falle wurde aufgestellt.

Ka'it Bay war sogar mit Leonardos Idee einverstanden, eine Vorführung nach Alexanders Art zu inszenieren, um die Neugier der Türken zu wecken und sie heranzulocken. Leonardo war in seinem Element, denn dies war wie ein Fest, ein Zirkus oder ein Turniertag. Wenn die Vorsehung tatsächlich wollte, daß heute Kinder starben, dann würden auch Türken sterben. Leonardo war entschlossen, dafür zu sorgen. Für Leonardo war jeder Türke die Verkörperung seiner Nemesis, Nicolini … Nicolini, der sich Ginevra genommen hatte, sie ebenso grausam gefangengenommen hatte wie Mehmed A'isheh. Es war, als müsse Leonardo Haß konstruieren, um sich abzulenken – als könne diese beinahe bewußt eingesetzte List dazu dienen, Erinnerung und Schuldbewußtsein auszulöschen. Wäre er doch nicht besessen gewesen von den Vögeln und ihrem Flug und von der Mechanik des Krieges. Warum dieses Bedürfnis, Gottes Geheimnisse zu entdecken und die Ideen und Maschinen der Alten zu übertreffen? Wieso hatte er nicht sein können wie Pietro Perugino, dessen einziger Ehrgeiz es war, ein Maler zu sein und in einem schönen Haus zu wohnen? Nicht der Tod würde auf Pietros Schultern lasten, sondern nur die Bürde seiner Gulden.

Für Leonardo aber gab es nur die narkotisierende Ablenkung durch Gefahr und Geschäftigkeit.

Die Türken würden die Kinder ganz sicher töten, diese Cherubim, die Feuer auf sie herabwerfen würden. Aber Leonardo würde dafür sorgen, daß sie bezahlten: für A'isheh, für Ginevra, für …

Für Niccolò.

Irgendwie war es, als wären die Kinder bereits tot.

Während die Kanonen aufgestellt und getarnt wurden, die mutmaßliche türkische Stellungen mit ihrem massiven Feuer belegen sollten, schuf Leonardo sich blähende Pavillons aus Holzmasten und dem leuchtend bunten Stoff von Kuans Heißluftballon. Ein Festschmaus wurde vorbereitet, der die Proviantreserven des Heeres erschöpfte. Hohe Stangen wurden an auffälligen Stellen aufgerichtet, und goldene und silberne Äpfel darauf angebracht. Gegen Mittag waren Mamelucken in Paradeuniform dabei, mit halsbrecherischer Geschwindigkeit auf diese Stangen zuzureiten und mit ihren Pfeilen so viele Äpfel wie möglich herunterzuholen.

Die Türken schluckten den Köder. Sie kamen von den Bergen herunter, um besser sehen zu können, bis man sie vom Lager des Kalifen aus deutlich erkennen konnte. Sie jubelten sogar den Helden zu, die in vollem Galopp zwanzig Pfeile nacheinander abschießen und damit zwanzig goldene und silberne Äpfel herunterholen konnten. Es waren perfekte Spiele, denn sie waren türkischen Ursprungs, und der Duft des bratenden Fleisches allein hätte schon genügt, um Mustafàs Armee zum Angriff zu verleiten.

Jeder einzelne – Araber wie Perser – wußte, daß bald Blut vergossen werden würde; selbst die Tiere schienen es zu spüren, denn sie waren nervös wie vor einem Unwetter. Aber Leonardo konnte nur den Reiterspielen zuschauen und abwarten. Er hatte versucht, den Kindern auf die Felsenklippen zu folgen, wo die Flugmaschinen aufsteigen sollten, aber Hilāls Garde versperrte ihm den Weg, noch bevor er das Lager verlassen hatte. Sie riefen Hilāl, der anscheinend kochte vor Wut über ihn, als hätte Leonardo den Befehl gegeben, diese Kinder in den Tod zu schicken.

Sandro und Amerigo kamen zu ihm. Die beiden sahen wie Beduinen aus, hager, dunkel und müde.

»Leonardo, der Kalif möchte dich bei sich haben«, sagte Amerigo.

»Und er schickt *dich*, um es mir zu sagen?« fragte Leonardo. »Irgendwie kann ich das nicht glauben. Dich und das Fäßchen?«

»Kuan hat mich geschickt«, sagte Amerigo.

»Und wer schickt dann Sandro?«

»Du machst die Sache sehr schwierig«, sagte Sandro. »Dein Zorn sollte sich gegen mich richten, nicht gegen Amerigo.«

»Es tut mir leid. Ich bin auf keinen von euch beiden zornig. Was will der Kalif denn von mir?«

Sie verfielen ganz ungezwungen ins Toskanische, als sei alles, was sie sagen könnten, geheim. »Es wird gleich anfangen«, sagte Amerigo.

Leonardo lachte. »Das weiß jede Hure, jeder Sklave. Sie warten alle aufgeregt auf die ›Wunder‹, die da kommen sollen, ohne daran zu denken, daß es wahrscheinlich ihr Blut sein wird, das den Boden tränkt.«

»Und der Kalif wünscht, daß du in seiner Nähe bist und ihn beschützt, wenn es sein muß«, sagte Amerigo, als vollende er einen Satz, bei dem Leonardo ihn unterbrochen hatte. »Wir wollten noch einmal zusammenkommen, bevor ...«

»Wieso ausgerechnet jetzt?« fragte Leonardo.

Amerigo machte ein verlegenes Gesicht. »Ich habe versucht, schon vorher mit dir zu sprechen, aber du hast mich immer übersehen.«

»Das würde ich niemals tun.«

»Aber heute morgen bist du einfach an mir vorbeigegangen ...«

»Ich kann mich nicht erinnern, dich jemals ...« Leonardo faßte sich; er seufzte und sagte: »Du hast mir gefehlt, Amerigo.«

»Du mir auch. Genau wie Sandro, habe ich ...« Er schüttelte nur den Kopf, als könne er nicht annähernd die richtigen Worte finden, um zu beschreiben, was er empfand.

»Wir haben zugelassen, daß all das zwischen uns stand«, sagte Sandro. »Selbst als wir darüber gesprochen hatten. Warum?«

»Vielleicht weil wir anders empfinden, als es uns lieb wäre«, sagte Leonardo.

»Ich habe geträumt, ich würde dich nie wiedersehen, Leonardo.« Amerigo wirkte unbeholfen, wie so oft in der Öffentlichkeit. »Ich glaube, es war eine Warnung.«

»Ich glaube nicht an Träume, aber ich bin froh, daß du diesen Traum hattest, wenn er uns wieder zusammenbringt.« Leonardo umarmte erst Amerigo, dann Sandro. »Du wirst an Kuans Seite kämpfen, nehme ich an«, sagte er.

»Ja«, sagte Amerigo. »Aber Sandro wird die Frauen beschützen. So ist sichergestellt, daß wenigstens einer von uns überleben wird.«

Die Frauen waren in sicherer Deckung bei den Kanonen und beschützt von Kavallerie.

»Ich werde mich um die Kanonen kümmern«, sagte Sandro, vor Verlegenheit rot bis zum Hals. »Ich dachte, ich könnte mit dir zusammensein, bis der Kalif befahl, daß du in seiner Nähe kämpfen sollst.«

»Nun, du kannst immer noch mitkommen«, sagte Leonardo.

Sandro schüttelte den Kopf. »Kuan hat mir gesagt, der Kalif habe dem Türken geglaubt, der sagte, ich sei ein Spion.«

»Wieso hat er den Türken dann erschlagen?« fragte Leonardo.

»Um seine Soldaten zu beschwichtigen«, sagte Amerigo. »Er mußte den Türken töten.«

»Wenn der Kalif es geglaubt hätte, wäre Sandro jetzt nicht mehr am Leben«, sagte Leonardo.

»Kuan sagt, Sandros Leben sei ein Geschenk des Kalifen an dich«, sagte Amerigo, aber dann wandte er sich wie alle andern den Bergen im Osten zu, als habe das Geraune ringsumher ihn dazu gedrängt. Es war, als habe jeder Mann scharf eingeatmet; eine gewaltige Woge von Gewisper und leisen Stimmen rollte über sie hinweg, spürbar wie ein Windhauch, wie eine Berührung.

Laute der Ehrfurcht, gefolgt von Explosionen.

Mithqāl und die anderen Kinder waren von einer Steilwand am Westrand der Berge gesprungen, wo sie die beste Deckung vor den Türken hatten, und sie flogen einen weiten Bogen, um die Türken auf der Ostseite von hinten zu erreichen. Ka'it Bays Soldaten sahen sie anscheinend eher als die Türken, aber die Türken wurden aufmerksam, als das erste von Leonardos Geschossen in ihrer Mitte explodierte, mit seinem Schrapnell Köpfe und Arme und Beine abmähte und Männer in Flammen aufgehen ließ.

»Zu früh!« rief Leonardo, und er, Sandro und Amerigo trennten sich. Jeder lief auf seinen Posten, aber die andern schauten wie hypnotisiert zu, als schon die Kavallerie über sie hereinbrach, um sie in Bereitschaft zu versetzen.

Wer hätte da nicht zuschauen können, wie das Wunder sich entfaltete? Die Kinder kreisten wie die Falken über Mustafàs Truppen, und die gerippten Flügel waren so weiß wie ihre Gewänder. Das konnten doch sicher nur Engel sein, die da im Aufwind schwebten, einer hinter dem anderen. Das konnte doch nur der Beweis dafür sein, daß Allah auf der Seite Ka'it Bays stand, nicht auf der Seite der Türken. Wer hätte da nicht zuschauen können, wie die Engel auf die Türken hinabstießen und schreckliche Geschenke aus Feuer und Eisen auf sie warfen?

Die letzten Reihen der Türken gerieten als erste in Panik, denn sie wurden von den ersten Geschossen getroffen. Einige fielen zum Gebet auf die Knie und wurden so wahrscheinlich gerettet, denn ihre Kameraden stürmten nach vorn zur Hauptmasse des Heeres und rissen dort die Reihen auf, als wären sie der Feind. Mit großem Geschick warfen die Engel immer neue Bomben und trieben die Türken damit voran; Reihe um Reihe geriet in Panik, als wären sie

Schafe, von himmlischen Hirten getrieben, bis sie in heilloser Flucht die Hänge herunter in die Ebene strömten.

Leonardo fand Ka'it Bay bei seinem Zelt. Er hatte sein Pferd noch nicht bestiegen; einer von seiner Leibgarde hielt es für ihn am Zügel. Daneben standen Hilāl und der Dervadar.

»Ihr erinnert Euch an meinen Dervadar«, sagte der Kalif zu Leonardo.

Leonardo nickte, obgleich er wenig von ihm gesehen hatte, seit der Dervadar im Felde zu Ka'it Bay gestoßen war. Hilāl hatte angedeutet, daß er in Ungnade gefallen sei, und tatsächlich war er auch bei den Ratsversammlungen des Kalifen nicht zugegen gewesen. Aber wer konnte Hilāl vertrauen? Anscheinend haßte er jeden außer Mithqāl und seiner eigenen Garde.

»Soll ich jetzt das Zeichen geben, Herr?« fragte der Dervadar.

Ka'it Bay beobachtete, wie die Türken sich in die Ebene ergossen, eine große Masse von Männern, die niemand mehr beherrschte. »Ja, jetzt.«

Der Dervadar drehte lediglich den Kopf, und ein Gardesoldat sprengte in vollem Galopp davon. Einen Augenblick später feuerten die Kanonen auf die Türken; es donnerte unablässig, als die Kavallerie des Kalifen und die Phalangen seiner Fußsoldaten in Massen am Ostrand der Ebene erschienen. Sie rückten vor, dicht an dicht mit Leonardo, dem Kalifen und dem Dervadar. Der Kalif brauchte nur auf sein Pferd zu steigen und voranzureiten, um seine Leute zu siegreichem Gemetzel zu führen.

Aber dies war nur ein Teil seiner Streitmacht; der Rest würde von Norden und Süden dazustoßen und Mustafàs Männer mit ihrer schieren Übermacht erdrücken.

Ka'it Bay sprang in den Sattel. Leonardo tat es ihm nach; ein Sklave des Kalifen hielt sein Pferd schon bereit. Als der Kalif sein Schwert erhob, hörten die Kanonen auf zu schießen, und ein lautes Gebrüll schien ihn voranzutreiben. Leonardo blieb dicht bei ihm. Der Kalif ritt in scharfem Galopp geradewegs auf den Feind zu. Sein Gesicht war leidenschaftslos und konzentriert, und Leonardo befürchtete, der Kalif könnte der erste sein, der von einem Pfeil oder einem Spieß durchbohrt würde. Um sich selbst machte er sich keine Sorgen, auch wenn sein Herz pochte. Er hatte festgestellt, daß die Angst sich in ein erhöhtes Bewußtsein verwandelte, und er hörte nur das Rauschen der Luft in seinen Ohren und schmeckte trockenes Metall auf seiner Zunge. In wenigen Augenblicken würde er das Reich des Todes betreten. In der Schlacht war kein Platz für Zeit und Erinnerung. Nur der Tanz des Kampfes, der Erschöpfung und des Überschwangs, die summende Musik derer, die sangen oder flehten, die Hymnen des Schreiens und des Mordens, der brechenden Knochen und reißenden Sehnen.

Es war ein Blutbad, und es währte bis zum Abend.

Als die Sensenwagen das Feld eingeebnet hatten, als die Köpfe eingesammelt und die Mamelucken erschöpft in Blutsumpf und Schleim gesunken waren, um zu schlafen, als man Rüstzeug und Proviant der Türken zusammengeschleppt hatte, da trieb der Kalif seine Männer noch immer voran. Er war entschlossen zu verhindern, daß auch nur ein einziger von Mustafàs Türken zu Mehmed durchkam. Er war entschlossen, sich Mustafàs Kopf zu holen.

Aber Mustafà war nicht zu finden.

In der blutgetränkten, sternenklaren Dunkelheit im Schatten der Berge fand Leonardo seine Freunde wieder. »Du siehst, Amerigo, dein Traum hat nicht gestimmt«, sagte er.

»Und du«, sagte Sandro, »dachtest, die Kinder würden in deinen Apparaten zu Tode kommen. Aber sie leben noch, alle.«

»Ja – sie leben noch«, sagte Leonardo und versank in einem betäubten Schweigen, das wie ein Fieber war. Er kam erst wieder zu sich, als er die Burg erblickte, in der vielleicht Niccolò gefangengehalten wurde.

Der schwarze Berg

So hoch über der Welt und so mächtig,
ist diese kleine Burg undurchdringlich für alles
außer dem Blick des Allmächtigen.

Meister Eckhart

Und alle möglichen fliegenden Dinge fielen aus der Luft
auf uns herab; und schließlich brach ein großes
Feuer aus, nicht entfacht vom Wind, sondern, wie es schien,
herbeigetragen von zehntausend Teufeln.

Leonardo da Vinci

Es war, als bewegten sich die Berge, als sie marschierten, Vibrationen ferner Erdbeben, kaum zu spüren, und doch war es, als habe die Erde selbst das Gleichgewicht verloren und werde nun zerbrechen und in die Feuer und eisigen Ebenen der Hölle stürzen. Die Erde stöhnte, als leide sie Schmerzen, und tatsächlich fielen Felsblöcke von den Bergen herab und explodierten wie Leonardos Bomben.

Nachts wurde es heiß und dunkel, denn Sterne und Planeten waren hinter einer Wolkendecke verborgen. Selbst Gutne, die weder Angst noch Sorge zu kennen schien, betete zu dem einen wahren Gott, während Sandro zu Maria und den Heiligen um Fürsprache beim Gott seiner Väter flehte. Gutne gehörte jetzt Sandro. Sein Weib mochte sie sein, aber das war alles. Sie schlief in seinem Zelt. Sandro blieb jetzt nah bei Leonardo, als sei ihm klar, daß die Zeit des Bindens – oder Zerreißens – nahe war. Selbst Amerigo nahm Urlaub von seinem Liebhaber Kuan, um bei Leonardo zu sein, als sei er nicht sicher, daß sein Traum vom Zerreißen nicht doch noch wahr werden könnte.

Die Welt stand in Flammen, und der Kalif war großartig.

Er erklärte all die schrecklichen Zeichen und Omen, als wären es Gebote, die quer über den grauen Gewitterhimmel geschrieben standen, bis seine Soldaten ihm glaubten, daß Erde und Berge vor Ungeduld bebten, weil sie es nicht erwarten konnten, daß Araber und Perser die Türken erreichten und abschlachteten. Er versprach ihnen, daß diejenigen, die fielen, auf der Stelle ins Paradies gelangen würden, in ein Paradies des Fleisches ohne seine Qualen, in einen Garten der körperlichen Ekstase und der geistigen Freuden; köstliche *houris* erwarteten sie dort, eintausend A'isheh harrten eintausend braver Seelen, jählings getrennt vom Bande des Lebens. Erschöpft und schmutzig und mit bewußter Anstrengung ein Bein vor das andere setzend auf diesem Gewaltmarsch, konnte man leicht glauben, daß der Tod ersehnenswert sei. Das Paradies, erkauft mit einem Augenblick der Pein – einem Blitzen der Seele. Selbst Leonardo konnte es sich vorstellen, und dieses numinose Bild, erhellt von innen und von außen, sollte zu einem Raum in seiner Kathedrale der Erinnerung werden.

Ka'it Bay hatte A'ishehs Kopf auf die hohe Stange eines Banners pflanzen lassen, wo jeder Soldat ihn sehen konnte.

Sie führte, und alle folgten.

Die Erde rumorte, und der Regen wehte in Schwaden herunter, als sie schließlich in Sichtweite des türkischen Heeres ihr Lager aufschlugen.

Vor ihnen, am Westrand der Ebene, krönte die hohe Festung ein steiles, fünfhundert Fuß hohes Kalksteinmassiv. Das war der schwarze Berg. Die Feste beherrschte mit ihrer strategischen Lage die blühende Ebene wie auch die bewaldete Umgebung darunter.

Aber alles war still, als sei beiden Seiten klar, daß im Schatten des Berges schon bald der Tod regieren würde.

Die Türken hatten ihnen eine Falle gestellt.

Leonardo erkannte es, als er mit Hilāl und Mithqāl die Felsen im Westen erklomm, um einen besseren Blick auf die Festung zu erhalten. Im Morgengrauen hatten sie den Aufstieg begonnen, und obgleich die Luft noch scharf und frisch war, schwitzten sie doch, als sie den Gipfel einer Felsklippe erreichten, der einen Blick auf den einzigen Zugang zur Burg bot, einen sattelförmigen Felsen-Isthmus.

Unterhalb dieses Felsens verschwand ein schmaler Pfad, der zu einem von den Türken zerstörten Dorf führte, hinter der Biegung eines Hügels. Hilāl rang nach Luft, aber Mithqāl war kein bißchen außer Atem. Starke Windböen peitschten sie, als Leonardo durch ein wunderschön ziseliertes silbernes Teleskop spähte, das der Kalif ihm geschenkt hatte; tatsächlich allerdings hatte Leonardo es selbst erfunden.

Leonardo justierte das Rohr, bis die Burg nur eine Armlänge weit entfernt zu sein schien. Hoffnungslosigkeit überkam ihn, denn dieses Kastell war anders als alle, die er je gesehen hatte. Die Befestigungsanlagen waren zweifellos erst vor kurzem wiederaufgebaut worden. Die hohen, rechteckigen Türme waren durch massige, gedrungene Bastionen ersetzt worden, nicht höher als die Hauptwälle, so daß die riesigen Kanonen freie Schußbahn hatten. Felswände und steile Böschungen wirkten wie Wassergräben zum Schutz der Burgmauern. Die Festung sah zwar so natürlich aus wie der Berg, auf dem sie stand, aber sie war von geometrischer Perfektion: konzentrische Ringmauern, Böschung, Graben und Bastion, in Fels gehauen.

»Leonardo, was seht Ihr da?« fragte Mithqāl.

»Mehr als genug, und doch nicht genug.«

»Laßt mich sehen«, sagte Hilāl, und Leonardo reichte ihm das Teleskop.

»So große Kanonen habe ich noch nie gesehen.«

»Ich auch nicht«, sagte Leonardo. So, wie er die Bewegungen einer Vogelschwinge in all ihren subtilen Einzelheiten im Fluge erkennen konnte, sah er jetzt auch ohne das Glas die Einzelheiten der Befestigungsanlagen. »Wir müssen dem Kalifen sagen, daß er das Lager verlegen muß. Es liegt in Reichweite der türkischen Kanonen, dessen bin ich sicher.«

»Aber dann hätten sie doch schon längst auf uns schießen können«, sagte Mithqāl.

»Es ist besser, wenn man den Hühnern erlaubt, ihren Stall selbst zu bauen und sich für die Nacht darin niederzulassen«, entgegnete Leonardo.

»Wir können uns jetzt nicht einfach zurückziehen«, sagte Hilāl. »Davon wird der Kalif nichts hören wollen. Wir müssen etwas tun – hier.«

Leonardo betrachtete die Straße, die zu der Festung führte. Es wäre unmöglich, auf dieser Strecke Artillerie heranzuführen, denn sie war völlig ungeschützt. Vielleicht könnte man auf der anderen Seite des Berges Kanonen heraufziehen, aber das würde Wochen dauern... Es sei denn... Mit schnellen Strichen skizzierte er ein neuartiges System aus Winden und Flaschenzügen, mit dem man die Kanonen schrittweise auf die nächstgelegene, sehr hohe Felsenklippe würde heben können.

»Was meint Ihr, Leonardo?«

»Wir müssen uns beeilen... Wir müssen unsere Kanonen in Sicherheit bringen, oder wir haben keine Chance«, sagte Leonardo. »Wenn wir unsere Front zurückverlegen, muß Mehmed zu uns kommen. Die Festung kann dann nur für seinen sicheren Rückzug sorgen. Aber mit der Zeit werden wir sie zerschlagen können.«

»Ich weiß, was wir machen«, sagte Mithqāl.

Sein Blick war derart eindringlich, daß Leonardo sich wider Willen milder gestimmt sah. »Ja, das glaube ich dir. Und es kann durchaus sein, daß du recht hast.«

»Aber ich habe es noch gar nicht gesagt.«

»Das brauchst du nicht.« Leonardos Blick ging von Mithqāl zu der Burg, als könne er mit seinem Feuer die Mauern durchdringen und Niccolò dort finden.

Aber vielleicht würde er wieder nur eins von Mehmeds Geschenken finden: Niccolòs Kopf in einem kristallenen Gefäß, über jedes Verhältnis hinaus vergrößert.

Die olivfarbene Haut weiß wie Kreide.

Die Lippen dunkel und fleckig wie die felsigen Schründe an diesem trostlosen Ort.

Bevor sie ihr Lager erreichen konnten, begannen die Kanonen von der Burg und vom Felde her zu schießen, begleitet von lautlosen, aber tödlichen Trabuken und Katapulten, Belagerungsmaschinen, die Steine von bis zu dreihundert Pfund in Ka'it Bays Heerlager schleudern konnten. Leonardo spürte die Erschütterungen ihres Aufschlags. Eine Grube mit Pulverfässern wurde getroffen, und das Pulver explodierte und schleuderte Männer in die Luft, als wären sie nichts als Kleiderfetzen. Zu Anfang war es ein reines Gemetzel, denn Ka'it Bays Armee war so sehr überrascht, daß die Männer nicht wußten, wohin sie fliehen sollten. Es war, als habe der Boden selbst zu kochen begonnen, und vom Himmel hagelte es heiße Steine und Eisen. Hilāl sah es mit Entsetzen, und Leonardo hörte, wie er betete; er intonierte die Worte, als sei ihm nicht bewußt, daß er sprach.

Von ihrer hohen Felsenwarte aus sahen sie alles wie aus der Luft. Das Gefühl der Ferne mischte sich in das Grauen dessen, was sie sahen, als seien die Männer, die da auseinanderstoben, fielen und starben, nicht wirklich vorhanden. Das Ganze war eher wie ein Festspiel: Die Steinbomben und Kanonenkugeln konnten doch nur ein Feuerwerk sein, das in harmlosem Funkenregen zersprühte.

Sie sahen zu, wie Faschinen, Troßkarren und Zelte explodierten, und sie sahen, wie der Kalif durch das Chaos ritt und seine Männer zusammentrieb, um sie auf sicheres Gelände zurückweichen zu lassen.

Aber dann waren die Türken auf dem Feld.

Leonardo sah sie, bevor Ka'it Bay sie bemerken konnte. Im nächstem Augenblick würde der Kalif ihre Helmfedern aus dem Boden wachsen sehen, denn Mehmeds Kavallerie kam hinter einer Anhöhe herauf, die sie verdeckte. Sie ritt in Kampfformation. Elitereiter aus Kleinasien und Kavalleristen aus Europa flankierten die Phalangen der heranrückenden Janitscharen. Fünfzigtausend weitere Janitscharen marschierten inmitten einer viereckigen Karrenformation. Im Zentrum des Gevierts aus Fußsoldaten und Reitern – einer gewaltigen Phalanx, die sich über das ganze Feld erstreckte – rollten die Geschützbatterien: dreihundert aneinandergekettete Kanonen. Hundertfünfzigtausend Mann marschierten, zogen wie ein Schatten über das freie Feld, und mit seinem Fernrohr sah Leonardo auch Mehmed und Mustafà, gekleidet wie zwei Vögel mit farbenprächtigem Gefieder im sicheren Schutz ihrer Armeen.

Aber Heldentum war auch nicht notwendig. Macht war Masse, und der Großtürke plante offensichtlich ein Massaker, das den ganzen Tag dauern sollte.

»Die Kanonen«, rief Hilāl. »Und meine Männer. Seht, dort unten – die Türken werden sie alle vernichten.« Und als ginge es um seine eigenen Kinder, die gerettet werden mußten, rannte er Hals über Kopf die Steilfelsen hinunter. Der übergewichtige Eunuch war weit behender, als Leonardo erwartet hätte. Aber es schien dennoch Stunden zu dauern, bis sie die Ebene erreichten, und je tiefer sie hinunterstiegen, desto weniger konnten sie sehen, denn der Staub hatte sich in dichten Wolken in die Luft erhoben und verhüllte alles. Gewiß würde gleich die Kavallerie des Türken angreifen, denn Mehmed würde die Blume seines Heeres nicht zurückhalten wollen, die Akindji und die Kurden, die versuchen würden, die Artillerie des Kalifen zu erobern und Ka'it Bay so gleichsam die Zähne aus dem Mund zu brechen.

In diesem Punkt hatte Hilāl recht.

Leonardo wünschte, er wäre mit Sandro und Amerigo zusammen. Er konzentrierte sich darauf, seine Gedanken zu zügeln, denn die Angst kroch in ihnen heran, und er stellte sich vor, wie seine Freunde auf schrecklichste Weise zu Tode kamen, wie sie explodierten oder auseinandergerissen wurden, wie sie von Schwert oder Spieß durchbohrt wurden, wie sie um ihr Leben flehten, während er hilflos zuschaute, ohne sie retten zu können. Als sie am Fuße des Felsens angekommen waren, rannten sie zusammen auf ihre eigene Artillerie zu. Doch da, als habe Leonardos Phantasie die Wirklichkeit gefärbt, wie seine Farbe die Leinwand färbte, explodierte vor ihnen ein Kanonenprojektil, ließ Schrot umherschwirren und tötete einen Soldaten, der geradewegs in den Schrapnellhagel hineinlief. Im Handumdrehen war er in Fetzen gerissen, in blutige Klumpen, und seine Seele verwandelte sich explosiv in einen roten Dunst und ging auf im Miasma der Schlacht.

Es hätte Sandro oder Amerigo oder Mithqāl gewesen sein können.

Leonardo brachte sich hinter einem umgestürzten Troßkarren in Sicherheit, ließ den angehaltenen Atem ab und drückte Mithqāls Arm, als wäre es Niccolò.

Hilāls Offiziere waren geistesgegenwärtig genug, ihre Kanonen zurückzuziehen und um die mameluckischen und persischen Kavallerie- und Infanterie-Phalangen herumzuführen – sie praktisch zu flankieren, so daß sie in die Masse der Türken feuern, auf die Geschützbatterien zielen und sie zerstören konnten. Diese Taktik war nur zum Teil erfolgreich, denn die Türken hatten ihre Artillerie auf ihre Linien verteilt und schlachteten Perser und Araber ab. Aber Leonardos Kanonen und Repetiergeschützen war ihre Artillerie nicht gewachsen, und Türken fielen in großer Zahl, bis die Ebene blutgetränkt und mit Leichen und abgerissenen Gliedmaßen bedeckt war, ein ungeheurer Teppich, gewoben ohne Muster und ohne geraden Rand. Die Türken versuchten, die Kanonen mit einer Kavallerieattacke zu erobern, aber Ka'it Bays Reiterei stürmte ihnen entgegen und schlug sie zurück. Leonardo blieb bei Hilāl und dirigierte seine eigenen Geschütze; er beobachtete die Explosionen von Metall und Holz und Fleisch, als Männer eine Armlänge von ihm entfernt gegeneinander ritten, Schwert und Lanze auf Metall zerbrachen und einander wie rasend zu Boden streckten, und er konnte nicht in die betäubende, adrenalindurchströmte Euphorie des Nahkampfs ausweichen. Er war allein, isoliert, und das Gemetzel ringsumher war ihm vollständig, beinahe übernatürlich klar bewußt. Mit jedem Tod, mit jedem Zerbersten von Fleisch, mit jeder Verwandlung in den Stoff der Seele fühlte er sich schwerer, als sei jeder Verlust sein schrecklicher Gewinn, bis er das Gefühl hatte, selbst auch zu fallen. Aber das Auge des Schuldbewußtseins ließ sich nicht schließen; fasziniert und entsetzt sah er zu, wie er selbst von Kanone zu Kanone ging, dort half, wo es nötig war, und Lärm und Tod steuerte, als wäre er der Rote Djinn, schwer wie Hilāl, entmannt, unversöhnlich wie die steinernen Götter von Ka'it Bays Vorfahren.

Aber diese Schlacht war nicht durch Kanonen oder Repetiergeschütze zu gewinnen, denn Perser und Araber traten den Türken Pike gegen Pike, Schwert gegen Schwert entgegen, und wie Liebende wurden sie eins. Wollte man auf die Türken feuern, würde man ebenso viele Perser und Araber töten; daher befahl Hilāl seinen Eunuchen-Mamelucken, sich zurückzuziehen und die Artillerie in Sicherheit zu bringen. Rings um Leonardo und die Kanonen wirbelten die donnernden Hufe der Kavalleriepferde den Staub auf, eine Wand aus schwitzendem Pferdefleisch.

Dahinter, vor ihnen, brandete Kavallerie krachend auf Kavallerie wie eine gewaltig sich brechende Woge, und während Schreien und Stöhnen zu einem einzigen tosenden Wasserfallrauschen wurden, wichen Ka'it Bays Truppen auf die arabischen Linien zurück. Sie kämpften tapfer – wie auch die Perser –, aber sie waren auf dem Rückzug. Armeen bedeckten die Ebene wie eine einzige riesige Phalanx oder wie eine stachlige Bestie, von Spießen starrend. Zurückweichend schrie Leonardo durch das Getöse zu Hilāl hinüber: »Wo sind die Frauen?«

Hilāl zuckte nur die Achseln.

Leonardo machte sich Sorgen um Sandro und fragte sich, ob er wirklich bei den Frauen war, wo immer sie sein mochten. Wahrscheinlich hielten sie sich irgendwo oberhalb in den Bergen versteckt; Leonardo, Hilāl und Mithqāl waren bei ihrem Abstieg vom Felsen womöglich an ihnen vorbeigelaufen.

»Und Mithqāl?« fragte Leonardo. »Er war doch eben noch hier.«

Hilāl sah sich besorgt um. »Ich kann mir nicht vorstellen …«

»Ich schon«, sagte Leonardo. »Wo sind die anderen Engel?«

»Sie müßten in den Bergen sein.«

»Würden sie auf eigene Faust in die Schlacht eingreifen?« fragte Leonardo.

»Nicht ohne Befehl.«

»Würden sie Mithqāl gehorchen?«

»Natürlich, er führt sie ja«, sagte Hilāl.

Leonardo verließ Hilāls Schutz auf der Stelle. Ein paar Schritte, und er war mitten im Kampfgetümmel. Er fand ein Schwert, wand es einem totem Mamelucken aus der Hand und nahm das Pferd des Mannes, eine gefleckte Stute, die gehorsam bei dem Araber stehenblieb, als habe der Mann sich nur zum Schlafen hingelegt und erwarte, daß das kleine, intelligente Tier auf ihn warte.

Die Engel würden oben auf den Felsenklippen lagern, das wußte er. Aber wo?

Er ritt über das Schlachtfeld. Nur einmal wäre es einem Lanzenträger beinahe gelungen, ihn vom Pferd zu stoßen; Leonardo ließ ihn laufen, denn sein Ziel war es, Mithqāl zu finden, und das gelang ihm auch.

Der Junge war zu Fuß und wich vor einem Türken zurück, der ihm an Größe und Bewaffnung überlegen war. Mithqāl hatte seine Waffe irgendwo verloren, und er schaute voller Angst hin und her, ein Kind plötzlich. Aber der Boden zu seinen Füßen war nur blutbespritztes Gras und Schlamm, und ringsum kämpften Männer, grunzten, töteten, ohne auf den Jungen zu achten, der da nach einer Waffe suchte; sie waren alle zu sehr mit ihren eigenen Gegnern beschäftigt, um ihn obendrein auch noch niederzurennen.

Leonardo schlug dem Türken mit einem einzigen, harten Schwung den Kopf ab. Als er Mithqāl anschaute, empfand er plötzlichen Abscheu über seine Tat, obwohl er dem Jungen soeben das Leben gerettet hatte. Er fühlte sich ertappt, erkannt, entlarvt. Einen Augenblick lang erinnerte er sich an den Richter hoch oben auf seinem Podest, wie er ihm wegen Päderastie eine Strafpredigt hielt.

Er streckte die Hand zu Mithqāl hinunter, der zu ihm aufs Pferd sprang und sich keuchend wie ein Kind an Leonardo fest klammerte. Leonardo strebte dem Südrand des Schlachtfeldes zu, wo die eigenen Linien endeten und sie in Sicherheit wären. Aber gleich danach würde er sich wieder ins Getümmel stürzen müssen, denn wenn er Niccolò je wiedersehen wollte, mußte er Ka'it Bay finden, mußte sein Vertrauen sichern und ihm seinen Plan darlegen.

»Leonardo.«

»Noch nicht. Wir sind noch nicht in Sicherheit.«

»Aber das kümmert mich nicht«, sagte Mithqāl.

»Soll ich dich dann gleich hier absetzen?«

Mithqāl gab keine Antwort, aber er schlang den Arm fester um Leonardo. Auch hier, in den hinteren Reihen, wo Caluls Perser und Mamelucken zusammen gegen die Türken kämpften, waren Schwerterklirren, das Geschrei der Männer und Frauen, das Schwirren der Pfeile und das Knallen der Arkebusen so laut und unmittelbar, daß man den Lärm fühlen konnte. Dennoch gaben die Staubwolken dem Schlachtfeld etwas Unwirkliches; tatsächlich wurzelte Dantes Vorstellung von der Hölle vielleicht in Erlebnissen von dieser Art. Leonardo atmete Rauch, und der saure, beißende Geruch von brennendem Fleisch ließ ihn würgen. Und er sah Ginevra, die wie ein Mann auf einer persischen Stute ritt und ein Schwert schwang, als habe sie es gelernt; sie hackte und tötete so entschlossen wie all die anderen Frauen und Männer ringsumher. Persische Frauen kämpften wie Männer, vielleicht besser, denn sie hatten die Kinder im Leib getragen, die sie nun beschützten.

Aber es war natürlich Gutne, die er da für Ginevra gehalten hatte, Gutne, die ein paar Atemzüge lang Leonardos Sklavin gewesen war, bevor sie Sandro gefunden hatte.

Sie sah Leonardo und kam auf ihn zugeritten. Zusammen verließen sie das pochende Herz der Schlacht, und wie durch einen Schleier ritten sie durch die Staubwolken in klares, offenes Gelände hinaus. Erleichtert darüber, die unmittelbare Gefahr – wenn auch nur für ein paar Augenblicke – hinter sich zu lassen, führte Leonardo sie in einen geschützten Hain. Dahinter erhoben sich quergeschichtete Felsen. Mithqāl sprang sofort zu Boden, als sei es eine Demütigung, wenn er noch länger auf Leonardos Pferd sitzenbliebe. Gutnes Gesicht war streifig von Schlamm, als habe sie geweint; Arme und Kleider waren klebrig und naß von Blut. Sie beobachtete Leonardo. Sie trug weder Schleier noch Kopftuch. Ihr Haar war leuchtend rot gefärbt wie damals, als sie das erstemal zu ihm gekommen war, und sie hatte es zurückgebunden. Sie war Medusa, das Haar dicht ineinandergeschlungen wie Korallenschlangen, und sie strahlte stillen Haß aus, so natürlich wie Wärme.

»Warum bist du nicht bei den anderen Frauen?« fragte Leonardo. »Und warum ...?«

Sie lachte und fiel ihm ins Wort. »Glaubst du, nur Perserinnen können kämpfen? Wir haben nicht alle das Leben in einem Harem verbracht.«

Er war überrascht von ihrer aggressiven Antwort. »Ich wollte nicht respektlos sein.«

»Aber ich war es«, sagte sie und schlug die Augen nieder, und als werde ihr plötzlich bewußt, daß sie barhäuptig dasaß, zog sie sich das bemalte Musselintuch über den Kopf. Sie lächelte ihn an, als sei sie in eine andere Verkleidung geschlüpft. »So hast du mich also erkannt«, sagte sie und schwieg einen Moment lang. »Ich habe dich erkannt, Herr, als hätte Gott selbst mit dem Finger auf dich gezeigt.«

»Hat Sandro dich aufgefordert, dir das Haar zu färben wie …«

»Wie Ginevra? Nein. Aber sie war es, die mich auf den Gedanken brachte, es wieder zu tun.«

»Was willst du damit sagen?«

»Ich wollte Calul.«

»Ussun Cassanos Sohn?«

Sie nickte. »Ich färbte mir das Haar und suchte ihn. Er sah mich und sah sich selbst. Jetzt gehöre ich ihm.« Sie schwieg und schaute ihn überrascht an. »Hast du etwas dagegen? Da du mich Sandro geschenkt hast, dachte ich …« Sie ließ den Satz in der Schwebe, aber sie musterte ihn aufmerksam, als versuche sie festzustellen, ob er sie etwa zurückhaben wollte.

»Was ist mit Sandro?« fragte er.

»Er hat mir gesagt, er könne nicht in diesem Lande bleiben.«

Jetzt war es an Leonardo, ein überraschtes Gesicht zu machen.

»Er sagte mir, er liebte mich, aber er konnte nicht mit mir schlafen. Er sagte, er werde mein Bild in seinem Herzen tragen. Weißt du, was er damit sagen wollte?«

Leonardo wußte es nur zu gut, aber er schwieg.

»Er sagte, er habe sich Gott geweiht. Er wollte Vorkehrungen für mich treffen, aber das habe ich abgelehnt. Als er dann von Calul erfuhr, wurde er zornig.«

»Wo ist er jetzt?« fragte Leonardo besorgt.

»Das weiß ich nicht. Er wollte es mir nicht sagen.«

»Wo hält man die Frauen versteckt?«

»Ist er bei ihnen?« fragte sie.

»Ich nehme es an«, sagte Leonardo.

»Aber ich weiß es nicht. Das wissen nur die, die sie beschützen.« Als sie davonritt, wandte sie sich noch einmal um.

»Liegt dir wirklich etwas an ihm?«

Leonardo konnte sie nur anschauen.

»Ich glaube, dir liegt an niemandem etwas – außer an Niccolò. Und der ist wahrscheinlich tot.« Damit ritt sie zurück in die Schlacht, zurück zu Caluls Soldaten; sie verschwand in der Staubwolke, als wäre sie selbst aus Rauch.

»Sie haßt Euch, nicht wahr, Herr?« fragte Mithqāl, aber in Wirklichkeit war es eine Feststellung. Und nach einer kurzen Pause fuhr er fort: »Ich weiß, wo die Frauen sind.«

Als Leonardo den Kalifen fand, saß er im Sattel und beriet sich mit Kuan, dem Dervadar und anderen hohen Offizieren, lauter Emiren der Tausend. Sie drängten sich am Rande der Schlacht zusammen, umringt von der Mameluckengarde. Als der Kalif Leonardo erblickte, nickte er ihm zu und winkte seinen Soldaten, damit sie ihre Reihen öffneten und ihn durchließen.

»Wie ich sehe, seid Ihr zumindest noch am Leben«, sagte Ka'it Bay, »während der Rest meiner Männer abgeschlachtet wird.«

»Es sind mehr Türken gefallen als Araber oder selbst Perser, Beherrscher der Welten«, antwortete Leonardo.

»Dank Euren Maschinen, Maestro. Aber was nützen sie uns jetzt?«

»Eure Armee brannte vielleicht allzusehr darauf, sich in die Schlacht zu stürzen.«

Kuan blickte besorgt, denn der Kalif war erschöpft, körperlich und seelisch. Aber Ka'it Bay sagte zu Leonardo: »Soldaten können eben nicht unbegrenzt lange stillstehen und sterben. Glaubt Ihr etwa, Ihr hättet sie länger halten können?«

»Nein, Herr, natürlich nicht.«

»Und was ist nun Eure Ansicht? Sind wir die Sieger – oder die Türken?« Er lächelte, denn es war, als ständen sie in einem Leichenhaus; der Gestank des Todes war stärker als jedes Parfüm. »Nun …?« Seine Stimme bekam eine bedrohliche Schärfe.

»Wir können erst siegen, wenn wir die Festung haben«, antwortete Leonardo. »Unter dem Schirm ihres Schutzes sind Mustafàs Truppen sicher.«

»Wir könnten sie aushungern«, meinte der Kalif.

Leonardo sah sich in der Runde um. Keiner der anderen Männer sagte etwas. »Wollt Ihr den Winter über hierbleiben?« fragte er. »Und womöglich mit dem Feind zusammen verhungern?«

»Wir werden sie zermalmen, und wenn wir dabei bis auf den letzten Mann untergehen.«

»Ich habe einen Plan, Beherrscher der Welten«, sagte Leonardo. »Möchtet Ihr ...?«

»Vielleicht seid Ihr mein Herold, Maestro.« Der Kalif überging Leonardos Worte.

»Ich fürchte, ich verstehe nicht recht ...«

»Wenn wir nicht alle tot sind, werde ich Euch später rufen lassen, Maestro«, sagte der Kalif und entließ ihn damit. »Eure Pflicht ist es, bei Euren Maschinen zu stehen, wenn die türkischen Kanonen sie nicht schon alle zerschmettert haben. Hilāl begraben wir später. Mit großen Ehren.«

Hilāl tot?

Leonardo verbeugte sich und zog sich zurück; er war sicher, daß dem Kalifen nicht entgangen war, wie überrascht und bestürzt er war.

»Mithqāl, kannst du ein Geheimnis bewahren?« fragte Leonardo.

»Natürlich, Herr. Habe ich mich nicht schon bewiesen?«

»Wenn du den Türken besiegen und Ruhm und Ehre erringen könntest, indem du List und Tücke und Gaukelwerk benutzt – würdest du es tun?«

Mithqāl zögerte. »Das käme darauf an, Herr.«

»Worauf?« fragte Leonardo lockend.

»Ich weiß nicht ... Aber ich würde niemals meinen Kalifen verraten«, sagte Mithqāl warnend.

»Und ich würde niemals von dir verlangen, daß du deinen König verrätst. Aber würdest du deine Vorgesetzten belügen, um mir zu helfen?«

»Ja.«

»Warum?« Leonardo war überrascht, daß der Junge nicht zögerte.

»Weil Ihr mir das Leben gerettet habt.«

Und Leonardo erzählte dem altklugen Engel des Todes von seinem Plan.

Der Plan

Nacht soll sprechen, Nacht beraten,
Nacht soll bringen dir den Sieg.
Plutarch

Warte, du Vogel der Finsternis,
Dort sollst du finden viel Menschenfleisch.
Plutarch

Endlich ließ Ka'it Bay Leonardo in sein Zelt rufen; dreißig Soldaten waren nötig gewesen, um es aufzuschlagen. Ein Sklave brachte Leonardo Kaffee, der stark und köstlich duftete, und erst jetzt wurde Leonardo bewußt, wie müde und hungrig er war.

»Könnt Ihr Träume deuten?« fragte der Kalif.

»Nein, Herr.«

»Nicht …? Mein Dervadar kann es.«

Leonardo nickte dem Dervadar zu, der voller Unbehagen neben Kuan und dem Kalifen gegenüber auf einem Sofa saß.

»Ich hatte kurz vor dem Morgengrauen einen schrecklichen Traum«, erzählte der Kalif. »Ich habe meinen Imam und meinen Dervadar gerufen. Aber der eine, wie es scheint, kann nicht antworten, und der andere gibt mir eine Antwort, die ich nicht akzeptieren kann.« Er schaute den Dervadar und seinen Imam an. Der heilige Mann war fast achtzig, gebückt, geschrumpft und in seine Gewänder gehüllt, als wolle er sich darin verstecken, aber sein Blick war geradlinig und irgendwie bedrohlich.

Der Kalif wandte sich wieder an Leonardo.

»Ich habe geträumt, daß eine Riesenschlange sich um mich wand. Sie erreichte meinen Hals und begann, mich zu würgen. Aber als sie mich noch anstarrte mit ihren Augen, die aussahen wie Edelsteine, da verwandelte sie sich plötzlich in einen Adler. Der Adler breitete seine Flügel aus und hob mich in die Luft, und er trug mich mit seinen Klauen über eine weite Strecke, bis ich einen Stab im Wüstensand sah, der glühte wie Kohle. Es war ein Heroldsstab. Der Adler setzte mich behutsam ab. Als ich den Stab berührte, war ich frei von Schrecken und Zweifeln.« Er schwieg einen Augenblick und sagte dann: »Erzählt mir Eure Deutung, Maestro Leonardo.«

»Ich glaube nicht an Geisterbeschörung«, sagte Leonardo und bemühte sich, nicht zu zeigen, wie erregt er war. Ja, wenn er abergläubisch gewesen wäre, dann hätte er den Traum des Kalifen für ein Geschenk der Götter gehalten.

»Das macht nichts. Das tut Kuan auch nicht.«

Kuan senkte den Blick. »Mein Sklave und Bruder stimmt der Deutung meines Dervadar zu«, sagte Ka'it Bay. Dann winkte er dem Dervadar. »Erzählt es ihm.«

»Die Schlange bedeutet Niederlage«, sagte der Dervadar. »Aber wir sind nicht geschlagen. Wir sind siegreich.«

»Man weiß es, wenn man siegreich ist«, sagte Ka'it Bay. »Ich kann meinen Soldaten sagen, daß wir gesiegt haben, aber ein Sieg ist etwas Entscheidendes. Bestimmt sagt Mehmed seinen Leuten, sie hätten gesiegt.«

»Selbst wenn wir geschlagen sind«, sagte der Dervadar, »können wir nur dann vollständig vernichtet werden, wenn wir bleiben. Denn die Schlange ist der Türke, und er wird uns erwürgen.«

»Er wird *mich* erwürgen«, verbesserte Ka'it Bay. »So war es in meinem Traum.«

»Man kann einen Traum nicht wörtlich nehmen, Herr.«

»Vielleicht kann man es, vielleicht kann man es nicht. Aber fahrt fort.«

»Wenn Ihr Euch jetzt zurückzieht, ehrenvoll – und damit meine ich die Ehre des größten aller Generäle –, dann wird Euer Volk sicher sein. Gehorcht Ihr dem Diktat Eures Traums, dann wird aus der Niederlage ein Sieg – der Adler – und trägt Euch heim nach Ägypten. Und wenn Ihr das tut, seid Ihr frei von Schrecken und Zweifeln. Das ist das Geschenk des Herolds.«

»Und wer ist dieser Herold?«

»Das seid Ihr, Großkönig«, sagte der Dervadar.

»Seht Ihr?« sagte der Kalif zu Leonardo.

»Sicher zweifelt Ihr nicht an den Absichten und der Tapferkeit dieser Männer«, sagte Leonardo.

»So sehr sie einander auch hassen mögen, sie würden doch bis zum Tode an meiner Seite kämpfen.«

»Großkönig, wir sind Brüder«, sagte der Dervadar. »Es ist keine Feindschaft zwischen uns.«

»Herr, obgleich die Deutung Eurer Berater sich tadellos ins Bild fügt, bin ich anderer Meinung«, sagte Leonardo.

»Und warum?« fragte der Kalif.

»Weil ich nicht glaube, daß Ihr dieses Land verlassen solltet, ohne es zu erobern. Und ich habe einen Plan.«

Ka'it Bay lachte und nickte. »Zumindest seid Ihr ehrlich. Aber bevor ich mir Euren Plan anhöre, will ich hören, wie Ihr meinen Traum deutet.«

»Das ist ein und dasselbe, Kalif. Ihr habt meinen Plan geträumt.« Leonardo legte eine dramatische Pause ein, bevor er fortfuhr. »Eure tüchtigen Ratgeber hatten recht, als sie sagten, die Schlange bedeute Eure Niederlage. Aber Euer Traum hat Euch gesagt, daß Ihr die Niederlage in einen absoluten Sieg verwandeln könnt.«

»Wie soll das gehen?«

»Ihr habt Adler, Beherrscher der Welten. Ihr habt Flugmaschinen zur Verfügung. Sie können Euch die Festung öffnen – noch heute nacht.«

»Heute?«

»Wollt Ihr warten, bis der Feind wieder angreift?«

»Ich will, daß meine Männer ein paar Stunden Ruhe bekommen«, sagte der Kalif. »Habt Ihr das Vertrauen in Eure Maschinen und Kanonen verloren?«

»Herr, wir sind alle vorbereitet – auf eine lange Belagerung. Ist es das, was Ihr wollt? Mehmed wird niemals damit rechnen, daß wir heute abend angreifen, aber schon jetzt haben wir nur wenig Zeit.«

»Und der Stab, Leonardo?« fragte Ka'it Bay.

»Herr …?«

»In meinem Traum …«

»Ihr hattet recht mit der Annahme, daß ich der Herold sei«, sagte Leonardo. »Ich gebe Euch den Stab.« Er streckte dem Kalifen die Hand entgegen, und der nickte, machte aber keine Anstalten, sie zu ergreifen.

»Warum sollten wir die Engel und Eure Flugmaschinen benutzen, Maestro?« fragte Ka'it Bay. »Kuan, warum können wir nicht Eure Luftschiffe über den Feind treiben lassen und Feuer auf ihn werfen? Würden wir sie damit nicht braten und ihre Reihen zerreißen, wie Leonardos Maschinen es taten, als die Kinder über sie hinwegflogen und Feuer und Eisen auf sie warfen?«

Bevor Kuan antworten konnte, ergriff Leonardo das Wort. »Wir können nicht sicher sein, daß es noch einmal gelingt, Herr. Mustafà hat seinen Vater und dessen Heer zweifellos gewarnt …«

»Und wir haben bei den Kämpfen alle Luftschiffe bis auf eines verloren«, ergänzte Kuan. »Die Troßkarren mit den Leinenhüllen wurden von den Kanonen getroffen und fingen Feuer.«

»Außerdem, Beherrscher der Welten, sind die fliegenden Schiffe den Winden ausgeliefert«, sagte Leonardo. »Selbst wenn die Kanonen der Türken sie nicht vernichtet hätten, wäre es ganz unmöglich, sie zu …«

»Maestro, Ihr braucht Kuan nicht vor mir in Schutz zu nehmen«, sagte der Kalif. »Sorgt Euch lieber um Euch selbst und um Euren Freund Sandro, den der Türke als Spitzel bezichtigt hat.«

»Wenn Ihr Euch genau an Euren Traum halten wollt, Herr«,

sagte Leonardo, ohne auf die Drohung des Kalifen einzugehen, »dann könntet Ihr den Einsatz von Kuans Schiff aus beobachten. Man würde es am Boden festbinden, und Ihr könntet sehen ...«

»Welche Vorbereitungen habt Ihr denn schon getroffen?«

»Die Flugmaschinen und Eure Engel sind an einem sicheren Ort hoch oben in den Felsenklippen.«

»Wo die Frauen sind?« fragte der Kalif.

Leonardo blieb nichts übrig, als ehrlich zu antworten. »Ja.« Dann fügte er hinzu: »Ich muß außerdem die Verantwortung dafür übernehmen, daß ein Teil der Kanonen in eine Stellung geschafft worden sind, wo sie wirkungsvoll auf die Festung feuern können.«

»Wie habt Ihr das geschafft?« fragte der Dervadar.

»Wir haben ein System von Winden und Flaschenzügen entworfen, mit dem die Kanonen auf die Steilfelsen hinaufgehoben werden konnten.«

»Wir?« fragte der Kalif.

»Ich, Herr.«

»Und Hilāl wußte davon?«

»Nein.«

»Ihr habt die Belagerungsmaschinen vom Schlachtfeld entfernt?«

»Jawohl, Beherrscher der Welten, denn dort konnten sie uns nichts nützen, aber jetzt können sie es.« Leonardo machte sich auf einen Wutausbruch des Kalifen gefaßt.

»Bei einem solchen Unternehmen müßt Ihr Hilfe gehabt haben«, sagte Ka'it Bay. »Wer würde ohne meine Erlaubnis eine solche Initiative ergreifen?«

Leonardo neigte den Kopf, gab aber keine Antwort.

»Was ist Euer Plan?« flüsterte der Kalif.

»Die Engel werden auf den nördlichen Bastionen der Burg landen, denn dort werden keine massiven Wachen sein.«

»Ihr wollt Männerarbeit von Kindern machen lassen?« fragte der Dervadar.

»Wenn sie die Flügel abgeworfen haben, werden die Türken sie kaum bemerken«, sagte Leonardo. »Schließlich sind es Kinder.«

»Aber diese Kinder kämpfen wie Männer«, sagte Kuan. »Ich habe mit eigenen Augen gesehen, wie schnell und wie tödlich sie sind, wie die persischen Frauen, die an der Seite ihrer Männer kämpfen.«

»Wir werden uns zum Tor durchschlagen und es für unsere Soldaten öffnen«, sagte Leonardo.«

»Wir?«

»Ja, ich werde auch ...«

»Das werdet Ihr nicht tun«, erklärte der Kalif. »Also, weiter.«

Als Leonardo seine Fassung wiedergewonnen hatte, sagte er: »Wenn das Tor offen ist, werden unsere Truppen die Burg einnehmen. Und wenn wir dann mit den türkischen Kanonen auf Mehmeds Lager feuern, ist dies das Angriffssignal für unsere Armee.«

»Es wird stockfinster sein«, sagte Ka'it Bay. »Es scheint kein Mond, der uns leiten kann. Haltet Ihr die Anhänger Allahs für Katzen?«

»Es stehen Laternen bereit«, sagte Leonardo. »Die Sensenwagen werden als erste vorrücken, und meine Kanonen und Gewehre werden ihnen mit einem Sperrfeuer den Weg bereiten. Die Explosionen meiner Geschosse werden hell genug sein, um Wagen und Männern zu leuchten. Wenn Ihr sie erreicht habt, könnt Ihr die Laternen anzünden, denn wenn wir die Kanonen in der Festung nicht in unsere Gewalt gebracht haben, werden die Türken ja nicht auf ihren eigenen König schießen. Aber so oder so, Mehmeds Truppen werden im Kreuzfeuer der Kanonen stehen, Beherrscher der Welten. Der Großtürke wird die gleiche Überraschung zu kosten bekommen, die er uns heute morgen bereitet hat.«

»Was meint Ihr mit ›so oder so‹?« fragte Ka'it Bay. »Wenn es Euch nicht gelingt, die Burg zu nehmen, dann wird es kein Angriffssignal geben und keinen Grund für uns, in ihr Geschützfeuer zu stürmen.«

»Wenn die Kinder scheitern, werden wir ihre Befestigungsanlagen unter Beschuß nehmen und ihre Kanonen zerstören«, sagte Leonardo. »Von unserer neuen Warte aus können wir, denke ich, die meisten ihrer Geschütze außer Gefecht setzen, denn mit meinen Maschinen kann man präzise zielen. Außerdem haben wir Artillerie in Stellung gebracht, die auf das Lager der Türken unten schießen kann. Ihre Reichweite ist begrenzt, aber tödlich, das versichere ich Euch.«

»Wenn Ihr nicht unbemerkt eindringen und ihre Festung erobern könnt, werde ich meine Armee nichts aufs Spiel setzen.«

»Würdet Ihr sie auch jetzt nicht aufs Spiel setzen, da Ihr den Feind überraschen und vernichten könnt?« fragte Leonardo. »Man würde Euch ehren wie Alexander. Ihr wäret der König, der die Türken besiegt hat.«

»Kuan, wußtet Ihr von Leonardos Plan?« fragte der Kalif.

»Nein, Herr, er hat mich nicht um meinen Rat gebeten.« Aber Kuan schaute Leonardo ruhig an, als habe er in Wirklichkeit sehr wohl Bescheid gewußt.

»Und Ihr?« fragte der Kalif den Dervadar.

»Ganz bestimmt nicht, Großkönig.«

»Was haltet Ihr davon?«

»Tollkühn«, sagte der Dervadar. »Wollt Ihr Eure Armee vom Erfolg einer Handvoll Kinder abhängig machen, die mit seinen Gebilden durch die Luft fliegen? Und sollten die Kinder scheitern – was sicher geschehen würde –, dann will Leonardo unverzüglich die Burg belagern, und wir sollen in ihr Lager einmarschieren. Meiner Erfahrung nach könnte eine solche Belagerung Monate dauern, aber unser hochgescheiter und berühmter Florentiner will Euch weismachen, daß er diese schwer befestigte Burg in einer Nacht einnehmen kann.«

Leonardo wollte antworten, aber der Kalif wandte sich an

Kuan. »Und Ihr, mein Ratgeber, stimmt Ihr meinem Dervadar zu?«

»Ja«, sagte Kuan. »Mein Kopf sagt mir, ich müsse unserem scharfsinnigen Berater zustimmen, aber mein Herz sehnt sich danach, Leonardos Vorschlag zu folgen. Er ist so wagemutig, daß er den Krieg möglicherweise binnen eines Tages beenden könnte. Und wenn ein solcher Plan Erfolg hätte, würde man Euer Loblied noch tausend Jahre lang singen. Es wäre eine Demonstration Eurer Macht. Welches Land würde es noch wagen, gegen Euch zu ziehen? Gegen einen König, der durch die Luft fliegt und seinen Feind in einem Tag vernichtet.«

»Würdet Ihr daran zweifeln, daß man mein Loblied auch ohne Leonardos Plan singt?«

Kuan senkte den Kopf. »Nein, natürlich nicht, Herr.«

Der Kalif lächelte. »Und wenn der Plan scheiterte, Kuan, wäret Ihr dann auch bereit, mit Eurer Garde zu sterben?«

»Ich wäre immer bereit zu sterben – für Euch, Herr.«

»Ihr habt meine Frage nicht beantwortet.«

»Nein, Beherrscher der Welten.«

»Wäret Ihr aber bereit, dafür zu sorgen, daß Leonardo das gleiche Schicksal ereilt wie meine Soldaten, wenn er scheitert?«

Kuan sah Leonardo an und sagte dann zum Kalifen: »Wenn das Euer Wunsch ist, Herr.«

»Nun, und Ihr – habt Ihr schon Worte gefunden?« fragte der Kalif den heiligen Mann.

»Allah hat einen Traum in Euren Schlaf gesät. Folgt ihm.«

»Das ist keine Antwort«, erwiderte Ka'it Bay erbost.

»Das ist alles, was Allah uns gibt.« Und der Imam schenkte Leonardo ein zahnloses Lächeln.

Ein Regiment von tausend der besten Soldaten Kuans verließ das Lager so verstohlen, wie es einer marschierenden Armee nur möglich ist. Die Soldaten entfernten sich in Einheiten von vierzig

Mann vor Anbruch der Nacht. Kuan hatte seine Männer gelehrt, sich zu bewegen, als wären sie unsichtbar und schwerelos. Sie kleideten sich schwarz, um die nahende Nacht zu begrüßen, und beschmierten sich die Gesichter mit Schlamm. Leonardo roch das Blut des Schlachtfeldes an den Soldaten, als schwitzten sie den Tod aus.

Der Himmel hatte sich grau gefärbt, und die Luft selbst wirkte bläulich, vor allem in der Ferne. Bald würde der Himmel dunkelblau und dann schattenschwarz werden. Sie mußten halsbrecherische Felsenschründe und Simse erklimmen und sich in eine Stellung bringen, in der sie noch gut sehen könnten. Sie nutzten eine steile Treppe, die an der äußersten westlichen Seite in die Felsen gehauen war, aber die Stufen waren stark beschädigt. Früher einmal hatten sie sich ganz um die Steilfelsen herumgezogen, und die Dorfbewohner hatten bis zur Festung hinaufsteigen können. Aber die Türken hatten die Trittflächen und Stufen größtenteils zerstört, denn ihnen war nicht daran gelegen gewesen, den Dorfbewohnern den Weg zu erleichtern.

Kuans Armee ließ sich an der Südseite der Festung nieder und wartete.

Über den Soldaten ragten Felsen und Burg empor. Schleierhaftes Licht drang aus Schießscharten und von den Bastionen der Festung, und der Sternenhimmel war so klar, daß man sich vorstellen konnte, es sei eine Nacht im Winter. Im Westen erstreckten sich Felsentäler, Flüsse und Berge, aber jetzt war das Land dunkel und bar aller Kontraste und Begrenzungen. Unten im Lager der Türken brannten zehntausend Feuer.

So war es nicht völlig finster; es gab genug Licht – genug, um etwas zu sehen, und so vergingen langsam die Stunden.

Die Erde selbst schlief. Das Rumoren ferner Erdbeben und Mißhelligkeiten hatte nachgelassen.

»Du solltest nicht hier sein«, sagte Leonardo zu Sandro. Er hockte auf einem vorspringenden Felsen zwischen zwei Kanonen und schaute durch sein Teleskop auf das türkische Lager hinunter. Seine Kanonen hatten freies Schußfeld auf einen Teil von Mehmeds Armeen. Wären die Klippen nicht so steil gewesen, hätte man sie so in Stellung bringen können, daß sie das ganze türkische Lager hätten verheeren können. Seine Explosivgeschosse konnten immer noch ein gewaltiges Feuer entfachen. Genug Kanonen waren überdies auf die Burg gerichtet, die nur wenig höher lag als Leonardos Artilleriestellungen.

Die Burg würde brennen. Leonardo betete zu Gott, daß Niccolò nichts geschehen möge.

Bitte, Gott, mach, daß er noch lebt …

»Willst du, daß ich jeden Augenblick bei den Frauen verbringe?« fragte Sandro.

»Sie sind so weit weg, daß du nicht im Handumdrehen wieder bei ihnen sein kannst.«

»Sie sind mehr als gut geschützt; das versichere ich dir. Und wieso kümmert es dich überhaupt?«

Leonardo zuckte die Achseln.

»Du bist nicht bei den Leuten. Wirst du die Kanonen bemannen?«

»Nein, ich werde mit Kuan in die Burg eindringen«, sagte Leonardo.

»Und Amerigo?«

»Der ist bei der Garde des Kalifen.«

Sandro zeigte sich überrascht. »Ich hätte gedacht, er ist bei Kuan.«

»Ich könnte mir vorstellen, daß Kuan für seine Sicherheit gesorgt hat«, sagte Leonardo. »Die Garde wird Amerigo gut beschützen.«

»Amerigo hat mir gegenüber einmal geprahlt, zwei Liebende, die zusammen kämpften, seien die besten Kämpfer«, sagte Sandro und schwieg nachdenklich. »Irgend etwas stimmt da nicht«, sagte er schließlich.

»Ich glaube, du bist übermäßig nervös.«

»Vielleicht. Bleibt es bei unserer Verabredung?«

»Nur wenn ich Niccolò finde.«

»Wenn er tot wäre, Leonardo, würdest du dann in dieser heidnischen Gegend bleiben?«

»Es ist nicht so lange her, da schienst du mir von den Lehren Allahs ganz angetan zu sein, mein Fäßchen.«

»Es war ein Irrtum. Die Madonna hat mich heimgerufen.«

»Tatsächlich«, sagte Leonardo. »Die Madonna?«

»In einem Traum, der so wirklich war wie« – er schwenkte den Arm – »wie das hier, da saß sie neben mir, bis ich aufwachte ... in meinem Traum. Sie sieht ganz anders aus, als wir alle uns vorgestellt haben, Leonardo. Sie ...« Sandro zögerte, als habe er schon zuviel über ihr Aussehen gesagt. »Sie fragte mich, ob ich die Absicht hätte, ein Abtrünniger zu bleiben, und sie sagte, meine Bestimmung sei in Florenz. Sie sagte, ihr Mönch werde sie dort finden und mich lehren, ihren Willen zu tun.«

»Ich setze wenig Vertrauen in Träume«, sagte Leonardo. »Mir scheint, du und der Kalif, ihr habt einiges miteinander gemeinsam. Auch er läßt sein Leben von Träumen regieren.«

»Und du hast nicht geträumt, Leonardo? Hast du nicht Tista gesehen, hast du nicht gehört, wie er dich rief, um dich vor den Flammen im Gemach der armen Ginevra zu warnen?«

Leonardo gab keine Antwort. Aber Kuan trat unvermittelt aus der Dunkelheit hervor. Er hatte offensichtlich zugehört. »Ihr Florentiner seid allesamt Träumer. Sogar mein Amerigo.«

Überrascht und wachsam erkundigte Leonardo sich nach Amerigo.

»Er war betrübt, weil er Euch nicht umarmen konnte, Leonardo«, sagte Kuan.

»Genau wie ich«, sagte Leonardo. »Ich habe nach ihm gesucht, aber ...« Mit einem Achselzucken deutete Leonardo an, daß er zu wenig Zeit gehabt hatte, um ihn zu finden.

»Er hat mich gebeten, Euch das hier zu geben.« Kuan lächelte, was er selten tat, und küßte Leonardo dann hart auf den Mund. »Amerigo hat mir von Eurem Plan erzählt.« Als weder Leonardo noch Sandro antworteten, fuhr Kuan fort: »Ich weiß, daß Ihr plant zu fliehen.«

»Er hat mir sein feierliches Ehrenwort gegeben«, flüsterte Sandro, als hätte er das Geheimnis selbst ausgeplaudert.

Angst überlief Leonardo eisig, als sei ihm ein kalter Schweißtropfen über den Rücken gelaufen. Amerigo war also ihr Untergang. Aber es hatte doch keinen Sinn, daß Kuan es ihnen jetzt erzählte – es sei denn ...

»Ach, Ihr glaubt, ich würde Euch verraten?« fragte Kuan.

»Was wollt Ihr?« fragte Leonardo. »Ihr hättet nicht so lange gewartet – uns auch nicht so lange am Leben gelassen –, wenn Ihr dabei nicht etwas zu gewinnen hättet.«

»Ganz recht, Leonardo«, sagte Kuan. »Aber Ihr seid viel zu zynisch geworden.« Er gab Leonardo einen Brief. Leonardo fühlte das seidige Wachs des Siegels. »Dieser Brief trägt das Siegel des Kalifen. Er sichert Euch freies Geleit durch alle unsere Linien und durch alle unsere Länder.«

»Das hat der Kalif unterschrieben?« Leonardo war ungläubig.

»Ich habe es für ihn unterschrieben«, sagte Kuan. »Auch auf dem Gebiet des Großtürken dürftet Ihr ja sicher sein.« Er schaute Sandro an. »Nicht wahr?«

Sandro antwortete nicht.

»Er hat einen Brief von Mehmed abgefangen«, sagte Kuan. »Wißt Ihr, Leonardo, er ist nicht so dumm, wie er uns glauben machen möchte.«

»Ich habe ihn nie für einen Dummkopf gehalten«, sagte Leonardo, der seine Fassung wiedergewonnen hatte. »Aber warum helft Ihr uns?«

»Seid Ihr schon so sicher, daß ich es tue?«

Leonardo konnte erkennen, daß Kuan lächelte.

»Mein Luftschiff ist unten auf einem Acker versteckt. Der Fels, der aussieht wie ein Hufeisen, deutet geradewegs darauf; Ihr braucht nur schnurstracks in die Richtung zu gehen. Es ist allerdings eine beträchtliche Entfernung.« Leonardo kannte den Felsen, von dem Kuan redete. »Es wird bereit sein, wenn Ihr es seid.«

»Ich glaube, es wäre sicherer, wenn wir uns zu Fuß oder zu Pferde auf den Weg machen«, sagte Sandro, den der Gedanke, über der Erde dahinzuschweben, offensichtlich ängstigte.

»Ich muß Sandro beipflichten«, sagte Leonardo. Es wunderte ihn, daß Kuan eine solche Idee auch nur vorschlug. »Wie ich dem Kalifen schon gesagt habe, wären wir dem Wind ausgeliefert, und wir würden ein Schauspiel liefern. So bewerkstelligt man keine Flucht.«

»Träume haben in den letzten paar Nächten anscheinend an Macht gewonnen«, sagte Kuan. »Sogar der Imam hat dem Kalifen einen Traum erzählt. Er hat ihm gesagt, wenn der Kalif siegreich sei, dann werde Gott wie ein Feuer am Himmel erscheinen, wie er schon die Erde habe beben und grollen lassen. Sind wir aber siegreich, und das Zeichen erscheint nicht, so wird dies ein Omen sein, das vom Tode des Kalifen und Ägyptens kündet.«

»Und das hat der Kalif geglaubt?« fragte Leonardo.

»Natürlich, Maestro. Aber er hat auch verstanden, daß das Omen inszeniert werden kann, indem man das Luftschiff aufsteigen läßt. Er hat sogar in Betracht gezogen, seine Angst zu überwinden.« Kuan lachte. »Aber man könnte das Schiff mit einer eisernen Kette an den Boden binden, und der Kalif würde sich nicht hineinsetzen. Nicht einmal, wenn Mohammed erschiene und es ihm befähle – was er im Traum des Imam ja vielleicht getan hat.« Kuan schwieg einen Augenblick lang. »Der Kalif erwartet also, das Zeichen zu sehen.«

»Und wen erwartet er als Steuermann in dem Schiff zu sehen?«

Kuan lächelte. »Euch oder mich oder beide, Maestro. Aber das Abschlachten der Türken hat natürlich Vorrang. Der Kalif ist nicht so abergläubisch, daß er mich von meinen Pflichten entbinden würde, damit ich ein Omen inszeniere. Also delegiere ich diese Aufgabe an Euch.«

»Der Kalif würde mir erlauben, Eure Maschine zu steuern, aber meine eigene Erfindung ließ er mich nicht fliegen?«

»Er würde sich zwar selbst nicht in ihre Nähe begeben, aber er hält meine Erfindung für völlig sicher«, antwortete Kuan.

»Warum tut Ihr das?« fragte Sandro.

»Liegt das nicht auf der Hand?«

»Ist Amerigo deshalb nicht mehr bei Euch?« fragte Leonardo.

»Er hat mich angefleht, Euch zu helfen, auch auf meine eigene Gefahr«, sagte Kuan. »Und so gehört es sich auch, denn seine ältesten Freunde sollte man am meisten lieben. Aber ich wollte ihn nicht in Versuchung führen, denn er hat großes Heimweh.«

»Dann hat er seine Freiheit gegen unsere eingetauscht«, stellte Leonardo fest.

»Nein. Es steht ihm frei, zu tun, was er will«, sagte Kuan. »Er hat sich dafür entschieden, bei mir zu bleiben. Aber schaut nicht so düster drein, meine Freunde, denn es wird nicht das letztemal sein, daß Ihr uns beide zu Gesicht bekommt. Wir werden schon wieder in Eure Heimat gelangen, und dann – wer weiß? – werde ich vielleicht dort leben.«

Leonardo und Sandro schwiegen. Der Wind pfiff und rauschte über die Felsen wie eine Armee von atemlosen Männern, und man hörte das matte Geraune von Tausenden von Stimmen, einen fernen Sturm von Geräuschen, deren Zungen sich zur Sprache von Babel vermischten, ein sanftes Regen nur, als könnten Krieg und laute Stimmen in tiefster Nacht nicht sein.

»Es wird Zeit«, sagte Kuan. »Ich werde die Botschaft an die Engel schicken.«

»Das tue ich«, sagte Leonardo.

»Ihr sollt sie mit Eurem Vergrößerungsrohr beobachten, damit wir wissen, wann sie losgeflogen sind«, sagte Kuan.

Leonardo gab ihm das Teleskop.

»Der Kalif hat Euch befohlen, bei mir zu bleiben«, sagte Kuan. »Ihr sollt nicht mit diesen Gestellen fliegen.«

Die Ironie in seinem Tonfall entging Leonardo nicht.

»Und hat der Kalif Euch auch befohlen, diesen Brief zu schreiben und sein Siegel daraufzudrücken?« fragte er.

Leonardo fand Mithqāl und fünf junge Eunuchen, die ungeduldig auf den Boten warteten. Sie trugen türkische Gewänder, damit man sie nicht bemerken würde, wenn sie erst in der Festung wären. Ein paar Gardesoldaten saßen lustlos da und warteten; sie würden wieder hinunter zu Kuans Truppe gehen, wenn die Flugmaschinen in der Luft wären. Sechs Gleiter waren zugedeckt an die Felsen gebunden, damit der Wind sie nicht davontragen oder zerbrechen konnte.

»Was sucht Ihr hier, Leonardo?« fragte Mithqāl.

Erfreut, den Jungen zu sehen, verbeugte Leonardo sich. »Ich bin der Bote. Es ist Zeit.« Sofort begannen Soldaten und Engel, die Gleiter von den Hüllen zu befreien. Die Flügel waren mit Kajal oder etwas Ähnlichem eingerieben worden, und sie waren schwarz wie der Himmel. Leonardo half den Eunuchen, die Gleiter bereitzumachen, und sagte dann einem von ihnen, daß er an seiner Stelle fliegen werde. Der Junge war dreizehn oder vierzehn Jahre alt; er war lang aufgeschossen und mürrisch und hatte die glatten, zarten Züge einer schönen Frau. Er sah Mithqāl an und sagte: »Ich soll doch fliegen.«

Mithqāl debattierte noch, als der Junge sein Messer zog und auf Leonardo losging. Leonardo hatte bereits das Geschirr angelegt und kämpfte gegen den Wind an, der an den Flügeln zerrte. Er wollte als erster vom Felsen springen. Er stemmte sich rückwärts, und einer der Gardesoldaten fing den Jungen ab und schleuderte ihn vom Felsen. Zwei andere Soldaten hielten Leonardos Gleiter fest, damit der Wind ihn nicht davontrug. Die jungen Eunuchen, die für diese Mission ausersehen waren, beobachteten den Tod ihres Kameraden mit Entsetzen, und einer der Engel ließ seinen Gleiter ungesichert fahren und zog sein Messer, als wäre er dem vierschrötigen, kampfgestählten Soldaten ebenbürtig. Leonardo wollte einschreiten, aber Mithqāl sagte zu dem Jungen: »Laß ihn in Ruhe.« Er musterte den Soldaten. »Den töten wir später. Bezweifelst du das?« Der Soldat grinste spöttisch. »Bezweifelst du, daß wir dir gewachsen sind?«

»Der Wind ist richtig«, sagte Leonardo. »Mithqāl, übernimmst du das Kommando oder soll ich es tun?« Leonardo würde dafür sorgen, daß der Soldat später bekäme, was ihm zustand.

Mithqāl nickte dem Engel zu, der am weitesten hinten an der Felsenkante stand. Mit Hilfe zweier Soldaten stieg er in den Gleiter, der ihn umgab wie der Panzer eine Schildkröte; in der Luft würde er nachher darunter hängen. Dann sprang er in den Wind, stieß schnell hinunter und zog dann im Bogen davon, als habe ein fallendes Blatt sich in einen Vogel verwandelt. In längeren Abständen sprangen sie, einer nach dem andern, und jeder würde zu einer anderen Bastion der Festung fliegen, die sich wie ein leerer Schatten hinter ihnen erhob.

Als nur noch Mithqāl und Leonardo übrig waren, nickte der Junge ihm zu. Das war für Leonardo das Zeichen zum Springen. Die Soldaten traten zurück, um ihm Platz zu machen, aber er sagte: »Nein, ich springe als letzter.« Er wollte den Soldaten nicht Gelegenheit geben, sich an Mithqāl zu vergreifen, der sie gedemütigt hatte.

Mithqāl sprang.

Leonardo folgte ihm und behielt den Jungen im Blick.

Er stieß in die Dunkelheit, und sein Herz pochte wie eine geballte Faust in seiner Kehle. Der Wind war naß auf seinem Gesicht und pfiff ihm schrill in den Ohren, und er fiel, wie er gefallen war, als Lorenzo der Prächtige und sein Vater und alles Volk von Vinci ihm zugesehen hatten – könnte er nur jetzt dort sein, in den Armen seiner Mutter, und könnte er die kraftvolle Umarmung Acattabrigas spüren, könnte er nur die vertrauten Straßen, Türme und Brücken von Florenz noch einmal sehen – und dann fand er den Aufwind und segelte hinter Mithqāl nach oben, dicht vorbei an der abweisenden und gefährlichen Felswand, zu den Sternen emporgesogen wie durch Gottes Einatmen. So glitt er um die Felsen herum in weitem Bogen, höher als er sollte. Aber als er hinunterschaute, auf Feuer und Schatten über Schatten, da fühlte er sich plötzlich wie losgerissen, und er wollte mitten in der Luft anhalten und fallen, schneller als der Gedanke.

Unter ihm flog Mithqāl, eine Fledermaus in einer Höhle mit einer Decke aus Sternen.

Hier war die Freiheit, die selige Freiheit im Augenblick vor dem Tod an den Mauern der Festung dort unten. Er kreiste, folgte Mithqāl auf seiner Spiralbahn zur nordwestlichen Bastion. Geplant war, daß die Jungen das südliche Außenwerk erreichen sollten. Leonardo hatte gesehen, wie die hölzerne Zugbrücke für die türkischen Truppen herabgelassen worden war; dahinter vermutete er zwei Fallgatter mit Kettenwinden. Die Jungen würden zeigen müssen, daß sie, was Lautlosigkeit und den kunstfertigen Umgang mit dem Messer anging, ihren Ruf zu Recht genossen; Kuan hatte sie ausgebildet, und der hatte von Hilāl gelernt.

Die schwarze Luft, so schien es, war voller Geister.

Die Steinbastionen rasten herauf, Leonardo entgegen, als er versuchte zu landen. Wie Mithqāl hatte er große Schwierigkeiten, denn die Luft brach sich wie eine Brandung an der Burg, schob und zog ihn hin und her wie eine Tiefenströmung, wie eine Springflut, und er rutschte über den Stein, riß sich die Haut an Armen und Beinen auf, aber dann löste er sich aus dem Gleiter, ließ sich herausfallen und beförderte ihn mit einem Fußtritt über die Kante hinunter. Wie ein großer Vogel schwebte der Apparat hinunter und zerschellte lautlos tief unten in den Felsenspalten.

»Seid Ihr verletzt?« fragte Mithqāl im Flüsterton. Er war deutlich geschickter im Landen als Leonardo. Auch er hatte seine Flügel in die Tiefe gestoßen, denn sie durften ja den Türken nicht in die Hände fallen und sie aufmerksam machen.

»Nein, ich bin wohlauf«, sagte Leonardo, obwohl er sich gerade einen Stoffstreifen um das stark blutende Bein knotete. »Komm, wir können die Treppe nehmen.« Die Stufen waren Teil der Mauer. Die Mauer bestand aus getrennten Abschnitten, die durch Holzbrücken miteinander verbunden waren. Diese Brücken konnte man entfernen. So wäre der Feind gezwungen, sich schutzlos auf die Treppen zu begeben. »Wo sind die andern?« flüsterte Leonardo.

Mithqāl zuckte die Achseln. »Wahrscheinlich schon am Tor.«

Leonardo hatte sie nicht gesehen, auch ihre Gleiter nicht. Im Innenhof waren Lagerplätze und Feuer zu sehen; die Anlage war größer, als Leonardo sich vorgestellt hatte. Der Rauch der Feuer brannte ihm in den Augen; es waren viele, und einige brannten auch oben auf der Mauerkrone. Licht strömte aus Fenstern und Schießscharten, und Schatten huschten umher wie Tiere. Die Geschützstellungen waren gut bewacht, und so neugierig Leonardo auch war, er blieb doch nicht bei einer von ihnen stehen, sondern schlich sich unauffällig und mit angehaltenem Atem an ihnen vorbei die Treppe hinunter. Ein Türke lungerte auf den Stufen herum und tat anscheinend nichts weiter, als die Sterne zu betrachten. Statt ihn zu töten, warteten sie, bis er verschwand. Unter ihnen saßen die Soldaten in kleinen Gruppen zusammen; sie tranken und lachten und erzählten sich schmutzige Geschichten – die ewige Unterhaltung des Kriegers.

Leonardo und Mithqāl schlugen sich zum südwestlichen Außenwerk vor. Sie hielten sich im Schatten; Leonardo blieb dichter an der Mauer, denn Mithqāl würde mit seiner Kleidung weniger auffallen. Sie kamen an den weißgekalkten Steinmauern des Palas vorbei, der an Wohnquartiere grenzte; gegenüber lagen die Kasernen für die Soldaten. Leonardo hätte gern Halt gemacht, als sie an einem uralten Turm vorbeikamen, der nicht wieder aufgebaut worden war. Es war der Turm der Kapelle, und wenn Niccolò lebte, wenn Niccolò an diesem Ort war, dann war er hier in diesem Turm, in dem Verlies unter der Erde. Vor ihnen erhob sich das Torhaus; die Bögen lagen schwarz in tiefem Schatten. Aber das eisenbeschlagene Fallgatter war hochgezogen, die mit eisernen Bändern verstärkten Holztore standen offen, und Kuans Soldaten strömten herein wie schwarzer Rauch. Leonardo konnte im Schattendunkel keine Leichen sehen, aber er roch den Kot eben getöteter Männer.

Sie hatten es geschafft. Die Kinder, diese Mördereunuchen, diese Säuglinge, hatten sich stechend und schwatzend hindurchgeschlängelt, und jetzt stürmten Kuans Soldaten die Mauern von innen, setzten die Kaserne in Brand, töteten jeden Türken, den sie fanden, mit einer lautlosen Mordlust, die Leonardo furchtbarer fand als alles Kämpfen und Töten und Schlachten, das er bisher erlebt hatte.

Er sah Kuan, und dieser forderte ihn auf, zu den Kanonieren zu kommen, die bereits auf den Mauern in Stellung gegangen waren. Als Leonardo nicht wollte, stellte Kuan seine eigene Leibwache zu dessen Schutz ab, während er auf die Suche nach Niccolò ging; Mithqāl bestand darauf, ebenfalls bei ihm zu bleiben. Sie fanden einen Weg in den Turm, und die Garde stürmte voraus, stach nach jedem Schatten und machte jeden, der sich ihnen in den Weg stellte, nieder – Männer und Frauen gleichermaßen.

Die Festung erbebte vom ersten Dröhnen der Kanonen, als sie das Feuer auf das Lager der Türken eröffneten, und selbst hier in der feuchten Finsternis, die nur vom Fackelschein zerrissen wurde, konnte Leonardo sich vorstellen, wie seine Sensenwagen sich über das Feld bewegten, im Dunkeln gefolgt von Ka'it Bays Armee. Vor seinem geistigen Auge sah er, wie sie die Laternen anzündeten und Mehmeds Lager umzingelten, während es explodierte, als habe sich die Erde selbst aufgetan, um alle Türken zu verschlingen. Jedesmal wenn eine der türkischen Kanonen abgefeuert wurde, konnte Leonardo es nicht nur hören, sondern auch fühlen, als explodiere er selbst mit jedem Schuß.

Sie folgten der Treppe in den Keller, und dort fanden sie eine Falltür im Boden. Sie kletterten hinunter in das Verlies, das nur durch schmale Öffnungen in den dicken Wänden, dicht unterhalb der Decke, erhellt wurde. Graue Schwertklingen aus Licht schnitten sich vor ihnen durch die schwarze Finsternis, als sie durch die leeren Kammern streiften, die eng waren wie Korridore. Der Boden war aus Lehm. Seltsamerweise standen alle Türen offen. Als sie tiefer in das Gewölbe vordrangen – die Fackeln der Soldaten an der Spitze knisterten und schnappten, als seien selbst die Flammen zornig –, roch Leonardo verwesendes Fleisch. Er würgte, als sie sich der letzten Zelle näherten. Sie war kaum mehr als ein großes Loch, in welches man Leichen in unterschiedlichen Zuständen der Verwesung geworfen hatte. Der beißende Geruch des Kalks, den man wie Erde auf die Leichen gestreut hatte, brannte ihm in der Nase.

Die Soldaten murmelten Beschwörungsformeln und wandten sich angstvoll ab.

»Laßt uns eine Fackel hier«, sagte Leonardo. Er flüsterte fast, denn er hatte alle Hoffnung verloren. Er war sicher, daß Niccolòs Leben hier zu Ende gegangen war, in einer Müllkippe für verfaulendes Fleisch.

Die Soldaten gaben Leonardo und Mithqāl Fackeln und verschwanden.

»Ach, warum haben die Türken sie nicht verbrannt?« Mithqāl hielt seine Fackel in die Höhe und betrachtete die Leichen.

»Ich nehme an, es sollten Geschenke für den Kalifen sein«, sagte Leonardo. »Erkennst du jemanden?«

Mithqāl schüttelte den Kopf.

Leonardo zwang sich, unter den Toten nach Niccolò zu suchen.

»Herr, wenn Ihr sie anrührt, werdet Ihr sterben«, warnte Mithqāl. »Krankheit … Pest …«

»Dann sterbe ich eben, kleiner Soldat.«

Aber zu seiner großen Erleichterung fand er Niccolò nicht in den Ruinen aus Knochen und Menschenfleisch.

Und auch sonst fand er ihn nirgendwo in der Burg …

Der Pfad des Erinnerns

Indem er durch die Lüfte emporsteigt,
verändert sich der Mensch wahrhaft.
Ludolph von Sudheim

Betrachte nun die Hoffnung und das Verlangen,
heimzukehren ins Vaterland oder zurückzukehren zum
urweltlichen Chaos wie eine Motte zum Licht …
Leonardo da Vinci

Leonardo schaute über die Burgmauern hinunter auf das Schlachtfeld. Laternen und Fackeln schienen einen Zauberbann zu verbreiten, und das dumpfe Blöken der Schlacht – Schreien und Grunzen und Todesseufzen – klang wie der ferne Jubel der Menge bei einem Fest. Himmel und Land vermischten sich in der Dunkelheit, die oben von Sternen und unten von Laternen durchbrochen war. Das Massaker war vollendet. Die Kanonen feuerten nicht mehr. Soldaten kämpften Mann gegen Mann, aber Mehmeds Niederlage war absolut. Die Morgendämmerung würde die Wahrheit ans Licht bringen … Hunderttausend Mann, tot auf dem Feld … Zuviel Aas für alle Geier in Persien. Und Niccolò war nicht hier.

Aber wenn er mit Mehmed oder Mustafà auf dem Schlachtfeld war – und das war er sicher –, dann war er tot. Tot und begraben unter Türken wie unter Bergen von Herbstlaub. Und bald würde er verbrannt werden, namenlos wie ein Bettler, der am Wegrand umgesunken ist. Leonardo fühlte sich wie angewurzelt, erstarrt, gefangen in einem Klartraum, in dem er verschiedene Konsequenzen durchspielen konnte. Er sah sich selbst, wie er sich seinen Weg über die Felsen nach unten suchte, viel schneller, als er das in

Wirklichkeit hätte tun können: Irgendwie gelang es ihm, die Zeit zusammenzuraffen und sie dies eine Mal für ihn arbeiten zu lassen, dieses einzige Mal, aber …

Er würde hinuntersteigen, würde all dem die Stirn bieten, hatte ihm die Stirn geboten, hatte den Tod zu allen Seiten gefühlt, hatte sich dort im Verlies durch Männer und Frauen und Kinder gewühlt; und als er darüber nachdachte, fiel ihm ein, daß er sie hätte verbrennen, ihre Seelen sich mit dem Feuer hätte mischen lassen sollen, damit die Djinn sie durch den Kamin mit in die Höhe hätten nehmen können, denn ein Kamin war dagewesen. Aber er hatte es nicht gekonnt, so wie er sich auch jetzt nicht bewegen konnte. Natürlich könnte er springen, und für einen Augenblick, eine Ewigkeit, würde er dann in der Dunkelheit, in der Luft schweben, als hätte er Flügel, als wäre er seine eigene Flugmaschine, um dann hinabzusinken, während der Wind ihm in den Ohren pfiff, die Lieder der Kinder, die Lieder der …

Und dann rannte er auf Bastionen und Bollwerken entlang, die Treppen hinunter, unter den Bögen des Torhauses und unter einem Fallgatter, dann unter dem zweiten hindurch, über die Holzplattform der Zugbrücke auf die in den Fels gehauene Rampe, auf dem Stufenpfad, der ihn halsbrecherisch durch die Dunkelheit nach unten führen würde, hinunter in die Kurve des hufeisenförmigen Felsens, wo Sandro auf ihn warten würde.

»Wartet!« schrie Mithqāl mit einer Stimme, die in Leonardos Ohren klang wie seine eigenen Gedanken, wie Traumgeplapper, das plätscherte und plätscherte. »Wartetwartetwartetwartet« – auf arabisch »*Wakkaf … afafafafaf*«, Musik ohne Verse, Gedanken ohne Vernunft, und dann zerrte Mithqāl an seinem Arm, und als fahre er aus dem Schlaf hoch, bemerkte Leonardo den Jungen. »Wo wollt Ihr hin, Maestro?« fragte Mithqāl. »Ich habe Euch überall gesucht, und als ich Euch finde, geht Ihr weg, und dann rennt Ihr los.«

»Kuan wird sich um dich kümmern«, sagte Leonardo. »Suche ihn. Er wird dich beschützen.«

»Ich brauche seinen Schutz nicht«, sagte Mithqāl. »Leonardo, Ihr seid krank, ich habe Euch doch gesagt, Ihr sollt die Leichen nicht anrühren.«

»Geh Kuan suchen«, sagte Leonardo leise, und dann tastete er sich die gemeißelten Stufen hinunter, setzte seine Füße behutsam und rutschte trotzdem aus. »Er wird beim Kalifen sein.«

»Ich möchte bei Euch bleiben.«

»Dein Freund wollte fliegen und wurde in den Abgrund geworfen. Ist es *das*, was du willst?« fragte Leonardo.

»Wenn es das ist, was Ihr tun wollt, dann will ich es.«

»Aber da, wo ich hingehe, kann ich dich nicht mitnehmen.«

»Willst du fort von hier?«

»Ja ... nein.«

»Suchst du Niccolò?«

»Nein«, sagte Leonardo, und es packte ihn, als könnten seine eigenen Worte ihm zeigen, was seine Seele suchte. Aber er *suchte* doch nach Niccolò ...

»Warum kann ich dann nicht mitkommen?«

»Würdest du dieses Land verlassen? Würdest du deinen Kalifen verlassen?«

»Hilāl, mein Herr, ist tot«, sagte der Junge. »Für die anderen, die sind wie ich, wird es böse enden; dessen bin ich sicher. Ja, Maestro, ich würde dieses Land verlassen ... für immer.«

»Nun, aber ich gehe nicht«, sagte Leonardo.

»Dann bleibe ich auch.«

»Was tat das jetzt noch?« dachte Leonardo, als er hinunterkletterte und sich dem Fuße des Felsens näherte, wo er Sandro finden würde; dort würde er weggehen oder ihm Lebewohl sagen?

Aber Sandro war nicht da.

Leonardo sah Feuerschein in der Ferne. Es war wirklich ein entlegener Ort, denn als er das Feld erreichte, das zu allen Seiten von

Bäumen umgeben war, ein natürlicher *palazzo* aus Erde, Baumstämmen und Stechpalmen, da sah er ein loderndes Feuer. Daneben lagen die Ausrüstung des Ballons und der Ballon selbst – ein ganzes Feld aus gefärbtem Stoff inmitten dieses Feldes von wilden Oliven und Steinlorbeer. Sklaven standen untätig herum und warteten auf den Befehl, den Ballon aufzuheben. Und dort, in einigem Abstand von den Sklaven, standen Sandro und drei andere Männer.

Der eine war Amerigo. Der andere war ein älterer Mann, den Leonardo noch nie gesehen hatte; er trug die Kleider und den Hut eines italienischen Kaufmanns.

Und der dritte war Niccolò Machiavelli.

Flammen beleuchteten ihre Gesichter, ließen ihre Züge tanzen, als wäre aller Stoff nur Rauch, als wären alle Menschen Djinn.

»Leonardo«, rief Amerigo und lief ihm entgegen. »Schau doch, wen wir gefunden haben.«

Leonardo umarmte Niccolò, der größer, älter und sicher reservierter wirkte als er noch vor einem Jahr gewesen war, als Leonardo die Verantwortung für ihn übernommen hatte. Als Leonardo ihn losließ, verbeugte er sich und sagte: »Maestro, ich möchte dir Messer Giovan Maria Angiolello vorstellen, den Botschafter Venedigs im Reich des Großtürken.«

Leonardo verneigte sich höflich und wandte sich gleich wieder an Niccolò. »Und wie kommst du hierher, Nicco?«

»Niccolò«, korrigierte der Junge.

»Euer Sohn hat mir das Leben gerettet«, sagte der Botschafter zu Leonardo. Der Venezianer war ein dunkler, gutaussehender Mann. »Der Großtürke ist davongeritten und hat uns nicht einmal ein Pferd dagelassen. Er hat uns« – ihn schauderte, als er es aussprach – »den Mamelucken überlassen, die alles niedermetzelten, was ihnen im Wege stand.«

»Niccolò hat einen Offizier des Kalifen überredet, ihn zum Kalifen zu bringen«, erzählte Amerigo. »Kuan hat sie abgefangen und zu mir gebracht. Ich habe sie beide hergebracht, denn Niccolò wollte seinen Freund nicht im Stich lassen.«

»Wir wollten es darauf ankommen lassen und uns der Großmut des Kalifen anheimgeben«, sagte Niccolò. »Vielleicht hätte er uns das Leben geschenkt, vielleicht auch nicht. Vielleicht hätte er Messer Giovan foltern lassen. Vielleicht nicht. Aber als wir Amerigo gefunden hatten, konnte ich nicht riskieren, ihn wieder zu verlassen, und Kuan war überaus großzügig.«

Leonardo konnte nur dastehen und zuhören... Es war ein betäubender Schreck, den Gegenstand seiner Sehnsucht zu sehen und einen Fremden zu entdecken. Und als wäre die Erde selbst nur eine Erweiterung Leonardos, erbebte der Boden schwach, aber übelkeiterregend, und man hörte ein fernes Rumpeln.

Und so schwebten sie aus der Dunkelheit empor in die Morgendämmerung: Leonardo, Sandro, Niccolò und sein Freund und Mithqāl, alle standen sie im Weidenkorb, jeder ein Stück weit vom nächsten entfernt, um das Gleichgewicht besser wahren zu können. Leonardo versorgte den Brenner, und sie erhoben sich in die stille, feuchte Luft, ins Grau über den Felsen und über die Festung, und er schaute hinunter auf das Schlachtfeld, auf Pyramiden und Straßen aus Leichen, auf die immer noch rauchenden Gräben, und er schaute Niccolò an, der ihm höflich und distanziert und leer begegnete. In der Tat, Niccolò hatte viel gelernt bei Königen und Botschaftern, aber das meiste doch bei Leonardo, und in einer schrecklichen Offenbarung ahnte Leonardo, daß er und Niccolò jetzt ein und derselbe waren, daß sie zwar noch miteinander sprechen, aber nicht mehr kommunizieren konnten. Ja, er hatte Niccolò gelehrt, er hatte ihn gelehrt, indem er ihn verloren hatte. Aus dem Jungen war ein Mann geworden, und der Mann war tot.

So tot wie die da unten.

Leonardo tastete nach seinem Notizbuch, das an seinem Bein

hing. Er hätte es über den Rand werfen müssen, in die Berge hinunter, aber er hielt es doch fest, denn noch konnte er sich nicht davon trennen.

Auch wenn das Blutbad dort unten allein seine Schuld war.

Er und nicht Mithqāl mußte der Engel des Todes sein, denn war nicht jedermann um ihn herum tot? Hatte er die Berge von Leichen nicht mit seinen Kanonen und explodierenden Geschossen und Gewehren und Sensen ebenso unfehlbar geschaffen wie mit seiner Feder?

Und hatte er nicht Niccolò geschaffen, der nun alles betrachtete, ohne die Leidenschaft eines Kindes zu zeigen?

Mithqāl nahm seine Hand, wie Niccolò es früher getan hatte – Mithqāl, der wußte, was Tod und Mord und Leere waren.

Der Tod streckte die Hand nach dem Tode aus, nach Leonardo, der in sich schaute, in seine Erinnerung, in das große Bauwerk, die Kathedrale seiner Erinnerung, die schwerelos und durchscheinend vor ihm in der Luft zu hängen schien wie die Sternbilder des Himmels. Und Leonardo erinnerte sich – erinnerte sich an das, was Sankt Augustinus die drei Zeiten genannt hatte: die Gegenwart des Vergangenen, die Gegenwart des Gegenwärtigen und die Gegenwart des Zukünftigen – lauter Räume und Galerien, ein Labyrinth von Kapellen und Apsiden, der Stoff der Erinnerung.

Und wie schon so oft, betrat Leonardo die Kathedrale.

Wieder stand er vor dem dreiköpfigen Demiurgen, der Bronzestatue, die zugleich sein Vater, Toscanelli und Ginevra war. Aber Ginevras Kopf wandte sich ab von ihm, damit der Schmerz ihn nicht überwältige. Ihre Augen mit den schweren Lidern waren geschlossen wie im Tode. Aber Toscanelli und sein Vater schauten ihn an, und Toscanelli lächelte, wie um ihn willkommen zu heißen. Dann trat der Demiurg beiseite und wies in die fernen, dunklen Säle und Galerien und verschatteten Korridore der Zukunft, die jetzt von Glanz erfüllt waren, als seien sie durch farbiges Glas beleuchtet. Toscanelli nickte und gewährte ihm Einlaß, und Leonardo blieb nicht stehen, als er durch die gutbeleuchteten Räume seiner jüngsten Vergangenheit schritt, durch Räume von Kalifen und Königen, durch Liebe und Angst, durch die Qualen von Tausenden, und er dachte auch nicht daran, ausgerechnet jetzt in Florenz zu verweilen, wo Ginevra unversehrt in der Erinnerung wohnte. Er folgte ihrem Beispiel und wandte die Augen ab, um keinen Blick in ihr Schlafgemach zu werfen, wo sie ermordet worden war, und sich davon gefangennehmen zu lassen – Toscanelli hatte ihn vor den Gefahren der Vergangenheit gewarnt.

Leonardo ging vorbei an Morden und Verschwörungen, vorbei an Reflektionen und Gemälden und Fresken, und er spürte das Stechen des Verlustes und der Einsamkeit, als er an Simonetta vorbeikam, die ihn schon wieder mit einem Engel verwechselte, als sie an seinem Gesicht vorbei in die vollkommene Rose des Himmels schaute.

Er kam durch Gänge, die sich in überwölbte Plätze teilten. Er kam durch Bronzetüren, die zu den Baptisterien von Vinci führten, wo er seine Mutter Caterina und seinen Stiefvater Acattabriga erblickte. Er konnte Acattabrigas rauhe Arbeiterhände fühlen, den Duft von Knoblauch und Eintopf riechen, der in den Kleidern seiner Mutter hing, und er roch und fühlte die Grotten und Wälder, die er als Kind entdeckt hatte. Aber er eilte jetzt schnell über die dunkler werdenden Plätze, durch Korridore, Kapellen und Chöre und dann in die buntglasbeleuchtete Gegenwart des Zukünftigen, von der Sankt Augustinus gesprochen hatte. Hier, im sanften, diffusen Licht der Kontemplation, schaute er in einen Raum, dessen weißgekalkte Wände rußgestreift waren. Mattes Licht sickerte zu den hohen, schmalen Fenstern herein und brach sich in den runden Mittelscheiben, als wären es schlecht konstruierte Prismen. Bücher, Papiere und zusammengerollte Bögen stapelten sich an den Wänden und auf langgestreckten Pulten; auf Tischen und Fußboden verstreut lagen Landkarten und Dokumente und Instrumente und gläserne Linsen.

Ein alter Mann saß vor einem kleinen Kaminfeuer und warf die Seiten eines seiner kostbarsten Notizbücher in die gelb züngelnden Flammen. Das Feuer zischte, denn das grüne, ungelagerte Holz schwitzte Tropfen aus, die in der Hitze schnalzend verdunsteten. Die Buchseiten kräuselten sich wie Blüten, die sich schlossen, und wurden dann schwarz und gingen in Flammen auf.

Als Leonardo den Blick von dem Schatten abwandte, der er eines Tages selbst sein würde, begann Dunkelheit in die leeren Räume und Korridore und Galerien der Kathedrale seiner Erinnerung zu kriechen.

Und während das Omen des Kalifen zu den wirbelnden, von der Dämmerung gefärbten Wolkenfetzen emporstieg und sich wundersam nach Westen bewegte, derweil ferne Erdbeben ferne Städte zerstörten und die Erde zitterte, als ob sie friere, erkannte Leonardo, daß all dies – alles, was hier in diesem fremden Land geschehen war – ins Reich des Traums, des Alptraums, verbannt werden mußte. Er war bereit, die Türen zu dieser Welt zu verschließen, als hätte es diese Abenteuer nie gegeben. Zwar hielt er immer noch sein Notizbuch fest, aber er wußte, daß es eines Tages den Flammen übereignet werden würde. Einstweilen konnte er zufrieden sein, denn er hatte einen Blick auf sein größtes Werk geworfen, geschaffen aus Liebe und Lust und Qual, aus Schuldbewußtsein und Einsamkeit und Genie und Dunkelheit.

Er hatte die Kathedrale der Erinnerung ganz gesehen.

Er hatte die drei Zeiten gesehen.

Er konnte die Türen zur Welt schließen.

Epilog

Leonardo existiert als Legende, als Mythos, als Rätsel, und die unterschiedlichsten Historiker und Historikerschulen nehmen das eine oder andere Stück davon für sich in Anspruch. Dennoch haben wir eigentlich kein zusammenhängendes Bild von ihm. Die Geschichte, vor allem die Geschichte großer Persönlichkeiten, ist eine Art kollektiver Mythendichtung, eine Extrapolation des Bekannten ins Erzählerische. Ich habe meine Erzählung in den Rissen der bekannten Geschichte angesiedelt, um so Leonardos Charakter und die moralischen Verzweigungen seiner brillanten Ideen und Erfindungen zu erkunden.

Ich begann mit Leonardos eigenen Forschungen und Erfindungen, um einen fiktiven Traum zu schaffen, in dem er am Ende sein Ziel erreicht und fliegen kann. Wir wissen, daß Leonardo funktionsfähige U-Boote, Maschinengewehre, Granaten, Fallschirme und sogar Panzer entworfen hat. Vieles davon wird in seinem berühmten Brief an Ludovico Sforza, den Herzog von Mailand, detailliert und ausführlich beschrieben. Wir wissen, daß Leonardo von Kindesbeinen an vom Fliegen fasziniert war, wie es sein Traum vom Großen Vogel bezeugt. Leonardo war ein scharfsichtiger, scharfsinniger Beobachter, und er studierte die Vögel etwa fünfundzwanzig Jahre lang. Wir haben seine Notizen im Manuskript B, begonnen im Jahr 1488, und das Manuskript »Über den Flug der Vögel«, das irgendwann um das Jahr 1505 niedergeschrieben wurde. Es hieß, er kaufte den Straßenhändlern Käfigvögel ab, nur um sie fliegen zu lassen und ihnen die Freiheit zu geben. Tatsächlich tat er es, um sie zu studieren. Leonardo schrieb: »Der Genius des Menschen mag unterschiedliche Erfindungen zustande bringen und mit verschiedenen Instrumenten ein und dasselbe Ziel erfassen; nie aber wird er ein schöneres oder wirtschaftlicheres oder geradlinigeres entdecken als das der Natur selbst, denn ihren Erfindungen mangelt es an nichts, und nichts ist überflüssig.« Diese Überlegung – zusammen mit ein paar anderen Beobachtungsfehlern – war der Grund, weshalb es ihm widerstrebte, nach irgendeiner anderen Flugtechnik zu suchen und etwa den starren Flügel in Betracht zu ziehen. Er wollte buchstäblich fliegen wie ein Vogel, und bis zu seinen letzten Lebensjahren war er fasziniert vom Konzept des Ornithopters, obwohl er freilich Zeichnungen einer Maschine anfertigte, die wie der Vorläufer des Hubschraubers wirkt. Tatsächlich aber hatte er auch eine Serie von Skizzen gemacht – die sich im *Codex Atlanticus* finden –, die nach übereinstimmender Ansicht der Experten die ersten europäischen Entwürfe des Gleitflugs darstellen.

Er könnte sich also in Richtung des Starrflügelfluges bewegt und einen funktionstüchtigen Gleiter ersonnen haben, wie Lawrence Hargrave und andere es in späteren Jahren taten. Man sollte allerdings zur Kenntnis nehmen, daß der Imaginationssprung zur Idee eines Starrflügelflugzeugs für Lawrence Hargrave 1890 genauso schwierig war wie für Leonardo da Vinci in meinem fiktionalen Universum namens Florenz im 15. Jahrhundert.

Um meine Vision zum Leben zu erwecken, habe ich der Historie einen kleinen Stoß gegeben. Durch Extrapolation, indem ich benutzte, was Leonardo und seine Zeitgenossen wußten, ließ ich ihn auf natürliche Weise auf die Idee des Starrflügelflugzeugs kommen.

Einen weiteren Schub gab ich der Historie, indem ich Niccolò Machiavelli ein kleines bißchen älter und zu Leonardos Schüler machte. In späteren Jahren kannten sie sich wirklich. Ich bin sicher, daß viele Leser auch noch andere historische »Mogeleien« entdeckt haben.

Was Leonardos Sexualität angeht, so übernahm ich eine überzeugende Minderheitenmeinung. Die verbreitete Auffassung, Leonardo sei homosexuell gewesen, ist stark beeinflußt durch Sigmund Freuds Arbeit über seine Psychosexualität, vor allem durch *Eine Kindheitserinnerung des Leonardo da Vinci*. In diesem Werk projiziert Freud seine eigene Seelenverfassung auf Leonardo. Das Buch beginnt mit Leonardos berühmtem Traum von dem Großen Vogel, in dem ein Milan vom Himmel herabstößt und ihm mit dem Schwanz ins Gesicht schlägt. Natürlich besteht ein unübersehbarer Zusammenhang zwischen diesem – seinem ersten erinnerlichen – Traum und seiner lebenslangen, faszinierten Beschäftigung mit dem Fliegen. Aber Freud hatte Leonardos Aufzeichnungen in einer Übersetzung gelesen, in einer nicht sehr guten Übersetzung, die das Wort für Milan mit »Geier« wiedergab. Freud legt nun in allen Einzelheiten dar, daß der Geier für die ägyptische Muttergöttin Mut stehe, also ein Weiblichkeitssymbol sei, und daß der Schwanz die Brustwarze symbolisiere; tatsächlich aber war der Milan, *nibbio* auf italienisch, ein männliches Symbol wie der Falke oder der Adler. Überdies hatte Freud keinen Zugang zu Leonardos *Codex Trivulzianus*, der umfangreiche Wortlisten enthält, die ein wenig Licht in die dunkle Landschaft von Leonardos Unbewußtem werfen.

Raymond S. Stites, Verfasser einer psychoanalytischen Studie mit dem Titel *The Sublimations of Leonardo da Vinci*, schreibt, Leonardo habe »sich der Technik bedient, die Freud selbst zur Enthüllung ungesunder Komplexe entwickelt hatte, und da in seiner Diagnose dieses entscheidende Indiz nicht enthalten ist, muß sie als offenkundig fehlerhaft gelten«. Nach gründlicher Untersuchung des *Codex Trivulzianus* kommt Stites zu dem Schluß, daß »Leonardo allem Anschein nach ein vollblütiger Mann mit normalen heterosexuellen Bedürfnissen war«.

Stites brachte mich auf die Idee, daß Leonardo sich in die schöne Ginevra de' Benci verliebt haben könnte, die Tochter Amerigo de' Bencis, eines Florentiner Kaufmanns von beträchtlichem Reichtum. Möglich ist es durchaus, denn Leonardo war lange Zeit mit der Familie de' Benci befreundet; als er Florenz 1481 verließ und nach Mailand ging, ließ er sein unvollendetes Bild von der Anbetung der Könige in ihrer Obhut zurück. Ginevra heiratete tatsächlich einen älteren Mann, den Witwer Luigi di Bernardo Nicolini, und in Washington hängt ein äußerst einfühlsames Porträt von ihr, das Leonardo gemalt hat. Man hat behauptet, es sei seiner berühmten Mona Lisa technisch ebenbürtig, wenn es auch kein ganz so reifes Werk ist.

Aber es geschah ungefähr um diese Zeit, nämlich 1476, daß der siebzehnjährige Jacopo Saltarelli, ein Malermodell, vier junge Florentiner der Päderastie bezichtigte, indem er eine schriftliche Denunziation in den *tamburo* warf, einen Behälter vor dem Palazzo Vecchio. Leonardo war einer der Beschuldigten, und die Demütigungen des Prozesses veränderten sein Leben. Zwar stellte sich seine Unschuld heraus, aber die Schande hing ihm an, und er verlor alles. Sogar sein Vater brach, entsetzt über den Skandal, den Kontakt mit ihm ab. Mit einem alles zerschmetternden Schlag fiel Leonardo in Ungnade. Die Sprößlinge der Florentiner Gesellschaft hatten ihn auf den Schultern getragen und seine Werke gepriesen, aber die Anschuldigungen eines Bauern konnten ihn stürzen. Nur sein Onkel Francesco und sein Lehrer Verrocchio blieben auf seiner Seite.

Mit sechsundzwanzig Jahren mußte Leonardo sein Leben von vorn beginnen, gepeinigt, zynisch und welterfahren. Er stürzte sich in die Arbeit und zeichnete seine berühmten Karikaturen, während er das Leben der Straße und ihrer Menschen kennenlernte, schrieb, zeichnete, malte, experimentierte und Ornithopter-Modelle erfand, die fliegen konnten – und die winzigen Dinger flogen wirklich! Wie er gesagt hatte: »Es gibt keinen Mangel an Mitteln und Wegen, diese unsere elenden Tage zu teilen und zu messen, derweil wir nicht versuchen sollten, sie nichtig zu verleben und zu vergeuden, ohne irgendwelchen Ruhm zu hinterlassen, irgendeine dauerhafte Erinnerung an uns in den Herzen der Sterblichen. Auf daß unser kläglicher Gang durch das Leben nicht vergebens gewesen sei.«

Aber damit war meine Revision des Mythos Leonardo noch nicht beendet, denn ich übernahm es, von seinem größten Abenteuer zu berichten: von seiner Reise in den Orient, die sein Leben verändern und doch niemals in seinen Notizbüchern auftauchen sollte und auch nicht in den Myriaden von Büchern, die über ihn geschrieben wurden.

Ein großer Teil meiner Geschichte basiert auf Briefen, die Leonardo an den Dervadar von Syrien schrieb, als er sich im Nahen Osten aufhielt. Die meisten Historiker nehmen diese Briefe nicht ernst, sondern tun sie als Märchen und Fabeln ab.

In ihrer Biographie *Leonardo the Florentine*, die in Wirklichkeit ein Loblied auf den romantischen Mythos Leonardo ist, schreibt Rachel Annand Taylor: »Es ist unmöglich zu glauben, daß Leonardo in den Dienst eines Sultans getreten und den Orient bereist haben sollte, ohne daß irgendeine orientalische Episode in seiner Legende auftaucht.«

Aber möglich ist es durchaus. Jean Paul Richter, der das zweibändige Standardwerk *The Notebooks of Leonardo da Vinci* zusammentrug, schrieb: »Wir haben keinerlei Informationen zu Leonardos Geschichte zwischen 1482 und 1486; es ist nicht nachweisbar, daß er sich in Mailand oder in Florenz aufhielt. Andererseits gibt uns der Tenor seines Briefes – gemeint ist einer der Briefe an den Dervadar – keinen Grund zu der Annahme, seine Abwesenheit habe länger als ein oder zwei Jahre gedauert. Denn selbst wenn seine Bestallung als Ingenieur in Syrien dauerhaft gedacht gewesen war, könnte sie unhaltbar geworden sein – vielleicht infolge des Todes seines Patrons, des Dervadar, oder durch dessen Entfernung aus dem Amte –, und nach seiner Heimkehr könnte Leonardo über eine Episode, die wahrscheinlich als Fehlschlag und Enttäuschung geendet hatte, Stillschweigen bewahrt haben.«

In *meiner* Version des Mythos verwendet Leonardo im Dienst des Kalifen Ka'it Bay seine Erfindungen, um Mehmed, den Beherrscher der Türken, zu besiegen. Tatsächlich hatte Leonardo ja Skizzen angefertigt zu Panzerwagen, transportablen Belagerungsbrücken, Querbalken zum Umstoßen von Sturmleitern, zu einem Instrument, das dem modernen Flammenwerfer entspricht, und zu kugelförmigen Projektilen, die mit Schießpulver und Schrot gefüllt wurden; er hatte Pläne zur Umleitung von Wasserläufen zum Nachteil des Feindes – der erste bekannte Einsatz der Wasserkraft zu zerstörerischen Zwecken –, zu Bomben aus Hanf und Fischleim, die Feuerwände aufrichten konnten, zu schwefelgefüllten Gasprojektilen, die »Benommenheit hervorrufen« sollten, und vieles mehr. Mit Ausnahme von Leonardos Flugmaschine und Kuans Ballon sind sämtliche Erfindungen in meinem Roman unverändert den Notizen Leonardos entnommen.

Als er seinen Brief an Ludovico Sforza schrieb, zeichnete Leonardo zahlreiche Skizzen zu seinen Todesmaschinen und bildete dabei Opfer ab, die in Stücke geschnitten wurden und sich in Qualen wanden. Aber wie Antonina Vallentin in *Leonardo da Vinci: the Tragic Pursuit of Perfection* bemerkt: »Es liegt eine Atmosphäre von soviel Frieden und Harmonie in der Skizze, daß es scheint, als könne dem Maler nicht einen Augenblick lang bewußt gewesen sein, was die Szene, die er zeichnete, in Wirklichkeit bedeutete.«

Es hat den Anschein, daß Leonardo durchaus neutral oder, genauer gesagt, amoralisch war, wenn es um seine zerstörerischen Maschinen ging. Es war, als existierten sie in keiner wirklichen Welt, denn wenn man sich anschaut, wie seine Bomben zerbersten und die Menschen sterben, so sind diese Zeichnungen so ruhig und schön, daß sie, auch wenn sie Gewalt abbilden mögen, doch beinahe platonischer Natur sind.

Ich wollte Leonardo einer moralischen Prüfung unterziehen. Er wollte in die Position des Meisters der Maschinen und des Hauptmanns der Ingenieure befördert werden, aber weder Lorenzo der Prächtige noch Herzog Sforza von Mailand wollten seine Kriegsmaschinen ernst nehmen.

In meinem Roman habe ich Leonardo die Chance gegeben, und vielleicht reiste Leonardo um einer solchen Chance willen tatsächlich nach Syrien.

Vorausgesetzt, seine Briefe waren wirklich wahr.